彙編校註綴白裘

第二冊

黃婉儀　編註

臺灣學生書局印行

彙編校註綴白裘
第二冊

目　次

副末

一剪梅開映小桃
鳳凰臺上憶多嬌
洞仙歌曲聲聲慢
虞美人行步步嬌
紅納襖　皂羅袍
醉扶歸去月兒高
謁金門下朝天子
深感皇恩賀聖朝
　　　——交過排場

牧羊記・慶壽

生：蘇武。

末：常惠，蘇家的僕人。

丑、貼：蘇家的婢女。

老旦：蘇武之母。

旦：蘇武之妻。

外、小生：宣旨太監。

（生上）

【引】風調雨順山河定，萬國奠安百姓。四海昇平，邊疆寧靜，皆賴著一人有慶。微臣感幸，但恪守忠貞，佈揚宣令。回首北堂，嘆西山日暮桑榆景。

　　十載留心讀聖書，一朝抱藝貨皇都。胸藏豪氣三千丈，報國英雄七尺軀。供子職，贊皇圖，方表人間大丈夫。一生願遂忠和孝，料想蒼天不負吾！下官姓蘇，名武，字子卿，乃杜陵人也。官居近侍，職掌中郎，懷社稷之深憂，受朝廷之顯爵。諳通文武，抱韞古今。朝隨仙仗侍天顏，暮人親幃供子職。且喜夫妻和順，子母康寧，當朝廷無事之秋，享臣子有餘之祿。今日母親壽誕，已曾吩咐常惠安排筵席稱慶，未知可曾完備，常惠哪裡？（末上）來了。昨日宿醒猶未醒，今朝繡閣又排筵。華堂深處風光好，別是人間一洞天。常惠叩頭。（生）昨日吩咐你安排筵席，可曾完備麼？（末）完備多時了。（生）請太夫人和夫人上堂。（末應，請介）

（貼、丑、隨老旦上）

【引】天壽者年，南極壽星高照。（旦上）壽堂前珠圍翠繞。（合）壽筵開，喧壽樂，壽天[1]初曉。

（老旦）今日閒居無事，請我出來做什麼？（生）告母親知道，今日孩兒特備壽筵與母親稱慶。（老旦）生受你。婺星昨夜耀中天，今日華堂開壽筵。（生）但願年年當此日。（旦）一杯壽酒慶高年。

【山花子】壽筵開處風光好，（眾合）爭看壽星榮耀。羨麻姑玉女共超，[2]壽同王母年高。壽香騰壽燭影搖，玉杯壽酒增壽考。金盤壽果長壽桃，願福如海深，惟願壽比山高。（旦）姑年壽高，福祿壽三星照，見祥雲五色籠罩。願朱顏壽比長生不老，壽天齊正同歡笑。

（合）

【大和佛】青鹿啣芝呈瑞草，齊祝願壽山高。龜鶴呈祥戲庭沼[3]，齊祝願壽彌高。畫堂春日多喧鬧，惟願壽基鞏固壽堅牢。享壽綿綿，樂壽滔滔。展壽席人人歡笑，齊慶壽筵中壽詞妙。

【紅繡鞋】壽爐寶篆香消，香消。壽桃結子堪描，堪描。斟壽酒，壽杯交。歌壽曲，壽雙嬌。齊祝願，壽山高。

【尾】長生壽域宏開了，壽燭燦煌徹夜燒，願歲歲年年增

1　底本作「添」，據清·寶善堂校改鈔本《蘇武牧羊記》（《古本戲曲叢刊》初集景印）改。

2　《風月錦囊》的《新編奇妙賽全家錦大全忠義蘇武牧羊記》作「羨麻姑寶女並朝」。

3　底本作「喜庭照」，據《八編·八仙上壽》改。

壽考。

（合）昨夜長庚照綺羅。（生）今朝庭院沸笙歌。（老旦）萬兩黃金不為貴。（旦）一家安樂值錢多。（老旦、丑、貼、旦同下）

（生）常惠，收過筵席。（末應介）（生）正是：一子受皇恩，全家食天祿。下官叨蒙朝廷厚祿，無以為報，不免望闕拜謝。願吾王萬歲，萬歲，萬萬歲！

【懶畫眉】職掌中郎荷明君，旦夕趨蹌金馬門，太平無以報君恩。自愧才愚鈍，惟有義膽忠肝奉至尊。

（內）聖旨下。（末）啟爺，聖旨下了！（生）快排香案！（二雜引外、小生上）

【滴溜子】匈奴的，匈奴的，寇臨漢城。頒丹詔，頒丹詔，遣使奉行。子卿，堪充天使，叫他去講和，罷戰爭。現有玉音，降臨試聽。

（外）聖旨已到，跪聽宣讀。詔曰：「朕聞匈奴煽禍白登，用陳平計，方能靖難；默突跳梁代谷，聽婁敬語，始遂和親。切惟高祖之雄才，亦以和戎[4]為良策。朕以涼德，嗣纘丕基，莫辭宵旰[5]之勞，已致昇平之治。蠢茲戎虜，[6]屢寇邊城，便欲出師征進，尤恐生靈失所，僉言上計，莫若講和。今特遣使奉詞，庶使君民樂業。詢茲中郎將，蘇武操身廉潔，勵志忠誠，素有辯才，堪膺斯舉。錫以隨身旌節，授以詔行符命，用表忠貞，當脩謹恪。建功回日，另

4　集古堂共賞齋本作「和親」。

5　底本作「宵漢」，從清光緒二十一年《繪圖綴白裘》改。

6　集古堂共賞齋本作「單于恃強」。

行爵賞。謝恩。」（生）萬歲，萬歲，萬萬歲！

【前腔】臣蘇武，臣蘇武，荷蒙聖恩。承朝命，承朝命，便當起程。但恐言輕德薄，不能遂講和，罷戰爭。拜受皇恩，無任戰兢。

　　下官明日辭朝，即便起程。（外）邊關緊急，不必辭朝，待下官轉達罷。（小生）匈奴為患[7]寇邊城。（外）君去和番罷戰爭。（生）正是將軍不下馬。（外、小生）果然各自奔前程。（外、小生下）（生）常惠，喚一名長行腳伕收拾行李等候。（下）（末應下）

按　語

〔一〕本齣主體情節、曲文與寶善堂校改鈔本《蘇武牧羊記》第二齣〈慶壽〉接近，其中【山花子】、【大和佛】、【尾聲】可追溯到《風月錦囊》的《新編奇妙賽全家錦大全忠義蘇武牧羊記》。

7　集古堂共賞齋本作「單于為患」。

牧羊記・頒詔

生：蘇武。

老旦：蘇武之母。

旦：蘇武之妻。

末：常惠，蘇家的僕人。

丑：李長肩，腳伕。

（生上）

【引】母恩君命，此身難保名幸，[1]正好娛親供晚景，奉朝命安邊境[2]。（老旦上）骨肉團圓歡慶，奈好事難成。（旦上）遠別生離皆前定，恨日暮桑榆景。

（生）正好娛親供子職，朝廷忽有安邊敕。（旦）深閨自許妾心堅，高堂哪管親髮白。（老旦）人生百行孝為先，王事多艱當努力。（生）正是：眼望旌捷旗，耳聽好消息。（老旦）我兒，朝命到來，卻是為何？（生）告母親知道。（老旦）起來說。（生）孩兒只為：

【孝順歌】頒丹詔，去意忙，匆匆拜別萱草堂。非兒要從征，激忱為君王，寧辭路長？但願安邊，一朝和暢，棄母

1　清・寶善堂校改鈔本《蘇武牧羊記》（《古本戲曲叢刊》初集景印）作「母恩君命，怎全終始名行」。

2　底本作「定」，據清・寶善堂校改鈔本《蘇武牧羊記》改。

抛妻也甘情況。和你分別去,各淚汪,又未知何日得再還鄉。

（老旦）

【前腔】孩兒去,聽吾言,捐軀報國莫久延。驅馳你當先,專心說樓蘭,成功早晚。休使娘親,終朝思念,從此別離願得康健。（合）和你分別去,各淚漣,又未知何日得再相見。

（旦）

【前腔】君今去,意大悚,哪堪老姑鬢已絲。晨昏我當侍,湯藥自支持,伊休念慮。但願功成,班師回至,說化匈奴[3],是伊之志。（合）和你分別去,各淚垂,又未知何日得再回歸。

（末、丑上）走吓。（丑）

【賺】行囊已整,早去和番罷戰爭。（末）住著。啟爺,李長肩喚到了。（生）喚進來。（末）是。老爺喚你進去。（丑）是。老爺在上,李長肩叩頭。（生）起來。（丑）老爺:莫留停,男兒有淚肯向別離傾？（生接）且低聲,堂上萱親兩鬢星,膝下哪堪沒弟兄！（丑）太夫人,小人叩頭。（老旦）起來。酒要少吃,事要多幹。（丑）曉得。（生）親闈難割捨,離愁無限殢人情,更有萬般折症。

（丑）

【鵲踏枝】老爺,鞍馬在門迎,急請離京城。征袍使節隨風勁,陽關唱、陽關唱別酒當傾,休只管戀家庭。（合）

最苦生離別未明，死離別未明。母子夫妻，母子[4]夫妻，緣慳分淺，甚日得再圖歡慶？

　　（生）

【尾】匆匆拜別程途遠，望娘親寬懷守等。（合）各自堅心辦志誠。

【哭相思】（生）娘休慮，且寬心。（老旦）孩兒赤膽報朝廷。（生）夫人，旦夕須當勤侍奉。（合）各淚汪汪趲去程。（生、丑、末下）（老旦）愁慼慼，意懸懸，菱花擊破甚時圓？正是啞子試嚐黃柏味，難將苦口向人言。（同旦下）

按　語

〔一〕本齣情節、曲文與寶善堂校改鈔本《蘇武牧羊記》第四齣〈拜別〉接近。

4　底本作「子母」，參酌文意乙正。

牧羊記‧小逼

丑：小番，衛律的部下。

淨：衛律，漢降將，投降匈奴後封丁靈王。

生：蘇武，漢使節。

　　（丑、末、小生、付引淨上）

【引】欲[1]說忠良為不義，片言且作投機。

　　全憑三寸舌，打動故鄉人，若得他心肯，同為胡地[2]人。自家衛律，昨奉百花元帥鈞旨，著我說化南朝使臣蘇武降順北國，與他做個大大的頭目。小番，蘇相的行館在哪裡？（眾）在金亭館驛。（淨）帶馬。（眾應）

　　（合）

【駐馬聽】馬兒嬌，蹀躞雙蹄，前跳後跳。一鞭不怕路途遙，來探故人消耗。

　　（丑）蘇相有請。（生上）

【引】南風布暖歸邊地，不憚勞千里。

　　（丑）小番把酥。（生）哪裡差來的？（丑）丁大王拜訪。（生）哪個什麼丁大王？（丑）也是爺那裡來的。（生）我那裡沒有什麼姓丁的在此吓……（丑）爺出去便知。（生）說我出來。

1　集古堂共賞齋本作「若」。

2　集古堂共賞齋本作「北地」。

（丑）蘇相出迎。（生）吓，是哪一位吓？（淨）吓，蘇相，違教了吓。（生看，各笑介）那小番只管說是丁大王，我道是誰，原來是衛相。（淨）豈敢豈敢。那小番不會講話，什麼丁大王，竟說是衛律罷了。（生）豈敢。（淨）迴避了。（眾應下）

　　（生）請。（淨）請。蘇相，人生不相見，動如參與商。（生）下馬勞清盼，忝為故舊鄉。（淨）聚[3]散能幾何？鬢髮各已蒼。（生）君親待子久，兄吓，你何不歸故鄉？（淨）吓，蘇相，我豈不念家國？只是……回首空茫茫！（生）當此忠孝心，遊子必有方。（淨）承教了。蘇相，請台坐，待衛律這裡奉拜。（生）下官符驗在手，回禮不便，只行常禮罷。（淨）一定要奉拜。（生）只行常禮。（淨）吓，如此，從命了。久別尊顏。（生）常懷渴想。（淨）關山阻隔。（生）鱗鴻不便。（淨）請坐。（生）請。（淨）這個……（生）吓，吓。（淨）令堂與尊嫂俱納福否？（生）托庇粗安。（淨）還有一位令弟是那李，吓，李……（生）是少卿。（淨）吓，少卿！少卿他在朝？（生）在朝。（淨）好嗎？（生）承問。（淨）如今掌朝政的是哪一位？（生）是那霍老將軍。（淨）還是他？呃，老了吓。（生）年紀雖邁，越有精神了。（淨）是吓，正所謂「老當益壯」，堪為國家之樑棟，此乃聖天子之洪福也。請問蘇相，在路行了幾時？（生）兩個月。（淨）阿喲，來得快吓。（生）王命在身，星夜而來的。（淨）是吓，記得我那年來的時節，足足行了六十個日子。（生）吓，是一般的吓。（淨）是一般的。哈哈哈，倒成了個笑話了。咳，沙漠之地，委實難行，請問蘇相，如此涉遠而來，有何公幹？（生）下官奉九

3　底本作「敘」，據《來鳳館合選古今傳奇》、《歌林拾翠》改。

重之命令，念百姓之流離，特來講和。但不知你狼主允否？（淨）
吓，和的好，和的好。我想龍爭虎鬥，何代無之？只是，有勞貴步
涉遠而來。（生）此乃臣子分內之事，何勞之有。（淨）這個……
衛律昨日在狼主那邊，正議著此事，忽有關上小番來說，南朝到了
一位使臣。我就問他是哪一位爺，那小番倒也伶俐，就言及尊駕到
此。衛律在狼主面前，把蘇相這些忠孝才能一講，狼主就十分歡
喜。（笑介）（生）他是個夷虜，曉得什麼來？（淨）雖是夷虜，
倒也重賢。[4]俺想，狼主是個賢主，蘇相是位佳賓，賢主佳賓，豈
不終朝和美？為此，著衛律前來勸蘇相降順北國，與衛律一般享榮
華受富貴，諒蘇相必然見允。就請同行，見俺狼主去。請，請，
請。

　　（生）咳，衛相差矣！（淨）吓？差了？（生）我蘇武奉朝命
而來，只為生民塗炭，特來講和，以安中夏；並不曾著蘇武前來求
大官、覓富貴！況我父子無功，三世受漢朝大恩，恨不得粉身碎骨
以報吾主，怎肯背主拋親，降順夷虜[5]以喪臣節？誓死窮荒，決難
從命！這樣傷風敗俗的言語，請自禁聲！

　　（淨）咳，蘇相，你不降也罷，只是可惜，衛律在狼主面前道
你：

【桂枝香】丰姿標致，言談爽利。奈何你所見不從，枉自
知書達禮。你聽吾所言，你聽言所言，和你結為兄弟。
（生）我也沒福做你的兄弟。（淨）還你受榮華富貴，你去自

4　集古堂共賞齋本作「（生）他是個單于，曉得什麼來？（淨）雖是單于，
　　倒也重賢」。
5　集古堂共賞齋本作「外國」。

思維。莫待臨崖失馬收韁晚，只恐船到江心補漏遲。

（生）

【前腔】咳，總有潑天威勢，難挫我凌雲豪氣。（淨）衛律
在此賜號封王了吓！（生）便封你做不義之王。（淨）王便王
了，有什麼不義？（生）我寧死做忠良之鬼。（淨）只怕你忍
不得這般飢餓哩。（生）我寧甘餓死，我寧甘餓死，肯啖腥
羶6滋味？（淨）住了住了！這話難講。只怕你落在圈套之中，也
不怕你飛上天去。（生）閒說！我蘇武出了雁門關，這幾塊精骨頭
兒就不想回去的了。（淨）言重，言重。（生）落圈套從伊區
處。過來，你去上覆那單于，若要咱降順……（淨）幾時
呢？（生）直待西方日上時。

（淨）阿呀，西方怎得個日上？咳！

【前腔】你出言吐氣，好不知人禮。你若是固執不從，
（生）不從便怎麼？（淨）恐誤了惺惺伶俐。識時務呼為俊
傑，識時務呼為俊傑，你不必拘滯，枉被傍人談議。
（生）住了！那傍人談議我什麼來？吓，敢是談議我不棄漢降胡
麼？（笑介）（淨）非也，那傍人不談議你別的，道你欠通書，
假饒會施天上無窮計，只怕你難逃目下危。

（生）

【前腔】咳，你忒不觀事，把我做凡儕一例。我平生見富
如仇，肯似你貪圖榮貴？（淨）降順的好。（生）猶兀自絮
叨，猶兀自絮叨，陷我做不仁不義，你且急須迴避。
（淨）吓？這是我的地方，倒叫我迴避。迴避到哪裡去？我偏要坐

6　集古堂共賞齋本作「他鄉」。

在此！（生）是吓，這是他的地方，怎麼叫他迴避？自我差了。
（轉身見淨坐，惱介）吓，衛律，你看我手中什麼東西？竟自大膽
公然上坐麼？（淨笑介）這個……與它有舊，與它有舊。（生）可
又來！休賣弄嘴唇皮，假饒說得天花墜，咪！只當做長空亂
雪飛。

（背介）（淨）吓，我好意勸他降順，倒說我的言語只當長空
亂雪飛！小番。（丑上）有。（淨）你在此聽他說些什麼，就來回
覆我。（丑）是。（淨）帶馬。正是：閉門不管窗前月，分付梅花
自主張。（下）

（生轉介）你看這個奸賊，別也不別，竟自去了。待我罵他幾
聲。啲！衛律吓衛律：

【沽美酒】我罵恁那咳咳的潑佞臣，巴巴的逞花唇。恁只
管絮絮叨叨聒殺人，輔回回忘了主恩，急煎煎叫咱降順。
禿饞饞道上品，打辣酥叫酒銀。背恩主非君是君，棄爹娘
非親是親。你每日價腥羶⁷為群，野草為鄰，直恁的不仁。
呀，咳，衛律吓衛律，我罵、罵你個臭名兒萬載千春，呀呀
呸！我罵、罵伊不盡。（氣下）

（丑）好罵吓！奉著大王命，探聽許多因。不免回覆大王知
道。大王有請。（淨）你回來了麼？（丑）是。（淨）他可說什
麼？（丑）他罵大王。（淨）他那敢罵我！（丑）他罵大王又奸又
佞。（淨）哇！唔！（丑）吓。（淨）迴避了。（丑應下）（淨）
阿呀，可惱吓可惱！

【駐馬聽】叵耐奸頑，惡語傷人九夏寒。饒你從前作事，

7　集古堂共賞齋本作「沙土」。

沒興齊來，只在轉眼之間。啊呀，蘇武吓蘇武，我與你打個掌兒。假饒脫得雁門關，皂羅袍扯碎沒一半。若要生還，若要生還，除非是插翅做南來孤雁。

　　殺人可恕，情理難容。好意勸他降順，他反罵我。唗，眉頭一皺，計上心來。我如今將些金銀，買囑把關頭目，叫他虛動一角文書到南朝去。只說蘇武某年某月某日已降順北國，只叫你子不能見母，妻不能見夫。吓，有理有理！咳，蘇武吓蘇武，我勸你降時不肯降，此生怎得轉家鄉。龍遭鐵網難翻爪，虎落深坑怎脫韁。阿呀，可惱吓可惱！（怒下）

按　語

〔一〕本齣情節、曲文與寶善堂校改鈔本《蘇武牧羊記》第八齣〈勸降〉接近。

〔二〕選刊此齣的坊刻散齣選本還有：《醉怡情》、《來鳳館合選古今傳奇》、《歌林拾翠》、閩正堂刊《綴白裘全集》。

牧羊記・望鄉

生：蘇武，漢使節。
小生：李陵，漢降將。
淨：衛律，漢降將，投降匈奴後封丁靈王。
旦、貼：女伎。

　　（生上）

【引】凝望眼，極目關山遙遠。思想君親腸寸斷，怎消忠
孝怨？回首羝羊散亂，與兩個野人為伴。試把節旄[1]來一
看，表我君親面。

　　海水無邊無際，沙場無極無垠。無親無眷又無鄉，況又無家可
奔。日裡無衣無食，夜間無被無衾。又無曆日記時辰，不知春夏
來，哪識秋冬盡？

【忒忒令】我只得告天、天苦憐，望天、天與人做個方
便。怎把我英雄來困？倒不如那楚屈原，他抱忠魂，葬魚
腹，也落得個話傳。唦唦唦吓，我又差了！那楚屈原因諫楚懷
王不從，自投汨羅江而死。我蘇武受漢朝三世厚恩，言聽計從，沒
來由比他則甚？且住，前日有一漁父來說，有漢將李陵為我而來，
也被胡人拿住。後來單于又招他為婿，未知真否。咳，豈有此理！

1　底本作「毛」，參考下文改。

那李將軍為人最賢，怎肯與羯羶[2]為姻眷？我想這節事非為別人之故，咻，多因是衛律那逆賊哄他為不善。且住，若是李陵在此，也該來看我纔是，為何不來呢？是了，是了。莫不是害羞慚，為降虜[3]，難相見，因此上不來到海邊？

（內喊介）

【沉醉東風】我見、見一簇人馬鬧喧，吓，是了！莫不是胡賊[4]又來相勸？他若來時呵，我拚一命喪黃泉，誓無他怨，早難道意回心轉？為君守節，為親保全，何曾為一身上苟延？

（四小軍引小生上）

【前腔】蘇子卿別來數年，受盡了艱辛萬千。遙望草廬邊，見一人寒賤，免不得上前相見。（合）為君守節，為親保全，何曾為一身上苟延？

迴避了。（眾下）（小生）哥哥在哪裡？（生）兄弟在哪裡？（合）

【哭相思】怎知今日重相見？這冤苦向誰分辨？

（生）兄弟，你這般打扮，莫非走差了路頭麼？（小生）哥哥，一言難盡……（生）坐了講。（小生）哥哥聽稟。（生）唔。（小生）

【園林好】從別後，朝廷與兵五千。（生）與你五千人馬做

2　集古堂共賞齋本作「外國」。

3　集古堂共賞齋本作「胡」。

4　集古堂共賞齋本作「衛律」。

什麼？（小生）到虜廷[5]與哥哥報冤。（生）生受你！（小生）不想到一身落殿。（生）如此說，你輸了吓？（小生）羞慚臉怎生言？說將起淚漣漣。

（生）那單于怎麼樣待你？

（小生）

【前腔】那單于惜才重賢。（生）惜才重賢，敢是封了你什麼官職了？（小生）賜咱官委託將權。（生）看待如何？（小生）每日裡開筵設宴。（生）聞得招你為婿，可有此事否？（小生）將花豔女縮良緣，因此上被利名牽。

（生）呀吓！你在此享榮華，受富貴，竟不想朝廷了麼？（小生）哥哥吓：

【江兒水】不想朝廷怒，將咱祖家遷。（生）你的兒女也不顧了？（小生）滿門兒女遭刑憲[6]！（生）你竟不想回去了麼？（小生）望巴巴有眼無由見，哭啼啼血淚空如霰。（生）哭也無用。（小生）教我如何回轉？（生）你平昔孝義忠心哪裡去了？（小生）把孝義忠心，因此上將刀割斷。

（生）今日到此何幹？

（小生）

【前腔】聞說哥哥在，李陵常掛牽。（生）既然牽掛，何不早來見我？（小生）幾回要見無由見。（生）要見何難？（小

5　集古堂共賞齋本作「沙漠」。

6　底本作「陰」，據《風月錦囊》的《新編奇妙賽全家錦大全忠義蘇武牧羊記》（《善本戲曲叢刊》第四輯景印）、清・寶善堂校改鈔本《蘇武牧羊記》（《古本戲曲叢刊》初集景印）改。

生）雁門關阻隔平生願。（生）今日來做什麼？（小生）請哥哥到望鄉台聊敘別離嘆。（生）去做什麼？（小生）到那裡暢飲，何妨消遣。（生）我不去！（小生）休得推辭，看李陵平昔交情之面。

（生）這是我斷然不去的！

（小生）

【川撥掉】休執戀，請前行莫久延。論興衰貴賤由天，論興衰貴賤由天。嘆滄海與桑田幾番變遷，把離愁且放寬。（生）這離愁怎放寬？我身似秋霜難苟延，我的忠心鐵石樣堅。（小生）請哥哥放下節旄。（生）李陵若要我折節延年，若要我折節延年，也罷！拼一命死在眼前。（合）把離愁且放寬。這離愁怎放寬？

【尾聲】（生）形孤影隻誰為伴？忍餓耽飢北海邊。（小生）誰與我兄解倒懸？

　　哥哥，小弟此來，非為別事，只為受降城外新築一臺，名曰「望鄉臺」，請哥哥到彼望南一拜，以表哥哥忠臣孝子之心。（生）既然如此，何不早說。若教我幹別的事，我斷然不去；若叫我拜望家鄉，怎麼不去。（小生）如此，哥哥請。

　　（生）客邸思鄉切，家鄉未得歸。（小生）欲窮千里目，更上一層臺。看酒。（丑持酒上）

　　（小生）

【畫眉序】同上望鄉臺，翠幬高張玳筵開。幸相逢知己，共倒金罍。臺下列珠履瑤簪，座間擁姣娥粉黛。（合）這杯滿飲休辭醉，何妨暫展愁眉。

　　（生）

【前腔】鱄生愧不才，歷盡艱辛受狼狽。對樽前歡笑，自覺含哀。吓，李陵，你叫我拜望家鄉，但不知在哪一帶？（小生）望南一帶就是。（生）吓！望南一帶就是麼？（小生）正是。（生）吓，你看：雲山滿目，煙樹模糊，這一答就是我的家鄉了。阿呀我那聖上吓！念聖主……唔，李陵，你在那裡做什麼？（小生）隨哥哥拜望家鄉。（生）吓，你既降順在此，那一答就不是你的家鄉了；誰要你拜？誰要你拜？好沒廉恥！我那聖上吓，念聖主闥闍憂懷。呵啲我那親娘吓！嘆慈母倚門凝待。（合）這杯滿飲休辭醉，何妨暫展愁眉。

（淨引眾侍女上，合）

【神杖兒】懸絲傀儡，裝模作樣，前行後隨。大家高聲唱采，齊聲唱采，活脫似神仙降臨凡界。齊看取好詼諧，齊看取好詼諧。

（眾）小番把酥。（小生）哪裡差來的？（眾）丁大王差來承應的。（小生）如此，小心承應。（二旦）是。

【回回曲】高高山上一廟堂，姑嫂兩個去燒香。嫂子燒香求男女，小姑燒香早招郎。

（生）

【滴溜子】哎！我思量起，思量起，（淨向旦介）他在那裡思量你哩！（生）倦容怎抬？思量起，思量起，（淨向貼介）又思量你！（生）悶懷怎解？最苦，一身飄敗。君親未報答，逆天罪大，怎禁得汪汪珠淚盈腮？

（眾合）

【鮑老催】勸君放懷，不必怨嗟時運乖。常言否極當泰來，枯木逢春花再開。郎飲酒，高歌唱，休憔悴。人生難

逃百年外，無常到來空反悔。請放下腰間帶，請放下腰間帶。紅日正昇，皓月又埋，明裡去暗裡來，暗把朱顏改。勸君了卻相思債，新愁舊恨多寧耐，順造物安排在。

（生）哧！（眾）耶步，耶步。（下）

（生）

【尾聲】離情萬種愁無奈，又被胡人[7]惱亂懷，怎遣得愁山并悶海。

（小生）哥哥，小弟有言告稟。（生）講。（小生）懷忠守節，雖義士之綱常；應變隨機，乃達人之權度。單于這等看待，哥哥當以折節奉承，豈可待兔守株？何必膠柱鼓瑟？（生）背義忘恩，實人臣之共恥；去順效逆，豈義士之所為。我蘇武受漢朝三世厚恩，豈肯食胡地一粒之粟。顧茲陋質，真如撮土之微；念及國恩，不減泰山之重。我寧甘餓死，決不貪生！（小生）陵聞：臣與君以義合，子與親以孝先。漢天子春秋高邁，臣或無罪而見殺。太夫人光景暮矣；卿婦必易志而他歸；獨有汝弟存亡，未可審也。今哥哥空死窮荒之地，朝廷怎知義士之心？請自思之，無遺後悔。

（生）臣之與君，亦猶父子之同道。忠之與孝，豈可存亡而易心？朝廷未通音信，老母未知生死，忠孝實難兩忘。（小生）哥哥，此非小弟之故，胡主[8]聞陵與哥哥交厚，故使來說，不想哥哥，

【鏵鍬兒】受盡了千磨百滅，一點丹心似鐵。我欲待勸哥哥降順，教我有口難說。思量起恁忠潔，好一似嚴霜皓月。這等看來，李陵與衛律之罪，上通于天，不可容也！我自嘆

7　集古堂共賞齋本作「伶人」。

8　集古堂共賞齋本作「單于」。

嗟，徒意切，這羞慚滿面，悄地偷彈淚血。

（生）

【前腔】李陵，為人臣子，當為君親守節。我若是見義忘恩，肯與那盜賊無別？李陵，你教我去順羶羯[9]，我寧甘殞絕。我的意已決，和你從此別。李陵，我和你相交半世，豈不曉得我的性兒麼？我若貪圖榮貴，怎肯餐羶嚙雪？

（小生）小弟告別了，哥哥請自保重。你鐵石……咳！心腸不改移，含悲灑淚枉嗟吁。（生）一片赤心難盡說，哪！空中惟有老天知。李陵，你今後休來看我。（小生）自然還要來看哥哥。（生）吓，你若再來，我就一劍砍為兩段。沒廉恥，還不走，虧你羞也不羞？（生下）（小生）咳，羞死我也！（下）

按 語 ✎

〔一〕本齣情節、曲文與寶善堂校改鈔本《蘇武牧羊記》第十八齣〈望鄉〉接近。

〔二〕選刊此齣的坊刻散齣選本還有：《風月錦囊》、《醉怡情》、《來鳳館合選古今傳奇》。

---

9 集古堂共賞齋本作「他邦」。

金鎖記‧送女

外：竇天章，竇娥的父親。
小旦：竇端雲，後改名竇娥。
老旦：魯氏，蔡婆，竇娥的婆婆。

（外上）

【引】待取功名往帝都，十三幼女去從姑。

　　老夫，竇天章。今當大比之年，欲到京應試，咳！奈因家下乏人。為此，今日將女兒送到蔡婆家去為養媳。咳！可憐他（作擦鼻悲介）啼哭了一夜，我聞之慘然……吓，但事已至此，教我也無可奈何，只得喚他出來，送去則個。（立起，手背揩淚介）吓，瑞雲孩兒哪裡？（小旦上）吓，來了。（作悲介）娘吓！

【引】在祠堂拜別慈親座。（外）快來吓。（小旦）爹行連喚，不能留戀須臾。

　　爹爹。（外）兒吓，你今日去拜見姑嫜，亦是好事，為何哭得這般模樣？（小旦）爹爹吓！（作高聲悲咽念介）孩兒只為一霎肝腸痛似割！（外）兒豈不聞「幼時從父長從夫」？（小旦）弱齡忍把嚴親撇，（作悲介）孑影誰將暮景娛？（外）你休眷戀，莫踟躕，忍教捨卻掌中珠。自今已了百年事，我此去須將萬里圖。鎖上門兒，待我送你去罷。（小旦）啊呀娘吓！（對上場暗哭介）（外）吓，兒吓：

【集賢賓】你把啼痕淨掃眉暫舒，（小旦）阿呀娘吓！唔唔

唔……（外右手攙小旦）慢隨向街衢。（外拿衣袖鎖，鎖門，攙小旦走介）（小旦）**一步行來**（外）**快些走**。（小旦）**一步苦**。（外）這裡是了。（小旦）**待趨前又轉躊躕**。爹爹，你是讀書之人，豈不聞「子女婚嫁有時」？孩兒年方十三，正該侍奉爹爹，豈有出嫁之理？（外）我的兒，我曾教你讀過的吓。豈不聞《詩經》上云：「之子于歸，宜其家人」？如今那（指內介）蔡婆婆處，就是你家裡了。**不記得于歸**（洒袖介）**舊語**？（小旦）爹爹，回去罷。（外）**到此際聲聲歸去**。（小旦）[1] **心痛楚，回首處淚珠如雨**。

　　（外）說話之間，來此已是蔡婆門首了，且展乾了眼淚，好進去相見。（向衣袖取出紅襖，抖開與小旦著介）我兒來穿了，好進去相見。（小旦哭介）（外）不必啼哭，展乾了眼淚。（洒袖整巾，打偏袖向內介）吓，裡面有人麼？

　　（老旦上）

【引】**一子離家愁萬縷，撇不下掌中珠**。

　　是哪個？（外）親母出來了。（老旦）原來是**寶**親家。（外）不敢。（老旦）此位是誰？（外）就是小女。（老旦）就是令嬡麼？（外）就是小女。（老旦）親翁請。（外）親母請，隨我進來。（小旦斜走，朝上立介）（外）老夫承親母厚愛，俯結絲蘿。因欲赴試，家下乏人，今日特送小女過門侍奉親母。（老旦）阿呀，親翁先來說一聲便好。今日媳婦過門，小兒又拜從先生去了。老身獨自在家，一無所備，怎麼好？（外）吓吓吓，老夫與宅上向係通家，何必煩費。（老旦）多謝親翁。親翁請上，老身有一拜。

1　底本作「小旦合」，「合」字衍，參酌文意刪。

（外）老夫也有一拜。（朝上起坐拜）（老旦）愚頑孤子，僭求淑女，不勝蒹葭倚玉之慚。（外）艱窘腐儒，喜得佳婿，實切絲蘿附喬之幸。我兒過來，拜見了婆婆。（小旦福介）（老旦）阿呀，不消了。（小旦福過，速斜身走外身邊介）（外笑介）吓吓吓，阿呀……（左手攙小旦兩拜）弱媳無知，惟望箴規嚴肅。（老旦）世家遺範，須知禮度優閑。請坐。（外）有坐。（小旦立外椅邊介）聞親母訓子之功，不減于古時賢母，老夫每每嘆服。（老旦）親翁在上，老身自從先夫去世之後呵，

【黃鶯兒】獨自守寒廬，（外）我兒過去。（老旦）訓頑兒苦念書，（小旦斜眼看，不理，哭介）唔唔……（外）久仰親母的家聲，難得！（老旦）眼前蒙把姻盟許。（外）只恐小女不堪侍奉君子。（老旦）親翁是禮樂大儒，（外）惶恐。（老旦）賢媳是德容靜姝，（外）吓吓吓，謬贊了。（老旦）荷蒙不棄容我攀玉樹。（外）過謙了。我兒過來。（扯小旦衣，小旦作不理，立外身邊介）（老旦）枉臨初，奈家貧乏禮，望你恕迂疏。

　　（外）老夫感激先親翁借貸之恩，祇為年來貧乏，

【前腔】無以報瓊琚，但思之（作看覷，淚介）每汗濡，反蒙結就朱陳侶。親母是陶嬰孟母，賢郎是龍媒鳳雛，（老旦）親翁忒過獎了。（外）愧余何幸把喬木附。（老旦）好說。（外）只是小女呵：早年孤，不聞母訓，全仗有賢姑。

　　（老旦）令嬡德容閑雅，況且親翁家教，不必老身訓誨。（外）倘有小節未諳之處，親母必須（斜眼看小旦介）體諒他些。（老旦）媳婦年幼，自然與親骨肉一般，不消親翁囑咐。（外）若得他敬侍姑嫜，恪遵婦道，老夫方得一心前往，別無掛念。（老

旦）不知親翁幾時起程？（外）老夫今日送小女過門，隨即登程了。（老旦）去得恁促！待老身薄治盃茗，留親翁暫坐一坐纔好。（外）多謝盛情。還有朋友束裝相待，不得久停矣。（立起）親母，告辭了。（老旦）有慢。

（小旦）阿呀爹爹吓！（跪，雙手捧外下身介）

【貓兒墜】你待將兒拋棄，獨自向長途，早晚風霜可慎諸。未知何日到皇都？家書，早寄回來，免兒憂慮。

（外扶小旦起介）起來，我的兒，你也不要傷悲。只是你在此呵，

【前腔】侍姑須孝，凡百事要勤劬。（雙手搭小旦肩，附耳）從此頑心當盡除，（指手心介）女紅休離得須臾。躊躇，得你成人，我念方舒。

（小旦哭介）（外亦哭介）兒吓，我言已盡此，再不能盤桓了。親母，老夫就此告辭。（老旦）多多簡慢。（小旦）爹爹吓，再坐坐去。（外大哭，打帽子頭介）

【哭相思】你看，幼女牽衣不忍分，（小旦）爹爹吓，你幾番欲去幾逡巡。（外）我的兒，我功名繫想多承望，（各大悲介）（外）阿呀，骨肉關情卻是真。（小旦扯住外手）（外）我兒放手！（小旦）阿呀爹爹！（外）放手！（小旦看外，軟跌下）（外下）（老旦）呀，親翁請轉，媳婦悶去了！（外急轉，立下手，左手指內介）吓，阿呀我兒，我兒！（哭，將手背揩淚介）親母，好生扶他進去。（外下，復上，雙手苔肚，呆看小旦介）（老旦）親翁放心，有老身在此。（外哭介）親母，老夫去也。（老旦）簡慢親翁。（外下）（老旦）媳婦醒來！親去也，慢傷神，他成名即便整歸輪。（小旦）爹爹吓，從今只好登

樓望，（老旦左手攙小旦，右手關門）媳婦，進去罷。（小旦）
目斷天邊一片雲。

　　（老旦）媳婦，進去罷。（小旦）阿呀爹爹！（老旦回看介）
吓，媳婦。（小旦哭介）唔唔……（老旦作哽咽，右手揩淚走兩
步）吓，進來，進來嘻。（攙小旦手下）

按　語 ✐

〔一〕本齣出自《金鎖記》第六齣〈從姑〉。

金鎖記・探監

末：監獄的獄卒。
老旦：魯氏，蔡婆，竇娥的婆婆。
小旦：竇娥。

　　（末上）虎頭門裡偷生少，枉死城中怨鬼多。自家乃山陽縣一
個禁子便是。前日堂下發下一名女犯竇娥，自從他進監來，一些使
用也沒有。吓，也罷！我今日不免進去擺佈他一番，索些使用也是
好的。正是：手執無情棍，懷揣滴淚錢。

　　（老旦上）阿呀，好苦吓！

【銷金帳】雞鳴早起，未飲湯和水。往獄中尚有三四里，
去看竇娥媳婦，把他寬慰。況連朝鎖禁，未審如何面嘴。
瘦體柔姿，怎地當得起？無錢少銀，不知容咱見未？

　　老身為放媳婦不下，今日帶得一碗飯在此，待來看他。來此已
是監門首了。禁長哥有麼？（末上）吒！什麼人在此大呼小叫。（老
旦）是我在此。（末）你這老婆子是哪裡來的？（老旦）我是竇娥的
婆婆。（末）吓，你就是竇娥的婆婆麼？（老旦）正是。（末）你來
得正好！自從你媳婦進監來，一些使用也沒有，你今日帶得多少錢
在此？拿來拿來！待我與你分派分派。（老旦）阿呀禁長哥吓，不
瞞你說，我婆媳二人，多是孤身，突遭冤害，一家瓦裂，哪有錢鈔
來監使用？望大哥方便。（末）吒！自古道：「靠山吃山，靠水吃
水。」你若沒有使用，只是你媳婦吃了苦了。哪！打便還他的打，

餓便還他的餓。你既無使用，來也是多餘的了，走你娘的路！

　　（老旦）阿呀禁長哥吓，哀念我無辜受冤，發個大大慈悲，照顧他暫延性命，萬代陰功。（末）我且問你，你今日來怎麼？（老旦）老身放他不下，特來看他一看。（末）呸！倒說得這樣自在，走你娘的路。（老旦）阿呀禁長哥吓，自古公門裡面好修行吓。禁長哥請轉，禁長哥請轉！（末）做什麼？（老旦）銀錢是沒有，老身只得跪在此了，望大哥方便開一開。（哭介）

　　（末）咳！我是軟心腸的吓。婆子，起來起來，待我開你進來。（老旦）多謝禁長哥。（末作開老旦進介）吓，禁長哥萬福。（末）罷了，罷了。（老旦）我媳婦在哪裡？（末）在後北監。（老旦）吓，我媳婦在後北監。（哭介）（末）吓，婆子，開便開你進來，不許高聲，就要出去的吓。（老旦）是，曉得。（末）這裡來。（老旦）是。（末）哪！你媳婦在這裡頭。（老旦）阿呀，媳……（末）呔！（老旦）是。（末）叫你不要高聲，怎麼叫將起來！（老旦）不哭。（末）不許高聲。（老旦）是。（末）呔！寶娥。（小旦）阿呀大哥，打不起了噓。（末）不打你。你婆婆在此，可要放他進來？（小旦）望大哥方便，千萬放我婆婆進來。（末）吓，婆子，你站在此，待我進去開他出來。（老旦）多謝大哥。（末下）（老旦）吓，媳婦。（小旦內）婆婆。（老旦）吓，阿呀兒吓！（小旦內）婆婆呀，你到此怎麼？

【灞陵橋】（老旦）**我到此特來看伊，聽了你的聲音，教我剗[1]地裡肝腸碎。**（內小旦接）**我萬死一生，半人還半**

---

[1]　底本作「划」，據清內府精鈔本《金鎖記》（《古本戲曲叢刊》三集景印）改。

鬼。（老旦）媳婦吓，你不便且遲遲，休得要為我忙驚起。
（小旦）我就出來了。（老旦）吓，媳婦，待我進來看你罷。（小旦）阿呀婆婆吓，你千萬不要進來，看了裡面這些光景是……悲！兀的不痛垂淚。

　　（搶上介）婆婆在哪裡？（老旦）媳婦在哪裡？（小旦）阿呀婆婆吓！（抱跪介）（老旦）阿呀媳婦吓！（抱住哭介）

【憶多姣】眼乍瞥，五內裂，痛你無端受縲絏。家破人離和誰說？（小旦）我命當絕，我命當絕，害我婆婆痛切。

　　（老旦）媳婦吓，我得帶一碗水飯在此，你可吃些。（小旦）婆婆吓，叫做媳婦的哪裡吃得下？（老旦）略略吃些罷。（小旦吃，吐介）（老旦）阿呀媳婦吓，你從小嬌養，何曾受得這般苦楚？（小旦）阿呀婆婆吓！

【鬧黑麻】說不盡獄底淒涼，真堪痛切。風雨黃昏，鬼聲四接。桪鈴響，響不歇，待少朦朧，驚魂又掣。（合）聞言慘切，伊今休再說。只願早遇廉明，早遇廉明，把覆盆照徹。

　　（末急上）吓，寶娥在哪裡？寶娥在哪裡？（老旦）大哥，怎麼說？（末）吓，寶娥，你還不曉得麼？（小旦）不曉得，什麼？（末）今早刑部堂上有文書到下，道你罪名已實，要將你處決了。（小旦）呀，要將我處決了！（末）唔。（小旦）阿呀婆婆！（老旦）媳婦。（小旦）阿呀，阿呀！（跪地作死介）（老旦）阿呀，媳婦甦醒，甦醒。（末）阿呀不好了！寶娥醒來，寶娥醒來！吓，老婆子，快些叫！

　　（老旦）

【憶多姣】我聽伊說，要把囚犯決，嚇、嚇得我魄散魂飛

聲哽咽，捫地呼天空激切。痛你賢哲，痛你賢哲，忍見鋼刀濺血。

（末）寶娥，寶娥！（老旦）媳婦醒來。（小旦醒介）（老旦）好了，好了。（末）阿呀呀，倒嚇得我一身冷汗。吓，婆子，看好了你媳婦，待我去拿些熱湯水來。（老旦）多謝大哥。（末）咳！這是哪裡說起！（下）

（小旦）

【鬧黑麻】我罹此極刑，定因往業。吓，婆婆在哪裡？（老旦）吓，媳婦，婆婆在此。（小旦）吓，阿呀婆婆吓！（老旦）阿呀媳婦吓！（各哭介）（小旦）只苦伊老去無依，見茲慘切。今日會，明日別，人鬼幽冥，只在片刻永訣。（合）蘭摧玉折，冤深千萬劫。（老旦）張驢兒，天殺的吓！便日上西方，日上西方，此仇怎雪？

（末奔上，開門介）吓，婆子，快些走出去，官府下來點閘了。走走走！（小旦老旦抱住）

【哭相思】（合）抱頭悲哭不能言，（末）放手，放手。（小旦、老旦）死別生離在眼前。（末）呸！放手。（小旦）阿呀婆婆吓！（老旦）媳婦。（末）放手！（小旦）婆婆。（老旦）媳婦。（末扯介）呸！走出去。（推老旦出，跌地介）（末關門介）（小旦）阿呀婆婆！（末）呔！還不進去？（小旦）婆婆。（末）呔！進去。（小旦）阿呀。（末）進去。（小旦）阿呀。（末拖小旦下）（老旦起介）東去伯勞西去燕，斷腸回首各烽煙。

（下又復上，叫介）吓，阿呀，媳婦在哪裡吓？阿呀媳婦的兒吓……（大哭下）

按　語

〔一〕本齣出自《金鎖記》第二十齣〈探獄〉。

〔二〕選刊此齣的坊刻散齣選本還有：《醉怡情》、《歌林拾翠》、聞正堂刊《綴白裘全集》。

金鎖記・法場

付、末：劊子手。

丑：錢為命，監斬官。

小旦：竇娥。

老旦：魯氏，蔡婆，竇娥的婆婆。

雜：小鬼。

生：傳命令的差官。

　　（付、末引丑上）

【引】奉命監斬竇娥，令權在手，任我施行。

　　天道昭昭無不昧，報應分明有鬼神。下官山陽縣四衙錢為命是也。今乃六月初三，奉旨決囚。奉憲委下官監斬犯婦一名竇娥。吓，劊子手。（付、末）有。（丑）犯婦可曾綁下？（付、末）綁下了。（丑）把閑人打開去，將竇娥先帶到法場上伺候。（丑下）（付、末）吓，閑人站開！竇娥，走動。

　　（小旦內）好苦吓！上天天無路，入地地無門。慢說奴心碎，行人也斷魂。（付、末）走吓。（小旦上）不想我竇娥今日典刑也！（付）閑人站開吓！

　　（小旦）

【端正好】沒來由犯王法，葫蘆提遭刑憲，叫聲屈動地驚天。我將那天地合埋怨，天吓！怎不與人行方便？

　　（付、末）吓，竇娥，你也該認些自家不是，只管埋怨天地何

用？（小旦）二位哥吓：

【滾繡毬】有日月朝暮顯，有山河今古傳，天吓！卻不把清濁來分辨，可知道錯看了盜跖顏淵？有德的受貧窮更命短，造惡的享富貴又壽延，天吓！你做得怕硬欺軟，不想道天地也會順水推船。阿呀地吓，你不分好歹難為地。阿呀天吓，不辨賢愚枉做了天。（小旦作死介）（末、付）阿呀呀，竇娥醒來，竇娥醒來！（付、末）好了好了。（小旦醒介）只怎不獨語無言。

　　（末、付）竇娥，你今日法場典刑，難道沒有一個親戚來看你麼？（小旦）阿呀二位哥吓：

【叨叨令】你道我當刑赴法場到此際有何親眷？（末、付）我每前街裡去罷。（小旦）[1]前街裡去告恁看些顏和面。（末、付）我每後街裡去罷。（小旦）後街裡去可不把哥埋怨！（末、付）為什麼倒怕後街裡去呢？（小旦）後街裡去只恐怕俺婆婆見。（末、付）吓，竇娥，你今日法場典刑，連自己性命顧不來，還怕什麼婆婆見你慘傷麼？（小旦）阿呀二位哥吓，我不怕別的，只怕婆婆見我繩穿索綁，押赴法場，餐刀處決呵，兀的不枉將他痛殺人也麼哥，枉將他慘殺人也麼哥！（末看付介）咳，可憐，可憐！（付）便是。（小旦）因此，哀告二位大哥：少刻臨刑時節，把我一刀兩段，快些決絕了罷。（末、付）卻是為何？（小旦）一則免得婆婆見了傷心，二則也免得奴家受苦。（付、末）咳，可憐，可憐！（小旦）阿呀，告、告哥哥臨刑時好與奴行方便。

1　底本作「旦」，參考上下文改。以下同。

（跪介）（付、末）阿呀呀，起來，起來。（老旦內）阿呀，我那媳婦在哪裡？（末、付）**寶娥**，那邊有個老婆子，一步一跌，趕將上來，想是你婆婆來了。

（小旦）

【脫布衫】呀，我見、見婆婆走動危顛，（老旦上）阿呀媳婦吓，我特來送你！（小旦）**哭哀哀送我歸泉**。（老旦）痛殺我也！媳婦，你有話吩咐我一聲。（小旦）**頓教人肝腸斷也，搵心頭有針無線。**

（老旦）難道你先去了！

（小旦）

【小梁州】**渺渺幽魂[2]我占先，不能夠伴你衰年。**（老旦）媳婦，叫我何忍見你受此慘禍。（小旦）**霎時間身首不完全，伊休見，恐見了倍熬煎。**

（老旦）媳婦，你先去，我隨後就來也。（小旦）阿呀婆婆吓！

【么篇】**你是個老年人加餐強笑方為善，休得要想後思前。**（末、付）官府下來了，走罷。（推開各走介）（老旦趕上）阿呀媳婦的兒吓，只是，你爹爹回來，叫我如何回覆他？（小旦跌上兩場角）爹爹，爹爹，阿呀爹爹吓！**他待要親兒見，恐聞言驚戰，婆婆切莫與他言。**

（末、付推老旦下）（小旦、丑上）（末、付）婦人當面。（丑）**寶娥**，你小小年紀，下得這般毒手，下次不可吓。

（小旦）

---

2 清內府精鈔本《金鎖記》作「冥途」。

【上小樓】這的是王家重典，西台風憲。（雜扮二小鬼，執旗暗上介）咱便有萬口千牙，累疏連篇，怎辯沉冤？恁可憐，幼小年，難禁著熬煉，咱便餐刀……（末、付）風起了吓。（小旦）博得個死而無怨。

（末、付）下雪了，好奇怪！好奇怪！

（小旦）

【四邊靜】呀！霎時間狂風禁旋，戰戰兢兢不能向前。雪又滿天，對面難分辨。多因是蒼天憐念我冤，因此上陰陽變。

（末、付）時已將至午時。（丑）吩咐收綁。（付、末）吓。（丑）吩咐動手。（付）吓，開刀！

（生騎馬急上介）吔！刀下留人！奉提刑老爺之命，炎天降雪，必有奇冤，應決人犯，帶去收監，請旨定奪。（丑）是。（生下）（丑）劊子把竇娥放綁，帶去收監。好造化！正是：萬般多是命，半點不由人。（丑下）

（老旦上）我那媳婦的兒在哪裡？（老旦將裙披小旦身上介）

（小旦）

【煞尾】似驅羊屠肆前，霎時間重放轉。（末、付）婆子，這是上天憐你媳婦冤枉，降這等大雪。（老旦）便是。（小旦）謝皇天刀下留殘喘，這回家看我的婆婆歡容定不淺。

（付）進監去罷。（小旦）婆婆，方纔媳婦繩穿索綁，押付法場……（末、付）走吓。（小旦）阿呀，阿呀！（末、付舉刀，驚下）（老旦隨下）

按　語

〔一〕本齣出自《金鎖記》第二十三齣〈赴市〉。

〔二〕選刊此齣的坊刻散齣選本還有：《纏頭百練二集》、洞庭蕭士輯《綴白裘三集》、《醉怡情》、《歌林拾翠》、閭正堂刊《綴白裘全集》。

三國志・刀會

付：周倉，關羽的部將。
淨：關羽，蜀漢主帥。
末：魯肅，東吳都督。

　　（付扮周倉，執大刀上）浩氣凌雲貫九霄，周倉今日顯英豪。
父王獨赴單刀會，全仗青龍偃月刀。某，周倉是也。今日魯大夫請
俺父王赴宴，為此駕舟而往。道言未了，父王出艙來也。

　　（淨上）波濤滾滾渡江東，獨赴單刀孰與同？片帆瞬息西風
力，魯肅今日認關公。周倉。（付）有。（淨）船行至哪裡了？
（付）大江了。（淨）吩咐梢水，風帆不要扯滿，把船緩緩而行，
待某家好觀江景也。（付）吓呔，梢水聽者。（內應介）父王爺有
令，風帆不要扯滿，把船緩緩而行，父王爺要觀江景哩。（內應）
吓。（內吹打鳴金介）

　　（淨作觀看江景介）呀，果然好一派江景也！

【新水令】大江東去[1]浪千疊，趁西風駕著這小舟一葉。纔
離了九重龍鳳闕，早來到千丈虎狼穴。大丈夫心烈，覷著
這單刀會一似那賽村社。

　　你看：這壁廂天連著水，那壁廂水連著山。俺想二十年前隔江

1　底本作「巨」，據《脈望館鈔校本古今雜劇》本《關大王獨赴單刀會》
　　（《古本戲曲叢刊》四集景印）改。

鬥智，曹兵八十三萬人馬，屯於赤壁之間，其時但見兵馬之聲，不見山水之形。到今日裡呵，

【駐馬聽】依舊的水湧山疊，水湧山疊，好一個年少的周郎怎在那何處也？不覺的灰飛煙滅，可憐黃蓋暗傷嗟。破曹的檣櫓恰又早一時絕，只這鏖兵江水猶然熱，好教俺心慘切。（內作水響介）（付）好大水吓！（淨）周倉，這不是水！（付）吓？（淨）這的是二十年前流不盡的英雄血。

（內吹打介）（末上，外、丑扮二家將隨上）（末、淨過船下艙介）（末、淨行禮，各坐）（末）早知君侯光降，魯肅只合遠迎，接待不週，萬勿見罪。（淨）豈敢。想某家有何德能，敢勞大夫治酒張筵？（末）酒非洞府之長春，餚乃人間之菲儀。敢勞君侯屈高就下，降尊臨卑，實乃魯肅之萬幸也。（淨）豈敢。賤足踹貴地。（末）貴足踹賤地。（淨）豈敢。（末）一路江風寒冷，請君侯先飲三杯。（淨）使得。（末）看酒。（外、丑遞酒，內吹打）（末遞酒介）君侯請。

（淨）住了，大夫可知，主不飲？（末）客不寧。（淨）請。（內吹打，末飲酒介）（付喝）照盃。（末）乾。（外、丑又遞酒介）君侯，請。（淨）酒不飲單。（末）色不侵二。（淨）請。（內吹打，末又飲介）（付）照盃。（末）乾。（外、丑又遞酒介）君侯，請。

（淨）大夫，可知某家的刀也會飲酒？（末）名將必有寶刀。（淨）周倉。（付）有。（淨）看刀。（付）咻呔！（淨）刀吓刀，想你在百萬軍中取上將之首級，猶如探囊取物。今日，多承魯大夫請某家飲酒，倘席上有不平之處，可也勞你這麼一勞。你也飲一杯。

　　（內吹打，末定席介）（淨回定末席介）（外、丑）上酒。請周將軍用飯。（付）吠！（外、丑驚下）（付看兩邊介，隨定身立介）（末）君侯，哪裡一別直至如今？（淨）在當陽一別，直至如今。（末）是吓，在當陽一別，直至如今。我想，光陰似駿馬加鞭，日月如落花流水，去得好疾也！（淨）果然去得好疾也！

【胡十八】想古今立勳業，（末）舜有五人，漢有三傑。（淨）那裡有舜五人，漢三傑，兩朝相隔只這數年別，不獲能個會也，恰又早這般老也。（末）君侯不老，魯肅倒蒼了。（淨）皆然。（末）請君侯開懷暢飲一盃。（淨）請，開懷來飲數盃。（末）君侯，開懷來飲數盃。（淨）大夫，某只待盡心兒，可便醉也。

　　（笑介）哈哈哈……（末）請。（淨）請。（內吹打，淨飲酒介）（末）想君侯昔日辭曹歸漢，掛印封金，五關斬將，千里獨行。這一場事業，魯肅但曾耳聞，未曾目覩，請君侯試說一遍，魯肅洗耳恭聽。

　　（淨）大夫，想某家這節事，只可耳聞，不可目覩；聞者倒也尋常，見者卻也驚人。大夫若不嫌絮煩，待某家出席卸袍，手舞足蹈，試說這麼一遍。（末）願聞。（淨）周倉。（付）有。（淨）卸袍者。（付）吓。（內吹打介）（淨更衣介）大夫。（末）君侯。（淨）想某家辭曹歸漢，掛印封金，那日出得城來，日色剛剛這麼乍午，

【沽美酒】只聽得韻悠悠畫角絕，韻悠悠畫角絕，昏慘慘日將這西斜。曹丞相滿捧著香醪，他自將來，我自在馬上接。（末）贈君侯什麼東西？（淨）贈某家紅錦征袍，要賺某家下馬。（末）君侯可曾下馬？（淨）那時某家在馬上叉手躬身，

道：「丞相，恕關某這裡不下馬者。」卒律律刀挑了錦征袍，某只待去也。（末）行至哪裡？（淨）纔行至三里橋，某家回頭一望，只見曹兵如潮水一般湧將上來。（末）那時君侯便怎麼？（淨）那時某家在馬上陡生一計。（末）生何計策？（淨）見路傍有枝柳樹有如許之大，被某家提起青龍偃月刀，將此樹喀吒一刀，分為兩段。（末）妙吓！（淨）那時某家就出一令。（末）出何令？（淨）也吶！曹兵聽者：如有人過此橋者，即將此柳樹為號。大夫。（末）君侯。（淨）某家只此一句：**我就嚇得他、他馬怯驚人似痴呆，沒早晚不分個明夜**，（末）不分明夜，又行至哪裡？（淨）行至古城。（末）令兄令弟自然相會了吓？（淨）俺大哥乃是仁德之君，一言不發；俺三弟乃是一員虎將。（末）令弟三將軍便怎麼？（淨）他就開言道：「也吶！我把你這紅臉的！你既降了曹，又來怎麼？」（末）那時君侯如何道呢？（淨）那時某家百般分說，他只是不聽。阿呀，大夫吓，**好教俺渾身是口怎的樣分說**？腦背後將軍猛烈，那素白旗上他就明明的標寫：「大將蔡陽」。（末）他與君侯無仇吓？（淨）有仇，某家在東陵關斬了他外甥秦琪，故此提兵前來報仇。（末）原來為此。（淨）那時三弟說：「也吶！我把你這紅臉的！你既不降曹，為何有曹兵接著麼？」那時某說：「三弟，你且開了城門，接了二位王嫂車輛進城，助俺一枝人馬，待某家立斬蔡陽。」（末）那時令弟便怎麼？（淨）那時三弟道：「也吶！我把你這紅臉的！你此話哄誰？你，你此話哄誰吓？我開了城門，助了你人馬，可不被你殺一個裡應外合麼？」（末）這也疑得是吓。（淨）俺三弟只此一句，說得某家頓口無言。（末）那時君侯便怎麼呢？（淨）那時惱了某家的性兒，我道：「三弟，城門也不要你開，人馬也不要你

助,可看桃園結義分上,助俺三通戰鼓,待我立斬蔡陽。」(末)那時令弟如何呢?(淨)俺三弟有些粗中帶細,他就拍手呵呵大笑:「這個使得,這、這個使得!」(笑介)哈哈哈……(末)那時君侯便怎麼?(淨)我把二位王嫂車輛碾在一傍。那時某家道:「三弟,你與我起鼓者。」只聽得撲通通鼓聲兒未絕,忽喇喇征鞍兒驟也,卒律律刀過處似雪,叱咤人頭兒落也!

(末)斬了蔡陽,令兄令弟自然相會了吓?(淨)那時大開城門,接了二位王嫂車輛進城,弟兄挽手而行。大夫。(末)君侯。(淨)纔得個兄弟哥哥便歡悅。

　　(笑介)哈哈哈……(末)請。(內吹打,淨、末各坐介)

　　(末)請問君侯,方纔講的叫做什麼?(淨)這叫做「以德報德,以直報怨」。(末)吓,這就叫做「以德報德,以直報怨」?我想借物不還,謂之怨也。想君侯熟讀《春秋》、《左傳》,通練兵書,匡扶社稷,救困扶危,謂之仁也;待玄德公如骨肉,視曹操如寇仇,謂之義也;辭曹歸漢,掛印封金,五關斬將,千里獨行,謂之禮也;坐縛于禁,水淹七軍,謂之智也。我想君侯仁義禮智俱全,只少個「信」字。咳,惜乎吓,惜乎!若得「信」字完全,真乃五常之將,無出君侯之右也!

　　(淨)想某家從未失信與人。(末)君侯雖不曾失信,令兄玄德公曾失信來。(淨怒介)俺大哥乃是仁德之君,焉肯失信於汝?(付欲持分刀殺介)(淨咳嗽介)(末)昔日賢昆仲兵敗當陽,身無所歸,那時孔明兄與下官親見吾主,暫借荊州以為養軍之地。今經數載不還,是何言也?今日魯肅低情屈意,暫懇荊州歸還吾主,待等倉庫豐盈,再獻與君侯掌管。下官不敢自專,伏乞君侯台鑒。

　　(淨)咳,大夫差矣!當初始皇無道,豪傑並起而爭,所謂「秦失

其鹿，天下共逐之，高才捷足者先得焉。」那時烽煙四起，虎鬥龍爭，我太祖高皇帝與諸侯共約：先入關者王之。後來果然滅項興劉，收秦圖籍，中原便歸赤帝。（末）這是漢朝創業開基之事，與江東何涉？

（淨）可見大夫識見太淺了。自我高皇帝定鼎之時，普天之下，莫非王土，哪一塊地方不是漢家的故物？那時從沒有西蜀，也並沒有東吳。我主玄德公乃高皇之後裔，這荊州理宜歸于我主。況當初借時，關某並未曾在傍證見；今日總要取索，只當問之諸葛，不應向關某饒舌，恁起差了念頭了！（末）君侯，天下者，非一人之天下，乃天下之天下。唐虞三代，揖讓征誅，古人原無一定之局。荊州既屬東吳，即是東吳之地。況曹操交鋒之際，赤壁之戰，俱賴公瑾、黃蓋之功；東吳耗費錢糧，玄德公坐收漁人之利。君侯與玄德公義同骨肉，理宜請命君侯，有何差處？

（淨）大夫，你今日還自請某家飲酒？還是索取荊州？（末）酒也要飲，荊州也要還。（淨起介）住口！（付）唗！

（淨）

【慶東元】我把真心兒待，恁將那筵宴來設。扳今弔古分什麼枝葉？你在俺跟前，使不得你那之乎者也、詩云和那子曰。（末）自然要還吓！（淨）禁聲！但開言，只教你剜口截舌。（末）孫劉結親以為唇齒之邦。（淨）可又來！有義的孫劉，目下反成做吳越。

（拔劍響介）（末）什麼響？（淨）劍響。（末）主何吉凶？（淨）主人頭落地。（末）響過幾次了？（淨）三次了。（末）第一？（淨）斬顏良。（末）第二？（淨）誅文醜。（末）第三呢？（淨）莫非就掄著大夫了？（末）阿呀呀，言重，言重！（淨）此

劍神威不可當，廟堂之上豈尋常。筵前索取荊州事，我一劍須叫子
敬亡！（扯住末袍袖介）（付執刀欲殺末介）（淨攔住介）

【雁兒帶得勝令】憑著你三寸不爛舌，休惱俺三尺無情
鐵。這劍飢餐上將頭，渴飲的仇人血。這的是龍在鞘中
蟄，虎向坐間歇。今日個故友們重相見，休叫俺兄弟們相
間別。魯子敬聽者，心下休驚怯，暢好日西斜，（末）吓，
君侯莫非醉了？（淨）吓，周倉。（付）有。（淨）吾當酒醉
也。（末）果然醉了。（向內介）吓，軍士們，依計而行。（內
喊介，淨、付急揪住末介）有埋伏！（末）沒有埋伏。（淨）既沒
有埋伏，恰怎生鬧炒炒把那軍兵列？誰敢把俺擋攔者，只
教你劍下身亡目前見血。憑便有張儀口、蒯通舌，哪裡去
躲攔藏者？憑且來，憑且來！（扯住走介）好好的送俺到船兒
上，和你慢慢別。

　　（推末介）（淨作上船介）（末）阿呀呀，嚇死我也！（淨）
周倉，請大夫過船謝宴。（付）吓，咏咊，請大夫過船謝宴。
（末）不過船了。（付）諒你也不敢。斬纜開船。（淨）大夫，受
驚了吓。（末）不敢不敢。

　　（淨）

【煞尾】承款待，多多承謝。你將我這兩句話兒，憑可也
牢牢的記者：百忙裡稱不得老兄心，急切裡奪不得漢家的
基業。

　　（內吹打鳴金介）（淨）請了。（末）請了。（各下）

按　語

〔一〕本齣改編自元代關漢卿撰《關大王獨赴單刀會》雜劇第四折。

〔二〕選刊此齣的坊刻散齣選本還有：《風月錦囊》、《樂府紅珊》、《萬曲合選》、《萬壑清音》、《玄雪譜》、《新鐫歌林拾翠》、石渠閣主人輯《續綴白裘》。其中，《樂府紅珊》版齣首較其他選本多了一段情節，演周倉、關平與關羽商議過江赴會事。

邯鄲夢‧掃花

小生：呂洞賓。
貼：何仙姑。

（小生上）蓬島何曾見一人？披星戴月斬麒麟。無緣邀得乘風去，迴向瀛州看日輪。

自家呂岩，字洞賓，京兆人也。忝中文科進士，素性飲酒任俠，曾于咸陽市上酒中殺人，因而亡命。久之貧落，適遇正陽子鍾離權先生，能使飛昇黃白之術，見貧道行旅消乏，遂將石子半斤點成黃金一十八兩，吩咐貧道仔細收用。貧道心中有疑，叩了一頭，裹問師父道：「此乃點石為金，後來仍變為石乎？」師父道：「五百年後仍化為石。」貧道立取黃金拋地：「雖然一時濟我緩急，可惜誤了五百年後得金人了。」師父啞然大笑道：「呂岩，呂岩，你有一點好心，可登仙界。」遂將六一飛昇之術，心心密證，口口相傳，行之三十餘年，忝登了上八洞神仙之位。只因前生道緣深重，此生功行纏綿，性頗混塵，心存度世。向來蓬萊山山門之外，有蟠桃一株，三百年後，其花纏放，時有皓劫剛風，等閒吹落花片，塞礙天門。先是貧道度了一位何仙姑，來此逐日掃花。近奉東華帝旨，何仙姑證了仙班，因此張果老仙翁又著貧道駕雲騰霧，於赤縣神州再覓一人，來供掃花之役。（貼內介）好風吹落俺花片也！（小生）呀，道猶未了，何姑笑舞而來也。

（貼持帚笊籬上）

【北賞宮花】翠鳳毛翎扎箒叉，閑踏雲門掃落花。吓，好風吹落花片也！你看那風起玉塵砂，猛可的那一層雲下，抵多少門外即天涯。

（見介）洞賓先生何往？（小生）恭喜你領了東華帝旨，證入仙班。因此，果老仙翁誠恐你高班已上，掃花無人，著我再往塵寰，度取一人來供此役，敢支分殺人也！（貼）這是先生大功行也。只此，去未知度人何處？可趕得上蟠桃宴也？

【前腔】你休再劍斬黃龍一線差，再休向東老貧窮賣酒家。你與俺高眼向雲霞，洞賓呵，你得了人要早些兒回話，噯，若遲呵，錯教人留恨碧桃花。（下）

（小生）仙姑已去，不免將此磁枕褡袱駕雲而去。枕是頭邊枕，磁為心上慈。（下）

按　語

〔一〕本齣出自湯顯祖撰《邯鄲夢》第三齣〈度世〉前半齣。

〔二〕選刊此齣的坊刻散齣選本還有《怡春錦》。選抄此齣的散齣鈔本有中國國家圖書館藏佚名抄《戲曲選抄》、中國國家圖書館藏朱執堂抄《時劇集錦》。

占花魁‧勸妝

老旦：劉四媽，花柳巷老妓。
付：王九媽，老鴇。
貼：王美娘，原名莘瑤琴，避難被拐，誤落風塵。
丑：龍兒，俗妓。

（老旦上）春花秋月盡消磨，瞬息年華逝水波。車馬莫嫌今冷落，當年曾唱雪兒歌。咱家姓劉，排行第四，武陵教坊人也。歌喉舞袖，壓倒夷光；染翰填詞，並驅蘇小。鶯花鬧麗，十年名噪西湖[1]；眉黛添愁，一旦傾[2]遺南國。生性輕盈，言詞敏捷。描出風花蹊徑，語語傳神；逗開雲雨情長，言言刺骨。到處盡稱雌陸賈，逢人爭喚女隋何。今日王九媽著人來請，只得走遭。正是：踏遍湖光兼水色，纔離楚館復秦樓。此間已是。開門！

（付上）四面常時赴帷幄，一家終日在樓臺。（相見介）娘吓，勞步了。

（老旦）好說。聞得姪女梳籠了，怎麼不叫妹子來吃盃喜酒？（笑介）（付）娘吓，不要說起！今日為著小女，故此特來求娘的妙計。（老旦）卻是為何？（付）自從美兒進門之後，哪個不讚

1　底本作「河」，據明崇禎間《一笠菴新編占花魁傳奇》（《古本戲曲叢刊》三集景印）改。

2　明崇禎間《一笠菴新編占花魁傳奇》作「顧」。

他？又會寫畫，又會吹彈歌舞，況且人物又生得齊整。（老旦）這是姐姐有福，討得著人手。（付）只是一件：不肯見人接客！近日有個金公子慕他才貌，肯出一注大錢梳籠他，被我把他灌醉了，成就了好事。（老旦）破了頭就好了。（付）誰想他哭地號天，尋死覓活。這幾日頭也不梳，飯也不吃，連那樓多不下了。（老旦）有這等事！如今待要怎麼？（付）我心裡又惱他，又捨不得他。特求娘下個說詞，若得他回心轉意，大大與娘叩個頭兒。

　　（老旦）這也不難，憑我這張嘴兒，說得他羅漢思凡，嫦娥想嫁。姐姐，你且不要同去，待我說醒了他，你纔來。（付）有理。吓，丫鬟，看茶到樓上去吓。（下）

　　（老旦）待我上樓去。開門。（貼上）眉顰添舊恨，情懶怯新妝。是哪個？（老旦）是我。（貼）原來是姨娘。姨娘請坐，今日甚風吹得到此？（老旦）聞得你梳籠了，特來賀喜。（貼作羞介）

　　（老旦）兒阿，做小娘的若怕羞，如何賺得大錢？（貼）我要銀錢何用？（老旦）你雖不要銀錢，你那做娘的開門七件事，哪一件不靠著女兒？九阿姐家雖有幾個粉頭，哪一個趨得上你？一園的瓜專靠著你哩！聞得你梳籠之後，一個客也不接，是何道理？（貼）言之可羞，怎叫我做這樣事？（老旦）不做這樣事可也由你？但九阿姐一向姣養了你，你休要放著鵝毛不知輕，頂著磨子不知重。他心上好生不悅，叫咱來勸你。你若執意不從，他翻轉臉來，朝一頓、暮一頓，那時熬不過痛苦，只得接客，卻不把千金聲價弄得低微了？還要被姊妹們笑話。不若千歡萬喜，倒在娘懷，落得快活。（貼）我是好人家兒女，誤落風塵，倘得姨娘主張從良，勝造七級浮屠；若要接客，寧死不從！（老旦）兒阿，從良是個有志氣的事，怎麼不該？但「從良」兩字，非同小可，有幾種不

同……（貼）有甚不同？（老旦）有個真從良，假從良；有個了從良，不了從良；又有沒奈何從良，有的趁好從良；有個苦從良，樂從良。你耐著性兒聽我說。那真從良呵：

【鬥鵪鶉】欣逢著才貌雙雙，恰好的年華兩兩，誓盟言一炷心香，剪青絲萬般情況。女呵，管什麼鴇母乖張；男呵，也不管嚴親骯髒。猛可裡生不忘，一任價死難降。博得個月滿花芳，不枉卻人間天上。

（貼）姨娘，那假從良便怎麼？（老旦）那假從良呵：

【紫花兒序】喚不醒男兒愚戀，填不滿河海汪洋，買不得女子心腸。（貼）如此，怎麼叫做從良？（老旦）只為著心貪阿堵，暫效鴛鴦。禍起蕭牆，可也又做出淫奔的故腔。（貼）這個一發不了當了。（老旦）把「從良」兩字，安排下陷人羅網，擺列個肉陣刀鎗，猛拚著潑賤皮囊。

（貼）這也不必說他。請問姨娘，那不了從良，敢也是這等麼？（老旦）兒阿，那不了從良又是一樣。不是他心上不了，也是無可奈何。起初呵：

【天淨沙】匆匆被底鴛鴦，忙忙眼底情郎。只為他一時高興，沒個長算。進門之後，或者尊長不容，或是大娘妒嫉，把一個金屋行藏，又翻出倚門伎倆，兀的貼笑平康！

（貼）咳，可惜！說了兩個沒結果的，姨娘把那了從良也說一說。（老旦）那了從良呵：

【小桃紅】他在章臺歷盡那風霜，檢點多停當。覷著那終身事業堪依傍，好結個地久天長，把那風花雪月俱撇漾。忍耐著飢寒情狀，甘受些卑微魔障，止圖個百歲樂糟糠。

（貼）這便纔是從良！（丑上）石鼎烹雲陽羨，金卮醉月中

山。劉親娘，說得口渴哉，吃鍾茶勒再說。（老旦）生受你。
（丑）美阿姐，吾也吃介一鍾。劉親娘，我拉樓底下聽子個星從
良，我也動子火哉，我也要從良哉！（老旦）你要從良？只怕輪你
不著。（丑）俏個！我孤老纔有亗哉。（老旦）在哪裡？（丑）就
是閶門城門底下賣冷水個。（老旦）生意小阿。（丑）生意雖小，
我喜歡他冰冰耗，冰冰耗。（貼）這個丫頭惹厭得緊，快些下去！
（丑）俏了？阿是搶子吾個孤老了？是介變面亗嘴！我下去說明白
子，今夜頭就要掰了里睏哉俏。（下）

　　（貼）那沒奈何從良的便怎麼？（老旦）哪！

【調笑令】若不是株連詞訟幾樁椿，多遘負子母怎得賠
償？勢豪每凌虐難輕放。受不得大江心揭天風浪，呀！早
見個矮簷前身逸心歡暢，也算做歷巉崖勒馬收韁。

　　（貼）這也不好。（老旦）吓，我再說那趁好從良與你聽。

【金蕉葉】他也曾享用著紅裙繡裳，他也曾消受著花香月
光。盛名之下，求他的卻也不少，若不急流勇退，直待老大無
成，悔之何及！趁當時早締鸞凰，免教他歧路亡羊。

　　（貼）這是見機而作，也難得。那苦從良便怎麼？（老旦）那
子弟愛小娘，小娘卻不愛子弟；做鴇兒的，不是貪他的財，便是怕
他的勢。把那小娘呵，

【禿廝兒】權做個犧牲供養，入侯門受盡了淒涼。列屏
前，青衣侍酒成何樣？受鞭笞，怎免[3]得疊被與鋪床？

　　（貼）咳，便是從良內也有落劫的。（老旦）兒阿，這是他命
薄，也是不討得做娘的歡喜，以至如此。我把那樂從良說與你聽，

3　底本作「勉」，據明崇禎間《一笠菴新編占花魁傳奇》改。

教你喜得不耐煩哩！

【鬼三台】他卻正青春芳名壯，美前程娘心暢。遇知己兩難忘，詠〈桃夭〉毫非鹵莽。則看他、則看他夫妻處溫柔美鄉，生幾個兒女拜桑榆北堂，賽過了那花燭洞房，好傳留青樓樣榜。

（貼）這纔是！做姊妹的，有這一日也彀了！（老旦）兒阿，你既要從良，我教你個萬全之策。（貼）若蒙教導，死不忘恩。（老旦）從良一事，入門為淨。況你已破了身子，就是今日嫁人也不是閨女了。假如你執意不從，你做娘的尋一個肯出錢的，賣了你去，這也叫做從良了。

【聖藥王】哪裡管年和貌兩相當？不分妾婢斷送伊行。鎮日價哭一場、怨一場，就是身生兩翼怎飛翔？悔不及早商量。

（貼）若如此，早覓一死。（老旦）自古人身難得。依我說，還是依著娘接客，等閑人也不敢相攀，來近者多是王孫公子，也不辱抹了你。一來受用些風花雪月；二來作成鴇兒賺些錢鈔；三來私下積些銀錢，以免日後求人；四來呵，

【絡絲娘】揀一個才郎美貌，司馬文章，投魚水偕儷伉。那時節，就是恁萱堂難阻當，這冰人多憑著老娘執掌。

（付上）娘呵，我在樓底下聽，忒費心了！（老旦）好說。（付）兒吓，姨娘一句句多是好說話嘻。（老旦）姪女十分執意，如今允了，改日來賀罷。（付）娘呵，多謝了，請到裡面吃盃酒去。（老旦）

【尾聲】恁疾忙整備鮫綃帳，管教他淡勻脂粉巧梳妝。佇看南樓內添一座寶藏山，西湖上出一個煙花將。（各笑下）

按　語

〔一〕本齣出自李玉撰《占花魁》第九齣〈勸妝〉。

〔二〕選刊此齣的坊刻散齣選本還有《來鳳館合選古今傳奇》。選抄此齣的散齣鈔本有：中國社科院圖書館藏《集錦》、中國國家圖書館藏朱執堂抄《時劇集錦》。

牡丹亭‧冥判

淨：閻羅殿胡判官。

外、老旦：閻羅殿鬼卒。

生：趙大，枉死鬼。

末（前）：錢十五，枉死鬼。

付：孫心，枉死鬼。

丑：李猴兒，枉死鬼。

旦：杜麗娘之魂。

末（後）：花神。

　　（鬼、雜引淨上）鐵判靈官是喒名，赤鬚鐶眼顯威靈。金雞剪夢追魂魄，定不留人到五更。某乃十殿閻羅殿下一個胡判官是也。原有十個殿下，只因陽世趙大郎和金韃子爭佔江山，損折了眾生，那十停去了這麼一停。玉皇大帝照見下方人民稀少，欽奉裁減事例。九州原有九個殿下，單闕了十殿下之位，印無著落。玉帝可憐下官正直聰明，著俺權掌十地獄印信，今日走馬到任。叫鬼判。（眾）有。（淨）各役齊備了麼？（眾）齊備了。（淨）帶馬過來。

【點絳唇】十地宣差，一天封拜。閻浮界，陽世栽埋，又把俺這裡門桯親自邁。

　　（吹打拜印）（眾鬼參見介）（外）啟上判爺：新官到任，多要執筆判刑名、押花字，請判爺喝采一番。（淨）有這個例麼？

（外）是。（淨）站立兩傍。（外）吓。（淨）你看這筆，俺拿在手中，好不干係也！

【混江龍】這筆架在落迦山外，肉蓮花高聳在案前排。捧的是功曹令史，職事當該。這筆管兒是手想骨、腳想骨挫得圓滴溜溜，這筆毫是牛頭鬣、夜叉髮鐵絲兒揉定赤個支翹。這筆頭公是遮須國選的人才，這管城子在夜郎城受了封拜。我哨一聲支兀另漢鍾馗其冠而不正；舞一回疏喇吵斗河魁近墨者黑。我喜時節向奈何橋提筆兒耍去；悶時節向鬼門關投筆歸來。威凜凜人間掌命，顫巍巍天上只這消災。

這簿上倒也開除得明白，還有幾宗人犯未經發落？（外）只有枉死城中男犯四名，女犯一名，未曾發落。（淨）先帶男犯四名過來聽審。（老旦）吓，枉死城中男犯走動。

（生、末、付、丑）走吓。要知前世因，今生受者是；欲知後世因，今生作者是。鬼犯們見。（外）聽點。趙大。（生應）錢十五。（末應）孫心。（付應）李猴兒。（丑）吓。（淨）趙大，你有何罪業，在枉死城中？（生）小鬼犯在生喜唱歌詞。（淨）喜唱歌詞。錢十五，你有何罪？（末）小鬼犯愛住香泥房子。（淨）香泥房子，罪過吓！孫心，你有何罪呢？（付）小鬼犯好使些花粉錢。（淨）咹，看他不出，倒是風流鬼了。李猴兒。（丑）吓。（淨）你有何罪，也在這枉死城中麼？（丑）小鬼犯有德而無罪。（淨）咹？怎麼說有德而無罪呢？（丑）小鬼犯在生濟人之急，熄人之火，好男風。（淨）好男風。（笑介）（丑）吓，像是判爺也愛此道個。（淨）呸！這廝將男作女，還說有德而無罪。也罷，你們的造化。俺判爺今日初權印信，且不用刑罰。你們卵生隊裡去

罷。（眾）什麼卵？若是回回卵，又要到邊方上受苦去了，還求個人身。（淨）吓，你們還想人身？（眾）自古人身難得。（淨）也罷，向蛋殼裡走遭。（眾）又怕陽世人宰吃。（淨）也罷，只叫陽世人宰吃你們不得便了。趙大。（生）有。（淨）你喜唱歌詞，罰你去做個黃鶯兒，不負你的元形。（生）多謝判爺。（淨）錢十五，你愛住香泥房子，貶你去做個燕兒，向燕巢裡去受用。（末）多謝判爺。（淨）孫心愛使花粉錢，叫你去做個花蝴蝶。（付）多謝判爺。（淨）李猴兒。（丑）呋。（淨）咳，你這業障，幹這個營生，叫俺怎生樣發落？（丑）只揀好白相個不一個拉我做做。（淨）唔，要做個好的？也罷，罰你去做個蜜蜂兒。（丑）蜜蜂阿好白相個介？（淨）好便好，只是屁股裡常帶著一個針兒，如有人惹你，你就針他這麼一針。（丑）若是判爺惹子我，也就針你個一針？（淨）嗹！四個蟲兒站過兩傍，聽俺吩咐。（眾）吓。

（淨）

【油葫蘆】蝴蝶呵，恁粉版花衣勝剪裁。蜂兒呵，恁便恁個利害，甜口兒咋著細腰捱。燕兒呵，斬個香泥弄影勾簾內。鶯兒呵，溜笙歌驚夢紗窗外。恰好個花間四友可也無拘礙。（眾）好快活吓！（淨）你們不要快活盡了，那陽間孩子們好不輕薄哩！他把那彈珠兒打的呆，扇稍兒恁便撲的壞。不枉了你那宜題入畫高人愛，則叫你翅膀兒展將個春色只這恁麼鬧場來。

隨風而去。（眾飛下）（淨）帶女犯上來。（老旦）吓，枉死城中女犯走動。（旦上）天台有路難逢俺，地獄無情卻恨誰？女犯見。（淨）去了魂帕。（老旦）吓。（旦）阿呀，好怕人也！（淨）呀！

【天下樂】猛見了蕩地驚天一個女俊才，咍也麼咍，來俺這裡來。（旦）好苦呀！（淨）呀！血盆中叫苦觀自在。（老旦）稟上判爺：這女鬼倒也生得標致，留到後殿做一位夫人罷。（淨）哇！律有天條，擅用囚婦者斬。則這你那小鬼頭兒胡亂篩，俺判官頭在何處去買？不曾見粉油頭忒弄色。

　　女鬼，你且跪上來。再上些呀。

【哪吒令】瞧了恁潤風風粉腮，到花臺、酒臺。溜些些短釵，過歌臺、舞臺。笑微微美懷，住秦臺、楚臺。因甚的病患來？是誰家嫡支派？這顏色不像似在泉臺。

　　曾適人否？（旦）小女犯為花園遊春，得其一夢。夢見一秀才，年可弱冠，手折柳枝，要奴題詠，留戀婉轉，甚是多情。醒來題詩一首：「他年若得蟾宮客，不在梅邊在柳邊。」因此傷感，壞了一命。（淨）謊也，謊也！世間哪有一夢而亡之理？

【鵲踏枝】一溜溜一個女嬰孩，夢兒裡能寧耐。誰曾掛圓夢招牌？誰和你測字道白？咍也麼咍，那秀才兒何在？夢魂中曾見誰來？

　　（旦）不曾見誰。夢到正好時節，只見花片兒吊將下來，把奴驚醒。（淨）落花驚醒，這是花神之故了。（外）便是。（淨）喚南安府後花園花神過來。（老旦）吓，南安府後花園花神有請。（末上）紅雨數番春落魄，〈山香〉一曲女消魂。老判大人請了。（淨）請坐。（末）有坐。（淨）這女鬼說花飛驚閃而亡，可是麼？（末）端的是他！他與秀才夢的纏綿，故爾落花驚醒。（淨）莫非你假充秀才迷惑人家女子麼？（末）這花色花樣多是天公[1]注

1　底本作「宮」，據《六十種曲》本《還魂記》。

定的，小神不過欽奉遵依，哪有故意勾人之理？況古來從沒有玩花而亡之理。（淨）吓，你道沒有玩花而亡的，待俺說幾個與你聽者：

【寄生草】花把青春賣，花生錦繡災。有一個夜舒蓮，扯、扯不住留仙帶；有一個海棠絲，剪、剪不斷香囊怪；一個瑞香風，趕不上非煙在。你道花容那個玩花亡，卻不道花神罪業隨花敗。

（末）小神知罪，今後再不開花了。（淨）這花色花樣多是天公注定的，豈有不開之理？（末）是。（淨）俺今發四個蟲兒在你花園中，好生收管。這女鬼是慕色而亡的，發在鶯燕隊裡去罷。（末）這女犯是夢中之罪，還求判爺饒恕，況他父親為官清正。（淨）他父親是誰？（末）南安府知府杜寶，今陞淮揚總制之職。（淨）看他不出，倒是一位千金小姐。待俺奏過天庭，再行議處便了。（末）謝了判爺。

（旦）多謝判爺。（淨）不要謝，不要謝。（旦）煩判爺查女犯為何有此傷感之事。（淨）這早已注在那斷腸簿上了，何須查得！（旦）再求判爺查取女犯丈夫，還是姓柳姓梅？（淨）花神你看，他就要查他丈夫的名姓。取姻緣簿過來。（外應，淨看念介）「新科狀元柳夢梅，妻杜麗娘，前係幽歡，後成明配，相會在梅花觀。」吓，原來有此一樁公案。此乃天機，不可泄漏，取過了。（外）吓。（淨）吓，女鬼，你的丈夫姓柳、姓梅，日後自然明白。俺今放你出了枉死城，隨風遊戲，跟尋此人便了。（旦）多謝判爺。女犯爹娘在揚州，可能一見？（淨）花神，引他望鄉臺一望。（末）是。小姐這裡來。（旦）哪裡是揚州？（末）這一帶就是。（旦）阿呀，爹娘吓，望得孩兒好苦！待我飛下去。（淨）

吓，來吓，來吓，還不是你去的時節。功曹，給一紙遊魂路引與他。花神，休壞了他肉身也。（末）是。

（淨）

【尾】慾火近乾柴，且留的青山在。不可被雨打風吹日曬，只許恁傍月依星將天地拜。一任你魂魄來回，敢守的破棺星圓夢那人來。

（末）小姐，這裡來。（各下）

按　語

〔一〕本齣出自湯顯祖撰《牡丹亭》第二十三齣〈冥判〉，刪去原作多支曲牌，將主題集中到「判」這個戲劇焦點，與後來涵攝「數花名」的〈花判〉有所不同。

〔二〕選刊此齣的坊刻散齣選本還有：《萬壑清音》、《醉怡情》、閒正堂刊《綴白裘全集》、《審音鑒古錄》。選抄此齣的散齣鈔本有中國國家圖書館藏朱執堂抄《時劇集錦》、北京大學圖書館藏佚名抄《綴白裘選抄》。

牡丹亭‧拾畫

小生：柳夢梅，書生。

（小生上）

【引】驚春誰似我？客途中都不問其他。

　　脈脈梨花春院香，一年愁事費商量。不知柳思能多少，打疊腰肢鬥沈郎。小生柳夢梅，臥病在梅花觀中，喜得陳友知醫，調理痊可。只這幾日春愁鬱悶，無計排遣。早間石姑姑說，此間有座後花園儘堪遊賞，只宜散悶，不許傷心，為此一徑行來。此間已是。好個蔥翠籬門，可惜倒了半架，不免捱身而入。咳！憑欄仍是玉欄杆，四面牆垣不忍看。想得當時好風月，萬條煙罩一時乾。好個淒涼所在也！

【好事近】則見風月暗消磨，畫牆西正南側左。呀，險些兒絆上一跌。蒼苔滑擦，倚逗著斷垣低埇。因何，蝴蝶門兒落合？原來以前遊客頗盛，俱題名在竹林之上。客來過年月偏多，刻劃盡琅玕千個，早則是寒花遶砌，荒草成窠。

　　且住，我想這梅花觀乃女冠之流，怎生起得這座大園子？好疑惑也！就是這灣流水呵：

【錦纏道】門兒鎖，放著這武陵源一座，怎好處教頹墮！斷煙中，見水閣摧殘畫船拋躲。冷鞦韆尚掛下裙拖，又不是經曾兵火。似這般樣狼籍呵，敢斷腸人遠，傷心事多？待不關情麼，恰湖山石畔留著你打磨陀。

（內作石倒響介）阿呀！好一座太湖石山子，怎麼就倒壞了吓？吓，你看，石底下是什麼東西？待我看來。咦？是一個紫檀匣兒。不知什麼東西在內？吓，卻原來是一個小軸兒。不知畫的什麼在上？咦！原來是一幅觀音大士。善哉，善哉！待小生捧到書館中去焚香供奉，強如埋在此間。

【千秋歲】小嵯峨，壓得這旃檀合，便做了好相觀音俏樓閣。片石峯前，那片石峯前，多則是飛來石三生因果。請將去，在爐煙上過，頭納地，添燈火，照得他慈悲我。俺這裡盡情供養，他於意云何？（暫下，即上）

按　語 ─────────────────────✎

〔一〕本齣出自湯顯祖撰《牡丹亭》第二十四齣〈拾畫〉。

〔二〕選刊此齣的坊刻散齣選本還有《醉怡情》、聞正堂刊《綴白裘全集》。選抄此齣的散齣鈔本有北京大學圖書館藏佚名抄《綴白裘選抄》。

牡丹亭‧叫畫

小生：柳夢梅，書生。

　　來此已是書房中了，待我閉上門兒，展開一看。呀，好莊嚴
也！

【二郎神】能停妥，這慈容只合在蓮花寶座。咦，咦？為
甚的獨立亭亭在梅柳左，不栽紫竹，邊傍不放鸚鵡？原來
不是觀音。哪！只見兩瓣金蓮在裙下拖。呀，觀音哪來這雙小
腳？不是觀音，定然是嫦娥。唔，若是嫦娥呵：並不見祥雲半
朵。吓，我想既不是嫦娥，又不是觀音，難道是人間的女子不
成？非也，那人間哪得有此絕色也！這畫蹺蹺，教人難揣難
摹。

　　呀啐！只管胡思亂猜。你看：帙首之上，有小字幾行，待我看
來。吓吓吓，「近覩分明是儼然，遠觀自在若飛仙。他年得傍蟾宮
客，不在梅邊在柳邊。」呀，原來是人間女子的行樂圖。唔？何言
「不在梅邊在柳邊」？真乃奇哉怪事也！

【集賢賓】蟾宮哪能得近他？怕隔斷天河。阿呀，美人吓美
人，我看你有這般容貌，難道怕沒有個好對頭麼？為甚的傍柳依
梅去尋結果？我想世上那梅邊、柳邊可也不少。小生沒，叫做柳
夢梅，若論起梅邊呢，小生是有分的；那柳邊呢，（笑介）小生亦
有分的。喜偏咱梅柳停和。咦？這個美人吓，有些熟識得緊，
曾在哪裡會過一次的……咻！一時再想不出來吓。咳，我驚疑未

妥，似曾向何方會我。吓崒崒，我去春曾得一夢，夢到一座大花園梅樹之下，立著一個美人……哪！就、就是他！他說：「柳生，柳生，遇俺方有姻緣之分，發跡之期。」噯，噯，就是你，你說嘘，吓，美人，是你也不是你？你休間阻，敢則是夢兒中真個。

　　待我來細細認他一認……恰怎麼半枝青梅在手？吓吓吓，恰是提掇小生一般哪。

【前腔】他青梅在手詩細哦，逗春心一點蹉跎。小生待畫餅充飢，姐姐似望梅止渴。未曾開半點麼荷，含笑處朱唇淡抹。美人，看你這雙俏眼，只管顧盼小生。小生站在這裡，他也看著小生。小生走過這邊來，哪哪哪！又看著小生。啊呀，美人呀美人，你何必只管看我？何不請下來相叫一聲？吓，美人請，美人請。咳，柳夢梅，柳夢梅，你怎麼這等痴也？吓，韻情多，如愁欲語，只少口氣兒呵。

　　吓，美人，你畫似崔徽，詩如蘇蕙，行書逼真魏夫人。小生雖則典雅，怎能得及小娘子萬分之一？驀地相逢，不免步韻一首。（寫介）丹青妙處卻天然，不是天仙即地仙。欲傍蟾宮人近遠，恰如春在柳梅邊。嶺南柳夢梅熏沐敬和。噲，小娘子，這這、這是小生的拙作，要、要請教請教……

【簇御林】他題詩句，聲韻和，猛可的害相思，顏似酡。吓，待我狠狠的叫他幾聲。噲，小娘子，小娘子！美人，美人！姐姐，我那嫡嫡親親的姐姐！向真真啼血呼知麼？叫、叫得你噴嚏似天花吐。咦？下來了下來了。動凌波，盈盈欲下，啣崒，不見些影兒那。

　　小生孤單在此，少不得將小娘子的畫像早晚玩之、叫之、拜

之、贊之。

【尾聲】拾得個人兒先慶賀，柳和梅有些瓜葛。小娘子呵小娘子，只怕你有影無形盼殺我。

　　呀，這裡有風，請小娘子裡面去坐罷。小姐請，小生隨後。豈敢，小娘子是客，小生豈敢有僭，還是小姐請……如此沒，並行了罷。（下）

按　語

〔一〕本齣融合湯顯祖撰《牡丹亭》第二十六齣〈玩真〉與馮夢龍撰《墨憨齋重訂三親會風流夢》第十九折〈初拾真容〉而成。

白羅衫・賀喜

付：馬大，徐能的手下。
丑：李二，徐能的手下。
末：徐府的門子。
淨：徐能，綠林強徒。
小生：徐繼祖，蘇雲親生子，徐能養子。

　　（付上）咳，有數說個：「若要長，看後秧；若要興，看子孫。」我馬大官人當初搭徐大拉江河上做點無本錢個生意，十八年前，擺佈子個蘇知縣，搶哩個底老居來要做親。其夜，我裡眾弟兄請哩吃喜酒，剛轉得背，一個蘇夫人竟逃走哉！徐大阿哥居去弗見子哩，就踢腳絆倒介追吓、趕吓……蘇夫人沒追弗著，倒抱子一個男兒居來。養到七八歲，好兒子吓，甚日伴拉學堂裡，今朝「子曰」、明朝「子曰」。弗知串僑娘個「子曰」，竟不哩一中中子僑個僑個舉。中子舉沒也罷哉，難間亦要上京去獻試。我道獻娘個毴試！我裡個星眾朋友亂約子今日替哩送行。呵呀，個歇僑辰光哉，還弗見李二來勒。（丑內嗽介）咦，吾看李二來哉，等我伴攏子嚇哩一嚇介。

　　（丑上）兀嘿！區區是好漢，誰敢將咱慢？阿哥是封君，姪兒是鄉宦。（付）吠！（丑）囉個？（付）毴養個，僑個封君、鄉宦？（丑）馬大，吾弗曉得個了？阿哥個兒子中了舉沒，我哩纏是鄉宦哉喲。（付）介沒冒入鬼亂來，中子舉是稱弗得鄉宦個來。

（丑）介沒中子俉個沒稱得鄉宦介？（付）直頭要中……中……中子童生沒稱得鄉宦哉。（丑）是介了，那間我自各嗒個哉。馬大，我裡去罷。

　　（付）走得來！吥是囉裡個幾分，說來我聽聽？（丑）哪！方頭野猫，鐵尾巴雌狗，火夾浪老虫，過街黃鼠狼。（付）就是個多吥厭人。（丑）吥個呢？（付）我是紙糊頭金剛，瓦楞裡壁虎，獨眼夜叉，還有一個新出個大頭鼉子。（丑）好吓，吥個朋友體面。（付）喂，分子沒拉裡哉，身體纔弗到嘘。（丑）弗到沒極好個哉，我搭吥開介點天窗，買點俉吃吃，好個？（付）吥出來！那間我裡阿姪中子舉，要堂堂皇皇，弗做個樣偷雞吊狗個事體。（丑）介沒去罷哉。（付）去嘘。

　　（丑走介）吓執哩黑，吓執哩黑……（付）啐！佪養個，拉丒做俉？（丑）走路哉那。（付）走路沒走路哉，哪說吓執哩黑、吓執哩黑？阿是拽縴了？（丑）個是各人個走相喂。（付）蓋個佪養個，那間我裡阿姪中子舉，要是介「居移體，養移氣」個哉嘮。（丑）喂，馬大，俉個「猪一起，羊一起」介？（付）哪！譬如唱喏丒，要推上下手，就叫子「居移體，養移氣」哉嘮。（丑）馬大，個個上下手阿吃得個？（付）阿喲喲，笑殺，笑殺！上下手是禮貌，俉阿吃得個？（丑）俉個叫子禮貌介？（付）哪！一個人。（丑）吓，一個人。（付）兩隻手。（丑）兩隻手。（付）少弗得有一隻上，一隻下個嘮。（丑）是哉，一個人，兩隻手，一隻上，一隻下。蓋沒……馬大，囉哩個隻手上，囉哩個隻手下介？（付）兩隻手沒，少弗得有一隻上，一隻下個個嘮。（丑）噯，倒底囉裡個隻上，囉哩個隻下介？喂！（付）纔是吥個佪養個一頓纏，帶累我忘記拉裡哉。（丑）自家吓弗曉得丒來，倒要告別人哉。（付）

嚇嚇嚇，拉裡哉。個隻結衣帶個是上手。（丑）嚇，個隻是上手。曉得哉，去罷。

（付）來，非但禮貌，更兼還要通文。（丑）通文吓，弗消愁得，我一肚皮兩脅肋個通文來里。（付）僑個？自嘸會通文個？（丑）爛熟！（付）介沒我搭嘸荐定子；禮貌在我，通文在你。（丑）個個禮貌，倒是難個嘘。（付）那弗難，到子大門前，無子禮貌，就要討別人笑哉僑。（丑）非但笑，還要扳剝乩來。（付）那弗！（丑）喂，馬大，嘸拿個上下手不介點暗號來我。（付）弗局嘸倒學子乖去哉阿拉。（丑）便罷哉。（付）罷嘘，宴歇到子個搭唱嗒沒，看我個臂膀是介動沒，嘸跟子我來沒是哉。（丑）嘸弗動沒哪？（付）弗動沒，嘸弗要來哉那。（丑）有數說個：「私場演，官場用。」我搭嘸演一演看。（付）介個毪養個，到個搭著乖點沒是哉，個歇拉街浪肉麻離勢，演僑？（丑）馬大好人，便罷哉。（付）既然是介，跟我來。（各走轉場唱嗒介）請了。（付）如何？（丑）是裡哉。馬大，去罷。

（付）蓋個毪養個，開口馬大，閉口馬大，難間大阿哥個兒子中子舉，嘸要叫我馬大爺哉僑個！（丑）僑個要叫嘸馬大爺？我沒叫僑個？（付）毪養個，觀音山轎子人抬人，嘸叫子我馬大爺，我自然叫嘸李二爺哉耶。（丑）介沒，馬大爺。（丑）李二爺。（各笑介）（丑）去罷。

（付）蓋沒跟我來看子。（丑）是哉。（走介）（付）我對嘸說，到子個搭，要是介大模大樣，闊闊套套，弗要是介偷雞賊能露出馬腳來吓。（丑）曉得個哉。（走介）

（付）到哉，通文。（丑）僑門前就要通文個了？（付）哪弗

要？大門前一路通到裡向去丒啥。（丑）[1]介沒讓我來嘻。（作賊形探介）（付）吥！毑養個！叫吾堂堂皇皇，儕個賊頭狗腦！阿是白日撞了？走開點，讓我來。（丑）吷！就讓吾來。

（付）阿，阿，阿有囉個拉丒？（末上）來了。（付）何如？（末上）當值輪該我，何人來叫門？（丑）阿呀，大太爺。（付）啐！毑養個，做儕？（丑）個是儕人了？（付）個是哩丒屋裡個此道耶。（丑）革勒能官冕？（付）冒入鬼！（丑）介沒吾進去，說我哩李馬兩個拉裡。（付）來，儕個「李馬兩個」？（丑）我姓李，吾姓馬，阿是「李馬兩個」了？（付）弗好，等我來。（丑）亦是吾來。（付）大阿叔。（丑）好，個句拉浪！（付）吾進去說，我裡……我裡……（丑）儕個我哩我哩，阿是豬吃食了？（付）噯，正說我里兩個拉里沒是哉。（末）員外有請。

（淨上）

【引】崢嶸頭角看兒貴，堪誇閥閱門楣。

（末）馬、李二位官人在外。（淨）道有請。（末）二位有請。（丑）吓唷徐大。（付）呔！毑養個！測測能跟我來沒哉。（淨）原來兩位賢弟到哉。請。（付）大阿哥請上，讓我里唱喏。（丑）喏沒隨便唱子一個哉，戰得頭眩眼花。（付）體貌是要個耶。（淨）請坐。（丑）弗要哉，竟坐子罷。（各）請吓。（各坐介）

（淨）茶來。（末）吓（末上茶，各接，丑先呷介）（付）住丒，還要打恭來。（丑）儕個叫打恭了？（付斜眼看）大阿哥請。（跌介）（丑）做儕做儕？（付）啐，我沒還要打恭來，吾先拿個

1　底本作「付」，參酌文意改。

鍾茶得吃哉，看子吓一看，帶累我個腳絆拉交椅檔浪子沒跌哉。
（丑）毪養個，坐橋頭弗起個，只好坐拉平基浪。（付）吾阿曉
得，個把交椅淺了，打弗得恭個，倒是賊介來。（橫椅坐介）
（丑）做儕？（付）是介坐沒穩當點。（丑）毪養個，直頭坐亂飯
團眼上哉。等我吃完子個鍾茶勒介……阿唷阿唷！（付）儕了儕
了？（丑）一個圓眼核！（付）呷口茶下去嘘。（丑）阿唷……好
哉！（付）蓋個餓殺坯，圓眼弗曾吃歇個來。

　　（末接鍾介）（淨）兩位賢弟到此何幹？（付）通文嘘。（丑
嗽介）老風臀。（付）呔！儕個老風臀？（丑）那兒子中子舉沒，
哩阿是老風臀了？（付）老封君吓，儕個老風臀！弗會個來。
（丑）是，谷谷谷谷……（付）呸！通文沒通文哉，儕個谷谷谷！
阿是哺雞生蛋了？（丑）噯，毪養個，起子個頭沒自然來個，介樣
性急。（付）蓋沒，吾通，吾通。（丑）吾個妮子「一跌一」子個
「夜叉小」，我里兩個做子個「絨骷羅」，特來「飛來橫」。
（付）呔！吾亂嚼個多哈儕個？（丑）一跌一沒，中；夜叉小沒，
鬼；絨骷羅沒，頭；飛來橫沒，賀。哩個妮子「中子鬼」沒，我里
兩個做子「頭來賀」哩哉那。（付）叫吾通文，儕個打起歇後語
來？（丑）哪了差子儕個了？（付）讓我來。（丑）哎，看吾。

　　（付）大阿哥，再弗道是吾亂兒子亦是介一出。（丑）儕個亦
是介一出？（付）中哉那。（丑）中沒中哉，儕個亦是介一出。
（付）我里弟兄兩個，為子吾亂爺兒子個件事務，報死能介奔。
（丑）走沒走哉，儕個報死能介奔。（付）請人命能介講，每人出
介三錢一個奠金，拉裡替吾賀喜。本來要邀到舍浪個……（丑）亦
弗淨個衣裳，儕個舍浪、舍浪？（付）屋裡沒叫子舍浪哉那。
（丑）吓，是介了。（付）大阿哥是曉得我裡舍浪是烏居個了。

（丑）僚個烏居？（付）狹窄沒叫子烏居哉那。（丑）蛙居吓，僚
個烏居！笑殺子萬把人哉！（付）呸出來！賊精毑養個。原說禮貌
在我，通文在你個，吼通弗來個牢文，替吼通哉，倒來捉我個白
字。我就兜頭一篙子戳殺吼個尻養個沒好。（丑）吼個強盜坯，弗
要桅杆能介擺勒擺，我就一櫓蘇打殺吼個毑養個。（付）毑養個，
看吼櫓人能介搖勒搖，偏要跋翻吼！（丑）馬大，吼個毑養個，饒
吼會使一帆風，只怕滿身纜子蓬腳索玍來！

　　（淨）弗要是介。吼玍兩個是一條跳板浪人，船頭浪相罵，船
艄浪說話，哪是介船橫蘆扉梟得起來！（丑）大阿哥，吼弗要拉哈
橫撑船，哩倒像坐艙大阿哥能，囉個服臕哩？（淨）吼玍兩個「蘆
蓆扒拉地下」，也無僚高低，弗要像小豬船浪打翻子黃乾能介豬哩
豬哩，丟開手！（付）既是徐大阿哥說子沒，我搭吼原撑攏來。
（丑）介沒竟歇。（淨）請大相公出來。（末）吓，大相公有請。
　　（小生上）

【引】恭承嚴命赴京畿，惟願取改換門閭。

　　爹爹。（淨）罷了。見了二位叔叔。（小生）是。二位……
（丑）呵呀不敢，我個舉老爺！（跪介）（淨）豈敢。賢弟，我與
你好弟兄，起來大家作揖。（丑）吓，作一作一。（付）哈捉來，
我是作二來哩。（淨）看酒來，我兒把盞。

　　（小生滴酒，復身定付席介）（付）看噓。（丑）曉得個。
（小生又定丑席，丑渾介）（小生又定淨，完）（末斟酒與付，付
學滴酒，混定）（末又斟酒與丑，丑吃，做賊形手勢介）（淨）擺
下罷。我們共揖。（付扯丑）

　　（丑）啐，毑養個竟坐子沒哉。（付）僚個坐子？還有多哈玍
來。（丑）還有僚個掉弗落？（付）拿酒得來。（末）吓。（付）

個個大相公，吓吃子我個鍾酒，到京裡去，必定秋後處梟首示……
（丑）僥個說話！（付）到京裡去沒決中哉那。（丑）毬養個，拿
得來！大相公，我是勞勞實實吃子個鍾，竟是一百品。（淨）不必
取笑，坐了。（淨先坐介）（丑）走開點，讓讓我。（椅上扒進，
坐介）

　　（付、丑合）

【駐雲飛】深藉[2]餘輝，只為公郎中大魁。那間我里出去，是
到處人多避，閭巷門多閉。嗻！軟弱再休提。（付）倘然弗
作吓個准沒哪？（丑）弗作准吓，我就兜頭一記。（付）毬養
個，吃酒哉僥動手動腳。（丑）哪！莫說人，犬也難來吠，擺
擺搖搖真燥脾。

　　（小生）吓，二位，小姪身子不快，不得奉陪了。（淨）吓進
去罷。（付、丑）吓是進去，我里還要吃來。（小生）我爹爹相識
這班朋友，豈不可笑？（下）

　　（付）阿唷！捉腳縛手子半日哉，爽利爽利介……（收酒盃
介）（丑）僥意思，僥意思？（付）我自然有介道理來里。徐大阿
哥，我里是介吃法弗好，拿兩隻大碗得來吃兩碗，豪燥點。（丑）
有理個！竟是大碗來。（淨）拿大碗來。（末）吓，大碗有了。
（丑）篩酒篩酒。（付）大阿哥來。（淨）請吓。（付、丑）請
吓。（連吃介）

　　（付）喂，大阿哥，吓瓦個兒子個禮貌比我裡更熟。（丑）單
差弗會通文。（淨）吃酒。（付）大阿哥，吓多時弗拉江河浪去
子，面孔白淨子多哈哉。（淨）多說！吃酒罷。（各吃介）（付）

2　底本作「籍」，據鈔本《羅衫記》（《古本戲曲叢刊》三集景印）改。

徐大，吓個妮子中子舉，我里船浪個星眾弟兄個個快活個……（大
笑，腳擱臺上介）（丑）呔！徢養個，腳纏擱子檯浪哉。（付）哪
了？擱弗得個了？（丑）個是儕個禮貌！（付）吓個賊坯，好通
文！

　　（淨）弗要多說，我要行令哉。（付、丑）好吓，行令。
（淨）小兒中子舉，要說個「舉」字。我是舉人，乾。（丑）馬大
來，馬大來。（付）吓，我來。鬼饅頭，乾。（丑）捱到我哉。我
是鬼螺螄來里。乾。（淨）弗好，我里行個接蓙令。（付）接蓙令
在行個。（丑）個是碰子我窠門裡來哉。（淨）小兒上京去會試，
取介個襯語。狀元及第，順。（付）地覆天翻，順。（丑）翻江攪
海。輪到徐大哉。（淨）海浪滔天。（付）天誅地滅。（淨）唔！
（丑）滅門絕戶。（淨）一發弗是說話哉。罰殺罰殺！（各吃介）
　　（付）

【前腔】美酒偏宜。（丑）況且今朝又別離。（淨）小兒起
身利利市市，儕個別離？罰哩一百碗。（付）我陪五十碗。（丑）
吓替我八十碗。（付）**你好量何須替。**（丑）**好酒留人住。**
嚛！吃得爛如泥。請吓，弗吃哉？（合）**豈同容易，拚得今
朝豪興，須沉醉，直吃到月轉花梢玉漏遲。**

　　（淨）多謝二賢卿。（付）打攪又勞神。（合）今朝真勝會。
（丑）請吓。替我謝聲[3]蘇夫人。（淨）呔！放屁。儕個蘇夫人！
巫言亂語，打哩出去。（末）吓。（淨下）
　　（末）走出去，什麼樣子！（推丑跌介）（末下）
　　（丑爬起，醉態介）呔！徐大，吓個瘟強盜。（付）去罷，弗

3　底本作「生」，參酌文意改。

要說哉。（丑）哪了？若無得個個蘇夫人，落里來個個小賊種？
（付）醉丑哉，走罷。（丑）儕了，怕哩儕了？好沒好，弗好沒我
拿個長柄斧頭，劈殺個俵養個！（付）呸！賊精俵養個，幾里是路
浪耶！（丑）路浪怕哩儕了？我里是強盜，亦弗是做賊個。（付）
還要說來！居去罷。（丑）我偏要說，阿番道個了？（跌介）阿
呀！儕人推我個一交？馬大介馬大。（付）吓是儕人？（丑）我是
李二爺。吓是儕人？（付）我是馬大爺拉里。（丑）馬大爺來攙我
一攙。（付）拿個手得來嘻。（丑）哪！（付）手介，手介……
（扯手作吐介）（丑）阿呀好陣頭雨！（付攙丑起，付跌介）阿
呀……李二……攙攙我……（丑）毧養個，倒醉丑哉。（丑攙付，
作吐介）（付）吓嘎，好大雪！（丑扯付起，同作酒話混下）

按　語

〔一〕本齣主體情節、曲文與鈔本《羅衫記》第二十折接近。

永團圓‧逼離

生：江賢，江納的總管。
小生：蔡文英，才子。
淨：江納，富豪。
付：賈郁齋，仕紳。
外：江納的僕人。
末：賈郁齋的僕人。
丑（前）：江納的僕人。
丑（後）：畢如刀，江納的朋友，幫閒。

　　（生上）小園景逾金谷，華筵擺列山珍。難稱賢主與佳賓，樂事賞心休問。盃酒伏藏荊棘，笑談狂鼓儀秦。安排香餌釣長鯨，抹殺寒儒貧窘。今日家主設席，請蔡官人赴宴，逼他退婚，恐小姐知覺，移酌園亭。先同賈爺在彼，著我在此等候蔡官人到來。咳，蔡官人吓，正是：雀捕螳螂人捕雀，有心人對沒心人。（下）
　　（小生上）
【一江風】好文章，枉自誇官樣，難飾窮形狀。小生蒙岳丈見招，故此赴酌。好笑昨日寫一活套的帖兒，來人言語又甚支吾，想是嫌我貧窮，必生議論。咳，我蔡文英豈終貧賤者乎！今日我烏巾折角，百結鶉衣，昂然赴席，看他怎生發付。咳，岳丈吓岳丈，我蔡文英這樣一個女婿，也不辱抹了你。恁東床壯志凌雲，浩氣沖霄，光焰高千丈。饒伊機械張，饒伊機械張，憑咱智

識長，怕甚麼掀天浪。

（生上）蔡官人來了麼？家爺因家內窄狹，設席園中，已先在彼等候。就請官人移步。家在淵明詩裡住，景從摩詰畫中來。此間已是。老爺有請，蔡官人到了。

（淨上）

【引】報道相邀臨降，且須倒屣迎將。

（外、末、丑扮院子上，迎進介）請賈老爺出來。（眾）吓，賈爺有請。

（付上）

【引】扶身閑卻靈鳩杖，盡欽尊齒德高強。

（淨）此間是賈老先生，請。作揖。（付）這位就是蔡兄麼？久仰久仰。（小生）父執尊行，焉敢僭揖。（付）今日學生特來奉陪，一定要請轉。（小生）佔了。（揖介）（付）請坐。（小生）晚輩追隨杖履，止宜侍坐，豈敢僭越。（付）江翁今日為兄設席，學生斷無僭坐之理。（小生）告坐了。（淨）坐就坐哉，只管嘮叨。（各坐，吃茶介）

（付）久聞兄天資敏妙，文譽日隆，不日奪幟中原，老朽輩與有榮施矣。（小生）晚生樗櫟庸才，苦守先人清白；貂裘淚滿，白眼窮途，焉敢妄冀風雲，徒增笑口。（淨）荒齋草敘，愧無兼品。請坐子罷。（付）但憑主人之意。（淨）挐酒來。（小生）還是老先生請上坐，晚生決不敢僭坐。（付）適纔講過，此酒為兄而設，若兄過推，重拂主人之意了。（小生）佔了。（上坐，各坐介）

（合）

【畫眉姐姐】金谷泛霞觴，鳥語花香共欣賞。看盈廊水色，照檻山光。樽罍列海錯山珍，景物似人間天上。

【好姐姐】傾佳釀，人生行樂盃休放，莫負中山一醉鄉。

（小生）晚生酒力不勝，要告辭了。（付）酒還未飲。（淨）拿大盃來。（眾）曉得。（下）（付）且慢，還有話講。學生久仰長兄，今日纔會，恨相見之晚；奉陪半日，足見高懷。長兄極聰明的人，何須學生細談。大率江翁今日設席之意，長兄洞悉其中委曲麼？（小生）晚生是極愚蠢的，今日之飲，實未知其故。（付）請問長兄，令先尊與江翁聯姻用許多聘禮？（小生）吓，聞得先父在日，原是江翁要攀先父；況先父是個窮官，焉有厚聘？總用銀一百兩。（付）好，長兄未到之前，江翁原說有百金之數，足見吾兄至公，一毫也沒甚相欺了。如今江翁見長兄目下窘乏，欲將前聘送還，一來兄有了銀子，可以營運；二來吾兄他日高掇，怕沒有勝似汪翁的親事麼？都是為兄的良策吓。

【啄木鸝】姻緣事，須忖量。人生在世呵，常變經權當細講。那江翁呵，他恃著壓卵炎威，哪怕你逞臂螳螂。今日裡黃金且療飢寒況，他日個綵毬偏打宮花傍。（小生）咳，豈有此理！（付）莫強梁，知機宜早，失馬怎收韁。

（小生）

【三段子】鏡台草莽，揣鰥生深慚衛郎。箕裘世涼，愧山雞難諧鳳凰。（付）學生之言，都是為兄，不要認錯了主意吓！

（小生）

【鮑老催】只為三生結下多磨障，分開連理添悽愴。（付）大丈夫襟期磊落，奈何作此兒女之態！（小生）罷，罷！這多是我遭逢蹇，緣分慳，盟言謊。人生聚散原空相，男兒何必愁鰥曠。楚囚泣都拋漾。

（付）取文房四寶過來。（眾）吓。（向淨介）那百金聘禮可

曾準備麼？（淨）已備在此了。（付）也該當面交明，不要短少了。（淨下）

（眾）

【滴溜神仗】安排的，安排的，筆精硯良。聘財的，聘財的，[1]兌明百兩。這姻親，免勞虛想。負嵎休逞，怎逃羅網。早揮就兩三行，早揮就兩三行。

（眾）快寫！不寫我每要打了吓……（小生）不寫便怎麼？（丑）弗寫，打吼個入娘賊！（付）哇！狗骨頭，儕人拉乱放肆？蔡官人自然寫個，若是弗寫，打也還弗遲來。可惡！（小生）就要寫亦是小事，但晚生不識離書款式，還求老先生見教。（付）長兄大才，哪樣不曉，何必問及老夫。（小生）晚生寫去，恐中間字眼未必全妥。只要老先生念來，晚生照樣寫去便了。（付）足見吾兄直捷痛快。待學生念來，兄寫就是哉。

（付唱，小生寫介）

【滴金樓】要寫離書立紙非虛妄。把尊諱寫明白了。自聘江家遭父喪，為寒微恐誤了芳年壯。個搭要寫得明白。願收回原聘往，真情非誑，任重婚永杜爭和攘。特此一言停當，更書名花押端詳。

（小生）今日要煩老先生做個見證。（付）亦來哉，落裡有帶紗帽個做中人個了！（小生）倘晚生後日僥倖，豈可使世人疑晚生有棄妻之事。（付）咴，要學生著一花押，這亦何難。拏來。（押介）（淨上）哪！收子銀子。（付）請兄收子銀子。（小生）且

1　底本第五句「聘財的」脫，參考曲格，並據明崇禎間《一笠菴新編永團圓傳奇》（《古本戲曲叢刊》三集景印）補。

住，這銀子我也不好就收。（付、淨）為倳了？（小生）此事必須與家母講明，也須用個花押纔妥。（付）蔡兄真是志誠君子，更是老到。（淨）蔡老媽個花押也是要緊個。（付）吓，個倳難。拿銀子得來。我裡個人介？（末）在這裡。（付）吓拏子銀子，跟子蔡官人去，等個蔡老安人著子花押，就拏個銀子兌換子退契轉來。（末）吓。（付）因吓。（末）有。（丑先下）

　　（付）

【雙聲滴】持白鍬，持白鍬，早換取離書榜。休輕放，休輕放，須對手相交向。（末）是。（小生）晚生就此告別。卑行深慚僭妄，重蒙指教殷，虛加褒獎。重擾華筵，容當稽顙。（下）

　　（丑上）智高龍虎伏，言出鬼神驚。虧子老先生個神力，此生動也弗敢動。（付）也弗怕伊弗從。你半日拉囉裡？（丑）我半日拉丑門角落裡。（付）個哪說？（丑）我元是門角落裡諸葛亮。（淨）只等蔡老媽寫子花字就完哉。（付）銀子拉小介身邊，哪怕他騙子去了。（丑）個是窮鬼，見了銀子，弗要說一個花字，就是十個、廿個也肯寫。（付）學生告別哉。（淨）且到書房裡去，洗盞更酌，等個尊介回覆子回府，何如？（丑）有理個！

【尾】從今寬卻心頭脹。（付）事在人為必克臧。（淨）且快飲三盃樂未央。

　　妙計誰能識。（付）貧富實不敵。（丑）眼望捷旌旗。（合）耳聽好消息。（下）

按　語 _____ ✐

〔一〕本齣出自李玉撰《永團圓》第七齣〈詭離〉。

〔二〕選刊此齣的坊刻散齣選本還有《醉怡情》。

永團圓‧擊鼓

小生：蔡文英，才子。
外：高誼，應天府尹。
付、丑：衙門的皂隸。
末：仕紳賈郁齋的僕人。
淨：江納，富豪。

（小生急上）

【六么令】驅馳潦倒，意慌忙行來轉遙。沖天怨氣怎生消？懸秦鏡，仗賢豪。（作到介）此處已是府前了。呀，正值退堂在此，怎麼處？庭堪羅雀憑誰告？庭堪羅雀憑誰告？

　　不免擊鼓則個。（擊鼓介）（付、丑扮皂隸上）呔！偠人擊鼓？（扯住小生介）（內傳鼓介）

　　（老旦、貼隨外上）

【引】忠肝一片冰壺皎，更念切江湖廊廟。

　　宦海茫茫清夢慳，深慚飛鳥倦知還。到來只飲官中水，歸去惟看屋外山。下官高誼，別號雲天，越之諸暨人也。由禮部起家，累遷應天府尹。撫民猶子，薙惡如仇。洛道埋輪，車後每隨飛雁；吳都載米，梁間尚有懸魚。鋤奸懷皂袋之名，好士羨緇衣之詠。正是：鐵面烏紗，炯炯雙瞳懸日月；紫袍金帶，淋淋赤膽定乾坤。今日簿書稍暇，退食私衙，驟聞鼓聲甚急，故爾升堂。叫皂隸。（丑）有。（外）是何人擊鼓？（丑）是一個秀才。（外）喚進

來。（丑）吓。（小生進跪介）阿呀公祖老爺！（外）咻！你既是個生員，必知法度，怎麼擅自擊鼓？（小生）公祖老爺，生員有切己事稟上公祖老爺。（外）做秀才的，出口便是切己之事。也罷，你可從實說上來。（小生）念蔡文英先人在銓部時，有一江納在京謀選鴻臚，將己女許配生員。誰想先人謝世，家業蕭條，江納欺生員貧困，便欲退婚，賄央鄉紳賈郁齋，在家彈壓生員，今日呵：

【梁州序】招呼飲宴，安排圈套，逼寫休妻憑照。（外）你不該寫纔是。（小生）生員孤身隻影，怎當賈宦一力把持，又有許多狼僕兇狠。含冤染翰，淚痕血漬昭昭。（出退紙呈上介）（外）他既逼你寫了，為何又在你處？（小生）只說萱堂押字，賺出秦關，仰叩燃犀照。（外）這也虧你計較。（小生）如今賈宦家人現在生員家裡。（外）他為何在你家中？（小生）為持原聘物，在蓬茅，望乞公祖老爺拘來一審，供出真情斷不淆。（外）叫皂隸。（付）有。（外）你去喚江納立刻赴審。（付下）（外）再喚一名皂隸過來。（丑）有。（外）你到蔡秀才家中去，速拏賈宦家人併帶身邊財禮。速速回話，不可有誤！（丑）吓，火籤來哉，火籤來哉。（下）（外）蔡生。（小生）有。（外）你如今這頭親事，還是要聯，還是要解？（小生）生員七尺之軀，無端受他倚勢威逼，雖死不甘。今日幸脫虎口，特來台下投生。望乞完趙璧，啣環報。

（丑、末上）賈宦家人進。（眾）進來。（丑）賈宦家人當面。介個毯養個，要緊到瓩拆起冷利來。（外）你是賈鄉宦的家人麼？（末）是。（外）江家退婚是真的麼？（末）老爺，小人不曉得。（外）吓，我已洞悉其詳，你若一字支吾，看夾棍伺候。（眾）吓。（末）阿呀老爺吓，容小人說：

【前腔】相邀歡敘，無端廝鬧，頃刻姻親成耗。（外）聘物

在你處麼？（末）聘金百兩，原封不動分毫。（外）你老爺目擊此事的麼？（末）家爺呵，偶爾暫同盃斝，略與言詞，不識其中奧。（外）你怎麼在蔡秀才家裡？（末）小人呵，為承主命往，敢辭勞，實係無辜乞恕饒。求天鑒，分白皂。

　　（外）庫吏。（雜上）有。（外）將此銀權寄庫上。賈宦家人趕出去。（末）這是哪裡說起！（下）

　　（淨、付上）稟爺，江納拏到了。（外）帶進來。（付）江納進。（外）喚上來。（淨）小官江納叩頭。（外）江納，你因甚原故要蔡秀才退婚？（淨）小官江納是知法度的，怎行違法的事？只是當初與蔡文英聯姻呵：

【前腔】指望結絲蘿倚玉攀喬，誰想遠芝蘭下愚不肖。（外）他不學好，你還該教訓他纔是，怎麼就賴他的婚？（淨）哪裡是江納說起退婚？他索金棄女，倩人浼告多遭。（外）既他情願退了，難道今日又來告狀？（淨）他向聘財額外，需詐無休，起釁來囉唣。（外）我看，蔡秀才不像個不習上的，恐怕還是你嫌他貧窮。（淨）江納薄薄有些體面，何忍使己女重婚再嫁。實是蔡秀才願退，望老爺詳察。（外）據你口氣，是極要成就蔡秀才的，倒是他有負於你。他如今不願退婚，你正好成就他了。（淨）爺爺，如今斷然不成了，常言道木桃投處也報瓊瑤，他橫逆恆加怎締交？望老爺呵，超螻蟻，恩非小。

　　（小生）生員決不願退婚，還求老爺作主。（外）我自有明斷，決不虧你的，你須靜聽。他既不願退，你又不欲聯，我如今與你處一處罷。（淨）多謝老爺。

　　（外）

【前腔】斷頭香難續鸞膠，返荊釵須憑月老。（淨）還他原

聘，再沒得說了。（外）我處得不妥，他怎肯心悅誠服？就是我這裡斷了，他又到別處去告，終是個不了之局。倘葫蘆依樣畫來，恐不成招。須把原銀十倍，酬彼千金，庶得財去人安樂。（淨）盡江納家資也沒有千金，求爺爺恩豁。（小生）阿呀，生員決不要銀子的。（外）你不要開口。（淨求介）（外）你如此苦求，我與你兩言而決：你若不退婚，那蔡生一釐也要你不得；你若要退婚，快將五百金上庫，與方纔這宗銀子湊成六百。我與你如山鐵案立永難搖，他也沒齒甘心舊怨消。（小生）阿呀，生員決不要銀子的。（淨）呵呀爺爺，江納決處不出許多銀子的。（外）咳，你兩人呵！須要依明斷，休違拗。

　　蔡秀才出去，明日晚堂候審。（小生）阿呀公祖老爺吓，不要說是千金，就是萬金，生員決不要的。（下）

　　（外）原差過來。你押江納去，追他五百兩銀子，明日晚堂候審。（付）吓。（外）江納過來。你出去不許欺負蔡秀才，倘有些風吹草動，嗯，嗯，我叫你身家不保！（淨）是。個是囉裡說起！（付押淨下）（外）吩咐掩門。（眾應）（下）

　　（外）

【尾】一番斷案誰知道？兩下裡狐疑猜料。少不得霧散雲開現碧霄。（下）

按　語

〔一〕本齣出自李玉撰《永團圓》第九齣〈控休〉。

〔二〕選刊此齣的坊刻散齣選本還有《醉怡情》。

永團圓·鬧賓館

付：賈郁齋，為江納說項的仕紳。

末：賈郁齋的僕人。

生、旦、丑、淨：秀才，蔡文英的學友。

外：高誼，應天府尹。

（付上，末扮院子隨上）

【引】風波百出難袖手，為人謀更兼己謀。

（末）已是賓館了，請老爺裡面坐。（付）看太爺阿拉府裡？（末）出去拜客去了。（付）拏個帖子不拉農民，待太爺一居來就罷。你到江家下處，拿子個訴狀來，我要面遞。（末應下）（付）老夫為江老事體，費子幾哈氣力，不意反落蔡生圈套，拿我老賈湊口饅頭劈手奪子去。那間官府雖已斷銀，恐有中變，江老亦來央我，若弗再出一臂之力，哪哼去索謝儀？今日特來面送訴詞。咳，蔡生，蔡生！難道府翁不重鄉紳，反重你窮儒弗成？

（生、旦、丑、淨扮四秀才上）事關風化須當正，義屬同袍合共扶。我輩為蔡兄之事，拉通學朋友，到府具呈。聞得蔡兄前日受賈郁齋把持之累，今日此老又來為江家居間，不免到賓館中鬧他一番。（丑）此老來亐打磕銃，待我叫聲介。老賈，老賈。（付）因兒來哉僑。（丑、淨）我輩相公拉里，僑因兒！（付）呀，列位請了。（丑）列位弗要答里請！（生）請問老先生，今日有甚事要見太尊？（付）學生有一便民公事，特來面講。（眾）恐怕弗是便

民，倒是退婚的事！（丑）只怕還是坑儒之事！（淨）只怕是錢財之事！（丑）個個老老體面弗要個！（付）好笑學生居鄉，並不與一些閑事，兄輩為何這等唐突？（末上）老爺，江家訴狀在此。（眾）僥個訴狀？打個入娘賊！（末下）

　　（付）列位弗要打，個是我裡個人。（淨、丑）若說你丟個人，越發該打哉！（生）你前日與江家主張退婚，今日又替他投訴狀。蔡兄與汝何仇，必要下這等毒手？況你也是名教中人，何苦與銅臭作犬馬。（付）這等狂徒，敢來凌虐先達麼？（眾）什麼先達？你是個衣冠禽獸！（丑）要個樣銀子，阿要子孫昌盛個了？（付）反了，反了，一發大放其肆，竟罵起我來哉。（眾）就罵何妨！（付）哇！

【四邊靜】狂且不識卑和幼，好似吠堯狗。出口便傷人，惹我眉頭皺。（淨、眾）我輩也不怕你。（付）我向學台控究，把你衣巾繳扣。懲治破靴風，賽過勦流寇。

　　（眾）

【前腔】狼紳好利幫銅臭，甘作牛馬走。滅義更傷倫，眾怒難輕宥。（付）你每這樣老蟲藥，可藥得我倒麼？（丑）倒弗是老蟲藥，倒是木鱉子藥殺吭個隻老狗了。（眾）真個儒林桀紂，衣冠禽獸。罵詈共登門，刊單暴伊醜。

　　（末、旦扮小軍，貼扮門子，引外上）

【引】投刺纔歸，迎門恐後。堪嗟勞我腰間綬。

　　（眾稟介）稟爺，賈鄉宦拜。（外）賓館相見。（付）老公祖拜揖。（迎坐介）（外）有一敝同年在江干，偶爾拜謁，故此失迎了。（付氣介）（外）老先生為何有些怒容？（付）方纔治生在此候見老公祖，被一夥學霸無端辱罵，故此著惱。（丑）吓，伊拉丟

說我里是學霸，我里一齊進去。（進跪介）生員輩本不該在此叩
見，因賈宦前日主持，退了蔡文英的婚姻，今日又代江家投送訴
詞，恐讒口鑠金，生員輩故先稟明。還有公呈，懇求電覽。（外）
門子收了。（付出狀介）乞求台覽，治生有下情。（外）所言公，
公言之，豈敢有私乎！（看狀介）吓！原來是江納的訴詞。（對
淨、眾）諸生請回，下官決不因賈老先生見教，偏向江納。（對
付）學生亦不因諸生相懇，曲護蔡生——總之，秉公便了。（眾）
好吓，鳴鼓而攻之哉。（付）治生告別了。（外送介）（貼）掩
門。（役）吓。（同下）

（眾）老入娘賊出來哉，打打打！（打付，眾下）（付）你個
小賊種，別個是罷哉，你沒哪亨也打起我來？（丑）哪了？我便少
隻眼睛，少個鼻頭，少張嘴個僼？（付）吓，你當初要入學個時
節，那亨個也虧我對學台說子了你入個學吓，今日你個小油嘴就要
打我哉。（丑）吓，我記得個是我裡家父，前日元有此道送來吤
子，我便此道個吓。我想你當初也是此道個，難間你便帶了此道
了，便欺我此道哉！罷！我譬如我前日來科場裡發落子個此道，難
間我就拿個此道靯子吥個此道……（打付頭介）（付）哇！吥個小
賊種，明朝學台一到，就弗見了吥哉吓！（丑）哪了學台到了就弗
見子我？（付）怕歲考了。（丑）吓，個弗難。若是學台到子要歲
考，我學生只得告病。（下）（付）囉里有介樣事。

（末上）打壞了，打壞了！老爺回去罷。（付）哇！你這狗
才，纏是吥個狗骨頭！吥看見這些無賴在此，倒躲拉洛裡。僼個老
爺江家訴狀拉里哉，訴狀拉里哉！弗打吥，倒打我。（末）不要說
了，回去罷。（付）吩咐打轎。（末）轎子都打爛，轎伕都逃去
了。（付）介便哪處？（末）不多路，待小人扶了去罷。（付）既

是介，你去看個星臭老鼠阿拉孤哉。（末）都到店中吃點心去了。
（付）纔去哉麼？介便扶子我去。（內）捉、捉、捉！（末扶付
下）

按　語 ＿＿＿＿＿＿＿＿＿＿＿＿＿＿✎

〔一〕本齣出自李玉撰《永團圓》第十一齣〈賺嬌〉。

永團圓・計代

淨：江納，富豪。

丑：畢如刀，江納的朋友，幫閒。

付：秋菊，江家的婢女。

貼：蕙芳，江納的次女。

（淨上）

【雙勸酒】官司累姐，財爻沖破。尾聲又拖，開除難做。（丑上）但願得事兒全妥，又何妨一見嬌娥。

　　江爺為僑了睏來茫茫？（淨）喂，老畢，我昨夜睏拉丑，弗知為僑了肉飛肉跳，再睏也睏弗著；只見個老鼠拉枕頭邊咭咭哈哈悉悉速速個，僑意思？（丑）正是，我也睏弗著，嘴裡苦的嗒。且居去打介碗酸醋麵得來吃子，醒醒個意里勒，再來等罷。（淨）有理個！且居去子再處。吓，為僑了大門開拉裡吓？我裡個星人纏拉囉裡去哉？

　　（付扮梅香上）阿呀我個大小姐吓！（淨）吓，丫頭，為僑了哭吓？（付）阿呀老爺居來哉。弗好哉，大小姐弗見哉！（淨）吓，到囉裡去哉？（付）老爺居來哉，二小姐快點出來。

　　（貼上）天有不測風雲，人有旦夕禍福。阿呀爹爹，不好了！姐姐忽然不見了！（淨）我里個星人介？（貼）眾人四下裡去尋問了。（淨）個呀奇丑！囉裡去子？（貼）姐姐在房中啼哭了兩日，昨夜黃昏時候竟去投江了。（淨）吓！吚沒囉裡曉得渠竟去投江

了？（貼）阿呀爹爹吓，他在房中粉壁上題詩一首，看來一定投江死了。（淨）拉囉裡？待我去看。（同貼下）

（付哭介）阿呀，大小姐吓……（丑扯付）喂，丫頭，丫頭。（付）儕個丫頭丫頭。（丑）哪弗是丫頭了？生離離個丫子進去哉。（付）啐！我是弗替吙叉頭叉腦個嘘。（丑）弗是吓，我認真問吙。（付）問我儕？（丑）吙亐小姐好好能介拉亐，哪說儕投江死哉？（付）方纔是二小姐，投江死個是我裡大小姐。（丑）囉裡個是配蔡家裡個了？（付）就是投江死個哉。（丑）嚕，大小姐投江死哉？吙個丫頭倒造化哉介。（付）儕造化？（丑）少倒子一個馬桶哉介。（付）啐，測死個！我是要罵個嘘。（丑）蓋個丫頭弗識好人個。吙亐老爺時常對我說，秋菊個丫頭長大哉，夜裡亦要出尿，貨落子渠罷。（付）蓋個毧養個！（丑）我說出尿有介一個方法拉里。（付）儕個方法？（丑）討介一個老團塞住子渠個尿眼就弗出哉耶。（付）啐，拖牢洞個！我是要罵哉嘘。（丑）吙罵我儕個？（付）罵吙個討飯丕個！（丑）吓，罵我介個致命個。（付下）（丑）阿是真正老出尿，說子老團，乞個快活了，直闖子進去哉。

（淨哭上）阿呀我個肉吓，肉吓！（丑）哪哉？（淨）真個投江死哉！那沒哪處？（丑）弗要著忙，等個星管家居來，或者有場哈尋也弗可知。（淨）阿呀我個肉吓！（眾上）水中捉月，海底撈針；費盡氣力，走斷腳筋。（淨）吙亐居來哉儕。（眾）我每回來了。（淨）大小姐拉囉裡？（眾）親戚人家，尼姑庵內，各處荒僻所在都尋到了，影兒也不見。（淨）二小姐說投江去哉，該到江邊去尋纔是。（眾）江邊各處打撈，沿江叫喚，並無蹤影。（淨）纔拉吙亐身上，快點去尋！若尋弗著，叫吙亐弗要慌！（眾）自己要

退婚，將小姐逼死，與我每什麼相干？（淨）放屁！還弗去尋來！
（丑）快點走！（眾）早知今日無尋處，悔不當初莫退婚。（下）

（丑）可笑，可笑！就是退子婚，僭個大事，就去投江。忒痴
哉。（淨）兒子吓！（丑）哭僭勾！死個是死，活個是活，個場官
司到底要結個吓。（淨）人也死哉，還要結僭官司，還要結僭官
司？（丑）好個自在性子！我對你說，人個死有兩樣死法丑。
（淨）哪兩樣死法？（丑）假如難間令嬡死哉，有屍檢驗，我裡翻
轉一耙，告伊威逼致死，小蔡個條性命是捏定來手心當中個哉。
（淨）難沒哪呢？（丑）如今又無屍首憑據，官府知道死也弗死？
蔡生一口咬定，說你藏過女兒，拿你監追，三六九比賣，更兼個六
百兩銀子，對子東洋大海裡撲通生能介一丟，苦處囉裡去說個？官
司到底要結勾丑。（淨）難沒哪亨？（丑）難沒哪亨？（淨）我便
認真對吓說，你便又起來。阿有僭個計策？（丑）等我思量思量
介。（淨）噲，老畢，便當點。（丑）吓，有理哉！我有一個「移
星換斗之計」拉里。（淨）僭個叫子「移星換斗之計」？（丑）方
纔進去個是囉個？（淨）個是我裡二小女。（丑）好吓，下場官司
全在二令嬡身上丑。（淨）哪亨到拉渠身上？（丑）難間就將二令
嬡呵，

【五供養】做個一時術數，權到公庭，掩飾收科。（淨）
個便哪假得個？（丑）哪假弗得。蔡生又弗認得令嬡，太爺囉裡曉
得真假。指鹿秦庭事，誑楚漢謀多。（淨）既是介，就叫我裡
秋菊丑去便罷哉。（丑）阿是方纔個臘梨丫頭去吓？（淨）正是。
（丑）阿呀呀，這叫雲端裡出蠻頭，露出馬腳來哉。令嬡小姐是介
娉婷孃娜，腳小伶仃；方纔個丫頭，燒歇個火了烏嘴烏臉，介付面
孔，更兼鐵搭能介一雙腳。弗說別樣，狗頭狗腦，走到府堂上去，

是介停動停動兩碗方磚不渠踏得爛渣哉耶。**那些腌臢遲貨，怎妝得金閨嬝娜？**（淨）只怕使弗得。（丑）**只要二令嬡呵：只願把姻緣斷，志難磨，總然官府奈何他？個椿事就完哉。**

　　（淨）妙吓！

【月上海棠】**奇計俄，真個是陳平六出名傳播。把當官詞辯，著意教他。**（丑）**咬牙根幾句收羅，塔尖上一場結果。**（合）**難掏摸，就是神仙也須瞞過。**

　　（淨）孫行者，者行孫，誰是假？誰是真？（丑）錯中錯，訛上訛。（淨）他賺我，我賺他。（丑）個出事務直頭要二令嬡去卹。別哉，明朝竟拉府前會罷。（淨）住裡，吃子點心去。（丑）喂，江爺，個樣計策如何吓？是我老畢劃得出，別人是再劃劃弗出個嚄。（同下）

按　語 _____

〔一〕本齣出自李玉撰《永團圓》第十三齣〈計代〉。

永團圓‧堂婚

生：衙門的吏典。

外：高誼，應天府尹。

小生：蔡文英，才子。

末、付：衙門的皂隸。

貼：蕙芳，江納的次女。

丑（前）：婢女。

丑（後）：儐相。

　　（生扮吏典上）堆盤紅縷細茵陳，巧語椒花兩鬪新。爆竹一聲催臘去，土牛今日又逢春。自家應天府中吏典是也。今日新春旦日，俺府主老爺五更拜舞龍亭，清晨接見各廳各縣以及吏胥，自寅至午，纔得進食。我想每歲春朝，無非飲酒慶賀，諸事不理。可又作怪，今日有什麼公事要問，傳命出來要坐堂。只得在此伺候。呀，道猶未了，老爺又早升堂也。

　　（旦、老旦扮小軍，末、付扮皂隸，引外吉服上）

【新水令】朱衣兩袖漾春光，薦辛盤淋漓椒釀。陽和新宇宙，旺氣舊家邦。物阜時康，歌帝德齊歡暢。

　　（眾）各役叩頭。（外）免。（眾）吓。（外）今日節屆春朝，拜牌慶賀，且喜纔完。舊規，衙門設有春酒，會集羣僚，已分送各廳去了。百事暫停，只有蔡生一事未曾就緒，意欲乘此令節良辰，了彼一段公案。前日限原差取江氏今日一同赴審，不知蔡秀才

可曾到否？（末）在外候久了。（外）喚進來。（末喚介）

（小生上）春從天上至，恩向日邊來。（叩謝介）生員今日本不該瀆叩天臺，只為鈞旨拘提江氏，故此生員不得不來候審。但蒙公祖老爺所斷銀子，生員分文不要，只求念生員呵：

【步步嬌】陋巷簞瓢把遺編講，清白原無恙，炎涼態怎當？秦晉良緣，驀地波千丈。撮合仗平章，願邀春色來天上。

（外笑介）好個春色來天上！你且在外廂伺候，我少頃來喚你。（小生應下）（外）吏典過來。（生）有。（外）你聽我道：

【折桂令】你準備著七香車簾掛瀟湘，控騎著龍媒，整飾絲韁。還有那兩朵宮花，雙牽絳綵，一領霓裳。擺幾行花燈簇擁，排幾隊鼓樂鏗鏘。喜媼當行，更喚著司婚儐相，恁可也一樁樁準備端詳。

（生）領鈞旨。（外）叫原差。（付）有。（外）喚江納過來。（付）吓，江納進。（淨）江納叩頭。（外）江納。（淨）有。（外）你女兒來了麼？（淨）蒙老爺之命，女兒怎敢不來。望老爺呵：

【江兒水】德政千方被，仁聲萬古揚。我輸財痛把囊資蕩。女兒呵，堅心不願把寒儒傍，望超生一筆勾前賬。休聽如簧虛誑，救裙釵，一字一回稽顙。

（外）

【雁兒落】你坐擁著繡屏前粉黛香，竟忘了漢相如愁孤曠。別戀著富豪家百寶妝，哪知道草茅中無卿相。呀，況兼他一絲永締老糟糠，怎撇卻隨和唱。縱把這一書生來骹髒，祇恐那法三章難抵搪。叫元差，喚江納女兒進來。（末、

付應下）（外）綱常，須憑俺老黃堂來執掌。鸞鳳，怎恃著泰山威自主張！

（末、付帶貼、小生上）（丑扮丫頭上）（眾）江氏進。（丑）老爺，小姐來哉。（眾）吥！（打丑下）江氏當面。（外）喚蔡生。（小生）有。（外）蔡生，你和江氏向來曾識面否？（小生）生員雖經聘定，從未識荊。（外）今日公堂之上，你可厮認一認。

（小生）呵！

【僥僥令】他俯仰全無語，嬌羞半掩龐。今日裡齊眉咫尺如相向，怎把那並蒂蓮枝做參與商。

（外）吏典，取寄庫的銀子來。（生）吓，銀子有了。（外）江納過來。（淨）有。（外）你欲退婚，無非嫌蔡生貧窮。如今他有了六百金，在一書生不為貧了；況女貌郎才，合是一對。我如今把你女兒完配蔡生，你也休得再講。（淨）蔡生實不習上，定誤女兒終身，只求老爺天恩斷遣。（外）呢，傷風敗俗，禽獸所為！你道我三尺法可寬假得的麼？（淨）既如此，容江納領女兒回去，從容擇日成親。（外）今日春朝，百事俱利，我故穿此吉服相待。（淨）諸事未備，怎好成親？（外）一應花燈、轎馬、儐相、樂人俱已停當。我把京兆公堂權做書生花燭，更有何辭？（淨）阿呀，前日老爺要女孩兒出來，無非要問從與不從，今日並無一言問及，便欲完姻。君子言出如山，求天臺詳察。

（外）呀！

【收江南】只為你算機關千狀呵，因此上安排織女會牛郎，俺一似冰人月老做周方。趁新春日良，趁新春日良，吏典過來，領蔡生、江氏後堂更衣，快把那花紅披戴兩雙雙。

（生應介，領小生、貼下）（淨）阿呀，我兒出來，我兒出來！啐，我叫你出來，哪倒溜子進去哉？個是囉裡說起！

【園林好】待分行番成並行，（背介）痛蘭芳兼賠蕙芳。枉撇下許多白鏹。咻！婚姻事恁般強，掇賺處氣難降。

（外）呢！還要多講，好打！趕出去。（眾）還不走！（淨）罷了，罷了！周郎妙計高天下，賠了夫人又折兵。（下）

（丑扮儐相上）儐相叩頭。（外）就請新人。（丑）伏以這段姻緣真奇媾，徵銀賺女多唧溜。黃堂撮合仗冰人，就口饅頭只一湊。（又）伏以江翁逼婿姻親覆，擊鼓鳴冠要求救。姐姐不見妹裝成，失一個來賠一個。新貴人抬身緩步請行。

（小生、貼上，拜堂介）

【沽美酒】叩穹蒼喜氣洋，叩穹蒼喜氣洋，拜恩官德澤彰。打合著斷影離羣翻為交頸鴦，兩鶼鶼戲水央。好一似九天上氤氳使長。（外）勾除卻三生孽障，平靜了一天風浪。俺呵！今日裡情長，意長，只願你美前程山長，水長。呀！偏笑俺主姻盟一番奇創。蔡生夫婦合上轎馬，鼓樂迎歸。吏典過來，你即將六百金押送蔡生歸家，各役不許在彼需索，俱到庫上領賞。結成鸞鳳青絲網，碾就鴛鴦碧玉籠。（下）

（眾合）

【清江引】花燈爛鑠金蓮放，笙簧繚繞仙音亮。迎歸入洞房，好事從天降，留與那萬千年做一個奇緣榜。（下）

按　語 ✎

〔一〕本齣出自李玉撰《永團圓》第十四齣〈巧合〉，末支【清江引】文字不同。

〔二〕選刊此齣的坊刻散齣選本還有《醉怡情》。

琵琶記·辭朝

末：內廷宣旨傳訊的黃門官。

小生：蔡伯喈，新官。

老旦：太監。

（末上）

【點絳唇】夜色將闌，晨光欲散。把珠簾捲，移步丹墀，擺列著金龍案。

　　下官乃漢朝一個黃門官是也。往來紫禁，侍奉丹墀，領百官之奏章，傳一人之命令。正是：聖德無瑕因宦集，天顏有喜近臣知。如今天色漸明，正是早朝時分，官里升殿，只得在此伺候。

　　（內）怎見得早朝時分？（末）但見銀河清淺，珠斗爛斑。數聲角吹落殘星，三通鼓報傳清曙。銀箭銅壺，點點滴滴，尚有九門寒漏；瓊樓玉宇，聲聲隱隱，已聞萬井晨鐘。曈曈曚曚，蒼茫紅日映樓臺；拂拂霏霏，蔥蒨翠煙浮禁苑。裊裊巍巍，千尋玉掌，幾點瀼瀼露未晞；澄澄湛湛，萬里璇空，一片團圓月初墜。三唱天雞，咿咿啞啞，共傳紫陌更闌；百囀流鶯，間間關關，報道上林春曉。午門外，磟磟喇喇，車兒碾得塵飛；六宮裡，嘔嘔啞啞，樂聲奏如鼎沸。只見那建章宮、甘泉宮、未央宮、長陽宮，五祚宮、長秋宮，長樂宮，重重疊疊，萬萬千千，盡開了玉關金鎖。又見那昭陽殿、文華殿、長生殿、披香殿、金鑾殿、麒麟殿、太極殿、白虎殿，隱隱約約，三三兩兩，多捲上繡箔珠簾。半空中，忽聽得一聲

轟轟剨剨如雷如霆震耳的鳴梢響；合殿裡，惟聞得一陣氤氤氳氳非煙非霧撲鼻的御爐香。飄飄渺渺紅雲裡，雉尾扇遮著赭黃袍；深深沉沉丹陛間，龍鱗座覆著彤芝蓋。左列著森森嚴嚴前前後後的羽林軍、期門軍、孔雀軍、神策軍、虎賁軍，花迎劍佩星初落；右列著濟濟鏘鏘高高下下的金吾衛、龍虎衛、拱日衛、千牛衛、驃騎衛，柳拂旌旗露未乾。金間玉，玉間金，閃閃爍爍燦燦爛爛的神仙儀從；紫映緋，緋映紫，行行列列整整齊齊的文武官僚。螭頭堦下，立著一對妖妖嬈嬈花容月貌綉鸞袍鴛鴦靴的奉引昭容；豹尾班中，擺著一對端端正正銅肝鐵膽白象簡獬豸冠的糾彈御史。拜的拜，跪的跪，哪一個敢挨挨拶拶縱喧譁？升的升，下的下，哪一個不欽欽敬敬依禮法？但願得常瞻仙仗，聖德日新日新日日新；與羣臣共拜天顏，聖壽萬歲萬歲萬萬歲！正是：從來不信叔孫禮，今日方知天子尊。道猶未了，奏事官早到。（內）下驢。

（小生上）

【點絳唇】月淡星稀，建章宮裡千門曉。御爐煙裊，隱隱鳴梢杳。

不寢聽金鑰，因風想玉珂。明朝有封事，數問夜如何。下官為父母在堂，今日上表辭官，來此已是午門，不免逕入。（末）奏事官排班，整冠，束帶，整衣，執笏，（咳嗽）上御道，三舞蹈，跪山呼。（小生）萬歲。（末）再山呼。（小生）萬歲。（末）齊祝山呼。（小生）萬萬歲！（末）我乃黃門，職掌奏事。有何文表，就此披宣。

（小生）

【入破】議郎臣蔡邕啟：今日蒙恩旨，除臣為議郎之職，重蒙賜婚牛氏。干瀆天威，臣謹誠惶誠恐，稽首頓首。伏念微臣，初來有志，誦詩書，力學躬耕修已，不復貪榮

利。事父母，樂田里，初心願如此而已。不想州司，謬取臣邕充試。到京畿，豈料蒙恩，叨居上第。

【破二】重蒙聖恩，賜婚牛公女。臣草茅疏賤，如何當此隆遇。但臣親老，一從別後，光陰有幾？廬舍田園，荒蕪久矣。

【衰三】那更老親鬢垂髮白，筋力皆癃瘁。形隻影單，無弟兄，誰奉侍？況隔千山萬水，知他生死存亡？雖有音書難寄。最可悲，他甘旨不供，我食祿有愧。

（末）聖上主婚，太師聯姻，何必推辭。

（小生）

【歇拍】不告父母，怎諧匹配？臣又聽得家鄉里，遭水旱，遇荒飢。料想臣親，必做溝渠之鬼。未可知，怎不教臣悲傷淚垂？

（末）此非哭泣之處，休得驚動天庭。

（小生）

【中衰】臣享厚祿，掛朱紫，出入承明地。惟念二親，寒無衣，飢無食，喪溝渠。憶昔先朝，朱買臣出守會稽，司馬相如，持節錦歸。

【煞尾】他遭遇聖時，皆得還鄉里。臣何故，遠鄉里，沒音書，此心違？伏望陛下，特憫微臣之志，遣臣歸，得侍雙親，隆恩無比。

【出破】若還念臣有微能，鄉郡望安置，庶使臣，忠心孝意得全美。臣無任瞻天仰聖，激切屏營之至。

（末）奏事官平身，退班。（小生）萬歲，萬歲，萬萬歲！大人。（末）殿元，我當與汝轉達天聽便了。疾忙移步上金堦，叩闕

封章達帝臺。（小生）黃門口傳天語降。（末）殿元喦聽玉音來。（下）

（小生）黃門大人已將我奏章達上，未知聖意允否，不免望空禱告天地一番。

【滴溜子】天憐念，天憐念，蔡邕拜禱；雙親的，雙親的，死生未保。可憐，深恩難報，一封奏九重。知他聽否？阿呀爹娘吓！會合分離，多在這遭。

（眾上）

【前腔】今日裡，今日裡，議郎進表。傳達上，傳達上，聖目看了。道太師，昨日先奏，把乘龍女婿招。多少是好，現有玉音，降臨聽剖。

（老旦）聖旨已到，跪聽宣讀，詔曰：「孝道雖大，終于事君。王事多艱，豈遑報父。朕以涼德，嗣纘丕基，眷茲警動之風，未遂雍熙之化，爰招俊髦，以補不逮。咨爾才學，允愜輿情，是用擢居議論之司，以求繩糾之益。爾當恪守乃職，勿得固辭。試覽卿疏。陳留郡飢荒，即著有司量情賑濟。其所議婚姻事，可曲從師相之請，以成桃夭之化。欽予時命，裕汝乃心。謝恩。」（小生）萬歲，萬歲，萬萬歲！試問昭容事可知，未審官裡意如何？（老旦）昨日已准牛相本，殿元不必再推辭（眾合前下）

（末）殿元，〈饑荒本〉准了，〈辭婚養親本〉不准。（小生）既如此，待下官再奏。（末）聖旨已出，誰敢再奏！（小生）阿，黃門大人，聖上不准我的奏章呵！

【啄木兒】只為親衰老，妻又嬌，萬里關山音信杳。他那裡舉目淒淒，俺這裡回首迢迢。他那裡望得眼穿兒不到，俺這裡哭得淚乾親難保。（末）請接了聖旨。（小生）閃殺人

一封丹鳳詔！

　　（末）

【前腔】你何須慮，不用焦，人世上離多歡會少。大丈夫當萬里封侯，肯守著故園空老？畢竟事親事君一般道，人生怎全得忠和孝？卻不道父在高堂子在朝？

【三段子】（小生）這懷怎剖？望丹墀天高聽高。這苦怎逃？望白雲山遙路遙。（末）你做官與親添榮耀，高堂管取加封號。與你改換門閭，偏不是好？（小生）阿呀牛太師吓，你那冤家的，冤家的，苦苦見招，俺媳婦埋怨怎了？飢荒歲，飢荒歲，教他怎熬？阿呀，俺爹娘怕不做溝渠中餓殍！（末）譬如四方戰爭多征調，從軍遠戍沙場草，殿元，也只是為國忘家怎憚勞？

　　（小生）家鄉萬里信難通。（末）怎奈君王不肯從。（小生）情到不堪回首處，一齊分付與東風。請了。（各下）

按　語

〔一〕本齣主體情節、曲文接近汲古閣《六十種曲》本《琵琶記》第十六齣〈丹陛陳情〉。

〔二〕選刊此齣的坊刻散齣選本還有：《風月錦囊》、《樂府萬象新》、《樂府玉樹英》、《樂府菁華》、《大明春》、《玉谷新簧》、《摘錦奇音》、《萬曲合選》、《來鳳館合選古今傳奇》、《歌林拾翠》、《審音鑑古錄》。其中《風月錦囊》版較特殊，沒有【破二】到【出破】這一大段。

琵琶記・盤夫

小生：蔡伯喈。
貼：牛小姐，丞相之女，蔡伯喈的第二個妻子。

（小生上）

【菊花新】封書遠寄到親闈，又見關河朔雁飛。梧葉滿庭除，爭似我悶懷堆積。

　　我，蔡邕。久留京邸，不得回家侍奉雙親，十分愁悶。且喜前日接得平安家報，即便修書附回，未知可曾到否？這幾日時懷掛念，翻成憂慮。正是：雖無千丈線，萬里繫人心。

（貼上）

【意難忘】綠鬢仙郎，懶拈花弄柳，勸酒持觴。眉顰知有恨，何事苦相防？（小生）夫人，些個事，惱人腸。（貼）相公，試說與何妨。（小生）只怕你尋消問息，添我恓惶。

　　（貼）相公，無事而戚，謂之不祥。你自到我家，終日愁眉不展，面帶憂容，卻是為何？吓，相公，你如今還是少了穿的，少了吃的？卻有甚不足意處？

【紅納襖】你吃的是煮猩唇和那燒豹胎，穿的是紫羅襴繫的是白玉帶，你出入呵，只見你：五花頭踏在你馬前擺，三簷傘兒在你頭上蓋。吓，相公，你莫怪我說吓，你本是草廬中一秀才，今做了漢朝中梁棟材。你有甚不足，只管鎖著眉頭也，唧唧噥噥不放懷？

（小生）

【前腔】咳，夫人，我穿著這紫羅襴倒拘束得不自在，腳穿著這皂朝靴怎敢胡亂去踹？口兒裡吃幾口慌張張要辦事的忙茶飯，手兒裡捧著個戰兢兢怕犯法的愁酒杯。倒不如嚴子陵登釣臺，怎做得楊子雲閣上災？只管的待漏隨朝可不耽誤了秋月春花也？干碌碌頭早白！

（貼）相公，我知道你了。

【前腔】莫不為丈人行性氣乖？（小生）不是。（貼）莫不是妾跟前缺管待？（小生）不是。（貼）莫不是畫堂中少了三千客？（小生）也不是。（貼）莫不是繡屏前少了十二釵？（小生）也不是。（貼）相公，這意兒教人怎猜？這話兒教人怎解？我今番猜著你了，敢只為楚館秦樓有個得意人兒也，因此上悶懨懨常掛懷？

（小生）越發不是了。（貼）這不是，那不是，端的為著何來？

（小生）

【前腔】有個人在天一涯，阿嚘！只落得臉銷紅眉鎖黛。夫人，我本是傷秋宋玉無聊賴，有甚心情去戀著閒楚臺？

（貼）吓，相公，你有甚心事，何不說與奴家知道？（小生）夫人，這三分話兒只恁猜，一片心兒直恁解。夫人，你休纏得我無言，若還提起那籌兒也，撲簌簌淚滿腮。

（貼）吓，相公，我待不勸你，你只管愁悶；我問著你，你又藏頭露尾。我也只得由你罷了。吓，相公，夫妻何事苦相防？莫把閒愁積寸腸。正是：各人自掃門前雪，莫管他家瓦上霜。（虛下）

（小生）咳，正是：難將我語和他語，未必他心似我心。自家

娶妻兩月，別親數載，久淹京師，歸期未定，因此終朝思想，整日憂容。我這新娶的媳婦雖則賢慧，若將此事和他說知，也肯教我回去。只是，他的爹爹知道我有媳婦在家，怎肯放我回去？不如姑且隱忍，改日求一鄉任，那時回家見我父母、妻子便了。咳，夫人吓夫人，非是提防你太深，只緣伊父苦相禁。正是：夫妻且說三分話。（貼上）呀，相公，你道是未可全拋一片心。好吓，你瞞得我好！只是你那爹娘和媳婦在家，可不埋怨著你來？（小生）可不道！

（貼）

【江頭金桂】怪得你終朝攢窨，只道你緣何愁悶深。教咱猜著啞謎，為你沉吟，那籌兒沒處尋。我和你共枕同衾，你瞞我則甚？你自撇了爹娘媳婦，屢換光陰，他那裡須怨著你沒信音。笑伊家短行，無情忒甚。到如今，兀自道且說三分話，未可全拋一片心。

（小生）

【前腔】吓，夫人，非是我聲吞氣忍，只為你爹行勢逼臨。怕他知我要回去，將人厭禁，我待說又將口噤。我待解朝簪，再圖鄉任。他不提防著我到家林，和你雙雙兩人歸畫錦。嘆雙親老景，存亡未審。下官前日有書寄回去，只怕雁杳魚沉。（貼）既有書寄去，怎麼沒有回報？（小生）又不是烽火連三月，真個家書抵萬金。

（貼）原來為此。待我去對爹爹說知，和你一同回去便了。（小生）呀，你爹爹怎肯放我回去？你且休說破了。（貼）不妨。我爹爹身為太師，風化所關，豈有不顧道理之理？我好歹去對他說。（小生）夫人，你休要說罷，說也恐不濟事。（貼）相公休得

疑慮，我去說時自有道理，不由我爹爹不從。正是：雪隱鷺鷥飛始
見，柳藏鸚鵡語方知。（小生）今朝識破家中事，還恐伊爹念不
移。（同下）

按　語

〔一〕本齣主體情節、曲文接近汲古閣《六十種曲》本《琵琶記》
第三十齣〈瞷詢衷情〉。

〔二〕選刊此齣的坊刻散齣選本還有：《風月錦囊》、《樂府玉樹
英》、《大明春》、《詞林一枝》、《來鳳館合選古今傳奇》、
《歌林拾翠》、《崑弋雅調》、《審音鑑古錄》。其中《詞林一
枝》與《崑弋雅調》只選錄【江頭金桂】兩支，作為劇情重心的
「盤問」過程反倒沒有選錄。

〔三〕選抄此齣的散齣鈔本有中國社科院圖書館藏《集錦》。

西川圖·蘆花蕩

淨：張飛。
小生：周瑜。

（淨扮張飛，雜扮四小軍上）斗笠芒鞋漁父裝，豹頭環眼氣軒昂。坐下烏騅能捷戰，手展蛇矛丈八長。俺，張飛。奉軍師將令，帶領三千人馬，埋伏在那蘆花深處，等待周瑜到來，活活擒他下馬，不許俺殺害他。既奉軍師將令，須索走遭。大小三軍。（眾）有。（淨）與俺一字兒擺開者。（眾）得令。

（淨）

【鬥鵪鶉】俺將這環眼圓睜，虎鬚兒也那乍開。騎一疋豹月烏越嶺（介）爬山，只俺這丈八矛翻江也那攪海。覷著那下邳城似紙罩兒醫虛，那虎牢關似粉牆兒這麼低矮。斬黃巾我的精神抖擻，擒呂布其實軒昂，俺釋嚴顏我的膽量高！

【紫花兒序】我覷周瑜如癬疥，那魯肅似井底蝦蟆。若還逢著咱，滴溜溜撲將他摔下了馬，管教他夢魂中見了俺張飛也怕。想當日火燒了華容道，今日裡水淹了長沙。

（小生扮周瑜沖上）嗨，張飛！你不奉軍師將令，敢擅自提兵到此麼？（淨）周瑜，我的兒！（小生）匹夫！（淨）恁道俺不奉軍師將令，擅自提兵到此。你且聽者。（小生）講來。

【調笑令】俺奉軍師令，咱奉軍師令，咱把人馬掩此蘆

花。（內吶喊介）呀！只聽吶喊搖旗大戰殺。向垓心掩映個偷睛抹角，錚錚咬碎鋼牙。恁在那黃鶴樓把俺的大哥哥來謀害殺，咱今日到此活拿。

【禿廝兒】揪住你的青銅鎧甲，扯碎了你的玉帶菱花。只見他盔纓歪斜力困乏。周瑜，你的武藝又不精，鎗法也不高加，你怎的當咱？

【聖藥王】也不用刀去砍，鞭來打，只俺這丈八矛攢得你滿身麻。（小生）匹夫！（淨笑戰介）怎怎怎、怎道是休認真？俺俺俺、俺可也不是個假。怎在那黃鶴樓痛飲醉喧嘩？休休休、休笑俺沉醉臥黃沙。

（又戰，擒小生下馬介）（淨）與我綁了。（眾）吓。（小生）張飛，你這匹夫！擒俺三次，為何不殺？為何不殺？（淨）周瑜，我的兒！（小生）匹夫！（淨）軍師道，你在三江夏口赤壁鏖兵，有這麼些小功勞；為此，叫俺不殺你。沒用的東西，去罷。（小生）呀，老天吓老天！既生瑜，何生亮？三計不從，氣死我也！（撞下）（眾）三軍將，周瑜死了。（淨）怎麼講？（眾）周瑜氣死了。（淨）死了？（眾）死了。（淨）死了就罷了。（眾）三將軍擒他三次，為何不殺？（淨）軍士們，你們不知，起過一邊。聽者：只因他三江夏口赤壁鏖兵，有這麼些小功勞也！

【煞尾】只他在三江夏口赤壁鏖兵唬得那曹瞞怕，赤壁鏖兵是俺軍師的戰法。若不是黃蓋深恩，俺怎肯今朝將他來輕輕的饒過了他。（舞鎗下）

按　語

〔一〕本齣情節、曲文與清咸豐九年鈔本《新編西川圖》第二十九齣〈氣周〉接近。

一枝梅・捨財

外：龐英，龐居士，富人。
末：龐家的傭人。
付：跛足叫化。
貼：喑啞人之妻，跛足叫化的嫂嫂。

（外扮龐居士上）
【粉蝶兒】處世為人全憑著、全憑著家和順，皆是前緣分定，好共歹要各自存心。我勸世人種心田，廣福地，把雙親來孝敬。禍福無門，只怕逃不脫輪迴孽境。

　　終朝每日濟孤貧，刻刻存心救拔人。但得龍天常如此，萬炷茗香答至尊。老夫姓龐，名英，字漢公，別號居士，乃襄陽人也。家資巨萬，田園廣有。向有漁人捕一金色鯉魚，我見彼奇異，買而放於江中，夜來夢見龍神向我稱謝，所以家資漸長，乃其報也。為此存心向善，廣行佈施，賑濟孤貧。院子。（末暗上）有。（外）倘有孤貧到來，即便報我知道。（末）曉得。（同下）
　　（付扮跛足叫化上，眾叫化同上）
【窣地錦襠】瞎顛足跛苦呻吟，今世伶仃前世因。鰥寡孤獨控無門，養濟院裡度朝昏。

　　（付）列位吓，今有龐居士廣放來生債，大開方便之門，我們前去求他週濟週濟，有何不可？（眾）好吓，大家前去求他週濟。（付）怎麼樣去求他？（眾）吓，有了！如今你哥嫂在哪裡？

（付）不知道。（眾）快去尋了你哥嫂來，去唱「忠孝義和」四套勸詞去化他。（付）說得有理！你們在十字街頭等著，我去尋了他來。（眾）快去，快去。（眾下）

　　（貼扮老人馱婦人，[1]唱上）

【泣顏回】夫啞奴命迍，瘋癲軟，家道貧窘。生來八字命途蹇，不怨人來不怨天。只怨五行時不遇，教人到處受熬煎。提起淚流，說將起兀自心酸。想我不幸嫁了這啞子，正所謂「天生一對，地產一雙。」若不出門告謁，誰來憐我？苦吓！每日裡跎出門時，好教我幾度羞慚甚。（付內）哥哥，嫂嫂，慢些走，我有話說。（貼）猛聽得叔叔頻呼，步從容向彼問原因。

　　（付急上）嫂嫂，我越叫你，你越走得好快。（貼）你遠遠的叫他，他哪裡聽見。叔叔，你為何喊叫而來？（付）我告訴你，今日有龐居士廣放來生債，大開方便之門。嫂嫂，你可去唱「忠孝義和」四套勸詞，眾伙計都在那裡。唱得好，自然週濟我們。你對他說。（貼）老頭兒，今有龐居士大開方便，賑濟孤貧。眾伙計多在那裡，等我們前去唱「忠孝義和」四套勸詞。唱得好，多多週濟，亦未可知。叔叔，居士住在哪裡？（付）哪！前面有旛幢的就是。（貼）老頭兒，前面有旛幢的就是，你去望來。（望介）（付）在那邊……（貼看介）（付）在這裡！（貼）在這邊……（看介）（付）在中間！（貼）在中間，可曾看見？（老點頭介）既如此，快走。

【前腔】忽聞龐士濟貧人，我們前去哀懇。忙行疾走，過大街小巷前奔。倘周全我們，便不愁此日飢寒窘。（眾

───────────────

1　指「貼」這位演員利用道具與化裝，扮成「公揹婆」。

上）遙望著高掛幢旛，不覺的喜上眉鬟。

　　（付）這裡是了。門上大叔有麼？（末上）什麼人？（付）大叔，我們是養濟院的孤貧，特來求員外週濟週濟。（末）員外有請。（外上）怎麼說？（末）外面有孤貧四名，內有一個老兒背著一個年少婦人，特來求員外週濟的。（外）著他們進來。（末）吓，員外著你們進去。（眾）吓。（進介）員外在上，眾孤貧叩見。（外）起來。（貼）恕不見禮了。（外）為何一個老兒跐著一個少年婦人？（付）是夫婦。（貼）丈夫白首生來啞，妻子紅顏自幼瘋。（外）何以為活？（貼）口食身衣沒擺佈，歌唱詞曲度朝昏。（外）唱什麼歌詞？（貼）唱「忠孝義和」歌詞。（外）何為忠？（貼）為臣盡忠。（外）何為孝？（貼）為子盡孝。（外）何為義？（貼）兄弟須義。（外）何為和？（貼）夫婦當和。（外）也罷！你們且唱來，若是唱得好，多多週濟你們。（眾）吓。（貼）老頭兒，員外吩咐下來，叫我們唱「忠孝義和」四套勸詞。你雖耳聾聲啞，我在你的耳邊高唱，你可將頭腳按板就是了。（老點頭介）

　　（貼）

【石榴花】俺勸那為官、為官聽原因：為官的須當秉忠正。你在那十年窗下受盡辛勤，懸梁并刺股，映雪又囊螢。驀聞得選場開，驀聞得選場開，展奇才獻策將皇都進，躋鎗鎗金堦也那九頓。幸逢著聖明君，幸逢著聖明君，占鰲頭多榮幸，宮花兒斜插帽簷新。

　　（眾合）

【越恁好】不枉了寒窗十載，不枉了寒窗十載，今日裡喜連登。須要為官清正，休得要負皇恩。切莫貪財虐下民，

當守著官箴。論文官把筆安天下，為武將持刀定太平。

（貼）

【黃龍滾】俺勸那子女須聽，俺勸那子女須聽：為子的當把雙親奉敬。先受娘……（老趕打付介）（眾）為什麼？為什麼？（貼）我替他說。老頭兒，你是個老人家，背了我唱，豈不費力。你見叔叔坐在那裡，不來幫唱，故此你著急，可是麼？（老點頭介）（眾）你原不是！他是老人家，背著你嫂子唱，你是後生家，不去幫唱，倒坐在那裡。（貼）老頭兒，眾人都說他不是了。（眾）老伙計，我們都說他不是了。（老點頭介）（貼）先受娘十月懷胎，先受娘十月懷胎，更三年乳哺恩深。男教著詩書萬卷佐朝廷，養女兒教針黹嫁著豪門。養得個男女成人，養得個男女成人，受盡了萬千勞頓。

（眾合）

【千秋歲】男女們、男女們須當聽：父母恩天高海深，休違背親言，效一個慈烏反哺懇勤。男和女也要聽：人子道須當盡，莫把天倫紊。簷前水滴，毫不差分。

（貼）

【上小樓】俺勸那兄弟聽：連枝同氣共胞生。弟敬兄如敬父母，弟敬兄如敬父母，聽著兄言，遵著兄命。教弟如教兒孫，教弟如教兒孫，效張公九世不得生分，試看那雁鴻成陣。

（眾合）

【撲燈蛾】弟兄須耳聽，弟兄須耳聽，吾言當三省。莫因那些小，每日尋非爭論也。妻言莫聽，自然斷絕是非根。不見在原鶺鴒？想為人萬靈，反不及飛禽？

（貼）

【疊字犯】夫妻、夫妻須聽：夫妻前生配定。七世裡修得就，今世裡共枕衾，恩恩愛愛，百年介和順。貧和富皆由命運，休因柴米爭兢、爭兢。夫愛妻來，妻把夫敬，效一個鴛鴦到老不離分。

（外）唱得好！可將白米五斗，銀子五兩，與他們去罷。（末）吓。（取米銀介）這是員外與你們，白米五斗，銀子五兩，與你們。（眾）多謝員外。老伙計，天要下雨了。（貼）多謝員外。阿呀老頭兒，天要下雨了，快些走罷。（眾）我們快些去罷。

（合）

【紅繡鞋】猛然霞散雲騰，雲騰，煞時地黑天昏。飛砂石，好驚人。忙舉步，往前奔。莫待等，雨淋淋。（眾急下）

按　語

〔一〕目錄頁劇名題《一文錢》，版心題《一枝梅》。李玫先生〈清代時劇《羅和做夢》正源〉考證此齣出自小戲《一枝梅》，故本書劇名從版心。

爛柯山‧寄信

淨：張別古，走街串巷賣雜貨的貨郎。
生：朱買臣，新任會稽太守。
末：張千，朱買臣的僕人。

（淨上）賣雜貨吓。買賣歸家汗未消，上床猶自想來朝。當家為甚頭先白？一夜思量計萬條。老漢姓張，名別古，乃會稽村人氏，落鄉居住。我一生只靠貨郎為生，平生正直無私；一不與人為媒，二不與人作保，三不與人捎書帶信。故此，那些人多叫我是張別古、張別古。今日天氣晴朗，不免到城中賣些貨物走遭也。
【端正好】八條繩，為活計，只我這八條繩，俺可也為活計。只我這貨郎擔是俺的衣食，把鼓兒到處搖，將去過東村，又轉到西村地。
【滾繡毬】賺些兒粗糧和那薄食，養活俺的妻兒和那小的。我賣的是青銅鏡、蠟環、頭箆，小兒郎戲耍的東西。只我這擔頭挑著小傀儡，還有那鏇子的壺瓶和那耍棒鎚，來、來、來買我的東西。
（內喝介）（淨）呀，你看，三人一簇，五人一羣，熱鬧烘烘，不知為何？待我問一聲。喂，大哥。（內）怎麼？（淨）借問一聲，今日為何這等熱鬧？（內）今日新太爺到任，故此熱鬧。（淨）咦，一希希希……有興頭吓有興頭！我前年賣貨遇著新太爺上任，那日生意大不相同，著實賺了幾錢銀子。今日又遇新太爺上

任，今日的生意有些意思。待我擠上去看他一看，有何不可。不要擠，不要擠……（下）

（雜扮小軍、皂隸，末扮張千，引生上）花開不擇貧家地，日照山河到處明。某，朱買臣是也。多感王安道哥哥相贈盤纏，到京應試。又得司徒大人引荐，蒙聖恩除受俺為會稽太守，今日到任。左右，打導到蓬萊驛去。（眾應，轉介）

（淨上，看介）咦？看這新太爺好似東村劉二公的女婿朱買臣。自古道：「官是新的，人是舊的。」待我叫他一聲看：喂，朱買臣，朱買臣。（末喝介）老爺的名字，你敢亂叫？（淨）不是，小老兒叫張別古，是你老爺的故友。

（生）叫張千。為何喧嚷？（末）外邊有個貨郎兒，口稱老爺名字。（生）可是叫張別古麼？（末）正是。（生）這是我本村人，與我請來相見。（末）吓，老爺請你進去。（淨）吓，你家老爺說請我進去。（笑介）喂，大叔，我的擔兒在此，煩你照管照管，不多幾句話就出來的。吓，大人，恭喜，賀喜。（生）別古，久違了。（淨）大人請上，待小老兒拜見。（生）不消。（淨）一定要拜的。（生）豈敢。（淨）奧、奧，如此，從命了。（生）好說。看坐。（淨）如今老漢是大人的子民了，焉敢望坐！（生）別古比眾不同，請坐了。（淨）如此說，告坐了。（生）請坐。

（淨）大人一向是這個……（生）吓？（淨）好麼？（生）好。別古，我大哥王安道、兄弟楊孝先好麼？（淨）好，他每多好。（生）東村劉二公好麼？（淨）可是令泰山？好！越老越精健。吃些短頭素，佛會裡沒時常去走走，好！（生）他女兒玉天仙可曾去嫁人麼？（淨）大人差矣，今日大人衣錦榮歸，令正是一位夫人了，怎麼說「嫁人」二字？（生）別古有所不知，他當初逼我

的休書,趕我出門,今日煩你捎個信兒與他,叫他早早去嫁人。
(淨)大人倒忘了,老漢一不與人做媒,二不與人作保,三不與人
捎書帶信。今日若與大人捎了信去,我這「別古」二字就叫不成
了。(生)正是,我倒忘了。且住,自古利動人心。張千,取二兩
銀子過來。(末)吓,老爺,銀子有了。(生)別古,煩你帶個信
兒與劉二公,教玉天仙早早去嫁人。我有白銀二兩相送,一定去走
遭。(淨)吓,待老漢想來。(生)你去想來。(淨)且住,我賣
了一日的貨,趁不上一、二錢銀子,如今捎得一個信就有二兩銀
子。我這「別古」二字,又不要在凌煙閣上標名,五鳳樓前畫影,
管什麼別古不別古,就捎個信兒何妨。大人有命,老漢焉敢有違。
只是,這銀子斷斷不敢領。(生)哪有不受之理!請收了。(淨)
吓,不敢領,不敢領。(生)請收了。(淨)如此,多謝大人,我
就去便了。(生)有勞,請。情到不堪回首處,一齊分付與東風。
(生、眾下)

按　語

〔一〕本齣出處待考。選刊此齣的坊刻散齣選本有敏修堂刊《清音
小集》。選抄此齣的散齣鈔本有:中國社科院圖書館藏《集錦》、
中國藝術研究院藏佚名抄《崑弋曲選》。

爛柯山‧相罵

淨：張別古，走街串巷賣雜貨的貨郎。

外：劉二公，玉天仙之父。

旦：劉氏，玉天仙，朱買臣之妻。

（淨）受人之托，必當忠人之事。受了他二兩銀子，只索去走遭也。

【粉蝶兒】每日價轉街尋村，若說起張別古哪一個不認？手捏著蛇皮鼓遶串，串莊村。那些小兒郎，趕銅錢，包粟頭，將咱來提名尋問。

　　此間已是東村了。

【醉春風】俺可也抖擻起老個精神，若見那劉家女兒，儘力兒將他來搶白一頓。全不想二十年夫婦，索個休書怎下得絕情狠，狠，狠！全不想夫唱婦隨，夫榮妻貴，言和也那語順。

　　此間已是了。劉二公在家麼？（外上）不作虧心事，敲門不吃驚。是哪個？呀，原來是張別古，請裡面坐。（淨）有坐。（外）別古，你在哪裡來？（淨）在城中生意回來。（外）城中可有什麼新文？（淨）新文倒沒有，有天大一椿喜事在此，報與你知道。（外）有何喜事？說與我聽。（淨）我不對你說，請你令媛出來，對他說。（外）吓，待我喚他出來。我兒快來。（旦上）爹爹，怎麼說？（外）張伯伯在此，有什麼天大喜事要對你說，你且上前相

見。（旦）張伯伯。（淨）大姐。（旦）請問張伯伯，有何喜事？
（淨）大姐，恭喜，賀喜。喂，二公，你的女婿做了官了。（旦）
爹爹不要睬他，這窮短命的，不知死在哪個山坡裡，哪裡做什麼
官！（淨）做了本郡太守。（外）你在哪裡見來？（淨）我在蓬萊
驛與他相見過的。（外）他比前如何？（淨）比前大不相同了：五
花頭踏，駿馬雕鞍，前遮後擁，十分富貴。他明日將鳳冠霞帔來接
你，你就是一位夫人了。（旦）這個不勞奉承，他若做了官，我自
然是一位夫人了。（淨）我來奉承你？只怕也未必吓！（外）別
古，你把他的榮耀說與我聽。（淨）待我說與你聽。

【迎仙客】只見那舊伴當從前擺，那些新弓兵隨後跟。他
有一句說話。（外、旦）有什麼話？（淨）他教恁臉搽著脂
粉，重整衣衫舊換新。（旦）吓，想是來接我了。（淨）唔！
他要來迎接你的？他教恁車駕的穩，準備著去嫁別人。

　　就是這麼一句話。（旦）自古道「夫榮妻貴」，他如今做了
官，難道就忘了我不成？（外）我兒說得不差。（淨）咳！

【上小樓】你說的話兒全無本分，那大人言行忠信，他曾
學曾子修身，顏子居仁，孟子擇隣。他舊年四十九，命不
通，不肯把功名求進，全不想君子人固窮守分。

　　（旦）他在我家二十多年，也沒有什麼不好。
　　（淨）

【前腔】（換頭）想當初，要休時，你便索了休……二公。
（外）吓。（旦）爹爹。（外）咘！（旦）咳！（淨）你女兒也
個忒狠，全不想半夜三更，身上無衣，肚內無食，就斷送
他離門。恁忒絕情下狠心，忘恩短倖，一家兒身遭悲困。

　　（旦）他在我家二十年，哪些虧了我？為人也要知恩報恩纔

是，難道就忘了？（外）是吓。（淨）著吓！

【么篇】（換頭）若說起知恩得這報恩，你待要重招女婿，另嫁個噯！郎君。似你這般嫌貧愛富誰親近？更生的少喜噯！多嗔。你是個木乳并身清得這口緊，你命犯著鐵掃箒，掃壞了他噯！家門。那大人他言行忠信，一家兒不和噯！六親，你是個女弔客母喪門。

　　（旦）呀啐，你這老猪狗！（外）住了，怎麼罵起來？（旦）一把年紀，倒與別人管閑事。（淨）吓吓吓，我老人家好意說了你幾句，竟罵起我來。（外）別古，不要睬他。（淨）咳，我這牢貨物總是賣不成的了，待我再說你幾句。（旦）我也沒有什麼過犯與你說。（外）還不住口！

　　（淨）

【煞尾】我把你從前過犯一時論，（旦）我的家門，別人也管不得。（淨）若提起家門，呣！也不值半文。二公，那大人眼中常把淚珠搵，提起來連老漢也傷情。他是個有南有北的真實漢，可憐他受屈啣冤沒處伸。誰似他遭厄困，（旦）他在我家二十餘年，難道一些好處也沒有的？（淨）他在你家二十年吓，枉受了萬苦千辛。

　　（旦）啐，老不賢！老殺才！誰要你管閑事？（淨）呵呀二公，他罵我，我也要罵了吓。（外）這個使不得。（旦）啐，老忘八！老烏龜！罵了你便怎麼樣？（淨）你這臭花娘！（旦）老忘八！（淨）臭淫婦！（旦）老烏龜！（淨）嘎，辂千人個！阿要我罵出吓個制命個來？（旦）老烏龜罵出什麼來？（淨）罵哉嘘，唔個圓……（旦）圓什麼？（淨）圓辂花娘！（下）

　　（外）阿唷唷，氣死我也！我說他是個老人家，讓他些罷，你

偏要惹他，好好的人被他罵什麼圓毬花娘！（且）啐，我好端端坐在裡頭，叫我出來受這場氣。（外）呀，當初你不聽我的說話，所以如此，倒來埋怨我。（且）爹爹，不要說了，怎麼樣尋個計較去見他便好。（外）我哪裡有什麼計較？（且）好爹爹，不要作難，自己孩兒嚜……（外）早是我有主意！我見你索了他的休書，我將白銀十兩、棉衣兩套，央王安道送與他上京應試，如今還是央王安道去說便了。（且）如此說，真個虧了爹爹了。（外）不是虧我，虧了哪個？（且）姆，還虧了孩兒。（外）虧你什麼？（且）諾！還虧我不曾去嫁人。（外）倒虧了你？不羞！（下）

按　語

〔一〕本齣出處待考。選刊此齣的坊刻散齣選本有敏修堂刊《清音小集》，選抄此齣的散齣鈔本有中國社科院圖書館藏《集錦》。

翠屏山‧反誑

貼：潘巧雲，楊雄之妻。

末：楊雄。

旦：迎兒，潘巧雲的婢女。

　　（貼上）

【引】門兒低亞簾兒淺，咳！終日裡淒涼庭院。

　　奴家，潘巧雲。只因迷戀如海年少，大膽做下些勾當。阿呀且住，今晚是我丈夫下班歸家，怎麼這時候還不見回來？嗨……吓，想又是同伴們拉他飲酒去了。吓，迎兒，迎兒。（旦內）怎麼？（貼）準備些熱湯水，等家主回來要吃。（旦內）不消吩咐。（貼）吓，這小賤人，這等放……阿哼，你這小賤人，呀啐！（下）

　　　（末上）請了。（內）請了。（末）明日會。（內）明日會。（末）好醉也！咳！

【園林好】嘆人生榮枯在天，咳！枉教人英雄自憐。阿喲，博得個衙門厮賤，看發跡是何年？要發跡是何年？

　　方纔太爺道，我使得傢伙好，賞我十大碗酒。纔出得府門，又被那些眾兄弟們拉到店中，痛飲一回。（笑介）哈哈哈，不覺大醉。來此已是自家門首了。（貼暗上）怎麼這時候還不見回來吓？（末叩門介）開門。（貼）想是他回來了。（末）開門吓。（貼）來了。（開門介）（末吐介）（貼）又吃得這般大醉，吓，大郎，

看仔細……（末）嗤！

【又】我見、見伊時胸中氣填！（貼）怎麼樣？（末）阿呀！
不由人不一時恨牽，（末打貼介）（貼）啊唷唷，啐！（末）
狗淫婦，幹得好事！好好結果你這臁臢潑賤。（貼）啊呀，為
什麼破口吓？（末）阿姆吓，休聒著大蠶涎，（貼）吓！（末）
休聒著大蠶涎。

　　（又打介）（貼）阿唷唷！（末）狗淫婦，幹得好事！阿姆
吓，少不得死，死——（長聲介）在我的手裡。（睏介）（貼）阿
呀，這是為何呢？

【江兒水】他往日歸來醉，安然一覺眠，為何的今宵不自
生歡忭？姆，哚！莫不有甚風聲通一線，因而出口言不
善？吓！想是石……（住口介）（末打呼介）（貼）吓，想是石
秀那廝，在他面前搬鬪些言語。這便怎麼處？姆姆，呀啐，這有何
難吓？我只得將他消遣。吓，大郎醒來，吓，大郎醒來嚄。和
你說個明白，免使得夫妻情變。

　　吓，大郎醒一醒嚄。（末）哼哼。（又呼介）（貼）啐，你看
他竟是和衣而睡了。也罷！我也和衣而睡了罷。咻！不知哪個天殺
的，把這酒與他吃了，回來惹這樣閒氣。（哭介）（睡介）

　　（末嗒口介）口燥得緊吓。迎兒，迎兒！（旦內）怎麼？
（末）有涼水取一碗來解渴。（旦上，打哈介）半夜三更要湯要
水，惹厭得緊！吓，涼水在此。（末）取來。（吃介）有趣！（旦
做手勢介）（貼）惹厭！（旦做鬼臉介）（貼）啐！（末）拿了碗
去，拿了碗。（旦）啐，取來。（打哈下）（末打哈介）爽快吓！
這是巧姐。吓，巧姐。（貼不應介）（末）巧姐。（貼）阿呀，怎
麼怎麼！（末）我夜來不曾脫衣睡麼？（貼）你麼？（末）姆。

（貼）啐！（末）唔。（貼）和衣睡的。（末冷笑介）怎麼就和衣而睡了？（貼作假哭介）（末）又醉了。（看貼駭介）巧姐，巧姐。（貼）怎麼？（末）我夜來可曾說什麼言語麼？（貼哭介）你往常醉了便睡，昨夜回來是發酒風，發酒風！（末又駭介）發酒風？（笑介）哈哈，不是吓，就是那個石家兄弟在此，你也該好好的看待。（貼）吓，你說哪一個吓？（末）就是石秀兄弟在此相幫我，你也該好好看待他纔是。（貼哭介）阿呀天吓！還要說什麼兄弟爹娘？把我潘巧雲呵……（末）吓？說了石秀，他為何就哭起來？

　　（貼）

【江兒水】指望嫁做王郎婦，（末）來了，來了！又是什麼王郎？咳！（貼）指望一竿撐到邊，誰知道殘香斷卻前生願。（末）你如今嫁了我，也不虧負了你吓。（貼）似你英雄人欽羨，（末笑介）不敢欺。（貼）誰知背後成糊麵。（末）住了，成什麼糊麵？（貼）你麼……（末）我便怎麼樣？（貼）叫、叫我語到舌尖還咽。（末）吓，巧姐，和我[1]說個明白，免使得夫妻情變。

　　（貼哭介）阿呀天吓！（末）不要哭。（貼）娘吓！（末）吓。（貼聽介）（末背）

【五供養】我尋思展轉，若個冤家到此相關？[2]（末回身，貼又哭介）（末）好將情訴俺，不必恁俄延。說！（貼）言……

1　底本作「你」，從集古閣共賞齋本改。

2　底本「若個冤家到此相關」脫，參考曲格，並據清鈔本《翠屏山》（《古本戲曲叢刊》二集景印）補。

（末）說！（貼）言之醜覥，不說時遭他毒眩。（末）有話告訴我吓。（貼）欲待將言告，怕你性如弦。（貼哭介）（末）哎！有事關心，故相嗟怨。

　　（貼又哭介）阿呀天吓！（末）不要哭，有話告訴我。（貼）阿呀，事已至此，不得不說了（末）說！

　　（貼）

【前腔】那、那石郎（末）那石秀。（貼）偃蹇，（末）他便怎麼樣？（貼）他對我花言巧語翩翩，（末）住了，他對你說什麼？（貼）你且坐了，待我告訴你。（末）吓，告訴我。（貼）他起初也還好吓。（末）後來呢？（貼）以後是……咻！（末）姆？（貼）見你幾次不歸，他常常對我說。（末）說什麼？（貼）他說道：「嫂嫂吓……」（末）吓？吓？（貼）「你獨自一個睡，可不冷靜麼？」（末）咳，咳，這就不該吓。（貼）阿呀，我只是不睬他的嘻。（末）好，有志氣！（貼）阿呀，不想昨朝將項洗，（末立起介）吓，洗臉。他便怎麼樣？（貼）他背後竟來纏。（末）吓！他來纏你麼？（貼）哎！（末）你怎麼樣打發了他？（貼）那時被我打脫了。（末）好！（貼）欲待聲張，（末）怎不叫喊？（貼）怕喊……（末）怎麼怕喊？（貼）阿呀，大郎吓，你是個堂堂男子，要在人頭上做人的喲。（末笑介）果然。（貼）喊得個隣家傳遍。等得你回來，要告訴你，（哭介）等得君來到，又遇醉魂顛。（末）阿呀妻吓，有事關心，故相嗟怨。

　　（貼哭介）阿呀天吓！爹娘吓！（末）吓，吓，石秀，你這狗男女！（貼暗聽，喜介）

　　（末）

【玉交枝】知人知面，不知心從來信然。就是那石秀……巧姐。（貼哭介）阿呀天吓！（末）分明破綻些兒見，我的娘，走來吓。（貼）哚！（末）反誣你惡事傳宣。（貼）吓！他說我什麼來？（末）他說你的事也不小。（貼）他倒說我？（末）他說你海……（貼呆介）海什麼？（末）海闍黎事情多罪愆，（貼）阿呀，這等亂嚼嘴！沒些巴臂將人騙。（末）哚！說將來無因至前。（貼）又何須聽他巧煽。

（末）

【川撥棹】休呵譴，且將他肉案捲。（貼扯末介）走來。（末）放手！（貼）一時間不辨愚賢。（末）咳，一時間不辨愚賢。（貼）到今朝朋情怎全？（末）好叫他歸故園，儘由他急著鞭。

（貼）

【又】不說他行忒恁[3]羶，（末）巧姐，只道我從今收市廛。待我罵他幾聲……咳，不必。念絕交不出惡言。（貼）阿呀，要罵的嘘。石秀，石秀，你這狗……（末）咳，不必。（貼氣介）（坐介）（末）巧姐，不必。念絕交不出惡言，古人詞垂諸簡編。（貼）好叫他歸故園，儘由他急著鞭。

【尾】人情閃爍如飛電，（貼）驀地裡將人輕撚。（末）巧姐，和你閉戶安居最值錢。

（對內介）泰山。（內）怎麼？（末）把這店面剪了。（貼暗聽，喜介）（末）不做買賣了，店中伙計要去叫他去，我這裡不留了。（貼）好，有主意！（末）巧姐，我人前……（氣介）（貼）

3　底本作「行」，據清鈔本《翠屏山》改。

氣壞了。（末）吓喲，誰不貌堂堂？（貼）他背後多將廉恥忘。
（末）種花休種不結果。（貼）交友莫交無義郎。（末）好個「交
友莫交無義郎」！（貼）走來。（末）姆。（貼）你結交得好兄弟
吓！（末）又提他怎的？我明日打發他去，一樁事就完了。（貼）
走來噓。（末）便怎麼？（貼）你夜來把我這般光景，是可不要屈
殺了我麼？（末）吓，我的娘，我屈了你了，枉了你了罷。（下）

　　（貼笑介）阿呀，你看這酒徒，被我三言兩語，他就聽信了，
酒徒吓酒徒，（做手勢介）不怕你不做此道吓！（下）

按　語 ✐

〔一〕本齣劇情、文字接近清雍正九年鈔本《翠屏山》第念壹齣。
〔二〕選刊此齣的坊刻散齣選本還有：《醉怡情》（標目〈巧
　　譖〉）、石渠閣主人輯《綴白裘全集》。聞正堂刊《綴白裘全集》
　　選目也有〈巧譖〉，惜該書下落不明，無法得知是不是這齣。

焚香記‧陽告

外：海神。

旦：敫桂英，青樓女子，王魁之妻。

（生、老扮鬼判，外上）湛湛青天不可欺，未曾舉意我先知。善惡到頭終有報，只爭來早與來遲。小聖海神是也。連日尋查海島，未曾歸殿。今有萊州敫桂英到殿訴冤。鬼判，與我肅整威儀者。

（旦上）好苦吓！

【端正好】恨漫漫，天無際，王魁吓，閃賺人無靠無依。我向那海神靈訴出從前誓，勾取那辜恩賊。

奴家敫桂英，被王魁負盟再娶，媽媽逼奴改嫁金壘，幾乎毆辱而死。此恨無由伸訴，只得到海神廟，把昔日焚香說誓情由細訴一番。來此已是，不免逕入。吓，大王爺吓……（拍案哭介）奴家敫桂英，與濟寧王魁結為夫婦。他前年上京應試，一同在神前焚香說誓：若負初心，永墮地獄。誰想他得中狀元，另娶了韓丞相之女為妻，一旦把奴休了，害得奴家上天無路，入地無門。我把昔日焚香說誓情由細訴一番，望大王爺早賜報應嘻。（哭拜介）

【滾繡毬】他困功名阻歸，寄萊陽淹滯，與奴家呵，水萍逢遂諧了匹配，從結髮幾年間似水如魚。我將心兒裏沒盡藏的傾，意兒中可也滿載的痴，誰想他暗藏著拖刀之計，一謎價口是心非。他鐵錚錚道：生同歡笑死同悲，到、到如

今富易交貴易妻，阿吓大王爺吓，恁道他薄倖何如？奴家與
他呵，

【叨叨令】這根由天知和那地知，他赴科場時，與奴家呵，
一同價在神前焚香誓，道負盟的在刀劍下成粉齏，他慘模
糊將心瞞昧。一旦的幸登了選魁，他氣昂昂忘了貂裘敝，
別戀著紅妝翠眉，他笑吟吟滿將那糟糠來便棄。心兒裡兀
的不痛殺人也麼哥，兀的不恨殺人也麼哥！阿呀大王爺吓，
赤緊的勾拿那廝與咱兩個明明白白的對。

　　（內抱二皂隸上，立兩邊介）吓，大王，你怎麼不言不語，不
睬奴家？只求大王爺勾取那廝的魂靈到來，與奴家對證。那王魁
呵，

【脫布衫】他好生的忘筌得魚，明犯著再娶停妻。那日在
大王前言猶在耳，恰怎生假裝聾佯沒理會？

【脫布衫】[1]那廝他欺誑神靈恣己為，全不怕冥法幽司。求
大王爺與奴家做主呵！一任咱一拜一悲啼，肝腸碎，怎不解
這情詞？

　　吓，大王爺，大王爺吓……你看，大王爺竟不睬奴家。也罷！
不免去告訴判官老爹。吓，判官老爹，大王爺不睬著奴家，煩你在
大王爺面前方便一聲；我與王魁到殿焚香說誓情由，你也是知道的
吓。

【么篇】想那日從頭至尾盟心事，一一的恁卻也都知。
吓，判官老爹，與奴家方便一聲。吓，判官老爹……啐！你看，判
官老爹又不睬奴家。吓，不免去求皂隸哥。吓，皂隸哥、牌子哥，

1　這支是北正宮的【小梁州】，底本不確。

判官老爹不肯與奴家方便，煩你在大王面前稟一聲。吓，皂隸哥，牌子哥……呀啐！（打介）呀吥！（推介）他們都伴不睬，無答對。奴家從早告到如今，你看，一堂神聖都不睬奴家。（打哈介）吓，不覺神思睏倦，寸步難行，不免就在神前打睡片時，起來再訴。反絮得神魂顛倒，心恍惚睡魔催。

　　（睏介）（外）鬼判，將他睡魔揭起。（二皂起扶旦介）

　　（外）敫桂英聽者：要知前世因，今生受者是；欲知後世因，今生作者是。你與王魁善惡相關，怎奈陰陽間隔，難以處分，直待你陽壽終時，到我殿庭，與汝明白此事。鬼判，將他扶出殿庭，收拾威儀者。（眾扶旦上場介）大抵[2]乾坤都一照，免教人在暗中行。（眾下）

　　（旦醒介）呀，好奇怪！方纔朦朧睡去，分明見大王囑咐，道陰陽間隔，難以處分，直待我陽壽終時，纔得與我明白此事。天吓！怎能勾陽壽終時得見大王之面？阿呀好奇怪！我的身子怎麼倒在門外了？想是陰空扶我出來的。苦呀！你看，殿門已閉，天又昏黑，歸又難行，住又難宿。不知什麼時候了？（雁啼介）呀！

【滿庭芳】只聽得雁聲天際，嘹嘹嚦嚦，耿耿淒淒。它那裡慘離羣任孤飛，只是一生一配。又誰知那有人心的也，不念著一夜噯！夫妻。他那裡繡羅幃只是成雙作對，我在這泥神廟倚磚枕石。尋思起就裡，心窩中疼也不疼，滿胸臆氣也噯！不氣！

【上小樓】只見那陰風慘慘，沖人冷氣。最苦是眉鎖愁雲，淚眼雙星，月暗天迷。思昏沉心亂攪，冤家頭緒又誰

2　底本作「地」，參酌文意改。

知，萬千愁橫生夢寐。吾將這冤苦伸，恁道是陰陽隔，俺便索須臾做鬼，視死如歸，心不[3]成灰。現如今無靠依難憑據，只是不存不濟，捱得我痛無聲，哭得咱眼枯雙淚。

　　且住，方纔大王吩咐之言，必竟是死，我若不見王魁，也是徒然。只是這個所在，將何尋個自盡便好。呀，有羅帕在此，就將它做個了身之計罷。吓，羅帕，羅帕！可惜你千絲萬縷，織成一段離愁。不知前世甚冤仇，今日將咱了首？就裡恓惶知否？眼中血淚難收。從今與你兩情休，留在咽喉左右。（哭介）

【朝天子】我把那紅顏玉姿掩黃沙白骨，霎時間辭人世。這的是下場頭夫妻恩義，香羅帕做頭敵。只這花褪香枯可也脂拋粉墮。阿呀王魁吓！我向前行你也難迴避。阿呀桂英吓！哭咱一回，阿呀王魁，你這負心的賊吓！我罵、罵他這一回，阿呀天吓！這、這的是永決絕了咽喉氣。（作縊下）

3　疑是「下」。

按　語

〔一〕本齣出自王玉峰撰《焚香記》傳奇第二十六齣〈陳情〉，刪去後半齣並增加兩支【上小樓】，改變了結局。

〔二〕選刊此齣的坊刻散齣選本還有：《萬壑清音》、《怡春錦》、《萬錦清音》、《醉怡情》、《樂府歌舞台》、《歌林拾翠》、《來鳳館合選古今傳奇》。王魁桂英事歷來有兩種截然相反的結局，一悲一喜。《萬壑清音》、《怡春錦》、《醉怡情》等幾種的選文同劇作，桂英自縊之後並沒有死，後面還有一大段情節，演龜公尋桂英到海神廟，發現桂英胸口還熱，連忙將她抬回去救治，走的是大團圓結局。錢德蒼編《綴白裘》走的是王魁負心、桂英自縊喪命的悲劇路線，只到桂英自縊為止。另，石渠閣主人輯《綴白裘全集》有目無文。

〔三〕選抄此齣的坊刻鈔本有北京大學圖書館藏佚名抄《綴白裘選抄》。

一捧雪・送杯

末：莫成，莫懷古的僕人。
外：權臣嚴世藩的僕人。
付：湯勤，莫懷古的同鄉，權臣嚴世藩的門客。

　　（末上）

【朱奴插芙蓉】蒙驅遣難容逗遛，戰篤速捧持瓊玖。吾莫成，因嚴爺要索吾主人的玉杯，吾主人愛惜世寶，著吾照樣做成一隻假杯，就著吾送到嚴府。吾想，萬一看出真假，這事怎了？奉主人之命，只索硬著膽兒前去。恰似闖入鴻門呈玉斗，忙前進幾番遺後。一路行來，已是嚴府門首了。吓，門上。阿呀言和語，敢無端浪搊。

　　門上哪一位在？（外上）父子雙稱相，家人七品官。你是哪裡來的？（末）是太僕莫爺差來的。（外）有什麼書柬要傳進去麼？（末）要請湯官人說話。（外）湯官人同爺賞玩古董，怎得空閑出來。去罷。（末）大叔請轉，有個小意思送與大叔買茶吃的。（外）這個送與吾的麼？（末）大叔，那湯官人原是吾家爺荐來的，煩進去說一聲，或者出來也未可知。（外）是吓，那湯官人呢原是你家爺荐來的，說了或者出來也未可知。候著。（下）

　　（末）妙吓！
【玉芙蓉】悄機關誰能參透暗藏闥。

　　（付上）朝迎車似水，暮接馬如雲。莫大叔。（末）湯官人。

（付）玉杯到了麼？（末）正是，到了。（付）來得這樣快。
（末）家爺恐嚴爺性急，為此星夜著人去取來的。（付）嚴爺正在
此想，來得湊巧。（末）煩湯官人傳進。（付）拿來，拿來。
（末）請湯官人仔細檢點一檢點。（付）這等小心周到。（末）不
是吓，也要脫了吾送來的干係。（付）弗差個。大家來看，這杯委
實無賽，前日戴總兵送來的玉杯，怎能及得它。（外）果然好。

　　（付）可見我老湯的眼力是不差的嘘。

【朱奴兒】羨神物興金怎求，莫老爺呵，拚割愛願呈心友。
嚴爺一見此杯呵，管取歡容開笑口，也見吾老湯是識貨的人
嘘，豈浪語無端虛謬。

　　（末）家爺煩湯官人多多拜上嚴老爺，說：「玉杯一到，即刻
送上；不及備禮，改日還要補送。」（付）只這一杯已是天大的人
情了，還要送什麼禮。吾自然與你老爺多多致意。

【剔銀燈】山丘，這隆情怎酬，管朝夕膚功立奏。

　　唔，住丑。（付、外下）（末）呀，他已取杯進去了。你看，
老湯不辨真假，極口贊揚，嚴爺哪裡識得透？自然胡亂遮掩過了。
吓，但得天從人願，就是吾主人之福了。

【朱奴插錦纏】心頭鹿忡忡亂投，呀！簷前鵲喳喳不休。
此時呵，分開玉石喜和憂，頃刻裡不教眉皺。

　　（付、外上）莫大叔哪裡？（末）在此。湯官人，嚴爺見了怎
麼說？（付）嚴爺見了玉杯……（末）便怎麼？（付）十分歡喜。
吾說你爺爺敬重嚴爺，故此把世寶送上。嚴爺說改日還要面謝你家
老爺，所言決當如命。有勞你，去罷。（外）湯官人，方纔老爺賞
他這個十兩頭呢？（付）正是，忘記哉。方纔老爺賞你折飯銀十兩
拉丑書房裡，改日帶拉吾子罷。（末）這個送與湯官人罷。（付）

個樣銀子，吾大家八刀哉。（外）呣，小氣得緊。（付、外下）
（末笑介）好了，事體已完，不免作速歸家便了。

【錦纏道】消卻潑天愁，仗神靈默佑，奇珍歸故侯。好把
佳音覆，莫教凝盼望悠悠。

　　（欲下又上）誑楚全憑紀信，返趙賴有相如。不是一番巧
計……是呀，是呀，怎能個全保無虞？吾如今回覆家爺便了，回覆
家爺便了。（下）

按　語

〔一〕本齣出自李玉撰《一捧雪》第八齣〈偽獻〉。
〔二〕選刊此齣的坊刻散齣選本還有：《醉怡情》、聞正堂刊《綴
白裘全集》。選抄此齣的散齣鈔本有中國社科院圖書館藏《集
錦》。

一捧雪・搜杯

生：莫懷古，嚴世藩的朋友。
末：莫成，莫懷古的僕人。
丑：嚴世藩的隨從。
淨：嚴世藩，權臣。
貼：雪艷，莫懷古的妾。

（生上）

【步步嬌】入夢青山堪舒傲，懶逐長安道，蓴鱸興自豪。
（末接上）喜際亨衢，幸登清要。爺，昨日報陛了，今日也該
去拜拜嚴爺纔是。（生）我今日心緒欠寧，身子倦得緊，明日去
罷。（末）老爺一往一回，總之就回來的，還是去的是。（生）如
此，看大衣服。（末）是。（生）父為九州伯，兒作五湖長。薄
祿縱微叨，倦遊應理歸莊棹。

　　（丑）嚴爺到。（淨上）

【夜遊湖頭】平白地將人奚落，沖天氣必竟咆哮。

　　（末）嚴爺到。（生）道有請。不知台兄降臨，有失迎候。
（淨）不消，過遜了。（末）吓，我曉得了。（下）（眾喝介）
（生）重蒙恩兄提拔超陛，使末弟銘心刻骨，無以少酬高厚。
（淨）這是朝廷的陛遷，于我何功之有？（生）正欲造府叩謁，適
值恩兄光降，先此鳴謝。（淨）一個太常空銜，何勞致謝！（生）
這話有些曉蹊吓。（淨）小廝。（眾）有。（淨）把他前門後戶把

守者！（眾）多有人把守了。（生急介）（淨）兄，小弟有句話，特來面講。（生）恩兄有何吩咐？（淨）你那三品的官，抵不來一個酒杯？甚是欺我！（生）阿呀晚弟怎敢！向曾道恩出司空，粉身碎骨，不足補報，敢把性命相戲，欺詿司空麼？（淨）咳！

（四小軍合）

【風入松】休將簧口逞波濤，直恁無端欺眇。（淨）雖然一物甚微，你移真詿假多奸狡，瞞天謊憑伊私造。（生）恩兄是大法眼，請看前日那杯，豈是近日玉工做的？況且湯北溪向曾見過，此時何獨無言？千秋物時流怎描？況前日呵，蒙賞鑒，豈能淆？

（淨）憑你說得天花亂墜，真是真，假是假。不是小弟粗直說，尊寓料無十分箱籠，同到裡面看一看，也倒釋了疑。況小弟與兄向屬通家，就是尊眷，相見也不妨。（生）辱弟決不敢欺兄，懇求海涵。（淨）還是看的是。這是哪裡了？（眾）中堂了。（淨）小廝，與我搜來。（眾應下）

（淨）

【又】針藏綿裡笑中刀，末世人情難料。小廝們，從頭檢點窮微奧，休得似淘金貼笑。（眾上）啟爺。（合）環堵內留心細抄，針不見，海空撈。（淨）沒有，再到裡邊去。（眾）這裡是臥房了。（淨）那邊遮遮掩掩的是什麼人？（生）是小妾。過來見了。

（貼上）

【急三鎗】真個是羊腸路，難迴避。藏金屋，翠雲翹。（淨）迴避了。（貼下）（淨）小廝們，把他的箱籠多抬出來。（眾）吓。爭抬著囊和橐，箱和籠，尋蹤影，察秋毫。

（淨）可有麼？（眾）不見。（淨）抬過了。（抬下）（淨）小廝
們，把他房中、床上、床下，後面廚房、井廁，多尋一尋者。（眾
內應介）

　　（淨）

【風入松】饒伊地厚與天高，管取搜窮多到。神差鬼使安
排巧，金風動鳴蟬先覺。（眾上）啟爺：來和往翻閱數遭，
絕不見這珍瑤。（淨）起過一邊。（生）恩兄，可信辱弟并無欺
詐。須知道陳肝膽無虛詐，怎做指鹿馬枉心交？（淨）且
住，我想人家藏東西的所在，不過這幾處。吓，是了！都應是三
人語能成虎，小廝們，回去罷。反教我幾投杯，誤兒曹。

　　（淨、眾下）（貼上）老爺，老爺，嚴爺去了。（生）辱弟並
無欺誑……（貼又說介）（生氣坐介）去了？阿呀！（貼）阿呀老
爺看仔細！（生）唬死我也，唬死我也！一事弄虛，險遭毒手。只
是，連我也不信，這杯為何再尋不出？（貼）便是呢！明明在房中
的，怎麼一時就不見了？吓，想是神靈遮了他們的眼了。（生）是
吓，是神靈遮了他們的眼了。莫成。莫成呢？（貼）不見吓。
（生）這狗才不知往哪裡去了？

　　（末上）阿呀，阿呀老爺，禍事脫了！（貼）老爺，莫成來
了。（生）在哪裡？在哪裡？（貼）這不是？（生打末介）咄！
（末）阿唷！（貼）看仔細。（生）好狗才！方纔也該在此，和我
與他折辨折辨才是，你反躲過了，好狗才！（末）老爺，若是莫成
在此，這場禍事怎生得脫？（生）卻是為何？（末）小人見嚴爺進
門之時，面色不好，料是老爺昨日醉後失言，湯裱褙獻勤唆至。故
此潛入房中，拿了玉杯，竟出後門。（生、貼）好吓！（末）只見
嚴府眾人將我家宅子，阿呀，團團圍住。今見嚴府和眾人去了，小

人故此才歸。

（生、貼）那玉杯呢？（末）玉杯在。（生、貼）在哪裡？（末拿出介）這不是玉杯？（生）藏好了。（貼）曉得。（生）莫成吓，這事全虧你了。他出門的時節，反覺沒趣。如今料已釋然了。（末）難消，難消……（貼）老爺，嚴家手段又狠，湯裱褙奸計又多，一時雖搜不出，或者反生惡計來害我們，亦未可知。（生、末）是吓。（生）功名事小，性命事大，我如今棄了此官，連夜回家便了。（末）老爺，要去，切不可回家！（生、貼）卻是為何？（末）京中到家有四千餘里，在路盤桓日久，倘或他料我們南行，一路追來，路上必生不測。（生）難了，難了！去又去不成，住又住不得，這卻實難，實難！（貼）便是怎麼處？（末）有了！老爺，向日戚總兵相約老爺到鎮，我想薊州路近，他們又不慮我們到彼，豈不穩便。（生）吓，吓，莫成吓！（末）老爺。

（合）

【風入松】潛投虎寨寄鶬鶊，消卻憂心悄悄。牢籠脫卻多奇妙，好一似相如歸趙。撇卻了烏紗錦袍，雞鳴起，渡關逃。

（末）老爺，收拾乾糧要緊！（生）吩咐雪娘連夜端整。吓，莫成。（末）怎麼？（生）車馬。（末）路上去喚。（生）去罷，去罷。（生下）

（末）阿呀，我想這樁事卻是湯……咳，不必說了，不必說了。（下）

按　語

〔一〕本齣出自李玉撰《一捧雪》第十一齣〈搜邸〉。

一捧雪‧刺湯

淨：京婆，湯勤之妻。

旦：湯家的婢女。

貼：雪豔，莫懷古的妾

付：湯勤，莫懷古的同鄉，權臣嚴世藩的門客。

丑：湯家的僕人。

末：婚禮的掌禮人。

（淨扮京婆，旦扮丫鬟上）

【普賢歌】身長腹大背雷駝，抹粉搽脂高髻梳。金釵插鬢多，繡裙著地拖，便是西施也難賽我。

咱乃本京花家女兒便是。年紀不多，倒嫁了十七八個丈夫。那十九個，剛剛嫁著南邊的湯經歷。他官兒雖小，在嚴府門下用事，賺的金銀可也不少，儘著咱家受用。只是他心性奸滑，瞞了咱家每日在院中嫖娼妓，又在外邊偷婦人，常常氣得咱的肚子多大了！我聞得他今日又要討什麼莫雪娘……（旦）奶奶，只怕沒有此事。（淨）你哪裡曉得。他若果然要討，咱就與他結殺了罷。吓，丫頭。（旦）奶奶。（淨）咱們且進去喝碗火酒，等那天殺的回來。若有些風吹草動，你就來報我知道。（旦）曉得。（淨）世間三件休輕惹：黃蜂、老虎、狠家婆。（同下）

（貼上）

【引】恨冤愁，心事向誰傾瀉？

　　我，雪豔。自遭老爺之變，滿圖即返家園，不想奸賊提勘頭
顱，致連戚爺幾遭不測。那日錦衣堂上，我若正言拒絕，戚爺性命
決然難保，故此假意應承。今喜戚爺原復舊職，我死亦瞑目矣！方
纔湯勤著人來說，今晚到我寓所成親，待他來時，我自有道理。
（淚介）吓，只是我家老爺孤身出塞，夫人一別錢塘，我雪豔恐再
不能見你之面了嘻！

【絳都春】三生夙孽，為鷗鴉范張翻成吳越。形影孤單，
痛地北天南魚雁絕。深冤早結下沉沉劫，錯認我移枝換
葉。寸心金石，向蒼穹幾回無語愁咽。

　　（內吹打介）（貼）呀，你聽，鼓樂之聲，想此賊來了。我且
掩上房門，再作區處。正是：心對鏡天昭白日，節磨玉雪苦青春。
（下）

　　（老旦、生、末扮六局，付作醉，丑扶上）

【出隊子】花燈榮燁，聒耳笙歌多鬧熱。宮花插帽，薄醉
恣豪俠，酒意春情歡更洽。諧鳳侶，締鴛交，千金此夜。

　　（丑）掌禮師父請介請嘻。（末）伏以一枝花插滿庭芳，舊話
休提時樣裝。心子和平天地好，完成一軸做新郎。吉日良時，奉請
新貴人抬身緩步。請行。喂，湯爺，詩賦如何？（付）將就冊頁得
好丟。

　　（貼上）

【鬧樊樓】蓬門何事喧聲徹？淚痕驚斷，寸腸愁摺。
（眾）開門，湯爺在此。（貼）豈不聞「疾風暴雨不入寡婦之門」
耶？戶掩春光，別幀透淒風颼。（眾）湯爺到此成親，快些開
門。（貼）痛幽魂石化，泣悲風城墮，矢貞操海枯石裂。
（末）這原是你親口許的吓。（貼）天吓！望蒼穹，鑒芳心比

冰霜倍潔。

（付）吩咐眾人吹打起來。（眾吹打介）（丑）開門哉，老爺請進去。（貼）列位且請外廂少坐，我有句話與他說明，然後結親。（眾）有理！倒是先說明了好，省得後來言語。我們且在前堂伺候。正是：命中註定妻宮氣，那邊吃醋這邊酸。（眾下）

（付）雪娘，吓還有僆話說？快點說嚇。（貼）你且坐了，好對你說個明白。（付）娘子，夫妻之間，有僆弗明白個。快星說罷，夜短了，弗要耽擱子工夫。（貼）吓！你和我老爺錢塘寄食，京國攜行，汲引相府榮華，忘卻故人情誼。獻玉杯，更窮真假；陷殺命，復勘頭顱。于理何辭？于心何忍？（哭介）（付）吾搭吓既做子夫妻，莫家裡個說話說裡啥。（貼）怎說不要說！（付）吓說，吓說。

【浣溪紗犯】（貼）新悉串，前事疊，砌愁腸怎容結舌。今日呵，帶烏紗穿朝靴將駕序列，試平心詳細者。〔啄木兒〕不思量風雪侵肌冽[1]，不念那骨肉同行挈。〔玉漏遲〕不記得豪門攜謁，竟反把水木根源嚙嚙。〔三段子〕（付）雨雲夢協，締駕鴛生共徹。盟言怎撇。並鸞鳳死共穴。前情瑣屑，甘心受叨叨說，覷姣容更添倍風月，早教[2]吾魂飛火熱。

（抱貼，貼推介）啐，你不要想差了念頭吓！（付）娘子，吓個意思難道賴子親事弗成？（貼）什麼親事，什麼親事！我與你正

---

[1] 底本作「飢食」，據明崇禎間《一笠菴新編一捧雪傳奇》（《古本戲曲叢刊》三集景印）改。

[2] 底本作「救」，參酌文意改。

是性命相關的時候了！（出刀介）（付嚇介）阿唷，弗要嘍結！

（貼）

【滴溜子】冤家遇，冤家遇，怒氣騰烈。鋼刀上，鋼刀上，冤仇報雪。（付）弗要做親哉，放子我去罷。（貼）吓，你這賊子，天地也不能容你了。（刺付，付跌，貼連戳介）沖沖怒氣多，手腕怯。截口眼，屠腸胃，聊當寸磔。

（作喘介）（眾上）列位，裡邊什麼響？吾們打進去吓。（打進，見付死介）阿呀，好端端做親，為何反把人殺死了？有話也該細講，如今倒難收拾了。（貼）你們不要忙，自古道：「冤有頭，債有主。」我家受此賊天大冤仇，誓必殺他以雪此恨，決不連累你們的。

【下小樓】嘆嗟，冤深恨切。（眾）就有冤仇，也該當官去講，如今弄出事來，倒走不脫了。（貼）我恨豺狼須瀝血，殘生分定朝露滅。從此黃泉長逝，始得個目瞑魂安貼。

你看：此賊又活了！（眾回頭，貼作自刎，坐椅介）（眾）世間有這等義烈婦人！

（淨同旦上）饒伊走上焰摩天，腳下騰雲須趕上。你們做得好親吓！（作絆跌介）（立起作氣介）（眾）人多死了，還要說做親。（淨）為何死了兩個人？（眾）莫雪娘想起舊怨，殺了湯爺，他就自刎了。（淨）殺得好，殺得好！瞞了老娘來做親，就該殺。（眾）奶奶，怎麼哭也不哭一聲？（淨）我若哭起來，倒哭不得這許多。抬過了。（眾應，抬屍下介）（淨）你們不要散了，不如幫我坐產招夫罷。（眾）湯爺肉尚未冷，怎麼就好改嫁？（淨）你們不曉得。

【尾】楊花生性隨風折，怎顧得生離死別。喜孜孜早覓個

俏冤家把姻緣來再接。

　　（扯生，生逃走，又扯住末）就是你罷。（末）嗨！我老了。
（淨）不老！我的乖乖，來吓……（渾下）

按　語

〔一〕本齣齣首京婆一段出自《一捧雪》第十九齣〈醜醋〉，主體
則出自第二十齣〈誅奸〉。情節、曲文無大幅度變動，但刪去【滴
滴金】、【永團圓犯】兩支，變得較緊湊。

〔二〕選抄此齣的散齣鈔本有中國國家圖書館藏佚名抄《戲曲選
抄》。

一捧雪 · 祭姬

生：戚繼光的部下。
外：戚繼光。
丑：禮生。

（生上）

蛾眉真足愧鬚眉，千載英風得並追。義重飛霜天象慘，心同化日列星垂。我乃總鎮戚府中一個旗牌官是也。俺爺因勘首來京，喜復舊職。昨為莫府雪娘身故，俺爺贖屍塋葬西山，今日設奠往祭，只得在此伺候。道猶未了，老爺早到。

（雜扮小軍，引外上）

【端正好】古今垂，乾坤浩，仗瀰漫正氣昭昭。我向那簡編中歷數出幽光耀，旋把那綱常表。

俺，戚繼光。叨蒙聖恩，復領舊鎮。本欲即回薊州，因雪姬殺賊捐身，下官隨買西山隙地殯葬。所喜前日首級，下官亦曾乞領，意欲帶回遺骸葬于薊州。今日特捧此首，到雪姬墳上，一同祭奠一番。軍士們。（眾）有。（外）就往西山行去。（眾）吓。

（外）

【滾繡毬】遙望著彤雲，四郊掩雲迷煙，只見那雁行飛嘹嘹的哀叫，悲風起捲長空葉落林皋。抹過了響寒流的淺堤，跨過了接疏籬的小橋，曲灣灣早來到深山之坳，聽鳥噪猿號。看多少壘荒塚草蕭蕭，又只見赫赫榮華今古豪，

今日裡呵，只落得埋沒了蓬蒿。

　　（眾）稟爺，已到雪娘墳上了。（外）你看：新堆三尺，故土一坯。空宵寂寞，何來聲起松楸？永晝蕭條，惟見名題墓碣。淒風萬古，清靄千峯，朝暮鳶狐啼怨血。牧豎行歌，樵夫倦憩，春秋廬墓伴貞魂。（丑扮禮生上）禮生叩見。（外）罷了。（丑）請爺上香。（外）看香。（丑）初上香。亞上香。三上香。上香揖。（外）看酒。（丑）初進爵。亞進爵。三進爵。拜，興。拜，興。拜，興。拜，興。禮畢。禮生告退。（下）

　　（外）

【叨叨令】這椒漿含愁和淚澆，一樽兒向黃泉淋漓禱。草盃盤怎比得陳俎豆擺列瓊瑤。爽精靈偏不杳，早鑒咱拜禱號咷，駕鸞驂鶴馭飄然到。可惜恁青春和豔姣，斷送得迷離慘淡西風弔。兀的不痛殺人也麼哥，兀的不痛殺人也麼哥！怎能個生魂遠照，把從頭冤恨淒淒涼涼的告。

　　咳！雪姬吓雪姬，我看你久已一死如飴。那日錦衣堂上，你只要全我性命，故此假諾奸謀。一等事完，奮身殺賊，立志捐軀，真乃智足包天，烈堪貫日！我戚繼光今日未盡之身，皆出所賜也！

【脫布衫】俺拜龍光節鉞重叨，恁喪魚腸魂魄遊遨。羞殺俺剩鬚眉頹然一老，反輸卻小紅裙身全仇報。

　　自古人孰無死，若姬之死，千古猶生矣。想那晚呵，

【小梁州】怒沖沖殺氣橫空耀寶刀，殘燈兒閃血濺魂飄。沖牛斗山岳盡摧搖，冰霜操，義氣九天高。

　　我想，一女子如此義烈，堪愧殺權奸鼠輩矣！

【么篇】枉、枉恃著榮華富貴千年調，百般的機械巧妝喬。有日價照陽光，冰山倒，怎博得東門黃犬，好教恁彤

管臭名兒標。

　　軍士們，焚帛奠酒者。（雜上）。曉得。（外揖介）

【快活三】奠泉臺愁脈脈，不禁價淚滔滔。問男兒肯將血淚灑征袍？也只為他一點丹心千古少。

　　打導。（眾）吓。

　　（外）

【朝天子】別蒼苔短蒿，離空山古道，弔牛眠難重掃。那裡是丁令歸來千年華表，見落日斜暉山啣照。只這暮去朝朝，可也春來秋到，此日餘生到頭來怎免得堆荒草。阿呀雪姬吓！哭恁這一遭，醒咱這一覺，好把那一瞬浮生做萬載忠和孝。

　　（眾喝，同下）

按　語

〔一〕本齣出自李玉撰《一捧雪》第二十一齣〈哭癡〉，刪去四士人拜奠的段落。

〔二〕選抄此齣的散齣鈔本有北京大學圖書館藏佚名抄《綴白裘選抄》。

荊釵記・參相

淨：万俟卨，丞相。
外、丑：丞相的隨從。
三旦：開道引路的小兵。
生：王士宏，新科進士。
末：周璧，新科進士。
小生：王十朋，新科狀元。

（淨上）

【引】幾年執掌朝綱，四時燮理陰陽。一人有慶壽無疆。兆民賴之安康。

　　爵尊一品，為天子之股肱；權總百僚，作朝廷之耳目。廟堂寵任，朝野馳名。威振遼金而不敢南犯；才兼文武而每欲北征。正是：一片丹心能貫日，四方志氣可凌雲。老夫覆姓万俟，名卨，職受當朝宰相。年過五旬，並無子嗣，止生一女，年方二八，尚無佳配。聞說新科狀元是王……吓，官兒。（外、丑）有。（淨）新科狀元是……（外、丑）是王十朋。（淨）哪裡人氏？（外、丑）溫州永嘉縣人氏。（淨）人品何如？（外、丑）才貌兼全。（淨）你們在哪裡見的？（外、丑）在瓊林宴上見來。（淨）我欲招他為婿，不知那緣分若何？（外、丑）小姐是瑤池閬苑之神仙，狀元乃天祿石渠之貴客；若成兩姓姻緣，不枉今生一對。（淨）這些官兒倒也會講。他今日該來參謁，我命爾等先露其情，然後通報。

（外、丑）吓。（淨）來，若與諸進士同來，這話不必提起。
（外、丑）吓。（淨下）（外、丑）暫辭丞相府，專等狀元來。
（下）

　　（三旦、生、末、小生同上）

【引】十年身到鳳凰池，一舉成名天下知。（生）脫白掛
荷衣。（末）功名遂，少年豪氣。

　　（小生）下官王十朋。（生）下官王士宏。（末）下官周璧。
（合）蒙聖上之恩，得中高魁，來參閣下。（三旦）這裡是了。
（小生）通報。（三旦）新狀元投帖。（外、丑上）太師吩咐不必
提起。（合）請了。（小生）相煩通報。（外、丑）請少待。相爺
有請。

　　（淨嗽上）怎麼說？（外、丑）諸進士投帖。（淨）多來了
麼？（外、丑）多來了。（淨）這話不曾提起？（外、丑）不曾。
（淨）開中門。（外、丑）相爺出來。（淨）列位請。（二生、
末）老師相請。（淨）連城之璧，世不常有；合浦之珠，人所罕
見。得接丰儀，實出萬幸。恭賜先行，勿勞過遜。請。（二生、
末）老師相三台元老，晚生輩一介寒儒，只合執鞭隨鐙，焉敢並駕
齊驅。（淨）列位執意不行，老夫奉命，只當引導了。（二生、
末）老師相請台坐，待晚生輩拜見。（淨）不消。（小生）地砌玉
街，恭上萬言之策。（生）名登虎榜，濫叨遷物之先。[1]（末）揣
分瑜瑕，俯躬知愧。（淨）君子六千人，定霸咸期于一戰；扶搖九
萬里，沖天遂冠于羣飛。諸進士皆可畏之後生，狀元乃無雙之國

---

[1]　底本作「濫叨千佚之鮮」，據《審音鑑古錄》（《善本戲曲叢刊》第五輯
　　景印）改。

士。請坐。（二生、末）老師相在上，理應侍立請教，焉敢望坐。（淨）多蒙列位賜顧，自有一茶之獻，哪有不坐之理。（二生、末）如此，告坐了。（淨）這是翰林的舊規，有屈了。（二生）不敢。（末）老伯。（淨）原來是年姪，早知年姪到京，正欲請來作寓，奈場事在身，不曾奉邀，直待今日迎迓。（末）小姪一到京中，本欲叩謁，因場事在身，恐涉嫌疑，故此拜遲，多多有罪。（淨）好說。此乃敝年家之子，未遑造拜，先蒙賜顧。（上茶介）不得手奉了。請。（二生、末）不敢。

　　（淨）殿元，貴處是溫州？（小生）是溫州。（淨）好！文獻之邦。貴鄉還有一位也姓王？（生）是晚生。（淨）就是足下？妙吓！殿元文屬詞章，不亞河東三鳳；珠璣滿腹，豈誇荀氏八龍。（小生）鰦生拙作，愧不成章，有污老師相青目。（淨）殿元，貴衙門有了麼？（小生）是，有了。（淨）在哪裡？（小生）江西饒州僉判。（淨）江西？妙吓，江西乃魚米之地，富貴之鄉。老夫還是方伯的時候，也曾到過。但是地方窄小，不展殿元大才，正所謂「大才而小用」耳。（小生）不敢。但鰦生驟膺一命，民社之事，素所未諳，容赴任時還要拜求大教。（淨笑）若論這樣大才，本該借重在館閣，早晚可以請教，怎麼又選了外任？也罷！權到貴治，不久榮擢本衙門，還可以請教。（小生）全賴老師相提攜。（淨）豈敢。可曾領憑？（小生）還未。（淨）容易。這前日請教佳作，妙得緊。如蒼松古柏，天然佳景，有一種臨風御虛之趣，實乃錦心繡口，巧奪天功，使人閱之不覺兩腋生風。（小生）菲才不敢當此清華。

　　（淨）貴衙門也有了麼？（生）有了。（淨）在？（生）廣東潮陽僉判。（淨）在廣東潮陽？阿唷，這位的衙門與貴治就有霄壤

之分了。雖云缺之久，陞之驟，就是一朝一夕也難。只怕還沒有領憑？（生）還未。（淨）若沒有領憑，在殿元分上，還有處。（生）多謝老師相提攜。

（淨）這是敝年家子，他的乃尊周靜軒老兄在日，與老夫最厚；若在，也與老夫同事了。不道他棄世以來，使老夫不時悲悼。今見其子成名，不覺悲喜交集。聞得他除授在貴府作推？（二生）在敝地作推。（淨）這貴同年反要稱他是老公祖？（二生）是。（淨）噲，老公祖。（笑介）世途上無非是一段佳話。前日看他文字，倒也去得，雖則青年魁甲，卻也留心時務。但貴鄉是大邦，恐怕他不曉得民間弊細，這個還仗二位早晚指南，成就他做一個美官，不惟貴鄉生民受福，亦且貴年譜上有光。（大笑介）噲，老公祖，老公祖。擺飯。（二生、末）老師相垂青故舊，加意後學，晚生輩聞言感激，雖自愧愚陋，敢不竭其區區？晚生輩告辭了。（淨）如何去得能迫？（二生、末）各位老大人處多還未去。（淨）各衙門還沒有去，先來看老夫，足見美情。不妨，各衙門知道在老夫這裡敘話，或者不怪與列位。（二生、末）話久恐絮煩老師相。（淨）既如此，二位先請。殿元還有話講。（生、末）是。今朝得入高門下，猶如錦上又添花。（生、末下）

（淨）恕不送了。請，請坐。（小生）是。（淨）殿元，當今處世，那些罕直一些也用不著。妙吓，今年多是一班少年豪傑，此乃聖天子洪福。茶來。（外、丑）吓。（吃茶介）

（淨）殿元，老夫有一句話，本欲差個官兒到貴寓來相懇纏是，猶恐不的，想今日既在此，倒是面呈了罷。（小生）不知老師相有何台諭？晚生自當領命。（淨）也沒有別話。老夫年過半百，並無子嗣，只生一女，尚未受茶。老夫的愚意，欲攀足下為坦腹，

但不知尊意若何？（小生）蒙老師相不棄寒微，感德多矣。奈家有寒荊，不敢奉命。（淨）吓，殿元有尊閫了？妙吓！少年得第，又逢這等早娶，真乃洞房金榜多被殿元占盡了，全美吓全美！殿元，只是還有兩句古語云：「富易交，貴易妻」，此乃人情也[2]，則這一句，殿元再沒得講了。（小生）老師相，豈不聞宋弘云：「糟糠之妻不下堂，貧賤之交不可忘。」朋雖不敏，請事斯語。（淨）唔，老夫這等講，他就那等講了去。我想，當朝宰相招你為婿，也不玷辱了你。（小生）停妻再娶猶恐違例。

（淨）唔！

【八聲甘州】窮酸魁魁，對吾行輒敢數黑論黃，裝模作樣，惱得我氣滿胸膛！（小生）平生頗讀書幾行，豈肯紊亂三綱并五常。（眾）酌量，不如且順從俺公相何妨。

（淨）

【前腔】端詳，這搊搜技倆，怎做得潭潭相府東床？出言無狀，哪些兒謙讓溫良？（小生）微名忝登龍虎榜，怎肯做棄舊憐新薄倖郎。參詳，料烏鴉怎配鸞凰。

（眾）

【解三酲】王狀元且休閒講，這姻緣果是無雙。當朝宰相為岳丈，論門戶，正相當。（小生）寒儒怎敢過妄想，自古道糟糠妻不下堂。（淨）忒無狀，把花言巧語，一赸胡講。

（眾）

【前腔】千推萬阻，靡恃己長，只怕你舌劍唇鎗反受殃。

2　底本作「乎」，參酌文意改。

（小生）謾相勞讓，停妻再娶名先喪。（眾）狀元請轉。（小生）咦！又何必，苦相央。（下）（眾）他竟自去了。啟相爺，狀元去了。（淨）他去了麼？他口中喃喃唧唧說些什麼來？（眾）他說：「又何必苦相央！」（淨）他是這等說？（眾）是。（淨）我把你這沒福的畜生！我來央你？豈不知朝綱中選法咱執掌？禍到臨頭燒好香。不輕放，定改煙瘴，休想還鄉！

　　方纔這畜生說除授在哪裡？（眾）江西饒州僉判。（淨）那一個王呢？（眾）廣東潮陽僉判。（淨）速去與吏部官說，把兩個衙門更相換轉。（眾）一樣的衙門，為何要更相調轉？（淨）你們哪裡曉得，江西乃魚米之地，富貴之鄉，廣東潮陽乃煙瘴之所。我把這小畜生，改調潮陽禍必侵。（眾）此人必定喪殘生。（淨）平生不作皺眉事。（眾）世上應無切齒人。（淨）明日這畜生必來辭我，不許相見。（眾）吓。（淨）連他什麼帖兒多不要收。（眾）吓。（淨下）（眾）這人好沒福吓！（下）

按　語

〔一〕本齣主體情節、曲文接近汲古閣《六十種曲》本《荊釵記》第十九齣。

〔二〕《風月錦囊》、《審音鑑古錄》也有選刊類似情節；《審音鑑古錄》的內容、文字與本齣較接近。

水滸記‧借茶

貼：閻婆惜，鄆城縣民女。
付：張文遠，鄆城縣衙的縣吏。

　　（貼上）

【一封羅】臨風半掩扉，俏含情暫[1]倚閭。只見那結伴尋芳花外屧，選勝攜樽陌上車。教我惜春無計，春光暗移。惜花良苦，花期漸踰。鎮無言獨立長吁氣。（貼下）

　　（付上）

【前腔】花閒鳥自啼，杜陵東步屧移。學生張文遠，排行第三，與宋公明同為縣吏。今日公門無事，公明兄又居去哉，叫我獨坐無聊，不免到街坊上閒步一回，有何不可。（貼上）母親這時候還不見回來。（付私白）好個標致女子，看他遮遮掩掩，好不動人也！見他隱約珠簾遮翠鬢，掩映芳容倚繡扉。叫我凝眸偷覷，神魂欲飛。看他：含羞斂袂，天香暗飛。（貼）母親為何還不見回來？（付）就居來哉。似鶯聲嚦嚦偷吁氣。

　　且喜無人，待我上前，只做借茶吃，看他怎生光景。小娘子拜揖，個個學生尋芳到此，一時火動，渴吻難熬，敢借香茶一盞，勝似瓊漿玉液。（貼）你要吃茶麼？（付）正是。（貼）冷的便有，

1　底本作「慚」，據明汲古閣《繡刻演劇》本《水滸記》（《古本戲曲叢刊》初集景印）改。

熱的不便。（付）冷個極妙個哉，無非煞火個意思吓。（貼）你住在此，待我進去取來。站在此不要動吓。（付）動阿弗敢動。（貼）正是：茗飲蔗漿攜所有。我去取茶，倒不要去了吓。（付）個是阿敢個介！（貼）磁甖無藉玉為缸。（下）

　　（付）妙吓！你看，小娘子進去取茶了，叫我在此等——我張文遠怎敢挪移半步吓！

【醉羅歌】徙倚徙倚緣堦砌，延竚延竚望仙姿。依稀綽約洛川妃，炯含媚眼如秋水。他方纔進去的時節，把這裙兒擺這幾擺。似翩[2]風宋[3]褲，翩翩遇奇；陽城下蔡，悠悠思迷。只怕蟠蜺影阻高唐雨。（貼上）攜茗碗，整繡襦，為憐鴻漸思依依。

　　茶有了。（付）吓，茶沒拉裡哉，哪亨叫我堦頭上吃？阿覺弗好意思？阿可以讓學生拉門角裡呷子罷？（貼）吓，待我放在桌上。（付）那就遞拉學生手裡何妨，必定要拉檯上介，古執得勢。阿呀熱個！騙我是冷個，一隻指頭燙痛哉。（貼）吓，是旋烹的。（付）姜泡個！噴噴香，好茶，顏色甚佳，更兼個陣香味，哪了來得能清趣？阿呀呀，等我謝聲介。多謝小娘子。

【前腔】茗借茗借憐崔護，消渴消渴甚相如。瓊漿一飲自躊躕，怎邀玉杵酬高誼？（貼）阿呀，好意借茶與你吃，反有這許多閒話。（付）無人拉哩，無非白話白話。（貼）走來，實對你說了罷。（付）儕個介？（貼）蓬萊海外，去時路岐；嫦娥月裡，望來眼枯。春山憆憧頻偷覷。（付）單說閒話，弗曾

2　底本作「翃」，據明汲古閣《繡刻演劇》本《水滸記》改。

3　底本作「送」，據明汲古閣《繡刻演劇》本《水滸記》改。

問得宅上尊姓。（貼）姓閻。（付）姓田吓？（貼）閻吓。（付）姓錢吓？（貼）姓閻。（付）閻，好姓吓！學生將來也要姓閻哉。請問宅上還有何人？（貼）只有家母。（付）令堂請出來，等學生謝介聲。（貼）不在家裡。（付）囉哩去哉？（貼）親戚人家去了。（付）親眷人家去哉？吾還要吃茶來……（貼）呀，家母回來了！（付）老親娘弗見吓……阿呀，開子，老親娘居來哉！（貼）想是母親回來了。（付）冒！（貼關門介）唪，我好意取茶與他吃，反有許多閒言閒語。唪！（貼下）（付）阿呀，一隻腳，一隻腳……阿呀妙吓！方纔小娘子呵：**明明是私心許，目亂迷，何期相見便相依？**

　　有趣！偶然走走，走出蓋節好事體來，空閒子倒要來步步個哉。等我記子個個門面勒介：**左邊是鎗籬，右邊是打牆，門對是舊個：「燕喞新福至，梅報早春來。」**吓，個意思拉丟叫學生明朝早點來吓！（下）

按　語

〔一〕本齣出自許自昌撰《水滸記》第三齣〈邂逅〉。刪去齣首演述閻婆母女感嘆生計不濟、夭桃未諧的段落（【似娘兒】以及【醉花雲】兩支）。

〔二〕選刊此齣的坊刻散齣選本還有：《玄雪譜》、洞庭蕭士輯《綴白裘三集》、《歌林拾翠》、石渠閣主人輯《綴白裘全集》、石渠閣主人輯《續綴白裘》（重覆選刊）。除《綴白裘三集》在佚失的卷冊無法比對之外，前述選本開頭都有閻婆母女感嘆生計不濟、夭桃未諧的段落，沒有直接進入主題，不如本齣直捷。

〔三〕選抄此齣的散齣鈔本有：中國社科院圖書館藏《集錦》、中國國家圖書館藏朱執堂抄《時劇集錦》。

水滸記‧劉唐

淨：劉唐，好漢。

丑：酒保。

末：朱同，縣府衙役。

外：雷橫，縣府衙役。

　　（淨上）燕南壯士吳門豪，筑中置鉛魚隱刀。感君恩重為君死，泰山一擲輕鴻毛。嗒劉唐。赤髮纓冠，丹心可也向日。千秋遊俠，無愧英雄；一味粗豪，不設城府。落魄無賴，托弛可也不羈。近聞蔡京生辰，年年有那生辰綱貢獻上京。嗒想，這宗東西多是那民間的脂膏，嗒意欲前去劫掠將來，倒是一注大大的錢財，觳嗒的喝賭……（笑介）只是，嗒一人幹不得這等勾當，這便咱處？吓，有了！近聞得宋公明疏財仗義，只是他身在公門，不肯幹這個勾當呢！這便咱處？咱處……吓，又有了！吾想那東溪村有個晁保正，他為人最直，義氣最高，嗒不免前去糾合了他，同劫生辰綱走一遭也！

【醉花陰】俺落魄生平甚潦草，嗒是個不知書的胸中倒可也分曉。全憑著膽氣豪，九死等鴻毛，問千秋有誰同調？

　　不是嗒劉唐誇口，

【出隊子】看世情捻鬚長笑，覷世情捻鬚長笑。算將來、算將來眼睛前少個英豪，多是那鷗鴉。宋公明、宋公明他扶危濟困隱功曹，晁保正、晁保正他疏財仗義豪。他兩個

偎首低眉，要為他把肝膽劾。

行了半日，甚是飢渴，這便咱處？這裡有個酒肆在此，不免進去吃他娘幾碗再行。呔！酒家。（丑上）黃土泥牆壁，青標插樹梢。阿喲！（淨）你不要害怕，喀是天生的。（丑）吓，天生蓋付好鬼臉。客人，阿是要吃酒啥？（淨）有好酒拿來（丑）是哉。伙計，拿酒來。（淨）酒來，酒來！（丑）來哉。客人，酒拉里。（淨吃介）這個酒淡。（丑）淡沒……放點鹽拉哈。（淨）咳！你這裡可有上等的燒刀？（丑）上陣個腰刀？小店裡沒得個。（淨）不是吓，那火酒。（丑）吓，燒酒，有。（淨）取一罈來。（丑）客人要炭谷是沒得個。（淨）咳！取這麼一罈來。（丑）吓，阿是個一罈吓？伙計，拿一罈燒酒得出來。客人，酒來里。（淨）打開。（丑）吓，等我打開來。（淨）好酒！這才是個酒。（丑）客人，碗大罈口小，除非撳扁子放拉哈。（淨）斟來。（丑）客人，斟來哈哉。

（淨）酒家，你這裡可有什麼下酒的東西？（丑）有有有，拌海蜇，醬煨鴨蛋，還有紅曲燒豬頭。（淨）妙吓！把那個豬首取來。（丑）客人亦來哉，我這裡的豬只有四隻腳，一個頭，一個尾巴，沒得啥個手個。豬若生子手，直頭是個怪哉。（淨）你還不懂？（丑）古董還有一個老壽星得來。（淨）豬頭就是那個豬首，豬首就是那個豬頭！（丑）吓，豬頭就是那個豬首，豬首就是那個豬頭……（淨）呔！（丑）吓，伙計，拿個紅曲燒豬頭得出來。客人，豬頭拉里。（淨）妙阿！（丑）阿要拿個刀來切切？（淨）不用。（丑）好吃相。（淨）斟酒。（丑）吓。（淨）再斟，再斟。（丑）哎。（淨）閃開！（丑）哎，茶來。（淨）走你娘的路！（丑）走沒走哉，啥撞吓乩娘個鬼。（下）

（淨）咳，喒想那個蔡京、童貫、楊戩、高球這班狗咱的！

【刮地風】噯呀，想起那權臣忒煞也勢噯！甚驕，慣縱著心腹貪饕、貪饕。生辰綱滿載珍和寶，逐件件是民間剝下的噯！脂膏。只見那搜刮價把民財耗，又見那輸運價把民力擾。若說起怨聲兒激遍郊，俺呵，猛拚碎首塗肝腦，入虎穴把虎子掏，料不為蠅頭激動咱這英豪。

　　喒想，他每年賷送生辰綱上京，必有官兵護送，咱一人幹得甚事來？

【四門子】算將來此事非關小，算將來此事非關小，料區區怎能把黨羽招？及早向東溪保正密投醪。縱[1]不貪財寶，料聞言怒氣難消。仗義聚英豪，生辰綱將來輕輕擔兒上挑，哪怕他官兵勢驍，干戈衛牢，呀！霎時間攫取如拾草。

　　（丑上）阿呀，一個髭幾乎打碎，獻子底哉！客人阿吃哉？（淨）不用了。（丑）蓋沒算賬。（淨）多少？（丑）黃酒一壺，燒酒一罈，紅曲燒豬頭一個，共銀一兩二錢七分三厘。（淨）有。（丑）咦。（淨）吙。（丑）纔是銀子。（淨）拿去。（丑）咦，介錠大銀子，難道纔不拉我個哉？等我問聲里看。客人，這錠銀子可要夾夾？（淨）怎麼講？（丑）這錠銀子可要夾夾？（淨）這錠大銀子還要加？加你娘的鳥！（丑）咦，我說這錠銀子可[2]要夾夾，俚說這錠大銀子還要加，讓我來上里一上介。客人，小本錢折

---

[1]　底本作「總」，據汲古閣《繡刻演劇》初印本《水滸記》（《古本戲曲叢刊》初集景印）改。

[2]　底本作「呵」，參酌文意改。

不起，還要二三厘。（淨）還少？有！（丑）客人，看牙齒！
（淨）造化你。（丑）留拉里下遭再來吃沒是哉。（淨）酒家，你
是個好人，下次再來照顧你。（丑）吷。（淨）酒家來，你來。
（丑）阿喲，阿喲！（淨）斷送一生惟有，破除萬事無過。（下）

　　（末、外上。末[3]）走吓。漏永沉沉靜，孤燈滴滴青。自家朱
同。（外）自家雷橫。我們奉官府明文，緝獲盜賊。方纔見一個赤
髮虯髯的漢子走將過去，必定是個歹人，我們快些趕上去。饒他走
上焰摩天，腳下騰雲須趕上。（下）

　　（淨上）好酒！

【水仙子】俺俺俺、俺可也疲躓蹐，怎怎怎、怎說的不飲
個從他酒價兒高？早早早、早已是醉酕醄，強強強、強把
那村徑遶。苦苦苦、苦那迢迢跋涉遙，看看看、看那牛羊
下日沒林皐。這這這、這虞淵[4]漠漠誰伴寂寥，呀！見見
見、見那夕陽影裡傾頹廟。一時酒湧上來了，這便咱處？吓，
這裡有個古廟在此，不免進去睡他娘一覺再走。吓，神道請了，神
道請了，嗒劉唐要借你供桌上睡一覺哩。我暫暫暫、暫借宿度
今宵。

　　（外、末上）走吓，行人趕行人，一程又一程。哥吓，方纔見
一面生歹人走到這裡，怎麼不見了？這裡有個靈官廟在此，我們進
去看來。兩廊下去不見，到正殿上去。呀，想必就是他！看他可有
兇器，把他緊緊的綁起來。如今喚他醒來。啲！漢子醒來。（淨）
不要頑。（外、末）快些醒來！

3　底本原無「末」字，參酌文意補。

4　底本作「途源」，據明汲古閣《繡刻演劇》本《水滸記》改。

（淨）

【煞尾】俺鼾鼾睡裡恁可也休相攪，（末、外）你是什麼
人？（淨）俺是個海內英豪。（末、外）如此說，是個強盜。
（淨）呔！休猜做踰牆穿壁。你們拿咱到哪裡去？（末、外）
拿你去見晁保正。（淨）吓，拿噎去見晁保正。閃開！噎正要去見
他。只是，這麼樣，怎好去見他？也罷，好一似失林的困鳥。

　　　（末、外）走吓。（淨）噎不走便怎麼？（外）你不走就打！
（末）我就砍！（淨）噎就走，就走。（同下）

按　語

〔一〕本齣出自許自昌撰《水滸記》第五齣〈發難〉。
〔二〕選抄此齣的散齣鈔本有中國藝術研究院藏佚名抄《零錦》。

水滸記‧殺惜

老旦：閻婆，閻婆惜之母。
生：宋江。
貼：閻婆惜，宋江的偏房。

　　（老旦上）

【引】張敞無端滯此身，畫眉契闊已經旬。

　　老身閻婆。這幾日不知為何，宋相公不到我家來？多分是王婆
這賤人搬了些是非。我如今到縣前去尋他回來便了。（內嗽介）
（老旦）呀！那邊來的好似宋相公模樣吓，待我迎上前去。

　　（生上）

【引】天外故人飛信，意氣死生親。

　　（老旦）宋相公。（生）媽媽，哪裡來？（老旦）宋相公，為
何多時不到我家來走走？我女兒著實想念你。（生）吓，你女兒想
念我？（笑介）（老旦）為此特著老身來尋你回去。（生）我哪得
工夫！（老旦）怎麼這等忙得緊？（生）縣中阿。（老旦）嘖嘖
嘖，好忙吓！

　　（生）

【粉孩兒】匆匆的案如山旁午甚，（老旦）也該偷閑來走
走。（生笑）怎偷閑頃刻，晏然安寢？（老旦）相公，齊眉舉
案岑寂深，我女兒呵，倚紗窗望眼含顰。（生）這婆子可
厭……吓，有了！媽媽，這等，你先回去，我到公廨裡去完了事就

來。（老旦）這沒就來吓。（走又回身介）不好。宋相公，轉來。
不是的，你走了去，叫老身哪裡來尋你？好歹同你回去。（扯介）
（生）放手！（老旦）來嗤。（生）這是什麼意思？（老旦）**促
芳塵早趁膏¹車，憐閃得鴛瓦霜冷。**

　　（作到介）相公，請到裡面去。相公請坐了，待我喚女兒出
來。（生）不要叫他出來，我就要去的。（老旦）相公，不要是這
等嗤。吓，阿呀且住，我若說他在此，未必肯出來。嘎，有了！
吓，我兒。（貼內）怎麼？（老旦）你心上的三郎在此，快些出
來。（貼內）母親，你去問他，這幾日為何不來？與我先打他幾
下，待我出來細細問他。（老旦）喲喲！（笑介）吓，宋相公，你
可曾聽見？我女兒說道，你一向不來，叫老身先打你幾下。可要打
麼吓？（生）放屁！（老旦）喲，老身是取笑喲。

　　（貼上）
**【福馬郎】閃得霜閨倩誰顧問？負芙蓉香傍鴛鴦瞑，真薄
倖。**（生作嗽介）（貼）啐！我只道是張三郎，原來是這厭物。
看他言無味，面堪憎，我藕已斷絲縈。（老旦）我兒，上前
來嗤。（貼）咳！**纏綿似葛牽藤。**

　　（老旦）宋相公在此，上前相見。（貼）宋三就說宋三，
張……（老旦忙按住貼口介）（貼）啐，什麼三郎、四郎吓！（老
旦）喲，宋相公不來，你又想他；如今來了，倒害起羞來，喲喲
喲……（貼）哪個想他。（老旦）阿呀兒吓：
【紅芍藥】你收拾了此際檀痕，還須念舊日鴛盟。（老旦

1　底本作「高」，據明汲古閣《繡刻演劇》本《水滸記》（《古本戲曲叢
　　刊》初集景印）改。

付貼耳介）兒吓，我們一家的身衣口食都在他身上喲。**你把嘴弄虛脾賣些甜淨，眼乜斜遞些風韻。**來嚧。（貼）啐，老厭物！（老旦笑介）吓，相公，自古男子下氣與女娘。他見你一向不來，怎肯下氣與你？還是你去。（生）多講！什麼男子下氣與女娘！（老旦）吓，哈哈哈，好笑。你看他們一個向東，一個向西，全然不像個夫妻。**悠悠渾一似陌路人。**宋相公，你也不要怪，我女兒這幾日想念相公，哪哪哪！病多想出來了。（生冷笑介）（老旦）**沒來由腰支瘦損，也衹因夢斷梨雲。**吓，我兒，還是上前相見。（貼）咳，惹厭！（老旦）相公，還是你來。（生）咳，多講！（老旦）阿喲，我看你們這般光景，難道就罷了不成？啐，我有個道理在此。相公這裡來。（生）哪裡去？（老旦）隨我來嚧。我兒，走嚧，走嚧。（貼）做什麼介？做什麼介？（老旦）相公請坐了。我兒，你也坐了。（貼）惹厭！（生）呀啐！（貼）呀啐！（老旦）呀啐！（作笑介）相公不必如此，還是看老身分上。（生）惹厭！（老旦）我兒，少間枕蓆上留些情意與他。（貼）老厭物！（老旦）吓。（貼）啐！（老旦）啐啐啐，相公略坐坐沒就睡了罷，吓？吓？（生）多講！（老旦）我也不要管他，我自去睡罷。我閉上了門。（關門作聽介）好了，**聽兩兩鴛鴦睡穩。**

　　咳，我女兒不會做人，真正不會做人吓！老身若少了二十年的年紀，是我就……吓吓吓，不要說了，不要說了。（笑下）（內作起更介）

　　（生）

【耍孩兒】倦體欠伸渾欲瞑，自覺無聊甚，（內打二更介）（生）呀，聽簾外秋漏沉沉。寒燈，一任你背地裡空挑盡。

夢蝴蝶栩栩莊周寢，呀，原來這婆子把門虛掩在此，我且到公廨裡去睡罷了。（內打三更介）（生）呀，你聽，夜已三鼓。想此時縣門已閉，莫若在此櫳睡一宵，明日早行便了，**我哪顧得閑愁悶**？

（內打四更鼓介）（貼作哈喊偷看介）啐！

【會河陽】我與他對面無緣，撫心自矜，陰蟲切切不堪聞。短檠照我寒衾，與黯然淚痕，偏不照情郎影。似含桃（內打五更介，貼）顆顆在我心頭滾，似吞刀在我心頭刈。

（作睡介）（打絕更介）（又作雞叫介）（生）阿呀，天明了。不免起來到公廨裡去罷。媽媽。（老內應）怎麼？（生）我去了，門兒開在此。（老旦）相公，天色尚早，再睡睡去。（生）不消了。我氣衰甘少寐，心弱恨多愁。（下）

（貼）咳，好笑我那母親，尋他回來，纏這一晚，使我一夜不曾睡得，不免收拾到母親房中去睡罷。（作走踢著招文袋介）吓，什麼東西？吓吓，原來是這厭物的叫化袋。吓？什麼響吓？待我拾起來看。不知什麼東西在內？吓，原來是一錠金子，正好留與張三郎買菓兒吃。不知還有什麼東西在內？吓，又有一封書兒，已拆開的了。不知哪個與他的，待我看來：「向事所犯，自分……」吓？怎麼樣念的介：「向事所犯，自分誅夷」是了，「仰賴恩司保全首領。今棲水泊，深荷高情，聊奉黃金一錠，少伸寸敬，伏惟慈照不宣。通家弟晁蓋頓首拜」晁蓋？吓……哪個什麼晁蓋呢？吓，我聞得打劫生辰綱的賊頭叫做什麼晁蓋。吓吓！原來他與賊人往來！倘日後事露，可不連累我母女吃虧？我一向要與他開交，沒個釁端，不想倒在這封書上。咳，宋江吓宋江，

【縷縷金】你甘唾井，恨無因，拾遺非祇幸得兼金。嘖嘖

嘖！好吓，你黨、黨結梁山泊，反形足證。想天教籠鳥翮凌雲，把銀瓶落梧井，銀瓶落梧井。（下）

（生急上）阿喲不好了！

【越恁好】楚弓遺影，楚弓遺影，慮禍甚關心。我方纔起身促了，竟忘了招文袋。那袋內一錠金子是小事，晁保正這封書在內。我平日見這妮子識得幾行字，萬一被他說破，如何是好？為此急急轉來尋取……（進門介）（又將燈照地介）吓！（看貼，欲叫又住口介）吓，這個……（又住口介）咳！自不小心。吓，吓，這個……可見我的招文袋？吓，可見我的招文袋？（貼）阿啐！什麼招文袋？倒是招你娘的魂。（生）吓，我明明放在此的，哪裡去了？難道璧沉江漢無憑准？好返鎬池君。（貼）吓，可是個袋兒麼？（生）正是，正是。我說在娘子處，來來來，還了我。（貼）你平昔做人不好，沒得還你，要留與我做個把柄的。（生）喲喲喲，我和你是極好的好夫妻，什麼叫做把柄？來，還了我，還了我。（貼）我且問你，那袋內可有什麼東西在內，這等著緊吓？（生）吓，那袋內只有一錠金子。娘子若要，就送與你。那黃金閃爍堪獻芹，贈伊何吝。（貼）只有一錠金子？（生）只有一錠金子。（貼）再沒有什麼了？（生）沒有什麼了。（貼）賊嘴極硬的，你與梁山泊上往來。（生）禁聲！（貼）呀啐，快還我了當來吓。（生）什麼叫做「了當」？（貼）只不過[2]一紙休書，叫做「了當」。（生）休書便叫做「了當」？（貼）呸！（生）如此，還了寫。（貼）寫了還。（生）還了寫。（貼）我偏要寫了還。（生）呣呣呣……哈哈哈！如此，寫了是要還我的吓。（貼）阿

2　底本作「顧」，參酌文意改。

呀，寫得快是還得快吓。（生笑介）好個寫得快是還得快，我就寫
與你。（貼）他竟與梁山泊上往來。（生）噯，休書既寫，何必多
講？（貼）難道我說不得的？（生）多講。（貼）快寫！（生）
咳，寫與你。（貼）住了，寫便寫，中間須要依我一句。（生）休
書既寫，自然依你，依你什麼？（貼）要任憑改嫁……（生）吓，
任憑改嫁！改嫁哪個？（貼）改嫁便改嫁了，只管多講。（生）
姆，改嫁哪個？說明了好寫。我縣中有事，快些說來。（貼）吓，
有把柄在我處，怕他怎麼？（生）吓，要任憑改嫁……（貼）寫！
（生）寫什麼？（貼）任憑改嫁張三郎。我也不怕你，說了，說
了。（生背介）好，好個任憑改嫁張三郎！那王婆之言，信非謬
矣！（貼）什麼王婆、李婆。（生）哢！（貼）快寫！（生）咳，
容易，容易。任憑改嫁張三郎。拿去！（貼看介）唪，這樣休書，
一千張也沒用的。（生）為何？（貼）那手模腳印多是沒有的。
（生）吓，哈哈哈！好，倒是個老在行。（貼）姆，不敢欺。
（生）大丈夫打得上，撇得下。來來來，打一個與你拿去。（貼）
好，有志氣。這便纏是。（取燈走介）（生攔住介）哪裡去？
（貼）母親房中去睡吓。（生）睡吓？（貼）姆。（生）吓，你方
纏說，寫了休書，還我的招文袋吓。（貼）阿呀痴漢子吓，這是我
哄你喲。（生）吓？怎麼說？哄我的。（貼）吓，你真個要還麼？
（生）便怎麼樣？（貼）除非到鄆城縣大爺處當堂交付與你。
（生）吓？怎麼？要到鄆城縣大爺處當堂交付與我。（貼）姆！
（生）我今日偏要還。（貼）哪哪哪！我今日偏不還。（生）偏要
還。（貼）偏不還。（生）偏要。（貼）偏沒有，偏沒有，看你便
怎麼樣！（生）吓，你若不還，只怕要淘氣吓。（貼）淘氣吓？老
娘也不怕。（生怒罵介）狗賤婢！（貼）狗強盜！（生）賊淫婦！

（貼）賊強盜，賊強盜！強盜的嘴是這等硬的。（生）吓！（貼學介）吓！（生）阿唷！（貼）阿唷！（生）你若不還，阿唷，我就……（貼）你就怎麼？難道你殺了我不成？（生）我就殺你這狗淫婦！（貼喊介）阿呀宋江殺人吓！（生）手兒內光閃閃鋒難近，心兒內氣憤憤情難忍。

【紅繡鞋】一朝血濺紅裙，紅裙。（貼）阿呀！（生刺介）一時粉碎青萍，青萍。（貼又喊介）阿呀！（生刺死貼介）（生）阿呀狗淫婦吓，把骸骨，覆蓋羅衾。把魚雁，袋招文。把屐履，出柴門。

　　（老旦上）自不整衣毛，何須夜夜號？相公，為何這般光景？（生）你女兒做人不好！（老旦）我女兒做人不好，凡事看老身分上。（生）吓，看你分上麼，殺了！（老旦）唷唷唷，不要取笑，人豈是殺得的。（生）你不信麼？（老旦）我不信。（生）隨我來。（老旦）是。在哪裡？（生）這不是？（老旦見屍哭介）阿呀，兒吓！（生露刀介）哇！你喊？（老旦）我不喊，我不喊。（生）可殺得是？（老旦）殺得是！（生）可殺得不差？（老旦）殺得不差，殺得不差！（生）這便饒你。哈哈哈，好個「任憑改嫁張三郎」吓！（老旦）阿呀相公吓，可念夫妻之情，買口棺木盛殮了他。（生）呀，這個容易，同我到縣前去買。抬過了！（老旦）是。

【尾聲】今朝相弔憐孤影，誰伴我桑榆暮景？（生）媽媽，你可有歹心？（老旦）沒有歹心！（生）可有歹意？（老旦）沒有歹意！（生）好！管教你春草秋風老此身。

　　（作到縣前，老旦喊介）阿呀，宋江殺人吓！（生）禁聲！禁聲！（老旦）呀阿唷，宋……（生）阿唷！（老旦）呀，宋江殺人吓！（生）阿唷！（老旦扯生下）

按 語 ✎

〔一〕本齣出自許自昌撰《水滸記》第二十三齣〈感憤〉。

〔二〕選刊此齣的坊刻散齣選本還有：《醉怡情》、閭正堂刊《綴白裘全集》、《來鳳館合選古今傳奇》。《醉怡情》與錢德蒼編《綴白裘》開頭的演法接近，都刪去梁山泊差使送來書信禮物給宋江一段（兩支【駐馬聽】），直接進入主要情節。

水滸記·活捉

貼：閻婆惜魂。
付：張文遠，閻婆惜生前情夫。
丑、淨：張文遠家的僕人。

（貼兜頭背搭上）
【梁州新郎】馬嵬埋玉，珠樓墮粉，玉鏡鸞空月影。莫愁斂恨，枉稱南國佳人。便做醫經獺髓，絃膠鸞膠，怎濟得鄂被爐煙冷。可憐那章臺人去也，一片塵！銅雀淒涼起暮雲。看碧落，簫聲隱。色絲誰續厭厭命？花不醉下泉人。（下）
（丑拏吏巾、文簿隨付燈籠上）
【前腔】蕭曹蹤跡，風霜奔競，苦殺我公門行徑。簿書繁劇，誰辭戴月披星？（丑）開門，開門。（淨上）來哉，來哉。相公居來哉啥？（丑）正是。（淨作開門介）（付）今日阿有囉個來？（淨）錢相公來歇來，有啥要緊說話，請相公明朝去會了。（付）是哉。今夜文書兜搭，進去對娘娘說，今夜我弗進來哉。（淨）介沒相公阿吃夜飯哉？（付）弗要哉，拏茶出來吃。（淨、丑應，下）（付看文書介）個個是鬥毆事，相打事務，每人廿板，趕出去！個是欺娘奸嫂事。吓，奸情事務倒要看看個哉……咳，個個奸情，落哩比得我搭閻婆惜奸情好？可惜！介個如花似玉個人，不拉宋江殺哉。我有千般懊惱，萬種悲愁，欲訴憑誰證？鸞愁魚恨也，恁衷情，燭毀香消恨怎平。咳，珠淚

落，嗟薄命，焚琴煮鶴真猄獫，堪切齒恨難伸。

（貼上）來此已是三郎門首。三郎，開門！（付）祥大、阿香男兒乩，倒像有人拉乩叫門吓。（貼）開門。（付）吓，來哉。個星入娘賊，姜進去就睏著哉。罷！等我去自家開子罷。阿呀，遙憐隔窗月，羅綺自相親。囉個嘸？（貼）是奴家。（付）是奴家！個也有趣，我張三官人桃花星進子命哉，半夜三更，還有啥奴家來敲門打戶。喂，奴家，你是囉乩個奴家嘸？（貼）我與你別來不久，難道我的聲音聽不出了麼？（付）因會哉個個聲氣，時常拉耳朵裡括進括出個，一時竟想弗起……（貼）你且猜一猜。（付）若是一個官客來門口叫我猜，我洛裡有個樣心相？那是奴家拉乩叫我猜，我只得猜渠一猜。吓，是哉！

【漁燈兒】莫不是向坐懷柳下潛身？（貼）不是。（付）莫不是過男子戶外停輪？（貼）不是。（付）莫不是攜紅拂越府私奔？（貼）也不是。（付）莫不是仙從少室訪孝廉封陟飛塵？

（貼）多猜不著。（付）纔猜不著，個也奇哉。介沒讓我開吓進來，自然認得個。（貼進介）阿喲，好一陣冷風！請吓，請裡哈坐吓……阿呀，姜哈明明裡有一位奴家搭我說話，哪弗見哉？吓，是哉！亦是我裡公廨個星朋友，曉得學生拉女客面上做工夫個了，羅裡散子席居來，拉我門前過，揑子鼻頭賊介「奴家，奴家」……明朝等我查著子哩，罰渠個東道。（作關門介）咻！我拉外頭尋吓，吓倒忒子進來哉。請問小娘子是何家宅眷？甚處姣娥？貪夜到此，有何見教？

（貼）

【錦魚燈】我是那懷扼（付）洛哩有啥姓那個？（貼）臂薛昭臨贈，（付）無得個姓薛個吓。（貼）我是去遼陽（付）遼陽纔去過，

介沒有點虜[1]氣個。（貼）丁令還靈，（付）個句說話咤異吓！（貼）
阿呀三郎吓！（付）吓吓吓！哪說哭起我個小名來哉？（貼）未能
勾鸚鵡重逢環玉痕，（付）阿呀壞哉！喂，男兒汯走出來！有
介個弗是人拉裡鬼打渾。（貼）我暫臨風攜將金碗出凡塵。

　　（付）是介說起來，吾莫非是閻婆惜麼？（貼）奴家正是。
（付）阿呀！（跌介）哇！哇！小娘子，冤有頭，債有主，宋公明
殺子吾，啥了尋起我張文遠來吓？

【錦上花】你只該向嚴武索命頻，怎麼倒恨王魁負桂英？
（貼）三郎。（付）阿唷，嚇殺哉！好似妖蛟夜舞欲欺人。我
不曾招屈子楚些吟，又不曾學崔護視敘殷，因甚的畫圖中
魂返牡丹亭，影現畢方形？

　　（貼）

【錦中拍】我只道重泉路陰，把幽魄沉淪，哪曉得駕鴦性
打熬未暝？花柳情垂頹猶媵。恰好的向夜臺潛轉一靈，似
雲華魂返長寢，似倩女魂離鬼門。須信道紫玉多情，英臺
含恨，因此上背魚燈涉巫嶺。

　　（付）等我拉住了哩介。（貼）三郎，奴不為索命而來，何須
害怕？（付）既弗是索命，半夜三更奔得來做僎？（貼）看我的容
顏比舊如何？（付）吓，要我看容顏了來殺得個，只是今夜頭個付
鬼臉有點難看嘵。（貼）你不看麼？（付）看，看，看。請坐子，
吾弗要動，我好看；若是吾動，就弗拉啥哉。（貼換手介）叫吾弗
要動亦動哉，吾一動弗打緊，我個心拉哈蕩哩蕩吓。阿香，吾出來
做啥？（貼看介）（付拿燈介）燈拉哩哉。阿呀，個個燈為僎了映

1　疑是「魯」。

下來哉介？（照介）妙阿！小娘子的容顏，比舊時越發標緻了。

【錦後拍】覷著你俏龐兒宛如生，（貼）三郎！（付）呋，呵呀渾殺哉！聽他姣哂依然舊鶯聲。弗要說活個，就是死個何妨介？打動我往常時逸興，打動我往常時逸興。（貼）三郎！（付）阿喇，我拉哩思量唔個好處。可記得銀燭下和你鸞交鳳滾，向紗窗重擁麝蘭衾？彷彿聽鼓瑟湘靈隱隱，真個是春蠶絲到死渾未盡。

　　阿呀，口渴得極！拏口茶吃吃沒好。真真說話引話。可記得在生時，與你借茶吃的光景麼？（貼）我怎麼不記得？想當日呵：

【罵玉郎】笑立春風倚畫屏，好似萍無蒂柏有心，珊瑚鞭指填衡門。乞香茗，我因此賣眼傳情。慕虹霓盟心，慕虹霓盟心，蹉跎杏雨梨雲2。致蜂愁蝶昏，致蜂愁蝶昏，痛殺那牽絲脫袵，只落得搗2床搥枕。我方纔颺李尋桃、颺李尋桃，便香消粉褪，玉碎珠沉。笑浣紗溪、鸚鵡洲，共夜墾陰陰，今日裡羨梁山，和鴛鴦塚並。

　　三郎！（付）一句也弗差！

【前腔】想李代桃僵翻誤身，我好恨吓！（貼）敢是恨我麼？（付）怎敢恨小娘子！只恨王婆這老賤人。恨他翻為雨覆作雲，可憐紅粉付青萍！我一聞小娘子的凶信，我淚沾襟，好一似膏火生心。苦時時自焚，苦時時自焚，真揠剩枕殘衾。值飛瓊降臨，值飛瓊降臨，驟道是山魈現影，又道是鷗紈泛恨。把一個振耳驚眸，把一個振耳驚眸，博得個蕩

2　底本作「倒」，據明汲古閣《繡刻演劇》本《水滸記》（《古本戲曲叢刊》初集景印）改。

情怡性，動魄飛魂。赴高唐，向陽臺，雨渥雲深，又何異
那些時，和你鶼鶼影並？

　　（貼）

【尾】何須鵬鳥來相窘，效于飛雙雙入冥。（付跌，貼下）

（淨、丑扮院子，執燈上）阿呀，書房裡啥個響？門纔開拉哩。阿
呀，個是相公！為啥倒拉地上？阿呀弗好吓！且抬到娘娘房裡再
處。（抬下）（貼捉付上）三郎！（付）哇！（貼）纔得個九地
含瞳鴛塚安然寢。（扣付下）

按　語

〔一〕本齣出自許自昌撰《水滸記》第三十一齣〈冥感〉。

〔二〕選刊此齣的坊刻散齣選本還有：《時調青崑》、《玄雪
譜》、《新鐫歌林拾翠》、《萬錦清音》、《醉怡情》、《來鳳館
合選古今傳奇》、《歌林拾翠》、《方來館合選古今傳奇萬錦清
音》、《崑弋雅調》、閩正堂刊《綴白裘全集》、石渠閣主人輯
《續綴白裘》。開頭部分略有不同，分為四系，一、《時調青崑》
與《崑弋雅調》不唱【滿江紅】但唸【憶王孫】。二、《醉怡情》
與錢德蒼編《綴白裘》不唱【滿江紅】也不唸【憶王孫】，從【梁
州新郎】起；也就是對原作稍作剪裁。三、其他《玄雪譜》、《萬
錦清音》、《來鳳館合選古今傳奇》、《歌林拾翠》、《方來館合
選古今傳奇萬錦清音》、石渠閣主人輯《續綴白裘》等有【滿江
紅】也有【憶王孫】，再接【梁州新郎】，接近原作。四、《新鐫
歌林拾翠》有【滿江紅】，沒有【憶王孫】。

尋親記‧飯店

生：周羽。
丑：旅店掌櫃。
貼：周瑞隆，周羽之子。

　　（生上）吓，天色晚了，快些趕路！

【縷縷金】家鄉遠，路途貧，多行十數里，不覺又黃昏。鼓角聲悲咽，柴門寂靜。抬身移步向前行，寂寞暗消魂，寂寞暗消魂。

　　此間有個宿店，在此借宿一宵，明日早行。店家有麼？（丑上）來哉來哉。高掛一盞燈，安歇四方人。是囉個？（生）是借宿的。（丑）阿呀，店裡住滿哉，別家去罷。（生）老漢是個單身，又無大行李，只消一席之地就可安身。（丑）介沒，老客人，有個夾廂拉亳，住子一夜罷。（生）極妙的了。（丑）介沒，跟我己里來，等我拿介盞燈勒介。（生）在哪裡？（丑）間哈來。如何吓？（生）妙得緊。（丑）阿用夜飯哉？（生）前途用過了。有茶取一壺來。（丑）是哉。喂，夥計，有茶拿一壺到夾廂裡去吓。（下）（生）阿呀，行路辛苦，早些睡了罷。咳，老了是不中用的了。

　　（貼上）

【前腔】心悒怏，好艱辛。孤村聞犬吠，風雪夜歸人。此間一宿店，投奔且安身。思親回首望孤雲，何日裡歡慶，何日裡歡慶？

　　店家有麼？（丑上）來哉來哉。亦是僑人？阿呀，今夜好忙吓。是囉個？（貼）借宿的。（丑）阿呀小客人，無處住哉嚇。（貼）小生一身，又沒有大行李，只消一席之地儘可安身。（丑）吓，小客人，是介罷，夾廂裡有位老客人拉丑，大家同住子罷。（貼）使得，在哪裡？（丑）幾里來，幾里來。住丑，等我說一聲勒介。喂，老客人。（生）怎麼說？（丑）有位小客人里陪伴吾，阿使得？（生）這又何妨，請過來。（丑轉介）喂，小客人，請進去。阿用夜飯哉？（貼）前途用過了，有茶取一壺來。（丑）是哉。喂，夥伴收子燈籠，關子店門罷吓。（下）

　　（貼）吓，老客長請了。（生）阿呀，阿呀，小客官請了，老漢是不起來了吓。（貼）豈敢。（生）請問小客官，為何來得能遲？（貼）只因貪趲路途，故此來遲。（生）吓，請問小客官是上路去的呢，還是下路去的？（貼）下路去的。（生）吓，是下路去的，老漢也是下路去的，明日作伴同行如何？（貼）使得。（生）請安置罷。（貼）請便。（生）吓，只道我來遲，又有遲似我的。（睏介）

　　（貼）三冬客旅嘆孤貧，抱膝燈前影伴身。暗想家中母夜坐，沉吟憶著遠行人。我，周瑞隆。奉母命來尋父親，行到鄂州界上，得遇李員外，說我爹爹三日前先已回去了。今晚在此旅店中，好不淒涼人也！

【駐馬聽】梗跡蓬飄，跋涉山川豈憚勞，只為尋親到此。慈母懸懸，目斷魂消。恓惶兩字在懷抱，不眠愁對孤燈照。誰與我伴寂寥？惟有隨身瘦影與我不相拋。

　　（生）吓吓吓，咳咳咳！小客官，你好不達時務吓！老漢行了一日，只望投個宿店，穩睡一宵。哪裡說起！遇見你這小客官，竟

不要睡的，只管在那裡嘮嘮叨叨、咭咭唏唏。咳，不要說老漢一人，哪哪哪！就是那合店中的客人都不安寢了。唔唔唔，好不知趣吓！（貼）吓，小生有些心事，所以驚動了。（生）呵呀呀，這句話一發講差了。為了一個人，哪個沒有心事。若說起老漢的心事來，兩三日還說不了。自古道：「食不言，寢不語。」請睡，請睡。（貼）如此說，小生不是了。（生）吓吓吓，不是你不是，難道倒是我不是？啩，後生家睡又不睡，有這許多自言自語。吓，請睡，請睡。

　　（貼）好沒來由，被他搶白了一場。這也是我命該如此。且住，前日李員外與我的《臺卿集》，一路來不曾看得，不免展開一看。（展[1]書念介）「幾載藏名饔餅家，半生逃難客天涯。當時不遇孫賓石，幾作啼痕怨落花。」呀，這是東漢趙岐的故事，他被人陷害逃于北海，得遇孫賓石收留。我爹爹被張敏陷害，幸遇李員外收留。感此意，故作此詩也。阿吓爹爹吓！

【前腔】寫怨揮毫，又不是逢人作解嘲。似孔明吟梁父，趙岐厄迍，屈子作離騷。二十年離恨在懷抱，好笑母親！我周瑞隆十二三或者不知人事，十五十六也知人事了，那時不叫我尋取父親，到如今卻不遲了。筆尖兒寫不盡淒涼調。情況最難熬，阿呀爹爹吓！早尋見一日免得一日煎熬。

　　身子睏倦，不免睡了罷。正是：蝴蝶夢中家萬里，杜鵑枝上月三更。（睏介）（生嗽，哈啾介）吓，正是：愁人莫與愁人說，說與愁人（哈啾介）展轉愁。吾方纔不合把這小客官埋怨了幾句就朦朧睡去，聽他吟的詩，好似吾贈與李員外的《臺卿集》。吓，不知

1　底本作「拆」，參酌文意改。

是做夢呢，還不知是心記？（看介）咳，阿呀呀，到底是後生家不曾出門過的，燈也不滅，竟自睡了。吓，也罷，待我起來把燈來滅了再睡。（又哈嗽介）吓，你看：桌兒上果有一幅紙。也罷，待我取來一看，就知明白。吓，小客官……阿呀好睡吓。在這裡了，待吾看來：「幾載……（冷嗽介）幾載藏名饗餅家。」（小哭介）呀！

【忒忒令】這詩集吾曾做來，他是何人緣何收在？（哭介）阿呀且住，我在李員外家二十餘年，他家的人若大若小，一個個都是認得的，從來不曾見這位小客官。（看介）吓，不免將燈一照，便知端的。正是：遠觀不審，近覷分明。（嗅鼻哭介）吾覷著他龐兒，（又連哭介）好似我那妻厮類。（又連哭介）吾試把他語言猜，聽他鄉音熟，好一似河南人，這根由教人怎（連哭連唱）解？

　　吓，阿呀，呀呀，呀呀……（貼醒介）

【前腔】你為人真個好呆，不肯睡把人驚駭。（生）吓，小客官，還沒有睡麼？（貼）你纔說吾多言將人嗔怪，你好不自揣。（生）老漢方纔沒有說什麼吓。（貼）吓，你方纔說的話難道就忘了麼？（生）忘了。（貼）你道是食不言，（生）吓，這句麼是有的。（貼）寢不語。（生）吓，有的，有的。（貼）攪得人夢魂兒何在？

　　（生）吓，小客官，老漢方纔聽見足下的語音好似河南人，不覺一時動起鄉情，故此驚動，得罪了。請睡，請睡。（貼）吓，老客長，小生正是河南。（生）吓，正是河南！老漢也是河南吓。（貼）如此說，鄉親了。（生）是是是。（貼）吓，老客長，左右睡不著，何不起來把鄉情敘一敘？敘到天明，一同趕路如何？

（生）極妙的了，待老漢起來。（貼）待我扶你起來。（生）不敢。（貼）不妨。（生）正是：鄉人遇鄉人。（貼）不覺也動情。老客長拜揖。（生）小客官請了。（貼）請問老客長是河南哪一府？（生）小客官若不嫌絮煩，老漢當以直告。（貼）願聞。

　　（生）

【園林好】念卑人是河南開封府府學秀才。（大笑介）惶恐，惶恐。（貼）如此說，是前輩老先生，失敬了。（生）豈敢，豈敢吓，小客官這等青年，莫非也在庠了麼？（貼）忝在黌[2]門。（生）阿呀，吾輩有幸吓，我輩有幸。（貼）吓，請問老先生，府上還有何人？（生）吓！（淚介）你要問我的家下麼？（貼）請教。（生）吓，吓，**止有妻郭氏臨別曾抱胎**。（貼）貴姓大名？（生）吾姓周。（貼）貴表？（生）**名羽表稱維翰**。（貼）維翰！（生）賤字維翰，賤字維翰。（貼）請問老先生，離家有幾年了？（生）小客官，吾說來也是心痛的嘖！**吾離家有二十載**。（貼）可認得這詩集麼？（生）住、住、住了！吾正要問你。這詩集是我贈與李員外的，這詩集因甚的你懷揣？

　　（貼）

【前腔】呀！聽他言令人苦哀。（生）不信有這等事！待吾看來：「幾載藏名黌餅家」。（貼）如此說，是我爹爹了。阿呀爹爹吓！（生）阿呀呀，請起，請起。老漢是沒有兒子的，不要認錯了。嘎嘎嘎，人家父子，豈是亂認得的！（貼）阿呀爹爹吓，不錯的嘖，我是背……（生）吓吓吓！（貼）**背生兒逆天罪大**。（生）住、住、住了，你既是背生兒，可曉得我家中的事情麼？

<hr />

2　底本作「鴻」，從集古閣共齋本改。

（貼）怎麼不曉得？爹爹為黃河水決。（生）不差，黃河水決。
（貼）被張敏陷害。爹爹與母親在府場上分別的。（生）著著著！
一些也不差。（貼）二十載叫爹爹飄敗，不廝見，淚盈腮；
相見後，喜盈腮。

　　（生）吓，阿呀，如此說，果是吾孩兒了！（貼、生合）吓！
（貼）阿呀，爹爹！（生）阿呀呀呀！（大哭介）

【江兒水】阿呀親兒吓，與你娘分別，你方纏在母胎，如今
已有二十載。好，兒子成人身長大，只是爹娘兩下愁無
奈。（貼）爹爹一向好麼？（生）我麼，好！吾幸遇恩人相
待。想你娘親，（哭介）必、必受十分狼狽。

　　（貼）

【前腔】說不盡娘親苦、爹受災，只因張敏（生）張敏便怎
麼？（貼）廝禁害。（生）母親立志如？（貼）母親呵，要保全
孩兒甘寧耐，把花容割破方得他心改。（生）阿呀妻吓！
（貼）教子讀書登第。（生）吓吓吓。（貼接）棄職尋親，
（生）吓吓吓。（貼）萬里特來邊界。

　　（生）住、住、住了，你說什麼棄職尋親？莫非你做了官了
麼？（貼）孩兒不肖，忝中第八名進士，除授平江路吳縣知縣。
（生）住了，我在李員外家看那登科錄上第八名進士，是周，周，
周……（貼）爹爹，周瑞隆就是孩兒。（生拍手介）周瑞隆就是
你！（貼）就是孩兒。（生）真個？（貼）真個！（生）果然？
（貼）果然！（生）吓。（笑介）阿呀，好！

【玉交枝】喜得兒為大魁，咻！懊恨爹身流落在天涯。兒
吓，我記得那年，與你母親在府場上分別的時節，阿呀親兒吓！
只愁你娘為別人婦，爹做死屍骸。好難得！守節婦教子成

大才，背生兒棄官尋父來邊界。（合）提起當年事淚盈
腮，骨肉相逢喜中變哀。

【川撥掉】（合）彈珠淚。（生）吾孩兒真孝哉。（貼）若
非我棄職尋親，（生）若非你棄職尋親，（合）父子何由得
再諧？（生）你娘親怎佈擺？你娘親怎佈擺？

　　（貼）

【前腔】娘也因知爹貌改，（生）吾的兒有、有甚文憑揣
在懷？（笑介）我周羽有這一日，樂之無極。（貼）呀，乍見爹
歡喜笑顏開，頓忘了娘書在懷。（生）吓！這是你母親的書？
（貼）正是。（生）起來，起來嘘。阿呀郭氏的妻吓！舊啼痕方
展開，新淚痕滴下來。

　　（合）

【尾】從來否極還生泰，天教骨肉再和諧，破鏡重圓花再
開。

　　（生）天明了，快須趲路罷。（貼）是。（生）店家，房錢在
桌兒上，我們是去了。吓，兒吓，我記得那年，在金山大王廟中曾
得一夢。（貼）吓，爹爹，得夢不如書一封。（生）是吓，得書怎
比一相逢。（貼）今宵勝把銀缸照。（生）吓，我的兒，猶恐相逢
似夢中。（貼）吓，爹爹，不是夢，是當真。（生）吓，不是夢，
是當真。（貼）正是。（生）你方纔說中了第八名進士，除授在哪
裡？（貼）除授在平江路吳縣知縣。（生）吓，除授在平江路吳縣
知縣，周瑞隆就是你？（貼）正是！（生）果然？（貼）果然！
（生）如此說，我如今回去是一位老⋯⋯（貼）老封君。（生）好
兒子，不要說了，快些趲路，快些趲路。哈哈哈⋯⋯（大笑同下）

按　語

〔一〕本齣出自《周羽教子尋親記》第三十二齣〈相逢〉。

〔二〕選刊此齣的坊刻散齣選本還有：《風月錦囊》、《摘錦奇音》、《萬錦清音》、鬱岡樵隱輯《新鐫綴白裘合選》、《樂府歌舞台》、《方來館合選古今傳奇萬錦清音》、《歌林拾翠》、《萬錦嬌麗》、聞正堂刊《綴白裘全集》、石渠閣主人輯《綴白裘全集》。選抄此齣的散齣鈔本有：中國社科院圖書館藏《集錦》、北京大學圖書館藏佚名抄《綴白裘選抄》。

尋親記・茶坊

丑：茶博士。
外：范仲淹，太守。
淨：張敏，土豪。
末：張千，張敏的掌事、助手。

（丑上）

【水底魚兒】開設茶坊，聲名播四方。烹煎得法，非咱胡調謊。官員來往，招接日夜忙。盧仝陸羽，也來此處嚐，也來此處嚐。

　　自家生居柳市，業在茶坊。器皿精奇，鋪排灑落。招接的都是十洲三島客，應付的俱是四海五湖賓。真個是風流茶博士，瀟灑酒家人。咦，夥計，風爐上多添點炭拉浪，恐有吃茶的到來，烹茶伺候。

　　（外上）

【引】日永黃堂無外事，潛蹤跡，暗察民情。

　　山城無事早休衙，因逐春風看落花。行處莫教高喝導，恐驚林外野人家。下官，范仲淹。蒙聖恩除授河南開封府尹。訪知河南一郡俗惡民頑，恃強凌弱，以富欺貧。我如今改換衣裝，扮作客商，閑行市井之中，訪察民情之事。此間有個茶坊，不免進去一坐。茶博士有麼？（丑）來哉來哉。客人吃茶個儔？請到裡向坐。（外）有好茶取來。（丑）有有有！絕精個好茶拉里，客人請茶。（外）

有何好處？

　　（丑）

【好姐姐】此茶十分細美，會烹煎過如陸羽。一泉二泉，試嚐君自知，休輕覷。路逢俠客須呈劍，不是才人不獻詩。

　　（末隨淨上）（淨）

【前腔】終日醺醺醉歸，多謝得諸公陪侍。張千，到茶坊坐定，好茶吃幾杯。（末）茶博士哪裡？（丑）來哉，茶博士接員外。（淨）茶博士。（丑）有。（淨）你休違背，若無好茶請我張員外，管教你渾身去了皮。

　　茶來吃。（丑）茶博士獻茶。（淨）唗！吾見我員外有子幾杯酒，拿個苦茶拉我吃。（丑）苦茶沒解酒。（淨）胡說！快拿好茶來。（丑）有有！喂，夥計，換好茶拉員外吃。員外，好茶拉里。

　　（淨）個個茶元還照舊，弗好！（丑）阿呀員外，其實本錢少，無得好茶哉。（淨）既沒有本錢，為僭弗到我府浪來領？（丑）領是要來領個，只是員外個利錢重了。（淨）吾個樣小人，囉個要吾個利錢。（丑）不要利錢，極好個哉。（淨）今年借子一錠，到開年還子兩錠沒是哉。（外）好一個不要利錢！借了一錠還兩錠，若要利錢，不知要多少。（丑）少說話，少說話！

　　（淨）吾是僭人？多嘴鬧舌！（外）京中下來的。（丑）京裡下來個。（淨）既是京裡下來個，且弗要打。我問吾，吾拉京裡下來，阿認得新太守范仲淹個？（外）范仲淹不認得，犯重法倒認得的。（淨）犯重法？這廝巧言。張千，捉裡水牢裡去！（外）你家有水牢麼？（淨）非但有水牢，更兼還有炙床。你若弗好，拿吾上下衣衫剝去，放在炙床上，炙得脆剝剝，我員外好滲酒。再若放

肆，我就殺吓個狗頭！（外）人也殺得的？（淨）殺千殺萬，獨殺
吓個把了！我家張千會施計，宋清會殺人。（外）有這等事！
（淨）個纔是茶博士不好，打碎裡個家生！（末應介）（淨）張
千，見子茶坊酒店，一路打，直打到戲房裡去！（淨、末下）（丑
呆）（外看淨下）

　　（丑）客人，吃子幾鍾茶，走吓個清秋路哉！僥個七搭八搭，
帶累我家生打得粉碎。個是囉哩說起！個是囉哩說起！（外）這些
小事，我多賠還你便了。（丑）哛，客人賠還我！極感個哉。
（外）我且問你，他是哪一部的員外，這等兇狠？（丑）嗳，八部
裡個員外！無非有子兩個銅錢銀子，人勢利，奉承叫哩老爺呢，亦
弗曾做官，叫哩相公亦各弗好。是介了，吓也員外，我也員外，是
介一「員」，難間要「壞」哉。（外）嘠，原來是個土豪。左右沒
人在此，你可把他平日強橫之事，說與我知道。（丑）罷罷罷，客
人，弗要淘氣哉！自古道：「隔牆有耳。」若然知道了，連我身家
也難保。（外）只有你我在此，就說，他哪裡知道。（丑）是吓，
橫是無人拉里，說拉客人聽聽。也罷，方纔個個人他叫做張……不
好！（外）為何這等害怕？（丑）這裡說不得，我里拉裡向來……
這裡如何？客人，你便吃茶，讓我來細細能告訴吓。方纔個個人
吓：

【孝順歌】他叫做張員外，太不仁，他家私有巨萬把人併
吞。（外）這等利害。（丑）他有鈔可通神，（外）難道再無
人與他爭論？（丑）誰敢與他相爭論。他出入衙門，如同兒戲，
有甚十分打緊？量我這小小茶坊，怎不容忍？有多少人
家，被他陷作虀粉。若說他做作，教君不忍聞，他賽龐涓
害孫臏。

　　（外）嗄，他害了什麼樣人？（丑）客人，自哩害個人也多得勢，叫我囉哩說得盡。吓，我則睜眼睛前頭一件事務說拉吅聽聽罷。客人吓，連吅也要抱弗平得來。（外）你且說來。

　　（丑）我這裡有一

【前腔】周維翰，家最貧，官差做伕身受窘。（外）什麼官差？（丑）其年為黃河水決，我里革里有個黃德保正，周羽是個秀才，也報子哩一名伕。他一貧如洗，囉哩有個銅錢銀子使用。**他有妻貌娉婷，無錢去告張敏。**（外）與他告借麼？（丑）正是哉！那張敏平昔間最歡喜女客個，見子介一個如花似玉個娘子，走上子大門，竟滿身酥麻哉。**那張生喜欣。**誰想那文契是空頭的，那娘子借子兩錠銀子，一心要救丈夫之急，不曾填得數目，竟自走回。客人，吅道這張敏狠也弗狠，**他把空契虛填，索錢甚緊。**（外）他填上了多少？（丑）弗多，竟填子介念錠。（外）可有得還他？（丑）介個客人！兩錠無得了借耶，囉裡來廿錠得來還俚介！**他無可償還，要他妻房折准。**（外）他妻子可從麼？（丑）好個娘子！**他守節不依允，**個張敏個入娘賊個，**他又使機謀害人命。**

　　（外）他又害了哪一個？（丑）真正冬瓜纏子茄畝裡去，倒拿個黃德保正伽藍婆哉僥。（外）為何殺起他來？（丑）有個原故，當初詐子周羽兩錠銀子，只說哩挾仇了殺個。

【前腔】將屍首，抬到周羽門。（外）抬到門首何故？（丑）裝成圈套屈招認。（外）難道就招認了？（丑）可憐周羽是瘦怯怯的書生，哪裡當得三拷六問！輕輕裡拿介一個死罪認拉身上哉。（外）後來便怎麼？（丑）後來有介一個新太爺到任，好官府吓，真真清如水，明如鏡。被他妻子攔馬頭叫喊，說：「阿呀爺

爺，冤枉吓！」那新太爺說：「帶到衙門裡來。」走開，走開，我
學拉吓看。拿個狀詞得來一看……嘸！說：「又無證見，又無凶
器，怎麼就問成一個死罪？這縣官好糊塗，好糊塗！」頃刻間，在
封丘縣就調出周羽當堂開招，說：「周羽死罪饒了，移屍之罪難
免，發配到，發配到……」客人，囉哩吓？（外）吓？你講吓。
（丑）啐啐啐！我拉裡說，倒問起客人來。吓吓吓，發配到廣南雍
州蠻地為民。那一日，夫妻兩個在府場上分別，看個人無千大萬，
無一個弗哭個。如今人說「苦周羽、苦周羽」就是個一日出名個
哉。客人，那張敏這爛心肝的，害得他家破人亡，還放他娘子不
下。**他又去強逼那佳人。**（外）那娘子從也不從？（丑）**他抵
死不依允。**那張敏因見娘子不肯，忽然一日叫子樂人吹手，花花
轎子，流星花砲，低低打打竟要去做親哉。（外）難道沒有王法的
麼？（丑）自俚除子當今皇帝，還怕囉個來。那娘子見勢頭弗好，
說：「員外，請外面少坐，待奴家梳妝上轎。」客人吓，正是：有
志婦人賽過讀書君子！**忙把花容割損。**竟拿子介一把刀得來拉面
上橫一刀、豎一刀，割得血破狼籍，嘴眼歪邪！那張敏等得性急哉
了，走進去一看，看見子，走吓！跑吓！竟跑子居去哉。自此以
後，絕子張敏個念頭。（外）那娘子為何不死？（丑）客人，唔道
個娘子為僭不肯死？（外）卻是為何呢？（丑）**有個遺腹孩兒，
要保全身命。**那娘子獨坐房中，只聽得背上綳生能一響，養子一
個兒子出來哉，人人說是「背生兒、背生兒」。（外）不是吓，他
父親不在家，為「背生兒」。（丑）吓？是個個緣故吓。**他教子
成名，把遺編索盡。**客人，我便朝唔說子，唔弗要拉外頭七搭
八搭吓，休泄漏這段情。若張敏曉得子，我和伊就不安穩。

　　（外）那周羽去了幾年了？（丑）吓嘎，個句話倒問得利害

虱。讓我想介一想看……去子個好幾年，亦是個好帶年。吓，拉里哉！

【前腔】去了二十載，沒信音。有個人來報說周羽存，（外）既沒有音信，這是何人來說的？（丑）就是解子張禁來說的，虧他半路釋放。如今又報他兒子中了。（外）中了第幾名？（丑）中子第八名進士，除授平江路吳縣知縣。衣錦榮歸，紗其帽兒，員其領，拜見他母親。母親說：「阿呀，我那兒吓！」（外）唔，什麼規矩！（丑）阿呀，出神哉，出神哉。學拉吓看。吓，那娘子說：「先去拜了你父親，然後來拜我。」個小老爺說：「阿呀，母親吓，二十年來不說起父親，今日叫孩兒哪裡去拜父親吓？」個周娘子說：「呢！我只道你是孝順子，原來是忤逆兒！若無父親，你身從何來？」就拿廿年前個事體是介長，是介短，一把鼻涕，一把眼淚，他就哭訴那冤情。好個小老爺吓，就拿個紗帽對子地下自介一攧，他就棄官尋父親。若得蒼天憐念，使他尋見家尊，父子還鄉井。（外）怎不鳴冤當道，報此冤仇？（丑）哪裡有廉吏清官與他雪冤伸恨？說不盡那狠人。（外）他還有什麼惡端？（丑）罷，罷！弗說哉。（外）為何不說了？（丑）自古道，來說是非者，就是是非人。

　　（內喊介）（外）外面為何喧嚷？（丑）纔是個星接新太守個人，無接處拉虱嚷，弗知個個狗毽養個伴拉囉里。（外）你可認得我麼？（丑）我認得，吓個是吃茶客人。（外）我就是新太守范仲淹。（丑）阿呀，阿呀，小人該死！磕頭！磕破骷髏頭，磕破骷髏頭！（外）我也不計較你。（丑）多謝老爺。（外）賞你一兩銀子，不可泄漏。（丑）是，曉得。（外）張敏為人太狠毒，這遭罪惡怎饒過？（下）

（丑）茶博士送老爺。阿呀，嚇殺里哉！個星人今日接太守、明朝接太守，囉里曉得新太守就拉眼睛頭？聞得新太守為官利害，倘然拿問張敏，要我做起干證來沒哪處？咳，常言道得好：「口是是非門，舌是斬人刀。閉口身藏舌，安身處處牢。」（渾下）

按　語

〔一〕本齣出自《周羽教子尋親記》第三十三齣〈懲惡〉前半。

〔二〕選刊此齣的坊刻散齣選本還有：《歌林拾翠》、聞正堂刊《綴白裘全集》、石渠閣主人輯《綴白裘全集》。選抄此齣的散齣鈔本有中國社科院圖書館藏《集錦》。

後尋親‧後索

生：周羽。
旦：郭氏，周羽之妻。
淨：周羽的傭人。
末：張千，土豪張敏的僕人。
老旦：土豪張敏之妻。

（生持書上）

【忒忒令】展縹緗芸窗勉旃，細鑽研復開生面。近稽遠覓，似南金百煉。（持書讀介）「古之王者，以教化為大務。立大學教化于國，設庠序以化于邑。漸民以仁，摩民以義，節民以禮，故化行而俗美也。」說得是吓，漢代醇儒仲舒稱首，具天人之學，抱經濟之才，觀其對策，足見一斑矣。真個是，正民風，闡師詮，端君術，言本著聖典。

（看書介）「尊其所聞，則高明矣；行其所知，則廣大矣。」

（旦上）

【尹令】悄來到碧梧小院，忽聞得苦吟黃卷。相公。（生）吓，哈哈，原來是孺人到此。（旦）孩兒任上差人來接，有書在此。（生看書介）（旦）書上怎麼樣寫？（生）他署中乏人，十分懸望。我要在此應試，孺人，你可作速前去罷。（旦）妾身終日勸你，一直置之不聞。想你我年過半百，何不同到任所，與孩兒娶房媳婦，將來含飴弄孫，儘可快活。縱使自家做了官，倒不能個如此

安享了。可知姓揚名顯，靡監賢勞，怎比無拘自適[1]仙。

（生）卑人之志，不在安飽。

【豆葉黃】我[2]香舒晚節，怎肯困青氈。不爭我的半生時乖，[3]逆料我命中難顯。（旦）只是相公在家，無人款待，怎麼好？家虛中饋，路遙意懸。（生）孺人不須掛念，可還記得二十年前的分離麼？非比那轍軔長別、轍軔長別，管把袂相期，屈指經年。

（淨扮院子上）請外廂坐一坐，待我進去通報。啟上太老爺，張員外的院君求見。（生）他為何到此？吓，是了！（旦）想為昔年所欠而來。（生）我若推辭不見，反道我每量窄。孺人，你可請院君到裡面，好生款待。（旦）曉得。（下）

（生）過來。他家可有人隨來的？（淨）有，張千隨來的。（生）張千，他是我的仇人，喚他進來。（淨）吓，張大哥。（末上）怎麼？（淨）我家太老爺喚你。（末）是。（淨）進去須要小心。（下）（末）曉得。縱有蘇張口，難遮滿面羞。太老爺在上，男女叩頭。（生）請起，請起。吓，你可是當初與我索債的掌事哥？（末）就是男女。（生）請坐。（末）男女怎敢！（生）嗄，你當初也曾坐過的吓。（末）當初呢……咊……如今不敢。（生）吓，你不坐，如此沒，學生倒要坐了。（末）太老爺請坐。（生）請問掌事哥，院君到舍有何貴幹？（末）不瞞太老爺說，自從我家員外問罪在

1　底本作「摘」，據《納書楹曲譜》（《善本戲曲叢刊》第六輯景印）改。

2　底本作「看」，據清道光載福堂鈔本《後尋親記》改。

3　底本作「不爭我半生的時乖」，參考曲格，並據清道光載福堂鈔本《後尋親記》改。

獄，連遭橫禍，一言難盡。（生）請教，請教。（末）太老爺聽稟：

【玉交枝】頻遭奇變，素豐家囊無一錢。（生）有[4]這等事？
那些田園屋宇，釵梳首飾，難道多沒有了？（末）說也可憐！嘆
崑崗玉石焚償怨。（生）當初你說廣放私債，有整千累萬銀子
在人頭上，有你這樣伶俐能幹的掌事哥，哪怕人家不還。何愁貧
窘？（末）小男女如今倒怕那些欠債的。（生）為何呢為何？
（末）怕他行聲屈鳴冤。（生）敢是文契上填得多了，為此難
討？（末）哪有此事！（生）儘有此事呢，儘有此事。（末）是，
是。（生）你每來意，我已儘知。先年學生曾欠你家兩錠銀子，這
也不是我不肯還。把我一家蕩折歷有年，因此雙南耽擱瓜期
遠。（末）太老爺這裡怎敢取討！院君他也非為索債而來，還求
太老爺鑒察。（生）債是該還的，除非與人家訓幾個蒙童，管些賬
目，妻子吃些現成茶飯，才好准折。（末）太老爺言重，言重。
（生）你也曉得言重，哈哈哈。憶當時胡說亂言。可惡，可
惡！（打末頭，作手疼介）吓嘎嘎……（末）男女往日有眼不識泰
山，如今也不是來索債，要求太老爺照顧照顧。（生）咳，自古
道：「殺人償命，欠債還錢。」我當初不曾殺人，尚且要我償命，
何況實欠你家的銀子吓！

【江兒水】命重還輕陷，財輕不望捐。還虧我得轉家鄉，若
依你員外的主意，是這宗債是沒處討了吓。河山已失空持券。
（末）太老爺洪福齊天，故此逢凶化吉。今日倘蒙些少資助，皆由
恩典。（生）那兩錠銀子盤算到今，二十錠到也不止了；只是你每
二十年前太覺心狠了些。筆下機深圖諧願，刀頭禍嫁隨遭

4　底本作「吓」，參酌文意改。

讁。（末）總望太老爺寬恕前情，湯網祈開一面，格外週旋，佩德啣恩非淺。

（老旦、旦上）

【川撥棹】循環轉，論門庭今昔懸。（生）院君，學生施禮了。（老旦）多謝海涵！又承厚惠，使老身感愧無盡！（生）孺人，可還了昔年所負麼？（旦）一本一利，還了四錠。（生）正該如此。（老旦）本不該叨惠這許多，深感太夫人再四見諭，情難推卻，為此只得從命了。二位請上，待老身拜謝。（生）豈敢豈敢。（老旦拜）（合）**荷叨高厚曲宥垂憐，荷叨高厚曲宥垂憐，**[5] **贈朱提殷勤手援。**（生）遲了二十年，還算院君相讓的了。（老旦）好說。多多打攪，老身告辭了。（旦）有慢院君。（老旦）太夫人請留步罷，老身去了。（合）**恁恓惶真大賢，報鴻庥祝澤綿。**（下）

（生）掌事哥，轉來。（末）太老爺有何吩咐？（生）學生當初那張借契可曾帶來？（末）不瞞太老爺說，一應文契多被火燒了。太老爺若是不放心，待院君寫紙收票如何？（生）我倒是放心的，恐照文契上邊，還少十六錠，你家員外還放心不下。（末）這個怎敢！小人說分文不取。（下）

（生笑介）孺人，那張敏為富不仁，眼前惡報；若非那院君平昔賢惠，不要說分文不與，把張千這廝處置他一番！（旦）寧可他不仁，不可我無義。財上分明，也完了你我一椿心事。（生）便

5　底本作「荷叨高厚曲宥垂怜垂怜」，【川撥棹】第三、四句疊，可能寫工誤解稿本的重疊符號，整句重覆誤以為只有後二字重覆。參考曲格，並據《納書楹曲譜》補。

是！但是孩兒那邊來接，孺人幾時起程？（且）人伕船隻守候，就要動身了。只是相公在家候試，雖然功名心急，你是老人家，定宜自愛。

【尾】對青燈，只指望博青錢選，須不似時流神健。

（生）老當益壯，那些後生怎及得我來。（且）妾身去料理行裝，相公就請進來，我還有話說。（生）曉得。（且下）（生）最可恨可厭的是這個「老」字！我偏要與天下這些老朋友爭一口老氣！若得個三場到手，是……哪！**卻纔信奪取龍頭果然是讓老年。**

（笑下）

按　語

〔一〕本齣主體情節、曲文與清道光三十年載福堂鈔本《後尋親記》第十四齣接近。

〔二〕選抄此齣的散齣鈔本有中國社科院圖書館藏《集錦》。

金印記・封贈

外：傳達聖旨的黃門官。
生：蘇秦。
末、淨、老旦、付、丑、貼：各國使臣。

　　（外上）
【點絳唇】鳳燭光浮，龍涎香透。停銀漏，文武鳴騶，玉
珮聲馳驟。

　　出入丹墀領奏章，錦袍時惹御爐香。若非平步青雲上，安得身
依日月光？吾乃六國總黃門是也。今有蘇秦遊說六國，伐秦有功，
奏過六國，俱已准奏。如今在洹水設壇，拜授他為六國都丞相，只
得在此伺候。道猶未了，六國使臣早到。

　　（眾上）君起早，臣起早，來到午門天未曉。長安多少富豪
家，伏侍君王直到老。道言未了，奏事官早到。

　　（生上）
【點絳唇】秦據雍州，龍爭虎鬥。干戈後，六國為讎，縱
約歸吾手。

【混江龍】也是俺六國輻輳，英雄戰將仗俺機謀。俺這裡
捷音奏凱，他那裡棄甲包羞。秦商鞅昨宵個兵敗，魏蘇秦
今日介覓了封侯。光明明的玉帶，黃燦燦的襆頭。把朝衣
抖擻遙拜螭頭，山呼萬歲將頭叩，願吾王萬歲落得這千
秋。

（外）六國敕旨到來，道卿家遊說六國，伐秦有功，六國帝主僉詞封汝為六國都丞相。就此謝恩。（下）（生）千歲，千歲，千千歲！

【北村里迓鼓】感吾王寵加、寵加來微陋，赦微臣誠恐頓首。（末）齊國敕旨到來，道卿家遊說伐秦有功，賜御書一道，滿門封贈。謝恩。（生）千歲，千歲，千千歲！（淨）楚國敕旨到來，道卿家遊說伐秦有功，賜御書一道，鳳冠霞帔，滿門封贈。謝恩。（生）千歲，千歲，千千歲！（老旦）燕國敕旨到來，道卿家遊說伐秦有功，賜御書一道，寶劍一口，滿門封贈。謝恩。（生）千歲，千歲，千千歲！（付）趙國敕旨到來，道卿家遊說伐秦有功，賜御書一道，洛陽田千頃，滿門封贈。謝恩。（生）千歲，千歲，千千歲！（丑）韓國敕旨到來，道卿家遊說伐秦有功，賜御書一道，黃金一笏，滿門封贈。謝恩。（生）千歲，千歲，千千歲！（貼）魏國敕旨到來，道卿家遊說伐秦有功，賜御書一道，金印一顆，金帶一圍，滿門封贈。謝恩。（生）千歲，千歲，千千歲！光閃閃金印似斗，紫羅襴御香盈袖。理朝綱相國政修，可都是做聖明元后。（末）六國皆賴汝之大功。（生）臣有什麼功勞？哪曾去輔主？只是兩邦敵聞，六國平和，六國平和，皆因是三寸舌頭。（末）六國去後如何？

（生）

【後庭花】俺六國相援救，東有齊邦居海右；南有楚國荊襄地；北有燕韓據薊幽。俺這裡用機謀，三晉國結為姻媾。用文官理朝綱將國政修，用武將經營在外州，用武將經營在外州。

（末）六國敕旨道來，留卿在朝勾當，如何？

（生）

【北梧桐兒】望吾王再容、再容臣奏，這恩德無可報酬，賜微臣且暫歸田畝。俺爹娘年老白髮滿華秋，暫告歸省侍左右，暫告歸省侍左右。

（末）六國敕旨道來：卿家孝道可嘉，准賜省親。著教坊司整備鼓樂、頭踏送歸洛陽宅第。一年侍君，一年侍親。謝恩。（生）千歲，千歲，千千歲！

（眾合）

【尾】錦衣榮，皆馳驟，改換當年破損貂裘，教世態炎[1]涼豁開兩眸。（下）

按　語 _____

〔一〕本齣部分曲文出自明刊《重校金印記》第三十四齣〈蘇秦拜相〉。

〔二〕選刊此齣的坊刻散齣選本還有敏修堂刊《清音小集》。

1　底本作「賢」，據明刊《重校金印記》（《古本戲曲叢刊》初集景印）改。

副末

一曲清歌酒一巡

梨園風月四時新

人生得意須行樂

莫使花飛減卻春

今即古　假為眞

評紅品綠奉知音

歌動陽春飛白雪

舞餘霓羽絕飛塵

　　　——交過排場

琵琶記‧逼試

小生：蔡伯喈。
生：張廣才，張大公，蔡家的鄰居。
外：蔡從簡，蔡伯喈之父。
付：秦氏，蔡伯喈之母。

　　（小生上）
【一剪梅引】浪暖桃香欲化魚，期逼春闈，詔赴春闈。郡中空有辟賢書，心戀親幃，難捨親幃。

　　世間好物不堅牢，彩雲易散琉璃脆。卑人蔡邕，本欲甘守清貧，力行孝道，怎奈朝廷黃榜招賢，郡中將我名字申報上司去了。一壁廂已有吏人來辟召，自家力以親老為辭。那吏人雖則已去，只怕明日又來。也罷！我只得力辭便了。正是：人爵不如天爵貴，功名怎似孝名高？
【宜春令】雖然讀，萬卷書，論功名非吾意兒。只愁親老，夢魂不到春闈裡。便教我做到九棘三槐，怎撇得萱花椿樹？天吓！我這衷腸，一點孝心，對著誰語？
　　（生上）
【前腔】相鄰並，相依倚，往常間有事來相報知。老漢張廣才，今當大比之年，特來催促鄰庇蔡老員外之子伯喈上京應試。此間已是。解元在[1]麼？（小生）是哪個？呀，原來是大公。大公

---

[1]　底本作「有」，參酌文意改。

拜揖。（生）解元。（小生）請坐。外日多承厚禮，還不曾踵門叩謝。（生）好說。（小生）今日到舍，有何貴幹？（生）解元，你還不知麼？（小生）卑人不知。（生）吓，解元。（小生）大公。（生）那試期逼矣，早辦行裝往前途去。（小生）卑人只為雙親年老，以此不敢前去。（生）解元。子雖念親老孤單，親須望孩兒榮貴。吓，解元，你趁此青春不去，更待何日？且請令尊出來。（小生）曉得。爹爹有請。

　　（外上）

【前腔】時光短，雪鬢垂，守清貧不圖甚的。（小生）爹爹拜揖。（外）我兒，哪個在外？（小生）大公在外。（外）原來老友在外，何不早說。說我出來。（小生）曉得。吓，大公，家父出來了。（生）吓，老哥。（外）老友，失迎了。（生）豈敢。（外）請坐。前日多承壽禮。（生）須些薄禮，何足致謝。（外）說哪裡話來！請問老友，今日到舍有何見諭？（生）小弟麼……今當大比之年，特來催促令郎上京應試。（外）原來為著小兒功名大事而來。足感，足感。（生）老哥好一位令郎吓。（外）老友，非是小弟誇口說：所喜有兒聰慧，但得他為官我心足矣。蔡邕。（小生）有。（外）天子詔招取賢良，秀才們都求科試。你快赴春闈，急急整裝著行李。

　　（小生）母親出來了。（付上）

【前腔】娘年老，八十餘，眼兒昏又聾著兩耳。（小生）母親拜揖。（付）我兒，哪個在外？（小生）是張大公。（付）說我出來。（小生）是。大公，家母出來了。（外）老荊出來了。（生）吓老嫂。（付）大公，前日多蒙壽禮。（生）些些薄禮，何足致謝。（付）好說，請坐。著小兒請你吃壽麵，為何不來？

（生）偶有小事，所以不曾捧觴，有罪。（付）好說。請問大公，今日到舍有何見諭？（生）今當大比之年，特來催促令郎上京求取功名。（付）求取功名乃是一樁美事；只怕去不成。（生）為何？（付）別個不知，大公，你是儘知我家的嗻。又沒個七男八婿，只有孩兒要他供甘旨。（外）又來護短了。（付）老兒，他方纔得六十日夫妻，強逼他去爭名奪利。（外）功名大事，一定要去的。（付）懊恨無知老子，好不度己！

（生）待吾對令郎說。吓，解元。（小生）大公。（生）如今黃榜招賢，試期已迫，你有這般才學，怎不去赴選？（小生）大公，非是卑人不肯前去。（生）卻為何來？

（小生）

【繡帶兒】只為親年老光陰有幾？（生）解元，你行孝不在今日。（小生）行孝正當今日。（生）解元，此去定然脫白掛綠。（小生）終不然為著一領藍袍，卻落後戲綵斑衣。（生）請自思之。（小生）思之，此行榮貴雖可擬。（外）老友，他說些什麼？（生）令郎說雙親年老，不敢前去。（外）他是這等說？非也。（小生）怕親老等不得榮貴。（外）蔡邕。（小生）有。（外）春闈裡紛紛多是大儒，難道沒爹娘的孩兒方去？

【前腔】（生）解元，你休迷！男兒漢有凌雲志氣，何必苦恁淹滯？你此回不去呵，可不乾費了十載青燈，枉捱過半世黃虀？須知，此行是你親命休固拒。解元，那些個有養親之志。（付）我百年事只有此兒，難道是庭前森森丹桂？

【太師引】（外）他意兒，我也難提起，這其間就裡我自知。（付）喂，老兒，你知些什麼來？（外）話便有一句，你要護短，不對你說。（付）弗對我說，倒對囉個說？（外）對廣才說

吓。廣才，你道他為何不肯前去？（生）這個，小弟不知。（外）
他戀著被窩中恩愛，（付）阿喲喲，個樣說話對外頭人說。
（外）捨不得分離。（生）新婚燕爾，後生之所為。（外）廣
才，你為何也是這等說？難道你不曾讀過《尚書》的？那塗山四
日離大禹，他與趙五娘成親兩月，直恁的捨不得分離。（生）
老哥請息怒，待小弟對他說。吓，解元。（小生）大公。（生）令
尊罪得你重。（小生）罪卑人什麼來？（生）道你貪鴛侶守著
鳳幃，恐誤了鵬程鴉薦的消息。

　　（付）大公。（生）老嫂，怎麼說？

【前腔】（付）他意兒，只要供甘旨，又何曾貪歡戀妻。
自古道曾參純孝，何曾去應舉及第？功名富貴多是天付
與，天若與不求而至。（小生）娘言是望爹行聽取。（外）
呢！（小生跪介）（外）娘不要你去，就是娘言是；為父的要你
去，就是父言非。你這戀新婚、逆父命的畜生！（生）老哥請息
怒，不必如此。（小生）阿呀爹爹吓！孩兒若有此心呵，天須鑒
蔡邕不孝的情罪。

　　（外）我且問你，如何謂之大孝？（小生）孩兒告稟爹爹知
道：「凡為人子者，冬溫而夏凊，昏定而晨省，問其寒暖，搔其痾
癢，出入則扶持之，問其所欲則敬進之。」又道：「父母在，不遠
遊，遊必有方，復不過時。」古人之孝，不過如是。

　　（外）廣才，你聽他說的多是小節，並不曾說著大孝。（生）
是。（外）蔡邕。（小生）有。（外）你且聽我道。（小生）。
是。（外）夫孝者，始于事親，中于事君，終于立身。身體髮膚，
受之父母，不敢毀傷，孝之始也。立身行道，揚名于後世，以顯父
母，孝之終也。是以家貧親老，不為祿仕，所以謂之不孝。你若做

得一官半職回來，也顯父母好處。吓，廣才，豈不是個大孝？（生）其實是個大孝。（小生）爹爹說得極是。但孩兒此去，若然做得官還好，倘做不得官，又不能個侍親，又不能個事[2]君，卻不兩下都耽擱了？（生）解元差矣，古人云：「幼而學，壯而行，懷寶迷邦，謂之不仁。孔席不暇暖，墨突不得黔，伊尹負鼎俎於湯，百里奚把五羊之皮自鬻。也只得順時行道，濟世安民。」又道：「學成文武藝，貨與帝王家。」解元，你有這般才學，執意不去，卻是為何？（小生）大公吓，非是卑人不肯前去，所慮者只為雙親年老，無人侍奉，只有一個新娶的媳婦，又是女流，濟得甚事。因此不敢遠離膝下。（生）解元，自古「千錢買鄰，八百置舍」，老漢忝在鄰庇，你去後倘宅上有什麼小欠缺，都在老漢身上便了。（外）我兒，過來拜謝了大公。（小生）是，曉得。（生）這個不消。（小生）大公請上，待小姪拜謝。（付）妮子，再拜一拜，油鹽醬醋纔來哈哉。

（小生拜介）

【三學士】謝得公公意甚美，凡事仗托（生）請起。（小生）扶持。假饒一舉登科日，難道是雙親未老時。只恐錦衣歸故里，怕雙親的不見兒。

（外）

【其二】萱室椿庭衰老矣，指望你改換門閭。你若做得官回來，自有三牲五鼎，（付）三牲五鼎，我記個句丟。（外）須強似啜菽并飲水。你若錦衣歸故里，為父的就死在九泉之下，一靈兒終是喜。

2　底本作「侍」，從集古堂共賞齋本改。

（生）

【其三】托在鄰家相倚依，自當効些區區。你為甚十年窗下無人問？一舉成名天下知。若不錦衣歸故里，誰知你讀萬卷書？

（付）

【其四】一旦分離堂上珠，我這老景憑誰？忍將父母飢寒死，博換得孩兒名利歸。縱然錦衣歸故里，也補不得你名有虧。

（外）急辦行裝赴試期。（小生）父親嚴命怎生違？（生）但願一舉首登龍虎榜。（付）定教身到鳳凰池。（生）告辭了。（外）我兒，送了大公。（小生）曉得。（生）不消。另日還要來餞別，請了。（小生）大公慢去。（生下）

（付）我兒，你進去與五娘子商量商量，計較計較，該去呢去，不該去不要去的是。（外）商量也要去，不商量也要去！（下）（付）僋個吃子死人肉個能！兒子，你弗要聽里，包你去不成。（渾介）（同下）

按　語

〔一〕本齣主體情節、曲文接近汲古閣《六十種曲》本《琵琶記》第四齣〈蔡公逼試〉。

〔二〕選刊此齣的坊刻散齣選本還有：《風月錦囊》、《賽徵歌集》、鬱岡樵隱輯《新鐫綴白裘合選》、《萬錦嬌麗》、《歌林拾翠》。

琵琶記・規奴

貼：惜春，牛小姐的婢女。
小旦：牛小姐，丞相之女。

　　惜春本丑腳，今雜齣時作貼、旦扮俱可。

　　（小旦上）

【祝英臺近】綠成蔭，紅似雨，春事已無有。（貼上）聞說西郊，車馬尚馳驟。（小旦）怎如柳絮簾櫳，梨花庭院，（合）好天氣清明時候。

　　（小旦）莫信直中術，須防人不仁。（貼）惜春見小姐。（小旦）呸，賤人！（貼跪介）（小旦）我限你半個時辰，為何只管去了？（貼）吓，小姐，我本是要早來的，只聽得疏喇喇一陣狂風，吹散了一簾柳絮。晌午間，又見那淅零零數點細雨，打壞了滿樹梨花。一霎時，見幾對黃鸝，猛可的聽數聲杜宇。見此春去，教我如何不悶？（小旦）春去自去，與你何干？（貼）小姐吓，清明時節單衣試，爭奈晝長人靜重門閉。（小旦）我芳心不解亂縈牽，羞覷遊絲與飛絮。（貼）繡窗欲待拈針黹，忽聽鶯燕雙雙語。（小旦）賤人，你無情何事管多情？任取春光自來去。（貼）吓，小姐，你有甚法兒教導惜春不悶？（小旦）你且起來聽吾道。（貼）是。

【祝英臺】（小旦）把幾分，春三月景，分付與東流。啼老杜鵑，飛盡紅英，（貼）鳥啼花落，誰不傷情？（小旦）端不為

春閑愁。（貼）既不愁悶，可去賞玩賞玩。（小旦）休休，婦人家不出閨門，怎去尋花穿柳？（貼）吓，小姐，你不去賞玩，只怕消瘦了你的花容吓。（小旦）把花貌，誰肯因春消瘦？

【前腔】（貼）春畫，我只見燕雙飛，蝶引隊，鶯語似求友。（小旦）你是個人，說那蟲蟻怎麼？（貼）那更柳外畫輪，花底雕鞍，多是少年閑遊。（小旦）他自閑遊，與你何干？（貼）我難守，繡房中清冷無人，欲待尋一個佳偶。（小旦）這賤人，倒思想丈夫起來了。（貼）這般說，我的終身休配鸞儔。

【前腔】（小旦）知否，我為何不捲珠簾，獨坐愛清幽？（貼）清幽清幽，爭奈人愁。（小旦）縱有千斛悶懷，萬種春愁，難上我的眉頭。（貼）只怕小姐不常似恁的。（小旦）休憂，任他春色年年，我的芳心依舊。（貼）只怕風流年少哄動你哩。（小旦）這文君，可不擔擱了相如琴奏。

【前腔】（貼）今後，方信你徹底澄清，我好沒來由。想[1]像暮雲，分付東風，情到不堪回首。（小旦）你怎不學我？（貼）聽剖，你是蕊宮瓊苑神仙，不比塵凡相誘。（小旦）今後不可如此。（貼）我緊隨侍，窗下拈針挑繡。

（內作鳥聲介）（貼）吓，小姐，你聽那子規叫得好聽吓！（小旦）休聽枝上子規啼。（貼）悶坐停針不語時。（小旦）窗外日光彈指過。（貼）席前花影坐間移。（小旦）今後不可如此。（貼）再不敢了。（小旦）隨我進來。（貼）是，曉得。（下）

1　底本作「相」，據清陸貽典鈔本《新刊元本蔡伯喈琵琶記》（《古本戲曲叢刊》初集景印）、《六十種曲》本《琵琶記》改。

按　語 ✎

〔一〕本齣主體情節、曲文接近汲古閣《六十種曲》本《琵琶記》第三齣〈牛氏規奴〉。

〔二〕選刊此齣的坊刻散齣選本還有《風月錦囊》、《詞林落霞》、《審音鑑古錄》。選抄此齣的散齣鈔本有中國社科院圖書館藏《集錦》。

精忠記・秦本

淨：秦檜。

生：岳飛的魂魄。

旦：王氏，秦檜之妻。

（淨相帽紅圓領上）

【引】職掌臺卿名望，那時盟誓金邦。滿懷心事腹中藏，真個是能謀能望。

歷職臺卿名豈微，運籌帷幄動樞機。山河一統非吾願，只恐金人道不知。老夫秦檜。只因向年失守汴京，與夫人擄至金邦，其時要脫身回來，只得與兀朮盟誓，放我回來，和他們做個奸細。後有岳家父子，專鯁和議，恢復中原，被我連發十二道金牌取回京師，監候冤獄而死。今有韓世忠、李綱、張俊、吳銓等五十三人，俱皆忿怒。下官意欲起大獄，奏聞聖上，將此五十三人盡皆殺害。不免今晚就在燈下寫成表章，有何不可。小廝，不許一人進來窺探，違者重究。（關門介）紹興五年正月二十五日，臣秦檜一本，奏為驅除奸佞事。

【泣顏回】奏啟聖明君：（磨墨介）蒙雨露敢不施恩？為朋奸嫉妒，因此上紊亂朝廷。臣這一本，只為邊疆未寧，待何時得把中原定？南自南各守規箴，北自北結好和親。

（生上，打桌子介）吓？什麼響？小廝，小廝！哪個在？（拿燈看照介）書房門閉在此，方纔明明有個人在此走來走去……（看

介）阿呀，好奇怪吓！吓，這是老夫袍袖的影兒吓，不免再寫便了。

【前腔】那李綱張俊并吳銓，主和議妄視吾君。受朝廷重任，焉敢尸位虛名。那岳家父子猶如狼虎一般，多被我斬盡殺絕，何況你這些無端小人。憑舌劍卻把君心瞞。聖上吓聖上，臣這一本，望吾皇降敕傳宣，守中原莫與相爭。

（生打淨，淨跌介）阿呀岳爺爺饒命吓！岳爺爺饒命吓！（旦上）隔牆須有耳，窗外豈無人。相公，相公。（淨）阿呀岳爺爺，岳爺爺！（旦）是妾身在此，為何在此大呼小叫？（淨）原來是夫人。阿呀了不得！吓唷，吓唷……（旦）為何這般光景？（淨）阿唷，夫人，方纔老夫起大獄，在此寫本，分明見岳爺爺把我背上這麼一鎚。吓喲喲喲……了不得！（旦）相公，東窗事還未了，為何又起什麼大獄？（淨）咳，夫人，我想這多是你。（旦）怎麼倒埋怨妾身起來？（淨）咳，夫人：

【前腔】我想起舊冤情，東窗下是你分明說。羝羊觸藩，把他似縛虎休生。黃柑計成，向風波殺害了三人命。細思量他是報國忠臣，牝雞鳴誤我前程。

（旦）

【前腔】不須埋怨苦勞神，多應是合受災迍。把他一家殺盡，顯威權蒙蔽朝廷。王俊告稱，搆飛災豈是奴之釁？（淨）還說不是你。（旦）休得要兩下相爭，何不及早齋僧？

（淨）既如此，明日就到靈隱寺，修齋薦度他父子便了。（旦）勸君莫行奸巧。（淨）到此方知分曉。（旦）烏鴉共喜雀同巢。（合）吉凶事全然未保。（淨）夫人，方纔明明見岳爺爺，他

身穿紅袍，手執銅鎚，向我背上這麼一下，阿呀……阿呀……
（旦）看仔細，進去罷。（下）

按　語 ✎

〔一〕本齣是梨園表演藝術家編創。錢德蒼編《綴白裘》中有十餘
齣崑腔選齣是梨園表演藝術家編創的，它們與原作的關係，可分為
擴充、補述、稼接三種類型。本齣是補述類，這類選齣根據劇作內
隱或外顯的線索編創而成，若與同劇其他選齣串演，情節線更加完
整。本齣展演秦檜修本的過程，有助觀眾明瞭事件始末。

〔二〕選刊此齣的坊刻散齣選本還有《醉怡情》、聞正堂刊《綴白
裘全集》。

玉簪記・催試

老旦：潘必正的姑母，女貞觀主。

丑：進安，潘必正的書僮。

小生：潘必正，書生。

旦、淨：女尼。

貼：陳嬌蓮，避亂出家的宦家女，法名妙常。

（老旦上）

【珠落索】鳳隻與鸞孤，兩下悲離曠。星前暗許抱衿裯，好教我難遮擋。

　　本是鳳鸞宿有緣，空門一見兩留連。若教露出當場事，敗我從前學坐禪。我想，陳姑妙常與我姪兒，兩下青春佳麗，意氣相投。每每月下花前，事涉東遮¹西掩。看他鼠竊，使我狐疑。若還做出事來，敗壞山門，有玷清白，如何是好？早晚間事情，教我哪裡防得許多？不免喚進安出來，收拾行李，打發他臨安赴試，絕了他眼前往來，有何不可。進安哪裡？（丑）堂上聞呼喚，堦前聽使令。姑奶奶有何吩咐？（老旦）進安，你進去收拾行李，跟隨相公去上臨安應試。（丑）曉得。咳，我說道事務來得勤子，一定要做出來哉。正是：平地風波起，暗裡鳳鸞分。（老旦）快請相公出來。

1　底本作「撫」，據明萬曆繼志齋刊《重校玉簪記》（《古本戲曲叢刊》初集景印）改。

（丑）曉得。大相公有請。（下）

（小生上）

【引】夢裡鴛鴦驚拆散，醒來淚眼未曾乾。

　　姑娘拜揖。（老旦）姪兒，想當初父母生你，指望成名，雖是身上青雲，未登金殿，還是心上一件不了之事。如今春期將至，你好收拾書囊，前往臨安赴試，博得一官半職回來，不負吾所望也。（小生）試期尚遠，待明春去也未遲。（老旦）我兒，你在這裡倒也不靜，莫若早到臨安以文會友，資講利益，休得留戀于此。（小生）姑娘此言，莫非因姪兒在此打攪之故？（老旦）我豈為你在此攪擾，要你去赴試！我與汝父連枝瓜葛，看你飄篷，自甘人下，汝有何面目見汝二親？日後歸怨于我，我有何顏面見汝二親乎？怎便把這樣話來對我說，兀的不氣殺我也！（小生）姑娘不消惱得，待姪兒即刻就行便了。

　　（老旦）你哪裡去？（小生）姪兒去收拾行李。（老旦）我已吩咐進安收拾下了。（小生走介）（老旦）哪裡去？（小生）待姪兒去謝謝各房眾姑姑。（老旦）也不用。（小生）姑娘，難道姪兒在此攪擾一場，別也不別，竟是這等去了？（老旦）不消，免了罷。（小生）哪裡有不別而去之理。（老旦）既如此，待我叫他們出來。叫香公請各房眾姑姑出來，取我的大衣服，再看盃酒來。

　　（旦、淨同上）

【引】荒徑葉聲乾，閒庭人語沸。（貼上）不知何事苦相牽，心事常縈繫。

　　（貼、淨、旦）師父稽首。（老旦）罷了。（貼、淨、旦）潘相公稽首。（小生）眾仙姑拜揖。（眾）師父喚徒弟們出來，有何吩咐？（老旦）我姪兒今日去赴試，我特喚你們出來作別。（淨、

旦）潘相公就要去了？在此簡慢。（小生）好說。（貼）師父，潘
相公幾時起程？（老旦）如今就行了。（貼）天色晚了。（老旦）
不在你心上。看酒來。（淨）看酒。（老旦）姪兒，我有酒一杯與
你餞行，但願你步去馬回，方遂你姑娘之願。（小生）多謝。

　　（老旦、淨、旦）

【摧拍】趁西風快著祖鞭，（老旦）眼看哪裡？（小生）有。
（老旦）當及時看花上苑，休得留連，休得留連。你是瑚
璉虹霓，怎做狐首鴻磐？休戀燕友鶯期，月下花前。
（合）從此去獻納爭先，親玉陛謁金鑾。（小生回敬酒）
（老旦）姪兒不必了。

　　（小生）

【前腔】嘆[2]驥足鹽車久淹，託萍梗風波自轉，（老旦）看
衣服過來。（貼）把淚偷彈，把淚偷彈。我有千種離情，兩
下難言。（小生）意惹情牽，教我腸斷心剜。（合）從此去
獻納爭先，親玉陛謁金鑾。

　　（丑挑行李上）

【前腔】打疊起行囊半肩，忙叩拜尊姑膝前，（老旦）進
安，你著意相看，著意相看。野店寒雞，水宿風餐。（貼）
進安哥。（丑）僧個？（貼）雨雪長途，休教他食缺衣單。
（丑）我的東人，與你何干。（合）從此去獻納爭先，親玉陛
謁金鑾。

　　（老旦）好把芙蓉匣劍安。（小生）只愁風雪阻江關。（貼）
今朝不是輕離別。（合）兩下相思難上難。（老旦）眾姑姑各自回

2　底本作「笑」，據明萬曆繼志齋刊《重校玉簪記》改。

房。我送姪兒到江口，晚上就回。（淨、且）潘相公，我們不送了。師父，就回來吓。（老旦）就回來的。（看貼介）你怎麼不進去？（貼）徒弟陪師父送潘相公一程。（老旦）不勞費心。（貼）是。（老旦）還不進去！（貼下，復回頭看介）（老旦）咮！（貼下，老旦、小生、丑同下）

按　語 ✐

〔一〕本齣出自高濂撰《玉簪記》第二十二齣〈知情逼試〉。

〔二〕選刊此齣的坊刻散齣選本還有《徽池雅調》。選抄此齣的散齣鈔本有中國社科院圖書館藏《集錦》。

玉簪記・秋江送別

老旦：潘必正的姑母，女貞觀主。

丑：進安，潘必正的書僮。

小生：潘必正，書生。

付：艄公。

貼：陳嬌蓮，避亂出家的宦家女，法名妙常。

淨：艄公。

　　（老旦、小生、丑同上）

【水紅花】天空雲淡蓼風寒，透衣單，江聲淒慘。晚潮時帶夕陽還，淚珠彈，離愁千萬。（小生）姑娘，轉去罷……（老旦）做什麼？（小生）姪兒還有些要緊書籍不曾帶得，轉去取了來。（丑）才來里個哉。（小生）咦，狗才！（丑）已到江口。（老旦）進安，喚船過來。（小生）欲待將言遮掩，怎禁他惡狠話兒剗。只得赴江關也囉！

　　（丑）喂，船來。（付上）來哉來哉。撐船道業，各服一行。到囉裡去？（丑）到臨安會試個。（小生）船家，只怕今日江中風大，去不得。（付）個個相公從不曾出路個來，江中無風也是有風個，個樣風極小個哉。（丑）搖上來。（付）阿要說介說去？（丑）呒要多少？（付）要介一兩二錢白銀。（丑）蘇州人殺半價，竟是六錢銀子。（付）弗肯！（丑）就是七錢。（付）弄弗來！（丑）八錢如何？（老旦）就是八錢。（付）八錢，昨日去

哉。（小生）蠢才，你要多少？（付）實落要介一兩銀子㖇。（小生）呸，狗才！這裡到臨安有多少路，還你八錢銀子還不肯？姑娘回去，明日再來叫罷，怎麼受這樣小人的氣。（老旦）我兒，出路的人沒有轉去的理。進安，就與他一兩銀子罷。（丑）是哉。造化唔一兩銀子㖇。（付）好吓，還是個位佛主。下船來，下船來。（小生）姑娘，姪兒就此拜別。（揖介）（老旦）姪兒，路上須要小心。（小生）曉得。（下船介）（老旦）姪兒，我在望江樓上看你，不許轉來。（付）前頭船扳得來吓。（同下）

（貼上）

【前腔】霎時間雲雨暗巫山。悶無言，不茶不飯，滿口兒何處訴愁煩？隔江關，怕他心淡，顧不得腳兒勤趕。呀，前面望江樓上，好似觀主模樣。天哪，早是我先看見。若還撞見好羞慚，且躲在人家竹院也囉！（下）

（老旦）我想姪兒去遠，料不能轉來，不免回觀去罷。妙常，妙常，從今割斷藕絲長，免繫鷗鵬飛不去。（下）

（貼上）潘郎吓潘郎！君去也，我來遲，兩下相思只自知。教我心呆意似痴，行不動，瘦腰肢。且將心事托舟師，見他強似寄封書。想他還去不遠，不免喚個船兒，趕上去見他一面。船家，擺船過來。（淨上）來哉來哉。船頭無浪，舵後生風。呀，一位女菩薩要囉里去了？

（貼）我要趕著前面會試相公的船，要寄封家書到臨安去。快些趕著了，船錢重些。（淨）小小年紀，儕個會試相公？不要管，只要多詐些銀子。前頭個隻船去遠哉，趕弗著個哉。（貼）一定要趕去的。（淨）船錢阿要講講？（貼）你要多少？（淨）若要趕著前頭個隻船，要介五錢銀子㖇。（貼）就是五錢，只要你趕去。

（淨）阿喲，奧勞弗說子一兩哉！弗要說哉，請下船來。（貼）快些！（淨）這是我個隻船頭還擱來里乾岸浪來。（貼）快些！（淨）是哉。（貼）快些！只管慢騰騰。（淨）阿呀，搖子個半日，船纜弗曾解來，等我去解子纜介……（貼）快些搖上去！（淨）小師父，我看你火性不曾退來，出儕家？（貼）不要胡說，快些搖！（淨）小師父，坐定子，得我唱隻山歌你聽聽吓。（貼）不要。（淨）得我唱。（貼）不要唱。（淨）偏要唱。（貼）搖又不搖，唱什麼山歌！

（淨）

【吳歌】你看風打船頭雨又來，（貼）天吓！偏叫了這隻船。（淨）滿天雲霧哪哼把船開。（貼）快些搖！（淨）白雲陣陣催黃葉，惟有江上芙蓉獨自開。前船慢來。

（貼）

【紅衲襖】奴好似江上芙蓉獨自開，只落得冷淒淒飄泊輕盈態。恨當初與他曾結鴛鴦帶，到如今怎生分開鸞鳳釵？別時節羞答答怕人瞧頭怎抬？到如今悶昏昏獨自耽著害。（淨）看個對鴛鴦阿有趣？來虱打雄。（貼）愛殺他一對對鴛鴦在波上也，（淨）咳，飛子去哉。（貼）羞殺我哭啼啼今宵獨自捱。（淨）小師父坐定子，等我搖介兩櫓快個。（下）

（小生、丑、付搖船上）（丑）噲！船上快些搖上去。（付）來里，著實介搖。阿哥，你虱相公為儕了氣彭彭？（丑）各人心上有事務，吥管哩啥！（付）得我唱介隻山歌來解解悶，如何？（丑）使得個。吥唱嘘，吥唱。

（付）

【吳歌】漫天風舞葉聲乾，遠浦疏林日影寒。你看南來北

往流弗盡個相思淚，只為別時容易見時難。

　　（小生）[1]

【紅納襖】[2]我只為別時容易見時難，你看那碧澄澄斷送行人江上晚。昨宵呵，醉熏熏歡會[3]知多少，今日裡愁脈脈離情有萬千。莫不是錦堂歡緣分淺？莫不是藍橋倒時運慳？傷心怕向蓬窗見也，堆積相思似兩岸山。

　　（淨搖船，貼上）

【僥僥令】忙追趕去人船，見風裡正開帆。（貼）船家問一聲，前面可是會試的潘相公麼？（淨）嚕，前頭船裡阿是會試個潘相公？（丑）正是。（小生）忽聽得人呼聲聲近，住蘭橈望眼看。是何人？且向前。

　　（貼）是我在此。（小生）快些攏船。（貼過船介）（淨、付）慢點，看仔細，看仔細。（淨暫下）

　　（小生、貼）

【哭相思】半日裡拋伊不見，淚珠兒血染紅衫。

　　（小生）船家，且把船兒泊住江口暫停片時。（丑）我搭吾岸上去白相相下來。（付）有理！岸浪去走走來。（丑[4]、付下）

　　（貼）事無端，恨無端，平地風波拆錦鴛，羞將淚眼對人看。（小生）這其間，那其間，我那姑娘惡語兒將人緊緊攔，狠心直送

1　底本原無「小生」二字，從集古堂共賞齋本補。
2　集古堂共賞齋本作「前腔」，不確，這支並不是【吳歌】，推測篡改者係參考劇作而改，沒有注意到寶仁堂本將【吳歌】抽出，放到兩支【紅納襖】之間。
3　底本作「合」，據明萬曆繼志齋刊《重校玉簪記》改。
4　底本作「淨」，參酌文意改。

到江關。（貼）早辰只聽得師父喚我們出來，送你上京。天哪，聽得一聲，好不驚死人也！不知何人走漏消息；一定是你口兒不緊，以致如此。（小生）小生對何人說來！這是平地風波，痛腸難盡！（貼）早辰眾姑姑面前，有話難提，有情難訴，為此趕上前來送你。只是，我心中有千言萬語，一時難盡。（小生）多感厚情，銘刻肺腑。早辰眾姑姑在前，不得一言相別，方抱痛腸，今得見妳，如獲珍寶。我與你少敘片時，再作道理。

（貼）

【小桃紅】秋江一望淚潸潸，怕向那孤蓬看也。這別離中，生出一種苦難言，恨拆散在霎時間。都只為心兒裡，眼兒邊，血兒流，把我的香肌減也。恨殺他野水平川，生隔斷銀河水，斷送我春老啼鵑。

（小生）

【下山虎】黃昏月下，意惹情牽。纔照得個雙鸞鏡，又早買別離畫船。哭得我兩岸楓林，做了相思淚斑。打疊淒涼今夜眠，喜見我的多情面，花謝重開月再圓。又怕難留戀，離情萬千，好一似夢裡相逢，叫我愁[5]怎言。

（貼）

【五韻美】意兒中，無別見，我忙來不為貪歡戀，只要你新舊相看此心無變。追歡別院，怕不想舊有姻緣。（小生）妙常，我不是這樣負義之人。（貼）潘郎，你若負了我，我那其間拚個死、口含冤，到癸靈廟訴出燈前，和你雙雙發願。

5　底本作「淚」，據明萬曆繼志齋刊《重校玉簪記》改。

（小生）

【五般宜】想著你初相見，心甜意甜；想著你乍別時，山前水前。我怎敢轉眼負盟言，我怎敢忘卻些兒燈邊枕邊。只愁你形單影單，又愁你衾寒枕寒。哭得我哽咽喉乾，一似西風泣斷猿。

　　（貼）奴與君家別後，自當歛跡空門，洗心待君，君休負我。奴有碧玉鸞簪一枝，原是奴家簪冠之物，贈君加官之兆。（小生）多謝厚意！我有白玉鴛鴦扇墜一枚，原是我家君所賜，今解以贈卿，以為他日雙鴛之兆。（貼）多謝。

　　（合）

【憶多嬌】兩意堅，月正圓，執手叮嚀苦掛牽。（小生）妙常，不如我與你同上臨安去罷。（貼）我豈不欲與君同去，倘人知道，嚷開是非，反害大事，我欲共你同行難上難。早寄鸞箋，早寄鸞箋，免使我心懸意懸。

　　（小生）就此拜別。

【尾聲】夕陽古道催行晚，千愁萬恨別離間，暮雨朝雲兩下單。

　　（淨、付、丑同上）（貼作過船介）

　　（貼）

【哭相思】要知郎眼赤，（合）只在望中看。（小生、貼東西各淚下）

按　語

〔一〕本齣出自高濂撰《玉簪記》第二十三齣〈秋江哭別〉。

〔二〕選刊此齣的坊刻散齣選本還有：《樂府萬象新》、《樂府玉樹英》、《樂府菁華》、《樂府紅珊》、《大明春》、《冰壺玉屑》、《八能奏錦》、《玉谷新簧》、《摘錦奇音》、《賽徵歌集》、《纏頭百練二集》、《萬錦清音》、《醉怡情》、《歌林拾翠》、《方來館合選古今傳奇萬錦清音》、《崑弋雅調》、石渠閣主人輯《綴白裘全集》。選抄此齣的散齣鈔本有中國社科院圖書館藏《集錦》。

望湖亭‧照鏡

末：小乙，顏家的僕人。
淨：顏秀，富家子。
丑：尤大娘，顏秀友人尤少梅之妻。
貼：黃小正，顏家的義女。

　　（末上）你道好笑不好笑，旱田掘鱔是生要。你道古怪不古怪，挑水河頭沒處賣。我，小乙。為何道這兩句？只因我家大官人前日在洞庭山遊玩，遇見了如花似玉的小娘子，回到家中，茶不思，飯不想，為此特央尤少梅作伐。不知可曾打聽，要等他回話。（淨內）小乙，個歇該去走走哉，哪只管拉丑陶閑？（末）阿呀你看，大官人又在那裡催逼，不免就去走一遭。行行去去，去去行行，來此已是。尤少梅在家麼？（丑內）分居來勒。（末）哪裡去了？（丑）大橋頭去哉。（末）今夜可回來？（丑）弗居來哉。吼丑阿是顏家？（末）正是。可曾打聽什麼人家？（丑）打聽得洞庭山高員外家小姐，才貌雙全，嫁資三千，財禮不論。只是……吼丑大官人面孔弗齊整，弗成個。（末）咳，這是哪裡說起！不免回覆大官人便了。來時真有興，回去莫風光。來此已是。大官人有請。

　　（淨上）來哉！眼望旌捷旗，耳聽好消息。小乙居來哉啥？（末）正是，回來了。（淨）尤少梅阿曾居來？（末）也來了。（淨）個個尤少梅，個件事務竟替我是介是介，哪弗見？（末）他在家裡。（淨）為啥弗同子哩來？（末）他說不高興，不肯來。

（淨）叫哩做媒人有啥弗高興？阿曾打聽啥人家？（末）他說：打聽高員外家小姐，才貌雙全，嫁資三千，財禮不論。只是，他的老兒有些古怪。（淨）古怪？古怪歇哉，我要討哩個囡兒，讓哩古怪古怪歇哉。（末）只是他家的老兒要……（淨）要啥？還是要個活麒麟、活獅子？（末）他要相女婿！（淨）相女婿何難？等我大官人走得去，讓哩相相沒是哉。（末）只是……大官人嘴臉有些不當十分。（淨）不當十分，只算介七八分嚜可去得。啥人替哩還官贖當弗成了？是等我自家去。（末）大官人，轉來。（淨轉介）（末）大官人的嘴臉……小乙看起來，實難。（淨）唬！放狗屁！介入娘賊。（末）這是尤少梅這等說。（淨）入娘賊，還弗走，還弗走！（末下）

　　（淨）阿呀且住，我大官人個付面孔元有點拿弗出個，左右閑拉裡，等我踱到書房裡去，拏個面鏡子得來照照看。咳，鏡子呵鏡子，我顏大官人個段姻緣，全仗吓幫襯幫襯嚇。

【太師引】把鏡兒磨，磨得似冰輪破，對著咱把雙睛打睃。阿呀壞哉！我想世家天下麻也有，點點麻橘殼麻，我大官人個麻，直腳弗是麻哉，哪說二三十條玉百腳絆緊拉我面孔浪個？逼得我鬢眉無那。介了，我前日子走到外頭去，個星大個弗消說哉，三四歲個星小男兒乬一見見子我，說：「阿娘，顏大麻來哉！哩個付面孔有點怕個了，有點怕個了，我要伴哉嚇。」將混名兒喚我非訛。吓，是哉，我想人個面孔蒲得弗乾淨，元是難看個。吓，小正，熱點個面湯拿介一盆，肥皂拿子三四圓到書房裡來。（貼）來了。為報空潭橘，無媒寄落橋。大官人，臉水在此。（淨）放拉乬，吓進去，倘然老安人要點啥，你接介一接。個個冷水放介呷拉傍邊。阿呀，進去哉啥！吓，等我除落子個頂巾淨得起

來。阿呀好熱湯！說弗得就炮殺子。也罷，洗卻了浮塵積污，吓，是哉，等我蒲乾淨子哩介。阿呀，哪蒲得上去，個樣痛法！啥要緊吓，越顯得那纍纍珠顆。若是天生個如玉貌呵，總叫他亂頭粗服美如何。

吓，是哉。我想：「人是衣裝，佛是金裝。」人個穿著，元是少弗得個吓。小正，替我拿個個新做個一件海青，新摺個頂凌雲巾拏得出來。（貼）是，來了。

（淨）小正，你拉裡向做啥？（貼）在裡面吃點心。（淨）啥弗來叫我！（貼）大官人今日忙得緊。（淨）忙！忙得極個拉裡。（貼）大官人穿了這件衣服，齊整了這許多。（淨）小正，我大官人要齊整了，只管拉裡打扮。（貼）大官人敢是哪裡去拜客？（淨）弗。（貼）敢是哪裡去赴宴？（淨）弗。（貼）這等，裝什麼把戲？（淨）咶咶咶！哪人個衣裳穿著弗得個？哪說做啥個把戲？走進去！（貼）老安人叫我伏侍大官人的。（淨）阿呀，厭得及！平日間若要吾拉裡，做聲拉分；今日弗要吾拉裡，只管拉虱醃子。阿走？（貼）不走。（淨）弗走，我來哉嗜……（貼）呀哞！（下）

（淨）咏！哪！那間另是介一位顏大官人來哉。

【前腔】慢瞧科也瞧得過，料非關容衰鬢皤。阿呀壞哉！像包三叔裡哉。說甚麼新標驚座，抵多少醜鬼妝儺。個件衣裳做啥覷倒拉里向個？著子反生其醜。敢被那鮫絲作禍？哞，弗要著個一件牢皮哉！反不若裂冠兒赤裸。我想，人個穿著元是沒用個。我若是個風流貨，衣不在多，又何須羽衣鶴氅任婆娑。

（貼上）大官人，羞羞羞。（淨）介了，我說為啥越扮越弗像

哉,是吘拉丟背後扮我個鬼臉了。(貼)哪個扮你的鬼臉。(淨)
哪弗扮我個鬼臉?拏子進去。(貼)不拏的了。(淨)弗拏,當
真?(貼)當真。(淨)介沒跟我到外書房去。(貼)就去何妨。
(淨)來嘻來嘻,阿唷我個娘吓……(貼)呀啐,呀啐!(下)

　　(淨)捉、捉、捉!咳,我想個句說話,尤少梅道是我著子
忙,哩拿句說話得來嚇我吓,我倒認起真來個。好,小乙,拿介五
斗包裡米、五百銅錢,叫尤少梅做起個件事務得來。成子個件親
事,新賬弗消說,舊賬才弗要哩還哉。正是:錢多方色濃,麻布染
乾紅。若得他心肯,是我運兒通。(下)

按　語

〔一〕本齣出自沈自晉撰《望湖庭記》第十齣〈自嗟〉。
〔二〕選刊此齣的坊刻散齣選本還有:《玄雪譜》、《醉怡情》、
《來鳳館合選古今傳奇》、聞正堂刊《綴白裘全集》。選抄此齣的
散齣鈔本有中國社科院圖書館藏《集錦》。

雙珠記·汲水

旦：郭氏，士兵王楫之妻。

付：李克成，營長，王楫的上司。

　　（旦上）

【引】殘紅積滿庭，悄悄傷流景。

　　奴家自從隨丈夫從軍到此，多蒙帥府老爺憐念，儒生不諳弓馬，免其差操，留在軍前抄寫；又蒙李營長照顧，不至狼狽。但婆婆、小姑在家，不知安否若何，好生放心不下。我官人前日往軍中抄寫軍前文冊去了，今早不曾汲水，且喜九齡乳飽睡熟，不免到井邊去汲些水來，以供晚炊，多少是好。

　　（拿水桶走介）

【步步嬌】偶因晚汲攜罌綆，緩步循幽徑。花蔭犬不鳴，雲散天空，林深人靜。來此已是井邊了，只見那石甃一泓清，（做照面介）晃然玉檻玲瓏映。

　　（付上）

【步步嬌】煙凝山紫時將暝，無奈情如髏，消遣強閒行。（見旦介）咦，故是王娘子，我要見哩好弗難，今日為何獨自一人在此井邊汲水？豈非天賜我的姻緣也。喜殺嬌娃，潛身窺井。且喜四顧無人，不免上前摟他一摟。阿呀我個親肉吓！伊是救災星，特來療我的相思病。

　　（付抱旦背後）（旦）噯！（付）娘子拜揖。（旦）營長！

（付）娘子，我拉里個丫頭、婆娘、男兒纔空拉乱，說聲沒叫里乱挑子兩擔、提子兩桶哉，僭了要娘子自家來吊水！（旦）親操井臼，婦人常事，豈敢有勞宅使。（付）僭說話！我搭王兄是通家，猶如骨肉一般，哪了說故樣客情個說話！吓，待學生替娘子提子去罷。（旦）不勞。（付）弗是嘘，學生出來著子故件海青，帶子個頂巾，一到到子屋裡，脫落子個件衣裳，掃場、括地、淘米、吊水，揩臺、抹檯……就是房下個馬桶，纔是學生倒個來。王兄去子幾日哉？（旦）有數日了。（付）正是，亦是介十來日哉。王兄弗拉屋裡，阿覺道有點風景蕭條，情懷寂寞？阿可以等學生來與娘子捧足，何如吓？（旦怒介）哇！胡說！（付）僭了，僭了，為僭了惱起來？

　　（旦）

【雙鸂鶒】言非禮聞之怒嗔。（付）我搭吓取笑，為僭了認真？（旦）閒說！論人道嫌別微明。古云李下冠難整，豈容伊無義胡逞。（付）學生好意替吓拿子水桶進去，倒弗好？（旦）多講！你空延頸，苟圖著掩耳偷鈴。（付）非但掩耳偷鈴，就是韓壽偷香，還是學生親手傳授拉哩個來。（旦）真馬牛枉卻襟裾盛。

【前腔】（付）相思久矣[1]如酪酊，最難逢須臾之頃。願求俯就鳳鸞盟，老天在上，我若負了王娘子，一個霹靂就打殺！指皎日昭昭作證。（旦）呀啐！我夫婦自有別，豈與你鳥獸同羣！（付）就是鳥獸也說弗得哉，休恁嗔，須念取笑求相應。自古

道敬人者人恆敬。

（旦走，付攔佳介）（旦）讓我去。（付）佳拉里，再說說閒話勒去。（旦）阿呀天吓！

【前腔】恨時乖遇了猩猩，具人形不離獸性。（付）難道有學生是介個標緻野人厾？（旦）你休強橫，忒恁的行奸言佞。（付）要白相相厾。（旦）李克成！（付）哪哼？（旦）你這等無禮麼！吾心正，豈肯勉強逢迎。（付）堂客家嘴裡，弗乾弗淨個只管罵人。你從便罷，你若弗從，我就擺佈吪厾個家。（旦）呀啐！李克成吓，憑你擺佈將來，（連唱，付說曲內）啐，啐，說差哉那，打嘴，打嘴！（旦）須知道死生禍福皆前定。

（付）搭吪取笑，弗要認真。（旦）走開，放我去！（付）弗要介，佳拉里白相相勒去。（付攔佳介）（旦）歷志貞堅磨不磷。（付）佳拉里。（旦）閃開！持身潔白湦難淄。放我去，放我去！（旦拿水桶潑水付腳上）呀啐！（付）阿呀，阿呀！（旦轉身，兜頭淋付介）（旦下）

（付）阿呀呀，弗好哉弗好哉！捉捉、捉捉……哩轉來，阿呀弗好哉！

【泣顏回】叿耐這卿卿，弗好哉，褲子裡纏是水拉裡哉。恁裝喬忒煞無情。我一場高興，多做了點水成冰。空勞志誠，論偷香竊玉皆由命。吓，吪個臭花娘！咳咳咳！老李，老李，吪也忒弗在行，自古道：「偷香竊玉要耐心而行」。今日不從，自有明日；明日不從，自有後日。且圖他意轉心回，定能奏鳳瑟鸞笙。

只為這張嘴，見了娘的鬼，調情調不來，潑了一身水。且住，方纔冠而冕之介出來個，那間弄得落湯雞能介拉裡哉，倘然別人問

起沒哪說？吓，有里哉！只說擺渡了跌拉河里子是哉。走開點阿，水人來哉，水人來哉。（下）

按　語

〔一〕本齣出自沈鯨撰《雙珠記》第十一齣〈遇淫持正〉。

〔二〕選刊此齣的坊刻散齣選本還有：《醉怡情》、《來鳳館合選古今傳奇》、《方來館合選古今傳奇萬錦清音》、聞正堂刊《綴白裘全集》。

雙珠記‧訴情

旦：郭氏，王楫之妻。
生：王楫，士兵。

（旦上）

【引】眉頻皺，眉頻皺，自傷命薄吾誰咎。

　　奴家與丈夫從軍到此，偶遇李克成照顧，只道他是好意，誰知這廝人面獸心，潛蓄哄誘奴家之念。前日丈夫往掾房寫冊，這廝窺見奴家在井邊汲水，走來調戲，被我辱罵一場，他全不知恥。天吓！只為時運坎坷，被他籠絡。若我丈夫自能成立，豈有此事。且待丈夫回來再作計較。

　　（生上）

【引】轅門供役經旬久。娘子開門。（旦）吓，來了。（開介）（生）回來風景還如舊。（旦）還如舊？可憎前日秋胡窺牖。

　　（生）秋胡是春秋時人，娘子為何說他？（旦）官人，你乃堂堂六尺之軀，不能庇一妻子，而使見辱于羣小，凡有知覺者莫不寒心。官人，你何貪昧隱忍，株守於此？（生）娘子，我和你時值流離，身當狼狽，多蒙李營長看顧，方得安飽。（旦）嗳！還要提起那狗男女！（生）娘子差矣，我們受他恩惠，並無寸報，為何反罵起他來？（旦哭介）（生）吓，有話竟說，何必啼哭。娘子，娘子。好奇怪，我叫之不應，問之不答，卻是為何？且住，你方纔說

什麼秋胡窺牖，是何緣故？（且）吓，官人，你要問秋胡麼？那李克成就是。（生）吓？他有什麼歹處？你可說與我知道。（且）官人，自從你那日寫冊去後呵，

【香遍滿】因供炊爨，晚汲至井甌，那李克成呵，驀與相邂逅。（生）他見了他便怎麼？（且）他錯認作桑間，輒爾來調誘。（生）那廝竟來調戲你！吓，李克成吓李克成，你認差了人了！（且）他逞狐形狗態，忿激誠可羞。（生）那時你怎生打發了他？（且）那時被我辱罵了他一場。（生）罵得好，罵得好！（且）恨藏奸賣俏，真個是人中獸。

　　（生）

【前腔】我聞伊言訴，不覺睜兩眸，橫逆難順受。怒氣塞胸襟，激烈沖牛斗。嗻！李克成，你這狗男女，恁凌孤侮弱，旦夕為我仇。（且）吓，官人哪裡去？（生）我有龍泉在此。（且）有劍便怎麼？（生）我就去殺那狗男女！（且）阿呀官人，你是讀書之人，豈不知王法？殺了人是要償命的，不可造次。（生）阿呀妻吓！我拚死罪和他甘交手。

　　（且）官人，君子之待小人，不惡而嚴。李克成這廝昧心不良，只算是個畜類，我們不幸與他相交，作速移居，與他斷絕往來便了。（生）只是欠他些東西。（且）這也不妨，先與他結欠多少，待支月糧一併還他就是了。君子見機而作，但遠避了他便是，與他做什麼仇敵。（生）我曉得了。取晚膳來與我吃。（且）你要吃晚膳，待我進去取來，你不要動吓。（生）我不動，你去取來。（且）斂蹤自合供炊爨。官人，不可出去吓。你忍性方能免是非。（生）呢！什麼是非，什麼是非？還不進去！（且）咳，早知如此，不對他說也罷了。（下）

（生）噯，正是：怒從心上起，惡向膽邊生。李克成這廝待我以不仁，我當報之以不義！他知我回來，必來看我，只是，家中窄狹，不好行事……且到外邊去，尋著了他再作區處。（下）

按　語

〔一〕本段出自沈鯨撰《雙珠記》第十三齣〈劍擊淫邪〉前半，但少了兩支【羅帳裡坐】。

〔二〕選刊此齣的坊刻散齣選本還有：《萬錦清音》、《醉怡情》、《方來館合選古今傳奇萬錦清音》、閩正堂《綴白裘全集》。〈訴情〉、〈殺克〉原作乃同一齣，舞台上連演，除閩正堂《綴白裘全集》下落不明無法查核外，前述選本皆同原作，一氣呵成，並未剖分為二段。

雙珠記·殺克

付：李克成，營長，王楫的上司。
生：王楫，士兵。

（付醉態上）斷送一生惟有，破除萬事無過。遠山眉黛蘸清波，不飲傍人笑我。（生暗上）是這個狗男女吓。（打介）（付）呵呀弗好哉！背娘舅個來哉。僭人拉丟打我？（生）李克成，你這狗男女，幹得好事吓。（付看介）阿呀，唔是王楫吓？（生）呃，我是王楫！你在井邊幹得好事吓。（付）反哉反哉！唔是小軍，我是營長，哪說擅敢打起我來！（生）呀呸！我是小軍……（打付跌介）

【排歌】我本儒流，在軍中逗遛，無端誤締交遊。笑刀蜜口豈朋儔？作輕猖狂實楚囚。施奸計，辱好述，滑稽飾偽類俳優。文身虜，沐冠猴，哪知罪惡重山丘。

【前腔】（付）藐爾窮酸，飄零可愁，蚩蚩一似蜉蝣。你受人恩惠不思酬。（生）住了！我受了你的恩惠，自當圖報。你竟把人的妻子來……（打介）（傷指介）阿呀，阿呀！（付）**你轉眼無情作寇仇，欺王法，敢自由。**（生）若沒有王法，我就殺你這狗男女。（拔劍殺付，付繞場走，跪介）阿呀，王官人！王叔叔！王伯伯！王皇帝！個個東道是做弗起個嚄！（生）我且饒你這狗男女。（付起）讓我且奔子活路浪來介。阿呀，赫得我一滴酒也無得哉。王楫，你凌尊犯上動吳鉤。我今朝饒子唔，

明朝是，當官告，難挽留。（生）哪個來挽留你？（付）王楫
嚇王楫，定梟伊首令竿頭。

　　（生）我倒饒了你，你倒要砍我的頭？我就……（殺付，付奔
跌，生亦跌）（付下）

　　（生）咻，李克成！若不是這一跌，我定要取了他這首級。
嚇，且住，他方纔說要告我……噯，憑他去告，我是信步行將去，
喲唪，禍福總由天。（下）

按　語 _____ ✏

〔一〕本段出自沈鯨撰《雙珠記》第十三齣〈劍擊淫邪〉後半齣。

雙珠記‧賣子

外：王章，客商。

丑：王安，王章的僕人。

旦：郭氏，王楫之妻，王九齡之母。

（外上，丑背箱隨上）

【引】岐路崢嶸，長亭蒼莽，天涯歲月遨遊。

　　北去關河遠，南來歲月長。所經多驛館，浪跡重淒涼。老夫姓王，名章，字子尋，陝西人氏。因往江西等處做些買賣，淹留二年，今喜趁些利息，收拾回家，在此荊河道經過。王安。（丑）老爹。（外）前面公廨是什麼所在？（丑）老爹，是郾陽驛了。（外）行了半日，甚覺飢渴，且買些酒飯吃了再行罷。（丑）驛西里有個酒舖，甚是潔淨。（外）吓，有個好酒舖麼？既如此，就去。正是：暫離走轂奔蹄處，便到當壚滌器家。（外、丑同下）

　　（旦內）賣小廝！（抱子上）

【月雲高】風塵奔走，淒淒好似喪家狗。誓死明初志，抱子先求售。兒吓，你今日在娘懷，不知明朝在誰手。此際情無限，天地同高厚。說到傷心淚自流，沉痛黃泉死未休。

　　（外、丑同上）身離竹鎖橋邊地，眼望雲橫嶺外天。王安。（丑）老爹。（外）你看：那婦人抱著個孩子啼哭，不知為何，你去問來。（丑）是。（問旦介）吓，娘子，我家老爹問娘子，為何

抱著個孩子在此啼哭？（旦）客官，奴家丈夫有事在獄，欲賣這個小廝來用，一路來並沒個受主，故爾啼哭。（丑）吓，是這個緣故。老爹，那娘子的丈夫為事在獄，要賣此孩子來用，一路來沒個受主，故爾啼哭。（外）吓，原來如此。咳，可憐！你去說我要見。（丑）吓，娘子，我家老爹要見。（旦）請過來。（外）娘子拜揖。（旦）客官萬福。（外）娘子少禮。我看娘子北方聲音，為何到此？（旦）奴家涿州郭氏，丈夫王楫，為補軍伍到此。（外）既在此當軍，為何犯罪在獄？（旦）承蒙問及，容奴告稟。（外）願聞。

　　　（旦）

【宜春令】吾夫主，合絞囚，（外）為何犯此重罪？（旦）為奸豪攢成寇仇。青蠅未聚，毫端無計祈天佑。（外）你丈夫果有不測，正該撫孤惜寡，為何反把孩兒棄了？（旦）我丈夫死期將近，奴家義不獨生。因此拚捨這弱息螟蛉，要表我終身箕箒。（外）咳，可憐！難得！吓，令郎既要與人，不知肯托老夫否？（旦）吓，就是客官（嚏介）要？（哭介）若得攜歸鞠育，感恩不休。

　　　（外）

【前腔】我聽伊語，見慮周，使人聞心傷眉皺。老夫呵，暮齡無嗣，希圖令子承吾後。（旦）如此甚好。（外）既蒙見允，乞借令郎一觀。王安，抱過來。（丑）娘子抱來。（旦）吓，抱好了。（丑）老爹，好一個娃娃！（外）好，真乃英物也！想原是天上麒麟，今做了璞中瓊琇。送還了。（丑）吓。（外）吓，娘子，你家姓王，老夫也姓王，若論祖先，未必不是同宗。請問令郎何名？（旦）小字九齡，乞求更改。（外）吓，九齡

好，我也不改了。管取氣聲相應，箕裘胃茂。

（旦）請問客官，貴鄉何處？（外）老夫姓王，名章，陝西人氏。在此貿易二載，如今收拾旋里，但囊無餘鈔，聊奉白金三兩，少充茶禮，待令郎成立，自有厚報。（丑送銀，旦接悲介）此禮本不該受，奈我愚夫婦生死之際，不敢虛辭了。（外）吓，娘子，有話可囑咐幾句，老夫好趕路。（旦哭介）阿呀兒吓，你此一去，不知可有相見之日了。我婆婆臨行付我明珠一顆，以圖後會，目下我夫妻俱死，此珠終至失所，不若繫在孩兒頸上，倘日後長大成人，未免見鞍思馬，覩物傷情。或者婆婆天年未終，猶得還[1]珠合浦，亦未可知。阿呀兒吓！你兩眼睜著看做娘的，莫非你捨我不得麼？我那親兒吓！（哭介）

【前腔】兒聰慧，睜兩眸，似叫娘斯須挽留。明珠懸項，窮源推本應根究。[2]你長大成人呵，圖功業志氣從新，思骨肉宗支尋舊。（外）娘子請自放心，不必叮嚀，我們要趕路的吓。（丑）吓，娘子，天色將晚，快些吩咐幾聲罷。（旦）雖則叮嚀無數，兒能知否？

【哭相思】哀哉母子泣西東，（丑奪介）（旦哭介）淚眼徬徨似夢中。（丑搶介）去罷，去罷。（外）王安，領好了！（丑奪下）（旦跌昏介）（丑復上，叫介）吓，娘子醒來！（內）王安。（丑）吓，來了。（抱子下）（旦醒介）阿呀親兒吓，今朝母子分離去，除非來世再相逢。

1　底本作「明」，據明汲古閣《繡刻演劇》本《雙珠記》（《古本戲曲叢刊》初集景印）改。

2　底本作「窮源胎本因根究」，據明汲古閣《繡刻演劇》本《雙珠記》改。

（下）（復哭上）阿呀親兒吓！九齡的孩兒吓！（大哭下）

按　語

〔一〕本齣出自沈鯨撰《雙珠記》第十九齣〈賣兒繫珠〉，刪去第一支【月雲高】與第四支【宜春令】，避免冗長。

〔二〕選抄此齣的散齣鈔本有中國國家圖書館藏朱執堂抄《時劇集錦》。

雙珠記·捨身

小生：北極玄天上帝。

旦：郭氏，王楫之妻，王九齡之母。

（淨扮王靈官，付扮朱天君，生、外、老、末扮四天將，眾扮風伯、雨師、雷公、電母，貼捧劍，丑執旗，引小生上）

【引】北極玄機週遍，功多金闕調元。齊光日月神通顯，萬靈普濟無邊。

善哉，善哉！天地大功，鬼神陰鑒，福善禍淫，昭昭如電。吾乃玉虛師相北極玄天上帝是也。北辰合德，聖日同仁。贊化玉清，道生天而至妙；調元金闕，功裨帝以難明。契真宰于東皇，對長生之南極。乾坤秘授，永覆載於萬靈；日月齊光，常照臨於六合。眾神將。（眾）有。（小生）聽吾法旨。（眾）吓。（小生）今有涿州郭氏，因夫受害，含冤求死。照得此婦陽壽未終，日後有夫榮子貴之日。況他婆婆盛氏飄流淮慶地方，離此千里，汝等當皆保護，移送至彼，使他婆媳相逢，同往京都，毋得枉害生靈者。（眾）領法旨。（眾上高檯，內作鐘聲響介）

（旦上）好苦吓！

【引】事勢顛連，誰識我中腸哀怨？

奴家前日棄了孩兒，昨日到監，親自別了丈夫，心事已完；只要求個捨身之所，以明我從一而終之意。迤邐行來，此間已是太和山。山上有一真武廟，素聞其神感應非常，不免上山禱告一番。

（走介）阿呀苦吓！（哭介）上得山來。（看介）「真武廟」。
吓，這就是真武廟了，我且進去。呀，你看：廟貌巍峨。（內撞鐘
介）阿呀，神威顯赫。瞻仰之間，不覺身世兩忘，神形俱化。奴家
生雖不遇其時，死則實得其地矣。阿呀神聖吓，奴家涿州郭氏，丈
夫王楫，為抵補軍伍到此。有營長李克成調戲，奴家不從，丈夫與
他鬥毆一場，被他誣告步軍謀殺本營長官，將我丈夫問成絞罪在
獄，秋後就要處決了！（拍案介）望神聖明彰報應，阿呀，速速報
應嚄！

　　（哭，跪介）

【香羅帶】神靈在旻天，陰垂鑒憐，良人受冤將喪元，自
知罪重怎求全也。神聖吓，我丈夫死期將至，奴家義不獨生。
我丈夫未死之前，先來求個自盡嚄。初志定，此身捐，阿呀神
聖吓！（拍案介）伏望明彰報應嚴雷電。呀啐！只管在此禱
告，竟忘了捨身之事，不免拜謝神聖。吓，阿呀神聖吓，那李克
成、張有德，望神聖明彰報應，阿呀，速速報應嚄。（哭介）要報
應的嚄。（走介）阿呀，好苦呀！（看介）淵泉吓，這就是淵泉
了，待我走上去看來……（走介）阿呀，婆婆吓，小姑吓，丈夫
吓，九齡的親兒吓！（立椅上介）呀，你看，上空下洞深昧不測，
這正是我葬身之所了。（欲跳又止介）阿呀，且住，婆婆年老無人
看待，小姑未知下落，丈夫在監未知生死，我那九齡的親兒未知安
否。（哭介）呀啐，我總上心來，也顧不得這許多了。我要、要
求骨肉相逢也，更覓輪迴再世緣。

　　（跳介）（眾轉，王靈官扶旦跪介）（小生）郭氏，聽吾吩
咐：你陽壽未終，不可輕生。欲全夫命，急往京都尋問袁天罡，自
有好處。吾已施神力送你在千里之外，自有親人相見。數年之後，

夫榮子貴，骨肉團圓。眾神將。（眾）有。（小生）聽吾法旨。
（眾）吓。（小生）今有鄖陽縣頑民李克成、張有德同惡相濟，誣
害良民，惡貫滿盈，刑條罔赦。著火部先焚其家，雷部速殛其命，
以彰善惡之報。（眾）領法旨。（小生）正是：從空伸出拿雲手，
提起天羅地網人。（淨扶旦，眾同小生下）

按　語

〔一〕本齣出自沈鯨撰《雙珠記》第二十一齣〈真武靈驗〉，濃縮
兩支【香羅帶】為一支並刪掉兩支【好姐姐】，避免拖沓。有時標
目〈投崖〉、〈投淵〉。

〔二〕選刊此齣的坊刻散齣選本還有《怡春錦》。選抄此齣的散齣
鈔本有中國國家圖書館藏佚名抄《戲曲選抄》、朱執堂抄《時劇集
錦》。

雙珠記・天打

淨：李克成，營長。
付：張有德，訟師。

（雜扮火神、火將、雷公、電母等上。繞場轉，下）

（淨上）姻緣姻緣，事非偶然，謀事在人，成事在天。我乃李克成便是，王楫被我誣告在官，問成絞罪，秋後處決。只是我做親要緊，落哩等得及。吓，且去尋老張得來商量商量介。格里是哉，老張阿拉屋裡嗒？（付上）來哉。是囉個？閉門家裡坐，何人剝喙敲？是儕人嗒？（淨）是我。（付）阿呀，是李爺。李爺，連日，連日。（淨）外日多謝，重勞重勞。（付）好說。喂，看吥滿面個喜色兕。（淨）儕個喜色！吥阿曉得王楫死快哉？吥該搭王娘子做親哉。（淨）便是！我忒個等弗得秋後了，特來尋吥商量。（付）弗要商量得個；吥拿介十兩銀子得來。（淨）哪幾句說話就要我十兩銀子？（付）啐出來！弗是我要吥個耶。（淨）革勒囉個要介？（付）拿介十兩銀子，送不拉禁子葉清子，叫哩今夜頭動介一張病呈，明朝就弄殂子哩，後日就做親哉啥。（淨）妙呵！介沒銀子有拉裡，就同吥到縣前尋葉清去。（付）吃了茶勒去？（淨）弗要哉，就去罷。（付）請吓。

【水紅花】謀成日裡捉金烏，管叫他，船到江心絕渡。有鈔的便把竹竿扶，笑呵呵，不休不做。只在三朝五日，做一個悶葫蘆。咱兩個是閻王也囉！

　　（場上發火介）（付）嗄，李爺，囉哩火著哉！（淨）正是。嗄，個搭也亂著哉！我裡橋上去看。（同下）

　　（雜扮雷公，貼扮電母，上場轉介，暫下）

　　（淨、付頭上帶小旗上）（付）李爺，吼亂著哉！（淨）吼亂也亂著哉！（淨、付）阿呀雷響哉！（淨）弗好哉，陣頭來哉！（奔轉，跪介）

　　（雷公、電母打殺下）（雜扮二小鬼，牽付、淨下）

按　語

〔一〕本齣是梨園表演藝術家編創。錢德蒼編《綴白裘》中有十餘齣崑腔選齣是梨園表演藝術家編創的，它們與原作的關係，可分為擴充、補述、稼接三種類型。本齣是補述類，這類選齣根據劇作內隱或外顯的線索編創而成，若與同劇其他選齣串演，情節線更加完整。本齣的前情是，主角王楫被好色謀命的李克成誣判絞刑，王妻郭氏賣子後投淵，一家悲慘至極。因為〈捨身〉齣末北極玄天上帝諭／預示李克成下場，所以編創這齣，具體演出惡有惡報的結局。

金貂記・北詐瘋

外：徐勣，唐太宗時軍師。
老旦：尉遲敬德之妻。
淨：尉遲敬德，開唐將軍。

　　（外引四小軍上）一片丹心扶社稷，兩條眉鎖廟堂憂。老夫徐
勣，奉旨召取尉遲老將軍勦鐵勒金牙，不免前去走遭。軍士們。
（眾）有。（外）你們在村口伺候，喚你們纔來。（眾）曉得。
（外）正是：國家有難思良將，人到中年想子孫。（齊下）
　　（老旦上）天有不測風雲，人有旦夕禍福。我家老相公在功臣
宴上打傷了李道宗門牙二齒，貶在職田莊上。前日在村口赴牛王社
會回來，染成一病，至今不好。今日無風，不免請他出來坐坐。
吓，老相公，外面無風，請出來坐坐。（淨擺上）阿呀，媽媽。
（老旦）看仔細！（淨）吓，媽媽，你看外邊可有人？（老旦）是
吓，老相公，外邊沒有人。（淨）把門閉上了。（老旦）曉得。
吓，老相公，門兒已閉上了。（淨）吓，媽媽，你道我這病是真是
假？（老旦）病哪裡假得，自然是真的。（淨立起笑介）嗨，哪裡
是真。（老旦喜介）阿呀呀，謝天地吓！
　　（淨）我前日在村口赴牛王社會，只見伴哥兒來遲，我就問他
為何來遲。他說：「往城中沽酒，所以來遲。」我問他在城中可有
什麼新聞。（老旦）可有新聞呢？（淨）他說：「有新聞吓，有新
聞。目今反了高麗國，差鐵勒金牙提兵在鴨綠江邊白岸坡前索戰，

要尉遲出馬，是為上邦。」（老旦）如無呢？（淨）「如無，是為下邦。」那時，某家一聞此言，就「阿呀」一跤，跌倒在地。眾人扶我起來，我就裝成這麼一個左癱右瘓的疾病。哈哈哈……（老旦）原來如此！老相公，可把降唐一事說與老身知道。（淨）吓，媽媽，我一自降唐出介休，苦爭鏖戰數經秋。兩條眉鎖江山恨，一點心懷社稷憂。臂弱尚嫌弓力軟，眼昏尤失陣雲愁。水磨鋼鞭騎一馬，扶立唐家數百秋。（老旦）老相公，好大功勞也！

（淨）吓，媽媽：

【鬥鵪鶉】俺也曾展土開疆，相持也那對壘。不能個富貴榮華，剗地裡倒教我拋官和那削職。他欺負俺大老子元勳，俺不合打了那無端的逆賊。今日個貶了尉遲，閑了敬德，救了我的殘生。（老旦）那時，虧了哪個？（淨）多虧了軍師徐勣。

【紫花兒序】若不是老相國傾心兒待，卻便是韓元帥仗劍而亡，子房公拂袖而歸。（老旦）老相公，你每日作何消遣？（淨）媽媽，我每日價伴漁樵閒話，豁達似文武班齊，落魄[1]忘飢，誰待要為官又惹著是非？向那急流中勇退。如今鐵勒金牙提兵前來呵，我看他怎生價相持。

（外上）千軍容易得，一將最難求。此間已是。開門，開門。（老旦）老相公，有人在外叩門。（淨）來，你去問明白了，方可開門。（老旦）曉得。是哪個？（外）老夫徐勣在此。（老旦）少待吓。老相公，不好了，徐軍師在外！（淨）阿呀，媽媽，他是個足智多謀的人，我與他講話的時節，倘或動手動腳起來，被他看

1　底本作「迫」，參酌文意改。

破，這便怎麼處？（老旦）便是。（淨）吓，媽媽，我與你個暗號。（老旦）什麼暗號？（淨）你在我傍邊，倘然我動手動腳，你就說：「老相公看拐兒」，我就理會得了。（老旦）吓，老相公，私場演，官場用，我們大家來演一演看。（淨）有理！阿喲喲。（老旦）噲，老相公看拐兒。（淨喜介）著阿！你去請他進來。（虛下）（老旦開門介）是哪個？（外）老夫徐勣在此。（老旦）原來是軍師。（外）老夫人拜揖。老將軍在哪裡？（老旦）在中堂坐著。（外）說老夫要見。（老旦）老相公，徐軍師在此。（淨抖上）阿呀呀，在哪裡吓？（老旦）在那邊。（外）在這裡。（淨）**不知今日甚風吹？**（外）老將軍請上，老夫有一拜。（淨）老夫也有一拜。（作拜，跌介，外扶起，淨立介）阿呀，阿呀。**我強不得禮，權休罪。**（外）老將軍別後沒有此病的吓。（淨呆介）（老旦）軍師，天有不測風雲，人有旦夕禍福。（淨）著！**我一自離朝者，兀的到今日，誰想我臨老又帶著些殘疾。**軍師，那唐家一十八路總管都好麼？（外）不要說起。自從老將軍別後，貶的貶、閑的閑，已多是消磨了。（淨）咳，**消磨了往日價英雄輩，可憐他閑身就國。俺一班兒的白髮，只落得故人稀。**

　　（外）老將軍，有聖旨在此，請跪了。好開讀。（淨）阿呀，我是殘疾之人，哪裡跪得下？（外）既如此，老夫人代跪了罷。（老旦）是。（淨）媽媽來，我叫你謝恩就謝恩，我不叫你謝恩不要謝吓。（老旦跪介）（外）聖旨已到，跪聽宣讀。詔曰：「今有高麗國差大將鐵勒金牙提兵前來，在鴨綠江邊白岸坡前搦戰。特敕老將軍征討，得勝還朝，仍封鄂國公，加俸五千石。謝恩。」（淨）不要謝恩吓，不要謝！（外）不謝恩是違抗聖旨了。

（淨）軍師：

【金蕉葉】俺便有幾顆頭敢違宣抗敕？我一句話從頭至尾。你叫我胡老子去安邦定國，唐家還有人哩。（外）沒有了。（淨）怎麼說沒有？（老旦）老相公看拐兒。（淨）咳，怎不叫那李道宗去相持對壘？

你就叫八個小軍抬我到戰場上去，他那裡問何人出馬，難道說我尉遲恭在此？（外）自然。（淨）咳！

【調笑令】他、他見了我這般樣式，臨老也又帶著殘疾。（外）闃外將軍，有八面威風。（淨）軍師說什麼闃外將軍有八面威風！但開言則說你是唐家苗裔，怎不去金牙國倚權挾勢？若不是軍師保救赦了罪，險些兒死無葬身之地。

（外）還要老將軍扶持社稷。

（淨）

【禿廝兒】我難扶持那江山社稷，難輪起鞭鐧摁搥。可便是強扶尉遲到軍陣裡，高麗家來相持可著誰敵？（老旦）老相公看拐兒。（淨）軍師怎便莫猜疑，我其實去不得。你到朝中奏與那聖明知，到朝中奏與聖明知，說尉遲年紀又近了七十，又染了病疾，提不起那排軍佈陣似痴呆。休休休、再休提老將會兵機。

阿呀呀，去不得！（外）看仔細！老夫告辭了。（老旦）有慢。（外下）

（老旦）老相公，徐軍師去了。（淨）去了麼？媽媽，那真病好害，這假病難裝；若是再擺一回，我的腰多擺散了。（老旦）裝得像。進去歇息歇息罷。（淨、老旦下）

（外又上）莫信直中術，須防人不仁。老夫方纔見尉遲老將軍

跌倒在地，我去扶他，兩臂猶如鐵柱一般，不像個有病的；況且老夫人在傍，只管說「看拐兒，看拐兒」。吓，我有道理，軍士們哪裡？

（眾上）來了。聽得師爺叫，慌忙走來到。師爺有何吩咐？（外）你們到前邊高大房子內去說：「我每是下高麗國去的軍士，見你們房子高大，要借來屯屯軍，養養馬。男人鍘馬草，女人補膀襖；從便從……」（眾）不從呢？（外）不從就囉唪。（眾）闖出禍來？（外）不妨，有我在此。（下）

（眾）有師爺在此，我們不怕，竟去闖禍。行行去去，去去行行，這裡是了。開門，開門！（眾敲門介）（老旦上）是哪個？（眾人一句接白）我們是下高麗國去的軍士，因見你們房子高大，要借來屯屯軍，養養馬。男人鍘馬草，女人補膀襖；從便從……（老旦）不從呢？（眾）若不從，就要囉唪了！（老旦）少待。老相公。

（淨上）是哪個？（老旦）是下高麗去的軍士，見我們房子高大，要借來屯屯軍，養養馬。男人鍘馬草，女人補膀襖；從便從……（淨）不從呢？（老旦）不從便要囉唪。（淨）你且迴避，待我出去看來。（老旦）老相公看拐兒。（淨）我理會得。（出見眾介）列位是哪裡來的？（眾）我們是下高麗去的軍士，見你們房子高大，要借來屯屯軍，養養馬。男人鍘馬草，女人補膀襖。從便從；不從，我們就要囉唪了！（淨）列位且聽，我家的房子小。（眾）大！（淨）屯不得軍。（眾）屯得軍！（淨）養不得馬。（眾）養得馬！（淨）我這老頭子年紀老了，鍘不動馬草；我那老婆子眼目昏花，補不得膀襖。（眾）還補得！（淨）還是別家好。（眾）還是你家好！（淨）別家好！（眾）你家好！（眾亂，淨打

介）也嗲！

【絡絲娘】這厮呵，惡狠狠叫起，雄糾糾的欺，誰毀罵俺唐家宰職？我一隻手揪住了他的頭髻，縱虎勢輕舒猿臂，嘩吱吱的打死那厮，粉合兒胡蘇碎。（打倒一卒踏住介，外上，接住拳介）老將軍，不要動手。（淨）是誰？（回看，見外失色介）（老旦急上）老相公看拐兒！（淨）咻！來遲了，只被恁破了俺的謊。軍師，徐勣船到江心補漏遲，他不解你的其中意。（外）老將軍老了。（淨）軍師，老則老不老了咱年紀，老則老不老了俺胸中武藝。那厮如何價費力，管教他受繩縛拱手來降大唐國。

（外）老將軍，方纔的病裝得像吓。（淨）哈哈哈，軍師，你也使得好計吓也。哈哈哈……（同笑下）

按　語

〔一〕本齣主體情節、曲文與明富春堂刊《金貂記》附三摺高度接近。

〔二〕選刊此齣的坊刻散齣選本還有：《詞林一枝》、《萬壑清音》、《歌林拾翠》。選抄此齣的散齣鈔本有中國國家圖書館藏朱執堂抄《時劇集錦》。

鐵冠圖‧守門

老旦：王承恩，司禮太監。
小生：李國禎，駙馬。

（老旦上）

【一枝花】傷哉那一天怨霧凝，萬里愁雲蔽。昏黯黯紅日慘無光，冷颼颼陰風似箭吹。俺，王承恩，奉旨提督禁城內外軍務。聞得賊兵已至城下，圍得水洩不通，攻打甚緊，眼見得邦家不能保守也！好教俺無計施為，縱有那殘兵敗卒成何濟。前日聖上飛檄，召取左良玉、黃得功、劉澤清、唐通等各路總兵，提兵入衛，怎生還不見到來呢？盼不到勤王勁旅兼程至。可憐那雲霄麟鳳，頓做了困釜窮魚。

（小生上）揭天烽火乾坤暗，捲地兵戈社稷殘。（老旦）駙馬爺何來？（小生）王司禮，不好了！賊兵勢如潮湧，平則門、彰義門將破矣！（老旦）駙馬爺怎不在城上與軍兵守禦？（小生）怎奈軍士腹中飢餒，不肯用命，倒臥于地。鞭起一人，一人復臥，教我也無可奈何。（老旦）如今往哪裡去？（小生）進宮中奏知聖上。（老旦）駙馬爺，不可進去！（小生）此何時也？君臣相見，不可多得矣。（老旦）駙馬爺吓，非是俺阻你，可憐聖上呵，

【梁州第七】他鎮日介愁戚戚不思飲食，終夜裡戰兢兢又何曾安寐？他他、他焦慮得形消骨瘦容憔悴。你若進去啟奏了這些言語，可不駭、駭得他心驚膽顫；駭得他魄散魂飛；

駭得他柔腸寸斷；駭得他蹙了雙眉。（小生）禍在燃眉，也不得不奏了，待吾進宮去。（老旦）阿呀駙馬爺吓，你今進宮去，千萬宛轉商量，保駕出奔，不可驚壞了聖上吓。（小生）我曉得。（小生下）（老旦）阿呀！事已急了，待我咬破指尖，代聖上寫成血詔，悄悄差人透出重圍，催取各路總兵星夜勤王便了。俺俺、俺噠指血草成了飛檄，滴淚珠溅污了征書。望望、望英雄秉忠仗義；望恁個興義師星夜馳驅；望你個拯國難掃蕩妖魁[1]。

　　檄文已寫就，不免差一個精細小校前去便了。（下）

按　語

〔一〕本段情節、曲文接近遺民外史撰《虎口餘生》第二十九齣〈守門〉前半齣。

---

[1]　底本作「螭」，據清鈔本《虎口餘生》（《古本戲曲叢刊》五集景印）改。

鐵冠圖·殺監

淨：杜勳，監軍團營使。
老旦：王承恩，司禮太監。
貼：**費貞娥**，宮女。
付：王德化，太監。

　　（淨上）屈膝只圖新富貴，翻容不念舊恩波。咱家監軍團營使杜勳是也。前奉命宣府監軍，因闖王兵馬軍威強盛，我便見機而行，緋衣入趨，郊迎三十里，降順了他，蒙他十分優待。如今圍困京城，我想聖上如籠中之鳥，釜內之魚，我特來下篇說詞，叫他早早出城降順了，免遭誅戮，料他必然應允。可不我是得了一場大功，又兩下做了人情？來此已是內殿了，不免到宮門上去。

　　（老旦上）千層青瑣闥，百尺碧雲樓。（淨）王哥。（老旦）吓！你是杜勳？（淨）正是。（老旦）吓，前日有報來，說你在宣府被亂軍殺死，聖上為你建祠祭享，又藉蔭指揮僉事，原來你還在麼？（淨）不瞞王哥說，前被闖王擒去，拘禁營中，活又活不能，死又死不得，無可奈何，只得投順他。闖王就命我為司禮監之職。（老旦）恭喜你。（淨）哪！緋衣掛體。

　　（老旦）好！

【前腔下段】這般樣緋衣掛體，玉帶腰圍，笑吟吟低頭屈膝，又承奉新帝主。（淨）為人也要見機而行。（老旦）好！難得你善趨炎能見機，全不念舊君王恩和義，只怕你逃不

過萬人笑恥。

　　（淨）笑罵由他笑罵，好官我自為之。那闖王英雄蓋世，度量如天，順之者富貴無窮，逆之者誅夷立見；小弟在他面前稱揚王哥許多好處，你的富貴就在目前哩。（老旦）休說！你今日又來何幹？（淨）我久知國內空虛，無人守禦，城池破在旦夕；破城之日，聖上併后妃、太子性命皆不能保。故此咱家哀求闖王，且緩一時攻打。（老旦）倒難為你了。（淨）特特進城來面見聖上。（老旦）見聖上怎麼樣？（淨）請聖上早早遜位，以就藩封，永保富貴。（老旦）怎麼叫遜位？（淨）遜位從古有之。（老旦）哪幾朝？（淨）堯遜舜，舜遜禹，上古成例。（老旦）你講差了！堯之子丹朱不肖，諸侯不朝堯之子而朝舜，乃承大統；舜之子商均亦不肖，諸侯翊輔大禹登極，此謂正統，非遜也！今上帝德如天，春秋正富，太子素稱賢孝。（淨）漢禪魏，魏禪晉，總是禮。（老旦）也差了！凡有天下者，父傳子，子傳孫，此為禪位；魏晉之君皆是篡奪，怎稱得禪位？

【牧羊關】承帝統，自[1]有嫡枝宗親苗裔，怎教他把錦乾坤沒來由讓了其誰。（淨）依你這般說起來，那成湯放桀、武王伐紂，這都是篡奪了？（老旦）一發胡說了！桀紂乃無道之君，湯武故爾放之。我皇上英明神武，仁慈恭儉，四海共知，怎將這兩代之君比他起來！（淨）從來有道伐無道，無德讓有德，自古有之。（老旦）哇！誰是無道？（打淨）（淨）吓，怎麼就打起來？（老旦）你這忘恩負義的奸賊，喪心無恥的小人！一剗的妄言無忌，悖逆胡為。恁輒敢謗明君毀聖德，嘴喳喳沒人倫別是

1　底本作「是」，據清・同德堂巾箱本《虎口餘生》改。

非。（淨）王承恩，你的死在頭上，還敢這等哩！（老旦）**先斬
恁這喪心狗彘，聊將君恨舒。**（殺淨下）

（三旦、丑扮宮女上）驚魂無倚托，弱質有誰憐？聞得京城已
破，看看殺進宮來了。皇后娘娘、貴妃、貴人皆已自盡，公[2]主被
聖上一劍砍死。列位姐姐，倘流賊進宮，必遭其辱，有志者同我們
去投御河而死罷。（眾）有理！費家姐姐，快走。（貼）你們自
去，奴是不去。（眾）為何不去？（貼）這般死法，不明不白，無
濟于事，我不去。（丑）我曉得，你要做流賊的妃子、皇后了。
（貼）人各有志，不可相強。各人自掃門前雪，莫管他家瓦上霜。
（下）（眾）看他竟自去了。（丑）這樣沒志氣的東西，睬他怎
麼？我們自去。

（老旦上）吓，你們這些眾宮人，慌慌張張往何處去？（眾）
王公公不好了！方纔報來說，有人開了彰義門，放賊兵進城，看看
殺進宮來了。聖上十分驚駭，皇后娘娘、貴妃、貴人都已自盡，聖
上又將公主一劍砍死了！（老旦）有這筆事！你們往哪裡去？
（眾）我們恐賊人進宮遭辱，同到御河尋個自盡。（老旦）好！有
志氣，快走快走！（眾）姐姐，我們快去吓。（下）

（老旦）阿呀，不想宮中有此大變。阿呀娘娘吓！

【四塊玉】他他他、贊乾綱坤德輝，相夫君正母儀。又何
曾插珠飾玉衣羅綺？又何曾屬飫珍饈味？可憐伊事蠶桑勤
紡織；可憐伊衣[3]布素甘淹敝；可憐伊效脫簪勤諫規。

（付上）欲求生富貴，須下死工夫。（見老旦，急下）（老

2　底本作「宮」，據清・同德堂巾箱本《虎口餘生》改。

3　底本「衣」字脫，據清・同德堂巾箱本《虎口餘生》補。

旦）[4]吓，這是司禮視印的王德化，急忙忙欲往外廂去，見了我又轉去了，事有可疑，待我喚他轉來問個明白。王司禮，王視印，轉來。（付上）來了，王哥請了，叫咱怎麼？（老旦）看你匆匆然，要往外廂去？（付）正是，有一件小事，要到朝外走一遭。王哥，去去就來。（老旦攔介）且慢，你方纔見了我怎麼又轉去了？卻是為何？（付）這個……這個……因忘了一件東西，待我轉去取了來。

　　（老旦）住了！

【哭皇天】恁、恁為何急攘攘行藏詭秘？恁為何口咄咄言語支離？恁為何欲前欲後行還止？恁為何如避如趨去復回？（付）我和你一般內侍，今日為何盤詰起咱來？難道不容出入麼？（老旦）今日與別日不同，咱家奉旨提督內外機務，提防奸細，怎麼不要盤詰？（付）咱家也是聖上近身侍御，難道是奸細麼？（老旦）雖非奸細，踪跡可疑，必有夾帶。（付）空空一身，有何夾帶！（老旦）既是空身，為何遮遮掩掩？要搜一搜。（付）咱和你極好的弟兄，有事彼此照應，你怎麼就這等執性起來？（老旦）這是俺守門的干係。看一看，**倒免得弟兄們兩下懷疑。**呀！這是傳國玉璽！你盜到哪裡去？（付）今早聖上用過，藏在胸中，忘懷收了。（老旦）哇！玉璽非同小可，擅自盜取，罪該萬死！你把真情實實說出來，我還看弟兄情分；若不說，扯你到聖上面前，把你碎屍萬段！（付）我的王公公，你且息怒。今早申芝秀傳進信來，叫咱家暗取玉璽，到闖王營中呈獻，官封萬戶，賞賜千金。如今我同你去獻，共享富貴，何如？（老旦）呀呀呸！恁便

4　底本原無「老旦」二字，參酌文意補。

三台登躋、九錫榮遺、千金賞犒、萬戶封職，動不得俺鐵
膽銅肝略轉移。（扯付介）同你到聖上面前去講。（付）你不要
只管把聖上來嚇我了，只怕闖王進宮，他的性命只在目下了。（老
旦）呀！這、這狗弟子！一發出言無狀起來了。激得俺填胸怒
氣、衝冠髮竪、雙睛眦裂、銀牙咬齕。（付）今日放肆些
兒，誰敢奈何了我。（老旦）誰敢奈何你？奸賊休走，吃俺一劍！
（殺付下）俺把奸宄先除，免教你在禁闈中潛藏鬼蜮。

　　（貼上）王公公，不好了！聖上自縊在壽星亭了！（老旦）怎
麼說？（貼又說介）（老旦）有這等事！這的不嚇死人也！

【么篇】呀呀，聽說罷魂魄飛，嚇得俺肝腸斷身軀戰慄。
霎時間泰山崩倒青天墜，霎時間鼎湖浩渺玉龍飛。禁不住
步跟蹌急遽下丹墀，（跌介）不隄防蒼苔路滑臺輕砌透
迤，跌、跌得俺腰肢損[5]折手足離披。搵不住潸潸血淚垂，
不爭的邦家顛沛，最堪憐君父遭危。

　　（見介）呀，果然聖上自縊了！阿呀聖上吓！

【烏夜啼】可憐伊拋棄了千秋、千秋社稷，拋棄了百世洪
基。后妃一任他喪溝渠，皇儲任他走[6]天涯。可憐伊飲恨含
悲忍痛哀啼，怎這般科頭跣足殞殘軀。阿喲！只看他淚痕
血跡沾衣袂，光閃閃雙睛不瞑，砭磣磣銀牙咬碎。阿呀聖
上吓！可憐恁一代明君倒做了千秋怨鬼，恨只恨誤國奸讒
斷送骨肉分飛。只看他到死時尚兀自留書，切切的愛護著
赤子黔黎。

5　底本作「斷」，據清・同德堂巾箱本《虎口餘生》改。

6　底本作「老」，據清・同德堂巾箱本《虎口餘生》改。

聖上今已宴駕，我王承恩還偷生怎麼？也罷！跟隨王爺去罷！【煞尾】真乃是破碎金甌風飄絮，[7]身世浮萍浪逐葦。俺今日輕生就死全忠義，效取甘餓死夷齊，誓捐軀的龍比。只看俺患難君臣，雙雙泉下緊追隨。（縊死下）

按　語

〔一〕本段情節、曲文接近遺民外史撰《虎口餘生》第二十九齣〈守門〉後半齣。

7　底本作「真乃是破碎風飄絮」，參考曲格，並據清・同德堂巾箱本《虎口餘生》補。

長生殿・絮閣

丑：高力士，太監。
貼：楊貴妃。
老旦、末：小太監。
小生：唐明皇。
旦：永新，侍奉楊貴妃的宮女。

　　（丑上）巫雲昨夜入陽臺，玉漏迢迢曉未開。小犬隔花春吠影，此時宮禁有誰來？咱家，高力士。向年奉使閩、粵，選進江妃奉御，萬歲爺十分寵幸。為他性愛梅花，賜號梅妃，宮中都稱為梅娘娘。自從楊娘娘入侍之後，寵愛日奪，萬歲爺竟將他遷置上陽宮東樓。昨日一時想起，托疾宿于翠華西閣，遣小黃門密召到來。戒飭宮人，不得傳與楊娘娘知道。命咱在閣前看守，不許閑人擅進！此時天色將明，恐要送梅娘娘回宮，只索在此伺候。（貼嗽介）（丑）呀，那邊遠遠來的正是楊娘娘！清早到此，莫非知道了？現今梅娘娘還在裡面，如何是好？

　　（貼上）
【醉花陰】沒來由一夜無眠亂愁攪，未天明潛跡來到。往嘗見紅日影弄花梢，軟咍咍春睡難消，猶兀自壓繡衾倒。今日呵，可為甚鳳枕急忙拋？只為著那篦兒撇不掉。

　　（丑）娘娘，奴婢高力士叩頭。（貼）高力士，幹得好事！（丑）奴婢沒有幹什麼事吓。（貼）我且問你，萬歲爺在哪裡？

（丑）萬歲爺在這閣中。（貼）還有何人在內？（丑）沒有甚人。
（貼冷笑介）還來瞞我！你且開了這門，待我自進去看者。（丑）
娘娘聽啟，萬歲爺昨日呵，

【畫眉序】只為政勤勞，偶爾違和厭煩擾。（貼）既是聖體
違和，怎麼不進後宮中來？（丑）愛這閣西閒靜，可避喧囂。
（貼）在裡面做甚麼？（丑）偃龍床靜養神疲。（貼）你在此
何事？（丑）守玉戶不容人到。（貼）哇！你敢不容我進去
麼？（丑叩頭介）娘娘請息怒。只因親奉君王命，量奴婢敢行
違拗。

　　（貼）

【喜遷鶯】呢，休得把虛脾來掉，休得把虛脾來掉！嘴喳
喳弄鬼妝妖。（丑）奴婢怎敢。（貼）焦也波焦，急的咱滿
心懊惱。（丑）奴婢不敢。（貼怒介）我曉得。今日呵，別有個
人兒掛眼梢，倚著他寵勢高，明欺我失恩人時衰運倒。我
只得自把這門敲，自把這門敲。

　　（丑）娘娘休得煩惱，待奴婢叫開這門就是了。楊娘娘來了！
快開了這門者。（老旦、末扮小太監上）萬歲爺有請。（小生上）

【畫眉序】何事語聲高？驀地將人夢驚覺。（太監）啟上萬
歲爺，楊娘娘已在閣前了。（小生）呀，這春光漏洩，怎地開
交？（太監）啟上萬歲爺，這門還是開也不開？（小生）且慢，
且教梅妃在夾幙中暫躲片時者。（太監）咳，萬歲爺，萬歲爺，
黃金屋怎樣藏姣，怕酸虀甕霎時推倒。（生）內侍，我和衣
假寐佯推睡，你輕將那獸環開了。

　　（太監）領旨。（下）（丑）開了門了。（貼入介）妾聞陛下
聖體違和，特來問安。（小生）寡人偶然身子不快，未及進宮，何

勞妃子清早到此？（貼）陛下致疾之由，妾到猜看幾分了。（小生）不知妃子猜著何事來？

　　（貼）

【出隊子】多則為相思縈繞，（小生）怎說起「相思」兩字來？（貼）為著個意中人把心病挑。（小生）寡人意中人則妃子是耳，還有何人？（貼）妾哪裡當得陛下意中人來，陛下聖恙，多應想著梅精所致。何不宣他到來，以慰聖情？（小生）呀，此女久已放棄，豈有復召之理。（貼）陛下休要瞞妾了，俏東君了春心偏向小梅梢，單只待、單只待望著梅來把渴消。（小生）寡人哪有此意！（貼）既不沙則問是誰把那珍珠去慰寂寥？

　　（小生）妃子休太多心。寡人昨夜呵，

【滴溜子】偶只為微痾，暫圖靜悄。漫勞伊意裡，恁般度料，把人無端奚落。奈心神懶應酬，相逢話言少。妃子，請、請暫返香車，容我睡飽。

　　（貼）呀，這御榻底下，不是一隻鳳舄麼？（小生）在哪裡？（貼）呀，這又是一朵翠鈿。此皆婦人之物，陛下既然獨寢于此，這是哪裡來的？（小生）好奇怪！果然是哪裡來的，連寡人也不知道。（貼）陛下怎也不知？

【刮地風】呀，只這御榻森嚴宮禁遙，早難道有神女飛度中宵？則問這兩般兒信物是何人掉？昨夜誰侍陛下寢來？可怎生般鳳友鸞交，到日上三竿猶不臨朝？外人不知呵，都只說殢君王是我這庸姿劣貌，哪知道戀歡娛別有個雨窟雲巢？（丑）不好了！見了這翠鈿、鳳舄，楊娘娘必不肯就去。現今梅娘娘還在閣內，怎麼處？待我送他樓東去。（貼）請陛下早出

視朝，妾在此候駕回宮者。（小生）寡人今日有疾，不能視朝。
（貼）雖則是蝶夢酣，鴛浪翻，春情顛倒，困迷離精神難
打熬，怎負他鳳墀[1]前鵠立羣僚！

　　（丑上，悄向小生耳語介）梅娘娘已去了，萬歲爺請出朝去
罷。（小生）妃子既勸寡人出朝，此何異脫簪之姜后，警夢之齊
妃！朕只索勉強出朝去。高力士，在此送娘娘回宮者。擺駕。
（丑）領旨。（小生）風流惹下風流苦，不是風流總不知。（下）
（貼）高力士，你瞞著我做得好事！只問你這翠鈿、鳳舄是哪一個
的？（丑跪介）

【滴滴金】告娘娘省可閑煩惱，且休掘樹尋根來細討。奴
婢看萬歲爺與娘娘呵，恁般寵幸非同小可，問六宮中誰得
到？就是這翠鈿、鳳舄，娘娘呵，也只合佯裝不曉，又何必定
將說破了？不是奴婢擅敢多口，莫說貴官達宦有個大妻小妾，就
是豪門富室也還有侍婢通房。何況九重天子身，就容不得這
宵。

　　（丑背白）這幾句我也說得不錯吓。（貼）起來。高力士：

【北四門子】非是咱衾裯不許他人抱，衾裯不許他人抱，
量量量、量如他斗其筲。只恐他兩邊兒串就裝圈套，故將
咱瞞得個牢。（丑）萬歲爺瞞著娘娘，也不過怕娘娘著惱，非有
歹意。（貼）他如怕我焦，則休將彼邀，卻怎生劣雲頭只思
別岫飄？將他來假做拋，暗又招，轉關兒心腸難料。（哭
介）

1　底本作「池」，據清康熙稗畦草堂《長生殿》（《古本戲曲叢刊》五集景
　　印）改。

（且上）清早起來，不見了娘娘，一定在翠閣之中，不免進去。呀，娘娘。

【鮑老催】為何淚拋，無言獨坐神暗消？高公公，是誰觸著他情性嬌？（丑）不是說起，只為了這兩件東西，故此著惱。（且）原來為此。如今那人呢？（丑）早已去了。（且）萬歲爺呢？（丑）纔出御朝。永新姐，你來得正好，可勸娘娘回宮去罷。（且）曉得。娘娘，你謾將眉黛蹙，秋波悶，心頭惱。這時候呵，晨餐未進清清早，怎將千金玉體傷壞了？且請回宮去尋歡笑。

（太監同小生上）媚處姣何限，情深妒亦真。且將個中意，慰取眼前人。內侍迴避。（二監下）高力士，楊娘娘呢？（丑）還在閣內。（小生）妃子，為何掩面不語？（貼哭介）（小生）妃子休要煩惱，朕和你到花蕚樓上看花去。

（貼）

【水仙子】問問問、問花蕚嬌[2]，怕怕怕、怕不似樓東花更好。有有有、有一枝兒曾占春光早，又又又、又何用綠楊牽繞？（小生）妃子難道還不曉得寡人一點真心麼？（貼）請請請、請真心向故交，免免免、免人怨為妾愛情薄。（貼跪介）妾有下情，望陛下俯聽。（小生扶介）妃子有何話？起來說。（貼）妾以鄙陋，備位西宮。自知無狀，不能仰承聖意，謬竊寵隆，動招尤怨。若不自思引退，恐累君德鮮終，妾罪益深。今幸天眷猶存，望賜斥放，得留未了之恩，妾願足矣！陛下乞善視他人，勿以妾為念也！拜拜拜、拜辭了往日君恩漆共膠，把把把、

2　底本作「高」，據清康熙稗畦草堂《長生殿》改。

把深情密意從頭繳，這釵盒原是陛下定情日所賜，今日交還陛下，省省省、省自可覷舊物淚重拋。

　　（小生）妃子何出此言，朕和你兩人呵，

【雙聲子】情雙好，情雙好，縱百歲猶嫌少。怎說到，怎說到，[3]平白地分開了？總朕錯，請莫惱。見了你這顰眉淚眼，越樣生姣。

　　（小生）妃子，可將這釵盒依舊收好。既不耐煩看花，朕和你到寢宮閑話去罷。（貼）陛下誠不棄妾，妾復何言？

　　（合）

【煞尾】領取釵盒再收好，把深情重定堅牢，俺還待爇盟香把兩下志誠心事表。（小生、貼同下）

　　（丑）阿呀永新姐，你看楊娘娘這樣性子，只是如此。記得向日為了虢國夫人，險些弄出事來。方纔在閣中絮絮叨叨，講個不了，萬歲爺倒依著他出朝而去。咱在傍看了，倒捏著一身大汗。

　　（旦）誰想萬歲爺非但不惱，見我娘娘啼啼哭哭，反加疼愛，如今又相偎相傍，雙雙進宮去了。（丑）咳，只可憐梅娘娘受得半宵恩寵，反吃了海大驚慌。如今且把這翠鈿、鳳舄送還他去。（旦）高公公，你看，萬歲爺和楊娘娘恁般恩愛，你可對梅娘娘說，教他以後再也休想得寵承恩了。（丑）這也不消說了。正是：朝廷漸漸由妃子。（旦）從此昭陽無二人。（同下）

3　底本「怎說到」脫，參考曲格，並據清康熙稗畦草堂《長生殿》補。

按　語

〔一〕本齣出自洪昇撰《長生殿》第十九齣。

〔二〕《審音鑑古錄》也選刊此齣。

長生殿·彈詞

生：**李龜年**，唐玄宗時內苑的伶工。
小生：江南的鐵笛演奏家李謩。
末、付：遊客。
淨：山西商人。
貼、旦：妓女。
丑：**賣檳榔的小販。**

（生上）一從**鼙**鼓起漁陽，宮禁旋開蔓草荒。留得白頭遺老在，譜將殘恨說興亡。老漢李龜年是也。昔為內苑伶工，供奉梨園。蒙聖上恩寵，良辰美景，宴賞歡遊，無不入侍。更兼貴妃娘娘絕代知音，自製〈霓裳羽衣〉曲譜，親教永新、念奴，轉授與我，教習梨園子弟。教成奏上，龍顏大悅，與貴妃娘娘各賜纏頭，不下數萬。誰想祿山造反，兵入西京，聖駕倉皇西行，貴妃娘娘逼死馬嵬，內監宮娥東西逃竄。我等梨園部中，也有順勢投降的，也有被兵殺害的，只有雷海青罵賊而死，真個難得！我與賀老二人逃難來南，賀老又半路身亡，單單剩下老漢一人。盤纏多盡，糊口無資，只得抱著這個琵琶，胡亂彈唱些曲兒，聊以度日。今乃二月初一日，清溪鷲峯寺中遊人甚多，不免到彼一唱。咳，想起當年天上清歌，今日沿門鼓板，好不頹氣人也！
【一枝花】不隄防餘年值亂離，逼楞得歧路遭窮敗。受奔波風塵顏面黑，嘆凋殘霜雪鬢鬚白。今日個流落天涯，只

留得琵琶在，揣羞臉上長街又過短街。哪裡是高漸離擊筑悲歌？倒做了伍子胥吹簫也那乞丐。（下）

（小生上）花動遊人眼，春傷故國心。〈霓裳〉人[1]去後，無復有知音。小生李謩，自從在長安宮牆外偷得〈霓裳〉之曲，後來在酒樓上吹出，被一個內監聽得，說：「此乃宮禁秘譜，外人何由而得？」就欲奏聞偵緝，小生即便回京。不意就遭祿山之變，西京殘破，聖駕南巡，把一個絕代佳人輕輕斷送在馬嵬坡下，好不可憐！只是，小生當日止偷得「拍序」一疊，未聞全譜，如今製譜之人已歸天上，西京又遭變亂，此譜竟成〈廣陵散〉矣！小生凡遇歌人，即便留心訪問，並無知者。前日聞得有一老者，手抱琵琶在街坊彈唱，人人都說彈得指法絕異尋常。今乃二月朔日，清溪鷲峰寺中大會，想他必定在那裡，不免前去一聽，有何不可。你看，那邊多少人來也！

（末上）勝日尋芳惜好春。（付上）且看勝會逐遊人。（淨扮西客，貼、旦扮妓女同上）（淨）大姐，和你及時行樂休空過。（眾合）好聽琵琶一曲新。（小生）列位請了。（眾）請了。（小生）想列位也是去聽琵琶的麼？（眾）正是。（小生）如此同行。（眾）請吓。（同走介）行行去去，去去行行，此間已是鷲峰寺了。那邊一個圈子，四圍板橙，想必是了，我們去坐了聽罷。（生上）列位請了。（眾）請了請了。（生）想列位多是來聽曲的，待在下就唱起來。（眾）正要請教。（淨）你快些唱，咱家聽了還要去算賬哩。

（生彈介）

1　底本作「今」，據清康熙稗畦草堂《長生殿》改。

【北調貨郎兒】嘆不盡興亡夢幻，彈不盡悲傷感嘆，抵多少淒涼滿眼對江山。俺只待撥繁弦傳幽怨，翻別調寫愁煩，慢慢的把天寶當年遺事彈。

　　（末）這題目就有意思了。（丑扮賣檳榔上）各位相公，作成作成……（眾）且慢，少停總成你。（丑）咦？個個西客是大興行裡賣皮貨個。呀阿唷，望市墩浪個三姑娘也拉哩。嚕，三姑娘，阿要作成我介一個青鹽橄欖澀澀嘴吓？（貼）毪吺阿姆毑！嚼唇嚼舌！（淨看，作不懂介）（小生）老丈，你既唱天寶遺事，把貴妃娘娘當年怎生進宮，乞細細表白者。

　　（生）

【二轉】想當日慶皇唐太平天下，訪麗色把娥眉選剔。有佳人生長在弘農楊氏家，深閨內端的玉無瑕。那君王一見了便歡無那，把鈿盒金釵親納，平白地拔做昭陽第一花。

　　（淨）他唱些什麼？咱這裡不懂。（貼）唱個楊貴妃娘娘個標緻哉。（淨）可有我每大姐這樣好麼？（丑）落裡及得三姑娘個腳後跟介？吺看，一隻腳指頭就有三寸長丟。（貼）毪吺阿姆毑！（淨怒介）你這驢囚入的，講些什麼？（丑）啥介，我說三姑娘三寸金蓮，是標緻個意思啥介。（末、小生）休要胡鬧！那貴妃娘娘端的怎生標緻？乞細細唱來。

　　（生）

【三轉】那娘娘生得來仙姿月貌，寫不盡幽閒窈窕。抵多少花輸雙頰柳輸腰，比昭君增豔麗，賽西子倍丰標，似觀音飛來海島，恍嫦娥偷離碧霄。更春情韻饒，春酣態姣，春眠夢悄，端的是百樣娉婷難畫描。

　　（末）那貴妃娘娘怎生承寵？煩再慢慢歌彈一曲。

（生）

【四轉】那君王看承得似明珠沒兩，鎮日裡高擎在掌，賽過那漢宮飛燕在昭陽。可正是玉樓中巢翡翠，金殿上鎖著鴛鴦，宵偎晝傍，直弄得那官家丟不得那半刻心兒上。守住情場，佔斷幽香，美甘甘寫不盡風流賬，行廝並，坐一雙。²端的呵歡濃愛長，博得個月夜花朝真受享。

（小生）當日宮中有〈霓裳羽衣〉之曲，聞說出自御製，又云是貴妃娘娘所作，老丈必知其詳。乞再唱來，小生洗耳恭聽。（丑）喂，相公，我曉得個，個個「霓裳羽衣」阿是貴妃娘娘落雨勒著個件衣裳吓？（小生）非也！那〈霓裳羽衣〉是曲牌名吓。（丑）吓，個是曲牌名。相公尊姓吓？（小生）姓李。（丑）介沒「膀哈喇，豬身狗」，直頭「鼻涕他」丑！（付）拉丑說個哆吪僚個吓？（丑）哪！「膀哈喇」沒，是李：「豬身狗」沒，肚；「鼻涕他」沒，通。說道：哩個肚裡直頭通丑哉那！（付）弗要纏哉，聽唱。

（生）

【五轉】當日個，那娘娘在荷亭將宮商細按，譜新聲把〈霓裳〉調翻。晝長時親自教雙鬟，舒素手拍香檀，一字字都是朱唇皓齒間。恰便是鶯與燕弄關關；恰便是鳴泉花底流溪澗；恰便是明月下泠泠清梵；恰便是緱嶺上鶴唳高寒；恰便是步虛仙珮夜珊珊。傳集了梨園部、教坊班，向翠盤中高簇擁個美貌如花楊玉環。

2　底本作「行廝坐並一雙」，據清乾隆十五年沈文彩鈔本《長生殿傳奇》（文化藝術出版社景印）乙正。

（小生）妙哉〈霓裳〉！令人聞之，當日遺情宛然在目矣。
（末）那君王只為行樂，致使漁陽兵起，弄出這般大禍。老者，你可曉得後來之事？再唱一回者。

（生）

【六轉】恰正好喜孜孜〈霓裳〉歌舞，不隄防撲通通漁陽戰鼓。早則見荒荒急急紛紛亂亂奏邊書，送得個九重內心惶懼。早則見驚驚恐恐、倉倉猝猝、挨挨拶拶、恍恍忽忽出延秋西路，攜著個姣姣滴滴貴妃同去。又則見密密匝匝的兵，重重疊疊的卒，鬧鬧吵吵、轟轟烈烈四下喧呼，生逼散恩恩愛愛、疼疼熱熱帝王夫婦，霎時間畫就了一幅慘慘悽悽絕代佳人絕命圖。

（小生淚介）咳，可惜一代紅顏，凶遭荼毒，真乃千秋恨事！不知貴妃娘娘死時怎生光景，葬于何處？乞老丈再細細表白唱來。

（生）

【七轉】破不剌馬嵬驛舍，冷冷清清在佛堂側斜。一代紅顏為君絕，千秋遺恨滴羅衫血。半行字是薄命碑碣，一坏土是斷腸墓穴。再無人過荒涼野，莽天涯誰弔梨花謝？苦憐那抱悲怨的孤魂，只伴著嗚咽咽的鵑聲冷啼月。

（貼哭介）貴妃娘娘是介一番，尚然死得是介苦惱，我將來弗知哪亨結果乩來！（淨）不妨，有咱在此。（丑）好大頭黿子！（淨）這驢囚入的，在那裡罵我麼？（立起打介）（付勸介）（丑）野蠻彶養個！阿是要鉋鉋儕？來沒哉，怕吘個也弗算好漢！（末、付又勸介）（丑）介個野蠻彶養個！個歇沒拉乩殺野，嫖完子個幾個臭銅錢，看吘去燒湯叫化無落場乩！（丑下）（淨怒欲趕介）（末）請息怒，坐了聽。（小生）上皇既已西巡，西京兵火之

後，只恐無復昔日之盛矣……

（生）

【八轉】自鑾輿西巡蜀道，長安內兵戈四擾。千官無復紫宸朝，把繁華頓消，把繁華頓消。六宮中朱戶掛蟏蛸，御榻傍白日裡狐狸哨。叫鴟鴞也麼哥，長蓬蒿也麼哥。野鹿兒亂跑，苑柳宮花一半兒凋，有誰人去掃，去掃？玳瑁雕梁燕泥兒拋，只落得月缺黃昏照。嘆蕭條也麼哥，染腥臊也麼哥，玉砌空堆馬糞兒高。

（淨）呸！聽了半日，越唱出掃興來了。大姐，咱和你去喝些燒刀子罷。（貼）走吓。（淨、貼先下）

（末、付）天色已晚，我們也去罷。須些薄敬，聊佐酒資。（生）多謝了。（付）弗成儕個，請收子，請收子。（同末下）

（小生）老丈，我聽你這琵琶是個有傳授的，不知何處學來？乞道其詳。

（生）

【九轉】這琵琶曾供奉開元皇帝，重提起傷心淚滴。（小生）如此說起來，也是梨園部內人了。（生）我也曾在梨園籍上姓名題，親向那沉香亭花裡去承值，華清宮宴上去追隨。（小生）這等說，敢是賀老麼？（生）俺不是賀家懷智。（小生）莫不是黃旛綽麼？（生）黃旛綽同咱皆老輩。（小生）如此，敢是雷海青麼？（生）俺雖是弄琵琶卻不姓雷。他呵，罵逆賊久已身喪名垂。（小生）這等，必是馬仙期了？（生）俺也不是擅場方響馬仙期，那些個舊相識多休話起！（小生）老丈既是梨園部內人，怎生直到這裡？（生）君不見家亡國破兵戈沸，因此上孤身流落在江南地。（小生）老

丈必竟是誰？（生）恁、恁官人絮絮叨叨苦問俺為誰，則俺這老伶工名喚龜年身姓李。

　　（小生）原來是李老丈，失敬了！（揖介）（生）豈敢。請問官人尊姓大名？素昧平生，何以知道老漢？（小生）小生姓李，名謩。（生）莫非吹鐵笛李官人麼？（小生）然也。（生）久仰大名，幸會幸會。（小生）小生性好音樂。向在西京，心豔〈霓裳〉新曲，無從聞聽，那日老丈在朝元閣上演習新曲，小生從牆外竊聽，已從笛中偷寫其教矣。（生）正是！記得那時，說有一人在酒樓上吹出〈霓裳〉之曲，原來就是官人！隔牆聞教，就能記出，真神人也！（小生）只是小生當日只聽得「拍序」一斷，「散序」、飾奏俱未得聞。久思尋訪全譜，幸遇老丈，不識肯賜教否？（生）幸遇知音，當得効勞。（小生）如此甚妙！請問老丈尊居何處？（生）窮途流落，尚乏居停。（小生）不嫌簡慢，就屈到舍下暫住，何如？（生）多謝盛情！只是，打擾不當。（小生）好說。

　　（生）

【煞尾】俺好似驚鳥遠樹向空枝外，誰承望做舊燕新巢入畫棟來？今日個知音幸遇知音在。這相逢，異哉！恁相投，快哉！我慢慢傳與你一曲〈霓裳〉播千載。

　　（小生）老丈請。（生）請。（同下）

按　語

〔一〕本齣出自洪昇撰《長生殿》第三十八齣〈彈詞〉。

〔二〕選刊此齣的坊刻散齣選本還有《審音鑑古錄》。選抄此齣的散齣鈔本有：中國國家圖書館藏朱執堂抄《時劇集錦》、北京大學圖書館藏佚名抄《綴白裘選抄》。

雜齣・賞雪（党尉）

淨：党普，太尉。

老旦、貼：婢女。

旦：党姬，党太尉的妻媵。

丑：僕人。

　　（外、末、付、丑扮院子，隨淨上）

【引】天荒地老雪飛颺，幾樹枯梅玉凍僵。美女捧霞觴，每日裡淺斟低唱。

　　巨腹虯髯勇絕倫，目光閃電儼如神。平生不解親文墨，甘做朝中一武臣。下官姓党，字普。身為宋將，官居太尉，驍勇絕倫，不識文字。平生豪放，聲若巨雷；目光閃電，望之若神。誠哉斯言，誠哉斯言。（笑介）哈哈！小的每。（眾）有。（淨）教師怎麼不見？（眾）回家去取綿衣服去了。（淨）咻？怎麼不來稟我？（眾）老爺在朝，不曾稟得。（淨）不是吓，他在我府中做個教師，著他回去取綿衣，外人知道，只道我老爺慳吝了，可是麼？唔！（眾）是。（淨）下次要稟吓。（眾）是。（淨）下次要稟吓。（眾）曉得。（淨）你每上了幾套新曲？（眾）兩、三套。（淨）唔，少間吹唱得好，我老爺有賞。（眾）。是。（淨）請党娘娘出來。（眾）党娘娘有請。（老旦、貼扮梅香，跟旦上）

【引】東君相喚出蘭房，新煮羊羔酒可嚐。

　　老爺。（淨）党姬，今日天氣寒冷，已曾吩咐準備羊羔、美酒

煖寒。丫頭，可曾完備？（二旦）完備了。（淨）吃酒。（二旦）
有酒。（吹打坐介）（淨）小的每。（眾）有。（淨）來。（眾）
我們在此。（淨）看外邊雪兒還下？（眾）還下。（淨）把氈簾放
下來！（眾）來來來，放下來。（淨）再著兩個來吓。（眾）在這
裡。（淨）把那火盆抬到中間來！（眾）吓。抬吓，抬吓。哎喲，
哎喲。（淨）加上些炭，生旺些！（眾）是。（丑搧介）（淨）姆
姆，蠢才，蠢才！丫頭，把酒煖熱些，你可淺淺的斟。（二旦）曉
得。（淨）党姬。（旦）老爺。（淨）你把那按景的曲兒低低的
唱。（旦）是。（淨）待我老爺慢慢的飲。

　　　（旦）

【皂羅袍】門外雪花輕颺。（淨）住了，小的來。（眾）在這
裡。（淨）你每可曾聽見党娘娘唱的曲兒？（眾）不聽見。（淨）
党娘看見外邊下雪就唱個「門外雪花輕颺」來得節景。（眾）節
景。（淨）酒樂！（眾）酒樂。（淨笑介）哈哈哈！（旦）喜庖
丁新進，美酒肥羊。羊羔美味，酒鬱馨香，杯浮淺淺低低
唱。（眾合）紅爐暖閣，寒威頓忘。金樽檀板，行樂未
央。玉樓人醉倒銷金帳。

　　　（淨）党姬，我和你向一向火。（吹打，坐介）（淨）好東西
吓，好東西！（旦）老爺，什麼好東西？（淨）這個酒是好東西。
我想為人在世，這酒是一個時辰也少不得的。（旦）為何？（淨）
方纔覺道寒冷，如今吃不上幾杯，身上就暖烘烘的熱將起來了，哈
哈哈！丫頭。（二旦）有。（淨）卸了袍去！（二旦）曉得。（吹
打換衣）（淨）小的每。（眾）有。（淨）看外邊雪兒還下？
（眾）還下。（淨）把氈簾捲起來！（眾）吓，捲起來。（淨）再
走兩個來。（眾）怎麼？（淨）把火盆抬過了！（眾）吓。（淨）

党姬，我和你到庭前看一看雪景。（旦）老爺請。（淨）阿嗄嗄，好大雪！傾盆的倒下來了。正是：江南三尺雪。（旦）盡道十年豐。（淨）党姬，這雪兒下得大，真乃國家祥瑞也！（旦）便是。（淨）

【前腔】看四野彤雲密障。党姬，不要說你我在此賞雪，想農家相慶，臘雪呈祥。咦，咦？什麼香？（老旦）庭前老梅開了。（淨）折一枝過來！（丑）吓。（淨）党姬，庭前老梅竟開了。（笑介）哈哈哈！（丑）老梅在此。（淨）老梅，請了請了；我和你又是一年不會了。党姬，你看這梅遇了雪，分外清香有趣，你看它越有精神了。咦，這個，這個……有兩句古詩說，這個梅吓，白吓，雪吓……吓，咦，遜，遜吓……（旦）敢是「梅須遜雪三百白」？（淨）著吓！還有一句。（旦）雪卻輸梅一段香。（淨）著著著！就是這兩句。你我不可不賞，取杯酒來。（眾）是。（淨）**梅花滿樹暗浮香**。吃一杯。（笑介）哈哈哈，**姣娃攜手臨軒賞**。（眾合）**紅爐暖閣，寒威頓忘。金樽檀板，行樂未央。玉樓人醉倒銷金帳**。

（淨）党姬，我和你在此賞雪，不可無詩。你做首詩來。（旦）請老爺命題。（淨）就是那眼前的梅雪酒菜，多做在裡頭。（旦）老爺請。（淨）咦，咦，你來，你來。（旦）梅雪爭春未肯降。（淨）好。（旦）騷人擱筆費評章。（淨）再來再來。（旦）梅須遜雪三分白，雪卻輸梅一段香。（淨）吓，不好不好，這兩句是舊的，你方纔念過了，怎麼又做在裡面？不好不好。（旦）吓，不好。（淨）待我老爺做新詩。（旦）吓，老爺做新詩。（淨）小的每。（眾）有。（淨）來。（眾）是。（淨）我老爺做詩了，你每須要記著！（眾）是，小的每記著。（淨）咦，咦，咦……有

了！復飛復飛復復飛。（丑）好飛。（淨）好麼？還有好的。（想
介）猶如三千六百個小鬼，在那半天裡灑石灰。（眾）好吓。
（淨）兩句了。（眾）還有兩句。（淨）還有兩句。哼，哼哼……
吓吓吓，有了！我這裡羊羔美酒吃不下，那呂蒙正在破瓦窰中凍得
一個了不的。（笑介）哈哈！

　　（旦）

【前腔】款款頻斟佳釀，勸東君痛飲，爛醉何妨。（淨）
住了，住了。小的每。（眾）有。（淨）來。（眾）吓。（淨）你
每聽見党娘娘唱的曲兒可省得？（眾）不曉得。（淨）党娘娘唱的
是「勸東君痛飲，爛醉何妨」，你每不省得。（眾）東君是什麼東
西？（丑）吓，我曉得，東君是極大的大東瓜。（淨）唔唔唔，蠢
東西！（眾）吓，是蠢東西。（淨）唔唔唔，蠢東西！東君就是你
老爺了，党娘娘要我老爺多飲幾杯酒，故此唱個「勸東君痛飲，爛
醉何妨」，你們不懂得。（眾）如今曉得了。（淨）丫頭，把燒刀
子煖一罈來，取大杯來！（二旦）是。（淨）唱。（旦）休誇撲
鼻鬱金香，一傾數斗如春盎。（眾合）紅爐暖閣，寒威頓
忘。金樽檀板，行樂未央。玉樓人醉倒銷金帳。

　　（淨）好曲兒吓好曲兒！党姬，只道你會唱，我老爺就不會唱
麼？待我也唱個曲兒你聽。（旦）老爺也會唱？（淨）唔，我也會
唱。小的每。（眾）有。（淨）我老爺唱曲，你每多要學。（眾）
是吓。我每多學。（淨）我唱什麼呢？

【前腔】我性度粗疏豪放，（笑介）哈哈哈！（旦）老爺看仔
細。（淨）党姬。（旦）老爺。（淨）党姬。（旦）老爺。（淨）
你道我老爺會吃酒麼？我老爺是不會吃酒的。我把那會吃酒的古人
說與你聽：想劉伶伯仲，阮籍頡頏。他每吃酒不比我老爺吃得

這般乾淨。（笑介）（丑）老爺鬍子上多是了。（淨）呣、呣、呣。（丑）老爺吃得乾淨。（淨）**他們多淋漓衫袖酒痕香，幾番醉倒糟丘上。**（眾合）**紅爐暖閣，寒威頓忘。金樽檀板，行樂未央。玉樓人醉倒銷金帳。**（吹打介）（淨）不要打！（眾）不要打。（淨）教你每不要打，只管在我耳跟前叮叮噹噹什麼？呣，可厭！党姬。（旦）老爺。（淨）我老爺實實的喜歡你。（旦）看仔細。（淨）不妨。（旦）蒙老爺抬舉。（淨）党姬，你再唱一個「玉樓人醉倒銷金帳」。（旦）**玉樓人醉倒銷金帳。**

（淨）好曲兒吓，好曲兒！我老爺好大福，吃不了，穿不了。我不負汝，我不負汝。（旦）將軍固不負此腹，但此腹負將軍耳。（淨）呣！我說好大福，又不曾凍著它，餓著它，故此說好大福。你說什麼腹吓、負吓？（旦）請將軍自詳。（淨）自詳？我不解。（旦）此腹但能囊酒袋飯，不曾見它流出些文水墨汁來，豈不是此腹負將軍耳？（淨）呔！（眾跪介）（淨）阿呀，阿呀！

【玉交枝】你這腌臢潑賤！嘴渣渣全不三思。南征北討，我獨立長城萬里。須臾安邦定國，武將為何曾用著毛錐子？想文章、呣呣呣文章不療飢，蠢貨吓蠢貨，再休想如魚似水！

（旦）知罪了。（二旦）党娘娘知罪了。（眾）睡著了。（丑）睡著了，待我去……党娘娘知罪了。（淨）什麼？呣呣呣，党姬！（二旦）跪在此。（淨）為什麼？（二旦）得罪了老爺。（淨）起來，起來。（眾）吓。（淨）党姬，我不來罪你。我著實的難為了你，外人知道，只道我撒酒風了。文臣武將兩邊分，學武何須又學文。（旦）不是將軍負此腹。（眾）從來此腹負將軍。

（淨）吥！（眾下）（淨）党姬，你唱，你唱。（淨作學唱介）玉樓人醉倒銷金帳。（摟旦笑下）

按　語

〔一〕乾隆三十五年《新訂時調崑腔綴白裘二編》總目錄標目「摘錦・党尉」。

〔二〕選刊類似情節的坊刻散齣選本有《樂府紅珊》。選抄此齣的散齣鈔本有中國社科院圖書館藏《集錦》。

紅梨記‧踏月

貼：謝素秋，已從良的前教坊名伎，因戰亂投靠錢濟之。
老旦：花婆，與謝素秋一起投靠錢濟之的老婦。

（貼上）
【霜天曉角】雙眉暗鎖，心事誰知我？舊恨而今較可，新
愁去後如何。
（老旦上）
【前腔】園亭芳草多，不見王孫過。澹月纔臨青瑣，輕風
暗動紅羅。

素娘。（貼）花婆。（老旦）看你香肩半軃金釵卸，寂寂重門
鎖深夜。素魄[1]初離碧海壖，清光已透珠簾罅。（貼）徘徊不語倚
闌干，參橫斗落風露寒。金蓮移步嫌苔濕，猶過薔薇架後看。（老
旦）素娘，恭喜。趙解元姻事，錢老爺作主，定然成就了。解元已在
此半月有餘，他的書房就在前邊，你可曾瞧見他麼？（貼）花婆，雖
是錢老爺做主，我心上還不要輕與他相見。（老旦）好吓，素娘，
你丟下一包乾棗兒，倒教老婢子去賣查梨。我今番猜著你了，你則
道姻事雖則錢老爺作主，尚未知趙解元心事如何，故此連日躊躇，
不肯輕與相見麼？（貼）實是如此。（老旦）讀書人最是無情，怪

1　底本作「碧」，據明泰昌閔氏朱墨本《紅梨記》（《古本戲曲叢刊》初集
　　景印）改。

不得你料量他。只是，趙解元不是這樣人，老婢向日曾見來。

【小桃紅】他臉兒旖旎性兒和，料不放情兒薄也。怎肯做青樓中沒查沒利謊僂儸？他若見了你嬌娥，直教他早忘餐食無多，夜廢寢眼難合也。怎做得陸賈隋何？（貼）這事還仗花婆做美。（老旦）天成就美前程，何須用賣花婆。

（貼）

【下山虎】則怕他指山賣磨，見雀張羅，滿口兒如蜜鉢，心同逝波。那其間有始無終，難開怎合。生擦擦將雙頭花蕊搓，認我做賠錢貨，把疼熱夫妻向腦後睃。進退難存坐，惹人笑呵，這的是引得狼來屋裡窩。

（老旦）據老婢看起來，趙解元決不是這樣人。若還放心不下，今夜月明如晝，我和你到他書房門首，去探他動靜若何？（貼）如此甚好，就此同行。（老旦）吓，我老人家走不動，不去！（貼）呀，好花婆，去嘘。（老旦）吓，吓，如此沒，走嘘。（同行介）（老旦）素娘，你看好月色吓。（貼）花婆，果然好月色也。

（合）

【五般宜】我愛你到黃昏，光搖碧蘿；我怪你掛青天，冷侵素娥。則恐怕露濕漬纖羅，則恐怕樹影參差，攪鬆鬢螺。（貼）則這些曲徑嵯峨，（老旦）一似我遭逢轗軻。（貼）但只慮甜話兒落空，虛名兒耽誤我。

（老旦）此間已是他書房門首了。（看介）呀，為何門兒鎖閉在此？想是踏月去了。（貼）花婆，那邊有人來了。（老旦）素娘，我們且躲在此間，聽他說些什麼。這裡來。（下）

按　語

〔一〕本段出自徐復祚《紅梨記》第十七齣〈潛窺〉前半齣。

〔二〕選刊此段的坊刻散齣選本還有《審音鑑古錄》。選抄此段的
散齣鈔本有中國國家圖書館藏佚名抄《戲曲選抄》。

紅梨記‧窺醉

小生：趙汝州，書生，因戰亂投靠好友錢濟之。
貼：謝素秋，已從良的前教坊名伎，因戰亂投靠錢濟之。
老旦：花婆，與謝素秋一起投靠錢濟之的老婦。

　　（小生醉上）好月色吓！小生旅館無聊，為友人招飲而去，不覺大醉，踏月而歸，來此已是書房首了。（作開鎖進介）咳，我哪有心情吃這酒、看這月吓！最是分明夜，翻成黯淡愁。玉人在何處？素魄影空留。（貼、老旦暗上）

　　（小生）

【江頭送別】肩兒上，擔不起，相思積痾。口兒裡，嚥不下，玉液金波。何當悶酒尊前過？怪不得到口顏酡。素秋阿素秋，叫小生今晚怎生睡得去吓！

【五韻美】這相思，何時可？顫巍巍竹影窗前墮，眼朦朧疑是玉人過。我想，園亭寂寞，怎熬得更長冷落？老天阿老天！但得個團圓夢，夢見他，縱然是一霎歡娛，也了卻三生證果。

　　夜已深了，不免進去睡了罷。正是：美人隔秋水，落月在高樓。素秋阿素秋，今晚怎生發付我趙汝州也？（下）

　　（老旦笑介）素娘，何如？可見老婢的眼力不錯的麼？你方纔可見他麼？

【山麻稭】他恨好事無端蹉，好一似天畔黃姑，望斷銀

河。多磨，他一句句怨著孤辰難躲。料不做王魁浪子，尾生魔漢，宋玉伴哥。

【尾】（貼）歡來頓覺愁顏破。（老旦）這佳期休教折挫。（貼）半世相思管教一會兒可。（同下）

按　語

〔一〕本段出自徐復祚撰《紅梨記》第十七齣〈潛窺〉後半齣。

〔二〕選刊此段的坊刻散齣選本還有《審音鑑古錄》。選抄此段的散齣鈔本有中國國家圖書館藏佚名抄《戲曲選抄》。

兒孫福・別弟

丑：徐亨，徐家次子。
老旦：顏真，徐亨、徐貞之母。
貼：徐貞，徐家么兒。

（丑上）萬里辭家事虎頷，死生從此未能探。不如意事常八九，可與人言無二三。我，徐亨。指望當子兵關把糧來供養我裡個娘，囉裡曉得弗上一年，雲南洞蠻作亂，入寇四川。地方官行文書到部裡請兵，兵部大堂奏聞聖上，命發衛、輝兩處兵馬入川征勦。昨日軍門傳出令來，限今日起身。我今早雖然對我哩娘說子一句，弗曾說明白，怕哩得知子，亦要帶累哩日夜哭哉。罷，只好臨起身對兄弟說子罷。方纔到軍政司領子行糧，且居去安頓子屋裡，就要動身哉。說話之間，革哩是哉。兄弟拉落裡？請阿姆出來。（貼內應）哥哥回來了。母親有請。（老旦、貼上）

【引】（老旦）數年血淚染緋衣。（貼）寥落柴門冷氣吹。

（丑）阿姆，唱喏。（老旦）罷了。我兒，今早你說要往哪裡去？（丑）阿姆，孩兒奉軍門差往左近公幹，就居來個。方纔領得白銀三兩，請收子。（老旦）你留些身邊使用。（丑）我去自有，弗消阿姆費心。母親請上，孩兒就此拜別。（老旦）既就回的，不消拜罷。（丑）要拜個。（哭介）

【玉抱肚】膝前拜倒，望娘親強飯休勞。（老旦）你去自要小心。（丑）須珍重寒暑，風霜當自保，早暮昏朝。（合）

痛傷回首灞陵橋，只是寒煙罩柳條。

（丑）阿姆，叫兄弟送我一送。（老旦）我兒，送你哥哥一程。（貼）是。（丑）阿姆，我去哉。（老旦）你去罷。（丑）阿姆，早晚自家要保重吓。（老旦）不必掛念，路上須要小心！

（丑）曉得觳，阿姆請進去罷。（老旦）我兒，送了哥哥就回來吓。（貼）是，母親請進去罷。（老旦悲下）（丑）兄弟走吓。

【前腔】前途正渺，似鵬搏萬里扶搖。（貼）哥哥須記取，得意回歸，莫做了萍梗蓬飄。（合）痛傷回首灞陵橋，只見寒煙罩柳條。

（丑）住虱，革哩是五里橋哉。放子行李，我有一句說話要對吓說。（貼）哥哥有何吩咐？（丑）兄弟吓：

【風入松】我和你生離死別在今朝。（哭介）（貼）哥哥只在左近公幹，為何出此不利之言？（丑）兄弟吓，並不是左近差徭。（貼）差往到哪裡去？（丑）只為川中洞蠻作亂，甚是兇狠，幾哈上將殺哩弗過，為此行部文下來調衛、輝兩處兵馬入川，搭里打個死賬虱。我想此行難把這頭顧保。（貼）哥哥說哪裡話來？（丑）我此去倘有不測，今永決與伊別了。（貼）既如此，方纔為何不對母親說明白了？（丑）兄弟吓，我若對哩說子，亦要帶累哩哭哉。他年衰邁不堪悶招，兄弟吓，這傷心話只要口頭牢。

（貼）是。曉得。（丑）兄弟，還有一句說話，一向因吓小了，弗[1]對吓說；今日弗得弗說哉。（貼）哥哥有話請說。（丑）兄弟，吓道是我裡個爺哪亨死觳了？（貼）爹爹怎麼樣死的呢？

1　底本作「分」，參酌文意改。

【前腔】哪！只為饔飧不得繼昏朝。養子我里一窩羅大細拖牢子，要吃要著，逼得哩走投無路，一日子說道出去尋生意。（貼）尋什麼生意呢？（丑）有儕生意？洛里儕生意！就拉革里五里橋……阿呀苦惱吓！**活活潑潑身喪波濤。**（丑大哭介）（貼哭）爹爹死得這般苦楚！我聞說還有大哥呢？（丑）弗單有大阿哥，還有大阿姐來。（貼）如今在哪裡？（丑）其年點秀女，娘著子急，叫大阿哥出去打聽打聽。弗知是騙子騙子去呢，還不知撞殺拉落里子，竟弗居來，杳無音信。大阿姐元不里虱點子去，害得我里個娘苦惱吓，無一日無一夜弗哭個嚛！（貼）大哥去了，叫母親怎生養活我們？（丑）兄弟吓，若說起娘個苦處，眼淚要出鉢頭巴虱。**若把娘親辛苦說與伊知道，怕只怕傍人哭倒。**（貼）母親怎麼苦楚呢？（丑）其時我還小來，吓奈還抱拉手里來；吃子上頓，沒子下頓。還有個星媒人婆來聞香哄氣，攛掇娘嫁人，說道某人家發積、某人家有篡……（貼）娘便怎麼說？（丑）好個娘吓！立志不從。說：「我丈夫不忍見妻離子散，故此投水而死。我若貪圖富貴，再嫁他人，令自己的兒子叫別人爹爹，我丈夫死在九泉之下，也不瞑目。寧可餓死，決不失節！」個星媒人婆聽見子無一個弗贊個嚛。要弄個把米動味，苦惱吓！清早起來，蓬子頭，赤子腳，績蔴紡綌，及少做到半夜。九裡天亦無得火烘，凍得兩隻手饅頭能五花迸烈，血捉捉滴。到子夏裡，亦無得帳子張，蚊子叮得寒潭腫。倘或缺子口，自家束束緊布裙帶勒，寧可餓。個星說話，吓虱落里曉得吓？**一字字含淚眼梢。你在懷中抱，尚悲嚎。**

（貼哭介）阿呀娘親，你受這般苦楚，叫孩兒哪裡知道吓！（丑）兄弟，吓還弗得知做阿哥艱苦虱來。其時我只得十二三來，看見娘無來方，心上意弗過，弄兩個銅錢尋點生意做做。春裡賣賣

扞光荸薺、打水段甘蔗、炒砂豆、長生菓……趨趨戲臺。到子夏裡，加料臭蚊煙、遊火蟲燈、茉莉花、夜來香……洛里個樣弗曾做到。原貼子勾娘半升三合。因為忒微細了，

【急三鎗】為此我一時裡乘高興，因來到衛洲府，充在左軍標。（貼）呀，聽兄長從前語，心悲悼，禁不住淚雙拋。

（丑）兄弟，我今日身弗由主，要去個哉。我無儕吩咐吓，娘呢，老哉，弗像當初還做得動。兄弟，吾今年十三歲，也弗算小哉。我還有幾錢碎銀子，吾拿得去做點生意。（貼）做什麼生意？（丑）兄弟吓，哪！

【風入松】你不拘蔥蒜與糖糕，助升合少代娘勞。兄弟吓，娘是交托拉吾個哉！你莫忘今日頻頻道，望兄弟克全純孝。（丑跪，貼）哥哥請起。（丑）俀跪吓了？要吾孝順娘，照顧兄弟了嘸，阿曉得我為儕呢？你一句句切心記了，方得個孝名標。

（貼）哥哥，早知今日，不去當軍也罷。（丑）我從前當軍，不想有今日之下。

【急三鎗】只指望關糧米，支月鈔，供娘膳，誰想禍來招。（貼）哥哥，我情願代兄去征蠻賊，留兄在，侍昏朝。

（丑）咻！男吾家舞言亂說，儕等樣場哈，吾去吓，哪！

【風入松】這是刀山劍樹虎狼巢，弗是我做阿哥個誇口說，還、還仗些膂力雄驍。既然要去，吾打一記進來。（貼）兄弟怎敢。（丑）蓋拉好勝儕！（貼）哥哥，願你燕然勒記功名耀，刀環賜榮歸及早。（丑）兄弟，我出去子，倘有人欺瞞吾，耐子點罷。凡百事逆來順受，弗是怕別人吓，娘年邁，莫把氣來淘。

　　（貼）是。（丑）兄弟，我就此拜別。（拜介）

【哭相思】楊柳低垂已暮春，雁行相送淚沾襟。須知此地
一回別，明日千山阻白雲。

　　兄弟吓，娘是交托拉吓，要孝順個噱。小兄弟，看管好子吓，
我去哉。（貼）是，哥哥路上須要小心，得勝了就回來。（丑）
吷，是哉，吥居去罷，我去哉。（貼走，丑叫轉介）兄弟轉來。
（貼）哥哥怎麼？（丑）娘沒……（哭介）罷，弗說哉，去罷……
（丑、貼哭下）

按　語 _____ ✎

〔一〕本齣出自朱雲從撰《兒孫福》第十七齣〈托弟〉。

〔二〕選刊此齣的坊刻散齣選本還有聞正堂刊《綴白裘全集》。

兒孫福・報喜

老旦：顏真，徐小樓之妻，徐乾、徐元、徐亨、徐利、徐貞之母。

貼：徐貞，徐家么兒。

末、小生、生、外：報喜人。

付：傳聖旨的官員。

　　　（老旦上）

【粉蝶兒】百折千磨，受盡了百折千磨，卻把俺兒女每生活播，好教俺終日裡痛子悲夫！對孤燈，憐瘦影，苦捱朝暮。零落辰星并夜火，受盡淒涼不堪數。（貼）母親拜揖。（老旦）兒吓，我年近七旬，傷貧病極，生計絕無，如何是好？（貼）母親請免愁煩，孩兒欲往郊外拾些野菜枯枝，不知母親容否？（老旦）兒吓，你去便去，只要就回。（貼）曉得。取菜供餐飯，聊且拾枯枝。（下）（老旦）見了些冷清清山補頹垣，慘淒淒雲穿牖戶。

　　　（末、小生上）走吓。

【泣顏回】捷報賞些多，敢辭跋涉奔波。十年燈火，博金鑾名字傳呼。（末）哥吓，一路問來，此是徐府了，不免打將進去。啲！老婆子，快請徐太夫人出來。（老旦）吓，阿呀，你們是什麼人啊？（末）我每是報喜的。（老旦）報什麼喜事？（末）此間徐府大公子高中狀元，特來報喜。（老旦）大公子叫什麼名字？（小生）報條在此，尊諱是徐乾。（老旦）徐乾是我大孩兒吓。

（末、小生）原來是太夫人，小人每叩頭！（老旦）阿呀，阿呀，請起請起，折殺了老身！小兒雖叫徐乾，只是久已失散在外，況又不曾讀書，這狀元何來？（末、小生）我每是吏部堂上買來的條紙，照著鄉貫姓名報的，哪知讀書不讀書。太夫人請收了喜單，我每還要到別家去報。況遊街已過，指日裡歸鄉故。我每還要到別家去報，少刻來領賞罷。我須是報事無差，好賞我十萬青蚨。（下）

　　（老旦）吓，報事的轉來，轉來！還有話問你……呀，他每竟自去了。這事好生奇怪，難道當真是我大孩兒中了狀元？

【石榴花】他說道狀元賜敕荷君多，一霎時天樣喜事報高科。捷報：「貴府老爺徐諱乾，殿試第一甲第一名，狀元及第。」阿呀，阿呀，一字也不差，諒不是無端浪語會傳訛。我莫非在此做夢？莫不是積思勞苦夢入南柯？且住，難道方纔這些人也是做夢不成？況且這喜單現在。且憑著捷報喜單，將前情一一來分訴。決不是有影無形險賺騰那。這一幅報條兒，這一幅報條兒，端的是眷皇都。阿呀蒼天吓！若果是我孩兒有這一日，將從前冤苦盡消磨。

　　（生、外扮報人上）

【泣顏回】羨他神武掇巍科，須當捷報如梭。此間已是，不免打將進去。（老旦）阿呀，列位不要動手，喜單在此，拿了去就是了。（外、生）哪個先來報了？這是假的。（老旦）我原說報差了，拿了去。（生、外）徐乾？名字就不是了，請看，我每纔是真的。（老旦）捷報：「貴府老爺徐諱亨，武場殿試第一甲第一名武狀元及第。」阿呀呀，也是假的了。（生、外）我每在兵部堂上買來的條紙，怎得有差。名登虎榜，傳來條紙非訛。況聖明欽

賜，武狀元及第歸故鄉。（老旦）徐亨原是我第二個小兒，他又不曾去赴試，這狀元何來？（外、生）原來是太夫人，小的每叩頭！我每不管，且放紙條在此。我每還要到別家去報，明日來領賞。我須是報事無差，好賞我十萬青蚨。（下）

　　（老旦）吓，報人轉來，報人轉來，不是我家呀。他每竟自去了。且住，今日還是做夢還是真的？好叫我猜疑不定也。

【鬥鵪鶉】鬧攘攘捷報頻來，鬧攘攘捷報頻來，急煎煎難分頭路。喜孜孜笑臉頻開，臉孜孜笑臉頻開，一會兒心搖膽怖。我那徐亨的兒吓，倘然你果有這一日，真個是富貴尋人話不誣，承望一旦賜恩波。憑著那兄弟聯登，憑著那兄弟聯登，說不盡歡來獨我。

　　（小生、末扮報子上）

【查字令】喘吁吁前來報事因，望巴巴犒賞天來大。這裡有個徐府，不知哪一家？有個家婆子在此，不免問他一聲。老媽媽，借問一聲。（老旦）問什麼？（末、小生）此間有個徐府住在哪裡？（老旦）這裡只有我家姓徐，沒有什麼徐府。（小生、末）只有一家，想必是了。你家老爺做了官，我每特來報喜。（老旦）方纔報過了兩次：一起說是文狀元，一起說是武狀元，不知是哪一起？（末、小生）多是假的，我每纔是真的：聖上欽賜光祿大夫！（老旦）又是什麼光祿大夫？我曉得，真正在此做夢了。（小生、末）青天白日，說什麼做夢。現有報單在此。一霎時頒動欽賜恩，覘巍巍立就鰲台閣。明晃晃名姓高標，明晃晃姓名高標，威赫赫品爵賜光祿。請看。（老旦）捷報：「貴府老爺徐諱利，欽賜光祿大夫。」這是我第三孩兒。（小生、末）原來就是太夫人，小的每叩頭！（老旦）請起請起。（小生、末）太夫人且

請收了喜單，我每轉來領賞。憑著我捷報如飛，憑著我捷報如飛，回來領賞必須多。（下）

（老旦）阿呀，哈哈哈……不信有這等事，難道我三個孩兒俱多飄散在外，一個個做了官了？吓，原來做官是這等容易的。

【上小樓】笑吟吟喜氣添，亂紛紛樂事孛。恰便是錦繡成堆，恰便是錦繡成堆，翠繞珠圍，環珮裙拖。俺只怕難受皇恩，俺只怕難受皇恩，榮華迭降，非常洪福，誰料在桑榆暮景？

（外、末引付上）

【疊字燈蛾】眷眷的聖明君主，顯顯的椒房親屬，緊緊的府道官，肅肅的軍兵護。此間是了。婆子，快請國太夫人出來！（老旦）又是什麼事？（付）當今皇后徐娘娘生了太子，聖上冊立為后，因此特召國太夫人並國舅進京；快請出來接旨！（老旦）吓！我女兒已冊立為后了？（付）原來就是國太夫人，小官叩頭！（眾）從役們叩頭！（老旦）阿呀，請起請起。只怕沒有此事吓。（付）吓，現有敕封聖旨到來，怎敢假得？（眾）敕旨遙臨，遍人民仰顧。速速的共赴黃堂，速速的共赴黃堂，緊緊的前行開講。（貼上）野菜和根煮，生柴帶葉燒。母親，這些是什麼人？（老旦）這些人麼，是聖人差來的，道你姐姐已冊立為后，詔書到來，要你同去開讀。（貼）原來如此！（付）這是什麼人？（老旦）這就是國舅了。（付）吓，國舅在上，小官叩頭！（貼）請起。（眾）從人每叩頭！（貼）起來。（付）就請國舅爺上馬。（眾應介）（貼）這是我不去的嘘。（付）聖旨怎好違得？叫左右帶馬來，扶了國舅爺上馬。（眾）端的一朝富貴到皇都。（下）

（老旦）我兒，看仔細！（笑介）不想我女兒立為皇后，這樣喜事，亙古未有，正所謂「苦盡甜來」。

【尾】天恩下降均沾露，德澤陽春同佈。管取子女爭榮樂太和。（下）

按　語

〔一〕本齣出自朱雲從撰《兒孫福》，此劇存世有清康熙十年鈔本，殘上卷十八齣，沒有〈報喜〉，本齣可供輯佚。

〔二〕《審音鑑古錄》也選刊此齣。

連環記・議劍

生：王允，司徒。

外：王允的下屬。

付：**曹操，驍騎校尉。**

（生冠帶上）

【引】官僚不合生矛盾，漫教晝夜縈心。上方假劍斬奸臣，何日礪吾霜刃。[1]

　　赤手難將捋虎鬚，勞心焦思日躊躕。亂臣賊子《春秋》例，記得人人盡可誅。下官王允。前日在溫明園中，聞得丁建陽與呂布領兵，前來征討董賊。連日不聞捷報，好生放心不下。我已差人打聽，待他回來便知分曉。（外上）忙將意外事，報與老爺知。老爺在哪裡？（生）你回來了麼？（外）小人回來了。（生）著你打聽事情怎麼樣了？（外）不好了！那呂布殺了丁建陽，反投入董府去了。（生驚介）怎麼講？（外）呂布殺了丁建陽，反投入董府去了！（生）甚麼要緊事情，這等大驚小怪！（外）是是是。（生）過來。（外）有。（生）你到書房中去取古史一冊、寶劍一口，一壁廂去請曹驍騎到來議事。（外）是，曉得。（生）來，說我在此立等。（外）吓。（下）

---

[1] 底本作「何日利吾雙刃」，據清鈔本《連環記》（《古本戲曲叢刊》初集景印）改。

（生）阿呀，吾聞呂布有萬夫不當之勇，殺了丁源，反投董賊。咏，正所謂「虎添雙翼」也！

【錦纏道】滿胸臆，抱國憂頭將變白。他收猛士有萬人敵。怪奸賊，猶如虎添雙翼。我欲斷海中鰲撐持四極，又欲煉火中丹補修天隙，這嘉謀漫籌畫。夢常繞洛陽故國，仰天空淚滴。想鬼燐明滅空庭草碧，老天阿老天，嘆中原恢復不知是何日！

（外上）古史書堪讀，青鋒劍可磨。古史、寶劍有了。（生）放下。（外）吓。（生）曹爺可曾請下麼？（外）已曾請下，即刻就到。（生）到時疾忙通報。（外）吓。（同下）

（老、貼扮小軍，引付上）

【引】匏瓜不識人休訝，我壯懷自惜年華。

下官曹操，適纔王司徒大人相招，只得前去走遭。打導。（軍）到了。（付）通報。（軍）吓，門上哪位爺在？（外上）什麼人？（軍）曹爺到了。（外）少待。（軍）通報過了。（付）卸下。（軍）吓。（下）（外）老爺有請。

（生上）怎麼講？（外）曹爺到了。（生）道有請。（外）老爺出來。（付）呵呀，司徒大人。（生）驍騎。（付）老大人。（生）驍騎請。（付）老大人請。（生）驍騎是客，請吓。（付）老大人乃三朝元老，曹操這裡年渺職微，深蒙寵招，恐拂台命而來，焉敢僭越。（生）不是吓，一則漢相之後，二則太師門下，非比其他；還是驍騎請。（付）老大人說漢相之後，不勝惶恐；若說太師門下，曹操只得……（生）請！（付）吓，不敢不敢。（生）請吓。（付）既如此執意，只得從命了。（進揖，生敬坐介）請。（付）這是哪個坐的？（生）驍騎坐的。（付）又來了，曹操是何

等樣人，焉敢望坐。（生）哪有不坐之理！（付）理合侍立請教。
（生）相邀到此，未免有幾句話談談，豈有不坐的道理。（付）既
如此，傍坐了罷。（生）是客，不必過謙，請坐。（付）豈敢。前
日多蒙老大人厚覷，至今銘感五中。（生）豈敢。驍騎前日勦捕赤
眉，如此大功，理應奉賀。（付）多承厚儀，謝謝。（生）些須薄
敬，何謝之有。（付）豈敢。

　　（生）我們還是哪裡一會，直至如今了？（付）是在溫明園
中。（生）是吓，還是在溫明園中一會，直至今日了。（付）是
吓，在溫明園中一會，直至今日了。（生）便是。（付）那日，袁
將軍的言語也覺得忒性急了些。（生）不是吓，那袁本初是個有肝
膽的人，聽見太師的言語忒過分了，所以有此一番。（付）那日還
虧老大人在彼，若沒有老大人，幾乎了不得。（生）那日若不是驍
騎在彼，幾乎做出來。（付）全賴老大人！（生）驍騎之力！這
個……吓，驍騎，外面這幾日可有什麼新聞麼？（付）老大人，新
聞倒沒有，倒有一樁奇事。（生）什麼奇事？（付）近日呂布殺了
丁建陽，他反投入董府，老大人可知道麼？（生）下官倒不知。好
吓，太師又添了一員虎將，竟不曾去賀得。（付）賀什麼？賀什
麼？吉凶未定。（生）是吓，好個吉凶未定！（外送茶介）請吓。
（付）請。

　　（生）驍騎。（付）老大人。（生）下官偶得寶劍一口，未識
何名；古史一冊，蠹損了一句，聞得驍騎善于暗博，敢以請教。
（付）老大人又來難學生了！學生志在溫飽，不過飲酒食肉而已，
那古董行中一些也不解。前日，有個人拿了軸畫來賣……（生）是
什麼人畫的？（付）一軸是戴嵩的牛。（生）那一軸呢？（付）一
軸是韓幹的馬。我對那來人說，這馬又騎不得人，那牛又耕不得

田，要它何用。我說，你那裡有站得人起的牛糞、馬糞，我這裡倒用得著。（生）要它何用？（付）將它壓田最肥。（生）休得取笑。請觀此劍。（付）實實不諳。（生）不必太謙。敢問此劍何名？（付）如此說，乞借一觀。（生）請看。（付看劍介）好吓！紋如星行，光若波液。昔日吳國姬光用之刺王僚，非豪曹之比，真乃純鈎寶劍也！（生）豪曹是何物？（付）也是劍名，雖不如純鈎透甲傷人，亦可以削鐵如泥耳。（生）不能透甲傷人，是無用之物了。（付）怎說沒用？只是欠鋼而已。（生）好個「欠鋼而已」！古史一冊，蠹損了一句。（付）不消看得。蠹損的是上文如何道？（生）上文是「城門失火」。（付）這有何難，下文是「殃及池魚」了。（生）好個「殃及池魚」！

　　（付背介）阿呀，老頭兒好生古怪！老大人，曹操這裡知道了。（生）知道什麼來？（付）老大人，明人不用細說。僕雖不敏，以往察來，因見在董太師門下……僕豈是池中之物？曹操每欲招集義兵，明正其罪。近日呂布又歸順了他，猶如虎添雙翼，故此遲遲行事耳。（生）驍騎既在他門下往來，何不將此寶劍行事？也免得紛擾軍兵，則職事之功居多矣。（付）既如此，乞借一用。（生）驍騎若有此心，王允自當跪奉！（付）請起。老大人，但不知他近日行事如何？（生）驍騎，他近日呵，

【四邊靜】他他他、公然出入佯鑾駕，龍袍恣披掛。六尺擅稱孤，一心要圖霸。（合）純鈎出靶，風雲叱咤。乘隙刺奸邪，成功最為大。

　　（付）老大人。

【前腔】我承顏順旨防疑訝，謙謙實為詐。兵甲運胸中，眉睫仰人下。（合）純鈎出靶，風雲叱咤。乘隙刺奸邪，

成功最為大。

　　（付）老大人，曹操就此去也。（生）驍騎，他那裡李肅能謀呂布雄。（付）紛紛牙爪護身龍。（生）敵國舟中難恃險。（付）老大人，須知殺羿有逢蒙。請了。（欣下）

　　（生）驍騎請轉！（付）怎麼講？（生）驍騎到彼，須要小心行事，漢家四百年天下，全在此一舉。（付）老大人，這個我曉得，內事在我，外事在你。此事只有……（暗指天、指地、指你我，下）請了。

　　（生）請了。好了！下官日夜焦勞，思想欲殺董賊，不想方纔曹孟德慷慨前去。老天，老天！若能除此奸賊，上以肅清朝廷，下以奠安黎庶，漢家四百年宗社永保無虞，我王允就死在九泉之下，也得瞑目矣！咳，若能一劍除奸賊，我辦炷明香答上蒼！（下）

按　語

〔一〕本齣主體情節、曲文與鄭振鐸藏清鈔本《連環記》第十一折〈議劍〉接近。

〔二〕選抄此齣的散齣鈔本有：中國國家圖書館藏佚名抄《戲曲選抄》、中國藝術研究院藏佚名抄《崑弋曲選》、中國國家圖書館藏朱執堂抄《時劇集錦》、北京大學圖書館藏佚名抄《綴白裘選抄》。

連環記・梳妝

小生：呂布，投董卓後與董卓義結父子。
旦：董卓專房，董府中的管家婆。
小旦：貂蟬。
淨：董卓，太師。

　　（小生上）恨小非君子，無毒不丈夫。可恨老賊，不念父子之情，奪我夫妻之愛，不勝焦急。夜來司徒之言，未可遽信，不免潛入後堂，打聽貂蟬動靜則個。
【懶畫眉】只因淹滯虎牢關，失卻明珠淚暗彈，好姻緣反做惡姻緣。我潛身轉過雕欄畔，試聽貂蟬有甚言。（下）
　　（旦隨小旦上）
【前腔】輕移蓮步出蘭房，只見紅日曈曈上瑣窗。昨宵巫女會襄王，姣姿無奈腰肢怯。（旦拂鏡介）（小旦）欲整雲鬟懶傍妝。（小旦作梳妝介）
　　（小生上）
【前腔】日移花影上紗窗，一陣風來粉黛香。呀，那人在窗下試新妝，分明是一枝紅杏在牆頭上，你看，惹得遊蜂特地忙。
　　（小旦）
【前腔】錦雲拂鏡對殘妝，只見鬢亂釵橫分開雙鳳凰。香消色褪減容光。呀！是誰在窗外行蹤響？（小生）小將呂布

在此。（小旦）天呵，不覺滿面羞慚難躲藏。（淨內）貂蟬，
梳妝完了，前庭早膳。（旦慌將裙遮小生下）

　　（淨上）

【朝天子】殢雨尤雲一夢回，呀，日轉瑤階去，始起來。
漫攜仙子下陽臺，覷香腮，猶思枕上情懷。貂蟬。（小旦）
太師。（淨）好風流快哉，好風流快哉。

　　（小生上）今日覓不得，有時還再來。（淨）迴避。（小旦
下）

　　（小生）太師。（淨）你回來了麼？（小生）回來了。（淨）
為何歸得能遲？（小生）恐敵人未盡，四下搜捕，故此歸遲。
（淨）你是十三去的吓。（小生）是十三去的。（淨）十三，十
四，十五該你值禁，因你不在，我叫李肅替了你，你也該去謝他一
聲。（小生）他哪裡曉得禁中之事，差他替我。（淨）咻！因你不
在，著他替你，難道他幹壞了你的事？就是他幹壞了，你只好自家
去彌縫罷了。（小生）咹，他哪裡曉得禁中之事吓！（淨）咻！這
是我的好意。怎麼，倒惱我麼？咹，人家老子是惱得的麼？咻！正
是：酒逢知己千杯少，咳，就是替了你……（小旦內）請太師爺用
早膳。（淨）罷！話不投機半句多。（下）

　　（小生）咳，老賊呵老賊，

【前腔】說什麼話不投機半句多，此老胡為事，奈爾何。
簾間隱約露嫦娥，轉秋波，甚時再使相逢，把此心來試
他。

　　一段姻緣不得成，可憐淑女侍奸臣。侯門一入深如海，從此蕭
郎是外人。（下）

按　語

〔一〕本齣主體情節、曲文與鄭振鐸藏清鈔本《連環記》第二十五折〈梳妝〉接近。

〔二〕選刊此齣的坊刻散齣選本還有《玄雪譜》、《醉怡情》。選抄此齣的散齣鈔本有中國藝術研究院藏佚名抄《崑弋曲選》。

連環記・擲戟

小旦：貂蟬。
小生：呂布，投董卓後與董卓義結父子，封溫侯。
淨：董卓，太師。
外：李儒，董卓的謀士。
末：李肅，董卓的謀士。

（小旦上）

【引】一顰一笑總關情，暗自傷心曲。

　　這兩日太師身體勞倦，不時高臥。且喜他又去睡了，不免到後花園中閑步一回，少展悶懷。此間已是鳳儀亭了。待我口占一律：嗟哉鳳儀亭，四遶梧桐樹；鳳凰不見來，烏鴉日成隊。呀，來的好似溫侯，我且躲在一邊，待他來時，把言語打動他便了。

　　（小生上）偶來鳳儀亭，悶把欄杆倚。欲採芙蓉花，可憐隔秋水。那邊好似貂蟬模樣，待我閃在一邊，聽他說些什麼。

　　（小旦）

【鎖南枝】妾命薄，淚暗流，無媒逕路羞錯走。勉強侍衾裯，見人還自醜。嘆沉溺，誰援手？我欲見溫侯阿呀溫侯吓，怎能彀？

　　（小生）

【前腔】青青柳，嬌又柔，一枝已折在他人手。把往事付東流，良緣嘆不偶。簪可惜，雙鳳頭。這玉連環，空在

手。

（小旦）阿呀溫侯，你好負心吓！（小生）這是你父親將你送與太師為妾，怎麼倒說我負心？（小旦）天吓！中秋夜我爹爹送奴家與溫侯成親，不知你往哪裡去了，反見狂且。（小生）狂且是誰？（小旦）就是你太師！頓起不仁之心，將奴邀入府中淫污。奴家恨不能一死，今日得見溫侯，死也瞑目矣！（小生）聽小姐之言，與司徒無二。司徒不改初心，小姐，你的意見如何？（小旦）奴家誓死願從溫侯，不甘伏侍太師的嚕。（小生）咳，罷罷罷！只恨我虎牢關上來遲了。

【紅納襖】只指望上秦樓吹鳳簫，又誰知抱琵琶彈別調？香褪了含宿雨梨花貌，帶寬了舞東風楊柳腰。不能彀畫春山眉黛巧，羞見你轉秋波顏色姣。早知道相見難為情思也，何似當初不見高。

【前腔】（小旦）你只圖虎牢關功績高，頓忘了鳳頭簪恩愛好。同心帶急攘攘被他扯斷了，玉連環屹崢崢想你搥碎了。（小生）你好生伏侍太師去罷。（小旦）我今若不與溫侯同到老，願死在波心恨始消。溫侯請上，奴家有一拜。（小生）小將也有一拜。（小旦）你若念夫妻情義也，把我屍骸覆草茅。

（作跳，小生抱住介）咳，我今生若不得與你為夫婦，非蓋世英雄也！（淨上）貂蟬。（小旦慌下）

（淨）咻？你是呂布吓。（小生）呒，是呂布。（淨）你不到虎牢關上去理事，反在鳳儀亭戲我的愛姬，是何道理？（小生）王司徒將貂蟬送與我為妻，如何奪佔了？反說我戲你的愛姬！（淨）反了！反了！（奪戟介）畜生！

【撲燈蛾】你潛身鳳儀亭，潛身鳳儀亭，把我愛姬來調引。巧弄如簧舌，禮義全不思忖也，做出這般行徑。吓，畜生，你把我什麼人看待？（小生）不過是義父。（淨）可又來吓，你既稱父子昧彝倫。（合）頓叫人心中發忿，把方天戟擲下你殘生。（擲戟，小生避介）

（小生）

【前腔】你錦屏多玉人，錦屏多玉人，珠翠相輝映。瑣瑣裙釵女，你何必欺心謀佔也。（淨）你倒說我謀佔。咻！（擲戟，小生抬戟介）（小生）休得要笑中藏刀，使我百年夫婦割恩情。（合）頓叫人心中怒忿，把方天戟擲下你殘生。

（淨又擲戟，小生奪戟，淨跌介）（外上）不要動手！（小生下）（淨撞外，外跌介，淨騎外身上介）拿刀來，拿刀來！（外）主公，是我。（淨）你這禽獸！（打介）（外）我是李儒。（淨）李儒，看刀來！（外）主公不要打，我是李儒。（淨喘介）（外）主公為何大怒？（淨搖手介）（外）阿呀，主公，為什麼？（淨）就是呂布，反了！反了！（外）呂布便怎麼？（淨）他不在虎牢關上行事，反在鳳儀亭戲我的愛姬，戲我的愛姬。（外）原來為此。主公息怒，聽李儒一言。主公豈不聞楚莊王絕纓之故事乎？主公富貴已極，何惜一女子。既呂布所愛，何不賜之，彼必傾心經事，主公得天下如反掌耳。（淨）放你娘的屁！你的老婆肯讓與人麼？（外）這個使不得。（淨）還不走！快喚李肅來。（外）吓，李肅，太師爺喚。（下）

（末上）來了。勸君行正道，莫把念頭差。主公為何大怒？（淨）狗才！你荐得好人吓！（末）李肅不曾荐什麼人阿。（淨）那呂布不是你荐的？（末）吓，這是我荐的，那呂布好吓。（淨）

好，好，好！（末）為什麼？（淨）他不到虎牢關上理事，反在鳳儀亭戲我的愛姬。（末）有這等事！呂布無理，何不殺之？（淨）要殺，要殺吓。李肅，你先到王司徒家問他：把貂蟬送與我就說送與我，送與呂布就說送與呂布，怎麼送得不明不白，惹我父子在家撚酸吃醋？說得明白就罷；說不明白，找他首級回話。（末）曉得。（下）

　　（小旦上）

【賺】掩袖悲啼，舊恨新愁眉鎖翠。（淨）看你淚珠垂，似梨一枝輕帶雨。貂蟬。（小旦）太師吓。（淨）你為何，將身倒入人懷裡？（小旦）阿呀太師吓，妾身道溫侯乃太師之子，甚相敬重。誰想今日乘太師高臥，持戟入後堂戲妾。妾逃于鳳儀亭上，他又趕來，妾欲投水，被他抱住。正在生死之間，幸得太師來到，救了奴家的性命嘻。（淨）我怪狂且敢探虎穴，尋鸞侶。（小旦）使人驚愧。（淨）何須驚愧。

　　總是你那老兒沒分曉，把你許了我就罷了，怎麼又許呂布？咳，你好生伏侍呂布去罷。（小旦）阿呀，我爹爹只叫我伏侍太師，並不曾許什麼呂布嘻。（淨）咳，我老了，你伏侍呂布去罷，呂布好。（小旦）太師好！（淨）呂布好。（小旦）太師好！（淨）呂布好，呂布好，（看小旦忽笑介）如此，起來嘻。（小旦）是。（淨）只此一遭，後不為例吓。（小旦）太師。（淨）咳。

【長相思】[1]你拂拭淚痕，重施脂粉，新郎再嫁休辭。改絃再續，憐新棄舊，罷，罷！把恩愛都付與東流。（小旦）此

1　這支是南仙呂宮過曲【長拍】。

話不須提，我終身願托，誓無他意。此心今日惟有死，妾
豈暫相離？一馬一鞍立志，願鳥同比翼，樹效連枝。

　　（淨）我的兒，早又是你立志如此；不然，被他淫污，可不玷
辱了。（小旦）阿呀太師吓，妾恐此處不可久居，被呂布所害。
（淨）吓，也罷！我同你到郿塢中去罷。（小旦）郿塢中可居否？
（淨）那裡有三十年糧儲，外有甲兵數萬。事成，汝即為貴妃；不
成，守此亦堪娛老。（小旦）多謝太師。（淨）左右。（雜扮四小
軍，車伕同上）有。（淨）擺駕到郿塢去。（雜、眾）得令。
　　（合）

【短拍】郿塢繁華，妝成金屋，貯玉人翠遶珠圍。花木總
芳菲，長春景另是一壺天地。儀從隨行前去，看褰幬雙笑
漫同車。

【尾】百花裳，香旖旎，遊蜂偏惹好花枝，空逐東風上下
飛。（下）

按　語

〔一〕本齣主體情節、曲文與鄭振鐸藏清鈔本《連環記》第二十六
折〈擲戟〉接近。

〔二〕選刊此齣的坊刻散齣選本還有：《樂府玉樹英》、《歌林拾
翠》、《來鳳館合選古今傳奇》、石渠閣主人輯《綴白裘全集》、
《萬錦清音》、《醉怡情》、《方來館合選古今傳奇萬錦清音》。
選抄此齣的散齣鈔本有：中國國家圖書館藏佚名抄《曲選》、中國
藝術研究院藏佚名抄《崑弋曲選》。

雁翎甲・盜甲

丑：時遷，水滸好漢。

末（前）：徐寧家的僕人。

付（前）：秀蓮，徐寧家的婢女。

淨：何大，湖州老，賣豆腐的小販。

末（後）：湯隆，水滸好漢。

付（後）：白勝，水滸好漢。

　　（丑上）我做偷兒本事高，雞鳴狗盜其實妙。飛簷走脊捷如神，挖壁爬牆真個巧。入室穿房鬼不知，傾箱倒籠何曾曉。官銜本是「賊中郎」，綽號叫做「鼓上蚤」。我，時遷。奉宋大哥將令，著我到徐寧家去，偷取雁翎寶甲。我日裡行來，已是黃昏時分了。阿呀妙吓！你看：星迷霧鎖，月暗雲升。真個是天隨人願！不免前去走遭則個。（拍腿介）

【園林好】悄低聲行行自驚，（內打一更介）聽漏聲沉須提心自警，早又是更闌人靜。迤邐行來，已是他家門首了。待我放大了膽推它一下。（作推門介）咿！這門是響的。我推一下，響如鈴。（又推介）我住下，震如傾。（內打二更介）

【尹令】聽樵樓二[1]更交應，想他們夢魂方定。且住，只管

1　底本作「有」，參考上文，並據清康熙刊《偷甲記》（《古本戲曲叢刊》五集景印）改。

在此講話，怎麼弄個法兒進去便好……（想介）有了！我日裡行走的時節，那邊有一棵大樹，待我爬上去，跳過牆兒，有何不可。（踏上交椅介）你看這牆垣十分雄[2]勁。（踏交椅背上，跳下，胸前拔煤筒，吹火照介）（將紙策火吹熄，筒插腰裡介）咦！又是一重門。只見門戶重重，已到天臺第一層。

　　（內打三更介）呀！

【品令】三更正緊，看燈火尚微明，儀門疏散好馱輕。不免撬開它的。（腰裡拔斧，作撬門響介）（末內）吓，是哪個敲門？老漢起來了。（提燈籠上）忙將燈火照，誰人在外敲？是哪個？待我開門出看。（丑縮半邊，末兩邊照介）吓，什麼響？（丑爬進門介）（末）沒有什麼吓，想是風吹響的，不免關了門進去罷。（將燈籠放在地下，作關門，丑腰內拔火筒，吹映燈籠火介）（末）阿呀，火映了！（丑縮半邊介）（末）吓？風也沒有，為何火映了？奇吓！（丑做鬼叫介）（末）咦？這是鬼叫吓。（丑又叫介）（末拍額角拏燈籠介）呃嘿，我是不怕鬼的噓。（丑撒泥屑介）（末）淬！什麼？（丑又撒介）（末作寒顫顫抖介）呔！（渾下）（丑開門出看，又開大門介）咦，這老兒被我一嚇嚇了進去了。他時時震驚，也只為寶甲如瑜瑾。我營營自驚，還怕他一時接應，噴噴噥噥，雨去雲來送且迎。

　　（內打四更，丑慌介）阿呀！你聽，已是四更了。此時不動手，更待何時。（進介）

【豆葉黃】聽聲聲漏滴，夜半黃昏。聞得他那副甲藏在樓

上，待我爬上去取了他的呵。我肩重擔所任非輕，[3]怎做得風
燈泡影？這是閨房左右，須要手輕腳靈。（摸介）這頭是房
門，要緊的，不免撬開它的。（取斧撬介）（且內）秀蓮，秀蓮！
你聽外面什麼響吓？（付內）無僁個響。（且內）起來看看。賤
人，看仔細。（付擎紙燈火上）僁個響介？半夜三更，要我冷冰冰
介起來。（開門走出，將火照介）（丑從背後擎火筒吹映紙燈火
介）（付）阿呀，鬼火映裡哉！像是個隻貓哉，無僁個。（丑做貓
叫介）（付）吾說是個燒願個。呀，奶奶。（且內）是什麼響？
（付）無僁個，貓捉老虫了。（丑先爬進門，將腳絆付膀介）
（付）阿唷，阿唷！一個爛痔膀碰痛里哉。（丑又貓叫介）（付）
阿唷，阿唷！（渾下）（丑又開房門出介）妙阿！喜得他殘燈自
暝，他殘燈自暝，直逼到貓鼠同居，自批自評。我時遷今日
此來，原是不肯的。

【玉交枝】只為軍中嚴令，這奇功賽過偷營，梁山好漢威
名震。（到內室摸門介）咦，聽、聽酣呼聲息不住鳴，陽臺
霧鎖鴛鴦冷。（碰介）阿唷，苦惱！好頭顱撞得血淋，阿唷
呱！閃了好腰肢不禁痛疼。（作賊形下）

　　（淨扮湖州老上）阿噯，冷絲絲個，老媽起來牽豆腐洛。

【江兒水】早起營生計，朦朧睡未醒，巴巴望得天將明。
（丑左手捐箱，右手遮臉奔上）捉賊，捉賊！（對面將淨又頸，淨
跌倒，隨手搶淨頭上氈帽遮面介）捉賊，捉賊！（奔下）（淨爬起
介）阿呀，搗入娘鰻鯉！自家捐子一隻箱子，無頭無腦介亂銃，倒
話子作賊作賊。看他獐頭鼠腦向前奔，瞻前顧後藏餘影。

3　底本此句脫，參考曲格，並據清康熙刊《偷甲記》補。

（摸頭介）為沙頭浪有點冷絲絲……壞哉！大齊話弗差個，真真賊
無空過！一個氈帽不奇捉子去齊。方才骱住子奇挑奇介兩記……
（想介）呸！奇是做奇個賊，何大是做何大個豆腐，管奇僭事！
早起營生，惹甚無端災橫。（渾下）

　　　　（丑戴氈帽，捐箱，奔上）

【川撥棹】功成頃，漸天明將度影。喜城門出入無驚，喜
城門出入無驚。（放箱，坐正場吼喘，對兩場叫介）湯哥哥。
（末內應介）白兄弟。（付內應介）大哥！（末內又應介）兄弟。
（付內又應介）咦！我叫聲愈高他應聲愈輕。（末、付上）住
了。怕人聞風鶴驚，怕人聞風鶴驚。

　　　　（末、付）寶甲呢？（丑）在這裡。（末、付）好手段！
（丑）不敢欺。（末）我們如今拏了寶甲。（付）將黃袱包甲，背
上山去見宋大哥，你在後面引上山來便了。（丑）曉得了。

【尾聲】三人各自分頭奔，也多要勞思省。（付背包先下，
末後下）（丑跋身轉叫介）阿呀大哥轉來，大哥轉來。（末復上）
怎麼？（丑）一件要緊物事忘記拉瓨屋裡哉。（末）什麼東西？
（丑）兩把鉙子，一個鐵先生。（末）喲呸，這是小事，罷了。
（丑）罷夾沒罷唵，莫犯著風火雷霆號令申！（嬲箱退縮，渾
下）

按　語 ✎

〔一〕本齣出自范希哲撰《偷甲記》第拾伍齣〈偷甲〉。

爛柯山・逼休

旦：劉氏，玉天仙，朱買臣之妻。
生：朱買臣，貧儒。

（旦上）前世不修今受苦，嫁作村郎沒奈何。我乃劉家女，玉天仙是也。好笑我家爹爹沒見識，將奴嫁與朱買臣為妻，每日打柴為生，哪裡養得我活。何日是了？吓，也罷！待他回來，與他廝鬧一場，索了一紙休書，待奴另嫁一個俊俏郎君，且快活這下半世，有何不可。正是：情到不堪回首處，一齊分付與東風。（下）

（生上）好大雪吓！

【端正好】六花飛，彤雲靉，虛飄飄六花飛，昏慘慘彤雲靉，一霎時粉妝成殿閣樓臺。猶如那揉棉扯絮隨風擺，白茫茫無邊界。

【滾繡毬】頭直上亂紛紛雪又灑，耳邊廂疏喇喇風又擺。這雪呵，阻漁翁罷釣臺，凍樵夫怎打柴？更有那孟浩然那答兒安在？凍蘇秦聳背巡街。凍得來一方市戶千家閉，我只見十謁朱門九不開，提、提起來感嘆也傷懷。

說話之間，已是自家門首了。阿呀且住，我待叫門進去，那不賢之婦見我沒有柴回來，定然要與我廝鬧；欲待不叫門進去，外邊風雪又大，寒冷難當。也罷！只得軟軟叩門。吓，玉天仙，劉大姐，開門，開門。

（旦上）正要和他鬧，他在門外叫。想是窮短命的回家來了。

我正要與他尋個鬧頭，他倒在外邊叫門，待我門縫裡瞧他一瞧……看呀，你看這窮短命的，從早出去，這時候回來，柴稍兒也沒一根，虧他還要叫門！我且開他進來，看他怎麼。（生進門，抖衣介）（旦）呀啐！你這窮短命的，怎麼不在外邊打乾淨了進來？都打在自己家裡。你看：滿地多是水了。（生）不妨，待我踹乾淨了。（旦）我且問你，從早出去，這時候回來，打的柴在哪裡？（生）這等大雪，叫我怎生入山打柴？（旦）阿呀天哪，我待不罵你，忍不住老娘的口；欲待不打你，忍不住老娘的手。（打介）

（生）呀！

【倘秀才】我進門來不分一個皂白，你將我這凍臉上左拐來右拐，（旦）我便打了你這窮短命的便怎麼？（生）似你這好歹聞的婆娘也忒利害。（旦）窮短命的，何日是了？（生）將咱罵起來。（旦）你從早出去，至晚回來，打的柴在何處？（生）哪！覷著這朔風灌頂叫我頭難舉，冰結住吾的髭鬚口難開，劉家女才，你與我討把火來。

（旦）吓，你這幾年上打柴積下的銀子盛箱滿籠，討的小使、買的丫鬟、書童、琴童、連兒、伴兒，見你打柴辛苦回來，生的旺火、盪的熱酒，拿來與你煖寒！如今柴稍兒沒有一根，炭兒也沒有一星，還虧你開得這個牛口！

（生）

【滾繡毬】你終日介橫不拈、豎不占，討把火兒沒有，開口就罵人，動手就打人。（旦）你說我橫不拈、豎不占。我且問你，你有什麼長頭羅、短頭絹、大裁小剪、刺繡描龍叫我做？我也像別人家婦人，十個指頭打拿不開，便好說我橫草不拈、豎草不占。（生）你終日介橫不拈、豎不占，誰似你千自由百自在？

（且）這一發好笑了，你有什麼好穿的、好吃的與我？倒說千自由百自在。可不氣殺我也！（生）**我雖窮呵，又不曾少人家錢債。**（且）閉了口！窮得飯也沒得吃，還少人家錢債；若討債的上門來，把你皮都剝下來！（生）剝哪個的皮？（且）剝你的皮。（生）剝你的皮，你的皮！（且）你這光景，敢是要打我麼？羞也不羞？米也沒有一粒，還虧你要打人。打唏，打唏！（生）**我雖沒有米呵，比別人家論，年間積趲下些乾柴。**（且）天吓！你終日說那柴，終不然叫老娘吃那柴、穿那柴、咬那柴、嚼那柴！只怕你屁股裡窩出木頭來。（生）**休使乖、莫亂猜，我朱買臣呵，有一日脫麻衣換紫袍金帶。官居極品隨天子，玉天仙，走來，哪！**（且）呀啐，呀啐。（生）**執笏當胸奏御街，方顯得讀書人氣概。**

　　（且）氣概不氣概，老娘實實的要道出來。（生）阿呀妻吓，你道些什麼來？（且）朱買臣，巧言不如直道，掩耳當不得狐帽。你終日打柴為生，哪裡養得活我？不如寫一紙休書與我，待我另嫁一人，纔是個了當。（生）吓，妻阿，我和你做了二十年夫妻，就是千日歹也有一日好，虧你說出這般話來。（且）二十年的夫妻有什麼好處？（生）我今年四十九歲，命運不通；來年五十，上京求取功名，倘得一官半職，博得個紫袍金帶回來，你就是一位夫人了唏。（且）吓？你要做官？（生）要做官。（且）什麼官？敢是杉木官、柳木官、河裡水判官、廟裡泥判官？這樣人做了官，除非蛇叫三聲狗拽車，蚊子穿了答答靴，龜山水母賣包兒，王母娘娘推餅炙；這便是你做得官。（生）這等說起來，你的夫人也沒福做了。（且）我怎麼做不得夫人？憑著我好描畫、好針線，無兒女厮牽戀，能針黹、善油面，我有三從四德賢；哪裡不去嫁個好官員？朱

買臣，走來，我與你對著天頻祝願：便做鬼到黃泉，和你麻線道兒上也不相見！（生）阿喲，大姐，你不要把話兒說盡了，凡事將就些罷。（旦）你有什麼賢能文、賈誼才？把什麼去做官？

（生）

【朝天子】[1]我雖沒有賢能文賈誼才，又全不想趙貞女把麻裙包土築墳臺。（旦）虧你不識羞，扯張扳李。（生）將咱惡撲擺劃死搶白，阿呀妻吓！全不想舉案齊眉黛。

（旦）休書不寫，倒說什麼舉案齊眉。（生）我罵……（旦）你敢罵？你敢罵？

（生）

【快活三】[2]罵恁個潑賴的賤才！罵了，罵了。（旦）吓，朱買臣，罵便由你罵，休書是要寫的。（生）恁那裡索休離舌尖兒快。（旦）天吓！那東鄰西舍人家，哪個不曉得我四德三從？倒說我舌尖兒快。（生）恁道是四德三從可也少了幾劃。（旦）少什麼？你就說。（生）恁那里愛富嫌貧窄。（旦）倒說我愛富嫌貧。走來，且不說穿的吃的，就是這間房子，東邊飄過雪來，西邊括過雨來，外邊大下，裡頭小下；外邊不下，裡頭還下，虧你還要說嘴！（生）阿呀妻吓，自古道寒儒可也水同火礙，我是一個棟樑才，有誰來笑乖？看怎生樣擺劃？怎生般閙閧？我如今不得已只索擔柴賣。

（旦）擔柴賣也得，不擔柴賣也得；我只要休書！（生）我如今不寫休書猶可，若寫休書，猶如隔著千山萬水一般，那時，你要

1　這支是北中呂宮【快活三】，底本不確。

2　這支是北中呂宮【朝天子】，底本不確。

見我也不能夠，我要見你也不能夠了；還是忍耐些罷。（旦）我還
要見你這窮短命怎麼？（生）妻吓，我常是這樣不得功名也罷，倘
有一日功名到手，博得個紫袍金帶回來，那時節，不要在十字街頭，
攔住我的馬頭，說：「朱買臣，朱買臣，人家夫妻哪有不廝鬧的？我
那一日沒見識，與你廝鬧一場，休我出來，虧你下得這般毒手！」
大姐，那時節，不要把這罪名兒推在我身上來；凡事忍耐些罷。

　　（旦）你好痴吓！為了一紙休書，商量得不耐煩，計較得不耐
煩。我料你又無東閣西軒、南莊北舍，河內無船，岸上無田，人頭
上又無錢。只有一雙赤足、兩個空拳，把什麼去做官？朱買臣，你
如今寫一紙休書與我，你日後做了官，我也不來尋你——就叫化也
不來見你的面了。

　　（生）你看東鄰西舍人家，哪一個像我家終日吵鬧？成什麼體
面！（旦）這窮短命只是不肯寫。吓，我有個道理在此。喂！東鄰
西舍張娘娘、李娘娘聽者：朱買臣打柴為生，養妻不活，終日逼我
做……（生急掩住旦嘴介）阿呀妻阿，你豈不知舉案齊眉、布襖荊
釵的故事麼？（旦）我不曉得顧三顧四，我只要休書！

　　（生）

【脫布衫】全不想布襖荊釵，全不想布襖荊釵，活活潑潑
扯巷拖街。止不過寫與你休書，手摹上朗然明白。

　　（旦）你早是這等，何須廢老娘許多力氣。（生）你要休書，
教我怎麼樣寫。（旦）阿呀，休書俱[3]不會寫，還要去做官。待老
娘一發教導你罷。只寫我平日打公罵婆、罵丈夫、貪淫、嫉妒——
把這幾樣不賢之處寫在上面就是了。（生）你平日沒有這樣事，叫

3　疑是「都」。

我怎麼樣寫？（旦）平日雖沒有這樣事，這是寫休書的法兒，一句也少不得。（生）吓，一句也少不得。（生）難寫，難寫。（旦）不寫，我又喊了……

　　（生）

【小梁州】阿呀劉家女把桌兒搬抬，劉家女把桌兒搬抬。范杞梁與我安排，魯義姑把文房四寶快安排。這的是玉天仙使的計策，則我這朱買臣不把你做糟糠待。（旦）快寫！（生）卓、卓文君嫌的是相如色，梁山伯不戀著祝英台。罷罷罷！寫與你那賤才。

　　（旦）這便才是。（看介）這樣休書一千張也沒用。（生）怎麼沒用？（旦）休書上手摹、腳印多是沒有的。（生）痴婦人，休書既寫，何況手印。（打手印介）拿去！（旦）好，有志氣！朱買臣，你如今寫了休書，我和你一些相干沒有了。請出去，各尋道路。請。（生）一來天色晚了，二來外邊這樣大雪，叫我到哪裡去？容留我在此住了一晚去罷。（旦）今日寫了休書，外邊人哪個不知，誰個不曉？若容留你在家，豈不被人笑話。請出去。（生）出去凍死了也是一條性命。（旦）凍死了倒也乾淨！（生）也罷，你把中門閉上，我在此坐到天明就是了。（旦）你看這窮短命的，抵死不肯出去。吓，有了！安伯伯來得正好，朱買臣正在與我廝鬧。（生）呀，安道哥，安道哥在哪裡？（旦）在那邊。（生）安道哥吓。（旦關門介）

　　（生）呀！倒被他哄了。玉天仙，劉大姐，開門。（旦）朱買臣，你好痴吓！門是再也不開的了。（生）既不開門，還了我衣食飯碗。（旦）什麼衣食飯碗？（生）繩索、扁挑。（旦）不還你便怎麼？（生）不還我，豈不要餓死了？（旦）罷罷罷！老娘是軟心

腸的吓。朱買臣，繩索、扁挑在門檻底下，接了去罷。我如今有了這紙休書，但憑我去嫁人了。（下）

　　（生）阿呀天吓，天下人受苦無如我朱買臣也！

【雁兒落】正是人貧言語低，馬瘦精神細。龍居淺水池，虎落在平川地。橋攤人行者少，寺倒可也僧難住。官滿被吏人欺，時衰著鬼迷。我今日裡，趁不得我的心中意。阿吓玉天仙吓！皆因是依賢妻，有一日時來叫你纔認得，咻！有一日時來叫你纔認得。（下）

按　語

〔一〕本齣改編自元代佚名撰《朱太守風雪漁樵記》雜劇第二折。

爛柯山‧痴夢

旦：崔氏，會稽太守朱買臣的前妻。
生、末：官府的差官。
老旦：官府委派的管家婆、衙婆。
付：無徒，無賴之徒，崔氏的後夫。

（旦上）

【引】行路錯，做人差，我被旁人作話靶。

　　我，崔氏。避跡到此，喜得無徒尋我不見。今日王媽媽往親戚人家去了，怎麼這時候還不見回來？不免到門首去望他一望。

　　（生、末上）慣報陞遷事，能傳機密情。我們奉朱老爺之命，再尋不見他家裡，不知住在何處。（生）哥吓，這邊有個大娘子在那裡，不免問他一聲。（末）有理。大娘子，借問一聲，這裡朱老爺家住在哪裡？（旦）哪個什麼朱老爺？（生）他名字叫朱買臣老爺。（旦）他便怎麼樣？（末）他如今做了官了。（旦）做了什麼官？（生）就是這裡會稽太守。黃羅傘下金帶垂腰，白馬紅纓，前遮後擁，好不熱鬧！特差我們前來報喜，再也沒處問，望大娘子指引指引。（旦）吓！就是朱買臣麼？（生）正是。（旦）吓，他麼，住在前面爛柯山下。（生、末）吓，住在爛柯山下。如此，多謝了。（下）

　　（旦）哪哪哪！爛柯山下……（呆介）吓，原來朱買臣做了官了！咳！崔氏，崔氏，你當初若沒有這節事，方纔那報喜的到來，

何等歡喜，何等快活！今日的夫人怕不是我做麼？崔氏，崔氏，你如今悔之晚矣！他如今做了官，何等受用，我今要去認他，也不難吓。

【鎖南枝】只是我形齷齪，身邋遢，衣衫襤褸把人嚇殺。且住，我想他也不是負心的，又道是「一夜夫妻百夜恩」，他畢竟還想枕邊情，也不說當時話。咳！奴好似出園菜，倒做了落地花。細尋思，叫我如何迓？

（內打更介）呀，又早一更時分了。我且關門進去罷。咳！崔氏，崔氏，你好命苦，你好命薄也！

【前腔】奴命薄，天折罰，啐！一雙眼睛只當瞎。且住，我記得出嫁之時，我爹娘雙手遞我一杯酒，說道：「兒吓，兒吓，你嫁到那朱家去，千萬要做一個好媳婦，與你做爹娘的爭一口氣。」我記得叫一鞍將來配一馬。今日阿，好似一個蒂結了兩個瓜。咳，崔氏，崔氏吓！我被萬人嗔，又被萬人罵。

（旦睏介，雜扮皂役、末扮院子、老旦扮管家婆上）走吓，走吓。奉著恩官命，來尋舊夫人。開門，開門。

（旦）

【漁燈兒】為甚的亂敲門忒恁喢嚓？（眾）開門。（旦）為甚麼還敲得心急情切？（眾）開門。（旦）為甚麼特兀的裝痴做呆？為甚麼偏將茅舍撲登登敲打不絕？（眾）列位，男有男行，女有女伴，待管家婆上前去叫門。（老旦）說得有理，待我來。開門，開門。

（旦）

【錦漁燈】他敲的這聲音兒好像姐姐，（老旦）夫人開門。

（旦）[1]呀，他不住的叫夫人尋不出爺爺，（老旦）開門。
（旦）他敲的只管教人費口舌，他敲的又何等忒決裂。
　　（眾）

【錦上花】他那裡說了說，我這裡歇不歇，娘行何必恁周
折？你那裡忒古撤，我這裡特遠接，必竟開門相見便歡
悅，（旦）吓，待我開門來看，又道那寧貼。

　　（旦開門，見眾，作呆介）阿呀，你們這些人來做什麼？
（眾）列位逐班相見。（老旦）衙婆叩頭。（旦）阿呀呀，請起，
請起。（眾）從人們叩頭。（旦）起來，起來。（眾）皂隸叩頭。
（旦作驚介）阿呀，你們多是什麼人？（眾）奉朱老爺之命，特來
迎接夫人上任的。（旦）吓？你們是奉朱老爺之命，差來迎接我上
任的麼？（眾應介）（旦）阿呀，我好喜也！

【錦中拍】這的是令人喜悅，做甚麼鋪設？（眾）奉著恩
官命特來遠接。（旦）伯伯叔叔，有勞你們；媽媽，有勞你們。
（眾）小人們不勞言謝。請夫人上了鳳冠。（旦）妙吓！這鳳
冠似白雪那些辨別，（老旦）請夫人穿了霞帔。（旦）一片片
[2]金鋪翠貼。（眾）一椿椿交還盡也。打轎上來。（旦）且
慢。（眾）繡幰香車在門外迎接。（旦）阿呀，朱買臣吓，越
教人著疼熱。

　　（付上）殺！殺！殺個背夫逃走個臭花娘。
　　（旦）

【錦後拍】只看他手持著斧怕些些，（付）殺個花娘起來！

1　底本原無「旦」字，參酌文意補。
2　底本作「庄庄」，據《醉怡情》、《歌林拾翠》改。

（旦）怎不教人袖遮遮？（付）劈吤個花娘兩段沒好！（旦）呀，
諕、諕的砍人半截，諕砍人半截。（付）身浪個星紅堂堂花湯湯
個，纏替我脫下來！（旦）呀，待我脫嘘。我只得急忙脫卸。

（付）吤說個星人也要殺！（旦）無徒、無徒家有甚好豪傑？
苦切、苦切急將身攔遮。（付）殺個星娘毑個！（旦）阿呀住
了！這些人是殺不得的吓。（付）為啥？為啥殺弗得介？（旦）你
若殺了他們，是……哪哪哪！自有官府來捉你這癩頭黿。

　　（付）殺！殺！（眾下）（付）吤個臭花娘，背夫逃走麼？等
我劈吤一個陽笞介。（渾下）

　　（旦）從人們，從人們哪裡？這無徒去了，快取鳳冠快取霞帔
過來，待我穿，待我穿……呀？哪裡去了？呀啐，原來是一場大夢！
【尾】津津冷汗流不竭，塌伏著枕邊出血。（內打三更介）
呀，原來已是三鼓了。崔氏，崔氏，你好苦也！只有破壁殘燈零
碎月。

　　呀，你看，從人們又來了。咻！哈哈哈……（回頭哭下）

按　語

〔一〕本齣主體情節、曲文接近清康熙抄咸豐重訂鈔本《爛柯山》
十九齣。

〔二〕選刊此齣的坊刻散齣選本還有：《醉怡情》、《歌林拾翠》、
《萬錦清音》、閒正堂刊《綴白裘全集》。選抄此齣的散齣鈔本有
中國社科院圖書館藏《集錦》、中國國家圖書館藏朱執堂抄《時劇
集錦》。

昊天塔·五臺

生：楊延昭，楊六郎，楊令公的第六子。
末：山寺住持。
淨：楊延德，楊五郎，楊令公的第五子。
丑：番兵。

（內鳴金吶喊，生急上）休趕吓，休趕吓！踏破玉籠飛彩鳳，
蹬開金鎖走蛟龍。俺，楊延昭。奉母命到幽州昊天塔上，盜取爹爹
的骨殖而來。天色已晚，後面追兵又到，如何是好？來此已是五臺
山了，不免在此借宿一宵，明日早行。吓，和尚開門。（末上）慈
悲勝念千聲佛，作惡空燒萬炷香。是哪個？吓，原來是一位客官。
到此何幹？（生）我是遠方來的，只因天色已晚，前不巴村，後不
著店，欲借寶剎借宿一宵，明日早行，望乞方便。（末）如此，請
到裡面去，帶了馬進來。（生）是了。（末）客官。（生）師父。
（末）就在這裡安寢了罷。（生）是了。（末）客官……（生）怎
麼？（末）我有一個徒弟，他的性子不好，你恰不要睬他。（生）
我曉得。（末）請安置罷。（生）師父請便。（末下）（生）阿
呀，我那爹爹吓……

　　（淨上）呃，好酒也！
【新水令】歸來餘醉未曾醒，撞著俺禿爺爺也沒些兒乾
淨。（生）阿呀，我那爹爹吓……（淨）呀！莫不是山中老怪
樹？莫不是潭底毒龍精？他待要顯聖通靈，只俺這道高的

鬼神欽敬。

　　（生）阿呀，爹爹吓……（淨）咻！

【駐馬聽】只聽得噎噎哽哽，攪得俺無是無非廊下僧。
（生）阿呀，我那爹爹吓……（淨）他越哭得孤孤另另，莫不
是著鎗著箭那些賊殘兵？我靠山門倚定介背兒聽，聳雙肩
手抵著牙兒恨。（生）阿呀，爹爹吓……（淨）唗，攪得俺沸
沸騰騰，看綠蔭滿地禪房靜。

　　來此已是山門首了。吥！開門吓開門。（末上）來了。想是徒
弟回來了。（開門介）（淨吐介）阿呀呀，呸呸……（末）唔唔
唔，又吃得這般大醉回來。（淨）師父，徒弟沒有吃酒；那山下有
那爛狗肉，吃得嚓好爽快吓！（末）唔，出家人吃這樣東西，罪過
吓！（淨）師父，誰在這裡啼哭？（末）沒有。（淨）噯，徒弟上
山來明明聽得有人在此啼哭，怎麼說沒有？（末）吓，有一個遠方
來的客人，只因天色已晚，前不巴村，後不著店，在此借宿一宵，
明日早行的。（淨）咳，這樣來歷不明之人，留他娘則甚？（末）
出家人慈悲為本，方便為門。（淨）待嚓徒弟去問他。（末）唔，
你又來生事了。（淨）師父，徒弟不生事，師父你進去。（末）不
要闖禍，就進來吓。（末下）

　　（淨）吓吓，嚓不闖禍。咳，這等樣來歷不明之人，留他娘的
鳥！這狗頭在哪裡？吥！請了請了。你自哪裡來的？呸，也吥！
（生醒介）看刀！（淨）阿呀呀，嚓不闖禍，嚓不闖禍。（生）原
來是一個莽和尚。（淨）原來是一個莽漢子。我且問你，你自哪裡
來的？（生）俺來處來。（淨）來處來的。往哪裡去？（生）俺去
處去。（淨）去處去，也吥！

【步步嬌】莫不是負屈啣冤？只合要通名姓。（生）不通名

姓便怎麼？（淨）莫不是犯法違條恁的罪不輕？（生）俺也不犯什麼法。（淨）莫不是大膽的推車撞著這夥賊兵？（生）那些賊兵也不是俺的對手。（淨）呀，俺這裡連問你這兩三聲，恁那裡並沒有半句話兒來答應。

　　（生）我不答應便怎麼？（淨）俺這裡利害哩。（生）怎麼利害？（淨）俺這裡利害多哩。（生）你且說來。（淨）你且聽者：

【雁兒落】俺這裡便打了人也不則聲；俺這裡便罵了人也不回應；俺這裡便劫了人也沒個罪名；俺這裡便殺了人也不償命！呀，燄騰騰火燒人肉噴鼻腥，哪裡有惜飛蛾紗罩著燈？念幾句觀自在這便是超度他的經。阿呀客官吓，俺和你細說個分明，俺幼年間也曾殺得那番兵怕。客官吓，幾曾有信士心？到中年纔落髮纔得這為僧。

　　你道利害也不利害？（生）原來是個好和尚。俺實對你說了罷，俺是大宋來的。（淨）住了，你既是大宋來的，俺就要盤你一盤。（生）你盤我哪一家？（淨）那大宋呵，

【得勝令】有一個使金刀楊令公他的手段能，（生）他家有幾個兒子？（淨）他家有七個兒心腸硬。母親是佘太君，敕賜那天波樓也無邪佞。（生）他弟兄們怎麼樣了？（淨）阿呀客官吓，堪憐他弟兄們多死少不生，只俺在五臺山又為僧。（生）他家還有何人？（淨）有一個六郎兒鎮守在三關上。（生）你與他什麼稱呼？（淨）俺、俺和他一爹娘、親弟兄。（生）如此說來，是我五郎哥哥了。（淨）你莫非是我六郎賢弟麼？（生）正是。（淨）吓，賢弟在哪裡？（生）哥哥在哪裡？（淨）阿呀賢弟吓！（生）哥哥吓！（淨）纔得個相親，這會合真僥倖！賢弟到此何幹？（生）奉母親之命，到幽州昊天塔

上，盜取爹爹骨殖而來。（淨）吓！爹爹的骨殖在哪裡？（生）這不是麼。（淨）吓，阿呀爹爹吓！（生）阿呀爹爹吓！（淨拜介）阿呀爹爹吓，好傷情！把幽魂赴虜廷，把幽魂赴虜廷。[1]

（內吶喊介）（生）阿呀，哥哥，追兵來了，怎麼處？（淨）不妨，有愚兄在此。（同下）

（丑上）我做將軍怕戰鬥，不吃乾糧只吃肉。人人道我是能征慣戰的騷韃子[2]，誰知我是個畏刀避箭旳韓延壽？自家奉蕭后娘娘之命，著我看守楊老令公的骨殖，不想，被一個南蠻盜去，蕭后娘娘著我們連夜追來。這裡已是五臺山了，一定躲在這廟宇裡。呔！開門，開門！（淨、生同上）來了。（丑）快些開門！（淨開介）呔！（丑）阿唷唷！（殺介）

（淨）

【川撥棹】這厮怎便潑怎爭，這厮怎便潑怎爭。惱得俺無情火撲蹬蹬，拚卻殘生，撥殺個蒼蠅。我打（殺介）打怎個鵲巢兒也那貫頂。這厮你便得挺，這厮你便得挺，再打、打得你個滿天星。（丑）阿呀呀，你出家人難道沒有一個慈悲之念的麼？（淨）哈哈哈！休、休（丑）阿唷，阿唷！（淨）休道俺出家人沒個慈悲心，因此上惡向膽邊生。怎且來、來、來。（丑）阿呀，阿呀！（淨）償還俺老令公爹爹命。

（殺介）（丑敗下）（生）番兵已退，哥哥可同兄弟回去見見母親再來。（淨）咳，賢弟，俺既出了家，又入紅塵怎的？賢弟請

1　集古堂共賞齋本作「把幽魂一旦傾」。
2　集古堂共賞齋本作「狠漢子」。

上馬，待愚兄相送一程。（生）多謝哥哥。

　　（淨）

【清江引】番兵個個如梟獍，[3]殺得他無投奔。方顯得楊家虎口遭凌逆，今日裡顯楊家有後昆。

　　（生）哥哥請了。（下）（淨）也吒！誰敢來？吓！誰敢來？（笑介）哈哈哈……（笑下）

按　語

〔一〕本齣改編自元代朱凱撰《昊天塔孟良盜骨》雜劇第四折。

〔二〕底本正文版心標目〈盜骨〉，目錄頁標目〈五臺〉，內容演楊延昭五臺山會兄事，故本書依目錄頁。

〔三〕選抄此齣的散齣鈔本有中國藝術研究院藏佚名抄《崑弋曲選》、《零錦》。

3　集古堂共賞齋本作「追兵個個多兇狠」。

倒精忠・刺字

正旦：張氏，岳飛之妻。

生：岳飛。

老旦：岳飛之母。

付、淨、小生、丑：岳飛的部下。

（正旦上）

【一剪梅】侍姑餘力守蠶桑，夫志忠良，妾志純良。

　　既受蘋蘩托，須承菽水歡。妻賢夫禍少，子孝父心寬。妾身張氏，乃岳狀元之妻。我丈夫少孤貧窘，幸得婆婆三遷之教，稍成頭角。我父親為本郡太守，見我丈夫文武全才，將奴侍奉巾櫛；不幸我父物故。幸得兒夫忝中武科狀元，除授江南遊擊。雖則用武之秋，怎奈時乖運蹇！前在張招討麾下，有罪當刑，幸得宗留守救拔，致之幕下，連日出鎮荊河。我相公亦常告假省親，今已兩月不回，想有戎事羈身，不得回家。自古「公而忘私，國而忘家。」

（付、丑、淨、小生扮小軍，引生上）

【引】萱親年邁景斜陽，欲報君王，難捨萱堂。

　　（末扮院子接印介）老爺回來了。（生）你每多到轅門上去伺候，有事速來報我知道。（眾）吓。（下）（生）夫人。（正旦）相公回來了。（生）母親一向康泰否？（正旦）且喜平安（生）為何不見在堂上？（正旦）在南樓拜佛，兼看岳雲攻書。（生）既如此，與夫人同上樓去問安。（老旦）阿彌陀佛。（正旦）婆婆下樓

來了。

（老旦上）

【引】和丸教子喜飛黃，不望門牆，惟願流芳。

（生、正旦各見介）（生）母親請上，待孩兒拜見。（老旦）鞍馬勞頓，免了罷。（生）孩兒只為邦家多是非，久違膝下戲斑衣。（老旦）我做娘的不圖鼎食三牲奉，惟願芳名萬古知。我兒，你今日又回來怎麼？（生）孩兒在軍中，為放母親不下，因此匹馬回家省候。喜得母親身子康泰，孩兒始得放心。（老旦）我兒，你此言差矣！我做娘的呵，

【粉孩兒】熒熒的守孤燈，惟望你報君恩，立志揚名于世。（正旦接）豈因小節誤大機，論君親要識高低。（老旦接）古人云為國忘家，哪曾有公後先私？

（生）

【福馬郎】母親，幾度欲言仍自止，怕說著又添親怨憶，偷將淚滴。（正旦）相公，為甚沉吟無語，幾多嘆息？（老旦）岳飛，你心戚戚為何的？把衷腸事，說與吾知。

（生）告稟母親知道。（老旦）起來說。（生）孩兒非為別事，只為近日邊報到來，道金兵入寇，攻破汴京，二聖被擄，朝臣盡被腥羶，[1]因此孩兒嗟嘆。（老旦）吓，有這等事！你如今待要怎麼樣？（生）孩兒意欲奮志勤王，恐違孝道，故爾遲遲而行也。（老旦）咳，罷了吓罷了！我們不幸養你這等不肖子！自古道：「君親本是一體」，君父有難，為人臣者不能鞠躬盡瘁，可為忠乎？倘父母有病，為人子者不能侍奉湯藥，可為孝乎？今君父有

---

[1]　集古堂共賞齋本作「朝臣束手無計」。

難，正是你立志揚名之日，你今日反把我來藉口。你侍君不能盡忠，侍親焉能盡孝？不忠不孝，非吾子也，還來見我怎麼？快快走出去！

　　（生）母親，非是孩兒不能為國盡忠，孩兒正要稟知母親。今早宗留守聞知二聖被擄，呼痛不已，即將兵符、印信付與孩兒，要孩兒為國報仇雪恥。孩兒曾再三以親老為辭，那宗留守連呼渡河殺賊，嘔血而亡了。（老旦）吓！那宗留守死了！咳，可惜！好一個忠臣吓！（生）孩兒欲養親行孝，恐有負於朝廷；欲盡忠報國，又恐移憂於母親。因此進退兩難，望母親教訓。（老旦）好胡說！你不曾出仕，乃父母之身；你既授職於朝廷，乃朝廷之身也。自你父親亡後，我做娘的伶仃孤苦，教養你成人，指望你立志揚名，以顯父母教子之功。你今日以我衰朽之年，累你為不忠之事，我何以生為？

　　（生）母親，事雖如此，只是還有一說。自古壯士臨陣，非死即傷，孩兒此去存亡未卜，母親在堂無人照顧，媳婦是個女流，問寢不周，孫兒[2]岳雲又在年幼，教孩兒如何放心得下？（老旦）這個不妨。（正旦）相公，妾聞「公而忘私，國而忘家」婆婆節義自持，相公當以忠義為重。婆婆在堂，妾身自能奉養；孩兒年幼，我當訓誨。你可放心前去，不必掛念。（生）阿呀，若得夫人如此，下官感激非淺也！（揖介）

【紅芍藥】蒙意美，侍奉親闈，須替我問寢晨雞。（老旦接）男子漢不流離別淚，你速行吾心方喜。（正旦接）相公，須知家庭事切莫提，但前去莫思回退。你親老我自扶

2　底本作「孩兒」，參酌文意改。

持，你幼小我當訓誨。

（生）夫人，下官此去呵，

【耍孩兒】拚取此身全忠義，馬革裹屍還，夫人吓，再、再、再休想望我生回。（老旦接）咏！多言！大丈夫一死何足慮，對妻兒絮聒成何濟。吓，我曉得，你敢犯著逆親罪？

（生）母親，孩兒侍奉無期，可有什麼言語囑付，孩兒早晚以為憶記。（老旦）吓，原來你要憶記麼？（生）是。（老旦）媳婦，取金針、筆硯過來。（正旦）是。（老旦）岳飛，過來跪了。（生）是。（老旦）朝上跪，卸下衣服來。（正旦）婆婆，金針、筆硯有了。（老旦）吓，岳飛吓岳飛：

【會河陽】我二十載諄諄，何言教你？既食君之祿怎無為？我將報國精忠，刺入血皮，當日夜牢牢記。念君，奮力把金兵退，念親，須早把捷音寄。

（付、淨[3]、小生、丑扮小軍上）

【縷縷金】齊隊伍，列旌旗，轅門宣將令，馬頻嘶。門上有人麼？（外扮院子上）什麼人？（眾）諸將多齊，請老爺議事。（外）曉得了。啟爺，各營諸將多齊，請老爺議事。（生）知道了，外廂伺候。（外）知道了，著你每外廂伺候。（眾）吓。

（生）夫人，下官此去呵，只是親老垂星鬢，孤兒年幼，衰親弱子，全在你干係。（正旦）全在我干係。

（老旦）岳飛過來。（生）有。（老旦）吾聞「王陵之母，成子之忠；陶侃之母，成子之孝」。你今徘徊留戀，皆因為我。（生）孩兒實是放母親不下。（老旦）你若再遲延，我當自刎以絕

3　底本作「末」，參考上文改。

汝念。（生）阿呀母親，不必如此！孩兒就此拜別。（拜介）

【越恁好】只得堦前頓首，堦前頓首，拜別慈闈。阿呀親娘吓！休將兒念，加餐飯，樂桑榆。夫人請上，下官就此拜別。（正旦）妾身也有一拜。鸞凰從此兩分離，叮嚀旖旎。

（生）帶馬。（老旦）岳飛過來，你此去若雪不得國家之恥，迎不得二聖回朝，你再休來見我！君父仇不共天須牢記，慈親語不可忘須當佩。

（眾）請上馬。

【紅繡鞋】揚鞭一擁如飛，如飛；轟天砲響如雷，如雷。安社稷，定綱紀。迎二聖，雪臣恥，敲金鐙，凱歌回。（下）

（老旦）兒吓！

【尾】我明知此去無歸理。（正旦）背地偷將珠淚垂。（老旦）媳婦，我方才教你丈夫去精忠報國，你敢有些怨我麼？（正旦）媳婦怎敢。（老旦）不怨我，好！這便纔是。媳婦，我豈不念骨肉團圓？也只怕臣道虧。

隨我進來。（正旦）是。（同下）

按　語

〔一〕本齣出自張大復撰《如是觀》第九齣。

倒精忠・草地

淨：兀朮，金軍統帥。
丑：牛皋，岳飛的部下。
末：王貴，岳飛的部下。
生：岳飛，宋軍統帥。
小生：岳雲，岳飛之子。

　　（外、付扮小軍，引淨上）
【剔銀燈】拔山力英雄虎羆，時不利烏騅不逝。追思戰剿歸來際，山河保唾手風雷。（淨）我欲恕人不人恕，人難容我我難容。俺，兀朮。自興兵以來，所向無敵，可恨岳飛這廝，屢屢敗我，也罷！今日再與他決一死戰。（眾）元帥，岳家兵勇勢不可當，小番每害怕哩。（淨）也罷，俺如今用個「石攔伏象」之計。（眾）怎麼叫「石攔伏象」之計？（淨）那岳飛神威，兵不可當。俺如今將鐵浮圖四下近遠埋伏，咱親自與他打話，俺便詐敗，誘他進陣。一聲砲響，四下將鐵浮圖團團圍住幾百層，又不與他交戰，只困他在內；那岳飛就是銅體鐵骨，也挨不得這幾日飢餓哩。（眾）元帥神機妙算，岳飛若死，俺們就得生了。（淨）一面傳令埋伏，一面殺出陣去與他打話。（眾應）（合）君臣，繫金珠盡掃，誰想道重顛沛？（下）
　　（二旦、末、丑引生上）
【前腔】君父仇不同在世，忠孝心死生難背。生來恨見胡

兒隊，不由人不怒從心起。嫩草怕霜霜怕日，惡人自有正神磨。我，岳飛。連復州郡，相近東京，爭奈兀朮傾國而來決戰，被我連挫其鋒。兀朮之勢已窮，掃蕩只在目下，昨日打下戰書，今日會戰日期。王貴，牛皋，你二人押住陣腳，我親自出馬以決勝負。（丑）元帥，待牛皋一馬當先，管教胡兒盡成齏粉，何勞元帥親自出馬。（末）元帥，兀朮屢敗，今日又來，恐其中有計，元帥不宜輕出。（生）且看他如何打話，我自有計。吩咐發砲進兵。（眾應）（合）君臣，繫金珠盡掃，誰想道重顛沛？

　　（眾、淨沖上殺，淨敗，生追下）（丑）你看，元帥把兀朮追下去了，我每把人馬札住，遠遠覷定便了。（丑）王哥，我牛皋看得眼熱了，也去殺他娘。（末）元帥有令，不可亂動。桃花飛亂將軍馬，雲影飄揚聖賜旗。（生追淨，架住介）元帥請住馬！兀朮有言奉告。（生）既有言語，火速道來。（淨）此間草坡之下儘可一談，請元帥少息戰馬，立談片時，少停再戰。（生）大丈夫以信義待人，就下馬何妨，請。（淨）元帥，吩咐兩傍將士不許放冷箭，傷人也不為好漢。（生）咦，我岳飛手中這鎗可以明正其罪，何言暗算。有何言語，可速道來。（淨）元帥神威，諸夷共仰！俺兀朮雖不才，也是一國之主，下禮卑詞，元帥居傲自尊，無一言回答。俺兀朮雖是粗鹵轆轆，可也頗曉一、二。（生）你便曉得什麼來？（淨）俺便怎麼不曉得？吾聞：「仲尼不為已甚，交以道，接以禮。」元帥固執，豈不為已甚乎？（生）咦，汝言差矣！自古天尊地卑，人尊獸卑。汝自不量，犯我中原、佔我城池、劫我聖上、腥羶我宮禁、擄掠我人民。如地居上而天居下，如獸居尊而人居卑，冠履顛倒，豈能安乎？使三尺童稚尚且羞拜犬羊，我岳飛清白傳家，忠孝自矢，豈肯忘君父之仇，而反受犬羊之賄？要我同心，可

也休想！（淨）元帥且休發怒，俺兀朮還有一言。（生）還有何言？（淨）凡事不可執意，自古識時務者呼為俊傑。元帥既以忠孝自居，必當以仁智為念。宋主已准和議，天下罷兵，兩邦和好，以息干戈。今元帥貪一己之功，背萬乘之主，可謂忠乎？元帥久戍沙場，令堂倚門而望，今元帥將父母之遺體甘冒白刃，遺白髮之親憂，可謂孝乎？驅無罪之生靈，飼空山之餓虎，可謂仁乎？內乏糧餉，外無救兵，身死無益，可謂智乎？失此四者，何以為英雄？元帥請自三思！（生）咳，我岳飛但知有君，不知有身。你不復我封疆，不送還二聖，反把花言巧語來說我。咳，兀朮吓兀朮，你這些言語也休講。（淨）元帥，你不要太欺人，俺兀朮，

【光光乍】如此下禮不回答，勸你恨不辣。（生）多請快上馬。（淨）如此，俺兀朮無禮了。挺鎗跳上能行馬，把宋兒殺得光光乍。（戰介）

　　（生）

【前腔】兀朮，我覷你似蝦蟆，尚敢嘴查查。迎我鎗尖方才罷，把胡兒殺得光光乍。（淨敗，生追下）

　　（末、丑）

【前腔】呀，旗影閃飛鴉，刀舞亂霜花。看來眼下教人怕，把沙場踐得光光乍。

　　（淨敗上）阿呀岳爺爺，饒俺兀朮罷！

【前腔】你休趕且饒咱，救苦叫菩薩。（生沖上）嗙！兀朮哪裡走？焰魔天拚取騰雲駕，鞭稍兒送你光光乍。（殺介）

　　（淨敗下，末）元帥，小將每在此。窮寇莫追，請元帥少息戰馬。（丑）待牛皋去生擒此賊。（生）住了！我等深入重地，不可亂動，恐有埋伏。（淨內叫）眾把都兒，將鐵浮圖團團圍住者。

（眾）得令。（外、三旦、淨沖上，圍即下）（生）呀，言之未已，果有埋伏！（丑）元帥，他逞浮圍之勢困我在垓心，不若及早衝將出去，殺他一個盡絕，纔為好漢。（生）兵法云：「避其銳，擊其歸，伺他軍氣稍怠。」我自有計，你每且把馬餵飽了再來。

（丑）好個自在性兒。正是：急驚風撞了慢郎中。（下內喊介）

　　（生）呀！

【風入松】看重重鐵騎八方排，待把咱每戕害。怎當我安然不動如山泰，料蟻隊蜂屯空擺。裹馬草英雄志來，說甚麼師戎償[1]敗應該。

　　（末、丑上）

【前腔】解鞍牧馬示襟懷，以逸俟他兵敗。元帥，馬已餵飽，只是人不及餐，怎麼處？（生）豈不聞「飢餐胡虜肉」，四下裡豈不是我的糧草麼？看攢山簇簇餱糧在，犬羊輩吃些何害。何必羅雀鼠別求物外？行仁[2]義莫生猜。

　　（內喊介）呀，你聽，東南角上喊殺連天，征塵蔽日，似有人在彼廝殺。牛皋，去看來。（丑得令下）（生）此處有座土山，上去一望。（小生同淨殺上，淨敗下）（丑沖上殺介，丑敗，小生追下）（生）呀，不好了！牛皋被穿白的小廝殺敗了。王貴，快去救應！（末）得令。（下）

　　（生）你看，穿白的小廝使得好兩柄銀鎚也！

【急三鎗】看他馬前衝，車後擋，似飛龍勢。神斧劈，泰

1　底本作「憤」，據清康熙間鈔本《如是觀》（《古本戲曲叢刊》三集景印）改。

2　底本「仁」字脫，據清康熙間鈔本《如是觀》補。

山開。

　　（小生、丑上）（末）住了！小將軍且不要亂殺，請留名。
（小生）不必通名，要見岳元帥的。（末、丑）元帥是你何人？
（小生）是我父親。（丑）呸！怪道殺他不過。（末）那繡旗下的
便是元帥。（小生）相煩引見。（末）這裡來。元帥，小將軍到
了。（小生）爹爹，孩兒岳雲在此。（生）面裹塵沙，認不出面
容。通名上來。（小生）爹爹，孩兒岳雲在此。（生）吓，岳雲！
是我孩兒。阿呀兒吓，

【前腔】你因何事，輕身到沙場？把家中事，說明白。

　　（小生）

【風入松】道爹爹降虜背君來[3]，把家屬盡皆扭解。（生）
婆婆、母親怎麼樣了？（小生）婆婆、母親呵，恐除根斬草遭毒
害，叫孩兒逃生邊寨。（生）可知下落？（小生）知此去存
亡好歹，思量起淚盈腮。

【前腔】[4]阿呀親娘吓！兒不孝，貽親累，家園敗。（末）元
帥，今日患難之際得小將軍幫助，天賜成功，家庭之事且莫悲傷，
以亂軍心。（生）言之有理。我兒，如今二聖尚且分離，我和你父
子相逢，就同葬沙場，是所願也，我死忠，母死節，兒死孝。
死得所，不須哀。

　　（小生）爹爹，憑著孩兒兩柄銀鎚，殺出重圍便了。（生）有
理。眾將官，隨小將軍殺出重圍。（眾）得令。

　　（合）

3　底本「背君來」三字脫，據清康熙間鈔本《如是觀》補。
4　這支是【急三鎗】，底本不確。

【風入松】雙龍飛出鐵城開，潮湧山崩人敗。銀冠兒勇猛岳爺愛，行到處5馬蹄羅敗。不怕死誰人敢來？頭額軟不經捱。

按　語

〔一〕本齣出自張大復撰《如是觀》第二十四齣。

5　底本「處」字脫，據清康熙間鈔本《如是觀》補。

倒精忠・敗金

淨：兀朮，金太子，金軍統帥。

付：戚方，秦檜的手下。

老旦：金士兵。

外、末（前）：宋士兵。

末（後）：王貴，岳飛的部下。

丑：牛皋，岳飛的部下。

生：岳飛，宋軍統帥。

小生：岳雲，岳飛之子。

（二小番引淨上）

【山桃帶芙蓉】[1]岳元帥天神勇，又添個銀冠兒猛。（付內）太子爺請住馬。（眾）有奸細。（淨）我過來。（眾）捉住！（付跪介）（淨）咦！你可是奸細麼？看鎗。（付）小的不是奸細。（淨）是什麼人？（付）是秦丞相府中家將戚方。（淨）到此何幹？（付）行刺岳飛的。（淨）吓，起來講。（付）太子爺拜稟：也難防暗箭英雄送，翻身跳入刀鎗叢。（淨）那岳飛被你射死了麼？（付）射死了。（淨）好戚方！我的兒。（付）爺。（淨）你的功勞也不小，到後營酒飯。（付）多謝太子。（下）（淨大笑介）好洒樂吓，好洒樂吓！你們各各重整精神，一面差金

1　這支牌名應是【小桃帶芙蓉】，底本不確。

胡羅前去打聽。吩咐軍中宰牛殺馬賀喜者。（眾應介）咳，岳飛吓
岳飛，我一天好事已在我反掌之中，被你殺得俺奔走無門，豈知今
日死於一卒之手，豈非天意乎？到如今還把[2]英雄送。（內呼洒
樂介）滿營中歡呼酹[3]酒謝天公。

　　（老旦上）啟太子：小番們去打聽，岳飛果然死了。（淨）銀
冠兒呢？（老旦）自刎了，他營中哭聲振地，三軍慌亂，多逃散
了。（淨）洒樂吓，洒樂吓！我想岳家父子已死，牛皋、王貴濟得
甚事，俺如今可以橫行天下矣！

【醉花陰】銳氣英雄再重好，（內洒樂介）呀！滿營中歡聲
也那不小。小番們吓！（眾）太子爺。（淨）恁與俺旗旛再整
那馬重驃。（眾）太子，慶賀酒吃個酕醄。（淨）岳飛吓岳
飛，可憐你對西風還把那英雄弔，枉從前空自逞英豪，只
落得一箭身亡，把功勞似風掃。

　　（外、末上即下）（眾）啟太子爺，有奸細。（淨）與俺抓過
來。（眾應介）吓。（拿外、末上，眾）奸細當面。（淨）看鎗。
（外、末）阿呀，爺饒命吓！（淨）你們是什麼人？忙忙的往哪裡
去？（外、末）小的們是岳元帥手下的兵丁。（淨）既是兵丁，為
何如此慌張？（外、末）岳元帥父子身亡，那王貴、牛皋幹得甚
事？他二人呵，

【畫眉序】一味逞英豪，酷罰無能恣殘暴，更留連酗酒
色，有甚軍條。（淨）岳飛雖死，難道你們捨之前往？敢在我跟

2　底本作「他」，據清康熙間鈔本《如是觀》（《古本戲曲叢刊》三集景
　　印）改。
3　底本作「酬」，據清康熙間鈔本《如是觀》改。

前掉謊，看鎗！（外、末）岳爺死了，營中不日自散，我們不願為軍了，逃回家去各安生理，牧一個樹倒猢猻，免得做失林飛鳥。（淨）吓⋯⋯俺想他們多育妻兒老小在家，殺他們也無益，叫他們押步。（外、末）多謝太子爺！好了，**此身若得啣環報，再不去荷戟持刀**。（下）

　　（淨笑介）洒樂吓洒樂！岳家兵卒果然逃散了，俺如今直入長驅也，

【喜遷鶯】**做一個迅雷風掃，那沒頭蛇奮什麼雲霄得這虛囂？撞軍營似平堤坦道，怎如得向日的泰山價牢？**（眾）啟太子爺，進得營來，一個人影也沒有，莫非有計？（淨）咳，你們不見麼？他們的兵丁都已逃散了，有什麼計。**心安樂，自今日踢平山島，有誰人敢再逞謀略。**

　　（末、丑先殺上介，後生、小生殺上）（淨）阿呀，岳爺爺還在！（急敗下）（生）王貴，牛皋。（末、丑）有。（生）你二人可帶領五千鐵騎追趕兀朮，不許放走。（末、丑）得令。（下）

　　（生）岳雲過來。（小生）有。（生）與我連夜草成奏章，星夜往臨安報提。一面打聽你婆婆、母親消息，生死若何。（小生）應下。（眾小軍上）啟元帥，拿得一個放冷箭的戚方在此。（生）抓過來。（眾提付上）阿呀元帥，饒命吓！（生）唗！你這廝，我與你何仇，放此冷箭？若無襯甲在內，幾乎被你射傷，快招來，是何人所使？（付）非關小的之事，是秦丞相差我來的。（生）吓，原來是這奸賊，把他上了囚車，日後好做證見。（眾）得令。（下）

　　（生）眾將官，把人馬札住，往五國城中，迎請二聖還朝便了。（眾）得令。（合）

【滴溜子】從今後，金兀朮魂消膽落，誓滅完北賊，國仇得報，要把忠心略表。奸人枉用心，誰知有天報？兀的奸謀如若電掃。（眾下）

（淨上）岳爺，你使得好計也！

【出隊子】殺得俺無門可告，我對天上哭叫號，到如今會升天入地怎生逃？（內趕喊介，淨）阿呀，你們不要趕！俺兀朮自今以後呵，我再也不敢逞胡為把你中原攪，走吓，阿呀，走、走得俺悶昏昏盔歪鎗倒。（下）

（眾軍引末、丑上）

【鮑老催】不留一毫兒童老叟，只一刀日夜追趕難恕饒，除是天上飛地中鑽都追到。殺得他天昏地黑煙雲繞，兒啼女哭屍橫道，敗樹葉狂風掃。（下）

（淨上）殺壞了，殺壞了……（跌介）

【四門子】[4]阿呀！只見殺氣騰騰滿四郊，分不出前後哎！低高。想當日破宋英名好，到、到如今時乖一旦拋。（內）休走了兀朮！（淨）呀！只、只聽得休走了兀朮聲聲叫，罷吓！我只得棄兜矛裂下征袍。這壁廂、那壁廂望過週遭，雲影過似旗幟[5]飄，樹林中疑似弓刀，風聲[6]和鶴唳魂驚落。（內）拿兀朮！（淨）吓，啊呀兀朮吓，你霸業心赴水漂，霸業心赴水漂。（下）

4　這支是【刮地風】，底本不確。

5　底本作「雪」，據清康熙間鈔本《如是觀》（《古本戲曲叢刊》三集景印）改。

6　底本作「前」，參酌文意改。

（眾軍士，末、丑上）

【神仗兒】穿林渡島，雷轟電掃，聽哀聲滿道。料難輕輕饒了，都因今夜裡渠魁追勦。能削草肯留苗？能削草肯留苗？（下）

（淨上跌介）阿呀，阿呀，殺壞了，殺壞了……俺兀尤行了七晝夜，水米不曾打牙，單身獨騎往北而逃。吓，兀尤吓兀尤，你今日可也休矣。吓，岳飛，岳飛，我和你什麼死冤家，何以緊緊追咱怎的吓？（內喊介，起跌介，上馬又跌下馬介）阿呀，阿呀我的馬吓，你命在我，我命在你。阿唷！

【刮地風】[7]急煎煎盼不到藏身窖，戰、戰駒兒可也災星照[8]。人不及餐馬不及草，逞沙場不論昏和曉。爬的是山，渡的是濠。呀，知此去何方是了？知此去何方是了？（下）

按　語

〔一〕本齣出自張大復撰《如是觀》第二十六齣。

7　這支是【四門子】，底本不確。

8　底本作「招」，據清康熙間鈔本《如是觀》改。

倒精忠・獻金橋

外：鮑方，道士。
淨：兀朮，金軍的統帥。

　　（外上）得福何須喜，受禍也休悲。人間興廢事，只在幾多時。貧道鮑方是也，身列仙班，掌人間善惡。今有徽、欽二帝誤寫表章，玉帝大怒，差赤鬚龍攪亂江山。今將已數滿，合當還國，故差白虎將岳飛掃盡金兵。上帝見殺戮太重，又差角端擋住宋兵，又命我在此海岸中獻座金橋，渡過兀朮；此乃上天好生之德。（淨內喊介）呀，遠遠望見那兀朮來了，我且按下雲頭，看他如何措手。凡事勸人休祿祿，舉頭三尺有神明。（下）

　　（淨上）呔！休趕！休趕……

【水仙子】走走走、走得俺沒處逃，怎怎怎、怎說得窮寇休追最上著。聽聽聽、聽一派軍聲沸四郊，望望望、望一派刀鎗攪。行到此間已是北海了，你看：前無去路，後有追兵，俺兀朮今番死也！苦苦苦、苦悲歌垓下烏江到，皇天吓皇天，你救俺兀朮罷！做做做、做一個英雄死赴馮[1]夷棹。阿呀，阿呀你看那追兵漸漸的趕來了。也罷！不如跳入海內死了罷。（欲跳，獻橋介）（小鬼執旗介）呀呀呀，你看那海中忽獻出一座金

---

[1] 底本作「島」，據清康熙間鈔本《如是觀》（《古本戲曲叢刊》三集景印）改。

橋，多因是天上憐念。吓，不免拜禱，**謝謝謝、謝天意不肯滅**
金朝。

　　（上橋介）呔呔呔！誰敢來，誰敢來？哈哈哈……（笑下）

按　語 ✏

〔一〕本段出自張大復撰《如是觀》第二十六齣後半。

鳴鳳記・寫本

生：楊繼盛，兵部員外郎。
旦：劉氏，楊繼盛之妻。

（生上）

【緱山月】天步有乘除，仕路如反掌。豺狼盈帝里，筆劍須誅攘。

三年宦興落風塵，事業曉雲輕。昨將舊冠重整，義氣滿乾坤。悲凄楚，羨溫生，笑陽城。萬言時事，千古高風，一片丹心。我，楊繼盛。向為諫阻馬市，謫貶萬里邊城，今因仇賊奸謀敗露，聖上道下官前言不謬，欽陞孤臣為兵部武選司員外郎之職。竊喜不死逆黨之手，以為萬幸，而又轉遷如此之速，則自今以往之年，皆聖上再生之身；自今以往之官，皆聖上特賜之恩也。既然，感激天恩，敢不捨身圖報？目今蜥蜴雖除，虎狼入室。嚴嵩父子秉政弄權，妒賢嫉能，誅戮上干首相；賣官鬻爵，取利下盡錙銖；以刑餘為腹心，招羣奸為子弟……若不早除賊黨，必至大害忠良。向日王宗茂、徐學詩、沈練等雖常劾奏，不過止言其貪污而已。若其大逆無道，聖明尚在未知，下官目覩其奸，豈容坐視。今晚就此燈下草成奏章，明早上瀆天聽，倘蒙見准，朝野肅清在此一本也。咳，這賊臣僭竊多端，正所謂「罄南山之竹，書罪無窮；決東海之波，流惡難盡」。這一幅有限的奏章，叫我如何寫得盡吓！

【解三酲】恨權臣協謀助黨，專朝政顛覆朝綱。我寫不出

他滔天的深罪樣，寫不出他欺罔的暗中腸。他罪惡多端，叫我從哪一頭寫起？吓，有了！我只寫他一門六貴同生亂，更兼他四海交通貨利場。還思想，畢竟是衷情剴切，面訴君王。

（作手疼介）呀，我這手指，向被問官栳壞，不免有些傷損，纔寫得數行，就疼痛起來。噯，莫說疼痛，我楊繼盛就死何惜！

【前腔】嘆孤臣溝渠誓喪，祇為那元惡猖狂。我楊繼盛雖非諫官，若我不言，再無人言矣。怪當朝誰肯攀廷檻？又誰個敢牽裳？奇怪，又寫得兩行，這手指就流血起來。咳，且由它！我一心要展擎天手，管不得十指淋漓血染章。還思想，此本一上，不要說是言言剴切，只須這淚痕血迹，感動君王。

（內作鬼聲介）吓，好奇怪！四面絕無人聲，是什麼響？敢是鬼聲？

【太師引】細推詳，這是誰作響？我心中自忖量。我曉得了，也不是什麼鬼，敢是我祖宗的亡靈，恐我有禍，教我不要上這本吓。敢是我亡親垂念？我那祖宗，但願你子孫做得個忠臣孝子，須教你萬古稱揚。大抵，覆宗絕嗣也是個大數，何慮著宗支淪喪。吓，祖宗吓祖宗，你不要叫了，縱然你哀鳴千狀，我此心斷易不轉，怎阻我筆底鋒芒？我楊繼盛今日就死，也強如李斯夷族趙高亡。

（鬼上介）（生）呀，不惟聞其聲，抑且見其形！

【前腔】這是幽冥，誰劣像？你今在此現形呵，似教我封章勿上。你雖然如此，怎當我讜言方壯，你去罷，休得要在此悽惶。我曉得了，你也不是什麼鬼，想是我忠魂遊蕩，我就死呵也須做屬鬼顛狂。人生在世，左右一死。生如寄、死誰曰

難？須知道安金藏剖腹屠腸。

　　（鬼滅燈下）（生）丫鬟，小廝。

　　（旦上）

【生查子】良人素秉忠，封事頻頻上。

　　（生見介）呀，原來是夫人，為何秉燭而來？（旦）此際已將半夜，丫鬟們俱已睡熟，妾聞相公在此喧嚷，故特秉燭而來。

　　（生）吓，夫人，好奇怪。下官方纔在此寫本，忽聽得四面潛作鬼聲。少頃，燈下現出一鬼，披髮赤身，滿面流血，似有悲切之狀，竟把燈兒打滅去了。（旦）此事奇怪，恐非吉兆。請問相公在此寫何奏章？（生）此乃國家大事，非夫人輩所宜知，問他怎的。

　　（旦）妾聞皋、夔、稷、契優遊無事，謂之良臣；龍逢、比干因諫而死，謂之忠臣。妾願相公為良臣，不願相公為忠臣。（生）夫人，忠、良本無二理，顧身之遇與不遇耳。皋、夔、稷、契遭逢堯舜，故得吁咈一堂，設使當龍逢、比干之時，敢不竭忠盡諫？

　　（旦）妾聞君子見幾，達人知命。陳平不為王陵之戇，卒至安劉；仁傑不為遂良之直，終能取周[1]。王章殺身，忤王鳳也；鄴侯寄館，避元載也。況相公職非諫官，事在得已，縱然要做忠臣，養其身以有待，如何？（生）夫人，食人之祿，當分人之憂。苟利社稷，死生以之。呂奉先為國而殺董卓；鄭虎臣為民而誅似道。匹夫尚然有志，臣子豈容無為。我自草茅韋布之時，常恨不能見用；今見用矣，猶曰彼非吾職而不言，是終無可言之日也！況今言路諸臣，不過杜欽、谷永者流，摭拾浮詞以塞責耳。若我坐視，元奸大惡豈能剪除？

1　底本作「日」，據《萬錦清音》、《方來館合選古今傳奇萬錦清音》改。

（旦）呀，察言觀色，洞見其衷。相公，此本莫非要劾嚴老麼？（生）然也！（旦）呀，相公吓，妾聞「投鼠必忌其器，毀櫝恐傷其珠。」嚴老寵固君心，賄通內監，夏太師且受其殃，曾御史並遭其毒。今上既信他大詐若忠，必罪你居下訕上，倘觸犯天顏，恐禍有不測。鬼形悲泣，未必無為，相公，請自三思！（生）夫人，難道你還不知我生平心迹麼？貪生害義，即非烈丈夫；殺身成仁，纔是奇男子；況為臣死忠，乃職之分。今日之本，我非僥倖不死，沽名干譽，多將頸血濺地，感悟君心。倘能剪除逆賊，得與夏、曾二公報仇，我楊繼盛就喪九泉亦瞑目矣！夫人何必苦苦相勸。

（旦）相公堅執如此，恐我夫婦死無葬身之地矣！

【啄木兒】聽哀告，說審詳，自古從容就死難。念曾公忠義遭傷，痛夏老元宰受殃。看滿朝密張羅雉網，前車已覆須明鑒。相公，你休得要無益輕生絕大綱。

（生）

【前腔】夫人，你何須泣，不用傷，論臣道須當要扶綱植常。我罵賊舌不愧常山，殺賊鬼何怯睢陽！事君致身當死難，夫人，你休將兒女情牽絆。大丈夫在世呵！也須要烈烈轟轟做一場。

（旦）

【三段子】你此心何壯，矻睜睜銅肝鐵腸。我這苦怎當，哭哀哀兒啼女傷。（生）夫人，譬如杞梁戰死沙場上，其妻哀哭長城喪，卻不道千載賢愚總歸黃壤。

（旦）

【歸朝歡】兒夫的，兒夫的，節重義剛，頓忘了終身依

仰。從今後，從今後，未卜存亡，是伊家自貽禍災倩誰祈禳？（生）我明朝碎首君前抗。夫人，我死之後，將我屍骸暴露休埋葬。（旦）卻是為何？（生）古人自以為不能進賢退不肖，既死猶以屍諫，我楊繼盛呵！須把我義骨忠魂瀆上蒼。

　　赤心為國進忠言。（旦）相公，你休觸天威犯御顏。（生）此去好憑三寸舌。（旦扯介）相公，還是不要上的好。（生）放手！咮！再來不值半文錢。（下）

　　（旦）阿呀相公吓！

【哭相思】今宵不聽妻言語，來朝只恐禍臨身。（悲下）

按　語

〔一〕本齣出自《鳴鳳記》第十四齣〈燈前寫本〉。

〔二〕選刊此齣的坊刻散齣選本還有：《樂府玉樹英》、《樂府菁華》、《徽池雅調》、《萬錦清音》、《醉怡情》、《樂府歌舞台》、《來鳳館合選古今傳奇》、《方來館合選古今傳奇萬錦清音》、《崑弋雅調》、閩正堂刊《綴白裘全集》、《審音鑒古錄》。

繡襦記・墜鞭

旦：銀箏，李亞仙的婢女。
貼：李亞仙，名妓。
丑：來興，鄭元和的書僮。
小生：鄭元和，貴公子。
付：樂道德，幫閒。

　　（旦、貼同上）
【清江引】釵橫茉莉香飄麝，轉雕欄閑戲耍。滿院海棠花，一旦多吹謝，燕兒胡和語把東風罵。
　　（貼）鴛鴦繡褥芙蓉被，紅日三竿睡不足。（旦）起來無語立東風，笑看紫燕將花蹴。（貼）銀箏，我和你閑暇無聊，且到門前去，閑步一回。（旦）曉得，姐姐請行，銀箏隨後。（貼）正是：蝶飛金羽翅，鶯整玉毛衣。
　　（合）
【駐雲飛】環珮鏗鏘，倦舉[1]金蓮曲檻傍。花影搖屏障，柳色侵羅幌。嗏！暖日散晴光，游絲輕颺。牽引殘紅，眷戀多情況，相[2]逐東風上下狂。

1　底本作「體」，據明末朱墨本《繡襦記》（《古本戲曲叢刊》初集景印）改。
2　底本作「想」，據明末朱墨本《繡襦記》改。

　　（丑隨小生上）（丑）馬來。（旦）姐姐你看，那邊有個騎馬的少年郎君來了。

【前腔】（小生）緩控絲韁，為惜殘紅滿院香。（各看介）
（旦）姐姐你看，好個俊悄郎君吓！（小生）呀，忽見天仙降，頓使神魂蕩。（丑）兩個好娘娘拉丑。（小生）嗏！轉盻思悠揚，秋波明朗。（換場介）看他體態幽閒，妝束皆宮樣。
（看呆，墜鞭介）（旦）姐姐，那郎君墜下鞭了。（丑）相公好出神吓。（小生）懶策金鞭入教坊。（丑）請接絲鞭入洞房。

　　（旦）姐姐，進去罷。（貼）有理。門前行樂客。（旦）故意墜絲鞭。（貼）白馬嘶春草，回頭仔細看。（貼看小生介）（旦）姐姐。（貼笑下）（小生看呆介）

　　（丑）阿唷好賣俏！（付上）一個轉灣，弗知囉哩去哉。（聽介）（小生）妙阿！你看，繡領單衫杏子紗，眉舒柳葉鬢堆鴉。咻，咻！分明西子扶殘醉。（付）噲，鄭兄，你想殺如何近得他？
（丑）樂相公來哉。（小生）樂兄何故來遲？（付）拉丑故搭轉灣頭，撞著子一位朋友，說子兩三句說話，竟弗見子兄哉。囉哩曉得吾兄拉裡格里自言自語，說僥個？

　　（小生）樂兄阿：
【駐雲飛】適見嬌娘，並立朱門笑語香。（付）人物如何？
（小生）貌有沉魚落雁，閉月羞花，淡抹濃妝。（付）這是翔鸞舞鳳碧梧坊，馳車驟馬鳴珂巷。倒囊傾囊，春宵一刻，莫惜黃金千兩。

　　（小生）黃金千兩何足惜！但不知他是哪家的宅眷？（付）此乃狎邪女李氏宅也。（小生）何為狎邪女？（付）是娼家的名號。
（丑）原來是烏龜個雅綽。（小生）吓，娼家竟有這等標緻的女

子，可愛吓可愛！（付）他本是天上仙姝，暫謫人間庭院。（小生）有何名號麼？（付）叫做李亞仙。（小生）好！名稱其實。（付）瑣嬋娟華屋深沉，等閒間哪肯與人廝見？小可的難與他往來，富豪官宦萬喚千呼始出來，猶把琵琶半遮面。前有一個趕騷的摸他一摸，足足使了千黃膳！裙帶不肯輕鬆，隔著幾重白練；你若要動他一點芳心，須不惜黃金千貫。（小生）黃金千兩何足惜哉，但患其不諧耳！（付）兄如此忻慕，明日必須吉服盛從前往，先見其母，托詞借院攻書，求見此女，方可成事。（小生）承教了。

　　（丑）腳、腳、腳！請騎馬。（小生）樂兄請乘騎。（付）小弟從來不會騎馬個，竟是吾兄來。（小生）豈敢。還是兄請。（付）兄若必執意弗騎沒……阿弟，吾嗒吰玌相公步行居來哉，倒是吰騎子去罷。（丑）二兄步行，小弟豈敢叨佔。（小生）狗才，胡說。（丑）介沒得罪哉，馬來。（下）

　　（付）看仔細！蓋點男兒倒會騎馬毂。（小生看介）（付）進去哉。（小生）樂兄，方纔小弟一見此女，叫我難拴猿馬意，欲締鳳鸞交。（付）不因漁父引，怎得見波濤？（小生）樂兄請。（付）請吓。（同下）

按　語

〔一〕本齣主體情節、曲文接近明末朱墨本《繡襦記》第八齣〈遺策相挑〉。

〔二〕選抄此齣的散齣鈔本有中國社科院圖書館藏《集錦》。

繡襦記・入院

旦：銀箏，李亞仙的婢女。

小生：鄭元和，貴公子。

貼：李亞仙，名妓。

丑：來興，鄭元和的書僮。

老旦：李大媽，鴇母。

外、末、生、淨：幫閒。

（旦上）玉人梳洗故遲遲，斜倚妝臺有所思。紅日三竿鳥聲亂，剛剛淡掃遠山眉。妾乃銀箏是也。昨日同姐姐到門前閑立，只見一個騎馬的書生在我門首經過，見了我家姐姐，故意墜鞭，顧盼多時而去。我家姐姐甚是想他，恐怕他今日又來，著我在此伺候。正是：門無俗士常開早，客有情人期不來。（下）

（小生上）來興，走吓！（丑上）相公，我哩去嫖吓。

（小生）

【鎖南枝】鶯花市，燕子樓，人生到此百不憂。來興。（丑）吙。（小生）何處繫驊騮？（丑）還拉前頭來。（小生）章臺有楊柳。（旦上看介）那邊來的，果是昨日那人來了。（小生）見侍姬，舉止羞。他倚朱門，若相候。

姐姐拜揖。（旦）相公萬福。（小生）請問姐姐，此間可是李氏宅麼？（旦）正是。可就是昨日墜鞭的相公麼？（小生）正是。相煩引見。（旦）相公請少待。姐姐，昨日墜鞭的郎君在此，快些

出來。（貼內）先請媽媽相陪，待我更換衣服就出來了。（旦）
是。娘阿，有客在此，快些出來！

（老旦上）

【前腔】年將邁，鬢已秋。（旦）有客在外，快去迎接。（老
旦）何不早說。下堦出迎禮不週。（丑）噲，相公，搣子元寶
哉，哪說隔得一夜就是介老蒼哉！（小生）這是他家的母親。（老
旦）相公請。（小生）媽媽請。（老旦）里巷隘梁輈。（旦）娘
吓，這郎君生得好吓。（老旦）看他丰神耀瓊玖。（旦）娘
吓，請他到哪裡去坐？（老旦）請他到延賓館，暫款留。
（旦）吩咐看茶來，擺酒吓。（老旦）銀箏，先看茶，後沽
酒。

　　（老旦、小生、丑搭白等貼上，接唱下，〈孝順歌〉唱完，然
後各相見）（老旦）不知相公到此，有失遠接，多多有罪。（小
生）豈敢。請問媽媽尊庚了？（老旦）老身麼，六十三歲了。（小
生）不像吓。（丑）老親娘六十三歲哉？弗像。（老旦）老了。
（丑）看起來直頭有七十來歲哉。（老旦）休得取笑。銀箏，快請
姐姐出來。（丑）相公，真貨色出來哉！（老旦）大叔，見禮。
（丑）阿呀，老親娘。（老旦）大叔尊姓？（丑）我叫來興。（老
旦）諸事要幫襯幫襯的吓……（丑）在我，銅錢銀子纏是我手裡出
放，要儂對我說嘸是哉。（老旦）多謝。（丑）個位大姐阿是吭親
生個？（老旦）是我親生的。（丑）好肚皮，好法竅。

　　（貼上，在前一面唱）

【孝順歌】掀羅幕，蕩玉鈎，弓鞋裙襯雙鳳頭。（旦）快些
去相見。（貼）我欲見又含羞，進前還退後。（旦）昨日見了
他，恨不得吃了他下去，今日又是這樣了。（貼）昨來邂逅，柳

下停驂，暗通情竇。（老旦）相公，小女求見。（小生）豈敢。（貼）襝衽再拜深深，恕妾失迎候。重凝睇，定兩眸，認仙郎果是墜鞭否？

（小生）昨日遺策者就是小生。（丑）哆哆哆，帶馬個就是學生。（老旦）休得取笑。請坐。（小生）有坐。（老旦）請問相公，貴處是哪裡？（小生）媽媽聽稟。（老旦）願聞。

（小生）

【前腔】我是滎陽郡，是故丘。（老旦）高姓大名？（小生）鄭元和忝為儒者流。（老旦）令尊在堂否？（小生）老父治常州。（老旦）原來是一位貴公子，多多失敬了。（小生）好說。（老旦）令堂安否？（小生）高堂有慈母。（老旦）父母在，為何遠遊？（小生）非敢遠遊。（老旦）因何到此？（小生）只為應舉求名，奈試期未偶。（老旦）今蒙下顧，不知有何見諭？（小生）欲借別院攻書，未審相容否？（老旦）房子儘有，只是不堪貴公子居住。（小生）來興，取銀子過來。（丑）是哉，銀子拉里。（小生）媽媽。銀百兩，請暫收，若成名定當再加厚。

（老旦）阿呀呀，小房陋狹，怎麼敢受相公的厚賜。這個是斷斷不敢受的。（小生）莫嫌輕，請收了。（旦）娘吓，自古道：「長者賜，少者不敢辭。」既承大爺的美意，娘若不受，只道是嫌輕了。今日權且收下，倘然日後大爺要用，原拿得出來的喲！（丑）正是，拿得出個。（老旦）如此，收了。

（小生）還有粗幣十端，與令嬡聊為見面之禮。（老旦）方纔這銀子是勉強收在此的，這個禮物是斷然不敢受的！（旦）娘吓，多的受了，少的不受，只道嫌輕了吓。況且這樣好顏色，做衣服與姐姐穿了，也是鄭大爺的體面，待銀箏一發收在那裡。（丑）極是

嫗，一發收子進去。

　　（小生）再取銀子來。（丑）是哉。（小生）白銀十兩，聊為一宵之饌。（老旦）相公又來了！難道一個小東，老身備不起，要相公費心麼？大叔，收了去。（旦）娘吓，鄭大爺的來意，不要推了，老實收了罷；明日娘再備得的啲。（老旦）這是不好受的，我們這裡備。（丑）亦收子進去哉。老親娘，個位大姐叫儕個？（老旦）叫銀箏。（丑）那間弗要叫哩銀箏，改子皮海兜罷！（老旦）這是怎麼說？（丑）有數說個：「水洩弗漏皮海兜」——纔收拾子去哉。（老旦笑介）多謝相公費心了。銀箏，吩咐廚下酒席豐盛些。（旦）曉得。

　　（外、末、生、淨上）走吓。時來扁擔開花，運退生薑不辣。煮熟兔兒跑了去，曬乾豆腐又生芽。聞得李大媽家接了個貴公子，我們去打個咤兒。李大媽！（老旦）是哪個？（眾）我們聞得你家接了貴公子，特來打個咤兒，幫襯幫襯。（老旦）待我去問，不知大爺可用。（進介）相公，外邊有一起樂人，聞得貴公子在此，他每特來承應。不知可用？（小生）請他們進來。（老旦）列位，大爺說請你們進去。（眾）列位，他敬我一尺，我敬他一丈，頂他在頭上，進去下個全禮。樂人們叩頭。（丑）起去。（小生）哦！狗才。（丑）衙門裡個規矩。（旦）酒席完備了，娘請安席。（老旦）看酒來。（眾）我們吹打安席了。（吹打各坐介）

　　（淨唱亂彈腔介）

【亂彈腔】有句話兒問伊家、伊家，聞你在東街咳、咳、咳、市上戀煙花，聞你在東街市上戀煙花。叔叔怎不知情雅、雅、雅？何不搬回來到家？何不搬回來到家？（吹浪介）嫂嫂你說哪裡、哪裡話？俺武二怎肯、怎肯戀姻花？

俺是頂天立地丈夫家，休得把言語乒乓著咱、咱、咱、
咱、咱。

　　（小生）來興，賞他十兩銀子去罷。（丑）佳子，大爺賞吪乩
十兩銀子，叫吪乩去罷。（眾）謝大爺賞。酒中曾得道，花裡遇神
仙。（眾下）

　　（老旦）來，大叔請到那邊去酒飯。銀筝，領了去，多奉幾
杯。（旦）曉得。大叔這裡來。（丑）個出事務，吾是弗在行個
噱。（笑下）（老旦）相公請。

　　（合）

【錦堂月】金鼎香浮，瓊巵酒豔，西堂宴開情厚。花底相
逢，姻緣幸然輻輳。聽鸞簫夜月秦樓，會神女朝雲楚岫。
風流藪，趁此年少良辰，傍花隨柳。

【醉翁子】（老旦）知否？聽譙樓上初傳玉漏。你行館何
方？歸寓休後。（小生）敝寓在延平門外，離此有數里之程。
（老旦）相公既然路遠，就在此草榻了罷。（小生看貼介）只是，
打攪不當。（老旦）說哪裡話！（小生）俛首，苦路遠無親，
總畫棟雲連何處投？（合）重進酒，直飲到月轉花梢，盡
醉方休。

　　（貼出席介）母親。（老旦）怎麼？

【前腔】（貼）他來由，欲締鸞交鳳友。托僦屋而居，冀
望一宵相留。（老旦）兒吓，你情投，我只索相從，任意追
隨秉燭遊。（合）重進酒，直飲到月轉花梢，盡醉方休。

　　（老旦）看熱酒來。（小生）媽媽，我每大家散一散。（老
旦）有理。（小生對貼白，老旦同旦白）銀筝，好生伏侍。

　　（旦）娘，真正是個大老官，娘的造化。（老旦）聽他們說些

什麼……（小生對貼右場角白）小生昨見大姐之後，雖寢食未敢有
忘。（貼）賤妾亦如此也。（小生）小生此來，非但求居而已，欲
求遂仰慕之私，不知尊意若何？（貼）男女之際，大欲存焉；情苟
相得，雖父母之命不能止也。若不嫌賤妾固陋，願薦枕席。（小
生）只怕小生沒福。（老旦）你們兩個男才女貌，一對好夫妻，說
什麼沒福。（小生）既如此，岳母請上，受小婿一拜。（老旦）阿
呀呀，折殺了老身！

　　（小生、貼拜介）

【僥僥令】堦前頻頓首，賓館謝相留。（老旦）既做了我家
的女婿，當以郎君看待了吓。（小生）不要說做你家的女婿，哪！
願作廝養家僮憑呼喚，攜枕抱衾裯，敢自由。

　　（老旦）銀箏，掌燈。

　　（合）

【尾聲】玉人鬖鬘金釵溜，整頓纖纖攜素手，沉醉東風汗
漫遊。

　　（小生同貼、旦下）

　　（老旦）好吓，真正是個大老官！（旦又上）娘吓，他每多進
房去了。（老旦）銀箏，鄭大爺是個貴公子，你要小心伏侍他。
（旦）娘吓，你好造化！接著了這樣大老官，做人又好，又肯出
錢。方纔送禮的時節，我的話可說得好麼？（老旦）說得好！
（旦）可是講得妙？（老旦）講得妙！虧你。（旦）娘吓，明日要
做幾件好衣服與我穿的嗄。（老旦）我的好兒子吓，我明日就做與
你穿。（旦）娘來。（老旦）怎麼？（旦）我每接了這樣大老官，
也該燒個利市了吓。（老旦）是吓！該燒利市，明日就燒。（兩人
同笑下）

按　語

〔一〕本齣情節、曲文接近明末朱墨本《繡襦記》第九齣〈逑叶良儔〉，刪去【錦堂月】一支、【僥僥令】一支，增加來興、銀箏大段賓白以及樂師演唱【亂彈腔】一段，場面變得活潑熱鬧。

〔二〕選刊類似情節的坊刻散齣選本有：《大明天下春》、《樂府萬象新》、《樂府菁華》、《醉怡情》、閩正堂刊《綴白裘全集》。其中《大明天下春》、《樂府菁華》兩版在鄭元和入院後，帶一段「劉員外勸鄭元和」，這段出自明周憲王朱有燉撰雜劇《李亞仙花酒曲江池》。選抄此齣的散齣鈔本有中國社科院圖書館藏《集錦》。

西廂記·惠明

旦：崔鶯鶯，相國千金。
貼：紅娘，崔鶯鶯的婢女。
老旦：崔鶯鶯之母。
外：法本，普救寺的長老。
小生：張生，張君瑞，書生。
丑：孫飛虎，嘯聚山林的山寨主。
淨：惠明，普救寺的和尚。

（旦上）

【淘金令】懨懨瘦損，那值春光盡。羅衣寬褪，早是人勞頓。能消幾個黃昏？目斷行雲，奈人遠天涯近。嗏！只索自溫存。但出閨門，（貼暗上，聽介）但出閨門，可笑紅娘這丫頭，他影兒般不離身。（貼）吓，小姐，你聲聲怨著紅娘，這是怎麼說？（旦）紅娘，你幾時來的？（貼）紅娘麼，是影兒般不離身來的。（旦）我也瞞你不得了。（貼）吓，小姐，你有甚心事，可對紅娘說嘘。（旦）我從見了那個人，兜的便可親。詠月新詩，詠月新詩，依著前韻。

　　（老旦急上）天有不測風雲，人有旦夕禍福。吓，我兒在哪裡？（旦）母親為何這等慌張？（老旦）阿呀兒呀，不好了吓！那孫飛虎帶領五千人馬，團團圍住寺門，要擄你去做壓寨夫人了，這便怎麼處？（旦）呀，有這等事！阿呀，兀的不痛殺我也！（昏倒

介）（老旦）阿呀，我兒甦醒！（貼）阿呀，小姐醒來嚱！（扶旦起介）

（合）

【紅衫兒】聽罷一言心不忍，此禍臨身，苦教人進退無門，如今怎生把袖梢兒搵不住啼痕。（內喊介）呀，聽喊殺聲怎禁？阿呀娘吓，休得要愛惜鶯鶯，我甘心自殞。（內又喊介）

（老旦）

【東甌令】那廝如狼虎，儘胡行。道你蓮臉生春眉黛顰，更有傾城傾國楊妃貌，生得多姣俊。恣情劫掠要成親，教我淚盈盈。

（外上）不好了！閉門家裡坐，禍從天上來。老夫人在哪裡？（老旦）長老，怎麼樣了？（外）阿呀老夫人吓：

【前腔】那孫飛虎有風聞，便胡行。道小姐當年楊太真，聲聲若不諧秦晉，普救寺都燒盡，把一家齫齬不留存，玉石盡皆焚。

（老旦）吓，長老，事已急了，煩你到兩廊下去高聲喊叫，說我有言：「不論士庶人等，有能退得賊兵者，願將小女妻之，決不食言。」（外）曉得。（貼）喂，老師父，你可曾聽見提起我紅娘麼？（外）這倒不曾說起。（貼）如此，謝天地！（外）喂！兩廊下人等聽者，老夫人有言：「不論士庶人等，有能退得賊兵者，願將鶯鶯小姐妻之，決不食言。」可有麼？（內）沒有。（外）吓，沒有。待我到那邊去叫。喂！兩廊下人等聽者，老夫人有言……

（小生急上）吓，長老，小生有退兵策，何不早來尋我？（外）吓，原來張相公有退兵之策，請少待。（進介）吓，老夫

人。（老旦）怎麼說？（外）此間張相公有退兵之策。（老旦）快請來相見。（外）是。（出介）吓，張相公，老夫人請相見。（小生）老夫人拜揖。（老旦）先生少禮。（小生）吓，小姐拜揖。（貼）小姐免見。（老旦）先生有何妙計退得賊兵？（小生）重賞之下，必有勇夫。賞罰若明，其計必成。但退了賊兵，怎麼說？（老旦）老身有言在先，願將小女妻之，決不食言。（小生）如此，快請了我的渾家進去，不要驚壞了他。（旦、老旦先下）（貼）晌午吃晚膳，尚早哩。（小生）一跤跌在籠糠裡，倒是抱穩的。（貼）啐！（下）

　　（外）到這個時候，還要取笑。吓，張相公，計將安出？（小生）我想，此計必須用著你便好。（外）咻，咻！貧僧又不會相持厮殺，用我做什麼？（小生）哪個要你相持厮殺？只要你與賊人打話。（外）這個容易！我們到鐘樓上去。（小生）有理。（一面走，一面教外，教一句，外學一句介）你去說，說：「老夫人有言，本待就將鶯鶯小姐送出來，一者父喪在身，二[1]恐將軍不利。將軍不須鳴鑼擊鼓，倘驚壞了小姐，深爲可惜。將軍可把人馬暫退一箭之地，待三日後功德圓滿，除了孝服，換了吉服，送至陣前與將軍成親，如何？」（外）吓，這裡是了。待我上去。（立椅上介）喂！強盜打話。（丑內）看箭！（外）阿呀！（小生）爲什麼？（外）我說「強盜打話」，他就說「看箭」。（小生）你須要稱他將軍纔是。（外）吓，要稱他將軍？（小生）便是。（外）如此，再來嘘。（又立椅上介）記不起了。（小生）待我教你說便了。（外）喂！將軍打話。（丑內）怎麼講？（外）吓，張相公，

1　底本原無「二」字，參考下文補。

怎麼講的？

（小生）你說，老夫人有言：「本欲將鶯鶯小姐送至陣前與將軍成親，一來父喪在身，二恐將軍不利。」（外）吓，老夫人有言：本欲將鶯鶯小姐送出陣前與將軍成親，一來父喪在身，二恐將軍不利。（丑內）吓。（小生）「休得鳴鑼擊鼓，驚壞了小姐，豈不可惜？」（外）休得鳴鑼擊鼓，驚壞了小姐，豈不可惜？（丑）吓。（小生）「將軍且把人馬暫退一箭之地，待等三日後功德完滿，除了孝衣，換了吉服，送出陣前與將軍成親，如何？」（外）將軍且把人馬暫退一箭之地，待等三日功後德完滿，除了孝衣，換了吉服，送出陣前與將軍成親，如何？（丑內）倘三日後不送出來，便怎麼？（外）阿呀張相公，他說：「三日後不送出來，便怎麼？」（小生）你說：「但憑將軍處置。」（外）但憑將軍處置。（丑）叫衆嘍囉。（內衆）有。（丑）且把人馬退下一箭之地。（內鳴鑼吶喊介）（外）好了，好了，果然退下去了。

（小生）這是小生初出茅蘆第一功也。（外）到了三日後便怎麼處呢？（小生）不妨，小生有一故友，姓杜名確，號為白馬將軍，領兵十萬，鎮守蒲關一帶地方，待我修書前去請他來到，擒此賊人如探囊取物耳。（外）如此，快修起書來。待貧僧磨墨。（小生寫介）

【一封書】路生琪拜兄：近日何期遇難中！哪個為媒？（外）貧僧為媒。（小生又寫介）孫飛虎逞凶，擄掠人財強聚衆。崔相國家幷僕等，一旦如魚困釜中。退了賊兵，就要成親的嘘。（外）這個自然。（小生又寫介）仗威風，破羣兇，顛沛來緘恕不恭。

書已寫完，只少一個遞書人。這便怎麼處呢？（外）遞書人是

要緊的吓。（想介）吓，有了！我有一個徒弟，喚做惠明，此人心粗膽壯，倒也去得。（小生）如此，快喚他來。（外）吓，張相公，你須要把言語激怒他，他纔肯去。（小生）我曉得，快喚他來。（外）吓，惠明徒弟哪裡？（淨持棍上）吓，來也！

【粉蝶兒】聽得傳呼。（外）孫飛虎帶領五千人馬，**團團圍住**寺門，你還要這等慢吞吞的。（淨）呀，**不覺的心頭起火**。

　　師父。（外）罷了。見了張相公。（淨）張相公稽首。（小生）吓，長老，就是他麼？（外）正是。（小生）咳咳咳！你好誤事吓！你看他，人不出眾，貌不驚人，如何去得？（外）待我去說。吓，惠明。（淨）唔。（外）此間張相公有一封書，著你送到蒲關白馬將軍處投遞。（淨）拿來。（外）且慢！道你人不出眾，貌不驚人，只怕去不得吓。（淨）誰說？（外）張相公說的。（淨）咳，俺偏要去哩。（外）去不得吓。（淨）吒！俺偏要去！（丟棍介）

【端正好】不念法華經，不禮梁皇懺，我丟下了這僧伽帽，我袒下了這褊衫，自我這殺人心頓起英雄膽。我兩隻手將烏龍尾鋼椽來撏。（外）敢是你貪？（淨）非是俺貪。（外）莫非你敢？（淨）也非是俺敢。我知他怎生喚做打參，我大踏步直殺入虎窟龍潭。（外）敢是你饞？（淨）非是俺饞。（外）莫是你懶？（淨）也不是俺懶。這些時吃個菜饅頭委實價口淡，我將那五千人也不索炙煿煎燖，腔子裡熱血權消渴，肺腑內生心且解饞。（小生）好腌臢吓！（淨）唔，有甚腌臢？

　　（外）吓，惠明，此間張相公有一封書，著你到蒲關白馬將軍處投遞，你敢去也不敢去？

（淨）咈！

【倘秀才】他那裡問小僧敢也不敢，[2]俺這裡啓太師用嗏也不用嗏？（外）孫飛虎聲名利害哩。（淨）飛虎將聲名播斗南。那廝能淫慾，[3]會貪婪，誠何以堪！（小生）你出家人，怎不看經念佛，只喜廝殺麼？

　　（淨）

【滾繡球】我經文也不會談，那逃禪也懶去參。只我這戒刀頭近新來鋼蘸，鐵棒上沒半星兒土漬塵淹。別的僧不僧、俗不俗、女不女、男不男，（外）眾僧如何？（淨）都只會齋得飽去向僧房中合眼，哪裡管焚燒了兜率伽藍？恁那裡善文能武人千里，盡在這濟困扶危書一緘。（外）取了書去。（小生）小心在意。（淨）有勇無慚。

　　（外）吓，惠明，他若放你過去便好，倘若不放你過去，你便怎麼？（淨）他若放咱過去就罷。（外）倘若不放呢？（淨）他若不放，阿呀師父：

【白鶴子】著幾個小沙彌將幢旛寶蓋擎，壯行者將桿棒火叉擔。恁與俺排陣腳將眾僧安，撞釘子把賊兵探。遠的破開步將鐵棒颩；近的順著手把戒刀斬；小的提將來把腳尖蹾；大的扳下來把骷髏砍。聤一聤古都都翻了海波，幌一幌厮琅琅震動了山巖。腳踏的赤律律地軸搖，手扳的（淨跳介）忽喇喇天關撼！

_____

2　底本此句闌入賓白，參考曲格，並據《元本題評西廂記》（《古本戲曲叢刊》初集景印）改。

3　底本此句闌入賓白，參考曲格，並據《元本題評西廂記》改。

　　（小生）惠明，此去必然成功。（外）張相公，請到方丈中去商議便了。（小生）請。（同下）（淨）師父，恁與俺，

【尾】助威風擂幾聲鼓，[4]仗佛力吶一聲喊。繡旗下遙見英雄俺，（取棍介）我將那半萬賊兵（欲下復上）諕破他的膽！（持棍、衣，奔下）

按　語

〔一〕本齣主體情節、曲文接近汲古閣本《南西廂記》第十三齣〈許婚借援〉，惠明上場後唱的【端正好】等八支曲牌則出自元代王實甫撰《崔鶯鶯待月西廂記》雜劇第二本第二折。

〔二〕選刊《南西廂記》這一齣的坊刻散齣選本還有《審音鑑古錄》。選刊王實甫撰《崔鶯鶯待月西廂記》相同情節的坊刻散齣選本有：《萬壑清音》、《來鳳館合選古今傳奇》四集〈絃索調〉上、《方來館合選古今傳奇萬錦清音》月集弋陽調卷上。

4　底本此句闌入賓白，參考曲格，並據《元本題評西廂記》改。

西廂記・佳期

小生：張生，張君瑞，書生。

旦：崔鶯鶯，相國千金。

貼：紅娘，崔鶯鶯的婢女。

　　（小生上）

【臨鏡序】彩雲開，月明如水浸樓臺。吓，那邊小姐來了。原來是風弄竹聲只道是金珮響，月移花影疑是玉人來。意孜孜雙業眼，急攘攘那情懷，倚定門兒待。只索要呆打孩，青鸞黃犬信音乖。

　　（旦引貼上）

【不是路】徐步花街，抹過西廂傍小齋。（貼）小姐，你且在門兒外，待紅娘去輕輕悄悄把門挨。（小生上）甚人來？想是多情到此諧歡愛，忙整衣冠把戶開。（開門介）（小生）原來是紅娘姐來了。（貼）張先生。（小生）小姐呢？（貼）小姐麼？（小生）正是。（貼）沒有來。（小生）阿呀，我這相思病一定是要害殺了！（旦）紅娘，回去罷。（貼）不要著急，走來，這不是小姐麼？（小生見介）妙吓！（旦將衣袖遮面介）（貼）小姐，你且藏羞態。（旦）回去罷。（貼）前番變卦今休再。啐，沒用的東西，來嘘。（扯小生、旦同見介）上前參拜。

　　（小生）吓，紅娘姐，那邊有人來了。（貼驚介）吓！在哪

裡？（小生急關門介）雙雙移素手，款款入書齋。（摟旦下）

（貼）吓？沒有人阿。張先生，沒有人吓。開門，開門！阿呀，他們兩個竟自進去了，把我紅娘關在外面，叫我如何挨過這一宵？正是：春心獨自誰為伴？無奈今番恨咬牙。想他二人呵：

【十二紅】小姐小姐多丰采，君瑞君瑞濟川才。一雙才貌世無賽。堪愛，愛他們兩意和諧。一個半推半就，一個又驚又愛；一個姣羞滿面，一個春意滿懷。好似襄王神女會陽臺。花心摘，柳腰擺，露滴牡丹開，香恣遊蜂採。一個欹斜雲鬢，也不管墮折寶釵；一個掀翻錦被，也不管凍卻瘦骸。今宵勾卻相思債，竟不管紅娘在門兒外待。教我無端春興倩誰排？只得咬定羅衫耐。尤恐夫人睡覺來，將好事翻成害。

【排歌】將門叩，叫秀才，你忙披衣袂把門開。低低叫，叫小姐。小姐：你莫貪餘樂惹非災。阿呀，不好了嚯！

【三字令】看看月上粉墻來，莫怪我再三催。（敲門介）

　　（小生、旦同上）

【節節高】春香抱滿懷，暢奇哉，渾身上下多通泰。（開門介，貼進介）好吓，你們兩個通泰，把我紅娘是：好無聊賴，難擺劃，憑誰解？（合）夢魂飛繞青霄外，只伊多是夢中來，愁無奈。今宵同會碧紗櫥，何時再解香羅帶？

【尾】風流不用千金買，賤卻人間玉與帛。是必破工夫明日早些來。

　　（旦先下）（貼）吓，小姐，慢些走。阿吓，張先生。（小生）怎麼說？（貼）你如今的病是好了嚯？（小生）好了九分了。（貼）吓，還有這一分呢？（小生）還在紅娘姐身上。（摟貼，貼

推介）啐，你前番還有我紅娘，如今是……吥！（小生）小生不是這樣人。（貼）啐！啐！（下）（小生）我好僥倖也！（關門下）

按　語

〔一〕孫崇濤教授指出《南西廂記》版本概可分為二系，一是以富春堂本《南調西廂記》為代表的雜調系，二是以汲古閣本《南西廂記》為代表的崑腔系。本齣接近汲古閣本第二十七齣〈月下佳期〉。

〔二〕歷來選刊《南西廂記》（含雜調系與崑腔系）這一齣的坊刻散齣選本還有：《徽池雅調》、《怡春錦》、《審音鑒古錄》。選抄此齣的散齣鈔本有：中國國家圖書館藏佚名抄《戲曲選抄》、中國社科院圖書館藏《集錦》。選刊王實甫撰《崔鶯鶯待月西廂記》相同情節的坊刻散齣選本有：《風月錦囊》、《樂府萬象新》、《玉谷新簧》、《八能奏錦》、鬱岡樵隱輯《新鐫綴白裘合選》、《來鳳館合選古今傳奇》四集〈絃索調〉上、《歌林拾翠》。又，《樂府玉樹英》也選刊這段情節，惜在佚失的卷冊，不知出自《南西廂》抑或《王西廂》。

十五貫·見都

淨、付：更夫。

丑、老旦：況鍾的隨從。

外：況鍾，蘇州太守。

小生：夜巡官、巡捕官，周忱的下屬。

末：周忱，巡撫。

（淨、付敲梆鈴上）

【山歌】星斗無光月弗子個明，夜寒如水欲成冰。人人說道睏沒睏個冬至子個夜，偏是我里手不停敲到五更。

我每都院衙門上兩名夜巡的更夫便是。今夜奉旨決囚，各處巷門柵欄愈加緊急，我每輪值轅門，分毫怠玩不得。此際三更時分，不免鳴鑼擊柝，小心巡綽則個。（丑、老旦隨外上）

（外）

【縷縷金】橫斗柄，轉星河，加鞭乘黑夜，敢蹉跎。人命關天重，忍使無辜碎剮？（內打三更介）（外）聽鳴金擊柝有巡邏，想轅門控金鎖，想轅門控金鎖。

（付、淨上）呦！半夜三更，什麼人在此行走？（丑、老旦）是本府太爺要見大老爺的。（付、淨）原來是太爺！待小的開了柵欄。（開外進介）小的們叩頭。此際三更，大老爺安宿已久，角門掩上，只有夜巡官還在這裡伺候。（外）既如此，就著夜巡官通報便了。左右，轅門外伺候。（眾應下）門上夜巡官何在？

　　（小生上）朝朝開虎帳，夜夜護轅門。是什麼人？（外）是本府在此。（小生）原來是太爺到此。今日決囚，辛苦了。（外）本府正為決囚一事，特來面見都爺，相煩通報。（小生）這等夜深，合衙門安睡久了，小官怎敢通報。（外）有要緊公務，一定要面見的。（小生）吓，太爺是個清官，比別位不同，小官冒死通報，料也不妨。太爺少坐，待小官傳鼓進去便了。（外）好。這個官兒甚是小心，果然傳鼓進去了。（小生上）吓，太爺，夜深了，請回罷。驚動大老爺，十分著惱，說了太爺，纔得免打。又傳話出來，說：「太爺請回，明日早堂相見罷。」（外）生死呼吸，說什麼早堂相見。再相煩傳稟一聲。（小生）小官性命要緊，不敢通報了。（下）（外）既不肯通報，待本府自去擊鼓便了。（擊鼓介）（內）吩咐開了角門，該班夜役明火站堂，大老爺就出堂了。

　　　（正旦、老生扮牢子，丑扮皂吏，付、生持火把上，開門，末上）

【引】烏臺凜凜石峨峨，半壁江南保障多。

　　下官周忱，字恂如，江西吉水人也。官拜都察院，奉旨又兼都御史，巡撫應天等處。所喜僚屬清廉，地方寧靖。今當行刑時候，奉部處決重囚四名，仰蘇州知府監斬回報。黑夜傳鼓，稟稱知府要見，不知有何緊急事情。此官品望非常，只得出堂相見。傳巡捕官。（眾傳介）（小生上）巡捕官進。（眾）進來。（小生）巡捕官叩頭。（末）傳蘇州知府進來。（小生）吓，太爺請進去。（外）有勞。（小生）蘇州知府進。（眾）進來。（外）知府況鍾見。（末）請起。奉旨決囚，已經借重貴府，只合法場監斬，黈夜投見卻是為何？（外）大人在上，卑職奉委決囚，理當監斬回報。只這四名罪犯各負奇冤，難以棄市，因此黈夜稟見，欲求老大人免

其一死，以待平反。（末）怎見得各負奇冤？（外）老大人聽稟：

【尾犯序】碧血恣滂沱，士女雙雙，無罪蒙禍。（末）三推六問，經過多少官問，本院朝審已過，哪有什麼冤枉！（外）肺石無靈，氣懨懨空自吁。自古一夫陷獄，六月飛霜；匹婦含冤，三年不雨，何況今日枉殺四命，豈不上干天怒？不可，直恁的輕戕人命，恐召致重干天怒。（末）如今依貴府便怎麼？（外）須要開三面，把法銓細檢重與注清誤。（末）貴府說哪裡話來！按律決囚乃朝廷大典，今日部文既下，本院哪裡還做得主！金科，重按未為苛，春雨秋霜，天道無頗。今日事出朝廷，敢奪人向森羅？（外）老大人，《會典》上原載著一款：「凡死囚臨刑叫冤者，許再與勘問陳奏。」只須老大人作主，那四名便可生全矣。（末）你見左，則待要星[1]空貫日，則待要權移帝座。貴府請回，倘違誤時刻，彼此多有未便。更籌促，典刑明正[2]無復累蕭何。（外）老大人在上，卑職雖以刀筆出身，未嘗學問，還記得孟夫子有云：「民為貴，社稷次之，君為輕。」民間苟有冤抑，便當力為昭雪，難道事出朝廷，便坐視不救麼？違誤時刻，當以一官狗之。君王恩顧多，痛赤子匐匍，可能安坐？血奏何妨棄了這鳴珂。（末）事關重大，本院決不敢做主。貴府還是請回，速將四犯斬訖報來。（外）老大人何出此言？不要說老大人，就是卑職這裡蒙聖上親賜璽書，得假便宜行事。僚屬不法，尚許拿究，難道這四個小民就不能保全了？擔

荷，雖不敢龍顏直上，也難把綸音輕抹。（望老大人呵）休執見，只算屋烏推愛提出自天羅。（末）吓，待決重囚，何必如此保救？貴府既然親奉璽書，竟自陳奏便了，何必又向本院饒舌麼？你便宜行事，可獨抗天條，足見黃堂尊大。（外）老大人請息怒，知府無非為民請命耳。（末）這個斷難領教，本院呵，力怯回天，則任刀尖血裏。（外）吓，也罷！老大人既不肯陳奏，卑職願將此印為質，姑限半月之間，親往淮、常二府察明兩案回報。若有不決，老大人竟將卑職題參，一應罪名，卑職獨自承當便了。（末）好個莽知府！可也難得。非懦，有甚的煌煌岩電？著甚的騰騰心火？本院呵！不覺心為動，這姑息之政宛轉奈伊何？

也罷！貴府既如此力懇，或者果有冤抑也未可知。這印還請收去，准限半月審明回報便了。（外）如此，還求老大人令箭兩枝，卑職親賫前往。（末）要它何用？（外）淮、常二府非卑職所屬，有了老大人令箭，就有呼必應了。（末）這也說得是。取令箭兩枝過來。（小生應）令箭在此。（末）貴府可便賫去，任爾便宜行事。若有不決，題參未便。請回。（外）是。（出介）（眾）掩門。（下）

（外）好了，如今四名罪犯得生了。左右。（老旦、丑上）（外）什麼時候了？（丑）五鼓了。（外）天色將明，速速回府將冤囚寄監。點齊各役，星夜先往淮安，次到常州，相機行事便了。帶馬來。

【尾聲】官槎又向秋江過，待平反赶期休挫，莫負了入夢雙熊神明預告我。（同下）

按　語

〔一〕本齣出自朱素臣撰《十五貫》第十六齣〈乞命〉。

〔二〕選抄此齣的散齣鈔本有：中國國家圖書館藏朱執堂抄《時劇集錦》、北京大學圖書館藏佚名抄《綴白裘選抄》。

十五貫·訪鼠測字

末：陶復朱，客商。
外：況鍾，蘇州太守，假扮測字先生。
貼：況鍾的隨從。
丑：婁阿鼠，殺人兇手。

（末上）

【步步入園林】浪逐蠅頭江湖上，挣不破英雄網。老夫，陶復朱。自從在蘇州買貨下船，指望到河南脫卸，不想，遇著熊友蘭兄弟之事，老夫憐惜其冤，助錢十五貫，叫他回縣交納。誰料同舟客伴盡道，出門吉日，遇此蹭蹬之事……竟改舟南往，老夫也只得隨眾到了閩南。一路且喜貨物頗有利息，又帶些南貨，依舊到蘇發賣。討完帳目，趕到家中，不覺又是仲冬了。咳！**勞生空自忙，喜得故國雲山歸來無恙。**今日乃是望日，特到城隍廟中進香去。辦炷清香瞻仰，願客況屢喜祥，祈老景獲安康。
（下）

（外扮術士，臂掛拆字招牌，貼扮門子背包上）
（外）

【園林通江水】海中針，尋來渺茫。糊突事，沒些主張。下官淮安事畢，返棹姑蘇，打發各役先回滸墅關伺候。自己換過微服，假扮測字先生，坐下小船，來到這裡皋橋地方停泊，上岸探緝游二致死情由。一路行來，只聽得那些人紛紛傳說，本府即日按臨

此地，搜緝兇身。只是，這宗公案，不比前邊的事體，有些牆壁可據，踏勘得來；如此無影無蹤，怎麼了？前面是城隍廟，不免到彼閑走片時，再作道理。（向貼介）過來。我在廟中閑坐，你可遠遠的伺候，不必近前。（貼應下）（外）**豈大案[1]終無影響？那鏡影犀光，照不出山魈伎倆。**（下）

（丑上）日間不作虧心事，半夜敲門不吃驚。我，婁阿鼠。一生好賭，半世貪財。只因一時動子貪心，殺子游葫蘆，促搭子哩十五貫銅錢。囉道湊巧得極，正撞個做閑家庄個強遭瘟，恰也背個十五貫銅錢搭個丫頭走路，竟不拉地方上追上去，捉到當官。替我夾，替我坐監牢，替我問剮罪，真正十足個替死鬼，替我征子本。咳，只道搜和子個牌，再沒囉個後查個哉，弗道是前日監斬官是偌個蘇州府太守況青天，竟喬一擲起來！吓道阿是看牌個贊囋吐虱？兩日聞得淮安個出事務踏勘明白哉，那間轉來，竟要到地方上緝獲兇身。我想，個個臭賊橫垛裡捉介張捉得兇虱嘻！別人道我梢粗膽壯，擲殺弗輸弗關我事個；囉裡曉得學生是贏得起輸弗起，一獻獻子底，就做子滅殺百老哉。因此兩日肉飛肉跳、心慌膽碎，伴拉屋裡存弗得、坐弗得，竟弗是逃客，倒做子酒頭裡哉！心上疑惑疑注，故個盆口信弗准。阿呀，今朝是月半，到城隍廟裡去求介一當籤，意思要做介個逃客，卸一副庄，弗知阿使得？一路行來，呀，前頭是陶大公呀。

（末上）慈悲勝念千聲佛，作惡空燒萬炷香。（見介）呀，原來是鼠哥。（丑）陶大公，久違久違。一向拉囉裡賺銀子？幾時居

---

1 底本作「索」，據清順治鈔本《十五貫》（《古本戲曲叢刊》三集景印）改。

來個？（末）昨日打從蘇州回來。鼠哥，近日賭錢得彩麼？（丑）
弗要說起，做子「衙門裡相公」——書辦裡哉！（末）這賭場中輸
贏是常事，為何慌慌張張？（丑）吥弗曉得，敝鄉有介出官司……
（低聲介）恐防帶累鄉鄰吃薄粥了，所以有點著急，來求介當籤看
阿有僭事。（末）你地方有甚事故？老夫不曉得，就請你講一講。
（丑）說來也話長，就是我裡個蕩游二個事務哉呀。

【江水供養】奸殺奇聞事，鄉閭[2]到處揚。（末）什麼奸殺
事？（丑）就是那游葫蘆死入[3]糊塗帳。（末）那游二被人殺
了？（丑）殺哉。（末）為什麼？（丑）故個游二有個拖油瓶囡兒
拉屋裡，個一日游二替阿姐借子銅錢居來做生意，囉道是為子個兩
個銅錢倒送子性命。（末）許多錢鈔，就送起命來？（丑）十五
貫青蚨將身喪。（末）是哪個殺的？（丑）女孩兒認[4]罪，誰
稱枉？（末）不信是他女兒！（丑）當夜殺子人，明朝地方得知
子追上去，正拉丬皋橋地方。只見他女兒呵，和著孤男相傍，
儼做出私情勾當。（末）私與漢子逃走，有何見證？（丑）囊
中十五貫是真贓，招成奸殺罪雙雙。

（外暗上）欲求鳴鳥語，不憚聽狐冰。廟門首有人講話，聽得
「十五貫」三字，且去聽來。（上前拱手介）二位可要起數麼？總
成總成。（末）用不著。（丑）起數個？住丬，住丬，替我起一
數。（末）既如此，你且站著，我每講完了話就總成你。（外）當
得奉陪。（末）你且說那漢子什麼樣人？是何名姓？（丑）故個人

弗是本地人，叫子僑熊友蘭。（末）熊友蘭！（背介）呀，前日船上當梢那人叫做熊友蘭。（外暗聽介）（末）他是哪裡人氏？（丑）聽得說是淮安人。（末）淮安人氏！這是幾時的事體？（丑）故是舊年秋裡個事務。（末）喲呸，這是哪裡說起！（丑）僑了，要吼直跳起來？（末）這熊友蘭乃淮安胯下橋人，這十五貫錢是老夫助他回去救他兄弟熊友蕙的，怎麼說是游二家的起來？（頓足介）咘！世間有這樣冤枉之事！（丑驚背介）弗信有介個事！（轉介）吼說哪了？是吼個銅錢起來？（末）我舊年在蘇州呵，

【玉交枝】片帆北上，客伴閒談話出端詳。（丑）哪了就說個出事務介？（末）我每同舟之人，偶然曉得淮安熊友蕙被屈遭刑，不想舟中有個當梢之人，就是那熊友蘭，隔窗聽得驚慌狀，險叫他一命幾喪。（丑）聽得子兄弟個出事務了？（末）便是！為因兄弟問成大辟在獄，追比十五貫寶鈔，痛哭不已。老夫彼時心懷惻隱，一力贈錢十五貫，叫他回去代納寶鈔，以免他兄弟追比。臨歧遣歸慰雁行，早難道救冤反把奇冤釀？（外暗點頭介）（丑）就是吼個銅錢也無見證。（末）怎麼沒有見證？（現有客伴船家，不是一人看見的。也罷！老夫竟到蘇州況太爺處，與他訴冤去。（拜介）神聖在上：弟子今日特來進香，為因急事要往蘇州辯人冤獄，不能從容瞻禮，改日再來了願罷。為辯人冤不辭路長，（丑）吼要到囉哩去？（末）向黃堂伸冤理枉。

　　（丑急狀，扯住介）呀呸！

【玉交海棠】伊休莽戆，怎無端撩鋒撥芒？（末）與人暴白鳴冤，也不算什麼撩撥。（丑）吓，你弗曉得，我裡地方上為子個出事務，見上司，解六案，拖上拖下，了弗得嗏！加倍今日況太爺

個入娘賊、狗毵養個；面上橫肉臉起子、兩隻眼睛反插子，弗是好惹個主客。唔哪了拿個頭拉釘上去掰起來？笑你負薪救火招無妄，豈不慮林木貽殃？（末悲）咳，說哪裡話！當日指望救他的兄弟，不想反害了他的哥哥，我陶復朱的罪過可也不小。若將他窮骨冤埋，枉卻我俠腸雄壯。（作下，丑又扯住介）走來，走來！熊友蘭亦弗是唔個娘親姆眷，倷要緊無事生非？常言道：「是非只為多開口。」倘然況太爺個毵養個，倒拉唔身上要起兇身來沒哪處？還是依我個見識，弗要去個好。（末）咳！我豈肯良心喪？拚做救人從井，同溺何妨！（急下）

　　（丑背跳介）壞哉！壞哉！那間個出事務要穿一遭個哉。（急狀介）（外背介）有這等事！

【海棠姐姐】我自忖量，（看丑介）看他情詞窘迫難堪狀。為何此人欲去出首，他卻這等著忙？其中情弊，必有蹊蹺。恁心虛膽怯，露出乖張。（向丑介）老兄，你方纔說要起數，就請說來。（丑）我是要求籤，那間就起子數罷哉。只是，唔倷個數？（外指招牌）請看：觀枚測字，聲名[5]播四方。（丑）哪亨叫子「觀枚測字」？（外）要問什麼心事，隨手寫個字來，就可判斷吉凶了。（丑）學生弗識字個，囉哩寫得出介？（外）隨口說一字也罷。（丑）吓，就是學生個賤名「鼠」字丒。（外）尊名叫「鼠」字麼？（丑）正是，賤號叫婁阿鼠；個星賭場裡盡聞名個。（外背介）呀，野人喞鼠，已應其一，他名叫阿鼠，莫非正是此人麼？我私追思想，葫蘆已有前番樣，啞謎須叫此際詳。

　　（丑驚，背指外介）自言自語，像是摟弗來個。（外）你這個

5　底本作「神明」，據清順治鈔本《十五貫》改。

「鼠」字什麼用的？（丑）官司。（外手劃介）鼠字十四筆，數遇成雙，乃屬陰文，況鼠又屬陰中之陰，是幽暗之象；若占官司，急切不能明白。（丑）明白是弗曾明白來，看阿有偹纏擾累及？（外）是己的，還是代占？（丑支吾介）是……是……是代占。（外）依數看起來，只怕不是代占，這樣事體，倒是為禍之首。（丑）故何以見得？（外）鼠為十二生肖之首，豈非是個造禍之端？（丑驚介）（外）況且，竟像在裡頭竊取什麼東西，搆起這椿事的。（丑）亦來哉，個個偷物事，吓囉哩看得出來？（外）鼠性善于偷竊，所以如此講。（丑呆介）

（外）還有一說。這家人家可是姓尤麼？（丑）故吓囉哩曉得？（外）老鼠久慣偷油，故爾曉得。（丑背介）弗是測字先生，直腳是活神仙哉。（外點頭介）（丑向外）個星事務弗要吓管，只看目下阿有偹個是非口舌連累得著？（外）怎麼連累不著？如今正是敗露之時了。（丑）故哪解說？（外）你是「鼠」字，目下正交子月當令之時，自然要明白了。（丑）那間意思要避拉外頭去，你看阿避得脫？（外）你只要實對我說，果然是代占還是自己占，說明白了我好實斷。（丑）既然是介，只得實說哉。其實是自占。（外）這個還好，避得脫的。（丑）吓！避得脫個。何以見得？（外）你若自占，本身不落空了。「空」字頭著一「鼠」字，豈不是個「竄」字？就是逃竄之竄。（又作想介）咘！逃竄是逃竄得的，只是老鼠心性多畏多疑，怕做了首尾兩偏，不得出去。（丑）先生好數，效驗非常！其實我拉裡疑疑惑惑，所以替吓起數。那間竟依吓個神算，不一走裡使使何如？（外）若能走遁，萬無一失的。只是，要走今日就走，明日就走不動了。（丑）故亦哪了？（外）鼠字之首是個「臼」字，兩半個日字，原是一日之意；若到

明日，就算兩日了，哪裡還走得脫！（丑背作慌介）故沒哪處？先生吓，走是走哉，只是天色夜拉裡哉，有點不便。（外）最好！鼠乃晝伏夜動之物，連夜走最妙的了。（丑）還要請問：走沒走到囉哩個方去好？（外）吓吓吓……鼠屬巽，巽屬東南，東南方去纔好。（丑）還是水路去，旱路去好？（外）吓吓……鼠屬子，子屬水，是水路去好。（丑）水路東南方去！只是，一時頭上囉哩個隻鶩生船上便好。（外）你若要去，老夫倒有個便船在此，正待今晚下船，到蘇杭一路去趁趕新年生意；若不棄嫌，同舟何如？（丑）故個極妙個哉。

【姐姐撥棹】仗伊姑容漏網，哪怕他潑天風浪？（外）管前途穩步康莊，向天涯高飛遠翔。（丑）吓個船拉囉哩？（外）就在那邊河下。（丑）既然是介，家下就住拉丑前巷，等我居去拿子一條被頭，就下船便罷。些些薄意，起數錢、趁船錢纏拉哈哉。（外）多謝多謝，快些去，快些來。（丑）是哉。我欲歸家膽又慌，待心切離家意轉忙。（作急下）（外）門子快來。（貼上）老爺，怎麼說？（外）少停有個人上船，你可稱我師父，不許走漏風聲。（貼）曉得。（丑背被囊上）為逃災陌路權依傍。（外）走，走，走。（丑）個个是僭人？（外）是小徒。（丑）好個標緻小官人！倒像□□[6]班裡個小旦。（外）休得取笑。就此下船去罷。匆匆行色送斜陽，（合）遠望吳山路正長。（渾下）

6　底本這裡是兩個空白符號，留待演員臨場抓哏，逗樂取笑。

按　語

〔一〕本齣出自朱素臣撰《十五貫》第十八齣〈廉訪〉。

荊釵記·見娘

小生：王十朋。
付：王十朋的僕人。
老旦：王十朋之母。
末：李成，王十朋妻錢玉蓮娘家的僕人。

【夜行船】一幅鸞箋飛報喜，垂白母想已知之。日漸過期，人何不至？使我心下轉添縈繫。

　　雁塔題名感聖恩，便鴻早已寄佳音。思親目斷雲山外，飄渺鄉關多白雲。下官，王十朋。自中榜之後，卽便修書附與承局寄回，接取家眷同臨任所。一去許久，怎麼還不見到來？使我常懷掛念。吓，長班。（付暗上）有。（小生）家眷到時，卽忙通報。（付）吓。（小生）正是：雖無千丈線，萬里繫人心。（付隨小生下）
　　（老旦上）

【引】死別生離辭故里，經歷盡萬種孤恓。（末上）昨過村莊，今入城市，深感得老天週庇。

　　（老旦）吓，李舅，可曾打聽狀元的行館在于何處？（末）男女已曾打聽，說在四牌坊下，請老安人再行幾步。（老旦）吓，聞說京師錦繡邦，果然風景勝他鄉。（末）紅樓翠館笙歌沸，柳陌花街蘭麝香。（看介）「狀元王寓」……吓，老安人，這裡是了，請老安人看好了行李，待男女去通報。（老旦）快去通報。（末）曉得。吓，老安人，男女倒忘了。（老旦）吓，李舅，你忘了什麼？

（末）請老安人把頭上的孝頭繩除下了，恐驚了狀元老爺，不當穩便。（老旦）又是你說，不然，我竟忘了。阿呀，我那媳婦的兒吓！（哭介）（末）請免愁煩。待男女去通報。（老旦將孝圈藏袖介）

　　（末）吓，門上哪位在？（付上）什麼人？（末）這裡可是王狀元的公館麼？（付）正是。你問他怎麼？（末）報去說家眷到了。（付）吓，家眷到了！請少待，狀元老爺有請。（小生上）怎麼說？（付）家眷到了。（小生）吓，家眷到了！先著來人進見。（付）吓，大叔呢？（末）怎麼說？（付）老爺先著你進見。（末）曉得。吓，狀元老爺，男女李成叩頭。（小生）吓，阿呀呀，李舅請起。老安人、小姐都到了麼？（末）都……都到了。（小生）吩咐開正門。（付）吓，老爺出來。（小生）吓，母親！（老旦）十朋。（小生）孩兒迎接母親。（老旦）起來。（進介）（小生）吓，李舅，小姐呢？（末）吓，小姐還在……（老旦）十朋。（末）吓，狀元老爺，老安人相請。（小生）吓，來了。吩咐起行李。（付）吓。（下）

　　（小生）母親。（老旦）我兒。（小生）母親請上，待孩兒拜見。（老旦）罷了。（小生）孩兒只為功名，久缺甘旨，途路風霜，望恕孩兒不孝之罪。（老旦）兒吓，你在此為官，一向可好麼？（小生）母親聽稟：

【刮古令】從別後到京，（老旦）可思想做娘的麼？（小生）慮萱親當暮景。（老旦）不想也有今日相會。（小生）幸喜得今朝重會。（老旦嘆介）咳！（小生）又緣何愁悶縈？（老旦）做娘的沒有什麼愁悶。（小生）是。孩兒告退。（老旦）去。（小生）阿呀且住，我想今日母子相逢，合當歡喜，怎麼我母親悶

悶不樂？吓，待我去問李成。吓，李舅。（末）狀元老爺。（小生）老安人為何悶悶不樂？卻是何故？（末）吓，老安人麼……想是在路上受了些風霜，所以如此。（小生）吓，原來老安人在路上受了些風霜，所以如此。（末）正是。（小生）非也，我曉得吓！（末）吓，狀元老爺曉得什麼來？（小生）哪！莫不是我家荊……（末）小姐便怎麼？（小生）**看承得我母親不志誠？**（末）咻！小姐在家盡心侍奉老安人，是不離左右的。（小生）吓，小姐在家盡心侍奉老安人，是不離左右的？（末）正是。（小生哭跪介）阿呀親娘吓，**你分明說與恁兒聽，你那媳婦呵，他怎生不與娘共登程？**

（老旦）

【前腔】**我心中自三省，轉¹教娘愁悶增。**（小生）媳婦為何不來呢？（老旦）你媳……（末搖手，老旦點頭）**婦多災多病。**（小生）吓，李舅，小姐有病麼？（末）正是，有恙，如今是好了。（小生）阿呀呀，謝天地！（老旦）**況親家兩鬢星，家務事要支撐，教他怎生離鄉背井？為你饒州之任恐留停。**兒吓，你岳丈最有分曉。（小生）有甚分曉？（老旦）**先令人送我到京城。**

（小生）原來如此。孩兒再告退。（老旦）去。（小生）阿呀且住，我聽母親的言語，甚是不明。吓，待我再問李成便知明白。吓，李舅。（末）狀元老爺。（小生）你把家中之事細細說與我知道。（末）狀元老爺聽裏：

【前腔】**當初待起程。**（小生）住了，我正要問你，起程之時

---

¹　底本作「展」，據《六十種曲》本《荊釵記》改。

為何小姐不來？（末）小姐來是要來的吓。（小生）為何不來呢？
（末）誰想到臨期成畫餅。（小生）呀？成什麼畫餅吓？
（末）呀，若說起投江一事，恐諕得恩官心戰驚。（小生）
住了！什麼驚？（末）吓，男女不曾說什麼驚吓。（小生）你明明
說一個「驚」字，怎麼說不曾？（末）沒有什麼驚吓。（小生）阿
呀母親，李舅明明說一個「驚」字的嚛。（老旦）吓，李舅，你說
什麼「驚」字，可說與狀元爺知道。（末）吓吓，有一個「驚」字
的，說我家小姐呵……（小生）小姐便怎麼？（末）在途路上少
曾經。就是這個「經」字喏。當不得許多高山峻嶺，餐風宿
水怕勞形。因此，我家員外呵，將小姐留住在家庭。

（小生）

【前腔】 呀，端詳那李成，語言中猶未明。李舅過來。
（末）有。（小生）我在家見你志成老實，故把言語來問你，你怎
麼也把話來支吾我麼？（末）男女怎敢！（小生）呃！（末）是。
（跪介）（小生）今後再也不來問你了。（哭跪介）阿呀親娘吓！
你把就裡分明說破，免孩兒疑慮生。（老旦哭介）咳！（小
生）呀，因甚的變顏情，長吁短嘆淚珠零[2]？（老旦落孝圈
介）（小生拾介）呀。（老旦）阿呀！（小生）呀！袖兒裡落下
孝頭繩，莫不是恁兒媳婦喪幽冥？

阿呀母親吓，這孝頭繩是哪裡來的？快快說與孩兒知道。（老
旦）阿呀，親兒，千不是萬不是，都是你不是！（小生）怎麼都是
孩兒不是？（老旦）你且起來。（小生）是。（老旦）我且問你，
你當初的書，是哪個寄回來的？（小生）是承局寄回來的吓。（老

2　底本作「淋」，據《六十種曲》本《荊釵記》改。

且）可又來。當初承局書親附，拆開仔細從頭觀，道你狀元僉判任饒州。（小生）這句是有的吓。（老旦）阿呀親兒吓，你下面這一句就不該寫了。（小生）是哪一句？（老旦）休妻再贅万俟府。（小生）阿呀母親吓，語句都差了。（老旦）呢！（小生）是。（跪介）（老旦）語句雖差字跡眞。（小生）那時岳父便怎麼？（老旦）你岳翁見了生嗔怒。（小生）岳母呢？（老旦）岳母卽時起妬心。（小生）起什麼妬心？（老旦）逼妻改嫁孫郎婦。（小生）住了！我妻從也不從？（老旦）阿呀親兒吓！（小生）親娘。（老旦）汝妻守節不相從，他就將身跳……（哭介）（末）阿呀老安人，說不得的吓！（小生）呢，胡說！誰要你多管？（老旦）阿呀李舅吓，事到其間也不得不說了。（小生）是吓。（末）還是不說的好。（小生）胡說！阿呀母親吓，快快說與孩兒知道吓。（哭介）（老旦）阿呀親兒吓！（小生）親娘。（老旦）汝妻守節不相從，他就將身跳入江心渡；你妻子爲你守節投江而死了。（小生）吓！我妻子爲我守節投江而死了？吓，阿呀，兀的不痛殺我也！（暈倒介）（老旦）吓，阿呀，我兒甦醒，我兒甦醒！（末）狀元老爺醒來！

　　（老旦）

【江兒水】阿呀諕、諕得我身驚怖膽戰簌，虛飄飄一似風中絮。誰知你先赴黃泉路，敎我孤身流落知何所！全不念我年華衰暮，風燭不寧。阿呀，十朋的親兒吓，敎娘親死也不著一堆墳墓。阿呀兒吓，醒來！（小生哭介）（末）好了。

　　（小生）

【元和令】一紙書親附，阿呀我那妻吓！指望同臨任所，是何人套寫書中句？改調潮陽應知去，迎頭兒先做河伯婦。

阿呀妻吓！指望百年完聚，半載夫妻也算做春風一度。

　　（老旦）兒吓，且免愁煩。死者不能復生。到了任所，先要追究那遞書人要緊。（小生）孩兒一到任所，先追究遞書人便了。（老旦）追想儀容轉痛悲。（小生）豈知中道兩分離？（老旦）夫妻本是同林鳥。（合）大限來時各自飛。（小生）母親請進去罷。（老旦）隨我進來。（下）

　　（末）狀元老爺，男女告囘。（小生）吓，李舅，你怎麼就要囘去？（末）起程之時，員外吩咐，著男女送到了老安人，見過了狀元老爺，卽便回來。家下乏人，所以就要回去。（小生）吓，你道小姐死了，就不是親了麼？況我身畔無人，你且隨我到了任所。我那時修書與你，回去接取員外、安人到來，共享榮華，卻不是好？（末）多謝狀元老爺。（小生）你且隨我進來。（末）是。（小生）吓，李舅。（末）有。（小生）小姐死了，如今靈柩停在哪裡？（末）阿呀狀元老爺吓，那日風又大，浪又高，連屍首都沒處去打撈，還有什麼靈柩介？（小生）吓！連屍首都沒有打撈？（末）正是。（小生）阿呀我那妻吓！（老旦內）十朋。（末）狀元老爺，老安人相請。（小生）你且隨我進來。（末）是。（同下）

按　語

〔一〕本齣主體情節、曲文接近汲古閣《六十種曲》本《荊釵記》第三十一齣〈見母〉。

〔二〕選刊類似情節的坊刻散齣選本有：《風月錦囊》、《大明天下春》、《樂府萬象新》、《樂府玉樹英》、《樂府菁華》、《玉谷新簧》、《摘錦奇音》、《玄雪譜》、《醉怡情》、《萬錦嬌麗》、《歌林拾翠》、閩正堂刊《綴白裘全集》、《審音鑑古錄》。其中，《大明天下春》、《樂府菁華》、《玉谷新簧》、《摘錦奇音》四版劇末均提到玉蓮投江前遺留的繡鞋，不過文字稍有差異，《摘錦奇音》的曲文與眾不同。而《玄雪譜》、《醉怡情》、《萬錦嬌麗》、《歌林拾翠》、《審音鑑古錄》與錢德蒼編《綴白裘》曲文較接近。又，《醉怡情》與《歌林拾翠》劇末多了一支【朝元歌】，曲文與全齣的基調並不相稱。

荊釵記‧舟會

丑：錢家的婢女。

旦：賀氏，錢載和之妻，錢玉蓮的義母。

付：王家的婢女。

老旦：王十朋之母。

貼：錢玉蓮，王十朋之妻。

生：錢載和，兩廣巡撫。

小生：王十朋。

（丑隨旦上）

【引】風便未開船，有事相留戀。夫婦久違顏，怎得成姻眷？

　　一水隔荒郊，如何不寂寥？到來秋已暮，木葉正蕭蕭。妾身，錢載和之妻。昨日有個吉安府知府王守公來見我相公，問起情由，明明是我女兒的丈夫王十朋。為此，今日設席在舟中，請王刺史太夫人，使他媳婦席中相認，這也是一樁好事。梅香，筵席可曾完備？（丑）完備了。（旦）王太夫人到時，疾忙通報。（丑）曉得。（付隨老旦上）（付）請太夫人下轎。

【引】有子作廉官，已遂平生願。

　　（付）王太夫人到了。（丑）王太夫人到了。（旦）快請下轎。（老旦上船，旦接介）請。（老旦）太夫人。（旦）太夫人請上，妾身有一拜。（老旦）太夫人請上，老身也有一拜。（旦）訊

掃鷁舟，荷蒙寵過。（各拜介）（老旦）未攀魚駕，反辱先施。
（旦）請坐。（老旦）有坐。（旦）看茶。（丑）曉得。（送茶
介）（旦）請。（老旦）請。（吃茶介）（旦）請問太夫人高壽
了？（老旦）甲子一週。（旦）不像吓。（老旦）老了。（旦）幾
位令郎？（老旦）豚犬一人，現任此邦。（旦）幾位令孫？（老
旦）兒媳守節而亡，並無所出。（旦）請。（吃茶換鍾介）換茶。
（丑）吓。（老旦）請問太夫人高壽了？（旦）五十有二。（老
旦）這等青年。（旦）老了。（老旦）幾位令郎？（旦）子息無
緣，螟蛉一女，又值新寡在舟。（老旦）吓，既有令嬡小姐在船，
何不請出來一會？（旦）只恐服飾不便，不敢接見。（老旦）何
妨！一定要請來相見的。（旦）既如此，梅香，請小姐出來。
（丑）是。小姐有請。

　　（貼上）

【引】親老有誰憐？何日重相見？

　　（丑）小姐出來。（貼）母親。（旦）罷了，過來，見了王太
夫人。太夫人，小女來見。（老旦）豈敢。（貼）太夫人。（老
旦）好一位小姐吓！（各看驚介）吓！好似我媳婦模樣。（付）太
夫人上席哉。（貼看淚介）（定席各坐）（丑）請上酒。（付、丑
混下）（旦）太夫人請。（老旦）太夫人請。（貼）太夫人請。
（老旦）小姐請。（哭介）（旦）請問太夫人，與我小女素無相
識，為何一見垂下淚來？請道其詳。（老旦）太夫人，老身心有深
怨。

【園林好】為此止不住盈盈淚滾，瞥見了令人感傷。（旦）
太夫人請。（老旦）太夫人請。（貼）太夫人請。（老旦）小姐
請。哪裡有這般廝像？阿呀媳婦兒吓，可惜你早先亡，若在

此好頡頏。

（貼）

【前腔】細把他儀容比方，細將他行藏酌量。（旦）太夫人請。（貼）太夫人請。（老旦）小姐請。（貼）呀，細聽他言詞聲響，好一似我姑嫜，空教我熱衷腸。

（老旦）

【江兒水】漫把前情想，你聰明德性良，知人飢餒能供養，知人冷熱能調養。指望將吾老骨扶歸葬，誰想伊行先喪。吓，我做婆婆的在世也不多時了，若要相逢，早晚黃泉相傍。

（貼）

【前腔】驀聽他言語，令人倍慘傷，看他愁容淚線如珠樣。若是我兒夫身不喪，我那婆婆阿，香車霞帔也得安榮享。今日知他何向？隔著煙水雲山，兩處一般情況。

（旦）

【五供養】太夫人聽伊半晌，言語雖多，未審其詳。（老旦）咳！（旦）太夫人，勸伊休嘆息，何必細斟量？有事關心，便說何妨。我兒在何處會？為甚兩情傷？乞道其情，不須隱藏。

（老旦）

【玉交枝】太夫人吓，事皆已往，偶然間觸目感傷。見令嬡玉質花容，似孩兒已故……（住口介）（旦）太夫人為何欲言又止？（老旦）話便有一句，只是言重，不好說得。（旦）但說何妨。（老旦）既如此，待老身告個罪，然後說。（旦）說哪裡話來。（老旦）太夫人，多多有罪了。（旦）豈敢。（老旦）小姐

（貼）太夫人。（老旦）得罪了吓。（貼）豈敢。（旦）太夫人請
道其詳。（老旦）太夫人吓，見令嬡玉質花容，似孩兒已故妻
房。（旦）令子室既死，小女雖像，如今痛哭也無補于事了。
（老旦）阿呀太夫人吓，吾家兒婦守節亡，阿呀恩深義重難撇
漾。（旦）令子媳在日，侍奉若何？（老旦）太夫人，我媳婦雖
是富家之女，他到得寒家呵，侍貧姑，雞鳴下堂；守貧夫，勤
勞織紡。

　　（貼）

【玉交枝】呀！我聞言悒怏，太夫人，你媳婦如何喪亡？
（老旦）為孩兒名擅文場，寄家書禍起蕭牆。（貼）書歸應
是喜氣洋，緣何兩地生災障？（老旦）咍！我好恨吓！（旦）
恨著誰來？（老旦）恨只恨，孫家富郎。阿呀苦吓！（旦、
貼）苦著誰來？（老旦）苦只苦，玉蓮天亡。

　　（旦）這是你的婆婆了。（貼）阿呀婆婆吓！（老旦跪扶住
介）（旦）太夫人請起。（老旦）小姐請起。

【川撥棹】心何望？這般勤禮怎當？（旦）我兒，問姓名，
家住在何方。（貼）太夫人，尊姓名？家住在何方？（老
旦）我住、住溫州，吾家姓王。（旦）太夫人，這是你玉蓮媳
婦了。（貼）阿吓婆婆，媳婦錢玉蓮在此。（老旦）如此說，果然
是我媳婦了。（各哭介）阿呀媳婦的兒吓，你緣何素縞裝？
（貼）痛兒夫身喪亡。（老旦）你出言詞何不良？你的兒夫
現任此邦。（貼）我爹爹曾遣人到饒邦，我爹爹曾遣人到
饒邦，報、報說道兒夫喪亡。（老旦）有個緣故。為辭婚調
遠方，為賢能擢此邦。

【尾】（合）幾年骨肉重相傍。（旦）吓，梅香，請老爺過船

來。（貼）¹痛只痛雙親在異鄉。（老旦）你還不知，你的父母在此宦邸相親已二霜。

　　（生、小生上）

【引】他那裡哭聲嚷嚷，我這裡喜氣洋洋。

　　（老旦）我兒，你妻子在此，可上前相見。（小生）妻子在哪裡？（貼）丈夫在哪裡？（各見介）阿呀！（小生）妻吓！（貼）丈夫吓！

【哭相思】只為功名紙半張，閃得人兩下萬般悽愴。（生）夫訝妻亡，妻疑夫喪，這會合果如天降。

　　（老旦）大人請上，受我母子一拜。（生）如今是兒女親家了，何須拘禮？愚夫婦也有一拜。（老旦、小生各拜）

　　（合）

【玉抱肚】荷蒙收養，這恩德沒齒不忘。上表章解綬辭官，與岳翁同赴邊方，殷勤就祿侍高堂，忍撇恩親在異鄉？

　　（生）

【前腔】不須謙讓，賴伊家續我世芳。今別去頻寄書香，你安心盡職任黃堂。兒吓！你侍奉姑嫜孝義芳。你夫妻二人節義，世間罕有，吾當申奏朝廷，自有旌表。（小生）多謝岳父大人。

　　（老旦）請問大人，在何處得救我兒媳？（生）老夫呵，

【大環著】那一日江道，那一日江道，得夢蹊蹺，明是神靈對吾說道：救女江心急早。問起根苗，節操凜冰霜，令

_____

1　底本作「老旦、貼」，參酌文意刪。

人矜傲。結義女同臨官道。遺尺素誤傳凶報，誰知道改調潮？喜今朝母子夫妻共同歡笑。（同下）

按　語

〔一〕本齣主體情節接近溫泉子編《新刻原本王狀元荊釵記》第四十八齣，但【哭相思】、【玉抱肚】二支曲文不同；【大環著】則出自汲古閣本。

〔二〕選刊此齣的坊刻散齣選本還有：《醉怡情》、《歌林拾翠》、閩正堂刊《綴白裘全集》、石渠閣主人輯《綴白裘全集》、《審音鑑古錄》。《醉怡情》、《歌林拾翠》、石渠閣主人輯《綴白裘全集》曲文與錢德蒼編《綴白裘》有差異，閩正堂刊《綴白裘全集》下落不明，無從比對。

副末

古注今來樂事　人間勝景無窮
莫負風花雪月　消磨春夏秋冬
四時歡笑興偏濃　慢把宮商傳送
節義綱常倫理　忠良賢孝奸雄
今宵演唱畫堂中　離合悲歡勸奉
　　　　　　　　——交過排場

鳴鳳記・辭閣

外（前）：夏言，內閣首輔。

末（前）：朱裁，夏言的管家。

老旦：易氏，夏言之妻。

貼：蘇賽瓊，夏言之妾。

付：曾銑的部下。

小生：曾銑，都御史。

末（後）、外（後）、淨：曾銑的部下。

　　（外扮夏太師，四小軍、二院子引上）

【瑞鶴仙】林壑悠閒地，怪當朝僚友，推尊宣諭。君恩載隆日，效阿衡左右，傳嚴霖雨。

　　金闕岧嶢殿影重，殊恩常錫未央宮。爵崇一品思君寵，祿享千鍾愧我榮。下官，華蓋殿大學士夏言是也。祖籍江右，別號桂洲，官居九棘之尊，位列三公之首。向因桑榆暮景，蘭桂無芽，乞骸骨于江右，樂優遊于林下。何期荐章累上，豈容臥謝安于東山；詔命頻加，終至召寇老于南海。竟作下車之馮婦，遂忘解組之兩疏。因此，再受君恩，重叨國柄，未敢為斷斷休休，聊以盡洞洞屬屬。追想河套之地，淪于土木之災，虧祖宗之洪圖，實臣子之大罪。為此運籌，潛圖恢復。所以差都御史曾銑總制三邊，可謂得人。但恐中有嚴嵩忌功，外有仇鸞負固，不能成其大功。夫人易氏，憐我無子，前在揚州娶得一女，名喚蘇賽瓊，用作偏房，以圖後嗣。又恐

他未嫻婦道，不免請夫人訓誨一番。正是：常將國事兼家事，安得愁心易喜心？（末）朱裁叩頭。（外）朱裁，傳話後堂，著賽娘伏侍夫人上堂。（末）吓，擊雲板請賽娘伏侍夫人上堂。

（老旦、貼上）

【引】紅杏飄香，柳含煙翠拖金縷。（貼）小樓朱戶，門掩梨花雨。

（老旦）相公。（外）夫人。（貼）賽瓊叩頭。（外）起來。（老旦）相公，憂國憂民，固大人之任；宜室宜家，亦君子之心。既當退食委蛇，何用臨風長嘆？（外）夫人，無官一身輕，我為有官所累；有子萬事足，我為無子之牽。既歉報君之忠[1]，又失承先之孝，覩此白駒彈指，豈堪華髮蒙頭。況此妮子本為繼嗣，倘失教于今日，恐遺悔于他年。望夫人早晚訓誨，吾心始安。（老旦）相公，賽瓊工容賢德事事無差，相公不必掛心。（外）夫人，你且聽我道：

【桂枝香】功名韁繫，身心萍寓。自憐倦鳥思還，誰念孤鴻天際？這愁懷怎除？這愁懷怎除？賽瓊，願你習嫻母諭，保全節義。（貼）謾思之，趨庭未見斑衣舞，勒鼎翻成墮淚碑。

（付扮中軍上）手捧紫泥書，達上黃扉府。門上哪位爺在？（末）是哪個？（付）都御史曾爺有手本求見。（末）住著。啟上老爺，都御史曾老爺求見。（外）到時通報。（末）吓。（下）

（外）夫人、賽瓊迴避。（老旦、貼）苑內鶯簧方引調，門前車馬又喧騰。（俱下）

---

[1]　底本作「心」，據《六十種曲》本《鳴鳳記》改。

（小生引眾上）

【引】萬里干城膺重寄，拜元戎，威權極矣。

　　下官右副都御史曾銑是也。蒙差總制三邊，不免拜辭閣下。報去。（付）報過了。（小生）迴避。（眾）吓。（下）（小生進介）老太師。（外）曾先生。（小生）老太師，曾銑有一拜。（外）不消了。（小生）初拜元戎未奏功。（外）胸蟠萬甲素稱雄。（小生）從今願挽天潢水。（外）一洗干戈戰血紅。看坐來。（小生）老太師在上，怎敢坐。（外）先生今日出關，未免有幾句言語談談，哪有不坐之理？（小生）告坐了。

　　（外）曾先生。（小生）老太師。（外）幾時榮行？（小生）特來拜辭太師就行了。（外）先生去促，不能一餞，怎麼處？（小生）不敢。念曾銑一介書生，遂叨重任，九邊將士，並聽飛符，誠一軍之皆驚，愧六韜之未熟。若不先參帷幄，豈能出掌貔貅？敢此拜辭，并求方略。（外）曾先生，國家大事，韃虜²為憂，況此河套，原為我地，不意己巳之變，遂淪左衽之區。上廑宵旰之憂，下混華戎之辨，誠臣子枕戈待旦之時也。先生此去，膺長子帥師之任，慎上兵伐謀之機，小則效³蠶食以復其疆，大則奮鷹揚以搗其穴。倘得雪恥酬百王，除兇報千古，不惟功在社稷，抑且澤及生民矣。先生勉為之！（小生）謹領台教，就此拜辭。（拜介）

【三學士】親總皇師辭帝里，旌旗動鬼泣神啼。破胡⁴必用龍韜策，積甲應將熊耳齊。（合）看取單于來繫頸。（外）

2　集古堂共賞齋本作「邊寇」。
3　底本作「稍」，據《六十種曲》本《鳴鳳記》改。
4　集古堂共賞齋本作「安邊」。

將功烈鐵柱題。

　　元帥身爲萬里程。（小生）忠心願掃宇賽清。（外）國家重地淪亡久。（小生）捲土重逢在此行。（外）好，好個「捲土重逢在此行」！先生，老夫耑望捷音，請。（小生）不敢。（外）朱裁，代送了曾爺。（末）是。（外下）

　　（小生出介）（末）多拜上曾爺。（小生）多拜上太師爺。（末）是，請了。（小生）請了。（末下）

　　（三旦、生扮小軍，末、外扮中軍，淨、付扮二將官上）

　　（付）請老爺更衣（內吹打，小生更衣、戴帥盔介）（眾）眾將官叩頭。（小生）眾將官聽吾號令。（眾）吓。（小生）本院親承皇命，總制三邊，肅清夷虜[5]之塵，恢復河套之舊。但有不遵號令，不奉教條，或驅而在前，或遲而在後，或妄言禍福，或泄漏軍機，或互相竊盜，或攎掠民財；凡茲有犯，罪在必誅，梟首轅門，以警其眾！就此發炮抬營。（眾吶喊介）

　　（合）

【五馬江兒水】虎將親承鳳詔，妖胡黨未消。且自揮戈躍馬，奮武揚驍，破蠻戎[6]如削草。戰馬咆哮，征導旌搖。意欲封妻蔭子，豈憚心勞。祁連再無胡騎[7]遶，風喚雁聲高，江空日影搖。水遠山遙，水遠山遙，金勒馬嘶芳草。（眾下）

─────────────────

5　集古堂共賞齋本作「朔漢」。

6　集古堂共賞齋本作「強寇」。

7　集古堂共賞齋本作「兵騎」。

按　語

〔一〕本齣出自《鳴鳳記》第三齣〈夏公命將〉。

〔二〕《審音鑒古錄》也選刊此齣。選抄此齣的散齣鈔本有中國國家圖書館藏朱執堂抄《時劇集錦》。

鳴鳳記·嚴壽

付：趙文華，佞臣。
末：牛信，嚴府的班頭、管家。
小生：嚴府的僕人。
淨：嚴嵩，嚴介溪，權相。
丑：嚴世藩，嚴東樓，嚴嵩之子。
外：陳虎，邊將仇鸞派來送禮的差官。

　　（付上）

【齊天樂前】博帶峨冠身顯耀，登甲第始趨朝。富貴情懷，苞苴志量，哪管經綸廊廟。

　　金榜臚傳姓字題，從今脫卻破藍衣。滿堂金玉重重富，誰信當年一腐儒。下官趙文華，浙江慈谿人也。名登黃甲，官拜刑曹。只是平生貪利貪名，不免患得患失。附勢趨權，不辭吮癰舐痔；肥家固寵，哪知瀝膽披肝？且是舌劍唇鎗，有一篇大詐若忠的議論；更兼奴顏婢膝，用幾個自卑求榮的權謀。陷害忠良，如秤鉤打釘，拗曲作直；模稜世事，如蘆席夾囤，隨方逐圓。不學他一榜三百人，賽過那八關十六子。我想將起來，若不乞哀于黃昏，怎得驕人于白日？滿朝看來，惟有謹身殿大學士嚴介溪權侔人主，位冠羣僚，其子嚴東樓總攬朝政，裁決機務。四方貢獻，盡歸其府；滿朝顯要，盡出其門。京中有「大丞相、小丞相」之稱，家內有「眞兒子、假兒子」之號。爲何有「假兒子」之號？不拘大小官員，拜他爲父即

加顯擢，故此他門下乾兒子頗多。下官久有此心，只是無由進見。況且進見之時，必有贄禮，若不投其所好，怎得重用？因此費盡心機，訪得今日是他生日，預先差人澆成一對壽燭，外面將金皮包裹，雕刻五彩龍鳳；內用仙方制度，暗藏外國奇香。點起燭時，異香滿室，百鳥皆來，燭煙上結成「福壽」兩字，豈非是無價之寶？我又訪得他新造一所萬花樓，極其華麗，正少一條毺單。被我買囑匠人量了他尺寸，前往松江打一條五彩龍鳳大毺單，鋪在他的樓上，一寸也不多，一寸也不少，實為曲盡人情矣！我又聞得東樓是個愛精潔的，我就將金子打成一個溺器，用珊瑚寶玉鑲嵌，妝點奇異春畫，私奉與他撒尿。不要說是嚴東樓，就是泥人也要喜歡起來！他門上有個牛班頭，書房中有個羅龍文，被我各送銀一百兩，求他幫襯之意，可謂周到之極矣。昨日已曾差人送過禮物，今日竟去把盞。不要打導，竟步行了去。轉過通林大道，來到相府門前。此間已是。有人麼？

　　（末上）閥閱門楣地，當朝宰相家。是哪個？（付）牛大叔。（末）原來是趙先兒。吓，門上的，今早太師爺吩咐：各官到來，只收禮帖，不許相見。（內）吓。（付）牛大叔，昨日我曾送些小禮，可曾到庄？（末）什麼大事？你來倒[1]贜！（付）牛大叔聽差了，我說：「前日送的小禮，可曾到堂？」怎麼說倒贜？（末）吓，敢是那一百兩頭麼？有的，只是少些。（付背介）介賊娘喜個！我答寧波慈谿人駝子一百兩銀子當暢一景個事，個個賊貓嬉個全然弗拉心上。蓋個嬉丫麻個！（末）吓吓吓！你怎麼罵我？（付）吓吓，怎敢罵牛大叔！（末）你方纔說什麼「嬉丫麻」，可

1　底本作「到」，據《六十種曲》本《鳴鳳記》改。

是你在那裡打鄉談罵我？（付）弗是吓，我答慈谿人個鄉談，但是奉承人，稱為「嬉丫麻」。（末）吓，你們那裡奉承人叫「嬉丫麻」？（付）正是。（末）趙先兒，今後禮物不要送我，我最喜的是奉承，多奉承我幾句就觳了。（付）這個容易，請居正了。（末）吓。（付）牛大叔。（末）老先兒。（付）吾個嬉丫麻。（末）哈哈哈！好吓！（付）吾個嬉丫麻個。（末笑）哈哈哈！（付）吾個娘嬉丫麻個。（末）住了！這句是罵我了，為何多了一個「娘」字？（付）牛大叔，連你家令堂太太多奉承在裡頭了。（末）吓，連我家家母多奉承在裡頭了，哈哈哈！多謝多謝。（付）牛大叔，你個娘嬉丫麻答答觳個，你個賊娘嬉丫麻。（末）哈哈哈！觳了，觳了。（付）待我多奉承你幾聲。（末）觳了。

　　（付）牛大叔，前日送來的牋單太師可歡喜麼？（末）妙吓！舖在那萬花樓上，一寸也不多，一寸也不少。太師爺朝罷回來見了此單，就脫了朝靴，在上足足打了十七八個滾。（付）這叫做赤腳光棍了。（末）若不是赤腳光棍，哪裡稱得這樣大舖排？（付）送與大爺的金漉器，大爺可歡喜？（末）不要說起。大爺見了，倒惱將起來。（付）為何？（末）說：「這趙郎中可笑！再沒有什麼奉承，連我的臁子多奉承起來。」那時虧得我在傍邊說：「別人送的無非是吃的、穿的、看的；他送來的乃是呼毹拋的意思吓。」大爺就喜歡笑將起來了。（付）多謝牛大叔。（末）今日到此何幹？（付）今日太師爺壽誕，特來祝壽，乞煩通報一聲。（末）今日太師爺家宴，不款外客，不能相見。（付）少間待我跪門在此，若是太師爺問起，煩大叔稟一聲。（末）今日倘不看見呢？（付）明日再來跪。（末）明日不看見呢？（付）後日再來跪。（末）好長遠性兒！（內）太師爺出堂。（付跪介）

（末、小生引淨上）

【小蓬萊引】燮理陰陽調鼎鼐[2]，感荷皇恩浩蕩。（丑上接）瑤池日暖，環珮風輕，御爐香裊。

爹爹拜揖。（淨）罷了。牛信。（末）有。（淨）今日是家宴，各官到來拜賀只收禮帖，一概不消相見。（末）吓。（淨）那跪門的是誰？（末）待小的看來。（看介）是刑部趙郎中。（淨）可就是送衹單的麼？（末）正是。（淨）我兒，此人比眾不同，你去請他進來。（丑）是。吓，榮江請起。（付）不敢。（丑）一臉髭髯，何須如此？（付）數根頭髮，無計可施。（丑）家父有請。（付）待文華膝行進去。（丑）豈有此理！請起。（進見介）（付）老太師請上，待文華拜見。（淨）不消，常禮罷。（付）豈敢。（拜介）

（淨）蒙賜寶炬，如錫百朋。（付）今效麥丘，仰祈萬壽。（同丑拜介）（丑）厚貺重重，拜嘉愧赧（付）庸才瑣瑣，全賴提攜。（淨）看坐。（末）吓。（付）老太師在上，文華不敢坐。（淨）坐了好講。（付）告坐了。（淨）承你見惠衹單，舖在萬花樓上，一寸也不多，一寸也不少，可謂曲盡人情也！（丑）衹單猶可，還有一對壽燭非常。（淨）吩咐點燭。（末、小生）吓。（內吹打，又作鳥叫介）（淨、付、丑同看介）（淨）妙吓！異香滿室，百鳥皆來，燭煙上結成「福壽」兩字，真乃無價之寶。（付）這是老太師福壽齊天，故此壽燭中顯此祥瑞。（淨）收過了，供在家廟。（末）吓。

（淨）我門下有三十六個乾兒子，我喜的是鄢懋卿，看起來文華又在懋卿之上也。（付）文華今日此來，一則特來拜壽，二則欲

2　底本作「老」，參酌文意改。

求門下恩結父子，早晚少伸孝道。（淨）今日爲始，世蕃爲兄，文華爲弟便了。（付）如此，爹爹請上，待孩兒把盞。（內吹打，作定席各坐介）（小生、末）上宴。

　　　　（合）

【錦堂月】鳳臘光搖，龍涎瑞靄，華堂恍如仙島。南極祥光，當筵喜臨高照。慶春風喬梓齊榮，樂晚景椿萱同操。齊拜禱，願與國同休，萬年壽考。

　　　　（二旦扮小軍，外扮差官上）上命差遣，蓋不由己。這裡是了。吓，門上哪一位爺在？（末出介）呔！什麼人？（外）爺，邊上仇總兵差官送賀禮的。（末）唔，今日纔來！來遲了，去罷！（外）請問爺上姓？（末）我麼，姓牛。（外）阿呀呀，原來就是牛爺！家爺多多拜上，有一百兩銀子送與牛爺買菓兒吃，請收了。（末）這是送與我的？（外）是。（末）只是來遲了。（外）山路難行，求牛爺幫襯幫襯。（末）禮單呢？（外）這是手本，這是禮單。（末）拿來。候著。（外）牛爺請轉。（末）什麼？（外）牛爺可能幫襯小官進去見一見老祖爺的金面？待小官到邊上去，也扯這麼一個寬皮。（末）吓，你要見俺家太師爺麼？（外）是，全仗牛爺。（末）看你的造化。（進介）（外）手下的，快些拿戎裝來。（眾）吓。（外穿衣介）把禮物排齊了，還要到兵部大堂那裡去送禮。（末）稟上太師爺，邊上仇總兵差官送賀禮。

　　　　（淨看單介）門下走狗仇鸞謹具：綵緞百端，蟒衣一襲，金絲帳一頂，象牙床一座，荊陽金三千兩，貓兒眼二十顆，玉帶一圍，金爐一座。後邊還有禮物，太盛了。（末）有差官在外。（淨）喚他進來。（末）吓，差官呢？（外）在。（末）太師爺著你進去，須要小心吓。（外）是，待我膝行而進。邊上仇總兵差官叩老祖爺

的頭，願老祖爺福如東海，壽比南山。（淨）你家爺在邊上好？
（外）俺家爺靠老祖爺的洪福，好吓，好吓。（淨）我不日就要旌
獎你家爺了。（外）多謝老祖爺。（淨）你這官兒叫什麼名字？
（外）狗官是邊上游擊，叫做陳虎。（淨）我回書上帶你的名字，
叫你家爺看顧你就是了，明日領回書。（外）多謝老祖爺恩典！狗
官這裡殺身難報。（淨）吓！（末）呔！出去。（外）是。（出
介）阿呀呀，有趣，有趣！（眾）見過太師爺了麼？（外）見過
了，好相吓！這麼樣方面大耳一個大鬍子。

　　（淨）過來。（末、小生）有。（淨）差官賞他耳房酒飯，再
賞他五十兩銀子。把禮物抬進來。（末）吓，差官呢？（外）有。
（末）你好造化，太師爺賞你耳房酒飯。（外）多謝爺。（小生）
來。（外）怎麼？（小生）還有五……（末）吓，太師爺又賞你
五……吓，賞你五兩銀子。（外）這就送與二位爺罷。（末）吓，
這官兒到也識趣，去罷。（外）是。（小生）把禮物抬進來。
（末）送到羅爺那邊去。（眾）吓。（抬禮物下）

　　（淨）那仇鸞每每孝順于我，也沒有什麼加他，錫命三章，蔭
封三代便了。（丑）爹爹，榮江也要青[3]目他纔好。（淨）吓，有
了，通政司少一員參議，今後一應本章多是你掌管便了。（付）爹
爹請上，待孩兒拜謝。（淨）罷了。

　　（付）

【醉翁子】聽告，從今效螟蛉子道。望恩相維持，仁兄引
導。歡笑，會風虎雲龍，羽翼相從膽氣豪。（合）樽傾
倒，看海屋籌添，旭日雲高。

3　底本作「親」，參酌文意改。

　　　（丑）

【僥僥令】花香沾繡襖，酒色映宮袍。但見躋躋黛眉吹鳳管，連袂奏鸞簫舞楚腰。

　　　（合）

【尾】昨宵報道三星照，默佑無疆壽考，惟願甲子循環轉幾遭。

　　　（淨）筵開相府勝蓬萊（丑）壽比崗陵位鼎台。（付）海外奇珍爭獻納。（合）君王又進紫霞杯。（淨）我兒，陪榮江到萬花樓去，看家將跑馬射箭去。（丑）是。（淨下）（丑）榮江請。（付）哥哥請。（丑下）（付）二位，得罪得罪。（丑）榮江。（付）來了。（同下）（末、小生）這人有機巧，你我多要看顧他。（小生）這個自然。（同下）

按　語 ✎

〔一〕本齣出自《鳴鳳記》第四齣〈嚴嵩慶壽〉。

荊釵記・說親

外：錢流行，老貢元，員外。
生：許將仕，為錢流行女兒玉蓮說親的媒人。
付：姚氏，錢流行的繼室。
丑：錢流行之妹。

（外上）

【引】一女貌天然，緣分淺親事遷延。

男子生而願為之有室，女子生而願為之有家。老夫昨日央將仕公到王宅議親，未知緣分若何。待他來時，便知端的。（生上）仗托荊釵成好事，何須紅葉作良媒。貢元。（外）將仕公來了麼？有勞了。（生）好說。（揖介）（外）請坐。看茶來。將仕公，親事如何了？（生）小弟領命到王宅，說起親事，那老安人再三推辭不允，以後將尊言講明了，纔得允從。（外）允了，可喜！但不知將何物為聘？（生）聘物雖有一件，只是拿不出手。（外）老夫有言在先，不論聘禮輕重，只要女婿賢良，便可成其親事。（生）如此請觀。（外）呀，好罕物也！昔日漢梁鴻聘孟光曾仗此釵，至今遺下，豈不是達古之家？媽媽哪裡？

（付上）

【引】絲蘿共結，蒹葭可倚，桑梓相聯。

囉個拉里？（外）將仕公。（生）老安人。（付）前日多謝壽禮。請吥吃麵，為儂弗來？（生）有些小事，不曾來捧觴。（付）

一鉢頭個麵，留丑子兩、三日，餿子了，纔倒拉狗吃哉。（外）什麼說話！（付）今日到舍，有啥貴幹？（外）特來與女孩兒為媒。（付）吓，拿茶出來。說個囉丑？（生）就是海棠坊巷王景春之子王十朋。（付）要吃十鬙酒丑。（生）是個飽學。（付）弗吃飯個。（外）為何？（付）飽學阿是弗吃飯個？（外）好秀才為之飽學。（付）阿曾成來？（外）成了。（付）幾時下聘？（外）就是今日。（付）來弗及哪處介？少停掇盤個星人來，一點僦弗曾備拉裡，個沒哪處？李成，今日小姐受盤，客堂掛掛紅。（外）媽媽不消費心，那聘物是袖裡來袖裡去的。（付）亦來哉，聘禮或者袖裡來，鵝鴨雞中生袖裡囉里袋得下？（外）一應多是乾折。（付）倒也乾淨！多少聘禮？（外）銀子什麼稀罕！聘物雖有一件，只怕你不識此物。（付）吙個「此物」我有僦弗曉得。（外）什麼話！拿去看。（付）拿來。咳，入手輕，掉無聲，聞無馨，個是僦物事？等我磨磨看。（外）不要磨壞了。（付）呀吪！個是黃楊木頭簪兒，三個銅錢一隻，三十銅錢買子十隻，定子十房媳婦哉，成僦個聘禮？介也弗要拿出來！

　　（生）

【奈子花】論荊釵名分本低，漢梁鴻仗此得妻。（付）屈駕橋幾哈漢梁鴻丑。（生）芳名至今，流傳於世，休將他恁般輕覷。聽啓，那王老安人曾有言，明說道表情而已。

　　（付）

【前腔】咳！雖然是我女低微，他將我恁般輕覷。老兒，一城中豈無一個風流佳婿？偏要嫁著窮兒。你做媒氏，疾忙送還他的財禮。氣壞哉，氣壞哉！

　　（丑上）

【前腔】富家郎央我爲媒，要娶我姪女爲妻。說合果然非通容易，也全憑虛心冷氣。匹配，端的是老娘爲最。

阿呀，個是阿嫂喲，爲俉了氣得手脚冰生冷，汗毛逼捉竪？（付）姑娘，弗要說起，你丟阿哥弗會幹事了。（丑）我個娘吓，老娘家哉耶，將就子點罷。（付）改志喲，蓋個姑娘，弗是正經事務嘻。（丑）爲俉了？（付）如花似玉蓋個囡兒，聽子許豆腐個說話，許子海和坊裡個俉王十鬏哉！酒吓，要吃十鬏丟。（丑）弗是海和坊巷，是海棠坊巷，叫王十朋。（付）正是，王十朋。姑娘，你認得個俉？（丑）哪了弗認得。（付）家事如何？（丑）窮得極丟嘻！娘兒兩個難過日脚，窮得狗極出屁，月點燈，風掃地。窮吓，窮吓。（付）姑娘，呒來做俉？（丑）也爲姪女個親事而來。（付）俉人家？（丑）溫州城裡第一個財主，叫孫汝權，孫半州。先奉金鳳釵一對，押釵銀四十兩；成親之後，你丟兩個老人家受用弗盡丟哩。（付）我個姑娘，呒說個自然弗差個，依呒沒是哉。許豆腐拉丟裡向，我先進去，呒慢點進來，做個不期而會便罷。（丑）有理個。

（外）看茶出來。（付）水吓沒得，要茶？（丑）阿哥，阿嫂拉囉裡？（外）妹子來了。（付）姑娘來哉。（丑）阿哥，外日多謝。（外）妹子，有慢（丑）阿嫂，多謝子。（付）待慢子。（丑）阿嫂，方纔弗看見呒。（付）我也不曾看見呒。（外）妹子，將仕公在此。（丑）阿呀許伯伯。（生）媽媽。（丑）呔！呒個老老哪了能大樣？我沒敬重呒了，深深裡介一區；呒倒硬子個腰，狗得頭能介一得。（外）妹子，將仕公年老了，曲不得腰了吓。（丑）年紀老子，硬哉，介沒彭祖只好拱手哉。（付）老壽星必立直介立丟。（丑）陳摶日日眠個哉。許伯伯，今日居來，有點

家常話說說了，請吓外頭去介歇。（外）妹子，將仕公與我通家，就坐在此何妨。（付）老老，個句話吓說差哉，吓便搭哩通家，我哩姑嫂兩個難道也搭里通弗成？（丑）吓便有點行弗通。（付）姑娘，我搭吓兩個纔是實老頭人，弗怕渠那個。大家坐來里，渠看我一看……（丑）我看渠兩看……（付）看輸來里子，弗為好漢。

　　（外）妹子，今日到此何幹？（丑）特來與姪女為媒。（外）來遲了。（丑）來遲罰三鍾。（外）不是，親事來遲了。（丑）僖個？有子媒人哉。等我去罵渠兩聲介。嚕，囉里個拖牢洞個，搶我個媒人做？囉里個千百擔柴燒弗爛個老狗，搶我個媒人做？要搭里叉叉個哉！

　　（外）妹子，不要罵，就是此間將仕公為媒的。（生）就是老夫，只管罵。（丑）阿呀，我儂弗道就是許伯伯了，個出哪處介？（付）去請罪嚯。（丑）許伯伯，我弗得知了，得罪哉。（生）老夫也不計較你。（丑）也弗拉我個心上。吓阿有快點個尖刀？拿一把出來。（生）要它何用？（丑）沖撞子吓了，割開子我個嘴罷。割嚯，割嚯，割個割吓看！（外）妹子，怎麼這般？（丑）自古道：「男不為媒，女不作保。」哪了搶我個媒人？（付）姑娘，自古道：「量媒，量媒；度媒，度媒。」大家說說，量得過就嫁哩，度得過就嫁哩便罷。

　　（生）我說的是海棠坊巷裡王景春之子王十朋，是個飽學。（丑）即好自顧自！（付）册頁弗來個。（丑）趙僖子日介！

　　（付）姑娘，吓阿認得個了？（丑）認得麼？阿嫂，我今日走子是非窠裡來哉，弗如去子罷。（付）哪哼僖是非窠裡？（丑）我若說子渠丑好，誤子我裡囝兒個終身；說子渠丑弗好，有數說個：「破人親，七代貧。」阿是弗如去子好。（付）我個娘吓，吓是大

人耶，要說說個。（丑）介沒，我直嘴了說哉嘷。渠乪祖宗三代我纔認得個，有名頭叫做藥材王乪，人家是道地個。（外、生）你說差了。（丑）我弗差！那間說親事個小官人個爺叫做王苓，渠乪阿爹叫做王芨，王連搭子王柏，纔是渠乪上代頭。個個小官人叫做苦參，有肝膨食積病個。就是食積之食，肚膨之膨，蓋了叫子王十朋！渠乪屋裡有一個廣東人叫做陳皮，認子表裡上個一脈，熱撮撮一刻少渠弗得。門前還有一個做豆腐個老老叫做石羔，渾淘淘沖和子來乪騙別人。阿哥，阿嫂，個頭親事阿曾應承個來？（外）應承了。（丑）成哉！阿呀呀，我個阿哥眞正木瓜，吃渠飲片哉！我里囡兒牡丹皮，白芍藥，肉蓯蓉，哪了許子良良姜姜蓋個浪蕩子，更兼亦是風藤！（外）亂話！（丑）哪了弗是風藤？拿別人個桔梗弄硬子，蜜陀僧能介，答別人白芷荊芥難看枸杞個能嘷。還有幾個人來屋裡逗進逗出：一個苡薏仁，一個郁李仁，一個瓜蔞仁，專要吃醋蓋個酸棗仁。還有幾個老男兒：胡麻子、貝麻子，車前子搭子蛇床子，更兼還有弗圖人身蓋個大瘋子，纔是渠乪有分個嘷。特地相交一個史君子，拐帶子個紅娘子，逃走到常山，磕著子檳榔，拿個玄胡索捉得來，送到官桂去。苦惱吓！打得血竭共川山甲得起來，虧渠三賴子，獨活子。那間走來渠乪竈前頭去看看，再番有介一根甘草木席柴胡個了。渠乪娘兒兩個，嚏子冷飯團，鎮日墩來個苦瓜樓上，一陣防風吹得殭蠶能。個個小官人上身一件青皮，下身一條破褲子，說便粗話，雙花郎纔露出拉外頭，即剩得一隻青箱子換子瞿麥、貝母、天花粉，過得半夏。我問渠并查煎煎弗上七八分，有儕馬屁白來乪要討青娘子？（生）你說的話通不在筋脈上。（丑）阿呀，許伯伯，我原是極把細個，件件纔指實渠個，弗是我今日來里阿哥阿嫂面前糝松香。噲！許伯伯，你有街沿草，我有麥門冬。

我有僗弗是處，唔也說出來，弗要眼睛瓜瓜殺，倒像吃子木螫子個能！

　　（外）胡說！（丑）僗個聘禮？拿來我看。（外）取去。（丑）個是皂角刺及好虎骨叉個，要哩做僗？（付）姑娘，唔說個僗人家？（丑）我說個溫州城裡第一個財主，叫做孫汝權，孫半州。杰個發跡得勢子了，半個溫州城纔是渠個哉。進子前門，三百條水牛！（付）就嫁水牛。（丑）進子後門，三百條黃牛！（付）就嫁黃牛。（丑）阿嫂，我裡囡兒嫁子去弗要說別樣，牛糞吃弗盡瓜來！（付）阿呀，臭哄哄牛糞沒哪吃介？（丑）弗是吃牛糞喲，賣子銅錢銀子，買物事吃吓。（付）僗個聘禮？（丑）先奉金鳳釵一對，押釵銀四十兩。成親之後，大盤大盒吃弗盡瓜來。

　　（付）老老，蓋沒竟嫁孫家裡哉嚏。（外）媽媽又來了！自古道：「一家女兒百家求，成了一家多罷休。」（付）說差哉！一家女兒百家求，成了一家九十九家不罷休。（丑）若有一家弗成得，爬拉屋上去瓜磚頭！（付）瓜子老許個骷顱頭！（丑）瓜得血流流！

　　（外）咳！

【駐馬聽】巧語花言，（丑）正是姻緣。（付）只要銅錢。（丑）個個是黃邊。（付）若無銅錢。（丑）弗要來纏。（付）請唔瓜化緣。（丑）還要四隻大航船。（外）竟不顧男女婚姻當遴選。此子才堪樑棟，（付）天叫唔說出來！凍又凍、涼又涼，我裡囡兒弗要凍殺子個。（外）棟樑之才！（丑）我只道風涼之「涼」了。（丑）我只道飢凍之「凍」。（外）貌比璠璵，學有淵源。我孩兒非比孟光賢，那書生亦遂梁鴻願。（付）要依我瓜嚏。（外）此事由你不得，由我不得。（付）倒依外頭

人？（合）萬事由天，想一朝契合做了百年姻眷。

（付）姑娘，吼拿個孫家裡來說說看。

【前腔】（丑）四遠名傳，哪個不識孫汝權。他的貌如潘岳。（付）老老，說個小官人貌如潘岳，蓋個標緻個。（外）那孫汝權我認得的，花嘴花臉，一個陋品，什麼貌如潘岳！（丑）蓋沒吼真正弗在行個來，孫小官人試個發跡得勢子，無場哈賣富了，面上叫江西人拉屋裡累絲法藍嵌八寶個。（外）人的面上哪裡嵌得寶的？（丑）哪了吼個頭上打子掌子？富比石崇，德並顏淵。輕裘肥馬錦雕鞍，重裀列鼎珍饈饌。

（外）今朝未可便相從。（付）須信豪家意氣濃。（生）有緣千里能相會。（丑）無緣對面不相逢。（生）請了。（下）（付、丑作狗叫）（外）咳，什麼規矩！一個客人在此，茶也不見拿一杯出來，吃飽了清水白米飯做狗叫。（付）儕個狗叫！我裡姑嫂兩個拿個兩家親事來並並，吼個老狗一口咬定子王家裡。老老，個個事務要吼依我亂嘻。（外）媽媽，一些也不難，女孩兒在繡房中，拿這兩家聘禮去與孩兒看，但憑他拿了荊釵，就是王家；拿了金鳳釵，就是孫家。（付）個倒說得有理，竟是介便罷。（外下）

（付）太上老君急急如律令，敕！一個酒坊土地趕子進去哉。（丑）難間沒哪？（付）那間囡兒來亂繡房裡，吼拿個兩家聘物去不來哩看。丫頭家看見子黃亮個釵，自然嫁孫家裡個。（丑）不消說起，包吼停妥沒哉。（付）姑娘，此刻無人拉裡，說一句老實說話，到底囉亂個標緻？（丑）阿嫂吓，富沒孫家裡富，標緻實在是王官人標緻嘘！（付）我裡賊介哉，那飯沒，吃子孫家裡個；睏沒，睏拉王家裡子罷。（丑）蓋個阿嫂！（付）姑娘，我眼望旌捷旗。（丑）阿嫂，吼耳聽好消息。（同下）

按　語

〔一〕本齣主體情節、曲文接近汲古閣《六十種曲》本《荊釵記》第八齣〈受釵〉。

〔二〕選刊類似情節的坊刻散齣選本有：《風月錦囊》（圖題〈貢元敘釵〉）、《萬錦嬌麗》（標目有二：〈納聘鬧釵〉、〈荊釵納聘〉）。選抄此齣的散齣鈔本有中國社科院圖書館藏《集錦》。

〔三〕本齣前情是許將仕到王十朋家說親，標目易與本齣混淆。選刊此一情節者有《風月錦囊》（圖題〈獎士至宅說親〉）《徵歌集》（標目〈荊釵成聘〉）、纏頭百練二集（標目〈議親〉）、鬱岡樵隱輯《新鐫綴白裘合選》（標目〈荊釵成聘〉）、《審音鑒古錄》（標目〈議親〉）。

荊釵記‧繡房

旦：錢玉蓮，待嫁閨秀。

丑：錢玉蓮的姑母。

（旦上）

【引】寶篆香消，繡窗日永，又還節近朱明。

　　鏡中常自歎嬋娟，生長閨門二八年。惟喜椿庭身在室，何堪萱室魄歸天？言工容德悉兼全，玉質無瑕賽月圓。春去秋來多少事，金蓮哪肯出房前。奴家侍奉早膳已畢，且向繡房做些針黹則個。

【一江風】繡房中，裊裊香煙噴，翦翦輕風送。但晨昏問寢高堂，須索把椿萱奉。忙梳早整容，忙梳早整容，惟勤針黹工，怕窗外花影日移動。

　　（丑上接）

【青哥兒】豪門議親，哥哥嫂嫂已許諧秦晉。未審玉蓮肯從順？且向繡房詢問。

　　幾裡是哉。開門，開門。（旦）是誰？（丑）弗是賊，是吾虱姑娘。（旦）來了。原來是姑娘，姑娘萬福。（丑）我個兒子吓，弗要攔門拜，攔門拜子是諸事要遲個。哪！吃飯遲，梳頭遲，纏腳遲，就是嫁家公也是遲個。（旦）請到裡面坐。（見禮介）（丑）個沒是哉。

　　（旦）姑娘請坐。（丑）有坐。拉裡做儕？（旦）在此繡枕方。（丑）好吓，未配才郎，先繡枕方。做得能好，亦介鮮明。個

是儕個花？（旦）是並頭蓮。（丑）下頭個隻毛鵓鵰呢，還是鬼叉鳥？（旦）是鴛鴦。（丑）有數說個：「鴛鴦，鴛鴦，弔瘦毛長，尖嘴搧腮，好像吚丑姑娘。」（旦）休得取笑。今日姑娘到此何幹？（丑）特來與你為媒。（旦）可是爹爹說那王……（丑）阿呀兒子吓，好歹等吚丑姑娘說咭。小娘家曉得儕個黃阿黑？虧得拉吚丑姑娘面前了，若是外頭人聽見子，阿要笑殺？我奴記得十七八歲個時節，聽見子做媒人個來打頭伴，一日子無伴處，直伴子大鑊灶堂裡去。下遭沒……吓，等我拿個聘禮拉吚看，哪！黃楊木頭簪一隻，是王家裡個聘禮；吚丑爺做主，許豆腐做媒人。金鳳釵一對，壓茶銀四十兩，孫家裡個聘禮；吚丑娘做主，姑娘做媒人。但憑吚嫁囉吚，好兒子，哪！哪！（旦）竟依爹爹便了。（丑）哪說也弗曾說完插子進去哉，還弗拔子出來勒！我個好兒子，我說那孫家豪富與你聽：

【梁州序】他家私迭等，良田千頃，富豪聲振甌城。他也不曾婚聘，專凂我來求你年庚。要依我個嗃。（旦接）他恁的財物昌盛，愧我家寒，（丑）哩吚要來攀吚吓。（旦）自料難厮稱。（丑）這段姻緣料想是前定，姪女緣何不順情？你休得要恁執性。

　　（丑介）兒子吓，個是要依吚娘吚個嗃。（旦接）

【前腔】他有雕鞍金凳，重裀列鼎，肯娶我裙布釵荊？（丑介）妝奩渠吚纏備端正吚個哉。（旦接）我房奩不整，[1]反被那人相輕。（丑）個是再弗個哪，雖則是你房奩不整，他

1　底本此句脫，參考曲格，並據明嘉靖《新刻原本王狀元荊釵記》（《古本戲曲叢刊》初集景印）補。

見了你的姿²容，自然要相欽敬。（旦）嚴父將奴先已許書生。（丑）難道更改弗得個？（旦）君子一言怎變更？（丑介）個頭親事，直頭要依我個。（旦）實不敢承尊命。

　　（丑）住子，個頭親事，原弗是我個主意嘻。哪！

【前腔】這是你爹娘俱已應承，問姪女緣何不肯？怎推三阻四，莫不是行濁言清？（旦）枉自將奴凌併，（丑介）屈吓，囉個儕凌併子吒了？（旦）阿呀姑娘吓，便刢下頭來，斷然不依允。（丑介）阿是殺滅吚吚姑娘儕？弗是我誇口說，論我作伐，宅第盡傳名，十處說親倒有九處成，誰似你這般假惺惺。

【前腔】（旦）做媒的（丑介）住子，做媒人個，阿是做賊、做強盜個了？（旦）不是說姑娘吓。（丑介）我倒怕吚說儕了。（旦）做媒的個個誇能，也多有言不相應，信著你多被誤了終身。（丑）你那合窮合苦沒福分的丫頭，便來強厮挺。（旦）姑娘何故怒生嗔，出語傷人？你好不三省，榮枯事，總由命。

【尾】（丑）這段姻緣非厮逞，丫頭吓丫頭，少甚麼花紅送迎。（旦）阿呀，天吓！（丑）妖聲妖氣。（旦）誰想反成作畫餅。

　　（丑）姻緣自是不和同，無分榮華合受窮。（旦）雪裡梅花甘冷淡，羞隨紅葉嫁東風。（丑）嫁東風，嫁東風，偏是吚個丫頭揀老公。好兒子，依子吚娘罷。（旦）母親來了。（丑）阿呀，阿嫂來哉儕。（旦拿釵擲地，推出丑，關門下）

──────────

2　底本作「恭」，據明嘉靖《新刻原本王狀元荊釵記》改。

　　（丑）阿呀，別人家個物事虼壞子沒哪亨？好吓，竟拿我推出關門，有介事！小花娘，叫唔弗要慌，讓我去拉唔虼娘面前搬唔介一場是非介。唪，唔個小花娘！繡花針搠碎子豬苦膽，溜溜能個苦虼來！（下）

按　語

〔一〕本齣主體情節、曲文接近汲古閣《六十種曲》本《荊釵記》第九齣〈繡房〉。

〔二〕選刊此齣的坊刻散齣選本還有：《風月錦囊》、《樂府萬象新》、《樂府玉樹英》、《詞林落霞》、《堯天樂》、《萬錦清音》、《方來館合選古今傳奇萬錦清音》、《萬錦嬌麗》、《千家合錦》、石渠閣主人輯《綴白裘全集》、《審音鑑古錄》。其中《風月錦囊》只有【梁州序】與【尾聲】。《樂府萬象新》、《堯天樂》曲文與錢德蒼編《綴白裘》不同。

〔三〕選抄此齣的散齣鈔本有中國社科院圖書館藏《集錦》。

荊釵記・別祠

旦：錢玉蓮。

外：錢玉蓮之父。

丑：錢玉蓮的姑母。

（旦上）

【破齊陣】[1] 翠黛深籠寶鏡，蛾眉懶畫春山。絲蘿雖喜依喬木，椿樹還憐老歲寒，我那親娘吓！偷將珠淚彈。

我生胡不辰？襁褓失慈母。鞠育賴椿庭，成立多艱楚。此日遣于歸，父命何敢阻。進退心恐傷，有淚出肺腑。奴家被繼母逼嫁孫家，我爹爹不允，將機就計，只說今日是個大敗之日，將奴出嫁王門。首飾衣服，並無半點，好苦吓！若是我親娘在日，豈忍將奴如此骯髒？不免到祠堂中去拜別親娘神主。

此間已是祠堂中了。阿呀，我那親娘吓！一入祠堂心慘悽，百年香火嘆無兒。我身未報母恩德，返哺忍聞烏夜啼。阿呀，我那親娘吓！

【玉交枝】音容不見，望冥中聽奴訴言。甫離懷抱娘恩斷，目應怎瞑黃泉？誰知繼母心太偏，逼奴改嫁相凌賤。我那親娘吓，孩兒今日出嫁，本待做一碗羹飯與你，料他決不相容。莫說做羹飯，我待要痛哭一場，怕他們聞之見嫌，只得且

---

[1]　這支是南正宮引子【破陣子】，底本不確。

吞聲淚痕如線。

　　我那親娘吓，若留得你在，豈有今日？便[2]不是這般光景了。

【前腔】不能光顯，嘆資裝並無半點，就是荊釵裙布奴情願。只是我爹爹年老在堂，奴家去後，嘆無人膝下承顏。我那親娘吓，孩兒七歲拋離了你，受他磨折難言，倘有些差遲，非打即罵，他全無骨肉親相眷。望陰靈聞知見憐，願爹行暮年康健。

　　（外上）荊釵與裙布，隨時逼婚嫁。（丑上）三日不息燭，相思何日能罷？（外）妹子，我女兒在哪裡？（丑）在祠堂中拜別親娘的神主。（外）我和你同去。我兒在哪裡？阿呀兒吓，哭得這般光景在此。（丑）我的姪女吓，不要哭壞了身體。（外）我那妻吓，若留得你在，怎見得女兒如此骯髒？我兒，不要哭壞了。（丑）阿呀我個阿嫂！自從你棄世子，屋裡弄得亂縱橫。（外）快快梳妝上轎罷。

【憶多嬌】（外、丑）你且開鏡奩，整翠鈿，休得界破殘妝玉筯懸。（外）兒吓，今日做爹爹的骯髒你了。（丑）正是哉，斷送殺子哩哉！（外）首飾全無真可憐。（合）休得愁煩，休得愁煩，喜嫁個讀書大賢。

　　（旦）

【前腔】愁只愁你子嗣慳，爹老年，何忍教兒離膝前？爹爹，你是年老之人，孩兒去了，凡事忍耐些罷。（丑）吃子呷腦漿，就要毪支毪支哉。（旦）你莫惹閑非免掛牽。（合前）休得愁煩，休得愁煩，喜嫁個讀書大賢。

2　底本作「是」，參酌文意改。

（丑）早知是介，前日子若依了我嫁子孫家裡，弗糙得今日之下哉。（外）咳，還虧你說！

【鬥黑麻】自古姻緣，事非偶然。就是王家這頭親事，也非今日，這是五百年前，赤繩繫牽。兒今去，聽教言。阿呀親兒吓，你在人家做媳婦，不比在家做女兒，須要必欽必敬，勿慢勿驕。親兒，你去孝順姑嫜，數問寒暄。（合）燈前淚漣，生離各一天。有日歸寧，有日歸寧，吾心始安。

（內吹打介）（丑）娶親個來哉嘮，打掃快點咭。（外）時辰已至，快些上轎罷。（旦）待孩兒請母親出來拜別。（外）這樣不賢之婦，別他怎麼？（旦）爹爹，天下無有不是的父母，孩兒怎敢不辭而去。（外）妹子，你去說一聲。（丑）讓我替你去說。噲，阿嫂，吾囡兒請吓出來拜別。（付內）弗出來！張果老倒騎驢，永不見畜生之面。（丑）阿聽見裡向說道：「張果老倒騎驢，永不見畜生之面」？直頭弗出來個哉。（旦）待孩兒自去。（丑）你自家去。（旦）母親開門，孩兒今日出嫁，請母親出來拜別。（付內）阿是叫命了！（丑）阿嫂，你囡兒拉里拜哉。（付內）吓到祠堂裡去拜吓囡親娘，弗要拜我！（旦）母親執意不肯出來，做女兒的只得就在房門前拜了。我那娘吓，孩兒呵……（付內）弗要拜！我拿馬桶忽出來哉嘮。

（旦）

【前腔】蒙你教養為人，恩同昊天。（付內）弗要拜我，我弗是吓囡親娘。（旦）我那娘吓，雖不是親生，多蒙保全。兒今去，免掛牽。（付內）嘮叨！若再在那里拜，脚盆水潑出來哉嘮。（旦）母親，你是年老之人，休尋閑氣；倘我爹爹有些不到之處，忍耐些罷。努力加餐，須把愁顏變喜顏。（合前）燈前

淚漣，生離各一天。有日歸寧，有日歸寧，吾心始安。

　　（吹打介）（丑）弗要哭哉，快點上轎罷。

　　（旦）

【臨江仙】百拜哀哀辭膝下，及門無母施鑿，未知何日轉家園。出門銀燭闇，明月照魚軒。

　　（外）抬穩了，抬穩了。（旦哭下）（丑）等我換子衣裳去。（下）

　　（外弔場）

【前腔】好似半壁殘燈相弔影，蕭蕭白髮衰年，哪堪弱息離身畔。思妻并念女，淚點未曾乾。

　　（哭介）玉蓮，我的親兒吓！阿呀，兒吓！（拭淚下）

按　語

〔一〕本齣主體情節、曲文接近汲古閣《六十種曲》本《荊釵記》第十一齣〈辭靈〉。

〔二〕選刊類似情節的坊刻散齣選本有：《風月錦囊》、《大明天下春》、《審音鑑古錄》。前二者的曲文接近，但它們與錢德蒼編《綴白裘》差異大。

荆釵記・送親

老旦：王十朋之母。
小生：王十朋，新郎。
淨：婚禮的掌禮人。
生：許將仕，錢、王兩家的媒人。
丑：新娘錢玉蓮的姑媽，適張，稱張姑媽、張娘娘。
旦：錢玉蓮，新娘。

　　（老旦、小生同上，老旦）[1]
【南呂瑣窗寒】這門親非是我貪婪，無奈人來說再三。送荆釵，愁他富室褒談。良媒竟沒一言同俺，反教娘掛腸懸膽。（合）早間聽得喜鵲噪窗南，有何親舊來相探？
　　（淨扮儐相，隨生上）
【前腔】論人生嫁女婚男，不是姻緣怎妄貪？謾誇他，豪門首飾衣衫，姣娥志潔甘居清淡，哪聽他巧言啜賺？這姑姑因此上臉羞慚，此來必定喃喃。
　　（淨）走咭，走咭。（生）此間已是了。待我先進去說知，然後你進來相見。（淨）是哉，讓吓先進去。（生）有人麼？（老旦）有人在外。（小生）吓，是哪個呀？原來是將仕公。（生）解元，乞煩說知，老夫要見令堂。（小生）是。母親，將仕公穿了吉

1　底本作「老旦小生合上」，參酌文意改、補。

服，在外要見。（老旦）請進來。（小生）是。將仕公，家母有
請。（生作見介）（老旦）將仕公。（生）老安人，恭喜；解元，
賀喜。（老旦）寒門似水，喜從何來？（生）老夫奉錢貢元之命，
今日乃黃道吉日，特送小姐過門，為此先著老夫來說知。（老旦）
阿呀！倉卒之間，諸事不曾備得，怎麼好？（生）不消費心，一應
多是錢宅支持。（老旦）既如此，我兒，快去換了大衣。（生）有
個儐相在外。（老旦）請進來。（生）待老夫喚他進來。（出介）

　　（淨）喂？看子弗像個做親個吓。冷氣冰生，紅也弗見掛，一
個人也弗見面，個是哪說？（生）儐相。（淨）許阿爹，出來哉
僭。（生）裡面來，進去須要說些好言語。（淨）是哉，我是曉得
個，今日是強遭瘟拉裡哉。（進介）

　　（生）來，見了王老安人。（淨）此間就是王老安人？老安
人，弗敢行大禮哉。（老旦）不勞。（淨）此位就是新官人？
（生）正是（淨）新官人，見禮哉。（小生）儐相。（淨）小子是
錢宅來的贊禮儐相，有言奉告。（老旦）有何話說？（淨）今日送
親是張姑媽，此人能言舌辨，倘或語言粗魯，一時冒犯，老安人不
要記懷。小子先此稟明。（老旦）有勞。（淨）許阿爹，阿是先說
明白個好？（生）好，還是你老作家說明白的是。（淨）新官人準
備停當，諸事都是錢宅支持，老安人不必費心。（老旦）有勞。
（淨）許阿爹，時辰還早來，先請姑媽絮叙，阿使得？（生）有
理！（淨）先提姑媽轎子上來。（內吹打介）伏以華堂今日喜筵
開，拂拂香風次第來。畫鼓頻敲龍笛響，新親挪步出庭堦。姑媽孺
人抬身緩步，請行。

　　（丑上）

【寶鼎兒】親送姪女臨門，管取今朝吃得嚼嚼吐。

（淨）請老安人迎接新親。東賓親家，西賓姑媽，相見行禮，再禮，免禮。新官人見禮，相見恭揖，成雙揖，免禮。請姑媽相見寶山。（丑作跪介）阿呀老爺，弗關得我事，阿哥叫我來個嘻。（淨）阿呀個是哪說！張娘娘今日出醜盡哉。（生）張媽媽。（丑）個是啥人了？（淨）個就是許阿爹嚛，做僒跪起來？（丑）啐出來！我只道是巡夜官了，唬得我一身汗，就是許豆腐了。噲，老許，你拉囉里冷廟裡偷個紗帽圓領，著子來唬我老太婆？（生）我是有官職的。（丑）僒官職？（生）老夫是將仕郎。（丑）我道是骯亂郎了！老許，我倒報吓一個喜信。（生）什麼？（丑）傍早居去罷，屋裡著實介來亂相打。（淨）為僒了介？（丑）道是賣子鑽鉛豆腐了，打碎子豆腐缸，滿街個人拉亂嚷。（生）休得取笑。

（淨）請得位。（丑）三十六點。（淨）僒個三十六點？（丑）你說得會介。（淨）請得坐位僒個！（丑）坐沒竟說坐哉，僒個得會弗得會！（淨）介沒請坐。（丑）個沒是哉。

（淨）請扳談。（丑）呸！亦弗求個雨、祈個晴，番僒個壇？（淨）說話就叫扳談，無非敘叙寒溫個意思。（丑）說話就是說話哉，僒個番壇番壇！（淨）介沒請說話。（丑）叫我說出啥個話來？吓，有裡哉！請問親家母：你亂個樣窮，是還是祖上傳下來個呢，還是自家親手掙個？（淨）張娘娘，好時好日，吉祥點說話說兩句咭，哪說介句話！（生）吉祥說話說些。（丑）吓亂要吉祥，我到有點弗如意拉裡。

（淨）弗要說哉，時辰已到，請姑媽扶鸞。（丑）咳，一身兼作僕，亦要我扶僒鸞！（淨）伏以一派笙歌列綺羅，女郎今夜度銀河。請將玳瑁筵前酒，添入銅壺漏水多。新貴人抬身緩步，請行。

（旦上）

【花心動】適遭匆匆，奈眉峯慵畫，鬢雲羞籠。（小生）月滿鳳臺，星渡鵲橋，和氣一門填擁。（丑）抹淡妝濃千嬌種，看承似珠擎璧捧。（合）喜氣濃，似仙郎仙女會合仙宮。

（淨喝，小生、旦拜介）（淨）二位新貴人免拜天地，就拜本堂。行禮，興。（小生、旦拜介）免禮。二位新人行夫婦禮，成雙揖，免禮。寶山相見，成雙揖，免禮。揭子方巾，弗要吹打哉。（內）糕酒，糕酒！（淨）是哉。許阿爹，個星雜項人拉丑要吃糕酒了。（生）對你說過的了，一應多是錢宅，不消在此，打發他們去。（淨）列位，許阿爹說纔到錢宅去，弗消嚷得哉。（內應介）

（淨）眾人丑才去哉。許阿爹，茶房拉囉里等，新親先吃起茶來。等我拿個甘蔗削削，荸薺菓子筅筅，妝起來，日短天光，快點沒好。（生）儐相，其實今日不擺酒，結過了親另日備酒，只是勞動你也到錢宅去罷。（淨）嗄！今日單做親，改日備酒。阿是改日備酒？（生）正是。（淨）個是及竟淨個哉！我茶酒沒做老哉，從弗曾撞著蓋頭親事，也是百年難遇個。（生）少說些罷。（淨）是哉，即是那間個星人家，只做親，弗作吃酒，省得多，竟要行子個嗃。弗惟主人家省淨辦，就是我裡行戶中也受用。阿呀許阿爹，個頭媒人弗知囉裡個冒入鬼做個，包得個能介乾淨相？（生）就是老夫為媒的。（淨）阿呀！就是阿爹做媒人個？介沒得罪，得罪。（生）不消說了。（淨）是哉，弗要說哉，等我作別子介。（生）不消了。（淨）我原是百家司務，豈有來弗參去弗辭個？定道我也是遲貨哉。老安人，小子告別。（老旦）有勞。（淨）儕說話介？勞而無功，瞎得幾乎打攪子宅上。王官人，告辭哉。（小生）有慢。（淨）豈敢，我倒弗敢說擾哉。張娘娘，去罷，神州娘娘能介

坐丟做儕？（丑）司務，住拉裡，喜酒吃子口一齊去。（淨）吃酒
吓，倒弗作個。唔弗要來顧我，我倒替你來裡愁。頭上借到脚後
跟，囉裡來個饅頭菓子丟還別人？個也話巴頭一遭。（淨下）

　　（丑）啐出來！個是我裡阿嫂個，儕囉個借來個了？請問親家
母，前筵擺在何處？後筵擺在何方？我裡大家快點竟坐子席罷。

（老旦）姑媽：

【惜奴姣】只為家道貧窮，（丑）久慕，久慕。（生）君子謀
道不謀食。（丑）夾子娘個張嘴！難道孔夫子是弗動煙火個？
（生）休得取笑。（老旦）守荊釵裙布，謹身節用。今為姻
眷，惟恐玷辱門風。（旦）空空，愧乏房奩來陪奉，望高
堂垂憐寵。（丑）阿呀，好肚裡餓，肚裡餓！（合）喜氣濃，
悄似仙郎仙女會合仙宮。

　　（合）

【錦衣香】夫性聰，才堪重；婦有容，德堪重。天生美質
奇才，彩鸞丹鳳。（小生）自慚非比漢梁鴻，何當富室，
配我孤窮。（旦）念妾非孟光，奉親命遣侍明公。（合）今
日同歡共，想也曾修種。夫和婦睦，琴調瑟弄。

【漿水令】（老旦）恕貧無香醪泛鍾，恕貧乏美食獻供。
（丑）咳，又無些湯水飲喉嚨，妝什麼大媒？做什麼親送？
阿呀，肚裡痛！我是餓弗起個，餓子是飽筋就要痛個。（眾合）
休相笑，莫妄衝，惟恐外人相譏諷。（丑）也弗該缺我個
禮。（眾）非缺禮，非缺禮，只為窘中。（丑）做准要對阿
哥、阿嫂說個哉。（眾）凡百事，凡百事，望包籠。

　　（眾合）

【尾】佳人才子德堪重，更人才又兼出眾，這夫妻到老和

同。

（生）合巹交歡意頗濃。（老旦）琴調瑟弄兩和同。（小生）今宵賸把銀缸照。（合）猶恐相逢似夢中。（生）告辭了。（小生送生下）

（丑作睡介）（老旦）姑媽，姑媽。（丑）噯，刁鑽勞！促掐勞！我說等我睏介忽躲過子個餓陣，只管叫。老許介？（老旦）將仕公去了。（丑）那老許也去哉，好個鴛鴦，卸我拉裡也無用，左右立到夜，餓到黑！（立介）去罷。親家母，多謝吓待慢我。（老旦）多多有慢。（丑）介句說話！小官人，我有兩句說話拉裡，聽子：你要勤讀詩書，莫學懶惰，一舉成名，改換門戶。記子好說話嘘，我忍子餓里對你說個嘘。（小生）多謝。（丑哭介）我個肉吓，我個肉吓！姑娘拉裡一歇歇，餓得昏頭搭腦，布裙帶收子十七八收乿；吓拉裡日長世久，哪哼過個日脚介？我個肉吓，我個肉吓！拉乿自家屋裡無葷弗吃飯，到子幾裡，無飯弗吃葷乿嘘！弗要慌，我叫李成家婆團個飯團拉吓吃㘉。我去哉。親家母，我今日看見子吓，弗知阿再來看見吓個哉。（老旦）何出此言？（丑）要到西天去哉，法名纔有個哉。（高聲介）叫做「餓空！」（老旦）為何這般高聲？（丑）我是鐘變來個，越空越響。（老旦）休得取笑。隨我進來。（老旦同小生、旦下）

（丑）轎子來。（內介）雨落哉，快點走子來上轎罷。（丑）我乞個立弗直了，亦要我走介多化路。阿呀，壞哉！哪說落起雨來哉！介個沒哪呢？吓，亦虧子我方纔有主意，拉花轎裡，轎伕忘記一雙草蒲鞋拉哈，替我袖子來，難間竟用得著哉，讓我來著子裡走罷。（著草鞋，拽衣，遮頭，走介）阿呀，壞哉！轎子抬上點來。（渾下）

按　語

〔一〕本齣主體情節、曲文接近汲古閣《六十種曲》本《荊釵記》第十二齣〈合巹〉，刪去【風馬兒】等多支曲牌並增加大量賓白。

〔二〕選刊類似情節的坊刻散齣選本有：《風月錦囊》、《怡春錦》。

時調雜齣‧小妹子

貼：小妹子。

　　（場上先設床帳，場面兩桌，各樣擺設，細吹品和，貼豔裝上）

【品】五、、、六六五上五、五六工、工六尺、尺上四、五、、、六五尺上五、五六工六五、五、ㄨ工工工尺尺上五、上尺上五六上五、尺上五五、ㄨ六、六凡凡六五、工六尺工上四、上尺上五六上五尺上五、五、ㄨ上尺工尺尺上四、上尺上四合上四、尺上四、四、ㄨ、、冤家呀，上尺上五六上五、尺上五、五、ㄨ小妹子不知道哪一句話兒把恁來冲上尺上尺尺上四上尺上四合上四、尺上四、四、ㄨ噯呀撞？上工尺尺尺上四上尺上四合上四、尺上四、四、ㄨ你便逢人前對人前，只說道再不把咱家門兒上。尺工尺尺上四上尺上四合上四、尺上四、四、ㄨ噯呀！上上尺工尺尺上四、上尺上四合上四、尺上四、四、ㄨ、當初呀，我和你未曾得手的時節，恁說道：如渴思漿，如熱思涼，如寒思衣，如飢思食。上尺工尺尺上四上尺上四合上四、尺上四、四、ㄨ你便在我的跟前說姐姐又長，姐姐又短，又把那甜言蜜語兒來哄我。上尺工尺尺上四上尺上四合上四、尺上四、四、ㄨ、到如今，纔和你得手的時節，你便遠舉高飛，遠舉高飛，這等遠舉！上尺工尺尺上四上尺上四合上四尺上四、四、ㄨ、倒說道：不來了，不來了，在人前裝模這等作

樣。上尺工尺尺上四上尺上四合上四、四、乄、負心的賊吓！
上尺上五六上五尺上五、五、乄、可記得我和你在月下星前燒
肉香疤的時節？我問恁那冤家呀改腸時也不改腸？上尺工尺
尺上四上尺上四合上四尺上四、四、乄、賊吓，你同言道說：
姐姐，我就死在九泉之下永不改腸。上尺工尺尺上四上尺上
四合上四尺上四、四、乄、因此上，上尺上五六上五尺上五、五
、乄、聽信你說道永不改腸，纔和你把那香疤兒來燒了。
上尺工尺尺上四上尺上四合上四尺上四、四、乄、誰想你大膽的
忘恩薄倖的虧心短命的冤家，你便另娶上一個婆娘，上尺
工尺尺上四上尺上四合上四、尺上四、乄、憑你呀，上尺上五六
上五尺上五、五、乄娶上了一個妙人兒，呀，總然是妙殺
了，只怕不如小妹子的心腸也。四上四上尺上噯呀！上尺工
尺尺上四上尺上四合上四尺上四、四、乄怎如得我行裡坐裡、
茶裡飯裡、夢裡眠裡、醒兒裡醉裡想得你的好慌。上尺工
尺尺上四上尺上四合上四尺上四、四、乄、冤家，冤家！上尺上
五六上五尺上五、五、乄、自家去思自家想，自去度量。四上
四上、尺、噯呀！上尺上四合上四尺上四、四、乄、不知誰家
的理短，誰家呀的理長？上尺上四合上四尺上四、四、乄、冤
家，冤家！上尺工五六上五尺上五、五、乄、睡到那半夜五更
頭，手摸著胸膛，自家思自家去想，自家去度量。四上四
上、尺噯呀！上尺上四合上四尺上四、四、乄、不知呀誰家的
理短，必竟是小妹子的情長。五六來也罷呀，五六去也
罷，你就是不來也罷呀，五六離得我多會得我少，五六也
不是常法。今日裡三，明日裡四，虛名兒牽掛，五六也不
想叫人不煩惱著他。我如今越想著你倒有須越情寡，五六

著什麼來由也！呀嗄，天呀，哥吓！我把真心來換著你的假。（做騷勢下）

千金記・跌霸

丑：呂馬通，漢將，假扮田夫。

末：鍾離昧，楚將。

淨：項羽，楚霸王。

外：閔子奇，漢將，假扮江東水泊亭長。

生：韓信，漢大將軍。

（丑上）

【山歌】種田道業弗為低，年年弗脫了吓弄黃泥。去年稻上場個時節吃子熱糰子，至今燙落子一爿皮。

　　讀書弗離案頭，種田弗離田頭。小將呂馬通是也。奉韓元帥將令，著我扮一田夫，在陰陵路口，指引項王走烏江渡口。呀，遠遠望見人馬，想是項王來了。我只得在此鋤田，待他來時，指引他到烏江去便了。

（末引淨上）

【水底魚】兵散悲歌，一朝勢已孤。心忙意急，無門可尋路，無門可尋路。（末）呀，這裡是三岔路口，要投江東，不知哪一條路去？（淨）哪裡找一個人來問他？（末）那邊有個田夫在那裡鋤田。（淨）喚過來。（末）田夫，大王喚你。（淨）你是什麼人？（丑）小的是田夫。（淨）不許抬頭！這裡是什麼地方？（丑）這裡是陰陵路口。（淨）我要到江東去，打從哪一條路去？（丑）要往江東去，右邊有水，左邊是一條大路，直到江東。

（淨）不可哄我。（丑）小人怎敢。（淨）若哄了我，就是一鎗！
（丑）阿呀苦惱吓！（下）（淨）**心忙意急，無門可入路，無**
門可入路。（同末下）

　　（外上）

【山歌】**楊柳青青，江水子個平。忽聞四下唱歌聲，東邊**
日出西邊雨，道是無情卻有情。

　　（丑上）呔！船上大哥，渡我一渡對岸去。（外）你要那邊去
的麼？（丑）正是。（外）正要問你一聲，可見一隊人馬那裡去
了？（丑）呀！原來是閔將軍。（外）吓！原來是呂將軍。項王哪
裡去了？（丑）被我哄到烏江去了，快渡我過去。（外）如此，頭
上來。（丑）吓！（外）怎麼打我一下？（丑）你說頭上來。
（外）我說船頭上來。（丑）我道是頭上來。

　　（合）

【山歌】**暑往寒來春復子個秋，夕陽西下水東流。將軍戰**
馬今何在？野草閒花滿地子個愁。

　　（喊介）（外）遠遠聽得金鼓之聲，想是項王來了，你上岸去
罷。（丑）你且泊船在此，我去回覆元帥去。正是：將軍不下馬，
大家各自奔前程。（下）（外）不免泊船在此相等。

　　（末、淨上）

【水底魚】**霸業空圖，江東亦可都。急須前去，烏江有船**
渡，烏江有船渡。

　　（末）阿呀大王，不好了！四面都是水，被那田夫哄了。
（淨）有這等事！叱喇喇喇！如今前無去路，後難回步，怎生是
好？（末）大王不要慌，江邊一隻小船在那裡。（淨）抓過來！
（末）吓，撐船的，大王爺喚你。（外）來了。小的叩頭。（淨）

你是何人？（外）小的是江東水泊亭長，聞知大王到此，要過江去，泊船在此相候。（淨）生受你，你船在哪裡？（外）在這邊。（淨）就是這隻船麼？（外）正是。（淨）只是船小，哪裡載得人馬呢？（外）這船委實小，渡了人不渡馬，渡了馬不渡人。（末）大王，不若棄此馬過江去罷。（淨）咳！俺百戰百勝，全虧此馬，教我哪裡捨得？人馬要一齊過去的。（外）大王，小的船渡人不渡馬，渡馬不渡人。（淨）好個渡人不渡馬，渡馬不渡人！罷了，罷了！我項羽蓋世英雄，今日一旦喪於烏江了。此乃天亡我也！水泊亭長，你自去罷，我人、馬都不過去了。（外）大王，江東父老相待，還是請過江去。（淨）咳，縱有憐而王予之心，我獨無愧於心乎？（外、末）江東雖小，亦足以王，還請大王過江去才是。（淨）水泊亭長，你卻不知，我昔日帶領八千子弟兵過江來，如今無一人回去，有何面目再見江東父老？決不過去了！（外、末）勝敗兵家未可期，包羞忍恥是男兒。江東子弟多豪俊，捲土重來未可知。請大王還是過江去的是。（淨）咳！項羽吓項羽，

【玉胞肚】枉有奇才不能個大用，苦天亡今朝計窮。（外）江東父老相待，還是過江去。（淨）縱江東父老相憐，有何顏見他承奉？（合）八千子弟盡成空，幾年霸業為春夢。聽說罷心懷氣沖，誰敢來！聽擾攘心懷氣沖。

（外、末）

【前腔】大王自重，這江東猶堪建功，況居民雞犬相聞，養鋒芒待時而動。（合）八千子弟盡成空，幾年霸業為春夢。聽說罷心懷氣沖，聽擾攘心懷氣沖。

（末）漢兵來了，大王快請過江去罷！（淨）我聞漢軍有言：有能取得我首級者，賞賜千金，官封萬戶。鍾離昧。（末）有。

（淨）我的兒，你隨我到此，辛苦一場，並無好處，我就把這六陽之首賞了你罷。（末）小人怎敢。（淨）水泊亭長，難得你停舟相待，我這馬名為烏騅馬，百戰百勝，價值千金，賞了你罷。（外）小人怎敢。還請大王過江去。（淨）咳！美人吓美人！我和你生則同衾，死則不能同穴，只得將你首級撇在江心去罷。咳！韓信吓韓信！九里山前鏖戰爭。張良吓張良！你楚歌吹散俺八千兵。烏江不是無船渡，羞向江東再舉兵！水泊亭長，鍾離昧，你看：那邊有人馬來了！（自刎介）（外、末）在哪裡？（末）呀！大王哄我們回頭，自刎了吓！也罷！只得依大王臨終之言，將此首級去獻功。（外）呔！哪裡走？我乃韓元帥麾下大將閔子奇是也。奉元帥將令，在此等待項王首級，快放手！（末）原來是閔將軍，如此同去獻功。（外）有理。（同下）

　　　　（小軍引生上）

【水底魚】燦爛旌旗，半空雲影飛。鳴金報國，干羽文武威，干羽文武威。（外上）閔子奇獻項王首級。（生）記下第一功。（末上）鍾離昧投降。（生）收在步下。（末）多謝元帥。（生）項王屍首在何處？（外）在烏江渡口。（生）到烏江去。

【前腔】三分割二，霸王可就圖。共成帝業，西楚一統歸，西楚一統歸。（外）這就是項王的屍首。（生）咳，項羽吓，項羽吓，你哪知也有今日？待我打趣他一番。

【水仙子】五年間圖霸使機謀，你有那蓋世英雄一旦休，拔山威勢無成就。今日裡到烏江已盡頭，這幾樁兒、幾樁兒哪裡去搜求？烏騅馬穩載魂車走，金鎖鎧飄流怎地有？還有那虞美人在何處、何處去風流？推倒了！（眾推介）推不倒。（生）且住，我曾在他手下為臣，待我拜他一拜。（拜介）

（屍倒介）（眾）倒了。（生）咳，項羽吓，你一拜也受我不起，還要佔天下何用？抬過了。（眾抬下）（生）就此回營。（眾應）

（生）

【醉太平】幾年間舉兵，無暇返家庭。急取天下已功成，賜黃金贈行。到如今往事休論省，擺列著軍營多齊整，無人不道錦衣榮，遙望淮陰去路程。

按　語

〔一〕本齣主體情節、曲文接近明萬曆仇實父繪像《重校千金記》第三十七齣〈指澤〉、第三十八齣〈自刎〉，末支【醉太平】則出自第四十齣〈封王〉。

千鍾祿‧奏朝

淨：陳瑛，都察院都御史。
末：明成祖永樂帝。
老旦、旦、小旦：太監。

　　（淨冠帶上）只道終身葬九淵，忽然滄海變桑田。百年富貴從新起，一品高官定占先。我，陳瑛。被史仲彬這狗頭道俺創議讓位，將我當朝凌辱，必欲置于死地，立時削職，監禁天牢。我想，這顆頭兒畢竟放不牢在頸[1]上。誰想燕王來得快，谷王獻了金川門，北兵入城，宮內火起，建文被火身亡，燕王就登寶位，改元永樂元年。第一道新旨就教我出禁，復我原官。想萬歲念我北平舊功，又曉得我近日庭爭受辱，定然愛我、憐我、敬我、信我。此後言聽計從，封王拜相，決不待言矣。兩日萬歲已將齊泰、黃子澄這幾個叛逆大臣一個個全家抄沒，極刑拷打。御史景清入朝行刺，已經剝皮楦草。聞得今日傳旨去召方孝孺，此老召來，必然倔強。我不免入朝面聖，先放他一把火兒，除了一個是一個。（內鐘響介）你聽景陽鐘響，萬歲爺陞殿了，不免速速入朝則個。正是：全憑三寸如刀舌，惹起千家四海愁。（下）
　　（末扮永樂，三旦扮太監隨上）

1　底本作「頭」，據《崑曲粹存》改。

【點絳唇】天挺龍標，身膺大寶，非輕渺[2]。繼統臨朝，好修著一紙郊天詔。

　　唐虞揖讓三盃酒，湯武征誅一局棋。當年玄武開唐室，今日金川創帝基。寡人躬承嫡緒，位屈燕藩；叵耐羣奸計圖削奪，遂爾靖難以問罪。一二奸黨，尚未盡正厥辜。今需一詔郊天，頒行天下。必得方孝孺執筆撰文，纔得人心傾服。已曾兩次宣召去了，怎麼還不見來？

　　（淨執笏上）蕭曹扶漢日，稷契佐唐堯。（見介）臣都察院陳瑛朝見，願我皇萬歲，萬萬歲！（太監）平身。（末）陳卿不召而至，有何奏啓？（淨）臣啓陛下：聞得聖旨召方孝孺，未卜聖意何如？（末）召他來草一詔書。（淨）方孝孺首創削奪之謀，後獻募兵之策，皇上宜速加誅，怎麼反召他來草詔？（末）孝孺學問品行，高皇帝稱為端士；況寡人起兵時，姚廣孝再三說不可殺方孝孺，留天下讀書種子，故此召他。（淨）陛下登極，孝孺不來朝賀，又在家中服了斬衰蔴衣，日夜痛哭，叛逆顯然；若召入朝，必然無狀。（末）且待他來，朕自有主張。

　　（淨）臣啓陛下：齊泰、黃子澄雖經審問，未正典刑，留此惡人，若不外召釁端，必至內生奇禍，景清行刺之事，又行復至矣。況且逆黨甚多，必須大行殺戮，纔除後患。（末）齊、黃逆惡，朕所深恨。景清雖然行刺，剝皮楦草，號令街衢，時常作祟，尤為可惱。卿可速將齊、黃二犯及景清屍首寸剮雨花台，并斬妻孥[3]，連誅九族。（淨）領旨。臣又啓奏陛下……（末）又奏何事？（淨）

2　底本作「眇」，據《崑曲粹存》改。
3　底本作「奴」，參酌文意改。

建文君焚死，未必是真，外邊紛紛傳說，逃遁去了。（末）吓，有
這等事！（淨）若果出逃，必匿心腹臣家。論起建文君心腹來，那
史仲彬逃職而歸，事更可疑。陛下可查逃職諸臣，盡行追奪誥命。
密遣一將，統領五百鐵騎，速至蘇州府吳江縣史仲彬家。只說追拿
誥命，團團圍住，搜捉建文。倘搜著時，君臣拿至處分；若搜不
著，竟取誥命而回，再行細緝。（末）有理。待三犯行刑覆旨，再
遣將發兵搜捉便了。（淨）領旨。一朝權在手，便把令來行。
（下）

　　　（末）內侍。（老旦）有。（末）速催方孝孺入朝。（老旦）
領旨。（下）（末）寡人移駕謹身殿，傳諭吏部，速造逃職官員冊
籍呈覽。（二監）領旨。（末）靖難掃清匡社稷，承先整頓舊乾
坤。（下）

按　語

〔一〕李玉撰《千鍾祿》存世有舊鈔本，但該鈔本無〈奏朝〉、
〈草詔〉，《綴白裘》保存了這兩齣，可補闕文。

千鍾祿・草詔

外：方孝孺，翰林院侍讀學士。
老旦：傳令太監。
淨：陳瑛，都察院都御史。
末：明成祖永樂帝。

（外扮方孝孺，穿孝服、執杖，老旦扮太監同上）（老旦）方相國，快請行一步。（外）阿呀，我那聖上吓！

【一枝花】嗟哉！我淒風帶怨號，兀的這慘霧和愁罩。痛殺那蒼天含淚灑，望不見白日吐光照。（老旦）老相國請速行，萬歲爺等久了。（外）你奉誰的旨？（老旦）當今萬歲爺的旨。（外）吓呢！他是個藩服臣僚，怎生介萬歲聲聲叫！（老旦）老相國，你這孝服不便入朝面聖，請換了冠服相見。（外）咳，君父之喪，焉有易改？俺把那綱常一擔挑。骨磷磷是再世夷齊，看不得惡狠狠當年莽操。

（內鑼鼓喊）閑人閃開。（老旦）老相國請暫避，街傍奉旨行刑的來了。（外立傍介）（劊子綁齊、黃二人上）（見介）老相國請了。（外）呀，原來是齊、黃二位老先生。（大笑介）好，好！死得好吓，死得好！（二生）老相國，我二人與你長別了。（外）二位老先生先行，我方孝孺也隨後來也！（劊子）快走快走！（同下）（外）好兩個忠臣吓，好兩個忠臣！（老旦）請老相國速行。

（外）

【梁州第七】他纔不負讀聖書彝倫名教，受皇恩地厚天高。他他他、張牙怒目向雲陽道，賽過那漸離擊筑；賽過那博浪搥敲；賽過那常山舌罵；賽過那豫讓衣橐！（內又喊介）閑人站開。（老旦）又是行刑的來了，請老相國站立一邊。（立介）（劊子抬屍上）（外）這是誰人的屍首？（眾）這是景御史的屍首。奉旨將他行刑了，又要剝皮楦草，還要把他凌遲哩。（外）呀！這景御史他已剝皮楦草，還要把他凌遲麼？（劊子）正是。快走快走！（下）（外）他他他、好男兒義薄雲霄，大忠臣命棄鴻毛。俺俺俺、羨你個著緋衣行刺當朝；羨你個赤身軀剝皮楦草；羨你個閃靈英屬鬼咆哮。（二軍引淨上）（外）咄，你是陳瑛吓。你做得好官！（淨）老相國請了。（外）你這賊臣！（淨）方孝孺，你死在頭上，還要出口傷人。（外）恁烏帽珠袍，傳呼擁導，喜孜孜承恩新官誥，全不為邦家痛、君王悼。一謎介弄妖魔逞篤篤，阿呸！罵殺恁叛逆鴟鴞。

（打介）（老旦擁外下）（淨）咳，書獃吓書獃！你死在頭上，還要出口傷人。笑罵由他笑罵，好官我自為之。（下）

（末引四校尉上）金殿雲煙浮斧扆，玉階日月麗旌旗。（老旦）啓萬歲爺，方孝孺宜到了。（末）引進來見。（老旦）啓萬歲爺，他穿孝服蔴衣，不肯更換，奴婢先行奏明。（末）且待他進來。（老旦）領旨。老相國，萬歲爺有宣。（外上）阿呀，我那聖上吓！（末）方先生請了。寡人靖難渡江，應天正位，羣臣盡皆朝賀，先生何故服此不祥之衣來見寡人？（外）子服親喪，臣服君喪，古禮昭昭，豈容改易！（末）律設大法，禮順人情，獨不能為新君一轉移乎？（外）天無二日，民無二王；孝孺惟知有故主，不

知有新君！（末）咳，先生，寡人此來，欲法周公輔成王耳。
（外）如今成王安在？（末）他已自焚，非寡人加害。（外）成王
既亡，何不立成王之子？（末）國賴長君，他兒子幼小，豈能主持
國事？（外）何不立成王之弟？（末）先生，此寡人家事，先生不
必多言。況寡人係高皇帝嫡子，繼高皇大統，亦復何辭？（外）高
皇帝平定天下，傳與東宮；東宮夭歿，傳與皇孫。誥命昭昭，祖制
鑿鑿，豈容紊亂！我建文皇帝此位呵，

【牧羊關】是高皇帝親傳授，遡宗支嫡裔苗，這的是頡巍
巍父命難搖。殿下既是高皇帝嫡子，也該尊奉父命。卻怎生恣
意貪饕，橫行顛倒？（末）寡人提兵南下，只要除幾個奸臣，
火燒頭自己覓死，這大位朕若不坐，卻教誰坐？（外）咳，齊整
整的金甌白佔了，好端端的玉體痛楚燒。今日裡坐朝端誇
榮耀，須受得百世千秋萬口嘲。（末）他也不該誅戮親藩。寡
人若不興師問罪，這誅戮也只在湘、岷、周、代諸王之後矣。
（外）天地祖宗在上，俺建文皇帝呵，

【四塊玉】他四載受勤勞，普天下稱仁孝。（末）李景隆臨
行諄諄囑咐：「毋使朕負殺叔父之名。」美意兒生全叔父語叨
叨，到頭來送入紅爐窖。兀的不思忖量；兀的不添悲悼；
兀的不顏面兒沒處逃！

（末）別的話兒不要講了，寡人今日只要先生草幅詔書，上告
天地，下頒四海。（外怒介）要俺草詔麼？

【哭皇天】俺不是李家兒慣修降表；俺不是侍多君馮道羞
包；俺不是射君鉤管仲興齊霸；俺不是魏徵古來賢相。
（末）你不學他，待學誰來？（外）俺只是學龍逢黃泉含笑。
（末）若草了詔書，寡人定當職授宰輔，蔭及子孫。（外）你縱

把那三高爵顯、九錫榮褒、王封帶礪、恩廕兒曹，也博不得彤管一揮毫。（末怒介）若不草詔，莫道寡人之劍不利乎！（外）憑著你千言萬語，俺甘受著萬剮千刀。

　　（末）抬張桌兒，擺著文房四寶，偏要他當面草詔！（校）領旨。（抬桌叫寫介）（末）快寫，快寫！（外）要俺寫麼？就寫，就寫。（提筆寫介）拿去！（校呈末看介）篡，篡，篡！（怒介）可惱，可惱！叫武士，綁這老賊砍了！（武士上）（外笑介）哈、哈、哈，俺方孝孺今日死得其所矣，高皇帝、建文君在天之靈：臣方孝孺呵！（拜介）

【烏夜啼】今日裡拜別了高皇帝、高皇帝聖考，拜別了先主魂飄。（末）老賊這等猖狂，我就把你全家抄斬！（外）阿呀老妻呵，一任他死蓬蒿；阿呀兒孫呵，也顧不得宗支杳。俺如今拚卻生抛，完卻臣操。急急的趲陰魂，歷歷的訴青霄，歷歷的訴青霄。少不得天心炯炯分白皂。憑著俺千尋正氣，到底個半字難饒。（末）你不怕九族全誅麼？（外）就殺俺十族何妨！只為俺一靈不散，管甚麼十族全梟。

　　（末）叫武士，快把這老賊敲牙割舌。可惱，可惱！（眾）領旨。（敲牙，滾介）

【煞尾】一憑你敲牙割舌刑千套，俺只是痛罵千聲斧鉞搖。（外噴血，末袖拂介）（外）血噴猩紅難洗濯。（末）武士，快把這老賊洗剝綁了，押赴雨花台魚鱗細剮，妻、子對面受刑。抄沒他的十族，砍的砍，剮的剮，盡行處決。（眾）領旨。（外）受萬苦，孤臣粉身介碎腦。這的是領袖千忠，一身兒今古少。（眾抬外下）

　　（末）可惱，可惱！這樣一個倔強老賊，就剁他為肉醬也不為

多；就夷他十族，也消不得寡人這口氣！（思介）咳，論起來，他
為建文臣子，理[1]合盡忠于建文，今日這等鐵錚錚拚生捨死，是一
個鐵漢，是一個忠臣。衰絰長號赴國門，淋漓血噴御袍新。寧甘十
族多成鬼，不易忠臣一詔文。可惱，可惱！（下）

1　底本作「禮」，參酌文意改。

翠屏山・交賬

小生：石秀，楊雄的結義弟。
貼：潘巧雲，楊雄之妻。

（小生上）

【引】仗劍遙辭江樹，向燕城秋月孤雲。

　　荊卿西去不復返，易水東流無盡期。日落蕭條薊城北，黃沙白草順風吹。我，石秀。自與楊大哥結義，在此生理，這幾日在外鄉討些賬目，今日纔回。呀，為何靜悄悄？店也不開，刀砧傢伙多收拾過了。是什麼意思？吓，吓，是了！自古「人無千日好，花無百日紅。」我哥哥在官不理家事，必定嫂嫂見我做了幾件衣服，心上有些不快；我這幾日又不在家，吓，必定有人搬鬥些言語，想是嫂嫂疑心，不做買賣了。咳，休等他發言，先辭了，明日回去罷。阿呀，只是一件，那賬目是要交代明白的，見我石秀無欺。吓，這是要緊的。（看賬，算介）這家，吓，有的。那家，也有的。吓，偏是這家再不肯還。那家清，這家清，賬已查明，不免請潘老丈出來交付明白。潘老丈有請。（貼內）不在家裡，外邊去了。（小生）吓，這是嫂嫂的聲音。吓，就請嫂嫂出來罷。嫂嫂有請。（貼上）來了。

【引】獨坐閑庭無緒。（小生）嫂嫂。（貼）聽三郎傳話歸與。

　　（小生）嫂嫂。（貼）叔叔回來了。（小生）正是，回來了。

嫂嫂，請收了賬目。（貼）吓。（小生）那賬目分文清楚，石秀若有半點欺心，哪！天誅地滅。（貼）阿呀，叔叔何出此言？並不曾有甚他故吓。（小生）咳，不是吓，我石秀離家日久，欲要回家去，為此把賬目交還。今日辭了哥哥，明日就要行了。（貼）吓，奴家知道了。叔叔這兩日沒有回來，今日回來，見收了店面家伙，只道不開店了，故此要回去麼？（小生）不然，為何呢？（貼）阿呀，這是哪裡說起！叔叔且寧耐性兒，待奴家說個明白。（小生）嫂嫂，有話請講。（貼）請坐。（小生）有坐。（貼）叔叔，你是曉得的喲，我先夫王押司呵……（小生）姆！

（貼）

【桂枝香】情非朝暮，寧同陌路？沒來兩個週年，欲把經文超度。（小生）卻原來為此，卻原來為此。（貼）並無他故的嚛。（小生）應無別故。（貼）叔叔，還要勞伊相助。（小生）當得。（貼）勸伊莫多疑。阿呀，就是這夥計賬也不消提起吓。（小生）放在椅兒上。（貼）吓，放在椅兒上。（小生）嫂嫂，我石秀豈不知道受恩深處家隨在，嫂嫂，這是財上分明大丈夫。

（貼）叔叔來了半日，待奴家收拾些點心與叔叔過中。（小生）不消嫂嫂費心，前途用過了。（貼）阿呀，這是大郎吩咐的，說叔叔回來，好生看待。請坐。（小生）有坐。（貼）阿呀，這等執性得緊。（下）

按　語 ✎

〔一〕本段劇情與文字接近清雍正九年鈔本《翠屏山》第捌齣〈戲叔〉的前半齣。

〔二〕選刊此齣的坊刻散齣選本還有《醉怡情》。《醉怡情》版此段與下段〈戲叔〉、下齣〈送禮〉連成一齣,標目〈覷綻〉。聞正堂刊《綴白裘全集》選目也有〈覷綻〉,惜該書下落不明,無法得知是不是〈交賬〉、〈戲叔〉、〈送禮〉。

翠屏山‧戲叔

小生：石秀，楊雄的結義弟。

旦：迎兒，潘巧雲的婢女。

貼：潘巧雲，楊雄之妻。

　　（小生）吓，原來他為前夫二週年，要請僧做好事，故爾收拾店面。我也休得多心，再住幾時便了。（旦持盃上）大娘，我先出去了嗤。吓，石叔叔回來了。（小生）是，回來了。（旦）石叔叔一向好麼？（小生）好。你好麼？（旦）我是好的。（貼持酒上）迎兒。（小生）吓，待我來拿。（貼）啐，小賤人。（旦）什麼介？（下）

　　（貼）叔叔來路遠了，隨意用些便飯罷。（小生）多謝嫂嫂費心。（貼）這是奴家在樓下親自整治的嗤。（小生）多謝嫂嫂。（貼）待我來斟酒。（小生）放下，待石秀自斟。（貼）叔叔請酒。（小生）乾。（貼）待我來斟。（小生）放在桌兒上。（吃介）乾。待石秀借花獻佛，回敬嫂嫂一杯。（貼）阿呀，叔叔，你曉得奴家是不會吃酒的嘍。（小生）吓，嫂嫂不會飲酒的？（貼）不會的。（小生）好，倒是不會吃酒的好。（吃介）乾。（貼）叔叔，斟滿了。（小生）彀了。（貼）我不依，我不依。（小生）吓，嫂嫂不依，乾。好酒！（貼）叔叔再請一杯。（小生）不消，彀了。（貼）如此，叔叔請用飯罷。（小生）前途用過了。（貼）少用些罷。（小生）哪！尚飽。（貼）如此，收拾過了罷。吓，前

途用過了。（收完介）叔叔，這兩日在外邊可曉得些新聞？（小生）新聞？這個石秀倒不知。（貼）吓，叔叔不曉得麼？待我告訴你。吓，聞得陽谷縣有個打虎的，叫，叫……（想介）叔叔，叫什麼？回轉來。（小生）吓，你在那裡講，怎麼倒問起我來？（貼）啐！吓，叫什麼武松。起初那嫂嫂也是這般喜歡他的，誰想那廝不肯從順，後來那嫂嫂想是做出什麼事來，與那廝何干？倒被那廝殺壞許多人。江湖上遍傳，難道叔叔不曉得的？（小生）吓，這個是武都頭幹的事麼？（貼）唔。（小生）好！幹得正氣。（貼）什麼正氣？什麼正氣介？據奴家看起來，那武松倒是個獸子。

【前腔】[1]傾城一顧，高唐應賦。（小生）咳！大丈夫戴髮含牙，敢使陳平名污？（貼）叔叔，又何須恁般？又何須恁般？咳，只是可惜……（小生）可惜什麼？（貼）可惜那嫂嫂一片好心。（小生）什麼好心！（貼）怎麼不是好心？（小生）什麼好心！（貼）怎麼不是好心？怎麼不是好心？阿呀，怎麼不是好心吓？把此情辜負。（小生）嫂嫂，你出言無度！（貼）咳！（小生）阿喲，他意如何？（貼）雖云男女無親授，卻不道嫂溺須將親手扶？

　　叔叔。（小生）咳！（貼跌介）我石秀是個不讀書的男子，誰耐煩這許多嘮嘮叨叨，咭咭唥唥！姆，好沒趣。（貼回頭看小生介）唔，咳！正是：酒逢知己千杯少。（貼）叔叔。（小生）咳！（貼）啐！話不投機半句多。原來是個蠢才。（下）

1　指上齣的【桂枝香】。

按　語 _____ ✎

〔一〕本段劇情與文字接近清雍正九年鈔本《翠屏山》第捌齣〈戲叔〉的後半齣。

翠屏山・送禮

小生：石秀，楊雄結義弟。
付：裴如海，報恩寺和尚。
貼：潘巧雲，楊雄之妻。
淨：報恩寺小道人。
旦：迎兒，潘巧雲的婢女。

　　（小生）吓，有這等事，豈有此理！咪！（坐介）
　　（付上）

【皂羅袍】和尚雙眸如注，把光光乍正，去飽看姣妹。來此已是楊家門首。阿呀妙吓！看色色空空總模糊，綠窗新吐香絨縷。阿有囉個來裡？（小生嗽介）檀越稽首。（小生）和尚，你來做什麼？（付）小僧特來尋我裡個乾爺個。（小生）哪個是你的乾爺？（付）個個潘公沒就是小僧個乾爺。（小生）吓，那潘老丈就是你的乾爺？（付）正是乾爺，正是乾爺。（小生）呔！你怎麼這等亂闖？（付）弗要是介咕，自家屋裡走得個嘻。（小生）外廂伺候。（付）阿啲，個個是啥人？弗認得哩，直頭生丑。（貼上）叔叔，哪個在外？（小生）有個和尚，叫潘老丈什麼乾爹。（貼）吓，這是門徒海師兄。（付）哪說個道人個歇還弗來勒？（貼）他是裴家年少，言清行孚。與奴結拜，兄稱妹呼，與爹行自小做乾兒父。（淨上）纔離報恩寺，又到薊州城。（付）哪直到過歇來介？（淨）真真有數說個：「百步無輕擔」

喲。（付）走得來。（淨）哪哼？（付）裡向有一個尷尬人拉丕，
小心點吓。（淨）曉得個。楊奶奶。（貼）老師父。（淨）楊大
爺。（小生）沒相干，沒相干。（淨）阿喲，阿喲，放手，放手
阿……啐出來，是也罷、弗是也罷，僮正經！楊奶奶，我裡師父送
個物[1]事來裡。（貼）又要出家人費心。（淨）無僮個，一樣是糟
枇杷，一樣是熏柿餅，送拉楊奶奶嗒酒個。（貼）多謝。（淨）僮
話！（貼）叔叔，收了他的。（小生）吓，要受他的麼？（貼）自
然吓。（小生）如此，隨我來。（淨）是哉，阿彌陀佛。（小生）
要知心腹事，這裡來，但聽口中言。（同下）（付）道人進去子，
哪個歇還弗出來勒？（貼）**心忙向，步又徐，嬌羞遮掩到前**
除。（各見介）（付）賢妹出來了。（貼）師兄請。（付）賢妹
請。（進介）久不見，賢妹多時好？只為趲程遠，音信殊，紅
塵隔斷薜蘿居。

　　（貼）請坐。（付）有坐。賢妹，押司二週年，無甚罕物相
送，些些掛麵，幾包京棗，聊表薄意。（貼）阿呀，出家人的禮物
怎好消受？（付）個個出家人個「此物」極受用個哉。（貼）啐！
【前腔】謝得師兄縈慮，（付）日日夜裡睏弗著，想殺哉！
（貼）**把麥塵供棄，當取伊蒲。**啐！不要動手，待我喚迎兒取
茶與你吃。（付）哎，是哉。（貼）吓，迎兒。（旦）怎麼？
（貼）取茶出來。（旦上）吓，來了。**一盞清茶獻芹餘。**海師
父，茶在此。（付）阿呀，迎大姐，亦要你拿茶出來。（旦）好
說。（付）妙吓！**似瓊漿玉液親傳與。**（吃介）好茶！有僮說
迎大姐前日來，待慢子唔。（旦）前日打攪。（付）你一點啥也弗

1　底本作「沒」，參酌文意改。

吃，改日我還要拿一個卐頭蒸捲來吚吃吃來。（旦）啐！（付）賢妹，敝寺啓建水陸道場，欲請賢妹隨喜隨喜，恐怕節級見怪，個沒哪處？（貼）這個大郎倒不計較的。（旦）正是，倒不計較的。（付）阿彌陀佛！介沒極好個哉。（貼哭介）（付）阿呀，為儕了哭起來？（貼）我老母死時，曾許下血盆經懺，要到上刹，相煩還願。（付）個是正經。賢妹，你不見那些孝順的呵，哪！為親恩無限，還要肉燈點膚。三年懷抱，血盆願篤，卻不道目連救免生身母。迎大姐，到個日你也來白相白相。（旦）來是要來的，阿呀，只是路遠。只是花宮杳，蓮步迂，白雲深處有精廬。（小生上）莫信直中術，須防人不仁。（旦）石叔叔來了。（付）南無阿彌陀佛，南無阿彌陀佛。（小生）呔！和尚。（付）吙。（小生）你怎麼還在此？（付）等我裡個道人了。（小生）道人打從後門去了。（付）宅上倒有儕後門個了？（小生）呔！和尚，我是邯鄲生，惡少徒，休嫌村野理文疏。

　　（付低問介）（貼）這是我丈夫新結義的兄弟。（旦）叫石叔叔。（付）吓，怪道了，有點硬頭硬腦個。尊姓？（小生）你倒來問我麼？（付）弗敢，請教。（小生）我麼，姓石名秀。（付）石大爺。（小生）排行第三。（付）三官人。（小生）金陵人氏。（付）南京朋友。（小生）一生好管閑事。（付）好吓！（小生）專肯與人出力。（付）個也妙吓！（小生）路見不平，便欲拔刀相助。（付）個也有趣吓！（小生）人人稱我是拚命三郎石秀。（付）正眞好漢！（小生）是個粗魯漢子。（付）一點也弗。（小生）和尚。（付）吙。（小生）你可認我一認，你可認我一認！（付）阿呀，阿呀！認得個哉，認得個哉！一隻臂把。（小生）去罷。（付）吙。（對貼丟眼介）（小生）呔！（二旦下）

　　（付）阿呀嚇殺哉！弗知個毽養個阿拉亐哉，讓我轉去看看介。（小生）你去了，怎麼又轉來？（付）弗是，小僧此來有句要緊說話要說了。（小生）什麼要緊話？快講！（付）明日個個道場……（小生）道場便怎麼樣？（付）個個我倒弗說哉。（下）

　　（小生）呔！（付又回頭看介）阿喲！（下）

　　（小生）阿呀呀，好乾姊妹！我石秀將他親嫂嫂看待，誰知這般光景。呋！休教撞在我石秀手內！我就……咳，不要說了，不要說了。（下）

按　語

〔一〕本齣劇情與文字接近清雍正九年鈔本《翠屏山》第玖齣〈送禮〉。

金印記・不第

旦：周氏，蘇秦之妻。

淨：蘇秦之父。

付：蘇秦之母。

末：蘇厲，蘇秦之兄。

貼：王氏，蘇秦之嫂。

生：蘇秦。

　　（旦上）

【引】一別才郎音信遠，奈阻隔萬里關山。

　　春去夏還來，辛勤供蠶事。但見綺羅人，不見養蠶婦。舊恨并新愁，結就腸千縷。縱有并州剪，難剪奴情緒。奴家自從丈夫去後，未知功名如何？家中又如此艱窘，教我如之奈何？不免下機織些生活，多少是好。

【解三酲】鳳幃裡安排機線，一別後梭擲餘年。奈程途勝似緜[1]車碾，怎得似軸兒轉？教奴心緒如麻亂。他指望變化成龍身貴顯，空懸念，怕不如斷機教訓，羊子妻賢。

　　（淨、付上）

【引】貧富由天算非偶，漫自用盡機謀。（末上）總有滿

---

[1]　底本作「操」，據明刊《重校金印記》（《古本戲曲叢刊》初集景印）改。

腹文章不就。（貼上）笑他雙足向紅塵奔走。

　　（各見介）（淨、付）話中有話，說什麼紅塵奔走？（末）
爹，媽，唐二[2]回來了。（淨）唐二回來，必有好音。（末）什麼
好音！功名不就，流落咸陽，黑貂裘敝，還鄉不得了。（付）居來
弗得哉？（末）正是。（付）阿呀，阿呀，阿彌陀佛！謝個天地，
謝個天地！（淨）媽媽，兒子不中，被人恥笑，你反說這話。
（付）吾弗曉得，哩去個時節，受子一家個氣；哩若做子官居來，
爺娘奈何不得，阿哥、阿嫂就要受哩個虧哉。（淨）都是蘇三哄他
去的。（貼）非關三叔公之事，都是嬸嬸要戴鳳冠，攛掇叔叔去
的。（淨、付）有這等事！如今在哪裡？（貼）想在機房中織絹。
（付）老老，我哩大家說鬼話得去騙哩。（淨）吓，倒鬼。（付）
若弗信，有志氣。（淨）若信了呢？（付）若信子，打哩一頓，罵
哩一場。（末）有理。（淨）倒鬼。（付）噲，老老。（淨）媽
媽。（付）第二個中哉。（淨）便是，中了。（付）齋匾上拉囉
裡？（淨）大廳上。（付）旗竿豎拉囉裡？（淨）大門前。（末）
爹，媽，孩兒的典當招牌掛在旗竿上了吓。（付）勞高個像僭？
（末）軒昂些。（淨、付）吓，軒昂些。（付）夫人還在此織絹，
你丈夫做了官回來了！

　　（旦）

【繡帶兒】聞道兒夫信有，（付）停子梭罷。（旦）停梭試
問來由。（上堂相見介）（付）夫人上堂來哉。（淨、付）罷
了，見子夫人。（末、貼）夫人，同接官去罷。（淨同唱）秦邦
內有音信回來。（旦）咳！（末）休得要皺破眉頭。（旦）

2　唐二是替蘇秦挑行李的腳伕。

我還愁，（眾）愁什麼？（旦）愁的是途中勞生受。（眾）他如今做官回來了。（旦）愁的是有些災咎。（付）他如今前呼後擁，有甚災咎。（旦）前程事必然定有，（淨）這一句被他猜著了。（眾）便是，被他猜著了。（旦）公婆，休笑他痴心過慮貪求。

（眾）

【前腔】你可知否？他此去功名唾手，巍然高占鰲頭。（旦）路途遙誰把書投？（眾）那唐二已曾回久。（旦）聽剖，安排遠接休落後。（付）哪裡去？（旦）接官去。（付）啐！臭花娘倒思量做夫人哉，虧你羞也不羞！且織機休得要忙走。（旦）天吓！特不地將奴哄誘，這場氣教奴怎生禁受？（付）虧你羞也不羞！（旦下機介）

（生上）

【賺】忍恥包羞，自慚迤遭不唧嚠。呀，我到家庭，進前幾步（眾嗽介）還退後。（付）偺人拉丒門前影拉影，阿是白日撞啥？（淨、末）是哪個吓？（生）你看：父母兄嫂多在堂上；我這般光景，怎好進去？罷，我只得便低頭，父母跟前忙頓首。（付）個是叫化子吓。（生）哥哥嫂嫂間別久。（眾）黑貂裘破損，藍縷還處舊，一似喪家之狗，一似喪家之狗。

（生）

【前腔】聽兒分剖，（眾）剖什麼？（生）一心指望功名就，（眾）你就也不就？（生）誰知十上萬言書，（眾）可曾上？（生）被商鞅擋住不肯奏，阿呀，枉逗遛。（眾）啥個拉丒賣豆油？（淨）逗遛吓。（付）吓吓吓！（生）咸陽旅邸歲月久。（付）盤纏呢？（生）金盡回來攜素手。（眾）啐，教人

讖指，嗟吁囊篋盡，十分露醜。這般生受，這般生受！
（眾）走出去！

　　（生）

【皂角兒】阿呀（作掇腰介）氣填胸教人淚流，咻！恨（付在曲內白）恨囉個？（淨）他在那裡恨功名。（付）介沒罷哉。（末）畜生，站遠些！（生）恨功名兩字不就，致令得恥笑鶯鳩。（眾）走出去！（生）罷，我只得忍辱含羞。（哭介）（眾）伊往常不自守，今日裡，呀吥！做場出醜。（合）好不度己，何須強求。想伊行，這般窮相，怎得封侯？

　　（生）

【前腔】我告（浪介，付打生面介）哪了倒要告我裡兩個？（生）告爹娘回嗔怒休，怎何故把兒儜懞？（插鼻介）望兄嫂相擔護持。（末）窮骨頭！有何福分做官？（生）我蘇秦呵，哪！終、終有日獨占鰲頭。（旦）捱淡飯受黃虀，今日裡……（生）阿呀妻吓！（付）動也弗許動！（旦）啐！做場出醜。（眾合）好不度己，何須強求。想伊行，這般窮相，怎得封侯？

　　（生）

【尾】阿呀功名兩字皆非偶。（眾）何必痴心去強求，不肖子吓，無事端端惹這羞。

　　（打生介）（淨）打出去！（末）爹媽不要打他。他去時節，孩兒曾有言：他若做得官來，一家骨肉另眼看待。他如今做不得官回來，趕他出去，不容他上門就是了。（付）老老，財主該是哩做個，說個說話，前言直應到後語。一記也弗要打，打子哩違子財主個命哉，快星趕哩出去。（淨）走出去！

（生）爹媽不要趕！孩兒在途中行了幾日，肚中飢餓，有飯與孩兒一碗，阿呀，勝似打罵嚧。（付）要吃飯？阿呀阿呀，人窮得顛而倒之，嘴臉看弗出個。你若做子官居來，自然五糖五菓，馬吓殺個匹，牛吓殺個條，成文個看待呃哉。呃那間是介光景居來，要吃飯？就有飯，不拉狗吃子也好看看家、防防宅。無得個，走出去！（生）望嫂嫂炊煮炊煮。（貼）奴家從不會炊煮。（付）夾嘴個一記沒好！眞正人貧智短。你看，是介一位姣姣滴滴個大娘子，廚房下弗認得個，哪說要哩炊煮起來？也像呃丟家主婆，踏盡灶前灰個了。（生）阿呀爹娘吓，一般多是你養的，為何兩樣看承？（付）呃阿曉得龍生九子，（淨）種種各別。（付）好的是好。（生）好的是好。（淨）怯的是怯。（付）弗知哪了，單弗歡喜呃個賊秠種！（淨）媽媽，什麼說話！（付）弗是吓，我忒個氣昏子了。

（生）吓，好的是好，怯的是怯。吓，娘子炊煮一碗。（付）弗許動！（生）你看，一家骨肉皆如此看待，你我夫妻之情，你可下機來相叫一聲。（旦怒，不理介）（生）吓，娘子，娘子……阿呀，我蘇秦不第回來，你看妻不下機，嫂不為炊。咳！我平生志氣頗英豪，回來綠柳間紅桃。此花若有重開日，蘇秦吓蘇秦，咻！此身必定學龍韜。（走介）（付）拉丟窮喉極哉。（淨）捉里得轉來。（付）捉里轉來，捉里轉來！（末）吓，哪裡去？跪著！（付）好吓，爹娘兄嫂說子呃一句，呃就使性，何不在試官面前使性，討個官做做？居來壓量壓量爹娘兄嫂便好吓！（淨）媽媽，我每大家羞辱他一場。（付）有理勾！介沒，員外先來。

（淨）我先來。阿呀畜生吓：

【紅納襖】**看你氣昂昂衝牛斗，**（生）終有一日做官。（付）

夾嘴個一記耳光，爺們前回言塞嘴。（末）還要嘴硬！（淨）哇！
還要嘴喳喳全不住口。羨你滿腹文章不就，虧你臉皮兒生
得厚。有誰來睬瞅？任伊掬盡湘江水，呀呀呸！難洗今朝
滿面羞。（末）爹爹請進去。（淨）每人羞他一場。（下）

　　（付）那沒我來哉。阿呀，短壽命個吓：

【前腔】你要解貂裘掛紫袍，你要做高官人喝導。萬事不
由人計較，都是前生註定了。你的心兒忒太高，抬起頭來看
吓阿哥嘘。（末）畜生，你看我。（付）他本分無煩惱。（生）
他怎及得我來？（末）還要倔強！（付）不肖子吓，卻不道禍福
無門人自招？（打介）阿呀，氣殺哉！（下）

　　（末）老安人，進來了，如今該院君來了。（生）嫂嫂，你也
來說我？（末）畜生，難道嫂嫂說你不得？（生）說得的，說得
的。請說，請說。

　　（貼）

【前腔】黃金屋誰不願，千鍾粟誰不羨。（生）噯噯噯，啐
啐啐！（末）哇！畜生！（貼）只怕你五行有些乖蹇，只落得
草鞋兒兩底穿。（生）嫂嫂，你好不重賢吓。（末）哇！畜生，
不許開口！（貼）你道嫂嫂不重賢，你做叔叔的沒遠見，
（末）畜生，嫂嫂可說得是麼？（貼）卻不道兩字功名一字在
天？（下）

　　（末）院君不要氣壞了，請進去罷。丫鬟，院君進來了，看人
參砂仁湯。（笑介）如今該我來了。（生）吓，該你來了。（末）
畜生吓畜生：

【前腔】你畫忘餐夜失寐，要做高官求顯職。你道唐州回
也沒甚甜滋味。（笑介）看你這窮骨頭，怎能夠榮貴日？

（生）看你常發積。（末）哇！哪哪哪！你每心太痴，枉被傍人講是非。卻不道滿腹文章，（生）其實滿腹文章。（末）吁！一字也不療飢。

　　窮骨頭，走出去！（生）咳，踱頭，踱頭，我看你踱到幾時了吓。（末）吓，你說我是踱頭，你學得我來？你看我吃好的、穿好的，在人前搖搖擺擺，哪裡及得我來？倒叫我是踱頭，也罷，站定了，待我踱一個與你看看。閃開，大員外進來了，大財主進來了吓。（下）

　　（生）阿呀，踱頭吓，看你怎麼了。吓，娘子，你看一家骨肉多已進去了，可看夫妻之情，下機來相叫一聲。

　　（旦）

【前腔】你道儒為席上珍，（立起介）（生）好了，娘子下機來了。（旦）我說你滿腹文章不濟貧。（生）娘子，不要說了。（旦）懷內黃金多使盡，空手回來做則甚？（生）這是你丈夫不是了。（旦）早知書誤人，何不當初莫去尋，天吓！自古儒冠多誤身。

　　（生）娘子拜揖。（旦）呀啐！（下）（生跌，怒介）吓，阿呀！

【前腔】激、激得我怒轟轟惡氣衝，阿呀閃、閃得我眼睜睜（哭介）阿呀遭、遭窮困。阿呀爹娘吓，你罵得我羞臉難藏萬千惶恐，一似龍逢淺水遭蝦弄。咳，枉教人詩書萬卷通。阿呀皇天吓，怎奈時乖運未逢。吓，我蘇秦不第回來，被一家恥辱，我還要這條性命何用？罷！不如尋個自盡罷。（走介）呀，來此已是三叔門首。吓，有口井在此吓。阿呀井吓，不想你倒是我葬身之處了。阿呀叔父吓，姪兒指望掙得一官半職回來，報你

的大恩，誰想今生不能夠了，今做了一旦無常（中拜）萬事空。

（當場擺井，外暗上，生投介）

按　語

〔一〕本齣主體情節、曲文接近明刊《重校金印記》第十六齣〈一家恥笑〉。

〔二〕選刊類似情節的坊刻戲曲選本有：《風月錦囊》、《萬錦清音》、《來鳳館合選古今傳奇》、《歌林拾翠》、《群音類選》。

金印記・投井

外：蘇秦的三叔父。
生：蘇秦。

　　（外上）苦海無邊，回頭是岸。吓，這是我姪兒！吓，姪兒，不可如此！為何尋此短見？（生）阿呀，叔父放手，叔父放手！（生跌，外抱轉，跪中）姪兒甦醒，姪兒醒來，姪兒醒來！
【紅衲襖】（生）沒來由淚珠流血。（外）萬言書可曾上麼？（生）誰知直上萬言書，被商鞅擋住，不肯奏上黃金闕。（外）盤纏呢？（生）囊篋更無些。（外）可曾回去？（生）曾回去。（外）一家骨肉把你怎生看待？（生）妻，妻不下機；嫂，嫂不為炊。（外）爹娘便怎麼？（生）爹娘不甚悅。[1]（外）為何不到我家來，卻尋此短見？（生）激得我怒氣填胸，（外）且免愁煩。（生）叔父放手，叔父放手！（外）姪兒，不可如此。（生）不如早喪黃泉也。
【前腔】（外）姪兒吓，你慢嗟吁休哽咽，哪曾見詩書誤了英雄豪傑。你到秦邦千里程途跋涉，咈！兄嫂忒恁驕奢，父母見淺生冷熱。姪兒吓，你到咸陽去了三載，不曾看你的容

1　底本作「爹娘不其說」，當是形訛。明刊《重校金印記》（《古本戲曲叢刊》初集景印）第十七齣〈投井遇叔〉中，蘇秦回答叔父的曲文有一句「父母不悅」，參考這句曲文改。

顏。來來來，抬起頭來。（生）是。（外）吓，阿呀，阿呀看你一貌堂堂，怎做匹夫計拙？

（生拜介）

【香柳娘】謝叔叔救取，謝叔叔救取，（外）起來。（生）阿呀怎禁這磨折？（外）待我送你回去。（生）有何顏再見親骨肉？（外）既不回家，到哪裡去？（生）姪兒呵……（外）怎麼說？（生）要投奔魏闕，要投奔魏闕。（外）好，秦邦無道，正該魏邦去。（生）叔父吓，說便這等說，多應去不成嘻。（外）怎麼去不成？（生）奈奈奈、囊篋更無些，進退又差迭。（合）漫傷心哽咽，漫傷心哽咽，莫怨身遭困厄，還有泰來時節。

（外）2

【前腔】姪兒且聽說，姪兒且聽說，權到小茅舍，胡亂暫歇休教撇。姪兒，你可記得孟明的故事麼？（生）姪兒記得。（外）可又來！他再戰再北，再戰再北，若得運來時，伐秦有功烈。（合）漫傷心哽咽，漫傷心哽咽，莫怨身遭困厄，還有泰來時節。

姪兒，還是你看書不到？（生）叔父吓，自古書囊無底，叫姪兒哪裡看得盡吓？（外）姪兒，你且不要啼哭，我家有萬卷古書，且從容細看，待時而動便了。（生）是。多謝叔父。（外）姪兒移步到寒家。（生）多謝叔父寵愛加。（外）運退黃金成鐵色。（生）時來枯木再開花。（外）隨我來。（生）姪兒告退。（外）吓吓吓，你往哪裡去？（生）吓，到張余子家裡去。（外）呫呫

2　底本原無「外」字，參酌文意補。

吓，沒志氣，自己家裡不住，倒往別家去。（生）叔父吓，姪兒這般模樣，怎麼進去見嬸娘之面？（外）阿呀姪兒吓，不說嬸娘猶可，若說起嬸娘，比你親娘大不相同。你去咸陽三載，（生）三載。（外）哪哪哪！哪一日，（生）哪一日！（外）哪一時，（生）哪一時！（外）不想著你。還不進去見了？媽媽，姪兒進來了。（生）阿呀，姪兒是不進去的嘸，不進去的嘸……（外）吓，姪兒，隨我進來，隨我進來。（下）

按　語

〔一〕本齣主體情節、曲文接近明刊《重校金印記》第十七齣〈投井遇叔〉。

〔二〕選刊類似情節的坊刻戲曲選本有：《萬錦清音》、《來鳳館合選古今傳奇》、《群音類選》。

水滸記・前誘

貼：閻婆惜，宋江的偏房。
付：張文遠，宋江的同僚。
生：宋江。

（貼上）

【引】金井轆轤歷亂，渾驚覺珊枕捱[1]殘。手攬寒衾窗內見，敗葉蕭蕭風剪。

　　庭院碧苔紅葉遍，黃菊開時，已近重陽宴。日日露荷凋綠扇，粉塘煙水明如練。試倚涼風醒酒面，雁字來時，恰自層樓見。幾點護霜雲影轉，誰家蘆管吟秋怨？奴家閻婆惜，雖嫁宋郎，他鹵莽有餘，溫存不足，哪曉嘲風弄月，豈知惜玉憐香。夜月獨啣杯，辜負梁鴻之案；秋雲空掩鬢，冷落張敞之眉。衾冷爐煙，說甚蜂交蝶戀；床閑明月，那些鳳倒鸞顚。好悶人也！今日母親不在，不免到門前閑步一回，消遣悶懷則個。

【惑惑令】嘆寂寞沉吟畫欄，暫徙倚徘徊雕檻。金風颯颯，景物增悽惋。悲搖落向誰言？嫁蕭郎，也枉然，鎮日愁凝淚臉。（下）

（付上）

---

[1]　底本作「摧」，據明汲古閣《繡刻演劇》本《水滸記》（《古本戲曲叢刊》初集景印）改。

【尹令】憶邂逅春風曲檻，又蹉跎秋風紈扇。我想那閻婆惜呵，他幾度秋波偷展，彷彿時留笑靨。叫我魂蕩香閨，百尺游絲在夢裡牽。

小生張文遠，為了閻婆惜，眠思夢想，意亂情迷。今日明曉得宋公明弗拉屋裡，我只說去尋哩，讓我忙碌碌氣質彭生，像個尋哩個，看個閻婆惜哪亨待我？有理個！幾里是哉。公明兄阿拉屋裡？（貼上）是哪個？（付）尊嫂。（貼）呀，原來是押司。（付）公明兄阿拉屋裡？（貼）不在家裡。（付）囉里去哉？（貼）今早縣前去了，還不曾回來。（付）吓，縣里去哉。我今早搭哩一齊出縣大門個，難道哩亦走子囉里女客丑去哉？（貼看付介）（付）吓，阿嫂只道我要尋里來邪路場哈去了，介哩回我弗拉屋里。我方纔看見里居來個。公明兄！（貼將肩拉住介）阿呀！（付）吓吓吓……（貼）難道在家好回押司不在麼？（付）是吓，難道拉屋裡好回我介。只是，我有一句要緊說話會哩個沒哪？也罷，阿嫂，宋兄歸來，多多致意聲，說我一哩拉丑縣前公廨里等哩。（貼）唔。（付）我有介句刮腸刮肚個說話要說了……（貼）吓？（付）真個嘻！（貼）唔！（付看貼，笑介）打弗進，又弗上，我且去介。（下）

（貼）待我喚他轉來。押司請轉。（付上）阿嫂，啥見教？（貼）既有要緊話，何不到裡面去坐了，等他回來就是了。倘押司去了，他若回來，兩下可不錯過了？（付）是個，是個！個句說話呢即是！宋兄居來，看見我搭阿嫂兩個是介坐丑沒，阿拉，阿拉……（貼）阿呀，你與他是通家哪，何妨介！（付）是吓，公明兄搭我是通家，阿嫂搭學生也是通家。（笑介）通家嘻，公明兄就是學生，學生就是公明兄，何妨介。（貼）押司請。（付）尊嫂請。阿嫂，再唱喏。（貼）押司外日有勞。（付）勞而無功，實切

惶恐。（走近貼身介）（貼）押司請坐。（付）有坐。

【品令】須知子猷訪戴步翩躚，誰知呂安題鳳惜留連？老親娘阿拉屋裡？請得出來，等學生謝聲。（貼）不在家裡。（付）囉哩去哉？（貼）親戚人家去了。（付）老親娘弗拉屋裡，一發妙！（貼）押司請坐。（付）有坐，有坐。個個……（貼）吓？（付）是個個！（貼看介）（付）咳吓吓，今日多蒙賢嫂留小生坐個，也是公明兄面上嘻。（貼丟眼介）這個倒不在此。（付）吓！屋鳥推愛，一時相繾綣。（貼笑介）（付掇椅近貼介）阿呀尊嫂，你新婚正燕，況佳人莫愁字豔，因甚霧鬢雲荒，翠黛顰含遠岫攢？

（貼）

【豆葉黃】眼兒前，落寞光景堪憐。怎叫人瀟灑蘭閨？只落得香愁玉怨，舞裙歌扇，沈埋可憐。（付）是介說起來，多分宋兄不知趣，不著意。（貼）不瞞押司說，奴家在此呵，好一似失羣的孤雁，失羣的孤雁。（付）咳！正是那介苦楚哥，說到苦處哉。（貼）形影悽然，為著那風流扼腕。

（付）自古道：兒女情長，英雄氣短。宋公明為人倒把這兩句話相反了，故此耽擱尊嫂。

【玉交枝】錦衾羅鞦，誤卿卿青春少年，好一似芙蓉狼籍秋江畔。我若有了尊嫂這樣美人，哪！我就妝成金屋斕斑，攜將阿姣相佇偏，為雲為雨迷鶯燕。嘆紅葉浪交野鴛，只恨我張文遠緣分淺些，嘆金梧不停彩鸞。

（摸貼奶，貼立起介）阿呀押司，休得調戲奴家。（付作志誠介）個是阿敢個？哪是介說！（貼）我實對你說了罷。（付）阿嫂有啥說？倒說嘻。

【賽紅娘】只是紅顏命淹蹇，鳳衾寒，秋風任冷落，悲團扇，祇自憐。他雖然奚落奴家，我只是守他的閨門便了。（付）閨門是難守個嚧。（貼）羅敷早把兔絲綰，難挽斷。宿瘤甘把翠鈿減，難逗亂。

（付）是個個……阿嫂，你阿曉得偷香竊玉的故事麼？（貼）這個倒不曉得。（付）吘及要弗曉得個哉。（捏手介）（貼推介）（付轉身）

【雙蝴蝶】那香偷羨賈午青瑣賽，琴心司馬把綠綺彈。匪石心難轉，聽嚧，關關鳥兒也相喚。若得神女遶巫山，香夢圓，便做韓重赴黃泉，鴛塚安。

（辯貼介）（貼）阿呀，你的說話一發說得沒道理了。哪個來睬你，我且進房去。（付）阿嫂進去子，我也要進來哴……（貼）阿呀！（付）要進來哴！（貼）人家各有內外，你隨進來做什麼？（付）我是弗要進來個，個兩隻脚看見阿嫂走，竟跟子進來哉。（貼）我倒不進去了，我坐在這裡，看你怎麼樣。（付背白介）倒是老主意哴。若是阿嫂坐子，我沒……也要坐哴。（貼立起，推介）（付坐介）

（貼）

【鶯踏花】咳，你絮叨叨空煩巧言，（付）要坐哴哪介？（貼帶笑）笑吟吟空涎漫臉。走來！（付）哪亨？（貼）難道你家沒有內眷的麼？只管在此胡行亂走。（付）有便有個，但憑別人走出走進，學生弗管個。（貼）咳，便無衣綏狐堪念，那陌上褰裳可慚。

（付）個個……阿嫂阿曉得我個心事？（貼）吓？扯淡！你的心事倒問起我來。（付）個句問差哉，該打耳光。哪我個心事倒問

起阿嫂來？但只是……小生自見了尊嫂，是：

【番卜算】[2]從來意惹情牽，未及尋方覓便。今日天憐念，教[3]江妃逢洛川，難道是隔蓬山。

（抱貼介）（貼）啐，閉上門！（付）喲！（扯貼介）（貼推介）（付撲抱介）（生醉上）

【窣地錦襠】外郎高步似神仙，壯志仍輸祖逖鞭。開門。（付）弗好哉，宋三居來哉！（貼）怎麼處？（付）我方纔原弗要進來個，纔是吼啥個住拉里、住拉里。（貼）不妨。（生）開門。柴門深鎖綠陽天，細草侵堦亂碧蘚。

開門。（付）個沒哪處？放我囉里好？（貼）且到我母親房裡去躲一躲。（付）外房裡阿有囉個拉丟？（貼）啐！（推付下）（生）開門。（貼）來了。（整衣，開門介）（生沖進，貼扶介）看仔細。你在哪裡吃得這般大醉？（生）我在公廨裡吃的。青天白日，為何把門閉上了？（貼）吓，母親不在家，故此把門閉上了。（生）好，你娘不在家，把門閉上。（貼）正是。可關得好麼？（生）好，謹慎。取茶來。（貼）曉得。你是酒醉之人，不要動吓。（走介）（回身介）不要動吓。三郎，三郎，出來了罷。（付上）阿呀，嚇殺拉里哉！

（貼）

【十二時】今朝鴛侶驚散，何時鳳友團圓？宓妃留枕君須念，休負我眼懸懸。（付）那月下共星前，敢蹉跎這良緣？來里沒。（貼推付出介）（付）敢蹉跎這良緣？

2　這支是南仙呂入雙調過曲【元卜算】，底本不確。

3　底本作「効」，據明汲古閣《繡刻演劇》本《水滸傳》改。

　　（生）茶來吓。（貼）茶在此。（生吃，吐介）（付嚇跌介）阿呀壞哉！一個馬桶潑番亙房裡哉，啐！（奔下）（貼做鬼臉介）阿呀惹厭！進去睡了罷。（生）我要睡了。（貼扶介）（生）早識臥龍應有分，先拚一飲醉如泥。（下）

　　（貼）阿呀你看，他把奴家呵：

【尾】等閑相視司空慣，誰解憐香惜玉軟？咳，三郎，三郎，我見了這厭物，越發想你了。叫人留意桑間。

　　正是：可人期不來，俗子推不去。（呷茶脚潑介）啐！（丟眼下）

按　語

〔一〕本齣出自許自昌撰《水滸記》第十八齣〈漁色〉。

〔二〕選刊此齣的坊刻散齣選本還有：《醉怡情》、《歌林拾翠》、聞正堂刊《綴白裘全集》。

水滸記・後誘

付：張文遠，宋江的同僚。
丑：王媽媽，茶坊老闆。
老旦：閻婆，閻婆惜之母。
貼：閻婆惜，宋江的偏房。

（付上）

【引】蝶攘蜂鬧，牽惹閒花草。

秋來相顧尚飄蓬，一片西飛一片東。夜半酒醒[1]憑檻立，錯教人恨五更風。我，張文遠。為了閻婆惜眠思夢想，廢寢忘餐。昨日剛有介一點好光景，不意宋公明回來，把我鴛鴦驚散，雲雨倏收。臨別之時，承他約我今日相會。咳，可恨縣中公務偏多！怎麼處？啐，只得撇了公事去走遭。

【小桃紅】日來縈繫苦無聊，不知是哪一點紅鸞照也？喜孜孜的千金一刻在今宵。（丑上）愁窺高鳥過，老逐眾人行。咦！張相公來得湊巧！（付）王媽媽，吭為僭事體？（丑）宋相公拉我屋里，有僭說話要會你了。（付）宋相公有僭說話會我？（丑）正是。（付）只是我無工夫，有僭說話，教哩縣前公廳裡會子罷。（丑）走來。（付）哪！（丑）宋相公個事體正經噱。

1　底本作「酗」，據明汲古閣《繡刻演劇》本《水滸記》（《古本戲曲叢刊》初集景印）改。

（付）我個事體也是正經。（丑）哩是要緊個，來卹等你。（付）
我也要緊沒哪處？（丑）吭何弗先去會子宋相公，然後幹自家個正
經一歇吭喲。（付）吓，介沒吭對宋相公說，教哩來屋里等我，我
完子正經，如飛就來喲。（丑）必竟要是介？（付）弗差個。
（丑）介沒讓我去回頭哩。（下）（付）咻！偏是今日亦撞著子王
老媽，這都是遇敲亽。（丑上）阿呀弗好！宋相公特地叫我來尋
哩，撞著子倒放子哩去；況且哩是個白脚花狸猫。弗好！等我轉
去。張相公。（付）你去哉，為僑了亦轉來？（丑）弗是，我思量
歇來，宋相公特地叫我來尋，撞見子吭，倒放子去；況且吭一去弗
知要去幾時卹，弗好！張相公，必竟轉去，會子宋相公然後去
罷……（扯付衣介）（付）咻！吭個老媽瑣碎得極，各有正經，哪
是介勞勞叨叨？可惡之極哉！（丑）僑個蓋副面孔？宋相公叫我來
尋吭，哩個正經，關我僑相干？僑蓋副面孔對我？（付）原[2]對吭
說，叫宋相公拉公廳裡等我，我完子正經，如飛就來，還要哪亨？
（丑）介沒就來吓。（付）就來個。（丑）就來？（付）說子就來
沒就來哉。（丑）個是囉哩說起！介樣僑性格。（下）（付）
咦……去哉！我想個老媽能介惹厭。弗是介，讓我快快灑灑走兩步
哈介。我還怕他遠相邀，仍相值，幸喜得這機會巧也，取
次已到藍橋。格里是哉？為僑關門來里？沒得個個老媽來屋裡，
我亦不好掭門，個沒哪處？只得立介歇等等罷。我只得權延貯暫
徘徊，敢月下訪僧敲。走脚響！像是有人拉卹。

　　（老旦上）

【下山虎】閒來無事，甚覺逍遙。驀地把衡門開處，呀，

────────────

2　底本作「狀」，參酌文意改。

遇果車縹緲。（老旦開門介）（付摸老旦奶奶介）尊嫂。（老旦）阿呀，張相公，是老身，什麼尊嫂！（付）原來是老親娘！弗知儕了，幾里個兩日說話顛而倒之得極。（老旦）說哪裡話！（付）眞當儕。（老旦）請裡面坐。（付）吷，老親娘請。（老旦）張相公請坐。（付）有坐。個個令嬡儕了弗見？（老旦）小女麼？（付）正是。（老旦）不要說起。（付）為儕了？（老旦）惠顧頻頻，慰伊寂寥。（付）咳，直脚弗是說話哉！哪說惠顧頻頻，慰伊寂寥？哪說為起我來？我是一個老實頭，弗要拿說話骯髒我沒好。（老旦）張相公不要瞞我。（付）瞞子唔儕個？（老旦）老身是曉得的了。（付）老親娘竟曉得個哉？阿呀，我個壽年千歲個好老親娘！（老旦）休得取笑。（付）你旣然曉得個，我倒要問唔，令嬡到底為儕了？（老旦）我女兒昨日會過了相公，偶然傷了些風，還睡在那裡。（付）旣然是介，弗要驚動哩，去哉……（老旦）張相公請坐，待我喚他出來。（付）弗必哉。（老旦）他聽見相公在此，自然要出來的。（付）介沒坐坐去嘻。（老旦聽介）是介說起來，個個老媽曉得個哉。竟大子膽做事體，儕個鬼張鬼勢！（老旦）我兒。（貼內）怎麼？（老旦）張相公在此，快些出來。（貼）來了。（上）帳掩流蘇香夢杳，忽被鸚鵡攪，（伸腰介）睡眼朦朧枕印俏。（付）老親娘。（老旦）怎麼？（付）是個個……（老旦）什麼呢？（付）弗是，一句說話吓。（貼）猛可的臨卬客抱琴共調。（老旦）我兒，張相公在此，過來見了。張相公，小女出來了。（付）尊嫂。（揖介）（貼）欲衽相邀，不語低含笑。

　　（各冷笑介）（老旦）張相公請坐。（付）老親娘，阿嫂才立拉丑，叫我哪亨坐介？（老旦看付，付看貼，貼看老旦）（老旦）

吓，你們多不坐，我倒先坐了。（付看貼，貼點頭指付，付不坐，貼橫坐介）（付）老親娘，阿嫂才坐哉，我只得也坐哉。老親娘，我個個老親娘。（老旦）怎麼？（付）昨日吓。（老旦）昨日便怎麼？（付）是，是，我昨日沒……（看貼介）（老旦）昨日怎麼呢？（付）昨日志志誠誠來拜望個老親娘。（老旦）阿呀呀，老身不在家裡，多多簡慢相公。（付）因為老親娘弗拉屋裡，我沒，只得阿拉阿拉……（看貼）（老旦）便怎麼？（各看笑介）阿呀呀，張相公，你倒不要說了。我兒，你陪張相公在此坐一坐，我去沽一壺酒來，與你們二人消遣消遣，如何？（付）哪好相擾介。（老旦）張相公，如今是一家了，怎說「擾」字？（付）既然是介，打酒走遠一步，打介一壺好點個。（老旦）我曉得，在此。蓮花幙下風流客。（貼）母親，就回來吓。（老旦）就回來的。試與溫存繾逐情。（下）

　　（付）去哉，等我關子門裡介。（貼）住了！青天白日，閉門怎麼？（付）尊嫂昨日要關，今日為僥倒要開？（貼）你可曉得：「昨日今朝事不同」？昨日要關，今日偏要開在那裡。（付）阿呀尊嫂，不要把話兒說遠了，可記得昨日介？（貼）昨日便怎麼？（付）昨日呵，

【山麻稭】被洞口花相笑，笑我誤入天台，棹阻藤梢。今朝，特地里來踐你的鶯期燕約。（貼）奴家不曉得什麼鶯期燕約。（付）尊嫂。（貼）什麼尊嫂？若說尊嫂，須知「朋友妻不可戲」了吓。（付）介沒叫僥？（貼）我麼，要叫娘。（付）吓，阿聽見要叫娘虒？介沒娘請坐子，讓我跪子，叫我個嫡嫡親親個騷娘吓！**喜乘機纓冠掬李，納履攘瓜，傍朔偷桃。**

　　（貼）

【五韻美】洧梁期，西廂約，無言息國³娃恥效。三郎，你自思想：你一向怎麼樣調戲奴家？我怎麼樣拒絕你？（付）我才曉得個哉。（貼）見金夫幾度相推調。（付）我個嫡嫡親親個騷娘，我要吃哩奶奶！（貼）哪裡當得起這付涎臉兒？（打付介）（付）阿唷！（貼）偏憐窈窕，適零露相逢蔓草。（付）呵呀，娘！快點罷嚱。（貼）三郎，我今日雖與你成了此事，日後呵，休把我做牆花覷露草嘲。（付）我若有此心，對天罰誓：老天在上，我張三郎若忘了閻婆惜今日之情，我就測……（貼掩付口介）不拉吚活捉殺子沒是哉！（貼）啐，起來。（扶起介）（付）和你翠被鴛衾，鸞顛鳳倒。

（付下）（貼立場角）（付上）我個娘！阿是要急殺我了！（抱貼下）

（老旦上）流霞飛片片，涓酒就徐傾。走了許多路，沽得一壺酒。（聽介）嘖嘖嘖！

【螢牌令】看繡戶靜晝簾飄。咦，聽房櫳內語聲姣。三郎，你一似崑崙誰赤緊向郭府盜紅綃。開門。（付、貼同上）吓，母親回來了，怎麼處？（付）吚乴娘居來哉個沒那！（貼）三郎，忙整著衣裳顛倒。待我去開。（付）走得來，忙整著釵鬢蕭騷。（貼指桌，付睏介）（貼開門介）母親來了幾時了？（老旦）我麼，來了好一回了。張相公好睡吓。（付）老親娘，吚來哉？（老旦）正是，來了。（付）酒弗好個。（老旦）為何？（付）來得快了。（老旦笑介）來得快？也穀了你了！（付）嚼姐！坐子吃酒罷。（合）鴛鴦侶，鸞鳳交，情蹤一時，不覺

---

³　底本作「閨」，據明汲古閣《繡刻演劇》本《水滸記》改。

逍遙。

　　（付）吃一鍾嘸。（貼搖頭）（老旦）我兒，吃一盃嘸。（付）省得弗肯吃，我里來拽木頭。酒壺數起，大家伸出指頭來。（各伸指介）（丑暗上）好笑張相公，拉路上撞著子，說就來就來，個歇還弗見來，亦要我去尋。（見付介）密垂珠箔盡沉沉，兩兩鴛鴦護水濱。咦！倒伴拉格里吃酒！好吃虱。（作伴桌下，伸指介）（付）一，二，三。咦！個人指頭，囉個勾？（丑）四。我吃。（眾驚介）（老旦）吓！原來是姐姐。（付）原來是王老媽。來做儕？（丑）蓋個張相公，我方纔哪對你說個？倒伴來幾里吃酒！宋相公沒人能介等吓，吓沒狗能介弗去。（付）吓方才說宋相公拉屋裡等我，及至走得來，宋相公弗拉屋裡；老親娘留我吃一鍾酒，所以住里哉。（丑）囉個是介對你說個！我說宋相公事體要緊，拉[4]公廳里等吓吓。（老旦）吓，姐姐，想是聽錯了。（付）正是，介沒我聽差哉。（老旦）不要說了，你也來吃一盃。（付）正是，王老媽，你也吃一盃。（丑）我吓，到弗要吃。（老旦）為何？（付）儕了？（丑）寧可吃拖來酒，弗要吃個「你也來」，個叫做「滿堂僧不厭，一個俗人多。」弗吃個好。（老旦）姐姐說哪裡話！張相公呵，（扯丑坐，斟酒介）

【五般宜】偶相顧潘安車，儼然草茅。適相左東方千騎，悵然寂寥，聊把這雞黍做范張邀。（丑）呋，介沒吃一鍾嘸……我到底弗要吃！（老旦、付）為什麼？（丑）你看，哪哪哪！三個女客夾一個男人家來哈宅外頭得勢，阿覺道弗雅相？（老旦）姐姐，漫說道男女雜坐，共相傾倒。（付扯貼說，貼推

4　底本作「來」，參酌文意改。

介）（丑）咦，這掩耳鈴堪笑，早露尾藏頭空巧。咳，我也
耐弗住哉！當初個頭媒人是我做個，我有個一句說話來里要說。
（老旦）姐姐有什麼話？對我說。（丑）你是個老窩農，弗對你
說。（付）介沒，對我說。（丑）對你說吓？喲喲喲！（老旦）姐
姐，你要對哪個說？（丑）我麼，要對你丑大姐說。（老旦）吓，
要對女兒說。我兒，他有什麼話對你說，走過去。（推貼介）
（丑）大姐，我個肉吓，我對吙說，宋相公要做人個嘘。你須念
他舊[5]日英豪，漫將他帷薄擾。

　　（貼打丑耳光介）（丑）阿唷，好打！（付）為偌了打起來？
　　（貼）

【江頭送別】聽伊語，聽伊語，心煩意惱。將奴做，將奴
做，倚門獻笑。吾身愛似連城寶，何必你鼓舌唇搖。

　　（老旦勸貼，付勸丑）（貼）老淫婦！（丑）小花娘！（老
旦）吓吓吓，姐姐，女兒年小，看我面上。（丑）我說子偌？就
打？（貼）老賤人，老花娘！什麼帷薄擾，哪見帷薄擾？（老旦）
哇！小廝家還不走進去？放肆！阿呀，姐姐不要氣，看我面上……
（丑）阿呀，小花娘，好打！（付）阿呀，為偌了嚷得亂橫？無非
你丑多餘我，我去子就是哉。（丑）吙去弗得個，寃家結到底哉！
只怕弗多餘吙，倒是多餘我，讓我去子沒是哉。（老旦）老人家，
你去打他。（付）我搭你同路一齊去罷。（丑）囉個搭吙同路！我
是個頭去。（付）介沒我是個頭去。（丑下，又上，老旦閉門，
付、丑各轉）（丑）張三郎個小烏龜，還要轉來個來，等我唬唬哩
介。（付）個老媽去哉，等我轉去。（老旦又開門探頭，貼又扶老

_____

5　明汲古閣《繡刻演劇》本《水滸記》作「今」。

旦肩上望，丑、付各轉，撆介）（丑）呔！（下）（付）阿呀，個個老媽介有心個，還來里來。王老媽轉來，大家吾一齊去。（貼）三郎，三郎，進來。（付）進去。（貼）三郎。

（付）

【江神子】我只得轉身轉身望綺寮，（貼招）三郎進來！（付）咳，只見他笑臉相招。（作進介）（付）香風拂拂鮫綃，從容攜手欲魂消。（付扯貼右手，貼回頭，左手招老旦關門，付、貼退縮，走下）（老旦）咳，這是哪裡說起！（貼）母親，關了門進去罷。（老旦）進去。（貼）來嘻，來嘻！（付抱貼下）（老旦）咳，三郎，三郎，你今夜還想通宵，受用的珠圍翠繞。（下）

（丑上）有冤報冤，有仇報仇。可恨閻婆惜個小花娘，分明看上子張三郎，倒拉我面前假撇清；我拿個好說話對哩說，竟就打我！所以弗搭張三郎同走，放里一條路進去子，我捉哩一個破綻，方纔出得我個氣。格里是哉，必定張三郎還拉玉來。兒、兒子吓，一更天打廿四記鼓，必竟要等吾出來，怕吾屋頭頂上飛子去了？（內狗叫介）燒願心個，拜抬腳個，只管叫來叫去！介場哈有木鱉子沒好。

（老旦提燈上）往往雞鳴籬下月，時時犬吠動人心。為何今夜只管狗吠？待我開門看來。（開門看介）沒有什麼吓。（丑）拉里哉！（老旦）啐，唬死我也！是哪個？（照看）吓，你是姐姐吓！半夜三更，為什麼在此聽籬聽壁，為什麼？（丑）阿呀，氣殺里哉！（老旦）為什麼？（丑）方才吃吾玉囡兒兜屁股介一記。（老旦）兜嘴。（丑）我忕個氣昏子了，斷子荷包繩，一個荷包突落哉，為此轉來尋尋看。（老旦）掉了荷包，可有什麼東西在內？

（丑）哪說沒僗？四張八仙桌，六把交椅，兩條春櫈。（老旦）吓吓吓，荷包內哪裡藏得這些東西？（丑）才是個當票吓。（老旦）吓，當票。（丑）還有兩朵珠花。（老旦）什麼珠花？敢是眼花。

（丑）弗是，僗趙珠花嚧，是趙家裡奶奶親手交拉我，教我兌個。個是別人個爺爺子，無弗得個耶。（老旦）吓，我曉得。（丑）吓曉得僗？（老旦）我女兒方纔不合打了你一下，你假意轉來，要拿他的破綻，可是麼？（丑）吓虱個樣人家，清清白白，有僗破綻到我拿？（老旦）不敢欺，我們這樣清白人家，其實沒有破綻。姐姐若不信，進去搜搜看嚧。（丑）介沒，等我進去尋尋看嚧……（老旦拉住介）（丑）喲！猫兒哭老鼠，假慈悲。嘴裡說進去搜搜看嚧，拿個身體攔住我。

（老旦）姐姐，我和你多年的老姊妹，把這樣心腸待我。（丑）嘴硬骨頭酥！既搭吓姊妹，方纔為僗了叫囡兒打我？（老旦）女兒年紀小，沖撞了你，待老身陪罪。（丑）年紀沒小，事體倒幹得大介！（老旦）不要說了，進去吃盃茶兒去。（丑）我倒弗要吃。那間我就突落子個荷包，弗窮子一生一世；你拾著子，也弗富子一生一世。我倒要去哉。（老旦）姐姐，拿了燈去。（丑）老太婆暗頭裡走慣個，弗勞吓虛奉承，少弗得拉虱個。（下）（老旦）還是拿了燈去……阿呀，幾乎做將出來！待我閉上了門。我兒，三郎，快來！（貼、付上）母親，怎麼還不睡？（付）老親娘為僗還弗睏？（老旦）禁聲！（付）為僗了？（老旦）王婆這老賤人呵，

【尾】他尋蹤覓跡眠芳草，（付）個老媽介有心個！（老旦）辛犬吠籬邊相擾。（貼）三郎，你下次來須要小心些吓。須防他一縷柔腸恨未消。

（付）是哉。（貼）母親，外面看看可有人。（老旦）待我再

去看。（咳嗽介）沒有人，去罷。（付）無人，我原住來裡哉。
（老旦推介）去罷！（付）介沒我去哉。（貼）明日早些來。
（付）是哉。（老旦閉門，付、貼聽介）咦，好奇怪！個是個人
吓……（老旦、貼）是人吓！天吓！不要做出來便好。（付）直頭
是個人吓！咳，就是個人，我也弗怕。（下）

　　（貼）開了門。（老旦）做什麼？（貼）開了。嚕！哪一個老
淫婦老花娘，夜晚間在此聽籬聽壁？聽些什麼！要便進來搜一搜
嘻。（老旦推貼進，閉門介）（貼坐介）（老旦）喇喇喇！半夜三
更，你去罵人家。（貼）方纔多是你不是。（老旦）怎麼倒是我不
是？（貼）買了酒回來，就該把門閉上了，開這牢門在那裡，撞這
老賤人走進來淘這場閑氣！（老旦）忘記閉了門，是我不是；你該
去打他的？我也不管，今後不許張三郎上我的門，就不淘氣了。
（貼半晌作陪笑介）母親吓，不是孩兒埋怨，你下次須要小心些。
（老旦）你倒要謹慎些。（貼）啐！（同下）

按　語

〔一〕本齣出自許自昌撰《水滸記》第二十一齣〈野合〉。
〔二〕選刊此齣的坊刻散齣選本還有：《怡春錦》、《玄雪譜》、
《新鐫歌林拾翠》、《醉怡情》、《來鳳館合選古今傳奇》、《歌
林拾翠》、《方來館合選古今傳奇萬錦清音》、聞正堂刊《綴白裘
全集》，上述諸本標目都和原作一樣，作「野合」，錢德蒼編《綴
白裘》與眾不同。

滿床笏・笏圓

淨：郭子儀府中堂候官。　　　　生：郭子儀。

老旦：郭子儀之妻。　　　　　　外（前）：郭曜，郭子儀長子。

末：郭晞，郭子儀次子。　　　　小生（前）：郭曖，郭子儀三子。

付：郭昢，郭子儀四子。　　　　丑（前）：郭晤，郭子儀五子。

旦：郭映，郭子儀六子。　　　　老：郭曙，郭子儀七子。

小旦：郭子儀的孫子。　　　　　外（後）：龔敬，中書令。

小生（後）：李白，大學士。　　丑（後）：魚朝恩，太監。

　　（淨上）風俗今和[1]厚，君王在穆清。行看採花曲，盡是賀昇平。自家汾王府中堂候官便是。今乃王爺六旬壽誕，又值孫子新中狀元，頒賜諭旨一道，汾陽王年邁不能迎送，一應公侯卿相文武官員，俱令子婿各位小老爺接待。著我承應前殿，只得在此伺候。

　　（生上）

【引】望重三台，名揚萬古，伊周頗牧兼稱。（老旦上）喜兒孫瓜迭，簪笏盈盈。

　　（生）昨夜風開露井桃，未央宮殿月兒高。（老旦）平陽歌舞新承寵，簾外春寒賜錦袍。（生）夫人，下官已登六十之齡，未返山中之駕，意欲上表辭官，求仙訪道，夫人之意何如？（老旦）時

---

[1]　底本作「何」，據《全唐詩》改。中華書局編輯部點校：《全唐詩（增訂本）》（北京：中華書局，2008 年），第一冊，卷二十八，頁 406。

清隱退，最屬知機，倚賴方深，恐難聖允；今日且慶壽誕，餘事另
行斟酌。（生）今早聖上知我誕辰，令我早歸府第。諸子尚在便殿
侍讀經筵。皇后、太子欽賜龍章鳳篆，慶壽詩文，著冀親家、李學
士在于內庭監訂詩文。更恐拜賀人多，勞于接見，又頒上諭，一應
公卿文武，令諸子接見。皇上體貼人情，可謂至矣！（老旦）雖是
聖上隆恩，亦係上天福蔭，祖宗積德深長。你我受此全福，當先拜
謝天地，後拜祖先，然後恭謝皇恩，合家稱慶。（生）言之有理！
（同拜介）

【尾犯序】國正萬方盈，雨順風調，四海安寧。只是我年
老無能，恐徒尸位幸。上蒼，上蒼，我思省，多感你謬加福
蔭，祖宗嚇祖宗，多感你澤長源正。（老旦）相公請上，妾身
拜壽。（生）夫人請上，老夫也有一拜。（合）我和你，夫妻諧
老，蘭玉燦盈盈。

　　（淨上）稟王爺、夫人：公主娘娘同七位夫人、八位姑娘，齊
集後殿，請王爺、夫人進去拜壽。（生）夫人，你去拜覆公主，并
對兒媳們說：恐有聖旨到來不便，少刻見禮罷。（老旦）老身去說
便了。吩咐姣兒女，回辭眾玉人。（下）（淨）稟王爺：各位老爺
朝罷回來了。（生）知道了。

　　（外、末、小生、付、丑、旦、老上，合）

【其二】盈廷，劍佩玉鳴珂，朝罷歸來，班彩相映。爹爹
請坐，孩兒們拜壽。（生）罷了。（合）喜得福壽康寧，安享
遐齡。（淨）稟王爺：狀元爺回府了。（小旦上）祥蔭，賴教
養成全孩稚，蒙聖眷把狀頭錯訂。祖公公請上，孫兒拜壽。
（合）無窮喜，滿門金紫，只看這笏縱橫。

　　（淨）啟王爺：各位公侯公同拜壽。（生）大孩兒郭曦去酬

答，說我奉聖旨，不好接見，另日拜謝。（外應下）

（合）

【其三】南極壽星明，侯伯公卿，一齊徹政。（淨）啓王爺：六部九卿部堂大僚俱來拜壽。（生）二孩兒郭晞去，你照前申謝。（末應下）（合）六部九卿，蹲蹲蹌蹌送迎。（淨）稟王爺：科道京營將領京畿[2]節鎮內相諸人叩賀。（生）四孩兒郭曙，五孩兒郭晤同去，一般致謝。（付、丑應下）（眾）臺諍，部曹郎京營將領，更有這內官節鎮。（淨）啓王爺：皇親國戚駙馬儀賓公同拜賀。（生）三孩兒郭曖去。（小生應下）（淨）駙馬爺出來了。（眾）王孫輩，天潢[3]支派，一樣的玉壺冰。

（淨）啓王爺：門下屬官各將校叩頭參見。（生）六孩兒郭映去。（旦應下）

（眾）

【前腔】將士屬員臣，逐隊前行，堦下稱慶。（淨）啓王爺：一榜新進士，多奉聖旨前來祝賀。（生）孫兒，這是你的同年，你去罷。（小旦[4]應下）（淨）狀元爺出來了。（生）一榜奇英，盡欽承明聖。（淨）啓爺：八位姑爺到了。（雜扮八婿上）

（合）

【前腔】恭敬，也只為君王恩命，不覺的稽遲蹭蹬。岳父在上，小婿輩因奉聖諭，同學士李老先生、中書令冀大人監訂繕寫

2　底本作「基」，據《十醋記》（《古本戲曲叢刊》五集景印）改。

3　底本作「孫」，據《十醋記》改。

4　底本作「貼」，參考上文改。

慶壽詩文，所以回遲，望乞原宥。（生）龔親家與李學士同在何處？（八婿）詩文已完，進呈御覽去了，只怕就同魚公公送來。小婿等拜壽。頻頓首，太衡嵩岱，日月並昇恆。

（淨）啓王爺：這是各衙門公啓；這是各部院的詩文；這是各督撫的箋牒；這是各藩鎮的批申。還有屬吏稟揭及將校官銜，親友詩札，上下禮單，多在外廂，聽候王爺裁奪。（生）諸婿代我打發回書，并申謝意。（八婿應下）（淨）小的叩賀王爺千秋。願王爺福如東海，壽比南山。（生）生受你，明日領賞。恐有玉音，快排香案！（內）聖旨下。（生）知道了。

（外、小生、丑上）

【紅繡鞋】九天錫類非輕，非輕；詩文玉振金聲，金聲。汾王府第，勝蓬瀛。人間樂，享遐齡。看衣朱紫盈庭。

（生接介）（丑）奉聖旨：「敕賜詩文禮幣，萬壽衣一襲，御宴一席。特著中書令龔敬，學士李白，內監魚朝恩陪侍。并請老先生次早入朝，于望春樓賜宴。欽哉。謝恩。」（生三呼介）微臣屢沐聖恩，何以圖報！（丑）這許多朝笏哪裡來的？（淨）多是各位小老爺的。（丑）我想，天下人家哪有這許多朝笏？這也可喜。（眾）令公請上，我等拜壽。（生）豈敢。老夫呵，竊得中書伴食方。（小生）朝罷回來笏滿床。（丑）汾陽王，你是及時匡濟經綸手。（外）風清黃閣萬年香。（眾）我等告辭了。（生）豈有此理！今日遵奉聖旨，小弟不陪他客，我們舊相知，又是新親天賜，少不得一場大醉耳。（小生）旣如此，待龔老先生回去告了假再來。（外）你這醉瘋子，又來多講了。（小生）若是不告，大、小夫人發怒起來，哪裡當得起？（外）休得取笑。

（合）

【尾】今朝享盡人間慶。看笏滿床頭奪勝，更添御札淋漓翰墨馨。（同下）

按　語 _____

〔一〕本齣出自范希哲撰《十醋記》第叁拾陸齣〈笏圓〉。

琵琶記・賞荷

小生：蔡伯喈，入贅牛丞相府。

末：相府的管家。

丑：琴童，相府的家僮。

付：鶴童，相府的家僮。

貼：牛小姐，牛丞相之女，蔡伯喈妻。

淨：老媽媽，相府的管家婆。

丑：惜春，相府的婢女。

（小生上）

【一枝花】閑庭槐影轉，深院荷香滿。簾垂清畫永，怎消遣？十二欄杆，無事閑憑遍。悶來把湘簟展，方夢到家山，又被翠竹敲風驚斷。

　　翠竹影搖金，水殿簾櫳映碧蔭。人靜晝長無個事，獨沉吟。美酒金樽懶去斟，幽恨苦相尋，誰知離別經年沒信音。寒暑相催人易老，關心，卻把閑愁付玉琴。咳！下官，蔡邕。自蒙聖旨贅居相府，雖則朝朝寒食，夜夜元宵，使我終日愁悶，如何是好？院子哪裡？（末上）來了。黃卷青燈消白日，朱弦動處引清風。炎蒸不到珠簾外，人在瑤池閬苑中。老爺，有何吩咐？（小生）你去吩咐琴、鶴二童在象牙床上取我的焦尾、紈扇出來。（末應）琴、鶴二童。（內）啥了？（末）老爺吩咐，在象牙床上取焦尾、紈扇出來。

（丑、付）來哉。

【金錢花】自少承值書房，書房。快活其實難當，難當。只管打扇與燒香。荷亭畔好乘涼，吃飽飯上眠床。撒個屁滿床香，乒乒乓乓。

老爺，焦尾、紈扇有了。（小生）你二人一個燒香，一個打扇，違者各打十三。（付）兄弟，你打扇，我燒香沒是哉。（丑）曉得。

【懶畫眉】（小生）強對南薰奏虞弦，（丑）好風吓！（付）啥個風？（丑）願老爺官上加封。（小生）只覺指下餘音不似前，（付）好香！（丑）啥個香？（付）願老爺衣錦還鄉。（小生）那些個流水共高山？只見滿眼風波惡，似離別當年懷水仙。

（付、丑）夫人出來哉。（小生）你每迴避。（付、丑應下）（貼上）

【引】嫩綠池塘，梅雨歇薰風乍轉。

（小生）夫人請坐。（貼）原來相公在此操琴。久聞相公精于音律，如何來到此間，絲竹之聲，杳然絕響？非是奴家斗膽，請相公試操一曲，如何？（小生）使得。夫人要聽什麼？（貼）但憑相公。（小生）當此夏涼，彈一曲〈風入松〉罷。（貼）這也使得。（小生作彈琴唱琴曲）一別家鄉遠，思親淚暗彈。（貼）相公，彈錯了。彈〈風入松〉，為何倒彈著〈思歸引〉？（小生）下官在家彈慣了舊弦，如今新弦再彈不慣。（貼）不如撤了新弦，重整舊弦，如何？（小生）新舊二弦，多撤不下。（貼）既撤不下，提他怎麼？

【桂枝香】（小生）夫人！舊絃已斷，新絃不慣。舊絃再上

不能，待撚了新絃難拚。一彈再鼓，一彈再鼓，又被宮商錯亂。（貼）敢是你心變了？（小生）非干心變。這般好涼天，正是此曲纔堪聽，又被風吹別調間[1]。

　　（貼）

【前腔】非彈不慣，只為你意慵心懶。既道是寡[2]鵠孤鸞，又道是昭君宮怨。那更思歸別鶴，思歸別鶴，無非愁嘆。有何難見？既不然，你道除了知音聽，道我不是知音不與彈。

　　（淨扮老媽媽，丑扮惜春上，老旦扮丫鬟，末、付、外、生扮四院子，持酒餚、樂器上）（合唱）

【燒夜香犯】樓臺倒影入池塘，綠樹蔭濃夏日長。一架薔薇滿院香。飲霞觴。捲起珠簾，明月正上。

　　（貼）看酒。（眾）有酒。（作定席介）

　　（貼）

【梁州序】新篁池閣，槐陰庭院，日永紅塵隔斷。碧欄杆外，寒飛漱玉清泉。只覺香肌無暑，素質生風，小簟琅玕展。晝長人睏也，好清閑，忽被棋聲驚晝眠。（合）金縷唱，碧筒勸。向冰山雪爐排佳宴，清世界有幾人見。

　　（小生、貼出席介）

【前腔】薔薇簾幙，荷花池館，一陣風來香滿。湘簾日永，香消寶篆沉煙。漫有枕欹寒玉，扇動齊紈，怎遂得黃香願？（小生落淚介）（貼）相公為何掉下淚來？（小生）非

1　底本作「絃」，據《六十種曲》本《琵琶記》改。
2　底本作「寒」，據《六十種曲》本《琵琶記》改。

也,我猛然心地熱,透香汗,(貼)惜春,執扇。(丑)曉得。(小生)我欲向南窗一醉眠。(眾合)金縷唱,碧筒勸。向冰山雪巘排佳宴,清世界有幾人見。

（內吹打,生、貼換衣入席,各坐介）（貼）

【前腔】向晚來雨過南軒,見池面紅妝零亂。漸輕雷隱隱,雨收雲散。只覺得荷香十里,新月一鈎,此景佳無限。蘭湯初浴罷,晚妝殘,深院黃昏懶去眠。(眾合)金縷唱,碧筒勸。向冰山雪巘排佳宴,清世界有幾人見。

（撤席,八字朝上場坐介）（小生）

【前腔】柳蔭中忽噪新蟬,見流螢飛來庭院。聽菱歌何處?畫船歸晚。只³見玉繩低度,朱戶無聲,此景猶堪戀。起來攜素手,不覺鬢雲亂,月照紗窗人未眠。(眾合)金縷唱,碧筒勸。向冰山雪巘排佳宴,清世界有幾人見。

（小生）

【節節高】漣漪戲彩鴛,把露荷翻,清香瀉下瓊珠濺。香風扇,芳沼邊,閑亭畔。坐來不覺神清健,蓬萊閬苑何足羨?(合)只恐西風又驚秋,不覺暗中流年換。

（貼）

【前腔】清宵思爽然,好涼天,瑤臺月下清虛殿。神仙眷,開玳筵,重歡宴。任叫玉漏催銀箭,水晶宮裡把笙歌按。(合)只恐西風又驚秋,暗中不覺流年換。

【尾聲】光陰迅速如飛電,好良宵可惜漸闌,管取歡娛歌笑喧。

3　底本作「不」,據《六十種曲》本《琵琶記》改。

（內打三更）（小生）譙樓上幾鼓了？（眾）三鼓了。（貼）相公，歡娛休問夜如何。（小生）美景良宵能幾何？（眾）遇飲酒時須飲酒，得高歌處且高歌。（小生、貼同眾下）

按　語

〔一〕本齣主體情節、曲文接近汲古閣《六十種曲》本《琵琶記》第二十二齣〈琴訴荷池〉，惟少兩支【懶畫眉】，也就是刪去書僮打壞了扇、燒滅了香、弄亂文書的段落，焦點顯得集中。

〔二〕選刊此齣的坊刻散齣選本還有：《風月錦囊》、《樂府萬象新》、《樂府紅珊》、《新鐫樂府時尚千家錦》、《賽徵歌集》、鬱岡樵隱輯《新鐫綴白裘合選》、《來鳳館合選古今傳奇》、《方來館合選古今傳奇萬錦清音》、《萬錦嬌麗》、《歌林拾翠》、《審音鑑古錄》。選抄此齣的散齣鈔本有中國社科院圖書館藏《集錦》。

風雲會・送京

淨：趙匡胤。
貼：趙京娘，良家女。
末：客棧掌櫃。
付：張廣兒，界山寨主。
丑：周進，山寨傜儸。
小生：村老。
外：趙信，趙京娘之父。
老旦：趙京娘之母。

（淨上）世人結交須黃金，黃金不多交不深。縱是然諾暫相許，終是悠悠行路心。俺，趙匡胤。在清遊觀中救了一姝京娘，結為兄妹，許他千里步行相送。行了幾日，早又汾州地界了。此處路徑叢雜，故此先行一步。呀，你看：野花滿徑，山鳥呼人，好一派野景也！

【粉蝶兒】野曠天高，極目處野曠天高，只見那捲長空雲霞縹渺，見幾處草舍蓬蒿。種桑麻，栽竹樹，迤邐有清流環繞。近遠林臯，巧丹青也難描照。

妹子，趲行一步！（貼上）

【泣顏回】不挽翠雲翹，任意村妝潦草。吁吁餘喘，風霜歷盡昏曉。驕驄驍駃，控絲韁一抹風塵繞。仗英雄救拔奴身，沾恩澤海天深浩。

（淨）

【石榴花】呀，俺只見一程行過又是一程遙，走不盡那山徑共荒郊。只見那小橋流水野渡空舠，深林中鳥語，曲徑花飄。只聽得韻悠悠，只聽得韻悠悠，那樵歌牧唱和那深山嶼，高高下下飛鴉也那聲噪。見一幅酒旗兒，見一幅酒旗兒，招颭隱隱花枝杪，俺只索半晌醉村醪。

　　妹子，請下馬。（貼下馬）（淨）此間有一酒肆，暫歇片時再行。店家有麼？（末上）來了。廣招天下客，安歇四方人。客官，裡面請坐。（淨）妹子請。（貼下）（淨）店家，把馬餵好了料，有好酒好嘎飯取來。（末）曉得。（同下）

　　（丑、付上）

【泣顏回】兒曹，深展竊多姣，閃殺人十斛明珠難討。尋蹤覓跡，何愁遠飛天表？（丑）大哥皇帝。（付）御弟殿下，我和你費了許多心機，搶得個標緻女子，寄在清游觀中，誰想被一個紅臉漢子刧了去了。（丑）大哥，我與你快趕上前去搶他轉來便了。（付）有理！（合）追風逐電，任鼇魚脫卻金鈎釣。獲佳人早遂鸞凰，擒惡黨盡除殘暴。（下）

　　（小生上）不好了吓！城門失火，殃及池魚。店主人有麼？（末上）神仙留玉珮，卿相解金貂。怎麼說？（小生）你店中可曾歇下一個婦人，一個紅臉漢子麼？（末）有的。（小生）快些叫他出來！（末）客官，快些出來！（淨）為甚麼？（小生）客官，不好了！我們這裡界山上有兩個強徒，一個叫做滿天飛張廣兒，一個叫做著地滾周進，道你搶奪了他什麼女子，因此趕到這裡，連我每合眾人家多不好了，快快請到別處去罷。（末）不要連累我每，往別處躲一躲罷。（淨）咳，你不說起強盜猶可，若說起強盜，惱得

俺怒髮衝冠。俺趙匡胤也不是好惹的！

【鬪鵪鶉】氣騰騰俠蓋天高，氣騰騰俠蓋天高，急煎煎雄心火燎。恨煞煞奸宄凶殘，恨煞煞奸宄凶殘，明晃晃劍光繚繞。惱得我血性沖沖怒勇驍，休得要恁裝喬！（內喊介）（末、小生）阿唷唷，強盜來了，強盜來了！（淨）一任他萬馬千軍，一任他萬馬千軍，忽喇喇風馳電掃。

（淨、付、丑混戰）（淨殺付，丑介）（小生）幸遇壯士驍勇，立除兩個強盜，與民除害。我每抬了屍首，同壯士一齊到官請賞。（淨）咳，俺不過為民除害，哪希罕到官請賞！這裡到解良還有多少路？（末、小生）不過數十里之程。（淨）既如此，你們到官請賞便了。（末、小生）多謝壯士。我每到官請賞去吓。（末、小生下）（淨）吓，妹子受驚了。（貼上）哥哥。（淨）這裡到解良不遠，作速上馬去者。

【上小樓】鬧吵吵征鞍跨，急攘攘腳步高。俺只見過著長亭，俺只見過著長亭，抹著長林，踏著長橋。又只見荒徑繞穿，又只見荒徑繞穿，荒溪繞渡，荒村繞到，草蕭蕭竹林清嶠。

（貼）這裡是了。爹娘開門。（外、老旦）來了。昨夜燈花報，今朝喜鵲噪。是哪個？（各見介）（貼）阿呀爹娘吓！（外、老旦）阿呀兒吓！你何由得到此？（貼）孩兒被強盜劫去，鎖禁清遊觀中，幸得趙公子相救。又蒙不棄，結為兄妹，把馬與孩兒乘騎，恩兄千里步行，相送到家。在路上強人追來，又立誅二賊。（外、老旦）如今恩人在哪裡？（貼）現在門外。（老旦、外）我們一同出去迎接恩人。（淨）請起。（外、老旦）小女若非恩人相救，焉得生還？請到裡面，待愚夫婦拜謝。（淨）須些小事，何謝

之有。（外、老旦）多蒙恩人之德，願結草啣環之報。（淨）噯，
俺趙匡胤豈是施恩望報的人吓！

【疊字令】花簇簇家園撇著，光燦燦奇珍輕眇。羞答答奕
世勳，虛飄飄烏紗帽。（外、老旦）請問恩人，何由得救小
女？（淨）那日在清遊觀中養病，忽聽令嬡呵，哭啼啼耳邊廂鬧
吵，因此上血淋淋癢處難撓。（外、老旦）兒吓，吃了苦了。
（淨）今日裡呵，喜孜孜骨肉團圓，喜孜孜骨肉團圓，瀟瀟
灑灑，無煩無惱。俺自去也。（外、老旦）請到小堂少坐。
（淨）忙忙向天涯海角恣遊遨。（下）

　　　（外、老旦）大恩人請轉！呀，你看他頭也不回，竟自去了。
我和你早夕焚香，望空拜謝便了。（老旦）有理。
【尾】深恩結草啣環報，日夜焚香叩碧霄，願他福壽綿綿
直到老。（同下）

按　語

〔一〕本齣出自李玉撰《風雲會》第十五齣〈送路〉。

驚鴻記・吟詩

丑：高力士，太監。
生：唐明皇。
貼：楊貴妃。
小生：李白，翰林學士。
老旦：念奴，宮女。
旦：永新，宮女。

　　（丑上）金殿當頭紫閣重，仙人掌上玉芙蓉。太平天子朝元日，五色雲車駕六龍。咱家內侍高力士是也。昨日萬歲爺傳旨，今日同貴妃娘娘在興慶宮沉香亭賞牡丹，諸事齊備，只得在此伺候。道言未了，萬歲和娘娘早到。
　　（生扮唐明皇，貼扮楊貴妃，老旦扮念奴，旦扮永新，外、末扮二太監，引生上）
【胡搗練】歡逢九塞煙消，閑來試向宮闈鬧。（貼上）君王景福鬱岧嶢，大內優遊，共樂清朝。
　　臣妾叩見。願吾王萬歲，萬歲，萬萬歲！（生）妃子少禮。（貼）萬歲。（丑）奴婢高力士見駕。願吾皇萬歲，萬歲，萬萬歲！（生）平身。（丑）萬歲。（生）寡人乃唐天子是也。今日萬機稍暇，見此名花，不可無國色共賞，為此，特同妃子賞玩。（貼）陛下乃天之子，牡丹乃花之王，賤妾寒姿陋質，恐不堪敵。（生）太謙了。高力士，撤宴過來。（丑）領旨。（貼定席介）

【梁州新郎】清宮日永，奇葩星耀，好似方壺蓬島。夜香凝露，朝來色褪紅妖[1]。自想舞慚飛燕，歌謝韓娥，暗裡把花還笑。朱絲依寶瑟，雨雲繞，金屋相看貯阿嬌。（合）傾城態，雍門調，況伶倫眾技尤奇妙，眞樂事會今宵。

（丑）奴婢啓上萬歲：爺爺羯鼓、娘娘琵琶、馬仙期方響、李龜年觱栗、張野狐箜篌、賀懷智手拍，乃是千古絕技，何不試演一番？（生）高力士。（丑）有。（生）朕在此賞名花，對絕色，舊樂府厭聽，欲創為〈清平樂〉三章，被之鼓吹，與朕快宣翰林學士李白來見！（丑）領旨。聖上有旨：「宣翰林學士李白朝見。」

（小生）領旨。（醉態上）昨夜阿誰扶上馬？今朝不醒下樓時。（丑）學士公請了，萬歲爺宣你哩。（小生）高力士，聖上宣我何幹？（丑）啊！你怎麼叫咱的名字？（小生）唔，叫了你的名字便怎麼？（丑）這廝好狂妄！你不曉得我高常侍的虎威麼？太子稱我為兄，諸王呼我為翁，駙馬、宰相多叫咱一聲公公！你不過是個秀才官兒，大膽叫咱的名字麼，可惡！（小生）高力士。（丑）倒叫起來，放肆！（小生）我有事問你吓，你便說；沒有事問你……哇！切莫要扯這寬皮。（丑）這廝原是個醉漢。且不計較你，見過萬歲爺，與你算賬。隨俺走！（走介）李白宣到。

（小生）臣李白見駕。願吾王萬歲，娘娘千歲！（生）卿從何處軼宕，沉醉乃爾？（小生）昨夜風清月朗，臣向那酒肆中連飲了五百餘觴，至今猶苦宿酲，死罪死罪。（生）文人學士一時遣興，但醉何妨。（小生）萬歲。（生）朕召卿來別無甚事，牡丹是名花，妃子是絕色，卿是奇才；二美旣具，似不可少卿。今欲汝為

---

1 底本作「袄」，據明世德堂刊《驚鴻記》（《古本戲曲叢刊》二集景印）改。

〈清平詞〉三章，恐卿醉後不能立就。（小生）臣生平但得斗酒，便揮百篇；今憑餘醉，正奏……吓，薄技！（生）妙吓！高力士。（丑）有。（生）取金花箋與李卿作賦。（丑）領旨。（生）貴妃捧硯。（貼）領旨。（貼捧硯介）（丑）金花箋有了。（小生）高力士，磨墨拂紙吓。（生）高力士，磨墨拂紙。（丑）領旨。（丑磨墨，小生看丑、看筆，寫介）第一首：「雲想衣裳花想容，春風拂檻露華濃。若非羣玉山頭見，會向瑤台月下逢。」（按紗帽介）（又寫介）第二首：「一枝濃豔露凝香，雲雨巫山枉斷腸。借問漢宮誰得似？吓，可……可憐飛燕倚新妝。」（掇帶介）（又寫介）第三首：「名花傾國兩相歡，長得君王帶笑看。解釋春風無限恨，沉香亭北倚欄杆。」（放筆介）取去。（丑）完了？撒屁也沒有這等快。〈清平詞〉有了。（小生）臣〈清平詞〉已完，伏乞聖覽。（生）妙吓，真奇才也！（貼）妾聞漢司馬相如作〈子虛〉、〈上林〉賦，遊神蕩魄，百有餘日，學士揮毫俄頃；由此觀之，相如不足數也。（生）高力士，把學士詞調付與李龜年，譜入梨園。（丑）領旨。（下，即上）（生）朕與妃子將何物勞學士？（貼）但憑聖裁。（生）高力士。（丑）有。（生）取玻璃盞來與卿潤筆。（丑）領旨。（轉即上）玻璃盞有了。（小生）高力士，取玻璃盞來。（丑）這厮好可惡！他又叫了。（丑將盞付小生，二旦斟酒，吃三杯介）

　　（合）

【前腔】羨君家逸氣清標，今日裡輝煌廊廟，那漢廷司馬怎及英豪？[2]果是才高七步，書富五車，三峽詞源倒。千年

2　底本作「那漢廷司馬英豪」，據明世德堂刊《驚鴻記》補。

難一遇，地天交，肯便長沙笑寂寥？（合）傾城態，雍門調，況伶倫眾技尤奇妙，真樂事會今宵。

　　（生）卿自稱「斗酒百篇」，毋乃太譽？（小生）臣生平有詩云：「酒渴思吞海……海吓，詩狂欲上天。」那海也要吞，何……何況那斗酒乎！（生）妙哉！高力士。（丑）有。（生）取金斗過來。（丑）領旨。（轉即上）金斗有了。（小生）高力士，取金斗來。（丑）這廝好可惡！又叫了。（付小生，接介，二旦斟酒介）

【節節高】紅雲捧帝郊，列瓊瑤，龍顏顧盼祥光照。秦箏巧，趙舞飄，燕歌繞。天成學士〈清平調〉，聲華一代原非小。（合）惟願良宵盡年年，名花傾國常歡笑。（小生）乾。臣李白受了吾王這……這等大恩，無以為報，願吾王萬萬歲！（跌介）（大笑介）臣乃酒中之仙也，玉帝差臣下界，為陛下修文。（又大笑介）（貼）好個狂學士！（生）天色將暮，朕與妃子還宮。高力士。（丑）有。（生）可扶了學士。念奴。（老旦）有。（生）可持寶燭，送歸翰苑。（丑、老旦）領旨。（生、貼合）惟願良宵盡年年，名花傾國常歡笑。（同下）

按　語

〔一〕本段出自《驚鴻記》第十五齣〈學士揮醉〉前半齣，底本劇名誤題《彩毫記》，今辨正。

驚鴻記‧脫靴

丑：高力士，太監。
老旦：念奴，宮女。
小生：李白，翰林學士。

　　　（丑扶小生，老旦持燭上，合）

【節節高】綸音下九霄，賞才豪，詞場結得君王好。金樽倒，玉燭消，瓊筵耀。矜才竟把黃門傲，君臣魚水何緣到？惟願良宵盡年年，名花傾國常歡笑。

　　　（倒介，小生睡著介）（丑）阿呀，阿呀這是哪裡說起！比狗還重哩。（老旦）睡著了，我們要去覆旨，怎麼處？（小生跌下椅介）（丑、老旦扶起介）（小生）臣……臣為陛陛……（老旦）說酒話。（丑）在那裡倒鬼。（小生）高力士，高力士！（丑）又叫哩，氣死我也！（老旦）高常侍在那邊。（小生）高力士！（丑）只管叫。（小生）這個，聖上吓，差差……差你來送……送我，可是麼？（丑）送你便怎麼？（小生）我老爺走得……（將手拍腳轉介）腳脹了，來與我李老爺脫靴。（轉介）（丑）嗷！李白，你起初叫咱的名字，方纔又要我磨墨拂紙，如今又要咱家與你脫靴；你做誰家的官兒？這等放肆，可惡！（小生）你不與我脫？（三拍手，三伸手袖內，又三伸出介）（丑）不脫便怎麼樣？（小生）你真個不脫？（丑）不脫便怎麼？（小生）你真個不與我李老爺脫，我、我就……（丑）你敢打我？（小生）我就……（欲打，跌介）

（紗帽落地介）（丑）跌得好吓，跌得好吓！（小生）快與我脫！
（老旦）高公公，與他脫了罷。（丑）念奴姐，你好沒志氣，咱怎
麼與他脫起靴來吓。（老旦）高公公，凡事看萬歲面上，與他脫了
罷，我們好去覆旨。（丑）罷！看萬歲爺的金面，與他脫了罷。

【尾】看他沉沉醉酩迷歸道，忽憶前生事不遙。（丑脫介，
扶起落鞋介）掉了，掉了。（小生）我乃酒中之仙也。（丑）倒是
酒中之鬼。（小生）玉帝差臣下界，為陛下修……修文。我雖是
謫仙人，端不為偷桃。

　　（丑、老旦扶小生下）

按　語

〔一〕本段出自《驚鴻記》第十五齣〈學士揮醉〉後半齣，底本劇
名誤題《彩毫記》，今辨正。

白兔記‧養子

旦：李三娘，劉智遠的妻子。

丑：李三娘的娘家大嫂。

（旦上）

【引】無計解開眉上鎖，惡冤家要躲怎躲？

梁上掛木魚，吃打無休歇。啞子吃黃連，有口難分說。自從丈夫去後，哥嫂逼奴改嫁不從，罰奴日間挑水，夜間挨磨。咳，我一不怨我爹娘，二不怨我哥嫂，三不怨我丈夫。

【五更轉】只恨奴命乖，遭折挫，爹娘知苦麼？哥哥嫂嫂你好橫心做，趕出劉郎，罰奴挨磨。叫天不應，地不聞，如何過？（合頭）奴家哪曾識挨磨？挑水辛勤，也只為劉大。

我在此間閑話，哥嫂知道，又要出來絮聒了。

【前腔】我只向磨房，愁眉鎖，受勞碌也是沒奈何。爹娘在日把奴如花朵，死了爹娘，被哥嫂將奴凌辱。爹娘死，我孤單，如何過？（合頭）奴家哪曾識挨磨？挑水辛勤，也只為劉大。

阿唷！阿唷……腹中一陣陣疼痛起來，我想只在此夜要分娩了。欲待要挨，怎奈磨兒又重；欲待不挨，哥嫂又要打罵。罷罷罷！

【前腔】我只得挨阿唷！挨幾肩，頭暈轉，腹脅偏疼腿又

酸，神思睏倦我好挨不轉。欲待縊死在磨房，又恐怕擔擱了智遠。尋思起，淚滿腮，如何遣？（合）願天保佑奴分娩，若得父子團圓，夫妻重見。

一時神思睏倦，不免就在磨兒上打睡片時，起來再挨。神思苦難挨，磨兒吓，醒來依然在。

（丑上）好人弗肯做，情願嫁劉大。劉大弗居來，罰他去挨磨。咦？哪了弗聽得磨子響？等我進去看看介。好吓，倒睏著拉里。（打介）好睏吓。（旦）阿呀嫂嫂吓！（丑）磨沒弗牽，倒拉里睏！（旦）怎奈磨兒重，挨不動。（丑）呧介個女娘家弗知好怯！呧吾阿哥要買紫石磨、青石磨、黃石磨，我說：「罷，弗要討個中生個便宜，將就子點罷」；倒說推弗動。走開來，讓我推拉呧看。如何？呧眞當道是個磨子了，個是戲房裡個單皮鼓嚧。（旦）嫂嫂，請歇息歇息罷。（丑）歇息歇息，田裡人要麪吃；若沒麪吃，要打你七十、八十。咳，呸出來！香阿弗曾點來，等我去點子香燭，念完子佛，再來打呧個臭花娘。南無阿彌陀佛。臭花娘！南無阿彌陀佛。臭淫婦！（下）

（旦）嫂嫂吓，你也是婦人家，怎麼不知婦人家的苦楚？呀，腹中疼痛，想是要分娩了。但不知什麼時候了，待我推窗一看。呀！

【鎖南枝】星月朗，傍四更，窗前犬吠鷄又鳴。哥嫂太無情，罰奴磨麥[1]到天明。想劉郎去，沒信音，磨房中冷清清，風兒吹得冷冰冰。

阿唷天吓！腹中一霎時又疼痛起來，想是要……阿唷，阿唷！

---

1 底本作「麪」，據《六十種曲》本《白兔記》改。

這一回一發疼痛得緊。阿唷唷,娘吓!

【前腔】叫天天不應,阿唷唷!叫地地不聞,腹脅遍身疼怎禁?料想分娩在今宵,悄沒個人來問。阿呀娘吓!望祖宗,陰顯靈,保佑母子兩身輕。

　　(養介)嫂嫂。(丑內)儕個?(旦)借腳盆使一使。(丑內)腳盆撒拉亙,弗曾篕來。(旦)吓,有了,只得把身上舊衣展乾淨了罷。嫂嫂。(丑內)阿是叫命儕?只管叫!(旦)剪刀借來使一使。(丑內)剪刀不拉阿二偷出去換糖吃哉。(旦)兒吓,娘的線瓦不曾準備得,這便怎麼處?吓,有了!只得把牙齒咬斷臍腸……就叫你「咬臍」罷。兒吓,正是:青龍與白虎同行,吉凶事全然未保。(抱兒下)

按　語

〔一〕本齣出自成化本、汲古閣本系統,主體情節、曲文與《六十種曲》本《白兔記》第十九齣〈挨磨〉接近。

〔二〕選刊此齣的坊刻散齣選本還有《醉怡情》。選抄此齣的散齣鈔本有中國社科院圖書館藏《集錦》、復旦大學圖書館藏佚名抄《戲曲五種選抄》。

〔三〕《樂府萬象新》、《樂府紅珊》選刊的〈李三娘磨房生子〉,以及《群音類選》諸腔卷的〈磨房生子〉情節類似,出自富春堂本系統。閩正堂刊《綴白裘全集》下落不明,無從比對。

白兔記‧回獵

生：劉智遠，九州安撫使。

小生：咬臍郎，劉智遠與李三娘之子。

貼：岳秀英，劉智遠的第二個妻子。

（生上）

【引】盼望旌旗，每日裡耳聞消息。孩兒往郊外打圍，這時候還不見回來。

（四小軍引小生上）柳蔭之下一佳人，夫與孩兒同姓名。好似和針吞卻線，刺人腸肚繫人心。（眾稟介）衙內回府。（眾下）

（小生見生介）爹爹，拜揖。（生）我兒回來了？你在郊外打得多少飛禽走獸？細細說與我知道。（小生）爹爹聽稟：

【普天樂】望蘆葭，淺草中分圍跨馬。見一個白兔兒在面前過。直趕到（生）趕至哪裡？（小生）前邨柳蔭之下。見有個婦女身落薄，他跣足蓬頭遭折挫。他說是被兄嫂日夜沉埋，行行淚灑，他口口聲聲只怨著……（生）怨著誰來？（小生）怨著劉大。

（生）嗨！說話不明，猶如昏鏡。我問你打了多少飛禽走獸，說什麼劉大劉小？（小生）爹爹聽稟：孩兒往郊外打圍，就大大擺下一個圍場。只見那草叢中趕出一個白兔，那時，孩兒就取聖上所賜的金披御箭，一箭……（生）可曾射中？（小生）正中那兔！那兔兒就帶箭而走。（生）可曾趕？（小生）孩兒就緊趕緊走，慢趕

慢行。（生）趕至哪裡？（小生）直趕至徐州沛縣沙陀村八角琉璃井邊。（生）為何去得能遠？（小生）連孩兒也不知，坐在馬上，猶如騰雲駕霧一般。那兔兒不見，有個婦人跣足蓬頭在井邊汲水，孩兒問他取討兔兒。那婦人說：「不見什麼兔兒。」孩兒就說：「這箭乃聖上所賜金披御箭，還了我箭，我把這兔兒賞你罷。」那婦人說得好。（生）他怎麼說？（小生）他說：「有箭必有兔，有兔必有箭。」（生）這也說得不差。你可曾問他可有丈夫？（小生）孩兒問他可有丈夫。爹爹，好奇怪，他丈夫的名字與爹爹一般。（生）吓！與我一般？你可曾問他可有所出？（小生）孩兒又問他可有所出。阿喲爹爹，他孩兒的乳名又與咬臍相同。我問他丈夫往哪裡去了。他說：「丈夫往九州安撫從軍。」那時孩兒就說：「我乃九州安撫之子。待我回去稟過爹爹，軍中出一告示，捱查你丈夫回來，使你夫妻完聚，骨肉團圓。」那婦人感激孩兒，就拜孩兒兩拜。阿喲爹爹，不知何故，孩兒就頭暈兩次。

　　（生）千不合，萬不合，你不該受那婦人兩拜纔是。（小生）爹爹差矣！爹爹乃九州安撫，孩兒雖不才，也是個帶刀上殿的指揮使，就受這村僻婦人兩拜，何害于理？（生）吓，我兒，你道我做爹爹的官從何來？（小生）是祖父功勳遺下來的。（生）嗳，哪裡是什麼祖父功勳遺下來的！我渴飲刀頭血，睡來馬上眠。受得苦中苦，方為人上人。（小生）爹爹，說與孩兒知道。

　　（生）

【青哥兒】我在沙陀受飢寒也是沒極奈何。你做爹爹的，日間在賭場中搜求貫百，夜間在馬鳴王廟裡安身。那日，正遇著李大公、李大婆前來賽願，見我有些異相。荷恩公他就領歸我，就把嫡親女招贅為夫婦。你做爹爹的好不命苦！誰想做親之後，

二老雙雙一旦皆亡過。（小生）可有舅舅、舅母麼？（生）
咻！還要提起那狗男女！我被惡舅夫妻生嫉妒，逼鸞鳳兩下
分開。兒呵，你今日裡，既來問我，你道那後堂中享榮華受富
貴的是誰？（小生）這是我的親娘。（生）這不是你的親娘，那井
邊汲水的，這便是剖、剖心腸在磨房中產下兒一個。

（小生）呀，兒對嚴親把事提，誰知母子各東西。舅舅不念同
胞養，一子初生號咬臍。繼母堂前多快樂，卻教生母受孤恓。阿喲
爹爹阿！忘恩負義非君子，不念糟糠李氏妻。今日還我親娘來見
面，萬事全休總不提。（生）阿呀，一時哪得親娘來見面？（小
生）若無親娘來見面，也罷！咬臍一死待何如。（哭倒介）（生）
阿呀，我兒甦醒！夫人快來！

（貼上）隔牆須有耳，窗外豈無人。我兒，你親娘在此。（小
生）你不是我親娘！（哭介）（貼）呢，畜生！你嘴上乳腥未退，
鬢邊胎髮猶存。雖無十月懷胎，也有三年乳哺。怎得不見是你的親
娘？氣殺我也！（生）夫人請息怒。方纔這畜生遇見了親娘，故爾
在此啼哭，待下官責治他。呢，畜生！休得要尋死覓活，號天哭
地。你若無夫人撫養，怎得今年一十六歲？還不過來拜了親娘？
（小生）不是我親娘，我不拜！（哭介）

（貼）千不是，萬不是，多是相公不是。（生）怎麼反是下官
不是？（貼）你既有前妻姐姐在家，何不將我鳳冠霞帔接取前來，
同享榮華？今日反受這畜生的氣。（生）多謝賢德夫人。（小生）
多謝賢德母親。（貼）呢，我不是你親娘，誰要你拜？不許拜！少
間進房來，孤拐都敲斷你的。（生）夫人息怒，請進去罷。吓，丫
鬟看茶，夫人進來了。吓，兒阿，方纔若非做爹爹的在此，倘或被
他責幾下，成何體面。（小生）吓，爹爹還我親娘來吓！（生）

吓，兒吓，你要見親娘，一些也不難。我明日與你三千人馬，同叔叔史弘肇前去，把李家庄團團圍住。（小生）團團圍住！（生）拿住了李洪一夫妻，將他二人刀刀見血。（小生）刀刀見血！（生）劍劍抽筋。（小生）劍劍抽筋！（生）我將彩鳳金冠去取妻，此情莫與外人知。（小生）黃河尚有澄清日，豈可人無得運時。（生）速去。（小生）速去！（生）快來。（小生）快來！（生下）（小生）阿，哈哈哈……（笑下）

按　語

〔一〕本齣出自成化本、汲古閣本系統，主體情節、曲文與《六十種曲》本《白兔記》第三十一齣〈憶母〉接近。

〔二〕選刊此齣的坊刻散齣選本還有：《徵歌集》、《玄雪譜》、鬱岡樵隱輯《新鐫綴白裘合選》。

〔三〕《摘錦奇音》選刊的〈承祐獵回見父〉，以及《歌林拾翠》選刊的〈回獵見父〉情節類似，出自富春堂本系統。《樂府歌舞台》的《白兔‧回獵》在佚失的卷冊，無從比對。

白兔記‧麻地

旦：李三娘，劉智遠的妻子。
丑：牧童。
生：劉智遠，九州安撫使。

（旦挑水桶上）

【八聲甘州】懨懨瘦損，怎經得心上橫愁。兒夫去後，杳無一紙書投。傷心最苦人易老，那更西風吹暮秋。悠悠，猛聽得雁聲叫過瓊樓。

奴家從早挑水，不覺神思睏倦，不免就在此打睡片時。（坐地睡介）（丑吹笛上）

【山歌】牧童兒，牧童兒，手裡拿子橫笛子拉牛背上吹。春遊芳草地，夏賞綠荷池，秋飲黃花酒了吓，冬吟子個白雪詩。我裡爹娘道我能快活了，（哭介）囉裡曉得我拉牛背上受孤恓。

（笑介）哈哈哈，自家非別，李家庄上一個牧童便是。今早放子五條牛出來，數來數去，只剩得兩雙牛哉，弗見子一條哉。居去大官人曉得子要打個，等我來尋尋看勒介……噲！我裡一條牛伴拉囉乿？放子出來；弗放出來，我是要罵哉嘘。（見旦介）咦，個是打丕三丫頭吓！好乿，水沒弗挑，倒拉里睏。我弗見子牛，居去要打個。讓我囥攏子渠個水桶，居去大家打兩記，鬧熱點。（囥水桶介）噲！我里一條牛伴來囉乿？放放出來；弗放出來，我是要罵哉

噓。

（旦醒介）

【引】睡眼朦朧，醒來卻是牧童。

　　（丑）噲！我里一條牛。（旦）吓，我的水桶哪裡去了？吓，一定是這牧童藏過了。吓，牧童，你可曾看見我的水桶麼？（丑）是吪阿曾看見我個牛？（旦）沒有看見。（丑）介沒，我也弗曾看見。（旦）你看見哪個拿在哪裡？去取了來，把錢與你買糖吃。（丑）僢個？不銅錢拉我買糖吃？（旦）正是。（丑）不幾個來我？（旦）與你三個。（丑）少，我要五個。（旦）就與你五個。（丑）介沒要個噓。（旦）哪個哄你？（丑）我是弗曾拿，我看見爛鼻頭阿二拿虱。吪僕轉子頭、閉子眼睛，我去討還吪。（旦）這狗才！

　　（丑）呔！阿二。（按鼻介）做僢？（介）吪為僢拿子三小娘個水桶？（按鼻介）我弗曾拿。（介）毺養個，我明明看見吪拿個，還要賴來！吪快點拿子出來還子三小娘，不銅錢拉吪買糖吃。（按鼻介）不幾個拉我介？（丑）三個。（按鼻介）少來。（丑）五個。（按鼻介）介沒拿子去，銅錢就拿來。（介）是哉。（挑介）賣田鷄吓，賣田鷄吓，著！水桶拉裡哉，拿銅錢來。（旦）吓，你要錢麼？取手來。（丑）吷。（伸介）（旦）哇！（打介）（丑）阿唷哇！（旦）狗才！哥嫂欺我，你也來欺我麼？正是：勢敗奴欺主，時衰鬼弄人。（下）（丑哭介）

　　（生上）路見不平，傍人剷削。（丑哭介）銅錢無得，倒是一記手心。（生）吓，牧童。（丑）呸，甘草弗見，僢個木通？是我哭吓弗曾哭完來，就拉虱叫哉。（生）如此，你哭。（丑）要哭個。（又哭介）（生）可曾哭完？（丑）哭完了。（生）我且問

你，方纔那汲水婦人是哪一家的？（丑）吥出來！走吓個路！我裡大官人弗是好惹個嘻。（生）你對我講了，把錢與你買糖吃。（丑）嗳，嗳，弗要，弗要！（生）為何？（丑）銅錢弗利市個，我要銀子。（生）就與你銀子。（丑）不幾哈來我？（生）與你一分。（丑）少勒，我要七厘。（生）一分多，七厘少。（丑）吥欺瞞我弗識數個儕，阿要我數拉吓聽？一厘，二厘，三厘，四厘，五厘，六厘，七厘，數阿要數半日丑，一分就完哉。（生）就與你七厘。（丑）拿銀子來。（生）講了，與你。（丑）說子勒不拉我？（生）正是。（丑）介沒我俚到麻地上去坐子勒說。（生）使得。

（丑）幾裡來。捉、捉、捉……（生）做什麼？（丑）趕開子蛇蟲百脚好坐，弗沒要鑽到吓屁眼裡去個嘻。（生）胡說。你也坐了。（丑）吙，我也坐子勒說。噲，客人，我裡還是說官話呢，說直話？（生）你也會講官話？（丑）啐，說得出奇個好官話。（生）如此，倒是官話罷。（丑）說官話，單差有兩個白字弗許捉個嘻；捉子白字，我說弗說個丑。（生）隨你講便了。（丑）介沒我說哉嘻。噲，這個芥人，我這裡叫做「須州白眼腮代差」（生）敢是「徐州沛縣沙陀村」？（丑）硬甀一條筋，弗說哉！（生）為何？（丑）說過弗許捉白字個，吥一連牽就捉子七八個。（生）如今隨你講便了。（丑）是介罷，官話搭子直話對相子說罷。（生）也使得。

（丑）這裡李家庄上有一個李大公，李大婆，其年到馬鳴王廟裡去賽岸。（生）賽願。（丑）正是，賽願，賽願。收留一個漢子叫儕賊劉窮。（生）唔，不可背後罵人。（丑）此人鋤田耕種一些不曉，單會使鎗弄棍，牧牛放馬。李大公庄上有一匹「兵力的烏龜馬」，（生）豹劣烏騅馬。（丑）吓吓，豹劣烏騅馬。客人，你為

儕曉得？（生）有此馬名。（丑）諸人降他不伏，個燒願心個看見子個劉窮，呷得說道：「是呸來哉不來？」劉窮一把領鬃毛，一騎騎得上去，個燒願心個好奔吓！七個八個、七個八個，田東頭奔到田西頭，一降就伏！李大公見他有些異相，就把方纔挑水個三丫頭配為夫婦。個劉窮拜堂有儕法術個，兩個老娘家纔不拉渠拜殺哉！（生）人哪裡拜得死？（丑）是我親眼見個。是介一拜一個，兩拜一雙，纔拜殺哉。李大公亡後，郎舅不和，把家私三分分開。（生）哪三分？（丑）哪！第一分，分在大官人李洪一名下；第二分，分在二官人李洪信名下；將第三分，分在那劉窮名下。（生）吓，他是個外姓之人，怎麼也分與他？（丑）有個原故，李大公在日，沒有備得贈嫁妝奩，將臥牛岡上六十五畝大瓜園分派與他，以為妝奩之費。個個瓜園裡，有一個青面的釭精。（生）瓜精。（丑）李大公在日，時常宰殺猪羊祭獻，故此不出來現形。李大公亡後，大官人囉裡肯祭獻渠？為此日間出來現形，夜間出來食啖人之性命。大官人夫妻兩個，商量拿個冷熱酒灌醉子個劉窮，說道：目今瓜已熟了，偷瓜賊甚多，只說叫渠去看瓜。個個劉窮不知是計，一奔奔到瓜園裡。一更無事，二更悄然，一到到子三更天氣，阿呀，弗說哉！

（生）為何不說了？（丑）說子，夜裡我要魘個了。（生）不妨，有我在此。（丑）吓，有客人拉厾。阿呀，囉裡曉得一到到子三更天氣，一個瓜精跳子出來哉！噲，客人，你道個瓜精哪哼個樣式？（生）怎麼樣的？（丑）一個頭，竟像西瓜；頭頸，竟像絲瓜；一個身體，倒像冬瓜；兩隻臂巴，倒像生瓜；兩條大腿，倒像菩瓜；一個屁股，倒像南瓜；兩個卵子，像香瓜；蕩蕩能一張毴，竟像黃瓜。手裡拿了一把巴蕉扇，是介赤塔赤塔走出來乘風涼。東

一張，西一望，說：「唔，囉里生人氣？囉里生人氣？」個個劉窮看見子個瓜精，奔得去，就是一記耳光。個個瓜精說道：「我與你取笑，怎麼打我一記耳光？我如今要吃你了。」張開子個牢嘴是介一口，竟拿個劉窮吃子下去哉。（生）竟被它吃了？（丑）個個瓜精弗在行，吃人個弗搭我商量商量。先拿渠個衣裳脫突子，乾乾淨淨個吃子下去倸弗好？個個瓜精要緊子點，帶衣裳吞子下去哉。個個劉窮來瓜精肚裡打起拳來哉，倸、倸個開四門、翻觔斗、豁虎跳，拿瓜精喉嚨頭個點灤吐才撈乾哉。瓜精說道：「我好口渴，要吃呷茶沒好。我要吃松蘿茶……要吃芥片茶……」個個瓜園里囉哩來個茶吃？一奔奔到魚池邊，張開子個牢嘴，是介：古都，古都……一魚池個水才吃乾哉。個個劉窮拉瓜精肚裡說道：「不好了，大水來了！」竟遊起水來哉！豎蜻蜓，蹈水車，一腳蹈痛子瓜精個小肚子。個個瓜精說：「阿唷，阿唷！好肚裡痛，好肚裡痛！我要拆冷痢哉。」兩隻前腳巴撈子松樹，一個屁股向子天，是介必力，必力……拍躂！一個劉窮竟彈到冷州去哉。

（生）敢是冰州？（丑）冰阿是冷個？有數說個：「冷冰冰，冷冰冰。」自從劉窮去後，杳無音信，哥嫂逼他改嫁不從，苦惱吓！罰他日間挑水無休歇，盆、盆、盆；夜間挨磨到天光，盆、盆、盆。拍躂！（生）做什麼？（丑）弦線斷哉，銀子來。

（生）此事有幾年了？（丑）十六年哉。（生）你今年幾歲了？（丑）十五歲。（生）十五歲哪知十六年前之事？（丑）有個原故：我裡個爺爺拉李家裡做工個，夜頭奔得居來，搭我裡阿媽一頭睏子，說李家裡那長，李家裡那短。我伴拉阿媽肚裡聽得明明白白個。（生）如今那姓劉的在此，你可認得他？（丑）啐，個個毯養個，燒子灰我還認得渠個來。（生）你認我是什麼樣人？（丑）

是吽到像我個兒子。（生）唔，我就是劉官人。（丑）僒個？你就是劉窮了？阿呀弗好哉！等我去報拉大官人得知，劉窮來裡偷家婆哉。我要鞭你介一頓，亦弗是我個對手。我去報拉大官人得知介，劉窮拉裡偷家婆哉。（下）

按　語

〔一〕本齣曲文與《六十種曲》本《白兔記》第三十二齣〈私會〉前半齣接近。

〔二〕選抄此齣的散齣鈔本有中國社科院圖書館藏《集錦》。

白兔記‧相會

生：劉智遠，九州安撫使。
旦：李三娘，劉智遠的妻子。

　　（生）吓，三姐開門。（旦內）客官行路自行，我哥嫂不是好惹的嘻！（生）你丈夫劉智遠在此。（旦）哪個不曉得我丈夫叫劉智遠？（生）可記得瓜園中分別有三不回？（旦）哪三不回？（生）不做官不回；不發跡不回；不報李洪一冤仇不回。（旦）呀！這是瓜園分別之言，有誰人知道。只索上前看來。（旦上）阿呀，我那丈夫吓！（生）阿呀，三姐吓！（各哭見介）

【哭相思】一十六年不見面，今朝又得相逢。（生）阿吓妻吓，你受了苦了！（旦哭介）

【鎖南枝】從伊去，受禁持，不從改嫁生惡意。因此骨肉參商，罰奴磨麥并挑水。只望你，身顯赫，又誰知，恁狼狽。

　　　（生）

【前腔】一從散鴛侶，鸞凰兩處飛，受盡奔波勞役。只為苦取功名，此身不由己。我身逼遢，無所依，哪知伊，恁狼狽。

　　　（旦）

【前腔】奴分娩，產下兒，被狼心嫂嫂將他撇在水。感得竇老相憐，救取兒還你。去了十六載，杳無音信回，日夜

裡，叫娘受孤恓。

（生）

【前腔】娘行聽咨啓，我把真情訴與伊。對面娘兒不識。那日井邊相逢，打獵一衙內，與你取兔的，你道他是誰？名咬臍，就是恁孩兒。

（旦）

【前腔】思前日，有個打獵的，他說是九州按撫兒。見他氣宇軒昂，定是官家子。我心下疑，難信伊。莫非你沒見識，賣與官家做奴婢？

（生）

【前腔】出言太相欺。九州按撫是我為，極品都堂爵位，掌管一十六萬兵權，顯達還鄉里。阿呀妻吓！我是妝做的，特來私探你。休洩漏，莫與外人知。

（旦）原來為此！昔日瓜園分別。（生）今朝麻地相逢。大家坐了，把苦情來說一說。（旦）有理！你先說。（生）吓，我先說。（各坐介）當初瓜園分別，一路辛苦，不必說了。到了邠州，岳節度使在那裡招軍買馬，誰想去遲了，他那裡兵完馬足，不用了。那時被我哀求不過，只得收在長行隊裡，日間打馬草，夜間提鈴喝號。那夜，正輪到我巡更，那風又大，雪又緊，只得在跨街樓下躲避風雪。樓上秀英小姐在那裡做些針黹，聽我有凍哭之聲，他就起憐念之意，欲取一件舊衣與我遮寒。誰想被一陣狂風將燈吹滅，拿了他父親的紅錦戰袍。次日，他父親入朝賞雪觀梅，不見了此袍，各處尋覓，倒見我穿在身上。那時拿我去，吊又吊不起，打又打不下。見我有些異相，就把秀⋯⋯（旦）秀什麼？為何不說了？（生）說了，恐三姐著惱。（旦）我不惱，你說。（生）就把

秀英小姐招我為婿。在彼朝朝寒日，夜夜元宵，何等的受用！吓，三姐，把你的受用也說一說。

（且）吓，你的受用怎及得我的受用來？你且隨我來。（各起，走介）這不是磨房？這不是水桶？（生接看介）吓，阿呀妻吓，你受了苦了！（且）阿呀，苦吓！（哭介）

【荷葉鋪水面】聽伊說心痛悲，思之你是一個薄倖的。伊家戀新婚，教奴受孤悽。我把真情待你，你享榮華，我遭狼狽。上有蒼天鑒察，你這昧心的！

（生）

【前腔】告娘行聽咨啟，聽咱說個詳和細。若不娶秀英，怎得身榮貴？伊休怨憶，我將彩鳳金冠前來接你。接你到邠州，做個極品夫人位。

（且）我不信。（生）你不信，我有三台金印一顆，你且收下。倘三日後不來接你，你將它撇在萬丈深潭，它也不得出世，我也不能做官。（且）既如此，我也不回去了。我住在三叔家裡，等你來接我便了。（生）有理。（且）哥哥嫂嫂使心機。（生）明日叫他化作灰。（且）善惡到頭終有報。（合）只爭來早與來遲。（且）阿呀夫吓，你來接我的嚄。（生）阿呀妻吓，我來接你便了。（且）阿呀，苦吓！（哭下）

（生）呔！李洪一，你這狗男女，叫你不要慌！（下）

按　語

〔一〕本齣出自成化本、汲古閣本系統，主體情節、曲文與《六十種曲》本《白兔記》第三十二齣〈私會〉後半齣接近。

〔二〕傳世戲曲選本，選刊類似情節者還有十餘種，它們的文字、內容都與《綴白裘》版不同。《風月錦囊》的《劉智遠》自成一系。《詞林落霞》、《徽池雅調》、《時調青崑》、《歌林拾翠》、《崑弋雅調》、石渠閣主人輯《續綴白裘》同系，唱【淘金令】、【宜春令】等曲。《大明天下春》、《群音類選》、《樂府萬象新》、《纏頭百練二集》唱【掛真兒】、【四朝元】等曲，屬於富春堂本系統。《樂府玉樹英》在佚失的卷冊，內容不詳。

漁家樂·藏舟

貼：鄔飛霞，漁家女。
小生：劉蒜，宗室清河王。

　　（貼白布兜頭上）
【山坡羊】好苦吓！淚零零做了江干的花片；冷淒淒做了
天邊的孤雁；哭哀哀做了石砌中的亂蛩；虛飄飄做了陌上
的楊花捲。小奴鄔氏飛霞。只為父親前日端陽佳節，邀同伴中到
陳家墳去賞端陽，不想吃得大醉，一堆兒睡在草地上。誰知有一強
盜追一行人，暗放一箭，反射了我父親肩背。眾兄弟扶他回來，疼
痛難熬，即時而死。小奴收拾棺木，已葬在陳家墳左側。今早煮得
一碗魚羹，到他墓前祭奠一番。（哭介）阿呀爹爹吓！你是衰暮
年，誰知飛災猶未免！如今早晚看誰人面，好向夜月灘泣
杜鵑。哀憐，骨肉今番在各一天；難言，弱質今番在那一
天。（下）
　　（小生上）咳，怎麼了！
【前腔】戰兢兢做了失巢的乳燕；孤影影做了風鳶的飛
線；苦零零做了無父的孩兒；哭啼啼做了籬下的號更犬。
我，劉蒜。逃出宮來，不想梁賊發騎尉追拿，暗放一箭，卻射著一
個漁翁。我喊叫是強盜，驚起一隊漁人，竟將騎尉殺死，我方得走
脫。兩日躲在一所冷廟中，只是口中絕食，難以捱過。我想，相士
之言，說我絕糧道途，卻應在今日。你看，如此一帶大江，必得舟

船渡過江去便好。江邊並無一隻船影，如之奈何？**你看波浪騰天，望不見帆檣在江上轉。做了吹簫伍相擔愁怨，怎能驀地蘆中人自憐？**呀，你看：柳蔭之下，有一隻漁船在那裡，不免喚他來渡過去。船內有人麼？煩你渡過江去，將銀謝你。船上可有人在內？煩你渡一渡。呀，沒有人在內，這怎麼處？這一搭曠野所在，倘或又有官騎追來，向何處去躲？**我悲煎，恨不當初學弄船。**你看天色晚下來了，怎生行得？也罷！我只得下船，且將身藏在船頭之內，再作計較。**我悲煎，未識殘生再瓦全。**（上船坐介）（貼上）阿呀爹爹，孩兒去了……紙灰飛作白蝴蝶，血淚染成紅杜鵑。天色晚了，不免下船去，把船兒搖到蘆花深處去歇宿。**難言，骨肉今番各一天；難言，弱質今番在那一天。**

有賊吓有賊！（小生）呀，小娘子，不是賊，不要喊叫。（貼）不是賊，為何藏身船內？我漁船上是沒有什麼東西的囉。（小生）小娘子，我是逃難之人，來到江邊，無路可走，只得躲在船頭。若得小娘子見憐，渡過江去，卑人方有生路了。望小娘子恕我不待命之罪。（作揖介）（貼）我看你身上，不是做賊的打扮。只是，你犯著何罪奔逃？也要說個明白，方好渡你過江去；若說不明白，定是為賊的喬扮，我將你撩入江中，有誰知道。（小生）小娘子，你且搖至江心暫停舟楫，待我備述患難始末。（貼）不妨，你且說來。（作搖船介）（小生）小娘子：

【降黃龍】**我是帝室倫彝。**（貼）住了，這一句就是大言，無對證的了。既是帝室子孫，為何這般模樣？（小生）**為邦國摧殘，禍及枝連。**（貼）是何人起禍？（小生）**權臣篡逆。**（貼）權臣是誰？（小生）**梁冀潛謀，弒君臨軒。**（貼）你是帝室何人？（小生）我乃先朝章帝玄孫，清河王劉蒜是也。奉太后

懿旨，召入宮幃，議立大位。梁冀立了渤海王劉纘，未及三月，就弒君欲篡大位，要絕劉氏宗支。因此，我逃出宮來，又被梁冀發騎尉追拿。追至大林之所，卻有一堆漁翁睡著，那騎尉射我一箭，卻射在一個老漁翁身上，我便走脫。（貼）吓，這老漁翁是我父親，回來疼痛不過，昨日死了。如今殿下要往何處去？（小生）我來至江邊，望洋揮淚，沒一隻輕帆疾捲。因此且藏身，非為[1]做歹，也難辨人言。

（貼）

【前腔】奴聞言，心戰身驚。他是個親王，眼前誰援[2]？梁冀，梁冀！你要絕沒漢室宗支，怎害我父親一命？如今是與你不共戴天之仇了！難忘終天切齒，志在荊軻，將效一篇。且住，那相士曾說我有貴人星發現，莫非應在此時？想此窮鷁，那有晨風發翅，便得騰達[3]九霄飛轉。（小生）小娘子，天色昏黑，恐不能尋個歇宿之處，快搖過去便好。（貼）殿下：你在窮途，含悲旅邸，怎得安眠？

（小生）這也說不得，死生付與天命了。（貼）如今外府州郡都是殿下官兒，難道就庇護不得殿下麼？（小生）小娘子，如今各鎮官吏俱是梁賊推舉，無有不是羽翼爪牙，若去投他呵，

【黃龍滾】這是如蛾赴火煙，如蛾赴火煙，羊入虎狼圈。寧餓死他鄉，莫把頭顧剪。小娘子，倘有官騎追至，切不可破我行蹤！或者漢祚不滅，有日歸朝。當尋蹤覓跡，在江心不

1　底本作「為非」，參酌文意乙正。

2　底本作「據」，據清康熙景山大班鈔本《漁家樂》改。

3　底本作「踏」，據清康熙景山大班鈔本《漁家樂》改。

遠。酬方寸，報瓊瑤，恩非淺。

　　（貼）殿下旣是行蹤無定，住宿無家，徬徨途路，未免別有風
波，不如權且安坐漁舟。

【前腔】學個寒江獨釣仙，學個寒江獨釣仙，免被人輕
賤。且潛息游龍，待聽朝綱典。（小生）若得小娘子如此，我
之患難可免。只是，這個模樣，未免被人盤問，如何回答？（貼）
殿下，你身遭顛沛，莫拘禮法。我父有衲襖遺下，殿下可扮作漁
翁，坐在舟中。似醉如痴，暫爾漁歌囀。（小生）小娘子，這
便免人盤問了。倘然遇著同伴中問及是何親戚，這又如何回答？
（貼）吓，倘然同伴中問及，只好權……（小生）權什麼？（貼）
權說道：是妻房，為家眷。

　　（小生）且住，如此，則相士之言又應了。他道：「此去龍門
須跳，卻當知別有漁家樂。」豈不是個安身之處了？小娘子自發此
言，非是我來唐突。我若有歸朝登位之日，定當娶汝為正妃。
（貼）願殿下千歲千千歲！（小生）小娘子，切莫如此稱呼。

【尾】從今改作漁家漢，待等時來風便。（合）那時同向
金門把話傳。（貼作搖船同下）

按　語

〔一〕本齣出自朱佐朝撰《漁家樂》第十四齣〈舟遇〉。

〔二〕選抄此齣的散齣鈔本有中國國家圖書館藏朱執堂抄《時劇集
錦》。

漁家樂‧相梁

丑：萬家春，相士。
淨：梁冀，弒君權臣。
外、付：梁冀的手下。
末：梁冀的僕人。

（丑上）

【普賢歌】我為相士口喳喳，氣色觀來定不差。吉凶判由咱，是非不管他，賽過君平一當卦。

　　我，萬家春。靠子兩句《百中經》舞言亂話、一味嚼蛆，也倒好個，嚼來無不應驗。還有一節好處：囉個曉得，趙屠個圈套落拉我眼裡子，逼渠寫子一張甘責，日日吃竟弗要個錢，吃殺子個入娘賊哉！今日饒子渠罷，我到梁府衙門前空場上立立，再嚼嚼蛆，自然銅錢、銀子亦到我腰裡滾子來哉！剩個白食虬雨落天光去吃，有理個！（內吆喝介）咊！梁國公回朝居來哉，我且等渠進去子哩擺桌子罷。

　　（外、付扮校尉喝，淨上）

【引】滿朝朱紫盡京華，喜得文武低頭且順咱。（丑）咦！一個死人走子進去哉。（外、付打丑介）為何咒罵國公爺？（淨）什麼人喧嚷？（外、付）一個相士咒罵國公爺。（淨）拿進來。（外、付拿介）相士當面。（淨）時常見你在府門首談相，哄擁一班遊手好閑之人，聚集一堆，不來罪你罷了，怎麼反來咒罵我？該

砍！（丑）千歲爺，小人該死，小人非敢浪言放肆，方纔見千歲爺龍顏上氣色不正，一時狗口仛子出來。我小人該死，小人該死！

　　（淨）我的氣色不正麼？（丑）是。（淨）你上前來觀我一觀，如何不正？（丑）小人方才無心中說出一句，該砍；那間再說子，該剮個哉。（淨）不來罪你，就講何妨。（丑）千歲。（立起，相介）大壽幾何？（淨）六十三歲。（丑）阿呀！七九之年。千歲爺前半世功名富貴，已臻其極，不必言矣；只是，目下氣色運至眼堂。五官各有所屬，眉屬木，眼屬火，耳屬金，鼻屬土，口屬水，俱要相生為吉。如今運限在眼，如何水氣旺於眉下？水能尅火，太陰光掩，目下作事狐疑，此心無主。（淨）主何吉凶？（丑）小人不敢說。（淨）不罪你，你且講來。（丑）千歲爺，小人大膽說了。（淨）你講。（丑）千歲爺，眼為日月，能照萬方；水若尅火，陽光盡沒。咻！目下只怕有人行刺！（淨驚介）先生！（丑）千歲。（淨）應在幾時？（丑）三日內要見。（淨）先生，可避得過？（丑）怎麼避不過？無非不要出入，靜坐衙齋，緊防外人往來。過子三日，雲霧重開，千歲爺有帝王之位矣。（淨）先生請到耳房用飯，還要酬謝。（丑）謝到弗消謝得，單求饒子殺罷。（淨）適才偶爾戲言，不必介意。（丑）千歲。（末）這裡來。（同丑下，即上）（淨）甲士迴避。

　　（外、付下）（淨）老夫梁冀朝罷回來，忽被相士一番言語，驚得我毛骨悚然。我夜來夢見一班戮過諸臣杜喬、李固等，齊集門牆，附耳低言，一時驚醒。方纔相士之言，甚有可疑。也罷！我如今不出外堂，只在內堂與歌姬們歡樂，那刺客何來？院子哪裡？（末）有。（淨）我有三件大事吩咐你，須要小心。（末）哪三件？（淨）第一件：各家人房頭俱要搜看，不許容留外人親戚等。

（末）是。（淨）第二件：各處門戶與大門俱要封鎖，各衙門奏啓不許傳進。（末）是。（淨）第三件：再差禁軍五百名，在府門晝夜巡緝，如有閑人站立，即便拿下。過了三日，然後出堂理事。（末）曉得。那相士飯完，可要放他回去？（淨）相士鎖禁耳房，三日後纔放。（末）是。（淨）重門朱戶層層閉。（末）聶政荊軻何處來？（淨）須要小心！（末）曉得。（同下）

按　語

〔一〕本齣出自朱佐朝撰《漁家樂》。

〔二〕選抄此段的散齣鈔本有中國藝術研究院藏佚名抄《崑弋曲選》。

漁家樂・刺梁

貼：鄔飛霞，漁家女，假扮馬瑤草。

淨：梁冀，弒君權臣。

老旦：梁冀府中的管家婆。

付、正旦：歌伎。

末：梁冀的僕人。

生：尚書省杜喬魂，遭梁冀逼死。

小生：左拾遺李固魂，遭梁冀逼死。

丑：萬家春，相士。

　　（貼上）牢籠一計巧安排，誰識荊軻是女孩？是非只為多開口，欲釣鼇魚洩怒懷。奴家鄔氏飛霞，前日賣魚回來，偶經簡秀才門首經過，只聽得裡面哭聲甚慘。進去動問，不想有這椿幻事。奴家頓起殺父之仇，遂發虎狼之怒，趁此機會，代卻小姐解進梁賊府中，欲作要離獻羹、豫讓斬衣之事。如今已入巢穴，但不知天意若何？奴家進來兩日，梁冀在朝攝政，尚未見面，今日方回，必來呼喚。奴且假意殷勤，聊為嘻[1]笑。不知他的造化，又不知奴的禍福；且做一場女俠之事也！

【粉蝶兒】翠黛雲翹，奴非是翠黛雲翹，奴要把巨鱗並釣。今日個女專諸義膽天高，這櫻桃口，芙蓉面，多是那

---

[1]　底本作「喜」，參考下文改。

無情笑貌。想昔日聖姑賜我寶針，曾說後來許多大事俱在此針上，不想應在今日。這冤債早已結下根苗，卻遇那紅顏把俏軀兒輕調。

（老旦上）歌舞樓頭月，妝成豔冶姣。新來姐姐，千歲爺回府了，今夜在聚寶堂夜宴，必要我們承值吹彈，你須與我們一樣打扮，好去見千歲爺。

【泣顏回】這是玉佩響瓊瑤，妝點出陽春豔色雲翹。那歌喉絃管，自有個十二多姣。（淨上，旦、付提燈同上）（淨）歌姬每，掌燈。巫山回邐，有崑崙何處來飛到？馬瑤草喚到了麼？（老旦）在此伺候，千歲爺。（淨）喚過來。（老旦）是。新來姐姐，過來見了千歲爺。（貼）是，馬瑤草叩頭。（淨）抬起頭來。（看介）妙吓！果然比眾不同。見香雲一室生光，似嫦娥來下蓬島。

起來。問他可會歌唱。（老旦）他說自幼未曾學得。（淨）也不必勉強他，慢慢教他便了。（老旦）是。（淨）就著瑤草把盞，你們歌唱。（眾）是，曉得。

【北石榴花】滿捧著金樽玉斝曲了小蠻腰，可也是花枝和那酒卮瑤。滿座上鬢雲香紅妝襯著，口杯兒唇尖攬，齒筋兒舌梢挑。更有那檀板歌喉、檀板歌喉低低兒鶯聲俏。只見那柳榭花臺也，驚起枝頭咳睡鳥，果然是巫山神女共鸞膠。

（末上，擊梆介）（老旦）什麼人？（末）內堂院子，大門上傳進河東密報：奉太后懿旨，請太師爺票發拿進去。（下）（老旦）曉得了。啓千歲爺，外面有飛報傳進：奉太后懿旨，送到太師爺票發。（淨）此時又有什麼報來？你每迴避。（眾）曉得。（下）（貼作看下）

（淨）

【泣顏回】歡娛未了，又亂心惱，這關情何必攪擾？（生、小生扮鬼魂上）（淨）羽衣關總兵報道：「河東汴京等處地方，今聚義師，已立清河王為帝，舊臣張陵等輔佐聽政。飛報是實。」我原說放走了這小廝，必然起禍，如今也不必言矣！但是馬融陞為督府總戎，已調各路兵將征勦，怎麼此時不見奏捷？也罷，不免批下，罪在督撫，自然獻俘。怪狙[2]狐作隊，無端侮弄皇朝。馬融馬融，你這一差須要些謀略，前程自保。（小生扯袖介）（淨）唔！怎麼要寫下去，那手兒再提也提不起？又不是荊棘來為靠。（小生又扯介）（淨）好作怪！早難道有鬼胡纏？（二鬼正當中立介）（淨）吓！怎麼我的眼睛前有人影兒？吓，我曉得了！敢是我醉魂潦倒。

　　（二鬼將衣袖搧淨，淨眠介）（貼上，二鬼跪接，下）

　　（貼）

【黃龍滾】早獻出嘻笑阿娜，早獻出嘻笑阿娜，不覺的眉倫火燥。只見他抓耳風魔，只見他抓耳風魔，恨不得雲情出耀。管教他金釵亂了襄王廟，綺筵前血濺不須刀。那賊喚我每迴避了，不知在內所幹何事？呀，已醉倒在桌兒上。我有天賜寶針在此，不趁此時下手，更待何時？休待要怯怯吁吁，學做個踰牆為盜。

　　千歲爺上酒。（淨）阿呀，吃不得了！（貼刺介，下）（淨倒介）（老旦同付、正旦上，貼後上）（眾）千歲爺為何在內喧嚷？我們進去看來。（見介）吓？千歲爺為何睡在地下？阿呀不好了，

2　底本作「狙」，參酌文意改。

千歲爺被人刺死了！快開了內堂門，喚院子進來。（眾）說得有理！（老旦）內堂院子快來！

（末）怎麼說？（眾）千歲爺被人刺死了！（末）吓，千歲爺被人刺死了！在哪裡？待我看來。（看介）好奇怪！此間只有你每在此，有人行刺，難道你們不見的麼？（眾）方才傳進報來，千歲爺喚我們迴避，獨自一人在此看報。只聽得喧嚷，我們進來，千歲爺已倒在地下，人影兒不見一個，這事好生奇怪。（末作看）阿呀好奇怪，你看，身上一些傷痕也沒有，真個神鬼不測。吓，也罷，如今那相士還在，待我喚他出來，相你們哪一個動手的，少不得死在後！（眾）有理吓！（末）來來來，把千歲抬過了。（抬下）

（末）好相士吓！（眾）相士便怎麼？（末）他相千歲爺三日內有人行刺，不想今日真真第三日，千歲爺果然被人刺死。待我喚那相士過來。吓，先生。（丑內）半夜三更弗相面個。（末）先生快來！（丑）吓，來哉。哪了？（末）先生看得好相吓。（丑）哪了？（末）千歲爺果然被人刺死了。（丑）如何？我裡個樣相，說個句要應個句觳嗻。（末）你說還有王位吓？（丑）原弗差，那間去做閻羅王哉。

（末）亂話！一室中並無外人，只有一班歌姬在內，如今敢煩先生去相一相哪一個動手的。（丑）阿喲！個出事務大丕。拉囉哩？（末）這裡來。（丑）就是個班啥？（末）正是。（丑）吘丕立齊子，讓我好相。（眾）是。（丑）我相你們這班女人……（指五人）哪有此大膽？（末）先生，相準了吓。（丑）是你！（末）我是不進內堂來的。（付）先生，相準子。（丑）是你！（付）啐，渠來搠殺我，我去夾殺渠。（末）看明白了，不是當耍的。（丑）阿呀，你們道差了！那刺客必竟隱藏在府中，你們須掌燈照

看，方有著落，如何在這班女人身上搜求？是何道理，是何道理？（眾）有理！我每四下找尋去。吓，新來姐姐，府中你不認得，住在此罷。（眾下）

（丑）吠！（貼跪介）（丑）你是漁婆吓！面浪一團殺氣，千歲爺是吓刺殺個，是吓刺殺個。（貼）阿呀先生吓，奴之生死，出在君口嘸。（跪顫介）

【上小樓】奴不惜雲鬢髦，奴不惜花容俏。拚得個斷舌敲牙，拚得個斷舌敲牙，刀山疊疊，劍光皎皎。（丑）住子，吓哪亨進府來個？（貼）梁冀要娶馬瑤草為歌姬，奴一時俠氣，他扮作漁婆而逃，我扮作瑤草入府的嘸。也只是李代桃僵，也只是李代桃僵，指鹿作馬，以魚為鳥，阿呀先生吓！望救取虎窟出龍巢。

（丑）起來。我且問吓，方纔梁冀拉裡做啥？（貼）看報。（丑）那報介？（貼）在此。（丑）拿來。好，好。報上到也有救拉裡。（貼）什麼？（丑）筆！筆！筆！（貼）筆在此。（丑）哪哉筆頭沒得個介？（貼）倒了。（丑寫介）

（眾上）走吓！（末）吓，先生，我們四下找尋，並不見個人影兒。（丑）呀吓，阿啐！你們還不知，還要尋什麼刺客。方才傳進報來，說已立清河王為帝，下旨領南諸路軍民人等迎請新君進朝。千歲爺自己手批在後，說：「冤家到了，速速自裁，速速自裁！」是介兩個字乱，為此將身自盡。天明起來，必然有禁軍抄沒誅戮。阿呀，天地神聖爺爺，你乱是該死個中生，我是為啥了？放子我去，放子我去！（眾）吓，先生住在此，救我每一救。（丑）吓，吓乱要救也弗難，你每各各除下花額，或是前門……（眾）前門！（丑）或是後戶……（眾）後戶！（丑）我裡竟不一走里使使。

（末）吓，先生，我每打從後門而去罷。（丑）要性命個跟我來。

【疊字令犯】那頃刻冰山勢倒，禍患飛來不小。休驚起犬吠鳴，休驚起鴉兒噪。挜挜擠擠，顧不得鞋弓襪小，似亂蝶飛遶。聽更籌漏盡還敲，哪裡尋僻村幽道？弄什麼絃管琵琶，弄什麼絃管琵琶？（眾跌介）哭哭啼啼，殺身未保。又只見濛濛淡淡，日影曉天高。（眾下）

　　（丑扯住貼介）好哉，好哉，奔子活路浪來哉！（貼）先生吓，蒙你活命之恩，何日得報？（丑）報，報，報個張硬舐哉！小小裡個點年紀，幹出個樣大事務，那沒逃拉囉裡去好？（貼）吓，先生，那清河王曾在我船中避難，他如今已往河東去了。我和你去尋著了他，就有安身之地了。（丑）好便好，只是你孤身在路，未免風波不測，個沒哪處？吓，也罷哉，有心送佛，送到西天。我且送你到河東地界，各尋道路便了。（貼）如此，感恩非淺。（丑）城隍爺爺，介沒走嘻。

　　（貼）

【尾】路迢迢，心悄悄。（丑）好一個潑天大膽女多姣！（貼）阿，先生吓，奴只為俠氣含冤兩地包。

　　（丑）快點走，快點走！（同下）

按　語

〔一〕本齣出自朱佐朝撰《漁家樂》。

〔二〕選抄此段的散齣鈔本有中國藝術研究院藏佚名抄《崑弋曲選》。

漁家樂・羞父

生：簡人同，五經學士。
旦：馬瑤草，簡人同之妻，馬融之女。
付：馬融，叛臣。
丑：婢女。

（生上）

【引】再整舊鴛班，紅白清明現。

　　下官簡人同。昨日太子班師回朝，太后徹簾，太子已登寶位。今早百官排班，朝賀已畢，降旨梁冀滿門抄沒，三代盡皆處斬，家私盡賞邊軍。滿城人民舉手加額，無不稱快。只有馬融囚車解到金門，聖上知是下官岳丈，甚有免死之意，故爾發下官議罪回奏，此乃聖上洪恩也。只因夫人在家，父子責善，有一段怨氣未明，躊躇未決。如今請夫人出來，將大義之言勸他，看他主意如何。梅香，請夫人出來。（內）曉得。

　　（旦上）情到不堪回首處，一齊分付與東風。相公回來了，朝事如何？（生）太子登極；太后徹簾回宮；故舊忠臣一概起用；大赦天下——只有夫人的父親發到下官議罪，故請夫人出來。（旦）相公，王法當誅，何得問妾。（生）夫人，天下無有不是的父母，聖上已有免死之意，還求夫人海涵。（旦）如今惡父在何處？（生）在囚車內，已發到衙門首了。（旦）可吩咐抬在堂上擺下，待奴去見他，自有話說。（生）是。軍士每，將犯官囚車抬到堂上

來。（內）吓。（生）你每不須伺候。（眾）吓。（下）（生）夫人，吩咐過了。（旦）相公，請迴避。（生）是。（下）

（旦）

【新水令】人生幻化總無邊，這機緣誰能先辨？榮華如露草，富貴似炊煙。休將事業掀天，爹爹吓，今日裡方知一夢轉。（下）

（二小軍抬付囚車擺場角介）（付）咳，馬融！馬融！

【步步嬌】一朝事敗如鷄犬，就死誰來唁？好端端一個女兒在家，把忠言當惡言，做出傷心，百般千變。如今朝廷發在女婿衙門定罪，極是寬恕的了。只是女兒在此做夫人，怎肯饒過我？不要說是該死，就是羞也羞殺了。他孃娜到堂前，我紅羅三尺難遮面。

（丑扮丫頭上）夫人叫我看看堂上囚渣阿拉裡來，弗知儕個叫子「囚渣」？咦，堂上擺一個人頭拉裡！（付動介）（丑）還是活個來！個個像是就叫「囚渣」哉。噲，吓阿是姓鷄嘸？（付）姓馬。（丑）馬是登拉馬坊裡個，哪了登拉鷄籠裡子介？讓吾請夫人出來。夫人有請。

（旦上）怎麼？（丑）囚渣拉乑堂上哉。（旦）隨吾來。（作見，暗拭淚介）爹爹，孩兒瑤草在此。（付）阿呀，女兒夫人吓，望你救為父的狗命！（旦）爹爹只該坐在虎皮椅上，怎麼登在這個裡頭？（付）女兒夫人，如今事發了……（旦）若聽女孩兒說話，哪有今日。（付）便是！女兒夫人，你且坐了，把我大大的羞辱一場，出出你怨氣。（旦）看坐來。（丑）夫人請坐。夫人，個個人罷，弗要羞俚哉。（旦）為何？（丑）個個人單露子個頭，像道弗怕羞個。（旦）丫頭，不許多嘴！去看茶來。（丑下）

（旦）爹爹，孩兒呵，

【折桂令】怎敢把老椿庭羞辱言？還則為著由人由命，論賦一篇。是日奴家出嫁呵，羞得奴無面人前；羞得奴淚眼將穿；羞得奴難行難轉。奴想，就是貧戶人家，也要粗布衣服做下幾件，動用傢伙也要備下幾件。奴是你嫡親女兒，並沒個花粉一錢，又沒個布帛一聯。（付）女兒夫人，如今是錦繡綾羅，受用不盡了。（旦）這可是你與吾的？（付）不是，不是。（旦）生巴巴將奴趕出門庭，幾年上受了些凍餒萬千。

　　（付）女兒夫人，你做爹爹的呵，

【江兒水】生就豺狼性，不將骨肉憐，（旦）我勸你不要順從梁府，也是好言。（付）這是畜生不聽良言勸。（旦）你如今犯了死罪，可有辯麼？（付）自作之孽何由辯，甘心一死誰敢怨？（旦）可有什麼說話吩咐吾？（付）若得全屍恩典，（旦）既犯大辟，焉得全屍。（付）女兒夫人，可念父女之情，略略寬容一線。

　　（旦）

【雁兒落】你道是虎狼威掌生殺權；（付）說的。（旦）你道是獬豸冠如電現；你道是人謀捷徑；（付）也說的。（旦）你道貴與富由人便。（付）通是說的。（旦）呀，這不是蠶繭自纏綿，飛蛾赴火煙？那日，你要殺杜喬、李固二人。（付作抖介）（旦）奴也曾哀哀泣，奴也曾苦苦言。天天！豈無個昭彰現？冤冤！豈無個宿債填？

　　（付哭介）

【僥僥令】羞慚真靦覥，吃不盡好鹽酸。悔不了以往從前作過事，說不盡今番罪孽懸。

（旦）還有一事可恨。（付）女兒夫人，有話再講。（旦）你把我赤條條趕出門來，這也罷了，怎又將我獻入梁府，這不是禽獸所為麼？（付）這是梁府威逼，做爹爹的出門提兵去也，不知此事，這與我不相干。（旦）呢，胡說！你與書童做就圈套來陷我，怎說沒相干！

【收江南】呀！這其間激得我無路呵，險些兒命難全，幸喜得漁婆義膽可包天。那漁婆進了梁府呵，受驚[1]危萬千，做豪俠一端，卻不道婦人名節反流傳。

（付）咳，罷了，罷了！

【園林好】說不盡惡端幾篇，受不盡羞容幾千。我那亡過的妻吓，今日女兒親[2]父有口也難告免。一塊肉，不相全；一塊肉，不團圓。

（旦哭介）

【沽美酒】我娘行久已捐，我娘行久已捐，又提起淚漣漣，又見他掩[3]面為囚心也憐。爹爹，非是孩兒今日責備你。（付）該的，該的。（旦）全無個骨肉相關，又沒個慈悲之念。又道是富貴千年，哪曉得貧窮又顯？（付）如今做了夫人，也難得的。（旦）這也是奴由命。（付）正是！由命！（旦）如今還是由命，還是由人？（付）如今富的貧了，貧的富了，這是由命吓。（旦）既曉得由命不由人，放了你出來。（付）願女兒夫人千歲，千千歲！就開一開……（旦）尚早。恁呵！休得要心

1　底本作「京」，參酌文意改。

2　疑是「羞」。

3　底本作「拍」，參酌文意改。

歡，還守著聖旨詔傳。（付）咳，到底該殺。（旦）呀！方盡奴胸中宿怨。

（生上）要知心腹事，但聽口中言。夫人之言，下官在屏後俱已聽得明白，岳丈皆順受，哀泣無言[4]，夫人可念父女之情，放了出來罷。（旦）相公，天下哪有子不要父生之理？奴家宿怨在心，不得不說一番。相公，放他出來。（生）軍士每，快來開了囚車，請馬爺出來。（外、淨上開介）（付）救命王菩薩到了！（生）梅香，取衣服與馬爺換了。（付）一發全了體面。（丑應介）咻！個個囚渣亦活哉。（旦）哇，胡說！進去。（丑下）（生）岳父請上，小婿見禮。（付）多蒙活命之恩，不消。（生）小婿明日御前懇恩求赦，只怕死罪雖饒，流徙為民難免。（付）女婿老爺，只要免了頭上一刀就夠了，流徙何妨。（生）岳父大人請上，待我夫婦拜見。（付）女婿老爺，女兒夫人請坐，待馬融叩頭拜謝。

【清江引】一番舊話重提遍，怒氣皆消免。萬事不由人，由命何須怨？〈漁家樂〉好歌謠將來演。

（生下）（付笑介）（旦）爹爹笑什麼？（付）我在此想。（旦）想什麼？（付）想吾該死的，如今又活了，原是由人。（旦）軍士們，抬囚車過來，原囚了犯官。（付）由命，由命！我如今日日讀這兩句。（旦）哪兩句？（付）我欲生時我欲死，須知由命不由人。（踱下）（旦）啐！（下）

4　底本作「顏」，參酌文意改。

按　語

〔一〕本齣出自朱佐朝撰《漁家樂》。

白羅衫・請酒

外：王國輔，尚書。
小生：徐繼祖，按台大人。
末、淨：王家的傭人。
雜、貼：徐繼祖的手下、僕人。

（外扮王尚書，末扮院子隨上）

【引】園林爛熳花如繡，開宴華堂，驄馬須留。

下官，王國輔是也。今日設宴在園中請按台。院子。（末）有。（外）再將名帖去邀徐老爺來上席。（末）已曾邀過，即刻就到。（外）院子。（末）有。（外）那筵席須要齊整，賞盤多要豐盛。（末）曉得。（外）到時即忙通報。（末）吓。（同下）

（小生扮徐按院，雜扮二役、二皂隸，貼扮門子上）

【引】代天巡狩乘驄驟，荷君恩，有志須酬。

（貼）開門。（眾）吓。（作開門介，雜持邀帖上）王老爺邀請大老爺赴席。（役接帖，雜下）（役稟介）王尚書老爺差人邀酒。（小生）來過幾次了？（役）三次了。（小生）吩咐排執事，到王尚書府中去。（貼）大老爺吩咐，打執事到王尚書府中去。（眾應介）吓。（眾喝道作行到介）（眾）徐老爺到。（淨扮院子上）徐老爺到了麼？（眾）是。（淨）老爺有請。

（末扮院子隨外上）怎麼講？（淨）徐老爺到了。（外）道有請。（外出迎介）呀，老公祖請。（小生）老先生請。（外）豈

敢。請。（小生）從命了。（進介）（外送小生正坐介）（外）老
公祖按臨敝地，治生尚未請教，有罪，有罪。（小生）豈敢。老先
生望若山斗，晚生特來領教。（外）不敢。請。（小生）從命了。
（送茶介）恭喜憲公祖夆冠鐵柱，功名不減於延年；白簡繡衣，夐
諤無分于刁曜。聖天子眷注方新，老夫輩得沾雨露。（小生）老先
生親總六師，清白無慚于張奮；望峐征伐，袞冕何忝于陳騫。朝野
共瞻，華夷仰望！（吃茶介）（外）請。（小生）請。（淨、末接
鍾介）（外）看酒。（淨、末）吓，起樂。（內吹打，外定席，小
生回定，各換衣、坐席介）（貼）各役領賞。（淨、末送盤兩邊，
付賞封，各謝介）（淨、末）上酒。
　　　（合）
【玉芙蓉】霜威凜似秋，劍氣沖牛斗。羨丰神金莖，玉露
難儔。埋輪攬轡功勳茂，浴日補天事業優。（合）驅車
後，為觀風遍諏，願恭承善誘，庶得免愆尤。
　　　（小生）酒已太多，晚生告辭了。（外）憲公祖，小園雖是荒
蕪，花卉頗覺爛熳，還求憲公祖一駐，以增泉石之光。（小生）久
慕名園，實切企仰，只是慚無好句以贈，恐花神笑其不韻耳！
（外）豈敢。院子，吩咐開了園門。（眾）已經開著伺候了。
（外）憲公祖請。（小生）老先生請。深感主人多繾綣。（外）還
從曲徑玩芳菲。老公祖請。（小生）老先生請。（同下）

按　語

〔一〕本齣主體情節、曲文與鈔本《羅衫記》（《古本戲曲叢刊》
三集影印）第二十五折接近。

白羅衫‧遊園

旦：蘇夫人，王文鸞義母。
貼：王文鸞，王國輔之女，蘇夫人的義女。
丑：王家的園丁。
小生：徐繼祖，蘇夫人的親生子，按台大人。
外：王國輔，尚書。
淨、末：王家的傭人。

　　（旦扮蘇夫人上）

【引】啾啾唧唧，割肚牽腸，怎一個愁字了得。（貼扮王小姐上）終日裡重門靜閉，還怕見堂前悲泣。

　　母親。（見介）（旦）小姐，我自托身府中，不覺已是十八年了。雖蒙小姐另眼相看，情同母女，但不知我婆婆安否，又不知我叔叔侍奉如何；我幾次要寄封書回去，奈無便人，教我終日放心不下，如何是好？（貼）母親，孩兒因見你悶悶不樂，今日我爹爹設宴請按院飲酒，我已吩咐園丁開了園門，和你到園內散步一回，消遣悶懷，如何？（旦）吓，既如此，我與小姐同去走走。（貼）母親先請。

　　（合）

【月雲高】看花蔭鶴唳，閑庭縱蓓蕾（貼）幾時不到園中，花兒開的好不盛也！母親，你看香靄飛芳徑。（旦）吓，我便在此遊玩，不知我婆婆如何了？（貼）雲翠涵春水。這裡來。

（旦）小姐，我怕入深林內。（貼）母親，就在這欄杆上望一望罷。（旦）**我悶把欄杆倚**。（貼）母親，你怎麼又愁起來了？消遣便好。（旦）小姐，**我生枉自羈人世**。（貼）何出此言？（旦）**死也為冤鬼**。（貼）母親，且遣愁懷莫皺眉。（旦）**我念到家鄉意似痴**。

　　（丑扮園公急上）園亭多潔淨，不許外人來。小姐、蘇夫人在上，有客來了。（貼）園公，為何這等慌張？（丑）小姐，老爺同按院老爺園中來遊玩了，快些迴避！（旦）阿呀！一時出去不及，怎麼好？（丑）不難，蘇夫人同了小姐且躲在遊廊下，待老爺們過去再出來罷。（旦、貼）這也使得。正是：欲遣悶懷芳徑步，不期花裡有人來。（同下）

　　（雜引小生、外等上）（外）憲公祖請。（小生）老先生請。妙吓！昔人有云：「極目無留賞，心閑不避喧。」今日對此名園，不覺形神俱化！（外）憲公祖忒過譽了。（小生）豈敢。前面是什麼所在？（外）前面有一小樓，名曰「江天閣」，其上可以望江，請憲公祖一登。（小生）這也使得。欲窮千里目，更上一層樓。（同下）

　　（外）院子。（淨、末）有。（外）看桌盒到閣上去。（淨、末）俱已擺下了。（下）

　　（貼上）母親，他們去了，如今出去罷。（旦上哭介）阿呀，好苦吓！（貼）母親為何啼哭起來？（旦）小姐吓，方纔這位官長啊，

【孝順歌】我聽聲氣，看他容貌奇。（貼）母視，他的聲音舉止便怎麼？（旦）方纔那位官長，依稀與我夫主是一樣的。（貼）有這等事！母親，我聞得你當初曾有孩兒的。（旦）我追

憶子拋離,如今有十八載。(貼)如今在哪裡?何不請來同
住?(旦)**我當日產孩兒,路旁已遺棄。**(貼)此事有幾年
了?(旦)屈指算來,與這位官長的年紀也差不多。小姐,我想起
來,我的冤苦,一向要到官府去告理。只因我是女流,況且脫禍之
後,即到這裡,所以我的冤情至今未明。今日見此御史,若不告
理,終無伸冤之日矣!(貼)阿呀母親吓,你說哪裡話來!今日是
我爹爹請他吃酒,如何好去唐突他?(旦)小姐,雖然如此,我如
今也顧不得這許多了。(貼)住了。母親,還有說話,[1]縱然告
理,哪能就得明白。何不隱忍了罷?(旦)阿呀,小姐說哪裡話
來!**他既受朝廷爵位,**(貼)他是個按院,怎麼好去觸犯他?
(旦)**況且行道替天,料何難誅奸究?**(貼)只是母親,此時
冤不得伸,何苦出頭露面?如何使得!(旦)小姐,**倘若殲得那
巨魁何惜微軀碎!**(貼)阿呀母親,爹爹與按院來了!不是當
耍的,母親這裡來。(旦)**阿呀小姐吓,你何須畏我拚履危?
今日裡一明冤勝似鬼為屬。**(旦、貼下)

　　(外、小生上)憲公祖,請到這裡來。(小生)請。妙吓!這
裡又是一洞天,妙得緊。(外)憲公祖太獎譽了。(小生)豈敢,
其實妙。這又是什麼所在?(外)這是敘香閣、清輝亭。(旦上)
阿呀爺爺,救命吓!(外)這是哪個?(眾)是蘇夫人。(外)
唔,你這些狗才,不小心!(急怒下)(小生)婦人,你為什麼事
情?(旦)爺爺,有極大冤枉事,望爺爺昭雪。(小生)你是何等
樣人?有何冤枉?從實說上來。

　　(旦)爺爺聽稟:

---

[1]　底本作「還有話」,參酌文意補。

【前腔】**我是儒門裔，**（小生）你可有丈夫的呢？（旦）**宦室妻。**（小生）你丈夫如今在哪裡？（旦）**夫君當日遭禍奇。**（小生）你丈夫叫什麼名字？（旦）我丈夫叫蘇雲，進士出身，初選蘭谿知縣。（小生）吓，蘇雲！他遭什麼奇禍？（旦）**只為赴任到蘭谿，江心遭盜隊。**（小生）遇了強盜，可曾脫得麼？（旦）那時把我丈夫呵，**登時立斃。**（小生）有這等事！（旦）又要逼我成婚，虧殺他兄弟。（小生）住了，怎麼虧了兄弟？（旦）其時正在危迫之際，虧他兄弟用計哄去強徒，將奴從後門放出，因得脫離。（小生）此事有幾年了？（旦）阿呀爺爺吓，**十八載沉冤，怨氣瀰天地。**（小生）有這等奇冤。（旦）阿呀爺爺吓，**祈天使將明鏡持，若得獲兇人我命甘捐棄。**

（小生）你明日可補一狀詞，待下官回衙，與你細查便了。（旦）多謝大人。幸遇清廉吏，能雪覆盆冤。（下）

（外急上）憲公祖，治生多多得罪了。（小生）請問老先生，那蘇夫人為何在此？（外）老公祖，有個緣故：治生當日生一小女，要僱一乳娘，有人領他到此。後來曉得他是好人家兒女，又是落難之人，故此就不叫他是乳娘，多以蘇夫人稱之，所以在此的。（小生）吓，原來如此。晚生未到任之時，就聞得此事。只是那蘇老先生受這樣慘禍，實切可憐。（外）便是。只是今日薄設，聊以表情，不道有此一番唐突，倒像治生有意得罪了。（小生）老先生說哪裡話來！下官蒙聖恩重委，專為伸冤理枉，這樣事情，正該與他昭雪，怎麼老先生反說得罪起來？（外）足見憲公祖為國為民，可敬可羨！（淨、末）請老爺上席。（外）憲公祖請。（小生）豈敢，告辭了。雅情隆貺，殊不敢當。（外）豈敢，還要請教。（小生）不敢。

　　（吹打各換衣介）（小生）多感老先生盛情。（外）多多有慢憲公祖。（送小生，眾下）

　　（外怒介）罷了，罷了！氣死我也，氣死我也！這些狗才在哪裡？（眾）在這裡。（外）哇，狗才！我怎麼樣吩咐你們？筵席要齊整。（眾）齊整的。（外）賞盤俱要豐盛。（眾）豐盛的。（外）諸事俱要小心伺候。（眾）小人們小心伺候的。（外）你們怎麼縱放蘇夫人到花園中來告起狀來？這是怎麼說？取板子來，每人要打四十大板。（眾）阿呀老爺，這不關小人們的事，多是園丁之過。（外）哦哦哦，多是園丁之過。快快喚那老狗才來！（淨叫介）

　　（丑上）來哉來哉。想是要分賞賜哉。老爺，園丁叩頭。（外打丑介）狗才，狗才！（丑）阿呀，阿呀為儕了？（外）我把你這老狗才！你為何教蘇夫人出來告狀？（丑）弗關得我事，蘇夫人拉園裡，老奴著實催他迴避，哪曉得哩叫喊？（外）過來，把這老狗才重責三十大板，趕他出去，不許在府中。（眾）吓。（丑）阿呀，蘇夫人！（外）狗頭！若不看蘇夫人面上，活活敲死你這老狗頭。過來，快拿我的名帖到徐老爺衙門裡去請罪。（淨、末）吓。（外）氣死我也！一天好事，多被你們這班狗才弄壞了，氣死我也！（下）

　　（丑）喂，方纔個賞封呢？拿出來分。（淨、末）賞封是值席的，怎麼分與你？（丑）儕說話，大家有分個，快點拿出來。（淨、末不肯，作鬧介）

　　（外上）你們這班狗才，做什麼？（丑）弗是，老爺方纔個賞封，哩亗兩個竟要獨吞，弗肯拿出來分。（外）賞封呢？（末出封介）哪！這是值席的。（外接介）（丑）哩也有個。（外）取來。

（淨出封，外接介）這個賞封是要連我的名帖送到徐老爺衙門去請罪的，分不得，這老狗才，好不小心！（袖封，氣下）

　　（淨、末）呸！這是哪裡說起！（丑）羞！辛辛苦苦鬧子介一日，也替我一樣。（淨、末）多是你。（丑）介一張硬毡！毡、毡、毡！

按　語

〔一〕本齣主體情節、曲文與鈔本《羅衫記》（《古本戲曲叢刊》三集影印）第二十六折接近。

白羅衫・看狀

小生：徐繼祖，按台大人，蘇雲親生子。

貼：徐繼祖的手下。

付、丑：皂隸。

淨：巡捕官。

外：知府。

末（前）：知縣。

生：蘇雲。

末（後）：徐繼祖的奶公。

　　（小生上）

【引】為官承乏愧樗材，按部江南柏府開。有事掛心懷，只為羅衫耐。

　　巡狩在江南，貪官透膽寒。尚方威鎮劍，懲治太平年。下官，徐繼祖。向在涿州道上遇一媽媽，不勝感傷，說我像他兒子蘇雲一般模樣，又訴與始末根由。那時我許他訪問消息，臨別時又把羅衫與我為記——若有人認得此衫，便有下落。不意昨日在王老先生處赴席，忽有婦人向我訴冤。問起情由，就是蘇公的夫人，方知蘇公已被強賊所害。我想，強賊雖未緝獲，那羅衫一事，已有下落了。

【解三酲】我記當日在井邊相會，老孤婦訴苦哀哀。見他

千愁萬恨思兒態，曾許他遍相推，做不得巨卿果到[1]元伯宅。曾許他得中之時，便迎他養老。到今日呵，早難道婁護當年養呂來？愁無奈，何日得除奸報母，苦盡甘來？

且住，昨日見了那蘇夫人呵，

【前腔】看將來人生與敗，多應是命裡安排。若論婦人家，丈夫中了進士呵，少不得五花官誥來天外，可憐那蘇夫人，依然是舊荊釵。咦，我與他非親非戚非宗派，也只是哀老憐貧牽我懷。蘇公吓，生難再，除非誅兇斬暴，慰爾泉臺。

（貼扮門子上）請老爺更衣。（小生換公服，貼捧印走介）（小生坐堂，付、丑扮皂隸暗上，立兩邊，貼作開班房門鎖，復上堂喝介）皂隸。（付、丑）吓。（貼）站堂。（付、丑）吓。（貼）皂隸出班房。（付、丑作上堂介）皂隸叩頭。（貼）起去。（起介）[2]皂隸領匙鑰。（付、丑接[3]鑰，作開門介）

（老旦、正旦扮劊子，雜扮二軍牢上）各役叩頭。（貼）起去。（淨扮巡捕上）巡捕官叩見大老爺，巡風無事。（小生）無事麼？（淨）是。（小生）起過一邊。（淨）吓。

（外扮知府，末扮知縣上）（眾）知府進。（貼）進來。（眾和介）知縣進。（貼、眾和）進來。（外、末作進見、打恭介）大人在上，知府、知縣參見。（小生）貴府縣在此，本院欽奉聖旨，巡視江南，有善必賞，有惡必懲。望貴府縣曲體本院之意，毋辜期

1　底本作「列」，參酌文意改。

2　底本作「介」，沒有描述動作的字眼，這是《綴白裘》慣例，今為通暢易讀，參酌文意補。

3　底本作「拾」，參酌文意改。

望。（外、末）承老大人面諭，卑職等自當仰體。（小生）請回衙理事。（外、末）是。（各打恭喝下）

（小生）抬放告牌出去。（付、丑應，抬介）

（生上）

【引】彌天冤抑向誰論？只恐哀猿不忍聞。

此間已是察院衙門，不免跪門則個。（小生）跪門的什麼人？（眾傳介，生）[4]告狀的。（眾傳介）[5]（小生）取狀詞上來。（傳介）（小生）「原任蘭谿知縣蘇雲」，唔？（想介）告狀人請回，三日後聽審。（眾傳介）（生）好了，好了，天開眼了！正是：眼望旌捷旗，耳聽好消息。（下）

（小生）吩咐掩門。（關門介，貼捧印走介，末扮奶公接印下，貼關門下）

（小生）阿呀好奇怪！昨日蘇夫人說蘇雲已被強盜謀害，今日怎麼又來告狀？

【太師引】看將來，此事真奇怪，這籌兒教我心兒裡怎猜？那蘇公呵，既道是江心遭害，怎又向烏府訴哀？待我看他狀詞寫什麼在上。「原任蘭谿知縣蘇雲，告為羣盜劫殺事：路由揚子江中，本船大盜一夥，將雲綑縛，推入江心。復遭巨寇劉權撈救，拘禁山寨。幸爾天敗，得脫羈囚。」吓，原來他不曾死。他被拘禁綠林山寨，因此上餘生還在。這冤山仇海牽我悶懷，須知是察奸伸枉是烏台。

4　底本作「眾傳介」，參考抄本《羅衫記》（《古本戲曲叢刊》三集影印）及文意補「生」字。

5　底本作「眾介」，參考抄本《羅衫記》及上文補「傳」字。

　　（看介）吓，他說一門家眷盡被強盜徐能謀殺……阿呀且住！徐能是我爹爹的名字，難道我爹……（住口介）吓！

【前腔】難道我嚴親成無賴？覷狀詞教我如癡似呆。既道是刼掠將人害，他若幹不良之事阿，少不得生子不才。下官今日阿，荷皇朝寵賚君恩大。咘！早難道繼祖非嫡派？我想世上同名同姓的也多，只為名和姓相同謾猜，其間必有緣故，須知道外人誰曉與同儕。

　　（末捧茶介）老爺，請用茶。（小生）強盜徐能……（末看，背介）吓，這是江中的事發了。咳，有天理，有天理！（下）

　　（小生走介）吓，方纔奶公連說什麼有天理。吓，莫非此事他倒知道一、二麼？（想介）我且喚他來問便了。吓，奶公哪裡？（末）吓，吓，來了。堂上一呼，堦下百諾。老爺有何吩咐？（小生）我有話問你。（末）是。（小生）你是從幼伏侍太老爺的呢，還是長大了來的？（末）小人是從幼伏侍太老爺的。（小生）姆，自幼來的。這太老爺姓什麼？（末）太老爺姓徐吓。（小生）我老爺呢？（末笑介）老爺又來了，太老爺姓徐沒，老爺自然也姓徐了吓。（小生）吓，哈哈，好，好一個也姓徐。（點頭介）（末）是。（小生）我老爺可是太老爺親生的麼？（末）老爺說哪裡話來！自然是太老爺親生的。（小生）是親生的？（點頭介）（末）是。

　　（小生）吓，奶公，太夫人姓什麼？（末）沒有太夫人的。（小生）吓，胡說！沒有太夫人，你老爺身從何來呢[6]？（末）吓，這個……只知有太老爺，不知有太夫人的。（小生）姆，你方

_____

6　底本作「麼」，參酌文意改。

纔說從幼伏侍太老爺，怎麼不曉得？（末）小的其實只知有太老爺，不知有太夫人。（小生）唉！你若不說明，我有尚方寶劍，砍你的驢頭下來。（末）阿呀老爺吓！待小人細細說與老爺知道。（小生）姆，起來。（末）是。

（小生）從頭說來。太老爺平日作何生理？（末）太老爺平日麼……在江湖上做些沒本的經紀。（小生）吓？什麼叫做「沒本的經紀」？（末）哪！在江湖上，見那客商貨物多者，都要白白的搬運他些回來，這就叫做「沒本錢的經紀」了吓。（小生）好……好一個沒本錢的經紀。太老爺平日可曾幹什麼不公的事來？（末）太老爺幹的事也多得緊，叫小人哪裡記得起這許多。吓，便是那十八年前害這個蘇知縣一事，略略的還記得。（小生指狀介）可就是此事麼？（末）是，正……正是此事。（小生）吓！正……正是此事麼？你快快講來！

（末）十八年前，有一個姓蘇名雲，新選了蘭谿知縣，起身赴任，太老爺就去攬了他的載。（小生）住了，太老爺是船戶出身麼？（末）是，是船戶出身。裝載已完，家眷從人下船之後，一行行到儀鎮揚子江中，便把蘇知縣一綑，推入江中去了。（小生）吓！是推下江去了！那蘇夫人呢？（末）隨後就逼那蘇夫人成親。（小生）吓！那蘇夫人從也不從？（末）好一位蘇夫人吓！立志堅貞，抵死不從。（小生）這也難得。後來呢？（末）後來虧了二員外。（小生）哪個二員外？（末）就是太老爺的兄弟，叫做徐用。（小生）如今在哪裡？（末）他見太老爺做事不好，出家遊方去了。（小生）姆，怎麼樣虧他？（末）只說賀喜，即把太老爺灌得沉沉兒醉，便把蘇夫人從後門放走了。（小生）吓，蘇夫人是他放走的。難道放走了蘇夫人就罷了不成？（末）太老爺回來，不見了

蘇夫人，連忙就趕吓、追吓。（小生）可曾追著？（末）一追追到
那邊，蘇夫人不見，倒抱……（小生）抱什麼？（末）講完了。
（小生）你方纔說：「趕到那邊，蘇夫人不見，倒抱……」（末）
吓，趕到那邊，蘇夫人不見，他就跑了回來，就跑了回來。（小
生）姆，蘇夫人不見，倒抱，抱什麼？（末）小人不曾說什麼
「抱」字？（小生）姆，你若不說明，取大毛板敲死你這老狗才！
（末）阿呀老爺吓，小人若說了，太老爺知道，小人就是個死了
噓。（小生）吓，太老爺知道，你就是個死了？姆姆，吓，奶公起
來，太老爺若知道，不妨，有我老爺在此。（末）是。（小生）
說！（末）吓。（小生）講！（末）嘎。（想介）阿呀老爺吓，太
老爺回來，不見了蘇夫人，連忙就趕，一趕趕到那邊，蘇夫人不
見，倒抱了老爺回來了。（小生）吓！抱了我回來。可有什麼為
證？（末）有包裹老爺的羅衫為證。（小生）如今在哪裡？（末）
在小人妻子處。（小生）快去取來。（末）是。（小生）奶公轉
來。（末）老爺，怎麼說？（小生）阿呀奶公吓，此事若不是你說
明，我哪裡知道。若得與蘇家雪冤報仇，我把你恩人相待。（跪
介）（末）折殺小人了！（小生）快去！（末）吓。（小生）奶公
轉來。（末）老爺。（小生）你可連夜回去，取那幅羅衫到來，就
接那班強盜到任相會。（末）曉得。（小生）奶公吓，這椿事都在
你身上，你若走漏消息，教你身家不保！（末跪介）小人怎敢！
（小生）去罷。（末）吓，阿呀嚇殺我也！（下）

　　（小生）吓，十八年來，枉叫強賊為父，可恨！可惱！奶公此
去取羅衫到來，與井邊婆子羅衫相對，若花樣顏色不同，還有一可
疑；若花樣顏色一般，不消說，蘇公是我父親，蘇夫人是我母親，
那井邊婆子就是我婆婆了。咳！堪恨強徒認我兒，這場冤事少人

知，善惡到頭終有報，咻！強盜吓強盜，教你只爭來早與來遲！
（下）

按　語

〔一〕本齣主體情節、曲文與鈔本《羅衫記》第二十八折接近。

浣沙記‧進施

淨：夫差，吳王。

丑：伯嚭，吳國太宰。

生：范蠡，越國大夫。

旦：西施，越國美女。

外：伍員，吳國的相國。

　　（淨扮吳王，丑扮伯嚭上）

【引】海國烽煙今盡掃，凌空志氣飄颻。（丑）太平羞著舊征袍。（合）我和你共在王朝，莫忘勤勞。

　　（淨）太宰，我欲伐齊，伍員這老賊屢屢諫我，我不聽他，恐他在此攪擾，被我打發他齊國去了。誰料前日孔仲尼遣門人子貢來勸我伐齊，孔仲尼是個大聖人，有此議論，看起來齊國一發該伐了。況吳、魯又為兄弟之國，只等伍員歸來，就起程了。（丑）主公之言有理！

　　（生上）

【引】奔走風塵心未老，當年羈客來朝。

　　（見丑介）（丑）范大夫來此何幹？（生）特來進貢。（丑）少待，待我通報。主公，越國范蠡到此進貢。（淨）與我宣進來。（丑）范大夫請進。（生）越國賤臣范蠡叩見。（淨）到此何幹？（生）東海寡君勾踐久失修敬，特遣賤臣少伸問候。兼有前王之妹，寡君之姑，名喚西施，頗曉歌舞，今遣小臣獻上，以備灑掃。

（淨）范大夫，遠勞厚情，如今，美人在哪裡？（生）現在宮門，不敢擅入。（淨）范大夫，你與我引進來。（生）美人有請。

　　（旦上）

【引】故園因甚便相拋？花落辭條，一任風飄。

　　（生）美人請進宮。（旦）是。（進介）（淨）美人起來。果然天姿國色，絕世無雙，我合宮諸姬無出其右也！范大夫，若是越王的姑娘，你家主公，就該叫我姑爹了。（生）是。（丑）都是一門老親了。（淨）你主人歸國之後，可想念我麼？

　　（生）

【瑣寒窗】自歸家，日夕無聊，北望姑蘇淚暗拋。恐君王見罪，輾轉煎熬。深恩罔極未曾圖報，獻佳人聊供灑掃。（合）看楚腰，風前一把舞鮫綃，倩人難畫難描。

　　（旦）

【前腔】愧裙釵，生長蓬茅，金屋羞稱貯阿嬌。在泥途已久，頓上雲霄。今朝幸喜恩星高照，祇還愁幽情未曉。（合）看楚腰，風前一把舞鮫綃，倩人難畫難描。

　　（丑）主公，越王孝順之情，其實可敬。

【奈子花】念越王東海臣僚，受洪恩非是一朝。他貧窮至今，顛連無告，送多嬌用伸忠孝。（合）祈禱，願兩國百年永好。

　　（淨）

【前腔】我為人性格風騷，洞房中最怕寂寥。今娉婷到臨，我一生歡樂，鎮朝昏放他在懷抱。（合）祈禱，願兩國百年永好。

　　（外上）奔走風塵鬢盡絲，年衰運退志隳頹。孤身去國三千

里，一日思君十二時。主公，伍員參見。（淨）相國，你回來了。請戰期的事如何了？（外）齊君已尅期在深秋交戰，今特回覆主公。（生）伍相國拜揖。（外）范大夫到此何幹？（丑）到此進貢（外）進什麼貢？（丑）是個美人。（外）主公可曾受麼？（丑）主公歡歡喜喜受了。（外）咳，豈有此理！主公，范蠡進此美女，不可受他的。（淨）怎麼不可受？（外）臣聞：「五音令人耳聾，五色令人目眩，故桀以妹喜滅，紂以妲己亡，幽王以褒姒死，獻公以驪姬敗。自古喪身亡國，未有不由婦人女子者。」今越王進此女，只是要主公學這幾個昏君，切不可受他的。（淨）咳，老相國，你一向不在家，我眼前甚是清淨，卻纏到此，就管閑事。我便受了這一個婦人，何害于理？你一向遠出，可速回去與妻兒老小相聚一相聚，不要在此吵鬧。請，請。（外）咳，罷罷罷！正是：酒逢知己千杯少，話不投機半句多。（下）

　　（淨）這個老賊好生可惡！我必殺他，方遂吾願。（丑）這樣人早殺一日，清淨一日。怎麼說主公是昏君，又是什麼目眩。若主公是昏君，我伯嚭是個昏臣了；昏昏沉沉，怎麼過日子？（淨）范大夫，我一向若聽了他，幾乎把你家主公并你都殺了。（生）大王是仁德之君。（淨）你若歸去，不可不對你家主公說，若國中有這樣人，切不可用。（生）我主公決不用這樣人。（淨）太宰，你陪范大夫往前殿去洗塵，我明日另排筵宴送行。（丑）暫辭大王去，前殿作陪臣。（同生下）（淨）侍女們，掌燈到洞房中去。（眾扮宮女上，應介）（淨攜旦手介）

【解三酲】念平生買歡追笑，再沒一個可意根苗。我精神幸然猶未倒，從天降這多嬌。看他溫柔旖旎多俊俏，眼見得倒鳳顛鸞難恕饒，只是吾堪老。（旦）大王尚未老。

（淨）美人，你說孤家尚未老？罷！拚斷送鴛衾繡帳，白晝清宵。（攜旦下）

按　語　＿＿＿＿＿＿＿＿＿＿＿＿＿＿＿

〔一〕本齣出自梁辰魚撰《浣紗記》第二十八齣〈見王〉。

浣沙記‧寄子

外：伍員，吳國的相國。
貼：伍員之子。
丑：鮑牧的僕人。
末：鮑牧，齊國大夫，伍員的結義友。

　　（外、貼同上）
【意難忘】歲月驅馳，嘆孤身未了，志轉灰頹。丹心空報主，白首坐拋兒。（貼接）前路去，竟投誰？

　　（外）吓，兒吓，咫尺到東齊，望故鄉雲山萬疊，目斷慈闈。（貼）雲接平崗，山圍曠野，路回漸入齊城。（外）衰柳寒鴉，金風驅雁，動人一片秋聲。（貼）倦途休駕，淡煙裡微茫見星。（外）家鄉何處？死別生離，說甚恩情！兒吓，我和你自離家鄉一月有餘，不覺又到齊邦了。（貼）爹爹，母親在家懸望，可早完王事，火速同歸。不知爹爹在途為何只管愁悶？（外）兒吓，我有一句話，不好對你說得……（貼）什麼話？可說與孩兒知道。（外）我虧[1]吳先王雪你公公的深怨，國家大恩未曾報得。不想主公近聽伯嚭之言，放了越王；前日又信子貢遊說之言，要北伐齊國，令我出使來請戰期。我想，吳兵一出，則越乘虛直入吳地，我今回去，誓當死諫，以報國恩；只是，與你同死，甚為無益，我有個結義兄

---

[1]　底本作「昔」，據《六十種曲》本《浣紗記》改。

弟名喚鮑牧，現為齊國大夫，今帶你來寄與他家，以存伍氏一脈。
兒吓，自今以後，我幹我的事，你去幹你的事，再，再不要想念我
了！（貼）呀！我只道爹爹路上冷靜，帶孩兒出來作伴，不道有這
等事。兀的不痛殺我也！（跌介，外扶住介）（外）我兒，事已如
此，不必傷悲，且自前行，再作道理。

【勝如花】清秋露，黃葉飛，為甚登山涉水？只因他義屬
君臣，反教人分開父子，又未知何日歡會。（合）料團圓
今生已稀，要重逢他年怎期？浪打東西，似浮萍無蒂，禁
不住數行珠淚，羨雙雙旅雁南歸。

　　（貼）

【前腔】我年還幼，髮覆眉，膝下承歡有幾？初還認落葉
歸根，誰料是浮花浪蕊，阿呀爹爹吓！何日報雙親恩義？
（合）料團圓今生已稀，要重逢他年怎期？浪打東西，似
浮萍無蒂，禁不住數行珠淚，羨雙雙旅雁南歸。

　　（外）一入城來，此間已是鮑叔叔門首了，你且展乾了眼淚。
裡面有人麼？（丑上）什麼人？侯門深似海，不許外人來。是哪
個？（外）報去，說吳國伍相國要見。（丑）少待。老爺有請。

　　（末上）

【引】旰耐強臣欲立威，看看社稷垂危。

　　（丑）吳國伍相國要見。（末）說我出來。（丑）家爺出來。
（末）哥哥在哪裡？（外）賢弟請。（回看貼介）隨我進來。（見
介）（末）一自別滄洲，相思又幾秋。（外）故人重會面，新恨說
從頭。我兒，過來拜見。（末）此位何人？（外）是小兒。（末）
別來許久，這等長成了（貼）叔父在上，小姪有一拜。（末）常禮
罷。看坐。（外）咳，小廝家待他侍立請教，焉能有坐！（末）豈

有此理！小弟與兄久別，未免還要談談，賢姪站立，于心何安？坐了。（外）也罷，過來告個坐兒。（貼）是，告坐了。

　　（末）哥哥，陳恆弒逆，致召外兵，哥哥遠來，必有台命。（外）齊欲伐魯，立威遠國，今奉君命，來請戰期。（末）吓，戰期久已約在深秋了。（外）吓！深秋了。（末）哥哥，你報親之怨，鞭平王于墓間；復君之仇，囚勾踐于石室。一生忠孝，四海流傳，可敬，可羨！（外）咳，兄弟，你但知其一，不知其二。昔父兄為楚平所害，孝道有虧；今主公為伯嚭所欺，忠心未遂。不知防越之策，反興伐齊之師，眼見得姑蘇必生荊棘。今承君命，來使齊邦，一則預料老朽誅夷，二則不忍宗祀覆絕，以吾弟一日之雅，付伍氏六尺之孤，留作螟蛉，視同豚犬。（末）哥哥為吳之忠臣，小弟亦齊之義士，既蒙吩咐，敢不盡心？但恐撫養不週，有負重托。（外）兄弟吓，小兒避難，猶恐人知，可改姓王孫，勿稱伍氏。（末）領命。（貼）阿呀爹爹吓，如此說來，果然要把孩兒撇在此了，兀的不痛殺我也！（外）我兒醒來。

　　（貼）

【泣顏回】聽說不勝悲，頓教人血淚交垂。雙親膝下，何曾頃刻分離？我衷腸怎提？阿呀爹爹吓，為甚的將父子輕拋棄？當初望永祝椿枝，又誰知頓撇斑衣。

　　（外）

【前腔】我兒！堪悲，家國漸傾欹，我身無葬地，汝向何依？賢弟。（末）哥哥。（外）我特求撫養，須存一脈衰微。（末）哥哥，若國事安輯了，就來領了令郎回去。（外）兄弟，你說哪裡話來？愚兄此去呵，我的存亡未卜，料孤臣定做溝渠鬼。（貼）阿呀爹爹吓！（外）我孩兒不用傷悲，望君

家委曲提携。

　　（貼）阿呀爹爹，眞個把孩兒撇在此了，你好無情吓！（外）兒吓，不是為父的無情，把你撇在此處，只是事到其間，也顧不得了。這報仇大事，我便做得，你卻做不得。我如今殺身報國，也是沒奈何，你日後切不要學我。也罷！趁我在此，今日就拜鮑叔叔為父，有如親生一般，聽他教訓，不可違背。過來拜了。（貼不肯介）（外）哇！畜生！你敢[2]違父命麼？我兒，可過來拜了，日後還有相見之日，過來拜了。（末）不消罷。（外）要拜的。（貼）如此，爹爹請上，待孩兒拜見。（末）罷了。

【催拍】念孩兒未諳禮儀，望爹爹朝朝訓誨。豈敢有違，豈敢有違。但願椿庭，壽與山齊。爹爹回去，多多拜上母親，說孩兒在齊遊學，不久便回。可傳示萱堂，不用淒其。（合）從今去海角天涯，人[3]何處？夢空歸。

　　（外）

【前腔】我望長空孤雲自飛，看寒林夕陽漸低。今生已矣，今生已矣！白首無成，往事依稀。日暮窮途，空挽斜暉。（合前）從今去海角天涯，人何處？夢空歸。

　　（末）

【前腔】我哥哥心安竟歸，我姪兒將身暫依。今當數奇，今當數奇，命蹇時乖，何忍暌違。[4]他日團圓，父子追隨。

2　底本作「故」，參酌文意改。

3　底本作「又」，據怡雲閣《浣紗記》（《古本戲曲叢刊》初集景印）改。以下同。

4　怡雲閣《浣紗記》、六十種曲本《浣紗記》作「偶爾暌違」。

（合前）從今去海角天涯，人何處？夢空歸。

　　（貼）

【川撥棹】⁵西風裡，淚濕舊縫衣。（外）長亭遠，極目處草萋萋。（合）回頭望，欲去更徘徊。今日輕分手，他年會何地？腸斷也，回首各東西。

　　（外）小弟就此拜別。

【哭相思】本是同林鳥，分飛竟失羣。（外欲下，貼扯衣介）（外）我兒放手！（貼）阿呀爹爹吓，捨不得你去。（外）我兒快快放手！（貼）阿呀爹爹吓！（外）也罷！（推貼，貼跌介）（末喚介）姪兒醒來，醒來！哥哥，姪兒昏倒了！（外又上）我兒醒來，我兒醒來！賢弟，諸事全仗你⁶。也罷！（下）（末）姪兒醒來，姪兒醒來。（貼）阿呀爹爹吓，誰憐一片月，相隔萬重雲。

　　阿呀，爹爹在哪裡？爹爹在哪裡？（末）姪兒，不要哭了，隨我進來。（貼）是。（哭，隨末同下）。

按　語

〔一〕本齣出自梁辰魚撰《浣紗記》第二十六齣〈寄子〉。

〔二〕選刊此齣的坊刻散齣選本還有：《樂府萬象新》、《纏頭百練二集》、《樂府歌舞台》、《醉怡情》、《來鳳館合選古今傳奇》、《歌林拾翠》、《方來館合選古今傳奇萬錦清音》、聞正堂刊《綴白裘全集》、石渠閣主人輯《綴白裘全集》。

5　這支是南正宮過曲【一撮棹】，底本不確。

6　底本原無「你」字，參酌文意補。

浣沙記・賜劍

淨：夫差，吳王。
外：伍員，吳國的相國。
生、小生：力士，吳宮的侍衛。

　　（旦、貼引淨上）
【引】眼見年華真一瞬，只圖快樂朝昏。
　　我，夫差。收楚服越，聲振四方，只有晉、齊二國未順，必要
伐他。昨遣太宰先領一支兵去，與齊戰於艾陵之上，殺得他片甲不
存。好笑伍員這老賊，又教我不要伐他，如今倒被我勝了。見我目
下自家要去，他必定又來諫我。太宰臨行時，教我必要殺那老賊。
且待他來，自有區處。
　　（外上）社稷看看覆，君王漸漸昏。忠臣不怕死，怕死不忠
臣。主公，伍員參見。（淨）相國，你昨日諫我不該伐齊，今太宰
領一枝兵去，就得勝了。我今日自率六軍，誓平齊國，獨霸諸侯，
卻不羞殺了你？（外）臣聞：「天之所棄，先誘以小喜，方降以大
災。」齊不過是瘡疥之疾，幸而勝之，不過小喜；越實乃腹心之
病，一日發作，乃是大災。昨聞主公坐於殿上，見四人相背而倚，
聞聲走散，此國君失眾之象！又聞北向人殺南向人，此乃臣弒君之
象！國家將亡，必有妖孽。主公覺悟，國或可保，若終昏蔽，身亦
旋亡矣！
　　（淨）咳，老賊多詐，是吳妖孽。我以前王之故，未即行誅。

今速退自裁，勿勞再見！（外）昔前王不欲立汝，我以死諍之，公子多怨於我；我有功於汝，反賜我死！我一死何足惜，但恨吳宮盡生荊棘，越人掘汝宗廟耳！（淨）老賊，你不忠不信，寄子鮑氏，有外我之心，速宜自裁，不得遲滯。（外）老臣不忠不信，前王必斥之，不以為前王臣。今得與龍逢、比干遊于地下，足矣！且老臣也要先死，怎忍見主公就擒？我死之後，須剔我目、掛我頭於國之胥門，以觀勾踐之入吳也。（淨）老賊，你死之後，當取汝屍，盛以鴟夷之革，投之江中，使魚鱉食汝肉，波濤漂汝骸。又何所知，又何所見！力士石番何在？（生、小生）有。（淨）你將我鑷鏤之劍付與老賊，速令自盡，快來回報！可惱，可惱！（怒下）

　　（二生）老相國，請出宮去。（外）阿呀，我為汝父忠臣，西破強楚，南服勁越，名顯諸侯，有霸王之功。你今日背義忘恩，反賜我死。

　　（走介）

【北枝花】[1]哀哉我百年辛苦身，只看俺兩片蕭疏鬢。我一味價孤忠期報國，哪裡肯一念敢忘君？千載功勳，恰便是四海聞忠信，好笑我孤身百戰存。盡心兒將社稷匡扶，那裡有竭力的把山河著緊。

　　（二生）老相國，你方纔說西破強楚，小將每不知，望老相國試說一遍。

　　（外）

【梁州第七】我若說起鋤強楚的英雄兇狠，削荊城事業功勳，我我我、千軍萬馬去當頭陣。殺得他旌旗慘慘；殺得

────────────

[1]　指北南呂宮首牌【一枝花】。

他兵馬紛紛；殺得他隻輪不返；殺得他片甲無存。我我我、掘墓屍撻辱亡魂；踐山川走散黎民。我我我、送得個昭王逃入雲中；唬得個公主背出了閨闈；擄得個夫人與主上成婚。看宮殿煙塵，丘陵破損，踏平他社稷無根本。那時節諸侯懼、萬方振，添得個江東氣象新。阿呀主公吓！你今日價背義忘恩。

（二生）老相國，你有這等功勞，大王怎麼這等待你？

（外）二位：

【四塊玉】他他他、竟將那正直誅，倒與那奸邪來便近。鎮日價淫聲美色伴紅裙，酒盃兒送入迷魂陣。哪裡管社稷危，哪裡管人民窘，哪裡管親生兒倒在別處分？

（二生）老相國，哪見得國破家亡？只管苦諫，你也太性急了些！

（外）

【哭皇天】他他他、齊國去忙前進，哪裡管越王隨著腳跟，哪裡管兵戈擁定三江口，哪裡管戰船兒泊在五湖濱？我只怕勾踐將姑蘇來墾，總就有三華瑞露、九轉靈丹，盧醫妙手、扁鵲神針，也醫不活你吳邦眾子孫。我只落得孤身先死，怎忍見宮殿價作塵。

（二生）大王爺催迫，請老相國早早自裁，不必遲滯。（外）不勞催迫，俺就去也！

【烏夜啼】從今去辭別了吳家、吳家宗廟，相別了吳國人民。我老妻一任價他死和存，嬌兒哪裡去通音信？我如今拚卻孤身，回報前君。慢慢將前情一一細評論，將前情一一細評論，訴說俺一生辛苦價無投奔。伯嚭，你那奸賊！不

放空、追尋緊，哪裡走、難逃遁。只教你上天無路入地無門。

（二生）老相國，請早些自裁，大王爺專等回報哩。（外）咳，我也是一條好漢，誰要你每催迫？俺就此去也！

【尾】平生猛烈把頭顱剠，提著這青鋒劍一根，要與前世龍逢做親近。數十年的伍員，一霎時身殞。試看那渺渺錢塘英靈向浪頭滾。

（自刎下）（二生）呀，好個忠臣！老相國已死，就此回覆大王爺去。正是：三尺鑭鏤懸白首，一生忠義貫丹心。（下）

按　語

〔一〕本齣出自梁辰魚撰《浣紗記》第三十三齣〈死忠〉。

〔二〕選刊此齣的坊刻散齣選本還有：《萬壑清音》、《來鳳館合選古今傳奇》、《歌林拾翠》、石渠閣主人輯《綴白裘全集》。

紅梨記・盤秋

生：錢濟之，雍丘縣令，趙伯疇之友。
旦：錢濟之的妻子。
丑：婢女。
貼：謝素秋，因戰亂投靠錢濟之的前教坊名伎。
老旦：花婆，與謝素秋一起投靠錢濟之的老婦。

（生上）

【引】客淚墮清筇，為國憂偏大。知己遠投簡，心事方撐達。

　　下官錢濟之，自從復任已來，且喜境內寧靜，戎馬無侵。只為趙伯疇未知下落，日夕懸念。今早見城門報單，有個濟南趙解元，喜之不勝。只因事冗，尚未延接。前日謝素秋逃難到此，次日喚來一看，果然好個女子，不枉我伯疇這般致念。才子佳人，實是良偶。兩下不期都來到此，豈非天作之合？我意欲了此一段姻緣，故喚素秋進衙。他又同來一個老嫗，名喚花婆。下官令夫人著他兩個另住西衙。只有兩件事難處：那素秋是個妓女班頭，風塵心性，未知肯隨那窮秀才否？二來，那趙伯疇心性顛狂，未見時尚且時刻想念，一見之後定然迷戀，怎肯把功名著緊。今日且教夫人盤問素秋一番，若真個有伯疇之心，那時另自有處。夫人哪裡？

　　（旦上，丑扮梅香隨上）

【引】官舍絕喧譁，繡閣熏蘭麝。暮靄照窗紗，樓上晚妝

罷。

　　（見介）（生）夫人。（旦）相公。（生）夫人，前日教你看素秋的行動，果是如何？可做得個良家之婦麼？（旦）相公，這妮子倒也有些好處：丰姿俊雅，可方洛女湘妃；德性溫純，不減文君德耀。絕無綺羅粉黛之態，豈是尋常庸碌之妻。（生）夫人，我對你說，山東趙伯疇是天下才子，謝素秋亦天下之美人，所以人言把他兩人並說，兩人也各相思慕，但未得見面。今因避難都來到此，我欲待與他了此一段姻緣，未知素秋心事若何，又不好親自問他。你差個丫鬟喚他過來，盤問一番，我只在裡邊潛聽，看他如何回你。（旦）妾身自有道理。（生）才子佳人遇本難，兩邊衫袖淚痕斑。（生下）（旦）懸知玉潤[1]桃千樹，不是仙郎不與攀。梅香。（丑）有。（旦）西衙請素秋與花婆來閑話（丑）吆。（照傳介）

　　（貼上）

【引】飄泊類楊花，悶殺銀箏馬。（老旦上接引）魂夢遠天涯，簷鐵驚初打。

　　（老旦）素娘，夫人相喚，我和你一同進見。（進見介）（貼）夫人。（旦）素娘。（貼）夫人在上，賤妾叩見。（旦）不消，常禮罷。（老旦）夫人，老婢叩頭。（旦）不消，請起。（扯住介）素娘請坐。（貼）夫人在上，賤妾豈敢坐。（旦）不妨，請坐了好講。（貼）告坐了。（旦）花婆也坐了。（老旦）阿喲，這個老婢怎敢！（旦）老爺不在此，坐坐何妨。（丑）老爺弗拉裡，坐坐弗番道個。（老旦笑介）吓，吓，老爺不在，我也坐坐。如此

沒，老婢告坐了。

　　（旦）罷了。今日衙齋無事，特請你二人進來閑話閑話。（老旦、貼）正該侍奉夫人。（旦）素秋，你本是風月隊裡班頭，花柳叢中領袖，今日棲身在此，恐打熬不過這般冷淡？（貼）夫人說哪裡話來！妾雖身沉花柳，心切冰霜。瑤簪翠鈿，何如裙布釵荊？蕙質蘭襟，寧惹游絲飛絮？但以命遭顛沛，忽值凶徒，肢體苟完，心膽都喪。拘囚永巷，魂飛夜雨窮簷；躑躅荒郊，腸斷秋風古道。已分膏塗野草，飼肉於烏鳶；血染沙場，委身于犬豕。誰意命延一線，恩有二天？雖落花無主，暫爾隨風，而貞柏凌冬，不妨傲雪。夫人聽裡：

【繡帶兒】煙霞性自矜幽雅，風塵厭殺繁華。（旦）你是門戶中人，怎好厭得繁華？（貼）休提起窄子弟勾欄！亦何心賣笑耍琵琶？（旦）你小小年紀就想從良，敢是說差了？（貼）非差，錦窩中多少閑驚怕，獻風情猶如嚼蠟。（旦）你這笙歌隊少甚麼鸞屏鳳榻，怎肯守梅花紙帳清寡？

【繡帶兒】（老旦）夫人，休訝，他敢向夫人行亂囉？記當日在路途閑話，（旦）他在途中對你說些什麼來？（老旦）他說怪的是熱鬧喧譁，喜的是清淨瀟灑。（笑介）他還有句心上話對老婢說哩。（旦）什麼心上話？你就對我說一說看。（老旦）道非誇，佳人才子名並亞，鳳求凰已心通司馬。（旦）司馬是誰？（老旦笑介）吓，就是這個……（住口介）（貼搖手介）夫人不要聽他，在長途裡無端問咱，若對夫人說了，可不羞殺人空做話靶？

【太師引】（旦）這事兒，豈由得他人話？好姻緣怎同嚼蠟？花婆，這人兒，我倒猜著幾分了。（老旦）夫人哪裡猜得

著。（旦）他種的廣寒仙桂，你栽成閬苑奇葩。（老旦笑介）夫人倒說得好笑，只說一個「他」、一個「你」，又不說出名姓來，卻不道他是何人，你是誰個。（旦）花婆，我對你講，定然不差的。他是青齊少俊名四達，敢與那人兒有些緣法？（老旦）著吓！夫人猜得著，那人兒就是山東趙解元。素娘想的是他，要嫁的也是他。（貼）啐！你這撮合口胡言亂喳。阿呀天吓！嘆人民非舊知他在何處彈鋏？

　　（老旦）素娘心事，果然如此。只是，夫人何以知之？（旦）那趙解元是我相公的好友，在京時又與我相公同寓，事已盡知。吓，素娘，你把一向往來的蹤跡，可細說一遍。

　　（貼）

【前腔】那解元，風雅連城價，譜駕鴦無端轄咱。盡道是連珠合璧，卻無由樽酒盃茶。（旦）這等說起來，還未曾會面麼？（老旦）早是不曾會面，若曾相識，這時候想也想殺了。（旦）既然不曾見面，為甚這等著緊？（貼）夫人，人之相知，貴相知心，哪在見面？相思只為詩一札，這情意豈容干罷。（老旦）夫人，趙解元既是老爺的好友，何不移書去叫他來下榻？使襄王神女早會巫峽。

　　（生上）偶語風前一笑深，月中人許報佳音。有意種花花不發，無心插柳柳成蔭。（老旦）老爺來了。（生）素秋，你的言語我多聽見，你的心事我已盡知。假如趙伯疇在此，你肯伏侍他麼？（貼）賤妾願終身侍之，萬無他變！（生）素秋，我面前著不得假話，日後不要懊悔吓。（貼）賤妾怎敢！

【三換頭】（生）你是個天生俊娃，自幼在平康逗耍。他是窮酸措大，你怎熬得雲寒月寡？花婆過來。（老旦）老婢

有。（生）生恐怕先真後假，這其間怎發付那壁廂情歡意洽。（老旦）老婢曉得老爺的意思了！（扯貼介）素娘來，這姻事錢老爺做了主，就是官法了嗹。素娘，既是你有意攀堤柳，休別把春情寄落花。（貼接）但願百歲相依，肯負今朝葛與瓜？（旦）相公。（生）夫人。

【東甌令】（旦）我聽他一番話，意甚嘉，料想他每也非是假。準備著百年姻眷花燭下，肯再逐楊花嫁？（貼）若還得遂美生涯，這恩德天來大。

（生）夫人，他的志願如此，可敬吓可敬！素秋，趙解元向有一詩贈你，如今還在麼？（貼）怎敢忘失！

【秋夜月】我著肉籠拿，外纏裹鮫綃帕，淚點重重涅花節。（出詩與老旦，老旦呈生介）（生接看介）呀，果是他的詞翰。當年秀色猶堪把，（付老旦還貼，貼接背介）詩句兒在這答，知他流落在那答？

（生）這詩稿你且收好。我實對你說了罷，那趙解元昨日也到在此了。（貼）可容奴一見？（生）吓，哈哈哈，這樣性急。且慢，趙解元十分注想你，親事不怕不成，只怕既成之後，便不把功名著緊。我如今有句話兒，卻要依我而行。如今且不要說是素秋，我衙門西側有一所空園，你明日先到那邊住下，隨後就送趙解元來。你不可說出真名姓來，只說是園主之女，打扮做良家模樣，與他相會一番，直待他功名成就，方纔說出；我自有道理。你二人不可洩漏我的言語，若洩漏了，這親事就不成了。（貼、老旦）謹領老爺台命。

（生）夫人：

【金蓮子】你看他髮掩霞，粉脂黛綠多嬌姹，（旦）怕不

似好人家女娃？（老旦）便卸下玉鸞釵，一雙雙飛卻鬢邊
鴉。

【尾】（合）喬打扮，身兒詐，這些時且是裝聾做啞。
（生）是必莫把這春心漏與他。

　　網得西施贈友人。（旦）煙霞不似往年春。（老旦）常疑好事
皆虛事。（合）秋草春風老此身。（生）素秋，明日就搬到花園中
去。（貼）是。（生）花婆，方纔說的言語不可洩漏。（老旦笑
介）老爺，老身是不洩的，只怕素娘倒要漏。哈哈哈！（生）休得
取笑。（同笑下）

按　語

〔一〕本齣出自徐復祚撰《紅梨記》第十五齣〈試心〉。
〔二〕選刊此齣的坊刻散齣選本還有《審音鑒古錄》。選抄此齣的
散齣鈔本有中國社科院圖書館藏《集錦》。

紅梨記・亭會

貼：謝素秋，已從良的前教坊名伎，因戰亂投靠錢縣令。
小生：趙汝州，字伯疇，書生，因戰亂投靠好友錢縣令。

（小生上）

【風入松】今宵酒醒倍淒清，早月印窗櫺。好天良夜成虛景，青鸞杳好事難成。翡翠情牽金屋，鴛鴦夢斷瑤笙。

　　獨坐傷春不忍眠，信知一刻值千錢。庭中淡淡梨花月，偏透疏櫺落枕邊。小生昨為朋友招飲，踏月而歸，意興蕭然，只得閉門獨寢。忽聽窗外有人行走，依稀說出「素娘」二字，其餘還有許多言語，多不仔細。不知我心中牽掛，以致誤聽？又不知真個有人言及我那素秋？那時即欲開門看個明白，爭奈醉得軟了，動彈不得，只索強睡。為此，今日有人約我看月，推卻中酒不赴。今夜月色不減昨宵，我且坐待，看可有人來，務要見個明白。想起昨宵景致，恰好美也！

【桂枝香】月懸明鏡，好笑我貪杯酩酊。忽聽得窗外喁喁，似喚我玉人名姓。我魂飛魄驚，我魂飛魄驚，便欲私窺動靜。爭奈我酒魂難醒，睡瞢騰。只落得細數三更漏，長吁千百聲。

　　坐之良久，四下寂無人聲，不要做了呆漢，且到庭中閑步一回。正是：夜闌人不寐，月影在梨花。（下）

（貼上）

【風入松】花梢月影正縱橫，愛花塢閒行。潛蹤躡跡穿芳徑，只圖個美滿前程。豈是河邊七夕，欣逢天外三星。

奴家謝素秋，向來深慕趙伯疇，未得見面。昨晚到他書房前去，他正帶醉回家，果然是好一個美丈夫，日後前程必遠。又聽得口中喃喃咄咄，似呼我素秋名字。他未見奴家，如此注想，心事可知矣。就與他結個終身之約，料他不做薄倖的勾當。記得前日錢爺吩咐，叫我不要說出真名姓來。為此，奴家打扮良家模樣，房中央著花婆看守，獨自來到亭子上，只說看月，他若來時，便好與他成就此姻也。

【園林好】我辦著個十分志誠，還仗著繁星證盟。一心要百年歡慶，且來到牡丹亭。把羅衫再整，露濕繡鞋冰冷。只見寒光杳冥，玉繩暫停，並不見些兒影形。

呀，那邊花枝搖動，似有人聲，敢是伯疇來也？我只坐在亭子上，看他說些什麼。（小生上）

【沉醉東風】我心不離春風玉屏，望不斷柳蔭花影。小生獨坐不過，來此步月，欲訪昨夜蹤跡，說話之間，早不覺到中庭。呀，什麼影動？原來是梧桐覆井。呀，什麼響？遠迢迢犬吠金鈴。好笑，好笑。只為昨夜誤聽「素娘」兩字，害得來眼花耳聾了。我還自省，怪不得人稱傻子酸丁。

（貼）正是伯疇來了，想他還不曾瞧見，待我吟詩一首撩撥他。（吟介）竹樹金聲響，梨花玉骨香。蘭閨久寂寞，此夜恨偏長。（小生）呀，這是誰人吟詩？詩句又清新，音韻又響喨！

【月上海棠】我側耳聽，此亭豈是蓬山境？這分明是個鳳吹鸞笙。呀，奇怪，亭子上放出百道毫光，現出一尊嫦娥來。只索拜者。誰知枉霧駕雲軿，倉卒趨承恭敬。趙汝州是凡夫陋

品，俗眼愚眉，不知天仙下降，有失迴避，伏望恕罪。（貼）奴家不是天仙，秀才何須下拜。（小生）就不是天仙，小生也要拜的。有趣吓，只見異香滿庭，麝蘭不爭，原來風送著唇脂襲馨。

　　我且大著膽闖入亭子內去，飽看一回。（貼）什麼人闖入亭中來？敢是賊麼？（小生）是賊，是賊！

【好姐姐】我是鑽穴藍橋尾生，警[1]跡人相如薄倖，眞贓是何郎面粉，韓生香氣凝。（貼）既不是賊，是什麼人？快說來！（小生）我是狂粉蝶、浪雛鶯，三春獨掌花權柄，獨掌花權柄。

　　　（貼）不許花言巧語，說出眞名姓來。（小生）眞個要眞名姓麼？小生姓趙，名汝州，濟南人氏，本省解元，年方二十二歲，二月十二日花朝生的，是天下有名的才子。（貼）原來是趙解元。既如此，請上前相見。（小生）遠觀不審，近覷分明。呀，天下怎麼有這樣一個標致女子？豈非天姿國色乎？

【江兒水】一見消魂魄，光芒射眼睛，羊脂玉碾蜻蟖領。但風流占盡無餘剩，添分毫便不相厮稱。我想，謝素秋也不過如此，便與我那多情堪並。（背白）我欲與他閑話片時，又恐他搶白。咳，若顧羞慚事豈成？便搶白也索承。請問仙子是誰家宅眷？因何獨坐在此？

【五供養】（貼）妾是王家子姓，父做黃堂，薤露朝零。（小生）原來是王太守的小姐。尊公既亡，家裡還有何人？（貼）

---

[1]　底本作「驚」，據明泰昌閔氏朱墨本《紅梨記》（《古本戲曲叢刊》初集景印）改。

萱堂當暮景。（小生）曾適人否？（貼）琴瑟未和鳴。（小生）今夜為甚到此？（貼）今夜月明人靜，鈔針罷閑行遣興。（小生）這花園就是宅上的麼？（貼）家君多逸致，手創此園亭。（小生）小生為錢令公送來暫住，不知是小姐宅上，甚是打攪。（貼）好說。雞黍慚無，深愧居停。

　　（小生）小生有緣得遇小姐，不知進退，欲屈小姐到書齋一敘，不知肯否？書齋也就在前邊。（貼）奴家久聞解元大名，正要請教。（小生）就請同行。（老旦內白）小姐，老夫人睡醒了。（貼）不好了！母親睡覺，奴家去也。（小生）小姐，如此怎麼處？（貼）明晚只在書房相等，黃昏左側，奴家准來也。（小生）小姐千萬不可失約。（貼先下）

　　（小生）阿呀小姐，你真個去了……咳，撇得我趙汝州怎生捱得過今宵也？天下怎麼有這等標致女子！咳，想西子、王嬙不過如此。且住，我止見小姐面貌，不曾見他腳兒大小，方纔打從階基上去的。吓，趁此月色之下，待我細細看來。你看：沙土上印下兩個筍尖兒一般腳跡。早是尋得早，若遲了，一陣狂風吹散了，怎見得小姐生得十全也？

【玉交枝】想他凌波偏稱，羅襪內藏著可憎，行來欹旋身不定。軟紅鞋血染猩猩，量來虎口只有三寸爭，幫兒四面都周正。怎得他動春情？撥酒醒，惡心煩，自在蹭。

　　罷，罷！只得回書房中睡了這一宵。方纔小姐親口許下明朝相會。

【川撥棹】我只得甘心等，又恐怕到明朝風波浪生。小姐甚有可憐之意，可恨老夫人睡覺，拋撇去了。老夫人，你好不做美，再遲一會兒，這好事可不到手了。雖然他囑付叮嚀，雖然

他囑付叮嚀，但凄涼今宵²四星，教我擁著孤衾捱長夜，生
察察把歡娛作悶縈。

【尾】書生自恨多薄命，舊相思未了新又迎，趙汝州，趙汝
州，何日裡新舊相思得稱情。

　　影伴妖嬈舞袖垂，留君不住益凄其。殘窗夜月人何在？相望長
吟有所思。（下）

按　語

〔一〕本齣出自徐復祚撰《紅梨記》第十九齣〈初會〉。

〔二〕選刊此齣的坊刻散齣選本還有：《醉怡情》、《審音鑒古
錄》。選抄此齣的散齣鈔本有中國社科院圖書館藏《集錦》。

2　底本作「朝」，據明泰昌閔氏朱墨本《紅梨記》改。

虎囊彈·山門

淨：魯智深。

丑（前）：賣酒人。

付、丑（後）：和尚。

外：智真長老，魯智深的師父。

（淨上）

【點絳唇】樹木槎枒，峯巒如畫，堪瀟灑。唗，只是沒有酒喝，悶殺洒家！煩惱倒有那天來大。

削髮披緇改舊妝，殺人心性未全降。生平哪曉經和懺，吃飯穿衣是所長。洒家魯智深，自從拜了智真長老，剃度為僧，看看將近這麼一載。俺想，往常間大碗的酒、大塊肉每日不離口，如今受了什麼五戒，弄得個身子瘦瘦，口內淡出鳥來，如何捱得過這日子？我想，就做了西天活佛，也沒有什麼好處。嗄，俺不免離了這可厭山門，往山下閑走一回，有何不可。呀，你看：雲遮峯嶺，日轉山溪，那五台山好景致也！

【混江龍】只見那朱垣碧瓦，梵王宮殿絕喧嘩，鬱蒼蒼虬松翳畫。（笑介）咦咦！哈哈哈！聽、聽吱喳喳古樹棲鴉。你看那伏的伏起的起闘新青羣峯相迓，那高的高凹的凹叢暗綠萬木交加。遙望著石樓山、雁門山橫沖霄漢，那清塵宮、避暑宮隱約雲霞。這的是蓮花湧定法王家，說什麼袈裟披出千年話，好教俺悲今弔古，止不住憤恨嗟呀。

（丑內白）賣酒吓。（淨笑介）咦咦！哈哈哈！你看，那山底下有個賣酒的來了，吓，看他挑往哪裡去賣。（下）

（丑上）

【山歌】九里山前作戰子個場，牧童里個拾得舊刀槍。順風吹動烏江里個水，好似虞姬別霸子個王。

賣酒吓，賣酒吓。（淨上）賣酒的，你好麼？（丑）好個耶。師父好？（淨）你好你好。（笑介）哈哈哈！歇歇去。（丑）挑上山來吃力得勢，歇歇再走。（淨）賣酒的，你這兩桶是好酒？（丑）好個耶。（淨）挑往哪裡去賣？（丑）挑拉山上去賣個。（淨）敢是賣與那些和尚們吃的？（丑）弗是嘣！賣拉個星做工個人吃個。（淨）就賣些與和尚們吃了何妨。（丑）動也動弗得！師父，吾弗曉得，我渠領老和尚個本錢，住老和尚房子；若賣個酒拉和尚吃子，曉得子，立刻追本錢，趕出屋，還要頂香罰跪虱來。（淨）嗄！老和尚這等利害？（丑）利害利害！（淨笑介）倩好笑？吾虱出家人是戒酒除葷個嘣。（淨）哈哈哈！（丑）師父，笑倩個？（淨）賣酒的。（丑）哪哼？

（淨）

【油葫蘆】俺笑著那戒酒除葷閑嗑牙，做盡了眞話靶。（丑）倩個話靶？（淨）他只道草根木葉味偏佳，全不想那濟顚僧他的酒肉可也全不怕，彌勒佛米汁貪非詐。（丑）個個濟顚僧是金身羅漢，吾囉里學得渠來？（淨）偏要學他！（丑）囉里學得來介？（淨）賣酒的，賣一桶與洒家吃了罷。（丑）弗賣個！（淨）賣酒的，來。（丑）哪哼？（淨）咱囊頭有襯錢，（丑）吾有銅錢也弗拉我心上。（淨）現買怎的不虛花。（丑）老和尚曉得子，要打要罵個。（淨）哪裡管西堂首

座迎頭罵，（丑）酒沒奢好，沒事要吃吓？（淨）賣酒的，可不道解渴勝如茶？

（丑）吓，口渴吓，山底下碧波清澗水㐒，吃兩口就解子渴哉。（淨）賣酒的，賣一桶與洒家吃了罷。（丑）咳，弗賣弗賣哉！有個都哈魯蘇。（淨）不賣，挑了走。（丑）不走！到拉個搭住夜。（淨）稀你娘的罕！（丑）見子娘個鬼！（淨）吓，看他挑往哪裡去。（丑）賣酒吓賣酒。（淨嗽介）（丑）阿呀，個意思弗許我拉個答走，山上是百腳路嘘，我就拉個答走。賣酒吓賣酒。

（淨上，嗽介）（丑）鬼打牆哉！噲，師父，唔到底要哪哼了？（淨）賣酒的，你且歇下來。（丑）阿喲喲，歇拉里哉。哪道理？（淨）賣酒的，你真個不賣？（丑）真個不賣！（淨）你敢說三聲不賣？（丑）弗要說三聲，三萬三千由我說。弗賣，弗賣，真弗賣！（淨）吠！（拿桶吃完，丟，丑接，淨又拿）（丑）阿呀！（淨）賣酒的。（丑）哪哼？（淨）你賣不賣？（丑）弗賣個！（淨）不賣？（丑）弗賣！（淨）哈哈哈！（丑）阿呀呀……（淨吃介，完，丟桶，丑接）（丑）吃得乾淨。（淨）好酒，好酒！（丑）師父弗要走，酒錢來。（淨）你方纔說不賣，如今又要酒錢？（丑）唔既吃子酒，要酒錢個哉那。（淨）有。（丑）有，拿得來。（淨）明日到寺裡來取。（丑）寺裡和尚多得勢，囉里來尋唔？今朝要個。（淨）賣酒的，只算齋了僧，佈施與洒家吃了罷。（丑）只有豆腐、麵筋齋僧，囉里有僭酒肉齋僧個了？（淨）你不知，那酒肉齋僧，功德最大。阿彌陀佛！（丑）弗相干！直頭要㐒。（淨）若要酒錢，先吃俺一拳。（丑）對吓！酒吃完哉，倒要豁拳哉。師父，酒錢弗要哉，唔張開嘴來，不來我看看。（淨）哈哈！（丑）阿唷！通陽溝個。（丑下）

（淨）打、打、打……哈哈，妙吓！洒家正在枯渴之際，這兩桶酒吃得俺好不爽快！來此已是半山亭了。且住，洒家自到叢林，不曾耍拳，今日趁此酒興，使他幾路，把身子活動活動，有何不可。（打拳勢，內應，攤亭響）呀，洒家才把腳尖略動了這麼一動，那鳥亭就塌下半邊來也！

【天下樂】只見那飄瓦飛磚也那似散花，恁差也不差，直恁嘩呀，卻便似黃鶴樓打破隨風化。守清規渾似假，一任的醉由咱，阿呀，酒湧上來，哈哈！也罷，只索去倒禪床瞌睡煞。（下）

（丑上）事不關心。（付上）關心者亂。師弟，山門口囉里是介一響，倒子僑個哉。（丑）弗差個，我搭吓去望望看。阿呀弗好哉！吓看魯智深吃醉子，拿個半山亭纏打攤哉！我答吓關子山門罷。（付）有理個！（關門介）（鳴鐘擂鼓）（淨上）呀！

【哪吒令】聽鐘鳴鼓撾，咿！恨禪林尚遐。把青山亂踏，似飛投倦鴉。醉醺醺眼花，惹傍人笑咱。纏過了碧峯尖，呀，早來到山門下。哈！怎把山門多閉上了？這些鳥和尚！只好管閉戶波渣。

吠！開門，開門！（丑低白）開弗得了。（淨）你若不開，洒家取把火來燒，燒燒燒。（付）弗好哉！開子渠罷。（去栓介）（淨）嘎，你當真不開？洒家就打。（跌介）（付）跌殺個溫賊禿。（淨爬起抓棚頭介）吠！我把你這兩個鳥和尚！洒家倒在地下，不來扶一扶，反在那裡罵誰？（付、丑）囉[1]個罵吓介？拉里念佛。（淨）念佛？唔，念什麼佛？（付、丑）南無阿彌陀佛。

1　底本作「六」，參酌文意改。

（淨）南無阿彌陀佛！（丑、付）阿歪歪。（淨）這兩傍鳥大漢是誰？（丑）個是哼哈二將。（淨）何為哼哈二將？（付）個哼將軍專管和尚吃酒肉，若是吃子酒肉，拿起來一哼兩半。（淨）哪呢？（丑）個哈將軍是好個。哈哈哈！且由他。（淨）吓，怪道他有些惱著洒家。（丑、付）惱得吤勢丒。（淨）和尚，將山門栓抬過來。（付、丑）吓。（下）（淨）吷！我把你這鳥大漢！洒家倒在地下，扶也不來扶我，反惱著誰，反恨著誰來吓？

【鵲踏枝】覷著伊掛天衣剪絳霞。毘[2]羅帽壓金花。他做什麼護法空門，怎與那古佛排衙？俺怪他有些裝聾做啞，俺又怪他眼睜睜笑哈哈兩眼兒無情煞。

　　（眾和尚上）打！（淨擋眾下）（外上）唗！智深休得無禮！（淨爬地介）阿喲喲！師父，徒弟被眾和尚打壞了。（外）這裡五台山千百年香火，被你攪得眾僧捲單而走，你在此住不得了。我有一師弟，現在東京大相國寺住持，你到彼討個職事僧做罷。（淨）吓！師父，你不用徒弟了？（外）不用了。（淨）罷，如此，徒弟就此拜別。（外）罷了。

　　（淨）

【寄生草】漫拭英雄淚，相隨處士家。且住，想俺當日打死了鄭屠，若非師父相救，焉有今日。師父吓，謝恁個慈悲剃度蓮臺下。師父，你當真不用了？（外）當真不用了！（淨）果然不用了？（外）果然不用了！（淨）罷！沒緣法轉眼分離乍，赤蕭條[3]來去無牽掛。哪裡去討煙簑雨笠捲單行，敢辭卻芒

2　底本作「皮」，據石渠閣主人輯《續綴白裘》改。

3　石渠閣主人輯《續綴白裘》作「赤條條」。

鞋破缽隨緣化！

　　（外）我有書一封，白銀十兩，你可收去。（淨）多謝師父。（外）還有偈言四句，聽者：「逢夏而擒，遇臘而執；聽潮而圓，見性而寂。」牢牢記著。（淨）弟子謹記偈言。（外）你去罷。（外下）（淨）師父，師父！師父竟進去了……不免下山去也。

【尾】俺只待迴避了老僧伽，收拾起浮生話。俺老和尚是好人，又與我十兩銀子，好向那杏花村裡覓些酒水沾[4]牙，免被那腌臢禿子多驚訝，一任俺儘醉在山家，如今我不是五台山的和尚了，早難道杖頭沽酒也不容咱？（下）

按　語

〔一〕本齣出自丘園撰《虎囊彈》。

〔二〕選刊此齣的坊刻散齣選本還有石渠閣主人輯《續綴白裘》。選抄此齣的散齣鈔本有：中國社科院圖書館藏《集錦》、中國國家圖書館藏朱執堂抄《時劇集錦》、中國藝術研究院藏佚名抄《零錦》。

4　底本作「佔」，據石渠閣主人輯《續綴白裘》改。

百順記‧召登

小生：王曾，翰林學士。
丑、付：王曾的書僮。
外、生、末（前）：傳聖旨的太監。
貼：王曾之妾。
末（後）：王曾的手下。

　　（小生上）
【引】玉堂清雅似閒仙，曾解金龜當酒錢。
　　高齋官況最清操，喜有文章佩鳳毛。窗色漸明通簡牒，爐香當晝引揮毫。下官自擢翰林，國史經心，久疏筆硯，且喜今日官有餘閒，趁此明窗淨几，學寫幾幅草書，有何不可。家僮哪裡？（丑、付上）來了。堦前百諾家奴事，朝內千金學士名。老爺有何吩咐？（小生）與我取文房四寶過來。（丑、付）吓。文房四寶在此。（小生）一個用心磨墨，一個好生拭紙，待我寫字則個。（丑、付）曉得。
　　（小生）
【懶畫眉】燈前笑拂彩雲箋，欲草宮詞愧謫仙。蒙恬兔穎大如椽，幾回飽蘸端溪硯，不覺情飛滿紙煙。
　　（內）聖旨下。（丑、付）啟爺，聖旨下了！（小生）快排香案！
　　（外上）

【六么令】吾皇寵眷，召詞臣夜覲天顏。旌旄繚繞御爐煙，迤邐去，玉堂前。（合）風雲此會人難見，風雲此會人難見。

　　皇上龍體初瘳，幸集賢殿，密召翰林王曾入禁咨講。謝恩。（小生）萬歲，萬歲，萬萬歲！

【前腔】九重金殿，念鮒生清夜傳宣。親承詔旨敢留連？當趨走，竟朝天。（合）風雲此會人難見，風雲此會人難見。

　　（外、小生下）（付）我老爺正在此寫字，這等夜靜更深，密召入禁中，不知何故？（丑）我老爺是三元才子，皇帝乃九五至尊，召我老爺進朝去，無非賜茶、賜酒的意思吓。

【懶畫眉】他是翰林聲價重如山，一字文章價值錢。當今天子重英賢，今朝龍虎風雲會，來日高車駟馬邊。

　　（內）皇太后有旨道：「翰林學士王曾有治國治民之才，荐與聖上。」聖上有旨：「著王曾出撫應天等處，仍撤御前金蓮寶炬送曾歸第，謝恩。」（小生內白）萬歲，萬歲，萬萬歲！

　　（外扮太監，生、末扮小監，引小生上）

【神仗兒】金蓮吐焰，暖逼宮牆，光生禁苑。諭言送歸翰苑，這風光儼若似平地登仙。承雨露，獨承編，尤勝似昔虛前。（外）正是：送入玉堂去，還歸金闕來。（眾合）風雲此會人難見，風雲此會人難見。（眾下）

　　（小生）家僮，擊雲板請夫人出來。（丑、付）吓，擊雲板請夫人上堂。

　　（貼上）

【引】夫婿受牙籤，別寶親書眷。

相公，深夜召入禁中，拂曙金蓮送歸，皇上有何聖諭？（小生）夫人，聖上龍體初癒，同太后幸集賢殿，特召下官進宮，賜以錦墩，坐講經史。下官以堯舜為君的事業，反覆開導，冀悟聖心，不覺達旦。又命下官出撫應天等處，就撤御前金蓮寶炬，送我歸第。聖眷如此，何以圖報！（貼）相公陞遷南地，奴家自然隨任便了。

　　（末扮中軍，淨、生、雜四小軍上）（末）有人麼？（付）什麼人？（末）會同館送人伺候老爺南行。（付）住著。（轉稟介）（小生）就此起馬。（眾應介）

　　（小生）

【一江風】一官遷白下，孤雲斷，古道長亭短。關山回首，迢迢家近長安遠。輕車破曉煙，輕車破曉煙，行旌拂遠天，無媒徑路羊腸轉。（同下）

按　語

〔一〕本齣出自《百順記》第十一齣〈召登〉。

百順記‧榮歸

外：王曾之父。
老旦：王曾之母。
小生：王曾。
付、丑：王曾的書僮。
貼：楊丞相女，王曾之妾。

　　（外、老旦上）
【步步姣】遙聞驛路傳來語，道孩兒衣錦歸門第。西風吹鬢絲，立遍堦除，如何不至？我心內正猜疑，忽聞黃犬空庭吠。
　　（小軍引小生上）
【引】歷盡路艱危，且喜到家庭裡。
　　（小軍下）（小生進見介）爹媽請上，待孩兒拜見。（外、老旦）路途辛苦，不消罷。（小生拜介）孩兒只為功名，有缺甘旨，望爹媽恕孩兒不孝之罪。（外、老旦）我兒連中三元，榮歸晝錦，老年爹媽，不勝欣幸。我兒，聞得你贅在楊丞相府中，楊小姐為何不見？（小生）已在後面，未曾稟過爹媽，不敢進見。（外、老旦）既如此，請進來。（付、丑）轎伕，打轎上來。（內）吓。（吹打介）
　　（小軍引貼上）
【引】奴似逐雞飛，千里還成對。

　　（進見介）公婆請上，待媳婦拜見。荊布之流，何幸忝為側室。（外、老旦）公卿之女，何期歸我衡門。（外）我兒，你把陛南之事說與我知道。

　　（小生）爹爹聽稟：

【啄木兒】從別後，到京畿，兩次文章皆奪魁。玉音傳賜贅朱門，守官箴清白無虧。金蓮炬送歸私第，承恩出撫江東去。始得千里迎來便道歸。

　　（外）這等寵榮，人間罕有。（老旦）孩兒已是忠孝兩全了，好，難得難得！

　　（合）

【三段子】令人心喜，令人心喜，吾兒文齊福齊。媳婦和美，全不論偏妻正妻。在高堂與親添歡喜，一庭秋色成和氣，真個是積善之家，祥瑞自至。

【歸朝歡】今日裡，今日裡，合家笑喜，前庭上且排筵席。黃金盞，黃金盞，滿浮綠醑，一家兒做個團圓勝會。絳臺暖燒銀蠟起，堦前簇擁笙歌沸，此夕天倫樂有餘。

　　（外、老旦）夫榮妻貴世難尋。（小生）多感爹娘愛子心。（老旦）此夕團圓家慶處。（外）應知不羨岳陽金。（同下）

按　語

〔一〕本齣出自《百順記》第十二齣〈榮歸〉。